ullstein

Alexa Petri hat nur wenig Kontakt zu ihrer Mutter Cornelia. Vor Jahren gab es einen Moment, in dem Cornelia sich von ihrer kleinen Tochter abgewandt hat, Alexa hat nie verstanden, warum. Seitdem ist ihr Verhältnis schlecht, doch als Cornelia im Koma liegt, muss Alexa die Vormundschaft übernehmen. In den Unterlagen ihrer Mutter findet Alexa einen Brief, der von einer großen Liebe erzählt. Doch es war nicht Alexas Vater, der das Leben ihrer Mutter damals für immer verändert hat. Alexa beginnt weiterzuforschen und stößt auf eine dramatische Geschichte. Das Schicksal ihrer Mutter bewegt Alexa, plötzlich erscheint alles in einem anderen Licht.

CORINA BOMANN ist in einem kleinen Dorf in Mecklenburg-Vorpommern aufgewachsen und hat schon immer geschrieben. Mittlerweile ist sie eine der erfolgreichsten deutschen Autorinnen. Immer wieder begeistert sie ihre Leserinnen mit großen dramatischen Romanen und Heldinnen, die etwas Besonderes erreichen. Ihre Romane werden in zahlreiche Sprachen übersetzt und sind internationale Bestseller. Sie wohnt in Berlin.
www.corinabomann.de

Von Corina Bomann sind in unserem Hause bereits erschienen:

Die Schmetterlingsinsel · Der Mondscheingarten
Die Jasminschwestern · Das Zimmer über dem Meer
Die Sturmrose · Das Mohnblütenjahr · Sturmherz
Agnetas Erbe. Die Frauen vom Löwenhof 1
Mathildas Geheimnis. Die Frauen vom Löwenhof 2
Solveigs Versprechen. Die Frauen vom Löwenhof 3
Sophias Hoffnung. Die Farben der Schönheit 1
Sophias Träume. Die Farben der Schönheit 2
Sophias Triumph. Die Farben der Schönheit 3
Ein zauberhafter Sommer · Eine wundersame Weihnachtsreise
Winterblüte · Winterengel

Corina Bomann

Sturmherz

Roman

Ullstein

Besuchen Sie uns im Internet:
www.ullstein.de

Wir verpflichten uns zu Nachhaltigkeit
- Papiere aus nachhaltiger Waldwirtschaft und anderen kontrollierten Quellen
- ullstein.de/nachhaltigkeit

FSC
www.fsc.org
MIX
Papier | Fördert gute Waldnutzung
FSC® C021394

Neuausgabe im Ullstein Taschenbuch
1. Auflage November 2023

Umschlaggestaltung: bürosüd° GmbH, München
Titelabbildung: Arcangel / © Ildiko Neer (Frau), © www.buerosued.de
Satz: LVD GmbH, Berlin
Gesetzt aus der Adobe Caslon
Druck und Bindearbeiten: ScandBook, Litauen
ISBN 978-3-548-06726-1

Prolog

1962

Ein heftiger Windstoß traf das Fenster und übertönte die Musik aus dem Küchenradio.

Die junge Frau sah erschrocken von ihrem Koffer auf. Das Knarren klang warnend.

Vom Unwetter war in der Dunkelheit sonst nichts zu erkennen. Die Fensterscheibe zeigte lediglich ihr Spiegelbild: eine Achtzehnjährige mit rotblondem Haar und grünen Augen.

Angst lag auf ihren Zügen und wühlte in ihrem Innern. Wenn ihr Vorhaben misslang, würde sie niemals aus diesem von Schicksalsschlägen und Ungerechtigkeiten geprägten Leben herauskommen.

Noch vor Monaten hätte sie nicht erwartet, dass sich jemals etwas ändern würde. Dann war ein Hoffnungsschimmer erschienen, ein Mann, der das Tor zu einer anderen Welt geöffnet hatte. Einer Welt, in die sie heute Abend fliehen wollte.

Allerdings hätte sie sich besseres Wetter für ihren Ausbruch aus der elterlichen Wohnung gewünscht.

Schon seit Wochen war der graue Wolkenteppich über Hamburg nicht mehr aufgerissen. Heftige Regenschauer prasselten auf die Häuser, Windböen zerrten an den Passanten. Noch vor wenigen Tagen hatten die Meteorologen von einem leichten Tief gesprochen, doch mittlerweile glaubte ihnen niemand mehr.

Ein Schauer lief über ihren Nacken, als der Sturm das Fenster weiter attackierte. Dann rang sie ihre Angst nieder.

Es ist nur noch ein Gang durch die Straßen, sagte sie sich. Zur S-Bahn-Station und dann weiter nach St. Georg. Wenn ich erst mal bei ihm bin, brauche ich mich nicht mehr zu fürchten.

Sie wandte sich wieder ihrem Koffer zu. Viel hatte sie nicht eingepackt. Lediglich ein paar Kleidungsstücke, ein wenig Kosmetik und ihre beiden liebsten Bücher: *Onkel Toms Hütte* und *Sturmhöhe*.

In ihrem Elternhaus waren Bücher nicht gern gesehen. Ihr Vater hielt es für Geldverschwendung, welche anzuschaffen. Die beiden, die sie besaß, hatte sie sorgfältig vor ihm versteckt, denn *er* hatte sie ihr geschenkt.

Ein liebevolles Lächeln huschte über ihr Gesicht, als sie sich sein Bild vor Augen rief: blondes Haar, leuchtend blaue Augen, athletisch trotz seiner Liebe zu Büchern und zum Studieren. Rick. Der Name brachte ihre Sinne zum Klingen.

Noch einmal strich sie über die beiden Buchdeckel, dann breitete sie ein Tuch über sie und schloss den Koffer. Sie hob ihn vom Bett und lauschte. Die Musik dudelte. Von ihrem Vater war nichts zu hören. Wahrscheinlich schlief er noch immer auf dem Sofa. Es war Zeit zu gehen.

Sie zog ihren Wollmantel über, das beste Stück, das sie besaß. Um ihren Kopf band sie ein dunkles Tuch, das auch einen Teil ihres Gesichts verhüllte. So würden die Nachbarn hoffentlich nicht merken, wer da mit einem Koffer in der Hand die Straße hinunterging.

Auf Zehenspitzen verließ sie ihr Zimmer. Auf dem Weg zur Haustür musste sie an ihrem Vater vorbei. Wenn sie ihn dabei weckte, war ihr Fluchtplan passé.

Glücklicherweise dämpfte der alte Teppich ihre Schritte. Sie hatte das Muster immer gehasst, doch er war billig gewesen, und nachdem ihre Mutter gestorben war, hatte auch der Sinn für Schönes die Wohnung verlassen.

Die junge Frau warf einen Blick auf ihren Vater, der etwas verdreht auf dem Sofa lag und schnarchte. Die Schnapsflasche neben ihm war umgefallen, doch sie war ohnehin leer gewesen und hatte keinen Schaden angerichtet.

Unter der Woche hielt er sich zurück, aber am Freitag kam er immer schon betrunken nach Hause – und trank weiter, nachdem er sich lautstark über seine Kollegen und manchmal auch über die Fehler seiner Tochter beschwert hatte. Mittlerweile hatte er noch viel mehr an ihr auszusetzen als früher. Manchmal verprügelte er sie.

Doch damit war nun Schluss.

Sie hatte überlegt, ob sie ihm eine Nachricht hinterlassen sollte, sich dann aber dagegen entschieden. Ihr Vater brauchte nicht zu wissen, wo sie steckte. Sie wurde zwar erst in drei Jahren volljährig und damit offiziell unabhängig von ihm, aber so lange wollte sie nicht warten.

Ihre Hand, die den Koffer hielt, war schweißnass. Sie sollte gehen, doch sie konnte sich nicht vom Anblick ihres Vaters lösen.

Der Schlafende gab einen Grunzlaut von sich und wälzte sich herum.

Seine Tochter zuckte zusammen. Bitte nicht, flehte sie still. Schlaf weiter. Schlaf weiter.

Kurz stockte sein Atem, dann schnarchte er wieder.

Die junge Frau unterdrückte ein erleichtertes Aufseufzen.

Im Flur warf sie noch einen Blick auf das Bild ihrer Mutter, das an der Wand hing. Hätte sie verstanden, was sie hier tat?

Sie hatte nie die Gelegenheit gehabt, mit ihr darüber zu sprechen, wie es war, eine erwachsene Frau zu sein, sich zu verlieben, sich für einen Mann zu entscheiden. Doch sie hörte auf ihr Herz, das ihr sagte, dass sie das Richtige tat.

Leise zog sie die Wohnungstür hinter sich ins Schloss. Einen Schlüssel nahm sie nicht mit, denn sie hatte nicht vor zurückzukehren.

Als sie das Haus verließ, traf der Sturm ihr Gesicht. Die harten Regentropfen fühlten sich an wie Nadeln auf ihrer Haut. In den Wasserpfützen auf der Harburger Chaussee spiegelten sich die Straßenlampen. Der Deich zu ihrer Linken verschmolz ebenso wie der kleine Graben davor beinahe ganz mit der Dunkelheit.

Die junge Frau raffte den Kragen des Mantels zusammen und stemmte sich gegen den Wind. Es war Freitagabend, die meisten Leute waren bereits zu Hause. Ihre Wagen reihten sich vor den dunkelroten Wohnblöcken auf. In den Fenstern brannte Licht. Glücklicherweise war es ihren Nachbarn wohl zu ungemütlich, um noch mal rauszugehen.

Sie lief die Straße hinunter, an den Häusern vorbei in Richtung der S-Bahn-Station Veddel. Niemand kam ihr entgegen. Auch nicht, als sie die Treppe zum Bahnsteig hinaufging. Im Schein der Lampen sah sie einen Mann zusammengesunken auf einer der Wartebänke. Die Anzeigetafeln schaukelten im Wind.

Beklommen schritt die junge Frau den Bahnsteig entlang. Bis zum nächsten Zug dauerte es noch gut zwanzig Minuten. Wenn ihr Vater aufwachte, würde er sicher hier zuerst suchen. Damit war angesichts seiner Trunkenheit nicht zu rechnen, aber sie wollte es nicht ausschließen.

»Absaufen werden sie«, brummte es neben ihr.

Die junge Frau zuckte zusammen. Die Worte kamen von dem Mann auf der Bank. Er hatte das Gesicht tief in seinen Mantel vergraben und schien zu träumen.

Sollte sie ihn ansprechen?

»Die Ratten sind schon lange wech«, fuhr der Mann fort. »Wir hätten auch gehen sollen … Aber nein, wir bleiben. Wir bleiben.«

So, wie er redete, klang ihr Vater manchmal auch, wenn der Schnaps ihn melancholisch machte. Der Mann schien stockbetrunken zu sein, vielleicht war es einer der Obdachlosen, die sich in der Gegend herumtrieben. Oder er lebte in einem Behelfsheim.

Die junge Frau kannte die Behausungen am Vogelhüttendeich nur zu gut. Sie hatte sich mit einer Familie dort angefreundet, die aus Ostdeutschland geflohen war, um in Hamburg ein neues Leben anzufangen. Anna Berger, die Mutter zweier Kinder, war ihr in den vergangenen Monaten eine Freundin, ja beinahe Ersatzmutter geworden. Die junge Frau wagte nicht, mit ihr über die Probleme mit ihrem Vater zu sprechen, aber ansonsten schätzte sie ihren Rat. Sie war sicher, dass Anna verstehen würde, was sie hier tat. Wenn die Umstände zu schlimm wurden, war manchmal Flucht das einzige Mittel.

Doch neben den Bergers, die sich eine neue Existenz aufbauen wollten, lebten auch andere dort am Deich. Menschen, die aufgegeben hatten. Menschen, denen es nicht gelang, ihr Leben neu zu ordnen. Ihr Vater gehörte ebenfalls zu diesen Hoffnungslosen, nur dass er dank ihrer Mutter in einer guten Wohnung lebte. Sie wollte nicht dazugehören. Sie wollte ein Leben jenseits von Wilhelmsburg, wo das Elend so nahe war.

Vielleicht war es doch besser, ein Taxi zu nehmen?

Als der offensichtlich betrunkene Mann erneut etwas Unverständliches lallte, wurde es ihr zu viel. Sie umklammerte ihren Koffer fester, ging die Treppe hinunter und strebte dem Ausgang zu.

Der Taxistand vor dem Bahnhof war leer. Offenbar war es den Fahrern zu windig – oder sie waren alle unterwegs. Immerhin war es Freitagabend, die Leute wollten sich vergnügen nach der harten Arbeitswoche.

Sie wollte sich schon wieder der Treppe zum Bahnsteig zuwenden, als Motorengeräusch hinter ihr ertönte und Scheinwerferlicht sie streifte.

Instinktiv wirbelte sie herum und hob den Arm.

Der Fahrer machte neben ihr halt und kurbelte das Seitenfenster herunter.

»Guten Abend, junges Fräulein, wohin wollen Sie denn in dieser stürmischen Nacht?«

»Nach Sankt Georg bitte, in die Rautenbergstraße.«

»Dann steigen Sie mal ein.«

Die junge Frau ließ sich auf den Beifahrersitz sinken. Durch das Prasseln des Regens erkannte sie kaum die Straße vor sich. Ihre Wangen pulsierten, und nun spürte sie, wie die Kälte auch unter ihren Mantel kroch.

Sie würde das Geld fürs Taxi später sicher vermissen. Das war allerdings besser, als bei diesem Wetter auf einem Bahnhof zu stehen, mit einem unheimlichen betrunkenen Mann als Gesellschaft, der irgendwelchen Unsinn redete.

»Ist ziemlich gefährlich, jetzt unterwegs zu sein«, sagte der Fahrer, während er das Radio etwas leiser drehte. »Sie müssen einen wirklich guten Grund haben. Von überall regnet es Dachziegel, ich hätte vorhin beinahe auch einen abgekriegt.«

»Das tut mir leid«, gab sie zurück und legte die Arme über den Koffer. Sie hatte keine Lust, dem Taxifahrer alle Details ihrer Reise darzulegen. Doch der Mann war neugierig.

»Wollen Sie verreisen?«

»Ja.«

»Und wohin?«

»Ich fahre mit meinem Freund ins Wochenende«, entgegnete sie. »Nach Lüneburg.«

Das war die erste Stadt, die ihr einfiel. In Wirklichkeit sollte die Reise woanders hingehen. Doch das brauchte er nicht zu wissen. Wenn die Polizei nach ihr suchte und vielleicht ein Foto in den Zeitungen veröffentlichte, würde es gut sein, wenn niemand wusste, wohin sie wirklich unterwegs war.

Der Mann blickte sie kurz von der Seite an, als würde er ihre Schwindelei spüren. Dann wandte er sich wieder dem Verkehr zu und sagte lange nichts mehr.

Nach einer Weile wurde der Verkehr dichter. Taxis und andere Fahrzeuge kamen ihnen entgegen. Reklametafeln von nahegelegenen Lokalen blinkten durch die Scheiben. Trotz des schlechten Wetters waren noch immer zahlreiche Passanten unterwegs.

Plötzlich brach die Musik im Radio ab.

»Verehrte Hörer, wir unterbrechen unsere Sendung für eine Warnung des Deutschen Hydrographischen Instituts«, tönte eine Männerstimme aus dem Lautsprecher. Der Taxifahrer drehte die Lautstärke wieder hoch und lauschte. »Für die gesamte Nordseeküste besteht die Gefahr einer sehr schweren Sturmflut. Das Nachthochwasser wird etwa drei Meter höher als das mittlere Hochwasser eintreten.«

Der Sprecher wiederholte das Gesagte noch einmal, dann wurde wieder Musik eingespielt.

»Die armen Teufel«, brummte der Fahrer, während er das Radio leiser drehte. »Auf den Inseln vor der Küste wird es heute wohl richtig ungemütlich, so, wie der Wind bläst. Haben Sie gehört, wie sie den Sturm nennen?«

Die junge Frau schüttelte den Kopf. Sie hatte in den vergangenen Tagen anderes im Sinn gehabt, als sich um den Namen des Tiefs zu kümmern, das über Hamburg hinwegfegte.

»Sie nennen das Mädel Vincinette! *Die Siegreiche*! Ich frag mich ja nur, warum es ein Franzosenname sein musste. Als ob es nicht genug deutsche Namen für sie gäbe. Elfriede hätte gut zu ihr gepasst. Meine Schwiegermutter heißt so, müssen Sie wissen, und sie ist genauso biestig wie dieser Sturm! Aber wahrscheinlich geht's nach dem Alphabet, und da war wohl das V dran.«

Die junge Frau hörte nur mit halbem Ohr hin. Ihr war es egal, wie der Sturm hieß, der den Wasserpegel zu einer Flut steigen ließ. Vielmehr trieb sie die Sorge um, ob sie ihren Plan in die Tat würde umsetzen können. Sie hatte gehört, dass bei Sturm die Flugzeuge nicht starten durften. Würden sie dazu verdammt sein, weitere Tage in der Stadt zu verharren?

»Na, wenigstens sind wir hier sicher«, redete der Taxifahrer weiter, ohne darauf zu achten, ob sein Passagier zuhörte. »Die Küste ist hundert Kilometer entfernt, das braucht uns nicht zu kratzen. Und nasse Füße kriegt man hier in Hamburg ja eigentlich jeden Winter.«

Die unheimliche Stimme des Mannes am Bahnhof drängte sich wieder in ihr Bewusstsein. Im Suff übertrieb er natürlich, aber der Taxifahrer hatte recht. Es war nichts Neues, dass im Winter öfter mal das Wasser über die Deiche schwappte. Vollgelaufene Keller sorgten kurz für Unruhe, doch die Feuerwehr war schnell zur Stelle. Seit gut hundert Jahren hatte es keine Sturmflut mehr gegeben. So hatte man es ihnen im Unterricht erzählt.

»Unsere Deiche werden halten«, versicherte sich der Fahrer selbst und sagte dann nichts mehr, während er seinen Wagen weiter in Richtung Innenstadt lenkte.

Die junge Frau starrte aus dem Fenster. Die Häuser, an denen sie vorüberfuhren, wurden von den Regentropfen verzerrt. Schwere machte sich in ihrem Körper breit. Die zunehmende Entfernung zu ihrem Elternhaus wirkte beruhigend. Beinahe war es, als würde sie in den Schlaf abdriften, als plötzlich eine Sirene ertönte.

Sie schreckte hoch und sah gerade noch, wie der Peterwagen mit Blaulicht an dem Taxi vorbeiraste. Erschrocken wandte sie sich um, sah noch kurz das blaue Blitzen in der Rückscheibe des Taxis, bevor es verschwand.

»Die haben es aber eilig«, brummte der Taxifahrer, und die junge Frau bemerkte einen beunruhigten Unterton in seiner Stimme. »Wahrscheinlich hat es hinter uns einen Unfall gegeben.«

Die junge Frau nickte, ließ sich dann wieder in den Sitz sinken. Wenig später tauchte St. Georg vor ihnen auf.

In der Rautenbergstraße hielt das Taxi am Bordstein. Die junge Frau bezahlte und stieg aus. Der Sturm traf sie wie ein Schlag von der Seite, und ein unheilvolles Raunen zog um die Hausecke. Sie blickte nach oben.

Die Wohnung der alten Dame, bei der Rick zur Untermiete wohnte, lag im zweiten Stockwerk. Wenn die Hausherrin nicht da war, hatte er manchmal auf dem hübschen kleinen Balkon gesessen, sich gesonnt und auf sie gewartet.

Ihr Blick schweifte weiter. Licht brannte in seinem Zimmer. Bestimmt packte auch er gerade seine Koffer.

»Dann lassen Sie sich mal keinen Ziegelstein auf den Kopf fallen, junge Frau!«, gab ihr der Fahrer auf den Weg.

Sie schreckte zusammen. Beinahe hätte sie vergessen, dass sie noch vor der offenen Beifahrertür stand.

»Danke und gute Nacht!«, gab sie zurück und schloss die Tür.

Kurz sah sie dem Taxi nach, dann strebte sie dem Hauseingang zu. Ricks Vermieterin würde sicher nicht begeistert sein, dass zu dieser späten Stunde noch Damenbesuch kam. Aber schon bald würde sie das nicht mehr kümmern müssen.

Erster Teil

Der Besucher

1. Kapitel

2014

Das leise Piepen der Monitore tönte mir entgegen, als ich die Neurologische Intensivstation betrat. An den Geruch nach Desinfektionsmitteln war ich mittlerweile gewöhnt.

Auffällig war die Ruhe, die von dieser Station ausging. Die Schwestern in ihrer blauen Klinikkleidung bewegten sich mit Bedacht, und obwohl die Patienten von ihnen nicht gestört werden konnten, unterhielten sie sich sehr leise.

Am frühen Freitagnachmittag gab es hier nur wenige Besucher. Wer nicht mehr in der Arbeit war, machte in der Stadt seine Besorgungen. Der große Besucherstrom würde erst morgen einsetzen. Wenn überhaupt auf dieser Station, wo es keine Gespräche gab und keinen Kaffee. Einer Station, wo nur Stille herrschte und die Anverwandten und Freunde schwiegen, während die Maschinen, an denen die Patienten hingen, ihr eigenes Lied sangen.

Meine Mutter Cornelia, zu der ich in den vergangenen Jahren kaum Kontakt gehabt hatte, lag seit zwei Wochen hier. Der Schlaganfall hatte sie glücklicherweise an einem Werktag getroffen. Die Kunden in ihrem Buchladen hatten dafür gesorgt, dass sie sofort in die Klinik gebracht wurde. An einem Wochenende, allein in ihrer Wohnung, wäre sie wahrscheinlich gestorben.

Die schnelle medizinische Hilfe hatte jedoch nicht verhindern können, dass sie schwerwiegende Schäden davongetragen hatte. Wegen epileptischer Anfälle, die ihr noch mehr zu schaden drohten, hatten sich die Ärzte entschlossen, sie ins künstliche Koma zu versetzen, bis es ihnen gelang, diese medikamentös einzudämmen.

Vor dem Zimmer meiner Mutter blieb ich stehen. Neben der Tür war ein kleines Regal mit mintgrünen Vlieskitteln, Überziehern für die Füße, Mundschutz, Handschuhen und Häubchen. Wenn man ins Zimmer wollte, musste man sich in ein Wesen vom Mars verwandeln.

Ich blickte durch den Türspalt.

Mutter lag reglos auf dem Bett, das ergraute Haar über dem Kissen ausgebreitet, die Arme auf Kissen neben ihrem Körper. In einer Hand steckte der Zugang, der sie mit Medikamenten und Nahrung versorgte.

Ich vermied es auch heute, ihren Hals zu betrachten, in dem die Beatmungskanüle steckte. Beim ersten Mal war mir schlecht geworden, als ich gesehen hatte, dass sich kleine Wassertröpfchen am Kunststoff sammelten. Stattdessen blickte ich in ihr Gesicht, das mich so oft abweisend angesehen hatte.

Es war schon seltsam, dass sich in meiner Brust trotzdem Gefühle regten. Sie war meine Mutter, trotz allem, also war das wohl ganz natürlich.

»Ah, Frau Petri, schön, dass Sie da sind!«

Ich wandte mich um.

Dr. Karsten, ein hochgewachsener Mann mit Brille und dichtem weißen Haarschopf, kam auf mich zu. Er trug wie die Schwestern blaue Arbeitskleidung, an seiner Brusttasche steckte ein Namensschild, und um seinen Hals hing ein Stethoskop.

»Wie geht es Ihnen?«, fragte er und reichte mir die Hand zur Begrüßung.

»Gut«, antwortete ich, denn ich war sicher, dass er bei all den Patienten, die er zu versorgen hatte, nicht wirklich wissen wollte, wie es bei mir aussah.

»Das freut mich. Ich hätte da etwas mit Ihnen zu besprechen, bevor Sie Ihre Mutter besuchen. Wäre Ihnen das recht?«

»Natürlich.«

»Gut, dann lassen Sie uns doch in mein Büro gehen, ja?« Er deutete auf eine Tür. Ich nickte und folgte ihm.

Das Büro, das eigentlich ein Sprechzimmer war, verströmte den sterilen Charme, der auch auf der Station vorherrschte. Hinter der Untersuchungsliege, die mit einem Papierüberzug versehen war, befanden sich ein Schreibtisch und zwei Stühle. In einem Regal türmten sich Plastikbehälter mit verschweißten Kanülen und schmalen Schläuchen. Auf dem Tisch lagen Patientenakten, die meiner Mutter obenauf.

Wir nahmen Platz, ich auf dem Stuhl, von dem aus ich in das Grau blicken konnte, das sich über Hamburg spannte. Es war seltsam. Die Meteorologen hatten eigentlich Sonnenschein angesagt. Vielleicht lag es an der Wolke über meinem Kopf, dass sie unrecht hatten.

Ich ahnte, warum der Arzt mich zu sich gerufen hatte.

Dr. Karsten musterte mich einen Moment lang, als könnte er durch meine Haut sehen, wie sich alles in angstvoller Erwartung zusammenzog. Dann seufzte er kurz, als müsste er Anlauf nehmen für das, was jetzt folgte.

»Der Zustand Ihrer Mutter ist leider so, dass wir sie auch in der kommenden Woche nicht aus dem Koma holen können. Die Epilepsien lassen sich nur schwerlich in den Griff bekommen.«

»Wie lange, glauben Sie, wird es dauern?« Meine Stimme klang wie eingefroren. All die Jahre hatte ich Probleme mit meiner Mutter gehabt. All die Jahre hatte ich es vermieden, ihr unter die Augen zu treten, weil ich ja doch wieder das Gefühl gehabt hätte, gegen eine Wand zu laufen.

Und jetzt saß ich hier und ein Fremder sagte mir, wie es ihr ging. Sie selbst hatte es nie getan.

»Nun, das lässt sich schwer sagen. Es ist natürlich immer möglich, dass es einen plötzlichen Durchbruch gibt. Ansonsten zwei Wochen, vielleicht drei. Man erkennt jedoch bereits, dass Ihre Mutter einige Schäden zurückbehalten wird, die einer Reha bedürfen. Ihr Sprachzentrum ist stark in Mitleidenschaft gezogen worden, und wir gehen von einer Lähmung der rechten Körperhälfte aus.«

Lähmung der rechten Körperhälfte. Schädigung des Sprachzentrums. Ich wusste nicht, was schlimmer war.

Kaum jemand liebte Worte so wie meine Mutter – auch wenn sie nur selten viele an mich verschwendet hatte. Besonders nicht nach dem Vorfall in meiner Kindheit.

Aber Fremden gegenüber war sie stets aufgeschlossen. Sie liebte es, mit Leuten über Bücher zu reden, zu diskutieren und manchmal auch zu streiten. Dass all das nicht mehr möglich sein würde, wenn sie die Augen aufschlug, konnte ich mir kaum vorstellen.

»Einen endgültigen Befund können wir natürlich erst stellen, wenn sie wieder wach ist. So lange müssen wir hoffen, dass keine Komplikationen eintreten.« Er machte eine bedeutungsvolle Pause, dann fügte er hinzu: »Weshalb ich Sie aber eigentlich hergebeten habe, ist Folgendes: Da Ihre

Mutter momentan unfähig ist, Entscheidungen für sich zu treffen, wollten wir Sie fragen, ob sie eine Vorsorgevollmacht erstellt hat.«

»Vorsorgevollmacht?«

Offenbar hatte ich heute meinen begriffsstutzigen Tag, denn mit dem Wort konnte ich nichts anfangen.

»Eine Vollmacht, die regelt, wer im Falle schwerer Krankheit der gesetzliche Vertreter sein soll.«

»Sie meinen so was wie einen Vormund?«

Davon hatte ich mal im Zusammenhang mit Pflegekindern gehört oder mit alten Menschen, die entmündigt wurden. Meine Mutter war weder das eine noch das andere. Sie war doch nur krank!

»Von Vormundschaft wird seit einigen Jahren nicht mehr gesprochen, seit 1992 gilt das Betreuungsgesetz«, referierte Dr. Karsten. »Darin ist geregelt, dass man sich einen Betreuer wählen kann, der im Krankheitsfall wichtige Entscheidungen trifft, wenn man selbst dazu nicht mehr in der Lage ist. Gibt es so eine Verfügung nicht, setzt das zuständige Gericht eine Person ein. Das kann ein Familienangehöriger sein, aber auch ein Anwalt oder Sozialarbeiter.«

Meine Mutter brauchte einen Betreuer. Möglicherweise würde das ein fremder Mensch sein. Jemand, der sie nicht kannte.

Diese Information musste ich erst einmal verdauen.

Nie hatte ich daran gedacht, dass sie eines Tages so schwer krank werden würde. Nie hatten wir beide darüber geredet, was sein würde, wenn dieser Fall einträfe.

Zwischen meiner Mutter und mir hatte immer eine zornige Anspannung geherrscht, die kaum ein vernünftiges Gespräch möglich machte.

Solange wir uns nicht gegenüberstanden, war alles erträglich gewesen. Meist vergaß ich, dass sie da war, weil wir so selten Kontakt hatten, und ihr schien es ähnlich zu gehen.

Doch seit Vater gestorben war, bestand sie darauf, dass wir uns hin und wieder sahen – auch wenn ich bei unseren Treffen kaum das Gefühl hatte, dass sie mich aus Zuneigung sehen wollte. Vielmehr hatte es den Anschein, dass sie mich brauchte, um ihre angestaute Wut abzulassen.

Nur wenige Minuten, nachdem ich ihre Wohnung oder ihren Laden betreten hatte, knallte es – und zwar gewaltig, so dass ich nach nicht mal einer halben Stunde wieder abreiste und mir vornahm, ihren nächsten Anruf zu ignorieren.

Und jetzt musste ich feststellen, dass wir aufgrund all unserer Streitereien nie über wirklich wichtige Dinge gesprochen hatten.

Ein gerichtlich bestellter Betreuer.

Die Worte allein lasteten wie ein Stein auf meiner Brust. Die Frage, ob vielleicht doch so ein Schriftstück existierte, wirbelte durch meinen Kopf.

»Ehrlich gesagt weiß ich nicht, ob es solch eine Verfügung gibt. Meine Mutter … Sie war immer gesund, wissen Sie? Sie hat sicher nie damit gerechnet, dass sie einen so schweren Schlaganfall erleiden wird.«

Der Arzt nickte. »Ja, das ist verständlich. Vielleicht können Sie in den Unterlagen Ihrer Mutter nachschauen. Es wäre sehr wichtig.«

»Und was, wenn ich nichts finde?« Ein schmerzhaftes Ziehen breitete sich in meiner Magengegend aus.

Dr. Karstens Miene wurde ernst. »Dann wird das Gericht einen Betreuer bestellen. Sie könnten natürlich einen Antrag stellen, aber nicht in jedem Fall wird das Gericht Sie berücksichtigen.«

»Aber ich bin ihre Tochter!«

Mein Herz wummerte gegen meinen Brustkorb. Das war seltsam, denn eigentlich war ich immer froh gewesen, nichts von meiner Mutter zu hören. Und es hatte sogar eine Zeit gegeben, in der sie mir egal gewesen war.

»Sicher sind Sie das. Doch das Gericht entscheidet danach, wer der beste Betreuer für Ihre Mutter ist. Sie werden die zuständigen Sachbearbeiter davon überzeugen müssen, dass Sie geeignet sind, die entsprechenden Entscheidungen zu treffen. Das betrifft nicht nur die Gesundheit, sondern auch die Besitztümer Ihrer Mutter.«

Das klang beinahe so, als wüssten die Sachbearbeiter bereits, wie es zwischen mir und Mutter aussah. Und wenn nicht, brauchten sie sich nur ein wenig bei den Nachbarn oder Mutters Bekannten umhören.

Unter diesen Umständen würden sie mir nie die Pflegschaft übergeben.

»Frau Petri?«

Die Stimme des Arztes holte mich aus meinen Gedanken.

»Ja?«

»Schauen Sie doch bitte übers Wochenende nach, ob Sie eine Verfügung Ihrer Mutter finden. Rufen Sie Ihren Anwalt oder Notar an, falls es einen gibt. Manche Patienten hinterlegen ihre Verfügungen dort.«

Ich nickte, doch ein gutes Gefühl hatte ich nicht dabei. Welchen Grund sollte meine Mutter haben, mich zu ihrem Betreuer zu bestellen?

»In Ordnung«, hörte ich mich sagen. »Gibt es … Können Sie mir sonst noch irgendeinen Tipp dazu geben?«

»Nun ja, wenn Sie zur Betreuerin Ihrer Mutter bestellt werden wollen, würde ich Ihnen raten, einen Anwalt zu nehmen. Es gibt einige sehr gute in dem Bereich, die das Gericht eher von Ihren Qualitäten überzeugen können, als es bei Ihnen selbst der Fall wäre.«

Eigentlich hätte ich deswegen beleidigt sein müssen, denn ich konnte ziemlich überzeugend sein – doch ich verstand, was er meinte.

Dr. Karsten streckte seinen Arm nach dem Regal aus, durchsuchte einen Moment lang den Kleinkram, der dort lag, dann zog er eine kleine Karte hervor.

»Hier, dieser Anwalt ist auf Familienrecht spezialisiert. Er kann Ihnen sicher weiterhelfen.«

Martin Steyer stand auf der Karte. Darunter Adresse und Telefonnummer der Kanzlei.

»Aber möglicherweise werden Sie ja auch fündig. Ältere Leute tun gegenüber ihren Angehörigen oftmals so, als wären sie unverwundbar, doch im Stillen machen sie sich schon Gedanken über den Krankheitsfall. Als ich meiner Mutter eine Patientenverfügung ans Herz gelegt habe, sagte sie: ›Das hab ich doch schon längst, Jung!‹«

»Danke«, sagte ich und versuchte mich an einem Lächeln. »Ich werde ihre Wohnung und ihren Laden auf den Kopf stellen. Vielleicht gibt es ja wirklich eine Verfügung.«

Der Arzt nickte mir aufmunternd zu und reichte mir die Hand. Sein Blick wurde hektisch. Der nächste Patient wartete. Vielleicht auch wieder ein Angehöriger. Das Klinikleben ging weiter.

»Geben Sie uns Bescheid, wenn Sie Hilfe brauchen. Unsere Sozialarbeiterin steht Ihnen mit Rat und Tat zur Seite.«

Damit war ich entlassen.

Wenig später fand ich mich erneut vor der Tür wieder, hinter der meine Mutter lag und von alldem nichts wusste. Wie mochte es sich anfühlen, im Koma zu liegen? Träumte man? War es so, wie manche behaupteten, dass man mitbekam, was ringsherum geschah? Schwebte ihre Seele durch die Gänge der Klinik?

Ich war nicht dazu erzogen worden, an Geister zu glauben. Ich hoffte nur, dass sie keine Schmerzen hatte. Und wenn sie träumte, dass der Traum ein guter war.

»Sie können gern zu ihr, wenn Sie möchten«, sagte die freundliche Stimme einer Schwester hinter mir. Ich hatte sie gar nicht bemerkt.

»Nein, heute nicht. Ich habe mit Dr. Karsten gesprochen und …« Ich schüttelte den Kopf. Das interessierte die Schwester sicher nicht, sie wusste, wie es um meine Mutter stand.

»Sollten Sie es sich noch einmal überlegen, denken Sie bitte an die Schutzkleidung.«

Ich schaute sie an. Sie war mir bei meinen Besuchen hier noch nicht begegnet und konnte nicht wissen, dass mir das alles bereits bekannt war.

»Danke«, sagte ich und wartete noch, bis sie im Zimmer nebenan verschwunden war. Dann verließ ich die Station.

2. Kapitel

Katja lebte in einem hübschen alten Haus in Stillhorn, unweit des Deichs. Die Gegend hier hatte kaum etwas mit dem restlichen Hamburg zu tun, sie war ländlich und durchzogen von schmalen Wasseradern, die zu dieser Zeit vollkommen begrünt und von Enten bevölkert waren. Nur die Nähe der Autobahn und die hellen Wohnblöcke von Wilhelmsburg, die man in der Ferne sehen konnte, erinnerten einen daran, dass es weiter nördlich noch eine Großstadt gab, zu der dieses Gebiet gehörte.

Ich parkte meinen Wagen halb auf dem Gehweg und stieg aus. Ein Bellen tönte mir entgegen. Der Hund der Nachbarin, eine Promenadenmischung namens Wölfi, über die Katja manchmal lästerte, wenn wir uns schrieben, war sehr gewissenhaft, was den Schutz seines Reviers anging. Und sorgte somit dafür, dass sein Frauchen nichts von dem verpasste, was sich in der Nachbarschaft ereignete.

Auf dem Weg zu Katjas Haustür checkte ich noch einmal mein Handy. Ich hatte ihr vorhin nur kurz geschrieben, dass ich vorbeikommen wollte. Eine Antwort hatte ich nicht abgewartet.

Ich fand zunächst nur die Mail eines Autors, der nachfragte, wie weit die Organisation seiner Lesetour gediehen war.

Dann las ich: *Wenn du keine Angst vor dem Chaos hast, komm ruhig.*

Ich lächelte in mich hinein.

Chaos herrschte bei Katja eigentlich nie. Sie glaubte das nur. Möglicherweise war ihr heute ein Blumentopf heruntergefallen.

An der Haustür klingelte ich.

»Moment!«, tönte es gedämpft aus dem Innern, gefolgt von Schritten und dem Zurückziehen einer Türkette. Keine Ahnung, warum Katja ihr Haus dermaßen sicherte.

»Hey, da bist du ja!« Sie strahlte mich an und umarmte mich, als hätten wir uns wochenlang nicht gesehen. »Komm rein, krieg aber keinen Schreck!«

Der Geruch von Essigreiniger stieg mir in die Nase, als ich durch den Flur ging. Durch die offenstehende Küchentür sah ich, dass Katja begonnen hatte, sämtliche Schränke auszuräumen. Meist tat sie das dann, wenn sie über etwas richtig verärgert war.

»Was ist los?«, fragte ich und riss mich vom Anblick der übereinandergestapelten Geschirrteile los.

»Oh, nichts, was ein gutes Donnerwetter nicht wieder geraderücken würde«, entgegnete sie ausweichend.

»Aha, also Ärger mit Toni.«

»Lass mich bloß in Ruhe mit dem!«

Volltreffer! Offenbar war ihre Fernbeziehung mit Antonio, dem Chef einer Kölner Werbefirma, wieder einmal in die Off-Phase getreten. Gerade frisch, vermutete ich, wenn man sich den Zustand der Küche ansah. Wenigstens hatte sie diesmal mit Chaos nicht übertrieben. Für ihre Verhältnisse war das schon ziemlich extrem.

»Erzähl mir lieber, wie es deiner Mutter geht.«

Sie bugsierte mich ins Wohnzimmer, zu dem riesigen rotgemusterten Sofa, auf dem man sich wie ein Kleinkind vorkam, wenn man darauf saß. Auf der Sitzfläche konnten zwei Leute bequem nebeneinanderliegen.

Ich verdrängte den Gedanken daran, dass Katja und Antonio das in guten Zeiten wahrscheinlich taten, und ließ mich auf das weiche Polster sinken. Erst jetzt bemerkte ich meine innere Anspannung. Sie fühlte sich an wie ein Knäuel Stacheldraht in meinem Bauch.

»Ich war gerade in der Klinik«, presste ich hervor.

»Und?«

Ich seufzte und berichtete, was ich über ihren Zustand und die Wahl eines Betreuers erfahren hatte.

»Vielleicht solltest du auch schon mal daran denken, so eine Patientenverfügung aufzusetzen«, schloss ich. »Sonst bekommst du noch einen Fremden vor die Nase gesetzt, der entscheidet, was mit dir und deinem schönen Haus passiert.«

»Eine gruselige Vorstellung!«, entgegnete Katja. »Ich glaube, ich mache uns beiden erst einmal einen Kaffee. Hast du Hunger?«

Ich wollte schon den Kopf schütteln, doch dann erinnerte mich mein Magen daran, dass meine letzte Mahlzeit das Frühstück im Hotel gewesen war – von dem ich kaum etwas herunterbekommen hatte. Das Knurren klang, als hätte sich ein hungriger Bär vor Katjas Tür verirrt.

»Ja, ein bisschen.«

»Okay, ich bin gleich wieder bei dir. Ruh dich aus, und sammle dich ein wenig. Und dann schauen wir mal, was wir in dieser Betreuer-Sache machen.«

Katja verschwand in der Küche.

Ich lehnte mich auf diesem überbequemen Sofa zurück und blickte aus dem Fenster.

Wie in Berlin die Nebelkrähen, so konnte man hier kleine Schwärme von Möwen sehen, die auf oder hinter den Grundstücken etwas Essbares suchten. Die Abendsonne zauberte einen milden rötlichen Schein auf das Gras. Das Rot der Rosen, die Katja gepflanzt hatte, schien regelrecht zu glühen.

Ich musste zugeben, dass ich in diesem Augenblick ein wenig neidisch auf sie war.

Doch andererseits fürchtete ich den leeren Raum um mich, den ich in solch einem großen Haus hätte. Sicher, ich könnte die Räume mit Möbeln vollstellen, doch in der Dunkelheit würde ich mir der Leere wieder bewusst werden.

In Berlin war ich ständig von Menschen umgeben. In dem Mehrfamilienhaus in Köpenick kannten sich die Nachbarn noch, und die ältere Dame von gegenüber versorgte mich hin und wieder mit Kuchen.

Doch wenn alles anders gekommen wäre, wenn meine Beziehungen länger gehalten hätten oder ich an den Richtigen geraten wäre, hätte ich vielleicht auch ein kleines Häuschen am Speckgürtel der Hauptstadt.

Unwillkürlich dachte ich zurück an die Zeit, in der Katja und ich uns kennengelernt hatten. Damals waren wir beide noch im Studium und wussten nicht so recht, was wir mit unseren Abschlüssen in Publizistik anfangen sollten.

Katja hatte sich schließlich entschieden, in einem Kinderbuchverlag ein Volontariat zu absolvieren – und war bei dem Verlag geblieben. Ich hingegen ging aus Hamburg fort. Nach einem Praktikum in einem Verlag und mehreren Jahren in einer Literaturagentur machte ich mich mit einer kleinen Eventagentur für Autoren selbständig.

Inzwischen vermittelte ich für einige namhafte Literaten Lesungen und andere Veranstaltungen. Es lief recht gut, und ich hoffte, dass ich schon bald ein zweites Büro eröffnen konnte.

Ich habe es gehofft, korrigierte ich mich selbst. Das war, bevor Mutter ins Krankenhaus kam.

Als Katja mit einem kleinen Tablett zurückkehrte, schob ich meine Gedanken beiseite.

»Ich wollte dir keine Umstände machen«, sagte ich peinlich berührt, als ich sah, dass sie Brötchen belegt und zusammen mit Früchten und Käse auf einen Teller gestapelt hatte. Der Kaffee, der in der Kanne dampfte, verströmte einen wunderbar belebenden Duft.

»Du machst mir keine Umstände. Es ist ohnehin Abendbrotzeit, nicht wahr?«

Wie sie unter der Unordnung in der Küche überhaupt noch Geschirr finden konnte, war mir ein Rätsel. Aber mein Magen knurrte erneut, also langte ich zu.

Schweigend aßen wir, und als wir fertig waren, sagte ich: »Du kennst ja das schwierige Verhältnis, das ich zu meiner Mutter habe. Ich habe mich in den vergangenen Stunden gefragt, warum ich mir eigentlich so einen Kopf über die Betreuung mache. Umgekehrt wäre es doch genauso. Meiner Mutter wäre es egal.«

»Du weißt, dass das nicht stimmt«, sagte Katja und legte die Hand auf meine Schulter. »Ja, ich kenne die Geschichten. Aber es ist gewiss nicht so, dass sich deine Mutter nicht um dich gesorgt hätte.«

»Woher willst du das wissen?«, fragte ich und spürte, wie sich alter Ärger in meinem Innersten zusammenballte. All die Versuche, an die unnahbare Person heranzukommen, zu der meine Mutter geworden war, hatten nichts gebracht. Irgendwann hatte ich aufgegeben.

»Weil sich jede Mutter um ihr Kind sorgen würde. Selbst deine Mutter tut das sicher. Ich habe keine Ahnung, was in ihrem Leben vorgefallen ist, aber ich tippe ganz stark darauf, dass sie ausgeflippt wäre, wenn sie die Nachricht bekommen hätte, dass du im Krankenhaus bist.«

»Meine Mutter hat noch nie dazu geneigt auszuflippen«, gab ich mit einem schiefen Lächeln zurück und spürte, wie gut mir der Gedanke, dass meine Mutter sich um mich ängstigen würde, tat. Doch das Gefühl verflog sehr schnell wieder. Sie hatte sich nie wirklich um mich gekümmert.

Dennoch konnte ich nicht einfach über die Betreuersache hinweggehen.

»Nun ja, ich glaube jedenfalls nicht, dass ich ein Schriftstück finden werde, in dem mich meine Mutter zu irgendwas bevollmächtigt.«

»Sie wird wie alle anderen Menschen nicht daran gedacht haben, dass ihr etwas Derartiges zustoßen könnte.«

Ich zuckte mit den Schultern. Der Gedanke, dass ich nie wirklich gewusst hatte, was sie dachte, war wie ein bitterer Geschmack im Mund.

»Vielleicht. Möglich. Auf jeden Fall hat mir der Arzt die Adresse eines Anwalts gegeben, an den ich mich wegen der Betreuersache wenden könnte. Nur weiß ich nicht …« Ich stockte.

»Du weißt nicht, ob du ihn in Anspruch nehmen sollst?«

»Manchmal gehen die Dinge nach hinten los, das weißt du genauso gut wie ich«, sagte ich und rieb mir übers Gesicht. »Der Anwalt wird Fragen stellen. Er wird Dinge wissen wollen. Und ich weiß nicht, ob ich ihm dann eine heile Mutter-Tochter-Beziehung vorspielen kann.«

»Ist das denn von Bedeutung, dass die Beziehung heil ist?«

»Was weiß ich. Aber angesichts der Schwierigkeiten, die meine Mutter und ich hatten … Vielleicht glauben sie, dass ich nicht die Richtige bin, um für ihr Wohl zu sorgen. Dann habe ich einen Anwalt zu bezahlen und letztlich nichts erreicht.«

»Ich glaube, du machst dich verrückt. Rede erst einmal mit dem Mann. Und vorher schaust du, ob es nicht doch ein Schriftstück von deiner Mutter gibt. Vielleicht überrascht sie dich ja mal positiv. Und wenn du magst, helfe ich dir beim Suchen.«

»Danke, das ist lieb«, sagte ich. »Aber nicht nötig. Ich werde morgen nachsehen. Und dann mit dem Anwalt sprechen.«

Ich atmete tief durch und wünschte mich Wochen zurück, als ich noch glücklich durch Berlin radelte und mich all das hier nichts anging.

»Du weißt, dass du jederzeit bei mir einziehen kannst«, sagte Katja, die sich offenbar in den Kopf gesetzt hatte, mich zu unterstützen. »Du musst nicht im Hotel hocken und denen einen Haufen Geld in den Rachen werfen.«

»Ich weiß dieses Angebot sehr zu schätzen«, gab ich zurück. »Aber ich muss kommende Woche nach Berlin zurück. Die Agentur läuft nicht von allein, außerdem möchte ich dir nicht auf die Nerven gehen.«

»Als ob du das jemals getan hättest! Schon vergessen, dass wir in den letzten beiden Semestern Zimmergenossinnen waren?«

Wie hätte ich das je vergessen sollen?

Katja hakte mich unter und zog mich vom Sofa in die Höhe.

»Komm, lass uns ein wenig spazieren gehen. Du siehst aus, als könntest du frische Luft vertragen. Und einen Sonnenuntergang wie diesen bekommst du mitten in der Stadt bestimmt nicht.«

Erst als es dunkel wurde, kehrten wir ins Haus zurück. Inzwischen wusste ich alles über Antonio und die Frau, mit der er Katja betrogen hatte. Die Off-Phase würde wohl endgültig off bleiben. Vielleicht hatte sie mir deshalb angeboten, für eine Weile bei ihr einzuziehen.

Das Angebot, in ihrem Haus zu übernachten, nahm ich aufgrund der bleiernen Schwere meines Körpers gerne an und bezog das kleine Gästezimmer mit den Rosentapeten. Ich wusste, dass Katja daraus gern ein Kinderzimmer machen würde – aber mittlerweile fehlte ihr der Mann für dieses Vorhaben. Sie war nicht der Typ, der sich irgendwen in einer Bar aufgabelte und sich dann von ihm schwängern ließ.

Als ich unter die nach Weichspüler duftende Bettwäsche schlüpfte, fühlte ich mich für einen Moment in meine Kindheit versetzt. Die Zeit, in der Mutter mich noch liebevoll behandelt hatte. Glücklicherweise war ich zu kaputt, um mich wieder an das zu erinnern, was danach geschehen war. Die Wandlung. Die Kälte. Meine Augenlider wurden schwer, und das Letzte, woran ich denken konnte, war der Wunsch, nicht von irgendwelchen blöden Träumen heimgesucht zu werden.

3. Kapitel

Am Samstag fuhr ich bereits in aller Frühe aus Stillhorn los, denn ich wollte nicht in den Wochenendstau geraten. Außerdem musste ich mich noch umziehen, den Klinikgeruch loswerden. Natürlich war es Einbildung, dass er noch an mir haftete, aber für die Suche brauchte ich etwas Bequemeres.

Glücklicherweise war ich gestern noch gut bis zum UKE, dem Universitätsklinikum Hamburg-Eppendorf, durchgekommen und hatte auch auf Anhieb einen Parkplatz gefunden. Heute würde das ganz anders aussehen.

Im Hotel in Harburg wechselte ich meine Sachen. Ich hatte noch Bluse, Blazer und Anzughose an, wie ich es auch in der Agentur trug. Dieser Kleidungsstücke entledigte ich mich nun und schlüpfte in Jeans und ein weites graues T-Shirt. Eine Strickjacke für alle Fälle komplettierte mein Outfit.

Eine seltsame Energie durchzog meinen Körper. Ich fühlte mich wie eine Jägerin. Die war ich gewissermaßen auch. Vielleicht eine, die auf verlorenem Posten stand. Aber bevor ich nicht jeden Zipfel von Mutters Wohnung nach diesem Zettel durchsucht hatte, wollte ich den Anwalt nicht anrufen.

Da die Parkplätze in der Innenstadt am Wochenende sehr

knapp waren, entschied ich mich, mit dem Auto nur bis nach Veddel zu fahren. An der Harburger Chaussee war um diese Zeit noch genug frei, und zur S-Bahn-Station war es nicht weit.

Das Gespräch mit Dr. Karsten kehrte langsam, aber sicher zu mir zurück. Der nette Abend mit Katja hatte mich leider nur kurz abgelenkt. Während ich durch Wilhelmsburg fuhr, war plötzlich alles wieder da.

Es hatte in meinem Leben durchaus eine Zeit gegeben, in der es mir egal gewesen wäre, was mit meiner Mutter geschah. Ich hätte abgewunken und es dem fremden Betreuer überlassen, ihre Angelegenheiten zu regeln.

Doch jetzt hatte mich die Angst, dass ich die Kontrolle verlieren würde, voll im Griff. Wer wusste schon, was ein fremder Betreuer anstellte? Wer wusste, wie er mit ihrer Gesundheit umging?

Noch vor einigen Wochen hätte ich es nicht für möglich gehalten, wie viele Tochtergefühle ich doch hatte.

Ein lauer Wind wehte über den Deich, der sich neben mir auftürmte. Ein paar junge Leute mit Rastafrisuren saßen auf der Treppe und unterhielten sich leise. Die Häuser in der Harburger Chaussee wirkten ein wenig traurig, ihr roter Glanz war von der Zeit abgewaschen und durch dunkle Patina ersetzt worden.

Unweit der Häuserzeile gab es eine Tankstelle, einen Autohändler und ein Spielkasino. Ich hatte keine Ahnung, woher die Lautsprecherstimme kam, die über die Straße tönte. Da sie verkündete, jemand habe gewonnen, tippte ich auf das Kasino.

Ich ließ die Straße hinter mir und erklomm die Treppe zur S-Bahn-Station. Dort war um diese Zeit noch nicht viel los.

Lediglich ein paar ältere Leute saßen auf den Wartebänken und ein junger, asiatisch aussehender Mann lehnte mit Kopfhörern auf den Ohren an einem Pfosten.

Einen Moment lang beobachtete ich, wie Busse und Taxen um den Platz vor dem Bahnhof kreisten, dann fuhr auch schon der Zug ein. Ich suchte mir einen Platz am Fenster, und da ich es mir abgewöhnt hatte, meine Mitreisenden zu mustern, konzentrierte ich mich voll und ganz auf die Aussicht.

Es war seltsam, aber auf einmal überfielen mich nostalgische Gefühle und Erinnerungen. Die Frustration über meine Mutter, die Rebellion gegen mein Elternhaus, aber auch die schönen Momente. Ausflüge an den Hafen mit meinem Vater – und schließlich gelangten meine Gedanken wieder zu dem Tag, an dem sich mein Leben abrupt geändert hatte.

Wie jeden Morgen riss mich der Wecker zu früh aus tiefstem Schlaf. Meine Arme waren zu schwer, um dem Störenfried auf Anhieb den Garaus zu machen, also blieb mir nichts anderes übrig, als mich aufzurichten.

Die Nacht war nicht besonders gut gewesen. Geplagt von diffusen Alpträumen, die mich immer wieder hochschrecken ließen, hätte ich schwören können, dass irgendwann am Morgen ein Auto vor unserem Haus gehalten hatte.

Aber wahrscheinlich hatte ich mir das nur eingebildet. Gähnend stieg ich aus dem Bett und trottete zum Schreibtisch, wo mein kleines Radio stand. Vermutlich war ich nicht die einzige Elfjährige, die ohne Musik einfach nicht wach werden konnte. Musik war für mich und meine Klassenkameradinnen alles.

Meine Mutter mochte das Plärren eines Radios nicht, deshalb hatten wir in den gemeinschaftlichen Räumen auch keines. Was meinen Vater nicht davon abhalten konnte, mir ein Radio zu schenken – dasselbe Modell, das er auch in seiner Werkstatt hatte.

Ich suchte meine Sachen für den Tag zusammen und packte meine Schultasche. Mama lag mir zwar ständig in den Ohren, dass ich meine Schulbücher schon eher einstecken sollte, aber irgendwie vergaß ich das am Abend zuvor immer.

Als der Song beendet war, verschwand ich im Bad. Dabei fiel mir auf, dass es nicht wie sonst in der Küche klapperte. War Mama schon mit dem Frühstück fertig?

Vorsichtshalber beeilte ich mich mit dem Duschen und schlüpfte wenig später in meine neue Jeans. Am liebsten hätte ich eine wie Carola gehabt, mit Löchern am Knie und vollkommen ausgewaschen. Doch ich durfte nicht, weil es unordentlich aussähe – darin waren sich Mama und Papa ausnahmsweise einig. Aber die neue Jeans war dennoch toll, und ich freute mich schon sehr, sie meinen Freundinnen zu zeigen.

Plötzlich stürzte Papa in mein Zimmer. Normalerweise klopfte er immer, doch jetzt war er kreidebleich und zitterte am ganzen Leib.

»Mama ist weg!«, platzte er heraus.

Ich starrte ihn an, unfähig zu begreifen, was er sagte. Mama war nicht da?

»Hast du deine Mutter heute Morgen gesehen?«

Ich schüttelte den Kopf. Noch immer weigerte sich mein Verstand zu realisieren, was er sagte. Mama weg? Natürlich verließ sie manchmal das Haus.

»Sie ist vielleicht draußen«, antwortete ich hilflos. »Bei der Nachbarin. Oder in ihrem Laden.«

»Ja … ja, vielleicht.« Der Gedanke schien meinem Vater offenbar noch nicht gekommen zu sein. Dabei war meine Mutter doch ganz verliebt in ihre kleine Buchhandlung.

»Ich versuche, sie dort zu erreichen.« Damit verließ er mein Zimmer wieder. Zurück blieb eine merkwürdig pulsierende Stille.

Es war noch nie vorgekommen, dass meine Mutter frühmorgens nicht da war. Stets bereitete sie für alle das Frühstück zu, bevor sie in ihr Geschäft fuhr. Ich kannte es gar nicht anders.

Hatte es vielleicht einen Notfall gegeben? Aber warum hatte sie Papa dann nicht Bescheid gesagt?

Schließlich trug ich meine Schultasche nach unten. Papa stand im Flur und telefonierte – oder besser gesagt, er versuchte es. Ich beobachtete, wie seine Stirnfalten mit jedem vergeblichen Klingeln tiefer wurden. Nach einer Weile gab er auf und legte den Hörer wieder auf die Gabel.

»Ich probiere es mal bei der Nachbarin«, sagte er – mehr zu sich selbst als zu mir. »Nimm dir irgendwas aus dem Schrank, egal, was. Du musst gleich zur Schule.«

Irgendwas aus dem Schrank zu nehmen – dem Kühlschrank, dem Vorratsschrank, mein Vater hatte es nicht genau benannt –, war einer meiner Kindheitsträume gewesen. Meine Mutter achtete immer darauf, dass ich in der Schule ein belegtes Brot dabeihatte, jetzt standen mir alle Möglichkeiten offen, einen Schokoriegel zu stibitzen oder was auch immer.

Doch seltsamerweise hatte ich jetzt keinen Spaß daran.

Ich spürte, dass etwas nicht in Ordnung war, und als könnte es meine Mutter zurückbringen, holte ich eine Scheibe Brot aus dem Kasten und belegte sie mit Käse.

In der Schule konnte ich nur daran denken, ob meine Mutter wieder zu Hause oder zumindest in ihrem Buchladen war. Ich versuchte, mich damit zu beruhigen, dass sie einfach nur kurz unterwegs gewesen war. Es geschah nicht häufig, aber manchmal stritten sich meine Eltern. Ich hatte in der vergangenen Nacht nichts gehört, aber möglicherweise hatte mein Vater etwas zu ihr gesagt. Möglicherweise war sie seinetwegen abgehauen. Woher sollte ich das wissen?

Die Welt der Erwachsenen war ein Buch mit sieben Siegeln für mich. Die wichtigsten Dinge wurden mit Kindern nie besprochen. Kam man zufällig dazu, wenn sie sich über etwas Bedeutsames unterhielten, verstummten sie und wechselten das Thema. Dann ging es nur noch darum, ob man seine Hausaufgaben gemacht hatte, wie groß man geworden war oder dass man irgendwo einen Fleck hatte.

Wurde einem das zu viel, verschwand man, und die Erwachsenen fuhren sogleich dort fort, wo sie aufgehört hatten.

Gern hätte ich mich Carola anvertraut, aber diese hatte damit zu tun, mit ihrem Depeche-Mode-Poster anzugeben. Ich fand das sonst auch cool, aber heute war alles, was sie tat, irgendwie albern.

Froh darüber, dass der Tag zu Ende war, verließ ich am Nachmittag das Schulgebäude. Um zum Buchladen meiner Mutter zu gelangen, musste ich ein paar Stationen mit der U-Bahn fahren. Ich war sicher, dass sie dort war. Wahrscheinlich würde sie darüber lachen, wenn ich mit besorgtem Gesicht durch die Tür stürmte.

Als ich die U-Bahn-Station verließ, sprühte mir der Regen ins Gesicht. Das Wetter hatte sich in der Zeit, die ich in der Bahn verbracht hatte, schlagartig verändert. Frierend rettete ich mich in die Buchhandlung.

Ein paar Kunden vor den Büchertischen und dem großen Regal mit den älteren Büchern drehten sich verwundert um. Heidi, die Verkäuferin, beriet gerade einen alten Mann, der sich nicht zwischen zwei Bildbänden entscheiden konnte.

Von meiner Mutter keine Spur. Da Heidi beschäftigt war, beschloss ich, in die Küche zu gehen.

Mein Herz klopfte wie wild. Ich hoffte so sehr, dass ich, wenn ich den Vorhang hinter der Tür wegzog, meine Mutter sehen würde.

Doch die Küche war leer. Auf dem Tisch stand Heidis Brotdose, der Aschenbecher war voller als sonst. Der Geruch von kaltem Qualm hing in der Luft.

Heidi durfte nie rauchen, wenn ich da war. Wenn sie Pause hatte, verzog sie sich mit dem Aschenbecher in den Hinterhof.

Der Vorhang wurde hinter mir aufgezogen. Erschrocken wirbelte ich herum.

»Na, Deern, was machst du denn hier?«, fragte Heidi verwundert. Wahrscheinlich hatte sie mitbekommen, dass ich durch den Laden gelaufen war. »Solltest du nicht besser nach Hause gehen?«

Ich fand diese Frage merkwürdig, denn ich war öfter hier und machte meine Hausaufgaben manchmal im Hinterzimmer.

»Ist Mama hier?«

Heidis Blick verfinsterte sich. »Nein, deine Mutter ist nicht hier. Deshalb sollst du ja nach Hause gehen. Dein Vater hat mich angerufen, damit ich dir das sage, wenn du auftauchst.«

Mit schmerzendem Magen verließ ich die Buchhandlung wieder. Mama war nicht da. Vielleicht war sie daheim? Möglicherweise war sie krank.

Ich versuchte, mir einzureden, dass es noch irgendeine Hoffnung gab. Dass meine Mutter sich nur ein Bein gebrochen hätte.

Ich setzte mich in den Zug und tat etwas, das ich noch nie getan hatte – ich betete. Zwar war ich getauft, aber die Religion spielte bei uns keine große Rolle. Meine Eltern gingen mit mir zu Weihnachten und zu Ostern in die Kirche – damit hatte es sich aber schon. Ich wusste nicht einmal, wie ein richtiges Gebet aussah. Großeltern, die mir eines hätten beibringen können, hatte ich nicht wirklich. Mein Vater hatte zwar noch seine Mutter, doch die war geistig umnachtet, wie er immer sagte.

Ich flüsterte also wirr vor mich hin, versprach, mir immer die Zähne zu putzen und auch keine zerlöcherte Jeans mehr zu wollen, wenn nur meine Mutter wieder da wäre.

Als ich an unserem Haus ankam, erkannte ich, dass diese Angebote wohl zu wenig für den lieben Gott gewesen waren. Beim Anblick des Polizeiautos, das vor unserem Wohnblock parkte und von den alten Leuten in der Gegend Peterwagen genannt wurde, begann ich zu zittern.

Ich konnte nicht einmal sagen, wieso, aber ich war ganz sicher, dass meine Mutter nicht da war.

Oben wurde ich von meinem Vater und zwei Polizisten erwartet. Mein Vater war blass, die Polizisten hatten beide rote Köpfe.

»Da bist du ja!«, sagte er und schloss mich mit einem erleichterten Seufzen in die Arme.

Hast du geglaubt, dass ich auch weglaufen würde?, hätte ich beinahe gefragt, doch ich schluckte die Worte runter.

»Die beiden Herren hier suchen nach Mama. Sie haben ein paar Fragen an dich.«

Vor lauter Herzklopfen bekam ich die Namen der beiden Männer gar nicht mit. Alles um mich herum rauschte.

Ich gab ihnen artig die Hand, und der Größere von beiden, der eine Halbglatze hatte, begann, mir Fragen zu stellen.

Wann ich meine Mutter zum letzten Mal gesehen hätte.

Ob sie sich seltsam verhalten hätte.

Ob es Streit zwischen meinen Eltern gegeben hätte.

Und so weiter. Ich konnte die meisten Fragen verneinen und hätte um ein Haar auch diese verneint: »Ist dir in der Nacht irgendwas Merkwürdiges aufgefallen?«

»Na ja … Ich bin mir nicht sicher, aber irgendwie war es, als würde ein Auto vor der Tür halten.«

»Ein Taxi vielleicht?«, fragte der Polizist.

Ich zuckte mit den Schultern. »Weiß nicht. Ich dachte, ich würde das nur träumen, also bin ich auch nicht aufgestanden, um nachzusehen. Danach bin ich gleich wieder eingeschlafen.«

Der Polizist seufzte. Die Antwort schien ihm nur teilweise zu gefallen. Wahrscheinlich wäre es ihm lieber gewesen, wenn ich das Auto hätte beschreiben können.

Nach weiteren Fragen, zu denen ich nichts sagen konnte, gab der Polizist auf. Ich kroch auf den Schoß meines Vaters. Die Angst um meine Mutter spürte ich nicht mehr so sehr, dafür eine durchdringende Müdigkeit.

Die Hand meines Vaters fuhr durch mein Haar.

Nur entfernt hörte ich, wie sich die Polizisten verabschiedeten und versprachen, sich wieder zu melden, wenn es Neuigkeiten gab.

Bange Wochen begannen. Mit Bauchkneifen vor Sorge wachte ich auf, mit Bauchkneifen ging ich zur Schule. Ich wurde das ätzende Gefühl in meinem Innern nicht mal dann los, wenn ich bei meinen Freundinnen war. Meine schulischen Leistungen gingen zurück. Einen Test und eine Klassenarbeit verhaute ich völlig. Noch nie zuvor hatte ich eine Zensur bekommen, die schlechter als eine Vier war. Als ich meinem Vater den Fünfer und die Sechs zeigte, reagierte er seltsam teilnahmslos.

Ich wusste, dass er nur darauf wartete, dass das Telefon klingelte. Oder dass die Polizei vorfuhr und berichtete, dass sie Mama gefunden hatten.

Doch nichts geschah.

Tagsüber gingen wir beide mehr schlecht als recht unseren Ver-

richtungen nach. Abends schwiegen wir uns an. Das kleine Radio war bis zum Schlafengehen meine einzige Gesellschaft. Ich hörte bis spät in die Nacht die Rolling Stones, die Pet Shop Boys oder David Bowie. Erst, wenn der nächtliche Seewetterbericht kam, schaltete ich ab und ließ mich in den Schlaf gleiten.

Tags darauf wiederholte sich das Spiel.

Mittlerweile hatte man eine Suchmeldung für meine Mutter sogar bei Aktenzeichen XY *gesendet. Man ging davon aus, dass sie von einem unbekannten Mann verschleppt und ermordet worden sei.*

Die meisten Hinweise, die daraufhin eintrafen, waren allerdings wertlos. Frauen in ihrem Alter, mit der gleichen Größe und Haarfarbe, gab es in Deutschland etliche.

Dass die Polizei spekulierte, meine Mutter könne ermordet worden sein, ging mir erheblich an die Nieren. Nächtelang weinte ich, und mein Vater, der mit seiner eigenen Trauer und seinem Unglauben zu kämpfen hatte, war nicht in der Lage, mich zu trösten.

Nach der Sendung begann für mich eine seltsame Zeit in der Schule. Meine Klassenkameraden schauten mich an, als wäre mir ein Horn auf dem Kopf gewachsen. Meine Freundinnen verstummten manchmal abrupt, wenn ich zu ihnen trat. Wahrscheinlich teilten sie die Mutmaßungen, die tags zuvor ihre Eltern abgegeben hatten. Einige meinten, meine Mutter sei ermordet worden. Andere dachten, sie sei rübergegangen in die Zone. Manche behaupteten sogar, dass meine Mutter eine sowjetische Agentin war, die man hier eingesetzt hatte, um zu spionieren.

Ich glaubte keiner dieser Behauptungen und entfernte mich immer mehr von meinen Freundinnen. Nach einer Weile verloren sie das Interesse an der Sache – und an mir. Ohnehin wollten sie, wenn sie zu mir kamen, nur wissen, was nun mit meiner Mutter sei. Aus diesem Grund nahmen mich auch öfter die Lehrer beiseite. Ob sie wohl Wetten abgeschlossen hatten, wer recht bekam?

Dann wurde ich eines Tages aus dem Unterricht geholt. Der Himmel hing schwer über Hamburg, und eine drückende Hitze schwebte in den Straßen. Die Sommerferien standen vor der Tür. Ich hatte es aufgegeben, an eine Urlaubsreise zu denken, denn Vater würde nirgends mit mir hinfahren. Wir waren dazu verdammt, auf Mutter zu warten.

Zu meiner großen Überraschung stand mein Vater im Lehrerzimmer. Er hatte geweint, das sah ich sofort. Sogleich überkam mich ein ungutes Gefühl. Hatten diejenigen recht, die behauptet hatten, meine Mutter sei umgebracht worden?

Meine Unterlippe begann zu zittern, bevor ich überhaupt spürte, dass ich gleich weinen würde.

Doch dann lächelte mein Vater. »Der Rektor erlaubt mir, dich vom Unterricht zu befreien. Stell dir vor, Mama ist wieder da!«

Ich starrte ihn an. In den vergangenen Wochen hatte ich nicht damit gerechnet, dass es diesen Tag jemals geben würde. Irgendwie kam es mir wie ein Traum vor. Sicher würde gleich der Wecker klingeln und mich aus dem Schlaf reißen.

Doch mein Vater fasste mich bei der Hand und führte mich tatsächlich nach draußen.

Wir schlängelten uns in seinem Polo durch den Stadtverkehr, wobei er tatsächlich anfing, ein Lied zu summen. Es musste wahr sein. Meine Mutter war wieder da!

Als unser Wohnblock auftauchte, klopfte mein Herz wie verrückt. Diesmal nicht aus Sorge. Ich war ungeduldig. Ich konnte es nicht abwarten, sie wiederzusehen! Obwohl meine Mutter kaum freie Zeit hatte, weil sie sich so intensiv um ihren Laden küm-

merte, hatten wir doch oft schöne Nachmittage in der Stadt verbracht. Ich durfte stets bei ihr in der Buchhandlung sein, und wenn sie etwas Luft hatte, spielten wir irgendwas. Sie konnte natürlich auch streng sein, doch sie war meine Mutter, und ich liebte sie, das wusste ich nun. Mochten einige meiner Klassenkameraden ruhig davon träumen, dass ihre Eltern verschwanden: Ich wollte nur, dass weder meine Mutter noch mein Vater mich jemals wieder alleinließen.

Ich stürmte förmlich die Treppe hinauf und klingelte dann ungestüm an der Wohnungstür. Mein Vater kam gar nicht so schnell hinter mir her.

»Warte!«, rief er von unten. »Lass deine Mutter schlafen!«

Doch da öffnete sich die Tür vor mir schon.

Da war sie. Noch genau so hübsch wie vor drei Monaten. Sie wirkte ein wenig erschöpft, aber nach der langen Reise, die wohl hinter ihr lag, war das kein Wunder.

»Mama!«, rief ich, mit Tränen in den Augen. Doch in dem Augenblick, als ich sie umarmte, spürte ich bereits, dass etwas anders war. Meine Mutter fühlte sich kalt an, so kalt. Und sie zeigte nicht die geringste Spur von Wiedersehensfreude. Nachdem sie meine Umarmung einen Moment lang ertragen hatte, löste sie sich von mir.

»Ich bin müde«, sagte sie nur und ging dann nach oben.

Ich wusste es damals noch nicht, aber die Frau, die zurückgekehrt war und aussah wie meine Mutter, war eine andere geworden

»Nächste Station Sternschanze.«

Die Durchsage schreckte mich aus meinen Gedanken. Verdammt, jetzt war ich sogar schon eine Station zu weit! Ich schnappte meine Tasche, erhob mich, und als die Bahn hielt, stieg ich aus. Wieder einmal zeigte sich, dass es nicht gut war, allzu weit in seine Erinnerungen abzudriften. Glücklicherweise fuhren die S-Bahnen auch in die entgegengesetzte Richtung. Während ich mich bemühte, die Bilder von damals beiseitezuschieben, wartete ich auf die nächste S 31 und stieg ein, sobald der Zug hielt.

4. Kapitel

Die Buchhandlung meiner Mutter befand sich in einer kleinen Seitenstraße in der Altstadt, nahe der Mönckebergstraße. Die Ladenmieten waren hier mittlerweile explodiert, doch meine Mutter brauchte sich davor nicht zu fürchten, denn das kleine Haus mit Laden gehörte ihr seit einigen Jahren. Der alte Mann, der es früher besessen hatte, war schon lange tot, und seine Tochter hatte damals eingesehen, dass sie mit einem Verkauf besser fahren würde.

Es war ein Geschäftsort wie aus dem Bilderbuch. Zwar gab es unweit von hier ein Einkaufszentrum, in dem sich auch eine riesige Buchhandlung befand. Aber Cornelia Petri hatte ihre Stammkunden.

Nachdem sie ins Krankenhaus eingeliefert worden war, hatte ich nach dem Rechten geschaut. Da Mutter keine Angestellte mehr hatte, die sich um den Betrieb kümmern konnte, war mir nichts anderes übriggeblieben, als den Laden vorerst zu schließen.

Ich zog die Schlüssel aus der Tasche und öffnete die Tür.

Da seit mittlerweile mehr als einer Woche nicht gelüftet worden war, schlug mir die abgestandene Ladenluft ziemlich deutlich entgegen. Als Kind hätte ich mir nichts Schöneres vorstellen können, als meine gesamte Zeit in diesen

Räumen zu verbringen, wo immer wieder geheimnisvolle Kisten angeliefert wurden und neue Bücher erschienen.

Der Verkaufsraum wirkte ohne meine Mutter kalt und seelenlos. Auf dem Tresen lag eine feine Staubschicht. Auch die Bestseller, die auf dem großen Tisch in der Mitte aufgestapelt waren, wirkten ein wenig vergraut. Wenn der Laden wieder geöffnet wurde, musste erst einmal gründlich abgestaubt werden.

Ich schritt an den Kinderbuch-Regalen neben der Tür vorbei und strebte dem Tresen zu.

Hatte meine Mutter die Patientenverfügung in ihrer Buchhandlung liegen? Soweit ich wusste, hatte sie weder einen Anwalt noch einen Notar, bei dem ich hätte nachfragen können.

Vielleicht wäre es besser gewesen, mit ihrer Wohnung anzufangen, aber irgendwie sträubte ich mich, nach oben zu gehen. Meine Mutter hatte ihre kleine Wohnung ohnehin nur als Schlafplatz genutzt. Ihr Leben hatte sie in dieser Buchhandlung verbracht, solange ich denken konnte. Auch als Papa noch lebte und wir woanders wohnten.

Die Fächer unter dem Tresen sahen bemerkenswert ordentlich aus. Auf keinen Fall so, als hätte der Schlaganfall sie direkt aus dem Leben gerissen. Aber das passte zu meiner Mutter. Sie war nie unordentlich. Alles war immer an seinem Platz.

Ich überlegte. Wo würde meine Mutter ein Dokument aufbewahren, von dem sie wollte, dass es ihre Tochter im Notfall fand?

Wahrscheinlich wollte sie das gar nicht, ätzte eine kleine Stimme in meinem Verstand.

Aber ich musste es versuchen.

Da ich bezweifelte, dass wichtige Dokumente im Verkaufsraum lagen, ging ich in den kleinen Aufenthaltsraum, der an das Lager grenzte. Früher, als meine Mutter noch eine Verkäuferin hatte, saßen die beiden bei Flaute oft hier und tranken Kaffee. Auch ich hatte oft an diesem Tisch gesessen.

Nach ihrer Rückkehr hatte sie mich hier nicht mehr haben wollen. Als mir ihr Schimpfen und ihre Beschwerden über meine Anwesenheit schließlich zu viel wurden, floh ich in die Stadt und kam nach der Schule gar nicht mehr hierher.

Ich durchsuchte den Aufenthaltsraum und entdeckte tatsächlich allerhand Dokumente – doch keine persönlichen, die mir etwas genützt hätten.

Als ich das letzte Schrankfach durchstöbert, dort aber nur ein paar Zeitschriften gefunden hatte, sah ich ein, dass ich wohl oder übel in ihre Wohnung gehen musste.

Seufzend ließ ich mich auf den Küchenstuhl sinken. Ein Kaffee wäre jetzt gut gewesen. Mein Blick fiel auf die Kaffeemaschine, die schon etliche Jahre auf dem Buckel hatte. Meine Mutter hielt von den neuen Espresso-Apparaten überhaupt nichts. Solange die alte Maschine lief und sich vom Kalk befreien ließ, schaffte sie keine neue an.

Ich goss Wasser in die Kanne, füllte Kaffee in den Filter und stellte das Gerät an.

Plötzlich bimmelte die Türglocke. Vor Schreck hätte ich beinahe die Kaffeetasse fallen lassen. Draußen hing doch das Geschlossen-Schild, konnten die Leute nicht lesen?

Ich stellte die Tasse ab und ging nach vorn.

Zwei Männer blickten sich ein wenig ratlos im Verkaufsraum um.

Der eine war ein älterer Herr in den Siebzigern, der mich ein wenig an Donald Sutherland erinnerte. Er trug einen weißen Bart, sein weißes Haar lag in Wellen um seinen Kopf, und in seinen dunklen Augen war so ein gewisses Blitzen, wie es auch der Schauspieler hatte. Sein dunkler Mantel mutete etwas zu warm an für das schöne Juniwetter, das derzeit die Herzen der Hamburger erwärmte.

Sein jüngerer Begleiter trug eine beigefarbene Hose und ein weißes Hemd, dessen Ärmel aufgekrempelt waren. Ich schätzte ihn auf Anfang vierzig, also musste er ungefähr so alt sein wie ich. Seine Augen ähnelten denen des älteren Mannes. War er sein Sohn?

»Guten Tag«, grüßten sie beinahe unisono und kamen direkt auf mich zu. Wären es Kunden gewesen, hätten sie wahrscheinlich den Büchertisch angesteuert oder die Regale. Diese Männer schienen etwas anderes zu wollen.

»Guten Tag«, erwiderte ich, und erst jetzt fiel mir auf, dass die Aussprache des Grußes etwas merkwürdig geklungen hatte. »Wir haben eigentlich geschlossen«, setzte ich hinzu.

»Wir kommen nicht, weil wir etwas kaufen wollen«, sagte der ältere Mann und sah mich mit seinen dunkel blitzenden Augen an. »Ich wollte fragen, ob Cornelia Petri vielleicht zu sprechen ist.«

Ich zog verwundert die Augenbrauen hoch. »Cornelia Petri?«

»Ja, ihr gehört doch die Buchhandlung, oder hat sie sie inzwischen an Sie verkauft?«

Ich schüttelte den Kopf. »Nein, die Buchhandlung gehört ihr noch immer. Derzeit ist sie aber nicht hier, es … es geht ihr nicht so gut.«

»Oh, das tut mir leid.«

Jetzt wurde mir klar, dass es ein amerikanischer Akzent

war, der in seinen Worten mitschwang. Sein Deutsch war dennoch extrem gut. Viel besser als mein Englisch.

»Wann wird sie denn wieder hier sein?«

Was waren das für Männer? Befreundete Buchhändler? Verleger? Gerichtsvollzieher? Ich wusste sie nicht so recht einzuordnen.

Auf jeden Fall hielt ich es für besser, ihnen nicht auf die Nase zu binden, dass meine Mutter im Koma lag und diesen Laden wahrscheinlich sehr lange nicht mehr betreten, geschweige denn öffnen würde.

»Das kann ich Ihnen leider nicht sagen«, gab ich zurück. »Aber wenn Sie mir Ihren Namen nennen …?«

Ich war nicht sicher, ob ich meiner Mutter je von diesem Besuch erzählen würde. Aber ich sah Enttäuschung im Blick des Mannes.

»Oh ja, natürlich.« Der Fremde griff in die Innentasche seines Mantels und zog ein Kärtchen hervor. »Hier. Mein Name und meine Adresse. Ich bin im Moment im Hotel Prinzenhof in der Nähe des Hauptbahnhofs untergebracht. Ich werde etwa drei Wochen in Deutschland sein.« Er pausierte und sah mich an. »Ich würde mich wirklich sehr freuen, wenn Frau Petri mich besuchen könnte. Es ist so lange her, dass wir miteinander gesprochen haben.«

Während ich die Karte annahm, bemerkte ich, dass mich auch der jüngere Mann eindringlich musterte. So, als suchte er in meinem Gesicht irgendwas.

Als ich ihn ansah, lächelte er.

»Ich … ich richte es ihr aus«, entgegnete ich ein wenig verwirrt und versuchte mich ebenfalls an einem Lächeln. Wie gut es gelang, wusste ich nicht, aber die beiden wandten sich um und verließen den Laden wieder.

Professor Richard Henderson, University of Connecticut, stand in goldenen Lettern auf der Vorderseite der Karte. Auf der Rückseite befanden sich seine Wohn- und E-Mail-Adresse.

Meine Mutter kannte einen Professor aus Amerika?

Das erschien mir seltsam, bis ich mich wieder darauf besann, dass sie jährlich zur Frankfurter Buchmesse fuhr und dort alle möglichen Leute kennenlernte. Möglicherweise war sie diesem Mr Henderson dort begegnet. Und das wohl schon vor Jahren. Dass sich dieser Mann immer noch an sie erinnern konnte, war seltsam. Meine Mutter war in jungen Jahren wirklich eine hübsche Erscheinung gewesen mit ihrem rotblonden Haar und ihren grünen Augen – aber sie war verheiratet gewesen. Und nie hatte sie diesen Mann erwähnt.

Okay, sie hatte auch sonst nicht viel über ihre Vergangenheit gesprochen. Auch über ihr monatelanges Verschwinden hatte sie geschwiegen. Ich bezweifle, dass sie meinem Vater je gesagt hatte, was damals geschehen war, und ich wurde ohnehin außen vor gelassen. Irgendwann hatte ich den Punkt erreicht, an dem ich es aufgab, etwas von ihr in Erfahrung bringen zu wollen.

Einen Moment noch drehte ich die Karte in meiner Hand. Sie fühlte sich sehr edel an. Dann hörte ich das Rauschen der Kaffeemaschine. Ich steckte die Karte ein und ging in die Küche.

5. Kapitel

Obwohl ich eigentlich etwas anderes zu tun gehabt hätte, setzte ich mich an den Computer meiner Mutter und begann, nach diesem Henderson zu forschen.

Glücklicherweise war meine Mutter zu träge gewesen, ihre Passwörter zu ändern, die ich irgendwann mal für sie eingerichtet hatte. Das war einer der wenigen Augenblicke gewesen, in denen sie sich von mir helfen ließ und hinterher nicht an mir herummäkelte.

Der Computer war ein wenig altersschwach, aber die Internetleitung hervorragend.

Die Suchmaschine spuckte mir auch sofort ein Ergebnis aus.

Richard Henderson war Professor an der University of Connecticut. So viel stand auch auf seiner Karte. Ich fand Bilder, die ihn in verschiedenen Lebensaltern zeigten. Er war in jeder Hinsicht ein attraktiver Mann. Er betreute die englische Fakultät und arbeitete als Gastdozent in Yale für das Fach Deutsch. Und er schrieb. Die Liste seiner Veröffentlichungen war lang. Essays, Artikel in Fachzeitschriften und Literatur. Bücher. Romane. Siebzehn inklusive seines neuesten Werks. *Das Leben in der Ferne* wurde gerade in Deutschland vorgestellt. Ich fragte mich, warum ich davon nichts mitbekommen hatte. Hatte meine Mutter denn eine Einladung erhalten? Wusste sie von seinem Besuch?

Für einen Moment war ich versucht, zu ihr ins Krankenhaus zu fahren, doch dann fiel mir wieder ein, dass sie nicht mit mir reden konnte.

Seufzend lehnte ich mich zurück und blickte auf den Bildschirm. Richard Henderson, ein Professor, nein, ein Schriftsteller aus Amerika, wollte meine Mutter sprechen. Das fühlte sich an wie eine große Sache. Und es wunderte mich ein wenig, dass sie keine Lesung mit ihm organisiert hatte. Oder hatte sie das? Sollte ich irgendwas absagen?

Warum machte ich mir Gedanken? Der Laden war geschlossen, und da ich an den Fenstern keine Plakate gesehen hatte, war wohl auch nichts geplant gewesen.

Dennoch ließ mir der Besuch keine Ruhe, und ich vergaß beinahe, weshalb ich eigentlich hergekommen war.

Ich klickte den Browser weg und drückte die Finger in meine Augenwinkel. Es war einfach zu viel. Ich konnte mich nicht auch noch um diesen Professor kümmern.

Seufzend erhob ich mich und kehrte in die Küche zurück. Ein Kaffee würde mir jetzt guttun. Ich goss mir eine Tasse ein. Hunger wütete in meinem Magen. Hatte meine Mutter noch etwas in der Küche? Soweit ich wusste, hatte es früher immer Kekse in den Schränken gegeben. Manchmal hatten auch die Verlagsvertreter etwas mitgebracht. Keine Ahnung, ob sie das noch immer machten.

Tatsächlich fand ich in einem der Schränke eine Box voll Gummibärchen und Butterkekse. Das würde erst einmal reichen. Später würde ich mir im Hotel etwas zu essen gönnen.

Ich stieg hinauf in die Wohnung. Sie bestand aus vier Räumen: einem Wohnzimmer, von dem aus man einen guten Blick auf die Straße hatte, einem Schlafzimmer mit Blick auf den Innenhof, einer kleinen Küche und einem Bad.

Das Wohnzimmer war recht modern eingerichtet. Meine Mutter hatte es nicht so mit dem Kitsch, der die Zimmer anderer Leute bevölkerte. Bis auf den Sessel, auf dem mein Vater besonders in seinen letzten Jahren gesessen und auf die Straße geschaut hatte, gab es kaum richtig altertümliche Möbel. Die Wände waren in einem sonnigen Gelbton gestrichen. Meine Mutter liebte die Farbe.

Ich holte die Schatulle, von der ich wusste, dass Mutter dort ihre Papiere aufbewahrte, aus der Anrichte. Den Schlüssel hatte sie in der Küche versteckt. In welcher Kaffeekanne er lag, musste ich erst noch herausfinden, denn sie wechselte häufiger mal.

Nacheinander schüttelte ich die Kannen, bis es in einer klapperte. Ich zog den altmodischen Schlüssel mit dem runden Kopf hervor und schob ihn in die Schatulle. Es war erstaunlich, wie viele Dokumente sich angesammelt hatten. Aber auch hier zeigte sich, dass meine Mutter ein Ordnungsfreak war. Sie hatte alles feinsäuberlich nach Zweck geordnet. Belege oder Papiere, die älter waren als fünf Jahre, suchte ich vergeblich. Meine Mutter pflegte jedes Jahr Unterlagen, die die Zeit überschritten hatten, zu vernichten.

Ich entdeckte Arztrechnungen und Rezeptkopien, Belege für die Grabstelle meines Vaters, die mittlerweile auch schon zehn Jahre alt war. Ich fand Strom- und Wasserrechnungen, Versicherungsbelege und einen Handyvertrag.

Was ich vergeblich suchte, war eine Patientenverfügung.

Entweder hatte es meine Mutter wirklich nicht im Sinn gehabt oder nicht gewollt.

Ich würde sie nicht fragen können. Ich musste also schauen, wo sie sonst noch Papiere abgelegt haben könnte.

Ich holte mir noch eine Tasse Kaffee und setzte meine Suche fort. Aus Schubladen und Schränken holte ich alles hervor, was aus Papier bestand. Meine Mutter hatte bewundernswerte Ordnung gehalten. Sie hatte ihre Geschäftspapiere von den privaten Unterlagen getrennt. Dennoch schaute ich in die Aktenordner, in denen sie Rechnungen von Grossisten und andere Lieferunterlagen fein säuberlich aufgehoben hatte. Ich ahnte, dass ein Schriftstück, wie ich es suchte, nicht dort zu finden sein würde. Aber ich wollte auf Nummer sicher gehen.

Ich blätterte die Unterlagen durch und erfuhr auf diese Weise wohl mehr über ihr Geschäft, als sie freiwillig erzählt hätte.

Doch das brachte mich in der Betreuer-Sache nicht weiter. Wieder wandte ich mich der Schatulle zu. Ich stützte mein Kinn auf meine Hand und starrte minutenlang auf den nackten Boden. Da bemerkte ich, dass sich etwas an einer der Wände des Behältnisses verkantet hatte. Es handelte sich um einen Zettel, der zu klein war, um als Patientenverfügung durchzugehen. Ich löste ihn trotzdem mit dem Fingernagel ab und drehte ihn herum.

Eine Telefonnummer mit norddeutscher Vorwahl stand darauf, darunter der Name Richard Henderson mit einem Fragezeichen dahinter. Richard Henderson? So hieß doch der Mann, der vorhin hier gewesen war! Kannte sie ihn wirklich? War das seine Telefonnummer? Aber er sagte doch, dass er aus den USA käme.

Die Frage ließ mir keine Ruhe. Schließlich ging ich zum Telefon und wählte. Mein Magen zog sich gespannt zusammen. Was würde passieren? Schlimmstenfalls würde mir eine Computerstimme gleich »Kein Anschluss unter dieser Nummer« ins Ohr brüllen. Doch der Ruf ging durch. Und wenig später ertönte eine Bandansage.

Verblüfft hörte ich, dass die Nummer zu der Vertriebsabteilung eines Verlages gehörte. Natürlich war jetzt niemand mehr da, ich wurde auf Montag vertröstet. Kopfschüttelnd legte ich wieder auf. Offenbar hatte meine Mutter Bücher von diesem Henderson bei seinem Verlag geordert. Nicht verwunderlich, immerhin war sie ja Buchhändlerin. Ich legte den Zettel auf den restlichen Schatulleninhalt.

Ringsherum dunkelte es. Ich wusste nicht – war ich enttäuscht? Hatte ich es geahnt? Eine seltsame Leere breitete sich in mir aus.

Ich blieb so sitzen, bis ich den Küchentisch kaum noch erkennen konnte, dann erhob ich mich und schaltete das Licht an.

Keine Patientenverfügung. Meine Suche war wohl beendet. Wenn meine Mutter ein Dokument wie dieses gehabt hätte, wäre es hier zu finden gewesen. Warum hätte sie es mir unnötig schwermachen sollen?

Ich räumte die Papiere zurück in die Schatulle, möglichst so, dass alles wieder an seinem Platz war.

War das noch von Bedeutung? Würde sie je wieder diese Wohnung und ihren Laden betreten?

Nachdem ich alles verstaut hatte, suchte ich noch in den Schubladen des Sekretärs, doch auch dort fand ich nichts. Ich musste den Tatsachen wohl ins Auge blicken: Meine Mutter hatte keine Vorsorge getroffen. Wenn sie nicht irgendwo bei einem Notar etwas hinterlegt hatte, würde es keine Verfügung geben. Ich hatte zwei Möglichkeiten: Entweder schaute ich, was passierte, oder ich ging zu dem Anwalt.

Ich zog seine Visitenkarte aus meiner Jeanstasche und betrachtete sie lange.

Okay, meine Mutter mochte sich vielleicht nicht für mich interessieren, aber ich war ihre Tochter und war es ihr schuldig, mich um sie zu kümmern. Und sei es wegen der elf schönen Jahre, die ich mit ihr gehabt hatte.

6. Kapitel

Am Montag, auf dem Weg zur Anwaltskanzlei, ging mir immer noch die seltsame Begegnung vom Samstag durch den Kopf. Meiner Mutter hatte ich natürlich nicht erzählen können, dass ein doch ziemlich bekannter Schriftsteller nach ihr gefragt hatte. Aber ich nahm mir vor, dass es das Erste sein würde, das ich ihr berichtete, wenn sie aus dem Koma erwacht war.

Als ich vor der Kanzlei stand, die in einem alten dreistöckigen Ziegelhaus ihren Sitz hatte, strich ich meinen Blazer glatt.

Ich atmete tief durch und drückte den Klingelknopf. Es war ein Glücksfall, dass ich heute noch einen Termin erhalten hatte.

Ich ließ das marmorne Foyer hinter mir und schritt durch die Kanzleitür. Eine junge Frau mit langem blonden Haar und dunkelgrünem Etuikleid begrüßte mich am Anmeldetresen. Hinter ihr hörte ich eine Männerstimme, wahrscheinlich telefonierte Herr Steyer gerade. Er klang immerhin energisch, vielleicht war das ein gutes Zeichen.

»Setzen Sie sich doch einen Moment«, sagte die Anwaltsgehilfin freundlich, dann ging sie in Steyers Büro. Dieser redete weiter, wusste jetzt wohl aber, dass ich da war.

Beinahe kam ich mir vor, als würde ich im Wartezimmer eines Arztes sitzen. Die Möbel waren vielleicht bequemer, aber die Atmosphäre war ähnlich.

Als ich am Freitag zu Besuch bei Katja gewesen war, hatte ich mich gefragt, wovor ich eigentlich Angst hatte. Steyer würde ebenso wenig wie das Gericht wissen, wie das Verhältnis zwischen mir und meiner Mutter wirklich gewesen war. Es gab keine Akten darüber, dass die eine die andere misshandelt hatte. Ohnehin war der Terror zwischen uns eher seelischer Natur gewesen. Er hatte unter Ausschluss der Öffentlichkeit stattgefunden.

»Frau Petri?«

Ich blickte überrascht auf. Beinahe wäre ich wieder in die alten Bilder abgeglitten. Doch nun stand ein attraktiver Mittvierziger vor mir, mit schwungvoll frisiertem blonden Haar, das an den Schläfen schon etwas weiß wurde. Er trug einen blauen Nadelstreifenanzug mit weißem Hemd und passender Krawatte. Der Stoff strömte Kühle aus – wahrscheinlich hatte er sich das Jackett extra für mich angezogen.

»Martin Steyer«, stellte er sich vor.

Ich erhob mich und drückte seine Hand. »Vielen Dank, dass Sie auf die Schnelle einen Termin für mich haben.«

»Sie hatten Glück, ein Klient hatte kurz vorher abgesagt. Und nachdem ich gehört habe, dass Dr. Karsten mich empfohlen hat, war für mich klar, dass ich Sie nicht warten lassen möchte.«

Er lächelte mich so jovial an, als wollte er mit mir essen gehen oder so was. Das war so ungewohnt für mich, dass ich es zunächst als Bedrohung ansah. Doch dann rief ich mich zur Ordnung. Wahrscheinlich gehörte diese Freundlichkeit zu seinem Erfolgsrezept.

Wir gingen in sein Büro, das recht spartanisch eingerichtet war. Die schwarzweißen minimalistischen Möbel hatten dennoch wohl Unsummen gekostet. Das Regal, in dem sich die dicken Ordner mit Gesetzestexten stapelten, sah allerdings aus, als käme es aus einem schwedischen Möbelhaus.

Während ich vor dem Schreibtisch Platz nahm, bot Steyer mir einen Kaffee an.

»Mit Milch und Zucker?«

»Ja, gern, danke«, entgegnete ich.

Wenig später dampfte das heiße Getränk in einer weißen Porzellantasse vor mir.

»Sie möchten sich also als Betreuerin Ihrer Mutter bestellen lassen«, begann Steyer, ohne den üblichen Small Talk über das Wetter, wofür ich ihm sehr dankbar war.

»Ja, das möchte ich.«

»Ich nehme an, dass Ihre Mutter kein Schreiben hinterlassen hat, in dem sie die Angelegenheit regelt.«

»Dann wäre ich wohl nicht zu Ihnen gekommen, nicht wahr?« Ich nippte an dem Kaffee. Er war außerordentlich gut.

»Stimmt. Nun, dann sollten wir wohl als Erstes klären, welche Verwandten Ihre Mutter noch hat.«

Er griff nach Kugelschreiber und Schreibblock.

»Niemanden außer mir. Mein Vater ist vor zehn Jahren verstorben. Andere Verwandte gibt es nicht.«

Steyer schrieb und fragte weiter. Ich erzählte ihm von Mutters Buchladen und ihrer Wohnung, von dem Schlaganfall, der alles verändert hatte, und dass der Arzt nicht wusste, wie lange sie im Koma gehalten werden musste.

Innerhalb einer halben Stunde füllte der Anwalt zwei Blätter mit einer akkuraten und energischen Schrift.

Dann schraubte er seinen sicher ziemlich teuren Füller zusammen und sah mich an.

»Dr. Karsten hat Ihnen vielleicht gesagt, dass das Gericht nicht immer für einen Angehörigen entscheidet. Es will sich vergewissern, dass der Betreuer eine geeignete Person ist.«

»Ich bin ihre einzige Tochter. Wer, wenn nicht ich, weiß, was das Beste für meine Mutter ist?«

Die Falte zwischen seinen Augenbrauen wurde ein paar Millimeter tiefer. Als könnte er mir von der Stirn ablesen, dass ich kaum etwas über meine Mutter wusste.

»Wo wohnen Sie? Hier in Hamburg?«

»Berlin. Ich bin in Hamburg geboren.«

»Das ist ein ziemliches Stück Weg, das Sie zu bewältigen haben, wenn Sie nach Ihrer Mutter sehen wollen.«

»Das ist kein Problem. Ich kann in knapp drei Stunden hier sein.«

»Und Ihre Arbeit, wie flexibel sind Sie darin? Können Sie sofort auf Notfälle reagieren? Haben Sie Zeit, um die erforderliche Dokumentation anzufertigen?«

»Natürlich habe ich die. Ich habe mit meiner Eventagentur zwar viel zu tun, aber ich kann mir auch entsprechende Zeiträume freischaufeln. Ich bin selbständig und damit unabhängig.«

Steyer sah mich eine ganze Weile prüfend an. Ich erwiderte seinen Blick, zählte die goldenen Sprenkel in seinen Augen und versuchte, unerschrocken zu wirken.

»Wie ist das Verhältnis zu Ihrer Mutter?«

»Wie soll es sein? Ich denke, wie bei allen Müttern und Töchtern.«

Diese Antwort schien Herrn Steyer nicht zufriedenzustellen.

»Das Gericht wird mehr haben wollen«, sagte er. »Es will wissen, wie gut Sie miteinander ausgekommen sind. Ob es Probleme gab.«

Stand mir vielleicht auf der Stirn geschrieben, dass unser Verhältnis alles andere als gut war?

»Nun ja«, antwortete ich. »Es ist eben so wie bei allen Müttern oder Töchtern. Unser Verhältnis wurde immer weniger innig, je erwachsener ich wurde.«

Ich hätte ihm von ihrem Verschwinden und der schwierigen Zeit danach erzählen können. Doch das wollte ich nicht. Und wenn ich ehrlich war, hasste ich meine Mutter nicht. Im Gegenteil, noch immer suchte ich ein wenig Aufmerksamkeit und Anerkennung von ihr. Aber die würde ich wahrscheinlich nie mehr bekommen.

»Können Sie das ›weniger innig‹ beschreiben?«

Ich seufzte. »Es war das Übliche. Man war aus dem Haus und ließ die Anrufe etwas mehr schleifen als sonst. Mein Vater war für meine Mutter da, und sie hatte im Buchladen zu tun. Sie hatte ihr Leben, ich meines. Ich war in Berlin, und gesehen haben wir uns eigentlich immer nur zu Feiertagen.«

»Und zu Kinderzeiten? Als Sie noch im Haus waren? Würden Sie das Verhältnis zu Ihrer Mutter harmonisch nennen?«

Beinahe hätte ich losgeprustet. Harmonisch war gar nichts bei uns gewesen, seit meine Mutter nach ihrem mysteriösen Verschwinden wieder zurückgekehrt war.

Aber sie war kontinuierlich, was ihre Beschwerden anging.

Warum bist du in Berlin?

Warum arbeitest du nicht in einem Verlag?

Wann suchst du dir einen Mann?

Und so weiter.

»Es war harmonisch bis zu meinem elften Lebensjahr«, platzte ich heraus und hätte mich danach ohrfeigen können. Jetzt würde er sicher wissen wollen, was danach war.

»Warum nur bis zum elften Lebensjahr?«

Bingo! Natürlich fragte er das.

Ich zuckte mit den Schultern, versuchte, gleichgültig zu wirken. Allerdings wusste ich, dass ich eine verdammt schlechte Schauspielerin war.

»Pubertät. Ich wurde halt erwachsen.«

Das nahm er mir nicht ab.

Doch hätte ich ihm meine wahren Probleme wirklich darlegen sollen? Dass ich mich nach Liebe ihrerseits sehnte und sie nicht bekam? Dass ich deshalb rebellierte? Welchen Eindruck würde er von meiner Mutter erhalten? Welchen von mir? Irgendwas in mir sperrte sich dagegen, ihm alles offenzulegen. Vielleicht war mir auch alles zu viel. Aber ich konnte ihre Betreuung nicht irgendeinem Fremden überlassen!

Nachdem er mich noch ein paar Augenblicke beäugt hatte, lehnte er sich zurück und betrachtete seine Notizen.

»Fühlen Sie sich wirklich in der Lage, als Betreuerin für Ihre Mutter zu fungieren?«, fragte er. »Es tut mir sehr leid, möglicherweise irre ich mich, aber das, was Sie mir erzählt haben, klingt nicht gerade so, als würden Sie sich darum reißen.«

»Wie bitte?«

»Nun ja, ich habe es öfter mit Angehörigen zu tun, die sich nur aus Pflichtgefühl um eine Betreuerstelle bewerben. Sie glauben, dass sie es dem Kranken schuldig sind – und stürzen sich damit nicht selten ins Unglück, weil sie sich angebunden fühlen. Gegängelt.«

Ich starrte ihn an, fassungslos. Machte ich wirklich diesen

Eindruck? Und – hatte er nicht vielleicht recht? War mein Motiv wirklich Pflichtgefühl? Würde ich es bereuen?

Ich fühlte mich ertappt.

»Meine Mutter war verschwunden, als ich elf Jahre alt war«, berichtete ich resignierend. »Drei Monate lang hörten wir nichts von ihr. Dann tauchte sie plötzlich wieder auf. Und danach war sie eine andere. Sie nahm mich nicht mehr wahr. Sie schien sich ein anderes Leben zu wünschen. Und wenn ihr Augenmerk doch auf mich fiel, dann hatte ich immer das Gefühl, dass ich ihr nicht genügte. Dass sie es als einen Fehler ansah, mich jemals bekommen zu haben.«

»Hat sie Ihnen das jemals so gesagt?«

Mein Körper versteifte sich. Ich hatte wieder den Abend vor Augen, als ich weglaufen wollte. Als ich weggelaufen bin.

»Ja, das hat sie. Wir hatten uns gestritten, und sie warf es mir an den Kopf. Als ich merkte, dass ich es nie schaffen würde, ihre Liebe zurückzugewinnen, habe ich rebelliert. Eins führte zum anderen, ich packte noch in der gleichen Nacht meinen Rucksack und verschwand.«

»Sind Sie zu Ihren Großeltern?«

»Nein, ich wollte nach Berlin. Ich wollte, dass die Entfernung zwischen ihr und mir so groß war wie möglich. Damals gab es die DDR noch. Ein vollkommen anderes System als unseres erschien mir wie ein Ozean, über den sie mir nie folgen würde. Leider bin ich gar nicht bis an die Grenze gekommen. Mein Vater gabelte mich kurz hinter Hamburg auf.«

»Und wie hat Ihre Mutter darauf reagiert? Ihr Vater?«

»Mein Vater war immer sehr still. Er schlug mich nicht, er drohte nicht. Alles, was er einem zu verstehen gab, war Enttäuschung. Er holte mich ab, fragte mich, wie es mir ginge und warum ich das getan hätte, und bat mich, solch einen Unsinn nicht wieder zu machen. Meine Mutter war nicht im Auto. Als wir zu Hause ankamen, stellte ich fest, dass sie im Buchladen war. Im Gegensatz zu mir, die monatelang auf sie gewartet hatte, schien es ihr egal zu sein.«

Ich kam mir vor, als würde ich auf der Couch eines Psychiaters sitzen. Ich hatte nie einen aufgesucht, doch jetzt war ich mir nicht mehr sicher, ob das nicht doch nötig wäre bei dem Ballast, den ich mit mir herumschleppte.

»Damals dachte ich: Sie hätte sich gefreut, wenn ich nicht wiedergekommen wäre. Was auch immer los war, sie hätte sich gefreut, diese Last los zu sein. Ich dachte so, viele Nächte lang, das waren die Nächte, in denen ich mich in den Schlaf weinte.«

Meine Kehle wurde eng. Dieser Gedanke hatte noch immer so viel Macht über mich. Ich verstummte und atmete tief durch.

»Dann hat es Ihnen also doch etwas ausgemacht, dass Ihre Mutter Sie nicht wollte?«

»Oh ja, das hat mir sehr viel ausgemacht! Denn wissen Sie, ich liebte meine Mutter. Sie war alles, was ich irgendwann mal sein wollte. Und genau dieser Mensch stößt Sie wieder und wieder zurück. Glauben Sie nicht, dass ich aufgehört hätte, nach ihrer Liebe zu suchen. Doch auch als Erwachsene habe ich immer nur Zurückweisung erhalten.« Ich überlegte kurz, dann fügte ich hinzu: »Vielleicht möchte ich ja die Betreuerin meiner Mutter werden, damit sie wach wird, sieht, was ich tue, und mir dann den langersehnten Funken Liebe gibt.«

Der Anwalt lehnte sich zurück.

In dem Augenblick wurde mir klar, dass ich mich ihm viel

zu weit geöffnet hatte. Nicht einmal Katja wusste, dass ich als Kind mal weggelaufen war. Ich hatte diese Geschichte niemals erzählt. Bis heute.

»Es klingt nach einer ziemlich schwierigen Beziehung«, stellte er dann fest und wirkte ein wenig überfordert. So, als hätte ich ihm von irgendeiner ekligen Operation erzählt.

»Ja, das ist sie. Schwierig. Nichtsdestotrotz möchte ich Betreuerin meiner Mutter werden. Ich weiß, dass ich mir ihre Liebe dadurch nicht erkaufen kann. Möglicherweise wird sie nie wieder wach. Aber auf diese Weise kann ich sicherstellen, dass alles, was ihr am Herzen liegt, bestehen bleibt.«

»Und das wäre?«

»Ihre Wohnung. Ihr Buchladen. Wenn sie länger krank ist, muss ich mich um eine Aushilfe kümmern. Oder um einen Nachfolger, sollte sie den Laden nie mehr wieder betreten können. Ein Betreuer, der nicht aus unserer Welt kommt, könnte sich damit schwertun oder die falsche Entscheidung treffen.«

»Und Sie trauen sich zu, die richtige Entscheidung zu treffen?«

»Auf jeden Fall, auch wenn meine Mutter das vielleicht nicht zugeben würde. Ich weiß, dass sie an keine Kette verkaufen möchte. Und dass aus ihrem Laden kein Geschäft für geramschte Massenware werden soll. Das wäre unter ihrer Würde. Sie hätte den Laden schon längst schließen können, aber sie hat niemanden gefunden, der es wert gewesen wäre, ihn zu übernehmen.«

»Auch Sie nicht?«

»Ich stünde auf der Wunschliste meiner Mutter nur knapp über den großen Ketten. Und es ist auch nicht meine Welt. Meine Agentur läuft prima, und wenn das notwendig ist für die Betreuerstelle, kann ich sie auch von Hamburg aus führen.«

Der Anwalt nahm das nickend zur Kenntnis, schrieb es aber nicht auf.

»Nun, es würde für mich keine Schwierigkeit darstellen, Ihren Wunsch durchzusetzen. Betreuer gibt es viele, aber die meisten kümmern sich um Jugendsachen. Minderjährige Mütter, verwaiste Kinder, Misshandlungen. Betreuer, die sich um die Angelegenheiten eines Kranken kümmern, gibt es auch einige, aber die brauchen die Gerichte für Menschen, die wirklich niemanden mehr haben, der sich um ihre Angelegenheiten kümmern will. Sie müssen verstehen, dass auch so manche Angehörige diese Verantwortung nicht übernehmen wollen. Umso glücklicher sind sie über Freiwillige.«

Ich wünschte, Dr. Karsten hätte mir das gesagt. Dann wäre ich nicht hergekommen und hätte versucht, mich so mit dem Gericht zu einigen.

»Allerdings haben Sie und Ihre Mutter eine gewisse Vergangenheit.«

»Meinen Sie, ich will mich an ihr rächen wegen der Vernachlässigung?«

»Nein, das glaube ich nicht. Vielmehr befürchte ich, dass Sie sich an dieser Aufgabe aufreiben könnten. Natürlich verlangt niemand von Ihnen, dass Sie die körperliche Pflege Ihrer Mutter übernehmen. Aber Sie werden für alles verantwortlich sein. Die Buchhandlung, die Auflösung der Wohnung, wenn es denn nötig ist. Das Suchen eines Heimplatzes. Die Dokumentation für das Gericht. Entscheidungen über Eingriffe. Alles. Wollen Sie das wirklich tun für einen Menschen, der Ihnen seit dem elften Lebensjahr keine Liebe mehr entgegengebracht hat? Wollen Sie Gefahr laufen,

Ihre Entscheidung zu bereuen und in Depressionen zu versinken?«

»Ich glaube nicht, dass ich Depressionen bekommen würde. Die hätte ich aufgrund der zurückliegenden Ereignisse schon viel früher haben müssen.«

Ein wenig ärgerte es mich, wie er jetzt mit mir redete. Er war nicht mein Psychiater. Er wusste nichts über mich. Ich führte erfolgreich eine Firma und konnte mich gegen Widrigkeiten gut behaupten.

»Dann meinen Sie, dass ich es lieber sein lassen sollte?« Ich schüttelte fassungslos den Kopf. Dafür würde ich nun Geld ausgeben – für einen Anwalt, der mir davon abriet, die Verantwortung für meine Mutter zu übernehmen.

»Ich gebe Ihnen nur einen Rat: Überlegen Sie sich gut, ob Sie wirklich stabil genug sind, um die Betreuerstelle zu wollen.«

Er machte eine kurze Pause, als wollte er sich vergewissern, dass es auch bei mir angekommen war.

Ich nickte. Alle Beteuerungen, dass ich stabil war, hätte er mir wohl nicht abgenommen.

»Wie lange wird es dauern, bis das Verfahren durch ist?«

»Das ist unterschiedlich. Manchmal eine Woche, manchmal kann es sich aber auch bis zu einem Monat hinziehen.«

»Okay.« Ein Kloß saß mir im Hals. Es gefiel mir nicht, dass dieser fremde Anwalt mein Seelenleben so aufgewühlt hatte.

»Nehmen Sie sich einen Tag Bedenkzeit«, sagte Martin Steyer und erhob sich. Damit war unser Gespräch wohl beendet. »Und rufen Sie mich am Mittwoch an. Wenn Ihr Entschluss dann noch immer derselbe ist, werde ich alles in meiner Macht Stehende tun, dass Ihnen die Betreuung Ihrer Mutter übertragen wird.«

Ich erhob mich ebenfalls und drückte ihm erneut die Hand. Der nächste Termin wartete wohl schon.

»Danke, ich … ich melde mich.«

Steyer hielt mir die Tür auf. Als ich sein Büro verließ, sah ich eine Frau im mittleren Alter, die sich schluchzend ein Taschentuch in die Augenwinkel drückte.

Hatte sie auch jemanden im Krankenhaus? Oder stand sie vor einer Scheidung?

Es konnte mir egal sein.

Ich taumelte beinahe aus der Kanzlei und blieb dann noch eine Weile vor dem Gebäude stehen. Würde ich noch rauchen, hätte ich mir jetzt wohl eine angezündet. Ich kam mir erschöpft vor, ausgelaugt. Die Worte des Anwalts hatten mich getroffen.

Überlegen Sie sich gut, ob Sie wirklich stabil genug sind, um die Betreuerstelle zu wollen.

War ich das? Ich hatte mich nie für labil gehalten. Auch wenn ich die Liebe meiner Mutter nicht erringen konnte, wollte ich dafür sorgen, dass es ihr gutging.

7. Kapitel

Ich fuhr eine Weile planlos mit der S-Bahn durch die Stadt. Leute stiegen ein und wieder aus. Ich saß einem über und über tätowierten Typen gegenüber, der so breitbeinig dahockte, dass er zwei Sitze belegte. Als er endlich ging, nahm eine alte Dame seinen Platz ein. Ein Student, die Nase in seinem Schnellhefter, lehnte an der Stange neben mir.

Schließlich kam ich wieder zu mir und stieg in Nähe der Buchhandlung aus.

Jemand stand vor dem Schaufenster und reckte den Hals. Konnte er nicht lesen? Oder interessierte er sich nicht für die Auslage, sondern für das, was dahinter war? War ihm zu Ohren gekommen, dass die Besitzerin des Ladens schwer krank war?

Je mehr ich mich ihm näherte, desto besser erkannte ich ihn.

Schließlich fiel es mir wie Schuppen von den Augen.

»Sie scheinen die Buchhandlung wirklich zu mögen«, bemerkte ich, worauf Richard Hendersons Begleiter ertappt zusammenzuckte und ein wenig den Kopf einzog. Dennoch war sein Lächeln strahlend, als er sich umwandte.

»Sorry, I'm … Ich meine, ich wollte nicht schnüffeln oder so.«

Sein Akzent war ein wenig deutlicher als der seines Begleiters am Wochenende, doch auch er beherrschte unsere Sprache hervorragend, wie es schien.

»Das dachte ich mir«, entgegnete ich und sah ihn abwartend an.

»Ich … ich wollte Sie eigentlich fragen, ob Sie Lust hätten, einen Kaffee mit mir zu trinken.«

Wenn das nicht eine Überraschung war!

»Sie kennen mich doch gar nicht«, gab ich zurück. »Bieten Sie wildfremden Frauen immer an, mit Ihnen Kaffee trinken zu gehen?«

»Yeah«, gab er zurück. »Aber genau genommen sind Sie nicht wildfremd.«

Er griff in seine Jackentasche und hielt mir ein Schwarzweißfoto unter die Nase.

Ich erschrak, als ich darauf meine Mutter sah – allerdings fünfzig Jahre jünger als jetzt.

»Cornelia Petri ist Ihre Mutter, nicht wahr?«, fragte der Mann, dessen Namen ich nicht kannte, mit einem wissenden Ausdruck im Gesicht. »Sie haben große Ähnlichkeit mit ihr – nur sind Ihre Haare dunkel und nicht rotblond.«

»Woher wissen Sie, dass …« Verwirrt hielt ich inne. Natürlich! Wahrscheinlich kannte Richard Henderson meine Mutter von früher, als ihre Haare noch wie ein Sonnenuntergang leuchteten. Er hatte es seinem Sohn – oder was auch immer sein Begleiter war – erzählt. Wahrscheinlich hatte er ihn jetzt hergeschickt, weil beiden aufgefallen war, dass ich meiner Mutter ähnlich sah.

»Mein Vater kennt Ihre Mutter sehr gut. Er will sie schon seit langem wiedertreffen und mit ihr sprechen. Und wie es der Zufall wollte, sind wir nun hier. Als er hörte, dass in

Deutschland eine Lesereise für ihn geplant war, nahm er mich beiseite und bat mich mitzukommen. Für alle Fälle.«

Er sah mich abwartend an.

»Sie sind also Mr Hendersons Sohn, ja?«

»Ja. Ethan.« Er reichte mir die Hand. Sie war warm, wahrscheinlich war er aufgeregt. Aber sein Händedruck war angenehm fest.

»Alexa. Alexa Petri.«

»Sie sind nicht verheiratet?«, platzte der Mann heraus.

»Tut das etwas zur Sache?«, fragte ich und spürte, wie leichter Ärger in mir aufstieg. Was wollte er? Meine Mutter war nicht zu sprechen.

»Nein, natürlich nicht, entschuldigen Sie.«

Er neigte ein wenig den Kopf und lächelte gewinnend. »Also? Wollen wir uns nicht ein wenig unterhalten? Ich bin sicher, dass Sie Fragen haben.«

»Haben Sie denn Antworten?«

Ich erinnerte mich an meine Suche im Internet. Richard Henderson, Autor und Professor. Hat zahlreiche Bücher geschrieben. Doch ich hatte eigentlich nur eine Frage: Was hatte er mit meiner Mutter zu tun?

»Okay«, sagte ich. »Ganz in der Nähe gibt es ein Café, dort können wir uns unterhalten.«

Das Café Enterhaken war ziemlich gut gefüllt. Bei den Leuten, die mehrere kleine Tische zusammengeschoben hatten, handelte es sich wohl um eine Touristengruppe, die Angst hatte, sich zu verlieren. In der Fußgängerpassage nebenan standen drei ältere Damen und schmetterten: »Sünder, kommt zu Jesus«, während eine vierte Dame wacker Prospekte an die Passanten verteilte und ein Mann ein Transparent mit der Aufschrift »Wer nicht bei Jesus ist, hat keinen Gott« hielt.

Wir ergatterten noch einen freien Tisch am äußersten Rand des Außenbereichs des Cafés.

Ein leichter Wind kam auf und trug den Geruch des Hafens in die Stadt. Die meisten Menschen nahmen es vielleicht nicht wahr, aber ich roch es. Die Luft hier unterschied sich deutlich von der Berlins.

»Nettes Lokal«, meinte Ethan.

»Ja, ich mag es auch gern für eine Pause zwischendurch.«

Kaum hatten wir uns gesetzt, erschien auch schon die Kellnerin und legte eine Karte auf den Tisch. Ich bestellte ein Ginger Ale – das hatte ich schon seit Jahren nicht mehr getrunken – und einen Kaffee. Ethan schloss sich mir an.

Als die Kellnerin fort war, sagte er: »Das geht auf mich.«

»Oh nein, das ist nicht nötig.«

»Ich bestehe darauf! Schließlich habe ich Sie gebeten, mit mir zu sprechen.«

Wieder lächelte er mich an. Hätte ich da nein sagen können?

»Und, was ist nun mit meiner Mutter? Warum möchte Ihr Vater sie sehen?«

»Nun, es gibt da ein paar Dinge, die zwischen ihnen nicht ganz geklärt sind. Er wollte mit ihr reden und es aus dem Weg räumen, bevor er wieder nach Hause fliegt. Immerhin ist er schon neunundsiebzig. Das richtige Alter, um reinen Tisch zu machen.«

»Und was will er mit ihr besprechen?«, fragte ich.

»Ich denke, es geht um ihre gemeinsame Zeit. Jugendliebe.«

Er lachte, doch ich blieb ernst. Er sollte nicht glauben,

dass ich mich auf den Arm nehmen ließ. Oder zu viel Zeit hatte.

»Jugendliebe?«, fragte ich.

»Hat sie nie davon gesprochen?«, fragte Ethan zurück.

»Nein.« Ich schüttelte verwirrt den Kopf.

Ethan betrachtete mich, ohne etwas zu sagen. Was war los? Und was sollte das mit der Jugendliebe?

»Warum hätte sie von einer Jugendliebe sprechen sollen?«

»Weil es so war. Ihre Mutter und mein Vater waren ein Paar. In den Sechzigern, genau genommen.«

Meine Mutter hatte eine geheime Jugendliebe? Warum hatte sie nichts davon erzählt?

»Meine Mutter hat vor etwas mehr als einer Woche einen schweren Schlaganfall erlitten«, begann ich, da mir vor lauter Überraschung nichts Besseres einfiel. Wenn Richard Henderson hier war, um meine Mutter zu sehen, weil es damals eine romantische Verbindung zwischen ihnen gegeben hatte, sollte er es wissen. »Sie liegt im Koma. Die Ärzte wissen nicht, ob und wann sie aufwachen wird und wie viel von ihrer Persönlichkeit noch da ist.«

Echtes Erschrecken trat in Ethans Blick.

»Sie werden verstehen, dass ich das nicht dem erstbesten Fremden auf die Nase binde, der in ihrem Laden erscheint. Was auch immer meine Mutter mit Ihrem Vater zu schaffen hatte, ich fürchte, dass es dauern wird, bis er die Angelegenheit klären kann.«

»Das tut mir sehr leid«, sagte Ethan. »Mein Vater wird erschüttert sein, wenn ich es ihm sage.«

»Meine Mutter ist nicht der Mensch, der über seine Vergangenheit redet«, gab ich zu. »Sie hat uns nie erzählt, was damals geschehen ist.«

Ethan atmete tief durch. »Ihre Mutter war vor fast dreißig Jahren bei meinem Vater in den USA. Da sie recht lange bei ihm war, müssten Sie es eigentlich mitbekommen haben.«

Das verschlug mir die Sprache. Meine Mutter sollte in der Zeit ihres Verschwindens in Amerika gewesen sein? Ich wusste nicht, was ich dazu sagen sollte. Es ging also doch nicht nur um eine Liebe in den Sechzigern.

»Sind Sie sicher?«, fragte ich verwirrt.

»Ja, ganz sicher. Und ihr Besuch hatte schlimme Folgen für meine ganze Familie.«

Ich schüttelte den Kopf. Das war doch alles Unsinn!

»Was für Folgen?«

Ethan zögerte. »Diese Frage sollte Ihnen vielleicht mein Vater beantworten. Ich … ich kann es Ihnen nicht sagen, solange Sie den Rest der Geschichte nicht kennen. Auf jeden Fall war sie bei ihm, und ich kann mir vorstellen, dass auch Ihre Familie nicht unbeeinträchtigt geblieben ist.«

Meine Gedanken rasten ebenso schnell wie mein Herz. Blitzschnell knüpfte ich Verbindungen zu meiner Vergangenheit und den Vorgängen damals. Hieß das etwa, Henderson hatte etwas mit ihrem Verschwinden zu tun? Was sollte das Schlimme sein, das meine Mutter verursacht hatte? Und war nicht vielleicht Henderson selbst der Schuldige?

Irgendwie ergab das alles keinen Sinn.

»Warum zum Teufel wollten Sie mich treffen?«, fuhr ich Ethan an. Es fiel mir schwer, das Zittern zu unterdrücken, das meinen ganzen Körper erfasst hatte. »Um mir zu sagen, dass meine Mutter damals in Amerika war? Dass sie Schuld an irgendwelchen Vorgängen in Ihrer Familie hatte?« Meine Hände wurden auf einmal eiskalt. »Was soll ich denn jetzt tun, hm? Meine Mutter ist schwer krank! Erwarten Sie etwa von mir eine Entschuldigung? Und was ist mit Ihrem Vater? Ist er schuld daran, dass meine Kindheit zur Eishölle wurde? Dass meine Mutter mich danach gehasst hat?«

Es war mir egal, ob die Leute uns jetzt verwundert anstarrten. Ich wollte nur noch weg und wünschte mir auf einmal, ich wäre nicht in der Buchhandlung gewesen, als die beiden Männer dort auftauchten. »Sparen Sie es sich, Mr Henderson!«, spie ich ihm entgegen, als er den Mund öffnete, um etwas zu sagen. »Ich will Ihre Antworten nicht!«

Ich sprang von meinem Stuhl auf und wirbelte herum. Mein Herz raste, und mein Blick verengte sich wie in einer Panikattacke. Ich hörte Ethan meinen Namen rufen, doch da lief ich auch schon los.

8. Kapitel

Atemlos erreichte ich den Buchladen. Meine Beine fühlten sich furchtbar schwer an, und mein Kopf schwirrte. In meinem Magen brodelte der Zorn.

Was für ein Tag!

Zuerst musste ich vor dem Anwalt mein Familienleben ausbreiten, dann tauchte dieser Ethan Henderson auf und erzählte mir irgendeinen wirren Kram, dass meine Mutter mal in seinen Vater verliebt gewesen wäre. Was sollte das?

Es gab keinerlei Hinweise darauf, dass meine Mutter ihre verlorenen Monate, ihre geheime Zeit bei einem bekannten amerikanischen Schriftsteller verbracht hatte. Gepasst hätte es, immerhin war sie Buchhändlerin. Aber es erschien mir einfach zu phantastisch.

Doch wenn es nicht stimmte, warum erzählte er mir das?

In der Buchhandlung machte ich Licht und ging zu dem Regal, in dem noch immer Bücher standen, die schon vor einer Weile erschienen waren, die meine Mutter aber nicht remittierte, weil sie der Ansicht war, sie irgendwann doch zu verkaufen.

Titel für Titel ging ich durch. Allerdings suchte ich vergeblich nach einem Buch von Richard Henderson. Wann auch immer sie die Bestellung aufgegeben hatte, es musste schon eine Weile zurückliegen. Okay, dann versuche ich es eben bei den Tischen, sagte ich mir und ging hinunter zu den beiden großen Auslagen, auf denen eine riesige Menge Bücher aufgestapelt war.

Eine Bestsellerliste suchte man in Mutters Laden vergeblich, sie gab nicht viel auf Trends und war damit hoffnungslos altmodisch. Viele Autoren konnten ein Lied davon singen, wie wichtig es war, einen Bestseller zu landen. Und wie quälend, das große Ziel knapp zu verfehlen oder erst gar nicht in seine Nähe zu kommen.

Natürlich kaufte meine Mutter auch Bestseller ein, der Betrieb musste am Laufen gehalten werden, und natürlich erwarben die Leute, was ihnen in den Medien empfohlen wurde. Doch bei ihr fanden sich auch die leisen Bücher. Damit war sie genau die Art Buchhändler, die nicht so erfolgreiche Autoren vor dem Hinschmeißen bewahrte. Weil sie ihnen die Hoffnung gab, dass irgendwer doch ihr Buch las in einer Zeit, in der Facebook von manchen Mitmenschen für Lektüre gehalten wurde.

Ein Klopfen an der Scheibe riss mich aus meinen Gedanken. Für einen Moment fürchtete ich, Ethan würde wieder auftauchen, aber das Gesicht, das in einer der Scheiben aufgetaucht war, gehörte einer Frau und war mir bekannt.

Ich ging zur Tür und schloss auf.

Wenig später streckte Heidi Kummerow die Arme nach mir aus. »Alexa, mein liebes Kind! Ich habe dich so lange schon nicht mehr gesehen!«

Aus der netten blonden Buchverkäuferin, die nicht rauchen durfte, wenn ich in der Küche war, war ein etwas gebeugtes weißhaariges Mütterchen geworden, dessen Augen feucht wurden bei meinem Anblick.

Es musste mindestens zehn oder fünfzehn Jahre her sein, seit ich sie zum letzten Mal gesehen hatte. Ich umarmte sie vorsichtig und atmete den Duft von Lavendelseife ein. So hatte sie auch schon damals gerochen.

»Kommen Sie doch rein, Heidi, ich setze uns einen Kaffee auf«, schlug ich vor, nachdem ich mich aus ihrer Umarmung gelöst hatte.

»Mach dir wegen mir keine Umstände«, sagte sie, doch in ihren Augen sah ich das Verlangen, mit jemandem zu reden – bei einer Zigarette und einer guten Tasse Kaffee.

»Das sind keine Umstände. Ich wollte ohnehin gerade Kaffee kochen.«

Das stimmte nicht so ganz, aber wahrscheinlich wäre ich früher oder später in der Küche verschwunden.

»Ich habe Licht gesehen und dachte für einen Moment, dass deine Mutter wieder da wäre …« Sie schüttelte den Kopf. »Du meine Güte, aber wie sollte sie denn. Ich habe gehört, dass sie mitten im Betrieb zusammengebrochen ist. Nur gut, dass Leute da waren. Nicht auszudenken, wenn das nach Ladenschluss passiert wäre und man sie erst am Morgen gefunden hätte.«

»Ja, zum Glück.«

Ich bugsierte Heidi in der Küche auf ihren alten Platz, dann stellte ich die Kaffeemaschine an. Die ganze Zeit über spürte ich Heidis Blick.

»Weißt du, du wärst eine gute Buchhändlerin geworden. Schade, dass du den Laden nicht übernommen hast.«

Die Bemerkung ließ mich erstarren. Dann fiel mir wieder ein, wie meine Mutter vor ihren Bekannten immer so getan hatte, als wäre sie eine liebevolle Mutter und ich die undankbare Tochter. Nie war meine Mutter auf mich zugekommen und hatte mich gefragt, ob ich den Buchladen nicht führen möchte.

»Ich habe doch auch so mit Büchern zu tun«, entgegnete ich und streckte mich nach den guten Tassen im Küchenschrank. »Ich organisiere Lesungen für Autoren. Hat Mama nichts davon erzählt?«

Sicher hatte sie das und meine Arbeit wahrscheinlich als Unsinn abgetan. Als nichts Handfestes.

»Das hat sie«, entgegnete Heidi. »Aber ich glaube nicht, dass sie damit glücklich war.«

»Nun, das tut mir leid«, gab ich zurück. Vielleicht war es ja doch ein Fehler, mich auf einen Plausch mit Heidi einzulassen.

»Wie geht es ihr denn?«, lenkte sie ab.

»Mama liegt im Koma. Die Ärzte meinen, dass sie noch eine Weile braucht, bis sie sich wieder regeneriert. Danach wird sie in die Reha müssen.«

Heidi nahm die Information mit einem Nicken zur Kenntnis. »Und was wird aus dem Laden?«

Immer nur der Laden. Für einen Moment machte mich das wütend, doch dann wurde mir klar, dass Heidi nie etwas anderes als den Laden gehabt hatte. Sie hatte nie geheiratet und immer hier gearbeitet, tagaus, tagein. Der Laden war gewissermaßen ihre Heimat. Kein Wunder, dass sie sich darum sorgte.

»Das weiß ich nicht. Ich setze mich gerade mit dem Gericht auseinander wegen der Betreuung meiner Mutter.«

»Aber wird sie denn nicht im Krankenhaus betreut?«, wunderte sich Heidi.

»Doch, natürlich. In medizinischer Hinsicht. Aber sie braucht jemanden, der sich um ihre Angelegenheiten kümmert. Der Entscheidungen trifft und dafür sorgt, dass ihr Vermögen und ihr Besitz sicher sind.«

»Du meinst, einen Vormund?«

Es war unnötig, ihr den feinen Unterschied zu erklären, den es heute gab. »Ja, so was Ähnliches. Jedenfalls so lange, bis sie wieder wach ist und selbst entscheiden kann.«

»Du bist ihre Tochter! Wer sollte sich denn sonst um Connys Angelegenheiten kümmern?«

»Ja, so dachte ich auch, aber so einfach ist es nicht.« Ich sah mich schon den halben Abend lang mit Heidi darüber diskutieren, wer in ihren Augen berechtigt war, die Vormundschaft zu übernehmen. Um die Sache abzukürzen, fragte ich: »Hat meine Mutter irgendwann mal erwähnt, dass sie so etwas wie eine Patientenverfügung niedergeschrieben hat? Ich habe schon danach gesucht, aber nichts gefunden.«

Heidi zog die Stirn kraus, als fiele es ihr schwer, meine Worte zu verstehen. Dann schüttelte sie den Kopf. »Nein, davon hat sie nichts erzählt. Geht es da um Organspende oder so was?«

Wenn schon die belesene Heidi nichts mit diesem Begriff anfangen konnte, war anzunehmen, dass meine Mutter nicht im Entferntesten daran gedacht hatte. Ich hatte bei meiner Suche also nichts übersehen.

Nun gut, dann musste ich mich wohl auf den Anwalt verlassen.

Das Gurgeln der Kaffeemaschine drang in meinen Verstand. Ich erhob mich, goss zwei Tassen ein und stellte eine vor Heidi ab. Sie schloss ihre Hände darum, als würde sie frieren.

»Weißt du noch, dass ich nie hier drin rauchen durfte, wenn du hier warst und Hausaufgaben gemacht hast?«

Ich lächelte. »Das habe ich nicht vergessen. Aber wenn Sie sich jetzt eine anzünden möchten …«

»Ich rauche schon seit einigen Jahren nicht mehr.« Sie verzog das Gesicht. »Thrombose. Der Arzt hat mich vor die Wahl gestellt: Entweder ich höre auf, oder beim nächsten Mal ist es eine Embolie, bei der er mir nicht mehr helfen kann. Du weißt ja, ich liebe Bücher und habe noch lange nicht alle gelesen, die ich lesen wollte. Also habe ich die Glimmstängel sein lassen.«

»Kalter Entzug?«, fragte ich die Frau, die am Tag gut drei Schachteln geraucht und trotzdem eine weiche Stimme behalten hatte.

»Kann man so nennen. Und das Komische war, die Angst vor dem Tod war stärker als die Lust auf eine Zigarette. Dennoch denke ich manchmal daran, dass ich in deiner Anwesenheit nicht rauchen durfte. Deine Mutter wollte auf keinen Fall, dass du Schaden nimmst.«

Diese Worte schnürten mir die Kehle zu. War Heidi nichts aufgefallen? Oder sprach sie von der Mutter, die ich hatte, bevor Cornelia Petri verschwand?

Etwas kam mir plötzlich in den Sinn. Vielleicht konnte sie mir dabei wenigstens helfen.

»Ich habe da noch eine Frage«, begann ich. »Erinnern Sie sich daran, dass irgendwann mal ein Mann namens Richard Henderson hier war? Damals, kurz vor dem Verschwinden meiner Mutter.«

»Meinst du, im Buchladen?«

»Ja. Er ist ein recht bekannter Schriftsteller. Am Samstag war er hier und hat nach ihr gefragt.«

Heidi schob die Unterlippe vor und durchforstete sichtlich ihre Erinnerungen.

»Der Name sagt mir nichts.«

»Wirklich nicht? Hatte meine Mutter keine Bücher von ihm im Laden?«

»Es waren in meiner Zeit so viele Bücher hier. Und sehr nette Vertreter, das muss ich schon sagen.« Ein Lächeln huschte über ihr Gesicht. Für einen Augenblick meinte ich, die junge Heidi wieder vor mir zu sehen. Hatte sie sich in einen der Verlagsvertreter verliebt?

»Moment mal …«, sagte sie und wurde wieder ernst. »Ich glaube, da war doch etwas. Ein Buch. Er hatte ein ziemlich berühmtes Buch.«

Sie erhob sich und ging in den Verkaufsraum, steuerte dort das Regal an und deutete mit dem Finger auf ein Buch über Australien.

»Dort hat es gestanden, ich erinnere mich genau. Es hatte einen bleigrauen Umschlag. Irgendwas über Hamburg.«

Heidi hatte sich immer schon besser die Cover merken können als die Titel.

»Bleigrauer Umschlag?«, hakte ich ein.

»Ja, mit heller Schrift. Ziemlich schmucklos bis auf ein Wellenmuster auf dem Untergrund.«

Ich zog mein Smartphone aus der Tasche. Mist, nur noch zehn Prozent Ladung. Die Suche nach einem Netz erschöpfte den Akku ziemlich schnell. Aber einen Versuch wollte ich starten.

Ich rief einen Online-Buchhändler auf und gab den Namen Richard Henderson ein. Wenig später hatte ich eine Liste seiner Bücher. Auch jene, die nicht mehr erhältlich waren.

Die Covergestaltung hatte sich nur wenig geändert. Man hatte sie modernisiert, aber jeder, der den Autor schätzte, würde an der Gestaltung sofort erkennen, dass es sich um ein Werk von ihm handelte.

»Erkennen Sie eines dieser Bücher wieder?«

Ich wusste nicht, was mir das bringen sollte, doch mein Instinkt sagte mir, dass es wichtig war.

Heidi folgte den bunten Bildern auf dem kleinen Display mit zusammengekniffenen Augen und schüttelte bei jedem, das sie nicht kannte, den Kopf.

»Das!«, rief sie plötzlich aus. »Das stand bei uns im Laden.«

Das tatsächlich in ziemlich schlichtes Grau gehüllte Buch trug den Titel *Die große Flut*. Ich hatte es auch schon auf meinem Streifzug durchs Internet gesehen.

»*Die große Flut*«, murmelte ich und las den Klappentext. Allerdings bestand dieser vorwiegend aus Lobeshymnen wichtiger Tageszeitungen. Die eigentliche Handlung wurde nicht verraten. Das Gute war, dass dieses Buch noch immer aufgelegt wurde – als Klassiker. Vielleicht würde ich auf der Seite des Verlages mehr herausfinden. Auch wenn das Buch schon gut zwanzig Jahre alt war, würde es vielleicht Rezensionen geben. Irgendwer entdeckte einen Klassiker doch immer wieder neu.

»Tja, ich glaube, ich muss los«, verkündete Heidi. »Heute Abend wiederholen sie einen Film mit Hans Albers im Dritten. Hab ich dir schon erzählt, dass ich ihn mal persönlich getroffen habe?«

»Ja, mit elf Jahren hier im Theater, gleich nach dem Krieg.« Sie hatte mir die Geschichte erzählt, als ich so alt war wie sie damals. Da war Hans Albers schon viele Jahre tot und seine Filme bereits zu verstaubt, als dass sich ein Kind der Siebziger dafür interessiert hätte.

»Viel Spaß mit dem blonden Hans!« Ich umarmte sie und

begleitete sie zur Tür. Dann schloss ich ab und kehrte in die Küche zurück. Der Kaffee war mittlerweile lauwarm und kam sicher nicht an den von Heidi heran.

Ich goss trotzdem nach und nahm die Tasse mit nach oben.

Dort machte ich mich auf die Suche nach dem Buch. Es war anzunehmen, dass Mutter auch eines für sich behalten hatte – sei es ein Leseexemplar oder als Privatentnahme aus ihrem Laden.

Wenn es stimmte, was Ethan Henderson behauptete, bewahrte sie es vielleicht an einem besonderen Ort auf. Vielleicht in ihrem privaten Buchregal oder unter ihrem Bett?

Ich ging zunächst zu ihrem Regal. Ich betrachtete die Buchrücken, schaute auch nach den Büchern, die weiter hinten standen. Es war Mutters Art, den gesamten Platz eines Bücherregals zu nutzen, das hatte sie schon damals getan. Vor eine Reihe Bücher stellte sie eine zweite, wenn es mehr wurden, als das Regal fassen konnte. Ein neues Regal schaffte sie erst an, nachdem sie jedes Brett doppelt gefüllt hatte.

Und wie ich feststellen konnte, hatte sie dafür noch etwas Zeit, denn das Regal war erst zur Hälfte voll.

Doch auch hinter den doppelten Reihen fand ich weder ein Exemplar von *Die große Flut* noch ein anderes Buch von Richard Henderson.

Hatte sie ihn nach ihrer Rückkehr aus ihrem Leben getilgt? Was war damals geschehen? Hatte es vielleicht Streit mit seiner Mutter gegeben?

Beim Betreten ihres Schlafzimmers wurde mir, wie schon am Samstag, mulmig zumute. Hatte ich damals noch einen guten Grund gehabt, mich hier aufzuhalten, fühlte ich mich nun, als würde ich schnüffeln.

Okay, einen Versuch noch, sagte ich mir. Wenn ich dann

nichts finde, streiche ich das Gespräch von heute Nachmittag. Es brachte nichts, der Vergangenheit nachzuhängen.

Ich sah in ihr Nachtschränkchen, dann wandte ich mich dem Kleiderschrank zu.

Es war seltsam, dass ich nicht dort nach der Patientenverfügung geschaut hatte. Aber hätte meine Mutter ernsthaft geglaubt, ich würde hier nach solch einem Schriftstück suchen?

Hier ist nichts, sagte ich mir, doch meine Hände durchwühlten wie von allein Stapel von Kleidung und Accessoires, bis ich schließlich auf einen Gegenstand traf, den ich in einem Kleiderschrank nicht vermutet hatte. Es war eine alte Zigarrenkiste, wie mir klar wurde, als ich sie hervorzog.

Ich trug die Schachtel ins Wohnzimmer und rang mit mir, ob ich sie überhaupt öffnen sollte. Meine Mutter war immer noch am Leben – vielleicht war es ihr nicht recht, dass ich hineinsah.

Doch dann siegte meine Neugier.

Ich klappte den Deckel auf und fand unter den vergilbten, zarten Bögen Seidenpapier, denen noch immer Zigarrenduft entströmte, ein Buch.

Die große Flut. Das Buch, das meine Mutter im Laden stehen gehabt hatte. Es war eine alte Taschenbuchausgabe. Da das Buch wohl schon eine ganze Weile in dieser Schachtel lag, hatte es zwar Zigarrenduft angenommen, doch das Papier des Buchblocks war beinahe noch wie am ersten Tag. Antiquare würden sich über solch ein Exemplar freuen.

Allerdings hatte es auch einen Mangel, der ein Antiquariat davon abgehalten hätte, es als »wie neu« einzustufen. Das Buch war merkwürdig ausgebeult. Als ich es herausnahm, sah ich, warum.

In der Mitte des Buches steckte ein Umschlag. Ich öffnete ihn und sah eine Handvoll Fotos mit gezacktem Rand, die wohl aus den Sechzigern stammten. Einige Bilder waren wellig oder so verblasst, dass man das Motiv kaum erkennen konnte. Ich legte sie erst einmal beiseite und beschloss, sie später näher zu betrachten. Außer den Bildern befand sich noch ein Blatt cremeweißes Briefpapier darin. Die akkurate Schrift meiner Mutter erkannte ich sofort.

Mein geliebter Rick,

es tut mir leid, wie es gekommen ist. Zu gern hätte ich dich in meinen Armen gehalten, doch es ist nicht möglich. Ich habe dich überall gesucht, aber nicht finden können. Die große Flut hat alles auseinandergerissen und mir genommen, was ich liebte. Wie soll ich nun weitermachen?

Du würdest sagen, dass ich schon einen Weg finden werde, jetzt, nachdem du mir die Tür zu einer anderen Welt geöffnet hast. Aber mein Herz ist schwer und schmerzt. Jede Straße, die ich entlanggehe, erinnert mich an dich.

Weißt du noch, als wir uns auf der Parkbank trafen? Nein, du weißt es nicht, denn du bist nicht mehr da, und ich glaube zu wenig an Gott, um mir vorzustellen, dass du mich jetzt von irgendeinem Ort aus sehen kannst. Aber manchmal träume ich von dir. Ich sehe dich im Wasser schwimmen wie einen Meermann zwischen Algen und Seegras. Du winkst mir zu, und ich versuche, zu dir zu kommen, doch dann verschwindest du.

Wahrscheinlich wäre es für dich der Stoff für einen Roman gewesen.

Ich werde weitermachen. Ich muss –

Damit brach der Brief ab. Ich drehte das Papierstück herum. Wasserflecken waren darauf eingetrocknet. Vielleicht waren es Tränen?

Jedenfalls fand ich kein Datum. Und auch keine Adresse oder Unterschrift. Der Brief war unvollendet. War es ein erster Entwurf, den sie später revidiert hatte? Aber warum hatte sie ihn aufgehoben? Hatte sie es sich vielleicht anders überlegt?

Die große Flut hat alles auseinandergerissen …

Hatte meine Mutter diesen Richard für tot gehalten? Beziehungsweise, war Richard Rick? Und was war mit der Flut?

Ich griff nach dem Buch und schlug es vorsichtig auf. Ein wenig rechnete ich mit einer Widmung, doch ich wurde enttäuscht. Ich blätterte weiter und las die ersten Sätze.

An diesem Morgen küsste Gregory wie immer seine Frau und verließ das Haus, um zu seiner Arbeitsstelle zu fahren, einem kleinen Maklerbüro an der Küste North Carolinas. Der Verkehr war nicht besonders dicht, und auch sonst schien nichts ungewöhnlich zu sein. Die Wolken, die sich am Horizont auftürmten, beachtete er nicht. Wetterumschläge gehörten zu dieser Gegend wie der Herzschlag zu jedem Menschen.

Ein ganz normaler Romananfang. Nichts Besonderes. Dem Klappentext nach zu urteilen hatte Gregory an diesem Morgen seine Frau zum letzten Mal geküsst, denn kurz darauf würde eine Sturmflut über das Land herfallen und all seine Träume zerstören.

Das Erscheinungsdatum des Romans war 1980. Fünf Jahre, bevor meine Mutter verschwand. War das Buch der

Auslöser gewesen? Hatte sie es gesehen und dann nach Richard gesucht?

Dann kam mir ein Gedanke.

War Ethan vielleicht mein Bruder? Er schien ein paar Jahre älter zu sein als ich, und wenn meine Mutter die Jugendliebe seines Vaters war …?

Doch da passte etwas nicht zusammen. Meine Mutter hatte mich vergleichsweise spät bekommen, erst zehn Jahre, nachdem sie meinen Vater geheiratet hatte. Mehr als zehn Jahre älter als ich war Ethan nicht. Und es war zu der damaligen Zeit auch sehr untypisch, dass eine Mutter sich von ihrem Kind trennte. Es sei denn, Richard hätte ihn entführt …

Ich griff wieder nach dem Brief. Sie sprach von der großen Flut und dass sie annahm, Rick darin verloren zu haben. Wenn sie die Flut im Jahr 1962 meinte, war sie damals gerade achtzehn gewesen. Alt genug, um ein Kind zu bekommen. Doch hätte sie das in dem Schreiben nicht erwähnt?

Auf einmal wurde mir klar, dass ich über Kindheit und Jugend meiner Mutter kaum etwas wusste. Sie hatte immer schon in Hamburg gelebt, das war mir bekannt, und sie hatte die Stadt auch nie verlassen. Dementsprechend musste sie die große Flut zumindest mitbekommen haben. Geredet hatte sie nie darüber.

Offenbar hatte meine Mutter mehr Geheimnisse, als ich dachte.

Was war das mit diesem Henderson? Warum hatte ich das Buch, das jetzt neben mir lag, nie gesehen? Hatte sie es immer im Laden aufbewahrt? Oder sogar vor meinem Vater versteckt?

Ich klappte das Buch wieder zu und griff nach den Fotos.

Sie zeigten hauptsächlich meine Mutter als Jugendliche,

auf einem Bild war ein junger Mann zu sehen. Wenn es wirklich Richard Henderson war, hatte seine jugendliche Version auf den ersten Blick recht wenig mit seinem jetzigen Aussehen gemein. Das Bild zeigte einen schlaksigen Mann in einem etwas eng sitzenden Anzug, sein Haar war kurz, sein Lächeln charmant und sein Kinn markant. Er schäumte über vor Lebensfreude.

Bei näherem Hinsehen erkannte ich in den jungen Augen die des alten Mannes, und in seiner Erscheinung seinen Sohn.

Seltsam war nur, dass kein Bild meine Mutter und Richard zusammen zeigte.

Ich hielt die beiden Bilder nebeneinander.

Cornelia Petri, die damals noch Cornelia Raaken hieß, wirkte ein wenig bieder in ihrem hellen Strickjäckchen, das sie über einem Etuikleid trug, und mit ihrer auftoupierten Frisur. Doch irgendwie passten die beiden zusammen. Er, der lebensfrohe Amerikaner, sie, das Mädchen, das erweckt werden musste.

Ob mein Vater von ihm gewusst hatte? Oder hatte sie auch ihm gegenüber ihre Jugendliebe verschwiegen?

Unruhe erwachte in mir. Ich schaute auf meine Uhr. Zehn vor neun.

Würde Henderson es mir übelnehmen, wenn ich jetzt auftauchte?

Eigentlich war ich zu müde, um mich auf den Weg zu seinem Hotel zu machen, doch die Fragen, die ich vorhin, beim Zusammentreffen mit seinem Sohn, noch nicht gehabt hatte, drängten sich jetzt in meinem Verstand.

Ich überlegte noch einen Moment, dann entschloss ich mich hinzufahren. Möglicherweise war seine Stimmung nicht besonders gut, nachdem ich seinen Sohn einfach so hatte sitzenlassen. Aber es konnte auch sein, dass er froh war, mich zu sehen. Froh, dass ich ihm etwas über meine Mutter erzählen wollte.

9. Kapitel

Ein Großteil der Fassade des Hotels Prinzenhof verschwand unter einem Gerüst mit blauer Plastikfolie, die leise im Abendwind raschelte. Das fand ich schade, denn der Bau war wunderschön, mit Stuckornamenten und alten Fenstern.

Es war nicht das größte Hotel in Hamburg, aber bei weitem eines der hübschesten. Wenn man durch eines der riesigen Fenster im Erdgeschoss ins Restaurant blickte, konnte man sich beinahe vorstellen, wie hier Damen mit wallenden Kleidern und Herren mit strengen Vatermörderkragen unter den Gehröcken diniert hatten.

Vor der breiten gläsernen Drehtür standen ein paar Männer, rauchten und unterhielten sich. Die Lobby war jedoch weitestgehend verlassen.

Sanfte Jazzklänge tönten mir entgegen, als ich zur Rezeption ging. An der Seite, auf einem kleinen Tischchen, standen drei Wasserkaraffen mit Zitronen- und Orangenscheiben. Wahrscheinlich sollten sich die Gäste ein wenig erfrischen, während sie auf ihre Anmeldung oder ihr Taxi warteten.

Auf einmal spürte ich, dass meine Zunge am Gaumen klebte. Durst auf dieses mit Eiswürfeln gekühlte Zitruswasser erwachte in mir. Aber konnte ich mir einfach etwas davon nehmen?

Ich beschloss, erst einmal nach Hendersons Zimmernummer zu fragen.

Die Concierge lächelte mich freundlich an und erkundigte sich, was sie für mich tun könnte.

»Ich würde gern Mr Henderson sprechen. Richard Henderson.«

Die junge Frau checkte den Computer, dann wandte sie sich zum Schlüsselbrett um. Tatsächlich hingen dort noch Schlüssel unter Nummernschildern aus Messing – wie im neunzehnten Jahrhundert.

»Tut mir leid, Mr Henderson ist derzeit unterwegs zu einer Veranstaltung«, sagte die Concierge. »Wenn Sie wollen, können Sie gern hier warten.«

Ich schaute sie verwirrt an, dann fragte ich: »Wann wird er denn wiederkommen?«

»Das weiß ich leider nicht, er hat es nicht gesagt.«

Das bedeutete sicher, bis weit nach Mitternacht in der Lobby zu sitzen und den Gästen beim Kommen und Gehen zuzuschauen. Ich wusste, wie so etwas lief. Einige meiner bekannteren Autoren wurden nach Lesungen immer noch stundenlang von den Veranstaltern festgehalten. Man freute sich über die Anwesenheit des Stars, und nicht selten wurde der Gast zu einem Umtrunk in einer Bar oder zu einem Abendessen eingeladen. Jemand wie Richard Henderson würde sicher eingeladen werden. Und wahrscheinlich war sein Sohn auch dabei.

Es würde also nichts bringen zu warten. Selbst, wenn er sich früher loseisen konnte, würde er nicht mehr in der Stimmung sein, meine Fragen zu beantworten.

»In Ordnung, dann versuche ich es morgen.«

»Soll ich ihm vielleicht etwas ausrichten?«, fragte die

junge Frau. Hinter mir spürte ich einen Gast, der darauf wartete, dass ich fertig wurde.

»Sagen Sie ihm, Alexa Petri hätte nach ihm gefragt. Ich komme morgen Vormittag noch einmal vorbei. Wenn ihm das nicht recht ist, möge er eine Nachricht an der Rezeption hinterlassen.«

»In Ordnung«, sagte die Concierge.

Ich verabschiedete mich und trat wieder nach draußen. Die rauchenden Männer waren verschwunden. Ein Taxi hielt. Kurz hoffte ich, dass die beiden Hendersons aussteigen würden, doch es war nur ein Gast mit einem kleinen Rollkoffer.

Gegen zehn kam ich in Veddel an. Ein paar Autos standen noch auf dem Parkplatz. Auf dem Deich unterhielten sich zwei Obdachlose darüber, ob sie nach Kiel aufbrechen sollten.

Ich überließ die beiden ihrem Gespräch und stieg ein. Der Tag hatte mich geschafft. Eigentlich war genug geschehen, um zwei Tage zu füllen.

Alles in mir sehnte sich nach einem ruhigen Bett. Keinem, das sich in der Nähe der Autobahn befand, wo man die ganze Nacht über das Singen der Lastwagen auf dem Asphalt hörte.

Ich fuhr raus zu Katja.

Je näher ich ihrem Haus kam, desto größer wurde mein schlechtes Gewissen. Am Freitag hatte ich noch getönt, dass ich es nicht nötig hätte, bei ihr zu übernachten. Und jetzt riss ich sie aus dem Schlaf.

Mittlerweile hatte sie sich über Antonio wieder beruhigt, wie sie mir per WhatsApp geschrieben hatte. Er hatte sich natürlich nicht entschuldigt, und sie war sicher, dass es zwischen ihnen endgültig aus war.

Aber das war auch schon nach vorherigen Streits der Fall – irgendwann ging die Beziehung dann doch wieder auf On. Warum sollte es diesmal anders sein?

Wenig später tauchte ihr Haus vor mir auf. Ein Fenster war noch beleuchtet. Entweder war Katja noch wach, oder sie war vor dem Fernseher eingeschlafen. Das passierte hin und wieder, wenn sie versuchte, ihren Liebeskummer mit Wein runterzuspülen.

Ich parkte meinen Wagen vor ihrer Einfahrt – sie würde heute Abend sowieso nicht mehr ausrücken wollen. Für einen Moment überlegte ich, ob ich hupen sollte, doch ich wollte die Nachbarn nicht wecken.

Fröstelnd stellte ich mich vor die Haustür und klingelte. Nichts tat sich. Möglicherweise schlief Katja so fest, dass sie nichts mehr mitbekam.

Ich wiederholte das Klingeln. Nur einen Moment später überkam mich die Einsicht, dass das, was ich hier tat, unverschämt war.

Bevor ich mich umwenden und wieder losfahren konnte, hörte ich Schritte auf der Treppe. Wenig später öffnete Katja.

Sie wirkte verschlafen, ihre Augen waren ganz klein. Als sie mich sah, öffnete sie sie jedoch weit.

»Was suchst du denn hier? Ist etwas passiert?«

Angesichts der Miene, die ich zog, dachte sie vielleicht ans Schlimmste.

»Nein, alles in Ordnung. Mehr oder weniger. Ich war heute beim Anwalt wegen der Betreuersache.«

»Oh«, machte Katja und zog die Tür auf. »Komm rein und erzähl mir alles.«

»Störe ich auch nicht?«, fragte ich, ein halbherziger Versuch, mein Gewissen zu beruhigen.

»Wobei denn?«, fragte sie verwundert. »Ich habe mich gerade durch die Kanäle gezappt und bin bei einem dieser Verkaufssender hängengeblieben. Irgendwie muss ich eingeschlafen sein, ich weiß nur noch, dass sie irgendeinen Wunderstepper angeboten haben, mit dem der Hüftspeck von allein schmelzen soll.«

Wie ich richtig vermutet hatte, stand eine halbleere Flasche Weißwein auf dem Wohnzimmertisch. Katja schüttelte sich, als sie sie sah, und stellte sie beiseite.

»Warm«, kommentierte sie ihre Handlung. »Und außerdem ganz scheußlich. Ich hole uns einen neuen, wenn du magst.«

»Nein danke, ich möchte einfach nur ein bisschen reden.«

Katja nickte, wischte sich kurz übers Gesicht und unterdrückte ein Gähnen. »Schieß los.«

Ich erzählte ihr alles, die Sache mit dem Anwalt, seine Bedenken und schließlich auch, was ich über Henderson und meine Mutter erfahren hatte. Ich zog das Buch aus meiner Jackentasche und zeigte es ihr, auch den Brief und die Fotos. Ein wenig erwartete ich, dass sie dazu irgendwas Konkretes sagen könnte. Doch Katja verlegte Kinderbücher. Und wenn es Gerüchte über den berühmten Schriftsteller und meine Mutter gegeben hatte, waren sie längst verweht.

»Deine Mutter hatte etwas mit einem Schriftsteller.« Katjas Augen leuchteten. »Weißt du, wie lange?«

»Sie glaubte zunächst, dass er bei der Flut gestorben sei«, entgegnete ich. »Sie ist ihm aber später noch einmal begegnet, und sie war wohl in Amerika. Da war ich schon auf der Welt.«

»Amerika?«

»Das große Verschwinden, weißt du noch?«

Katja zog die Augenbrauen hoch.

»Dann scheidet es ja wohl aus, dass du seine Tochter bist, oder?«

»Was meinst du mit *oder?*«

Katja beugte sich vor. Sensationslust lag auf ihrem Gesicht.

»Nun, es könnte ja doch sein, dass du seine Tochter bist. Bei einem früheren Wiedersehen gezeugt …«

»Unsinn!«, wiegelte ich ab. Ethan hätte es sicher erwähnt. Oder wusste er es nicht?

»Wieso? Hattest du nicht mal erzählt, dass es sehr lange gedauert hat, bis deine Mutter schwanger wurde?«

»Zehn Jahre«, entgegnete ich. »Aber das hat nichts zu sagen.«

»Meinst du wirklich? Hast du jemals *Der Mann mit der eisernen Maske* gesehen? Das Remake mit Leonardo?«

»Du meinst, den Film, in den du mich geschleppt hast, weil du dieses Milchgesicht so unfassbar süß fandest?«

»Kann sein.«

Ein verklärtes Lächeln trat auf ihr Gesicht. »Auf jeden Fall ging es doch darum, dass die Königin zwei Söhne hatte – von D'Artagnan.«

Ich blies die Wangen auf. Diesen Aspekt der Historienschnulze hatte ich schon immer für unglaubwürdig gehalten. »Komm zum Punkt«, sagte ich, denn ich wollte mich nicht über Leonardo DiCaprio unterhalten.

»Nun ja, wie du weißt, fand ich den Film toll, und weil ich ihn toll fand, habe ich nachgeforscht. Königin Anna konnte lange Zeit nicht schwanger werden, vermutlich, weil der

König eher Interesse an Männern hatte. Schließlich, ziemlich spät, wurde sie doch schwanger. Und niemand wusste, wer wirklich der Vater von Ludwig XIV. war. Der König erkannte ihn an, aber Zweifel blieben.«

Aus irgendeinem Grund huschte mir der Name des Hotels, in dem Henderson logierte, durch den Sinn. Prinzenhof. War das ein Zeichen? Unsinn.

»Es ist doch seltsam«, fuhr Katja fort. »Dein Vater und deine Mutter kriegen zehn Jahre lang kein Kind. Dann kommst du. Und danach nichts mehr. Möglicherweise hat deine Mutter diesen Richard wiedergefunden. Dass sie den Brief aufgehoben hat, beweist gar nichts. Sie hat ihn ihrem Geliebten vielleicht gezeigt, als Beweis dafür, dass sie nach ihm gesucht hat. Ein Beweis, dass du nicht seine Tochter bist, ist das für mich nicht.«

Ich zog die Stirn kraus. Vielleicht lag es an der vorgerückten Stunde, aber logisch klang das nicht für mich. Stimmte es vielleicht gerade deshalb?

»Aber gesetzt den Fall, dass ich seine Tochter wäre – und ich sage nicht, dass ich dir glaube: Ist es dann nicht seltsam, dass sie mich nicht mit nach Amerika genommen hat? Und danach war ich plötzlich Luft für sie! Behandelt man so das Kind seines Geliebten?«

»Wenn der Geliebte einen sitzengelassen oder wieder nach Hause geschickt hat, schon. Vielleicht hat sie an dir den Frust ausgelassen, den sie wegen ihm hatte?«

Ich starrte Katja an. Eines musste ich ihr lassen: Sie wäre eine gute Schriftstellerin gewesen. Was sie erzählte, klang ein bisschen zu märchenhaft – aber vollkommen von der Hand zu weisen war es nicht. Und wenn man mal Henderson und meine Mutter betrachtete, so waren es Menschen, die ständig mit Geschichten zu tun hatten. Henderson schrieb sie, meine Mutter verkaufte sie. Möglich, dass sie ihren eigenen Roman erlebt hatten.

»Wie ist denn dieser Ethan so?«, fragte Katja, nachdem sie mich eine Weile gemustert hatte. »Auch so ein hübscher wie sein Vater?«

»Katja! Sein Vater ist fast achtzig!«

»Aber auf dem Bild sieht er sehr schnuckelig aus. Sein Sohn auch?«

»Wenn deine Theorie stimmt, ist er mein Bruder!«

»Wer sagt denn, dass *du* ihn nehmen sollst? Ich bin gerade Single geworden.«

Ich schüttelte den Kopf. Die Kraft, mich jetzt mit ihr darüber zu streiten und ihr klarzumachen, dass der Mann vielleicht verheiratet war und in den USA eine Familie auf ihn wartete, hatte ich jetzt nicht mehr.

»Vielen Dank, dass du mich bei dir schlafen lässt«, wechselte ich das Thema. Glücklicherweise war Katja verständig genug, um zu merken, wie erledigt ich war.

»Okay. Den Weg zum Gästezimmer kennst du noch?«

Ich nickte, und als wir uns erhoben, umarmte sie mich wie eine große Schwester.

Im Traum war ich wieder bei meinen Eltern, es war der Abend, als ich mich beinahe nicht getraut hatte, mit der Fünf in Biologie nach Hause zu kommen. In allen anderen Fächern war ich recht gut, besonders in Deutsch – auch nach dem Verschwinden meiner Mutter.

Doch in den Naturwissenschaften war ich ziemlich abgerutscht, seit sie verändert nach Hause gekommen war.

»Warum hast du nicht gelernt?«, fragte sie, obwohl sie wusste,

dass ich den ganzen Abend vor den Büchern gesessen hatte. Natürlich hatte sie recht, gelernt hatte ich nicht. Ich hatte es versucht, doch die Worte hatten nicht in meinen Kopf gewollt. Seit sie verschwunden gewesen war, konnte ich kaum etwas behalten. Es fiel mir schwer zu lernen, schwer zu rechnen. Wenn ich auf ein Buch schaute, das nicht gerade einen Deutsch-Text zeigte, sah ich immer wieder die Schlagzeilen aus der Zeitung. Dass sie womöglich entführt worden war. Dass man sie ermordet hätte.

»Aus dir wird nie etwas werden, nie!«, schrie meine Mutter mich an. »Du bist wie dein Großvater, genauso faul und dumm!«

Ich hatte meinen Großvater nie kennengelernt. Meine Mutter erwähnte ihn nur dann, wenn es ihr um mein vermeintliches Versagen ging.

An diesem Abend regte sich allerdings der Widerstand in mir. Warum verglich sie mich mit einem Menschen, den sie offensichtlich hasste? Das hatte sie vor ihrem Verschwinden nie getan.

»Und warum bist du einfach abgehauen?«, fauchte ich sie an, denn ich wusste sehr gut, dass in dieser Zeit bei mir der Lernknick eingetreten war. Die Angst, sie zu verlieren, begleitete mich noch immer zur Schule. »Du hast mich im Stich gelassen! Also wundere dich nicht, dass meine Noten schlecht sind. Das ist alles wegen dir!«

Die Hand meiner Mutter schnellte in die Höhe, in ihren Augen loderte es so zornig wie schon lange nicht mehr.

Doch bevor sie zuschlagen konnte, erschien eine andere Hand. Die meines Vaters, die sich um das Handgelenk meiner Mutter legte.

»Cornelia, bitte!«, sagte er beruhigend. »Es ist doch nur eine Fünf und nicht der Weltuntergang. Sie wird es wiedergutmachen.« Der Körper meiner Mutter erschlaffte, aber der zornige Blick blieb. Sie richtete ihn auf Vater und auf mich, als wären wir

zwei Monster, die es nur darauf abgesehen hatten, ihr das Leben schwerzumachen.

Schließlich riss sie sich los und verschwand im Wohnzimmer. Ich starrte ihr hinterher, dann sah ich meinen Vater an. Sein Gesicht wirkte grau und viel älter als sonst. Ich wusste, dass Mutters Verschwinden auch an ihm noch immer zehrte.

»Ein Fünfer, wie?«, fragte er und hockte sich vor mich. Er nahm meine Hände, wobei ich merkte, dass seine Finger genauso kühl waren wie meine. Ja, ich glaubte, dass sie sogar ein wenig bebten. Er zwang sich zu einem Lächeln, konnte damit aber nicht wegwischen, dass meine Mutter gerade vorgehabt hatte, mich zu schlagen. Für eine Fünf. Für die Wahrheit.

»Das kriegst du wieder hin, ja? Bist doch ein patentes Mädel.«

Ich nickte, und wenig später umarmte mich mein Vater. Ich spürte, wie er zitterte. Hatte er Angst? Oder war es der Zorn?

Zorn auf mich sicher nicht, denn sonst hätte er mich nicht umarmt.

Aber Zorn auf meine Mutter, weil sie versucht hatte, mich zu schlagen.

Mit einem langgezogenen Seufzer erwachte ich. Für einen Moment wähnte ich mich in meinem Hotelzimmer, doch dann wurde mir klar, dass ich bei Katja war. Draußen dämmerte der Morgen langsam herauf. Ich griff nach meinem Handy. Drei Mails waren eingegangen, darunter eine von dem Autor, der sich schon einmal wegen seiner Lesung gemeldet hatte. Wahrscheinlich fragte er sich, wo ich war. Ich hatte ihn, ehrlich gesagt, ganz vergessen über all dem, was geschehen war.

Rasch tippte ich eine Antwort, dann lehnte ich mich zurück in die Kissen.

Mit meiner Müdigkeit war es schlagartig vorbei. Ich hätte aufstehen, mich anziehen und loslegen können. Womit auch immer.

Richard Henderson aufsuchen vielleicht?

Doch es wäre unhöflich gewesen, wenn ich schon vor dem Frühstück im Hotel Prinzenhof aufgetaucht wäre. Und Katja wäre mir sicher böse, wenn ich mich einfach so aus ihrem Haus schlich.

Ich nahm *Die große Flut* vom Nachttisch und beschloss, ein wenig darin zu lesen, bis Katja wach wurde und ich in Richtung Innenstadt aufbrechen konnte.

10. Kapitel

Mein Herz klopfte wie verrückt, als ich den Hotelfahrstuhl betrat. Die leichte Loungemusik verschwand unter dem Rauschen in meinen Ohren, und meine Hände waren so kalt und klamm, als wäre ich auf dem Weg zu einer Abschlussprüfung.

Wie würde Henderson auf meinen Besuch reagieren – und konnte er mir erzählen, was ich wissen wollte?

Und wie hatte er die Nachricht aufgenommen, dass meine Mutter im Koma lag?

Auf der zweiten Etage stieg ich aus. Der Teppich, der meine Schritte dämpfte, war an einigen Stellen etwas fleckig, doch wahrscheinlich waren diese Flecken von der Sorte, die man nicht so einfach loswurde. Hinter einer Zimmertür strömte Zigarrengeruch auf den Gang. Hatten die Hotels heutzutage noch Raucherzimmer?

Dann war ich am Ziel: Nummer 260. Der Fernseher war an. Soweit ich es verstehen konnte, ein englischsprachiger Sender. Nachrichten.

Ich atmete tief durch und klopfte.

Schritte ertönten, dann öffnete sich die Tür. Ethan schaute mich überrascht an.

»Alexa«, sagte er. »Ist etwas passiert?«

Warum nur alle immer bei meinem Auftauchen vermuteten, dass etwas passiert sei?

»Ist Ihr Vater da?«, fragte ich. »Und wäre es ihm recht, sich kurz mit mir zu unterhalten?«

»Aber sicher, er ist da … Einen Moment.«

Ethan trat nach draußen und lehnte die Tür an.

»Ich wollte mich gern entschuldigen«, sagte er. »Ich habe Sie überfallen, tut mir sehr leid.«

Jetzt starrte ich ihn erstaunt an.

»Das muss es nicht«, entgegnete ich verwirrt. »Ich … ich hätte nicht einfach so weglaufen sollen. Ich hatte einen harten Tag. Kurz zuvor war ich bei einem Anwalt wegen meiner Betreuersache.«

Er legte den Kopf schief. Offenbar verstand er nicht, was ich meinte.

Ich suchte verzweifelt nach dem englischen Begriff für Betreuung oder Vormundschaft. Ich war nicht sicher, ob das im Englischen unterschieden wurde. Das Einzige, was mir einfiel, war: »Guardian? Jemand, der für einen Kranken Entscheidungen trifft.«

»Bei uns nennt man das *conservator*, aber ich verstehe, was Sie meinen.«

»Ja, also eben deshalb war ich beim Anwalt, weil meine Mutter keine Vorkehrungen getroffen hatte.«

»Und dieses Treffen lief nicht gut?«

»Nein, nicht wirklich, und deshalb war ich auch ein wenig durch den Wind. Ich meine, verwirrt.«

Ethan lächelte verständnisvoll. »Es ist okay. Ich hätte Sie vielleicht nicht so drängen sollen. Entschuldigung angenommen?«

Ich nickte und lächelte jetzt auch. Meine Beklommenheit

war immer noch da, aber irgendwas war an Ethan, das mich beruhigte. Doch vielleicht Familienbande?

Ich ertappte mich dabei, dass ich es schade finden würde, wenn er mein Bruder wäre.

»Haben Sie Ihrem Vater erzählt, was mit meiner Mutter los ist?«

Ethan schüttelte den Kopf. »Nein, bisher nicht. Er hatte gestern eine Lesung, da wollte ich ihn nicht belasten.«

»Verstehe«, entgegnete ich. »Meinen Sie, ich sollte es ihm sagen? Er muss doch heute sicher auch wieder auftreten, oder?«

»Nicht direkt, er hat nur ein Abendessen mit seinem Verleger und seinem Lektor.«

»Dann verderbe ich ihm nur den Appetit.«

»Keine Sorge, mein Vater ist Profi. Als meine Mutter starb, war er für ein paar Stunden außer sich, doch am Nachmittag ging er in die Uni und sprach vor seinen Studenten. Danach fuhr er nach Hause und trauerte weiter.« Ein trauriges Leuchten erschien in Ethans Augen. Seine Mutter. Dann war er also nicht der Sohn meiner Mutter. Aber ich konnte noch immer die Tochter seines Vaters sein.

Wie mochte es ihm gegangen sein, als er von der Liebschaft seines Vaters mit Cornelia gehört hatte?

Plötzlich wurde die Tür aufgezogen. Richard Henderson sah uns an.

»Wusste ich doch, dass jemand an der Tür war«, sagte er auf Englisch, dann erkannte er mich. »Ah, die junge Dame aus dem Buchladen.«

»Alexa Petri«, stellte ich mich vor. »Ich bin Cornelias Tochter.«

»Das habe ich mir beinahe gedacht.« Ein geheimnisvolles

Lächeln huschte über sein Gesicht. »Kommen Sie doch rein, junge Frau. Hier drinnen redet es sich viel besser.«

Ich trat in ein elegant eingerichtetes Hotelzimmer, das wesentlich gepflegter war als der Fußbodenbelag draußen. Die Möbel waren geschmackvoll und zweckmäßig ausgewählt, der helle Teppich war beinahe zu schön, um darauf zu gehen. Im Gegensatz dazu wirkte mein Hotelzimmer wie eine Absteige.

Es war mir ein wenig unangenehm, im Zimmer zweier fremder Männer zu sein. Ich hatte kein Problem damit, mich mit meinen Autoren in einem Hotelzimmer aufzuhalten, bis sie an der Reihe waren mit ihren Veranstaltungen, aber bei Fremden war das etwas anderes.

»Setzen Sie sich doch, Miss Petri«, sagte Henderson, ging zum Schreibtisch und klappte seinen Laptop zu. Ich konnte gerade noch einen Blick auf einen Text erhaschen, an dem er wohl geschrieben hatte. Sein neuestes Buch? Damit würde er dann dem landläufigen Bild entsprechen, das die Leute von Schriftstellern hatten. Stets mit dem Kopf bei einem neuen Werk. Fehlte nur noch, dass er in einem Café saß, vorzugsweise vor einer alten Schreibmaschine.

»Nun, es freut mich sehr, dass Sie zu mir kommen«, sagte Henderson senior. »Wie geht es Ihrer Mutter?«

Ich blickte hilfesuchend zu Ethan. Doch der zuckte nur kurz die Schultern und überließ es mir, ob ich seinen Vater aufklärte oder nicht.

Da ich nicht vorhatte, den alten Mann zu belügen, antwortete ich: »Nicht besonders gut. An dem Tag, als Sie im Buchladen auftauchten … Ich wusste ja nicht, in welchem Verhältnis Sie wirklich zu ihr stehen. Auf jeden Fall lag sie da schon seit zwei Wochen im Krankenhaus.«

Ich sah, wie Henderson erstarrte. Nein, versteinerte. Er verharrte minutenlang in seiner Bewegung, bevor er sich wieder mir zuwandte.

»Ist es was Ernstes?«, fragte er. Seine Stimme zitterte.

»Sie hatte einen Schlaganfall«, antwortete ich, worauf Henderson zu einem Sessel taumelte und sich in die Polster fallen ließ.

»Dad, ist alles okay?«, fragte Ethan besorgt.

Sein Vater antwortete nicht. Er starrte ins Leere, als würde er an der Wand irgendwas sehen. Erinnerungen vielleicht. Es dauerte eine Weile, bis er mich wieder anblickte.

»Ein Schlaganfall, sagen Sie?«

»Ja. In ihrem Buchladen. Zum Glück waren Kunden da, die sie ins Krankenhaus gebracht haben. Die Ärzte haben sie in ein künstliches Koma versetzt, damit sich ihr Gehirn wieder erholen kann.«

»Oh mein Gott«, flüsterte Henderson, während Ethan hinter ihm erschien, als wollte er seinen Vater vor einem Zusammenbruch bewahren.

»Ihre Prognose ist derzeit noch ungewiss. Die Ärzte sind sich noch nicht sicher.«

Mehr wollte ich ihm nicht zumuten. Was ich erzählt hatte, war für jemanden, der hoffte, seine Jugendliebe wiederzusehen, ohnehin schon schwer zu ertragen.

Henderson saß wie erstarrt in seinem Sessel, nicht in der Lage, sich zu erheben oder zu bewegen.

»Es tut mir leid«, sagte ich, denn ich bereute es nun zutiefst, ihn damit belastet zu haben. Ich hatte auf keinen Fall diesen netten alten Mann, der vielleicht sogar mein wahrer Vater sein könnte, wenn Katja mit ihrer abenteuerlichen Theorie recht hatte, derart schocken wollen.

Ich überlegte schon, ob ich mich wieder verabschieden sollte, doch dann erhob sich Richard Henderson und trat ans Fenster.

Hilflos blickte ich zu Ethan. Der schien in diesem Augenblick auch nicht zu wissen, was er tun sollte.

Mir fiel wieder ein, was er vorhin gesagt hatte: Sein Vater hatte um seine Mutter getrauert, war zur Vorlesung gefahren und hatte dann weitergetrauert.

Das klang nicht nach lieblosem Verhalten, nur nach Pflichtbewusstsein. Dennoch schien sein Sohn ein Problem damit gehabt zu haben. Seinen Vater jetzt dermaßen erstarrt zu sehen, beunruhigte ihn offensichtlich.

»Vielleicht sollte ich besser gehen«, sagte ich und stand unsicher auf.

»Nein, bleiben Sie«, entgegnete Henderson. »Ich bin gleich wieder in Ordnung, lassen Sie mir nur einen Moment.«

Ethan schaute von seinem Vater zu mir und zwang sich zu einem schiefen Lächeln.

Henderson starrte noch einen Augenblick aus dem Fenster, von dem aus man auch den Stadtteil St. Georg sah. Ein früher verrufenes, jetzt buntes Viertel mit wunderschönen alten Häusern.

»Nicht weit von hier habe ich früher einmal gewohnt«, sagte Richard Henderson schließlich. Seine Stimme klang zunächst, als würde er ein Schluchzen unterdrücken. Dann fing er sich wieder ein wenig, doch ein leichtes Zittern blieb. »Eine alte Dame war so nett, mich aufzunehmen. Schon damals waren gute Unterkünfte schwer zu finden. Und als ein Student, der frisch aus den USA gekommen war, hatte man den Kopf voller Klischees und Träume …«

Er stockte und schüttelte den Kopf. Dann wandte er sich

um. In seinen Augen glitzerten Tränen, doch seine Stimme klang nun wieder fest.

»Lassen Sie uns an den Ort gehen, an dem ich Ihre Mutter zum ersten Mal sah, ja? Dann erzähle ich Ihnen den ersten Teil der Geschichte.«

Den ersten Teil? Gab es noch einen zweiten oder dritten?

Okay, der erste Teil. Vielleicht reichte das ja schon.

»Sind Sie sicher?«, fragte ich. »Ich meine, ich habe Sie gerade mit einer schrecklichen Nachricht überfallen …«

»Nichts ist so schlimm wie das, was Sie gerade durchmachen. Immerhin ist es Ihre Mutter. Sie leben schon seit Tagen mit der Gewissheit, dass nichts mehr so wie früher sein wird. Ich bin Ihnen dankbar, dass Sie mir die Wahrheit gesagt haben.«

Er trat zu mir und sah mich an.

»Kommen Sie, lassen Sie uns zu diesem Ort fahren«, sagte der alte Professor. »Ich wollte ihn ohnehin besuchen. Eigentlich mit Ihrer Mutter, aber so ist es für mich auch in Ordnung, denn ich habe ein Stück von ihr bei mir.«

11. Kapitel

Während Ethan im Hotelzimmer zurückblieb, fuhren Henderson und ich ein paar U-Bahn-Stationen weit bis nach St. Pauli. Fast erwartete ich, dass er meine Mutter in irgendeinem Lokal kennengelernt hätte, doch dann wurde mir klar, dass Richard ein anderes Ziel ansteuerte.

Wenig später durchschritten wir das Tor zu den großen Wallanlagen, einem Teil von Planten un Blomen, dem wohl bekanntesten Park Hamburgs.

Zu dieser Uhrzeit war es hier noch recht ruhig. Ich sah eine Schülergruppe, die von ihrer Lehrerin ins Museum für Hamburgische Geschichte am Holstenwall geschleift wurde, und einige junge Leute, die versuchten, sich auf den gepflasterten Gehwegen mittels Longboards und Inlineskatern fortzubewegen. Ein paar Senioren saßen auf den Bänken neben Obdachlosen, die sich bemühten, den Rausch der vergangenen Nacht loszuwerden. Ein Mann redete lauthals mit seiner Tasche, als wäre sie schuld an seinem Schicksal.

Schweigend folgten wir den Schotterwegen, bis wir schließlich den Rosengarten erreichten. Auf einer kleinen Bank nahmen wir Platz.

»Ein wunderbarer Ort«, sagte Richard, während er sich umsah. »Ich war schon öfter in Hamburg und auch hier, doch die Rosen faszinieren mich immer wieder. Kaum ein Gewächs in der Natur ist so vollkommen.«

»Und hier haben Sie meine Mutter kennengelernt?«

»Ja, das habe ich. Genau hier. Sie wirkte ein wenig verloren, doch ihre Schönheit konnte mit jeder Blüte mithalten. Als ich sie sah, weinte sie, also habe ich ihr mein Taschentuch angeboten.«

Vielleicht war das der Grund, warum wir Planten un Blomen nie als Familie besucht hatten. Ich war mit meinem Vater hier gewesen, während sich meine Mutter in der Buchhandlung aufgehalten hatte, und später war ich allein hergekommen, um meine Freunde zu treffen. Als Studentin hatte ich auf den ausgedehnten Rasenflächen mehr Zeit damit verbracht, mich zu sonnen und zu träumen, als meine Hausaufgaben zu machen. Doch mit meiner Mutter zusammen war ich nie hergekommen. Schon seltsam, dass mir das früher nicht aufgefallen war.

»Was geht Ihnen durch den Kopf?«, fragte Richard, der mich eindringlich musterte.

»Dass es seltsam ist, warum meine Mutter so viele Geheimnisse vor mir hatte. Sie hat Sie nie erwähnt.«

»Wahrscheinlich, weil ich ihr sehr viel Kummer bereitet habe.«

Ich schüttelte den Kopf. »Nein, ich glaube nicht. Mütter sprechen von verflossenen Liebhabern, spätestens dann, wenn die Tochter alt genug ist, um sich ebenfalls nach Männern umzuschauen. Meine Mutter hat das nie getan. Im Gegenteil, meine Mutter hat mich entweder wie Luft behandelt oder mir die Schuld gegeben. Immer war ich an allem schuld.«

»Das klingt eigentlich nicht wie meine Conny.« Die Zärtlichkeit, mit der er ihren Kosenamen aussprach, versetzte mir einen Stich.

»Wahrscheinlich haben Sie sie ganz anders kennengelernt. Bevor sie verschwand, war sie auch anders, aber danach …« Ich schüttelte den Kopf. »Wir sollten das Pferd nicht beim Schwanz aufzäumen, oder?«

Richard lachte auf. Ein sympathisches, dunkel perlendes Lachen, das tief aus seinem Innersten kam. »Ihr Deutschen mit euren Redewendungen! Conny hat mir einige beigebracht. Aber wenn ich ehrlich bin, sind wir Amerikaner ja auch nicht anders.«

Dann wurde er wieder ernst. »Es tut mir sehr leid, dass sich durch ihre Reise Ihr gesamtes Leben verändert hat. Ich habe das nie gewollt. Es war nur … Ihre Mutter hatte ihren eigenen Kopf, verstehen Sie? Es hat ein Weilchen gedauert, bis sie gelernt hatte, sich durchzusetzen, doch als sie es geschafft hatte, sich von allen schädlichen Einflüssen zu lösen, war sie umwerfend in ihrem Stursinn.«

Was das anging, hatte er recht. Meine Mutter war furchtbar stur und eigensinnig. Mein Vater hatte ein Lied davon singen können.

»Also gut, beginnen wir, solange der Tag noch hell ist. Ich kann Ihnen sehr viel über Ihre Mutter erzählen, und wahrscheinlich ist da noch das eine oder andere Geheimnis dabei. Aber vorher möchte ich, dass Sie mir etwas versprechen.«

»Und was?«

»Wenn sie …« Es fiel ihm sichtlich schwer, das auszusprechen, was ich bereits ahnte. »Wenn sie stirbt … geben Sie mir dann Bescheid?«

»Das mache ich«, entgegnete ich. »Und wenn Sie wollen,

gebe ich Ihnen auch Bescheid, wenn sie wieder auf die Beine kommt.«

Henderson lächelte. »Sie sind eine gute Tochter. Wenn ich Conny irgendwann wiedersehe, werde ich ihr das sagen.«

»Lassen Sie es besser bleiben. Meine Mutter wird nicht erfreut sein.«

»Warum nicht? Ich wette mit Ihnen, dass sie weiß, was sie an Ihnen hat. Sie zeigt es Ihnen nur nicht.«

Richard sinnierte eine Weile vor sich hin, dann faltete er die Hände vor sich auf dem Schoß. Die Altersflecken darauf sahen aus, als wäre er einem Maler in die Quere gekommen, der wild mit Terrakottafarbe herumgespritzt hatte.

»Nun, ich habe Ihnen eine Geschichte versprochen, nicht wahr? Also sollte ich wohl besser damit anfangen, denn es wird eine Weile dauern.«

Ich nickte. »Nehmen Sie sich so viel Zeit, wie Sie brauchen. Ich möchte wissen, wer meine Mutter wirklich ist. Ich fürchte, ich habe mich nie wirklich angestrengt, es herauszufinden.«

Richard

1961

Die Sonne brannte, als Richard sich auf den Weg nach St. Pauli machte. Dabei ging es ihm nicht so sehr darum, sich zu vergnügen, um diese Stunde waren die Lokale und Clubs ohnehin noch geschlossen. Sein Ziel war, was die Hamburger mit ihrem breiten Akzent »Planten un Blomen« – Pflanzen und Blumen – nannten. Die grüne Lunge Hamburgs, die an den Stadtteil des Vergnügens grenzte.

Die meisten seiner Kommilitonen waren nach den Vorlesungen in der Stadt unterwegs. So gut wie niemand wusste, dass er einmal in der Woche herkam, um sich die Rosen anzuschauen. Wahrscheinlich würden sie denken, dass irgendwas nicht mit ihm stimmte. Schließlich hatten Männer Männer zu sein und sich auch so zu verhalten. Rosen passten zu ihnen ebenso wenig wie Tränen.

Doch Richard hatte Rosen schon immer faszinierend gefunden. Seine Großmutter in Maine hatte auch einen prachtvollen Rosengarten besessen. Bis zu ihrem Tod war er als Kind und später als Jugendlicher in den Sommerferien immer bei ihr gewesen, in der Zeit, in der die Rosenbüsche in voller Blüte standen. Es gab keinen Ort, an dem er seine Phantasie besser schweifen lassen konnte. Zunächst mit Büchern, dann mit Schreibzeug bewaffnet, hatte er sich mitten in den Garten gesetzt und alles um sich herum vergessen. Es gab nur seine Geschichten. Bücher, die er las, Stories, die er verfasste. Er formte die Welt so, wie er sie haben wollte.

Der Tag, an dem seine Gran starb, war der schwärzeste seines Lebens. Nur Tage zuvor hatte er seinen Abschluss an der Highschool gemacht und gedacht, dass jetzt alles nur besser werden konnte. Dass er an die Harvard University gehen würde, hatte seine Großmutter furchtbar stolz gemacht. Leider erlebte sie nicht mehr, wie ihr Enkel in die berühmte Universität einzog.

Und auch die Tage im Rosengarten waren vorbei, denn die Eltern verkauften das alte Haus und damit auch den Garten.

Sicher, auch in Cambridge gab es wunderschöne Anlagen – auch auf dem Campus. Doch keiner trug die Magie des Gartens seiner Gran in sich.

Als er die Chance auf ein Austauschjahr in Deutschland erhielt, hätte er mit allem gerechnet, aber nicht damit, dass er ausgerechnet hier, in Hamburg, einen Garten finden würde, der dem seiner Gran ähnelte. Es schien Schicksal zu sein. Seine Entscheidung, in der Schule Deutsch zu lernen, weil seine Ururgroßmutter von hier stammte. Sein Deutschstudium an der Universität … All das hatte ihn, wenn man so wollte, in diesen Garten geführt.

Natürlich war der Zauber nicht derselbe, aber er war doch ziemlich ähnlich, und er spürte deutlich die Magie dieses Ortes. Es gab Zeiten, da begegnete er hier keiner Menschenseele. Er konnte ungestört seinen Geschichten nachgehen, die mittlerweile viele Hefte füllten und die er abends, wenn seine Vermieterin ihr Hörgerät abgeschaltet hatte, mit Schreibmaschine übertrug.

Als er an diesem Nachmittag auf seine übliche Bank zusteuerte, sah er, dass er nicht allein war. Auf der Bank saß eine junge Frau, zusammengekrümmt und schluchzend. Ihr rotblondes Haar stand ihr ein wenig wirr vom Kopf ab.

Richard wollte schon wieder umkehren. Es ging ihn nichts an. Doch dann fasste er sich ein Herz. Vielleicht brauchte sie ja Hilfe.

»Ähm, hallo, Fräulein«, sprach er sie an. »Hätten Sie was dagegen, wenn ich mich zu Ihnen setze?«

Die junge Frau blickte auf. Ihr Gesicht war vom Weinen verquollen, ihre Augen gerötet. Dennoch sah er, dass sie sehr hübsch war.

»Können Sie nich woanders hingehen?«, schnauzte sie ihn an. »Ich brauch keine Gesellschaft!«

Richard schaute sie erschrocken an. Damit, so harsch abgewiesen zu werden, hatte er nicht gerechnet. Er wusste, dass die Leute in Hamburg direkt und manchmal ein wenig grob waren. Aber warum war sie so wütend?

»Okay«, sagte er, doch irgendwie hatte er nicht vor, sie in Ruhe zu lassen, bevor er nicht wusste, was der Grund für ihre Traurigkeit war. »Kann ich denn irgendwas für Sie tun?«

»Nee, hauen Sie einfach ab!« Sie schnäuzte sich in ihr Taschentuch und senkte wieder den Kopf.

Richard atmete tief durch. Schade eigentlich, denn irgendwie interessierte sie ihn.

Er setzte sich also auf die Bank gegenüber und nahm sein Schreibzeug heraus. Seit Tagen schon spukte ihm eine Geschichte durch den Kopf. Es sollte um einen Mann gehen, der alles verlor, seine Familie, seine Freunde – und der dann einen Rosengarten fand, der ihm den Weg in ein neues Leben wies.

Zugegeben, besonders originell hörte sich das im ersten

Moment nicht an. Er hatte ja selbst noch kein durchgehendes Konzept. Doch es half ihm, seine Gedanken zu ordnen und Handlungsstränge zu verknoten wie die Seeleute ihre Taue.

Allerdings blieben heute die Knoten aus, denn das Schluchzen des Mädchens irritierte ihn. Seufzend schlug er sein Buch zu und blickte es an.

»Kann ich Ihnen irgendwie helfen?«, fragte er. »Brauchen Sie ein Taschentuch oder ein offenes Ohr?«

»Nein«, sagte sie, schnappte dann ihre Tasche und erhob sich. Offenbar störte er sie beim Weinen ebenso wie sie ihn beim Schreiben. Ohne ein weiteres Wort wandte sie sich um und stapfte wütend davon.

Richard schaute ihr nach. Sie hatte sehr hübsche Beine, die leider in etwas schief getretenen Schuhen steckten. Auch das Kleid wirkte bieder und ein wenig altmodisch. Wahrscheinlich hatte sie nicht viel Geld.

Als sie fort war, klappte Richard sein Schreibbuch wieder auf, aber auch jetzt wollten die Worte nicht kommen. Immer wieder wanderten seine Gedanken zu dem Mädchen.

Ich hätte ihr nachgehen sollen, dachte er. Womöglich hat sie Liebeskummer. Die Sorge, dass sie sich vielleicht etwas antun könnte, überkam ihn. Die Wasseranlagen hier waren nicht besonders tief, aber wer es darauf anlegte …

Im nächsten Augenblick sprang er auf, verstaute sein Buch und hängte seine Tasche über die Schulter. Er musste sie suchen. Er musste sicherstellen, dass sie sich nichts antat. Auch wenn sie seine Hilfe nicht wollte, so konnte er zumindest dafür sorgen, dass sie heil ankam – wo auch immer sie hinwollte.

Mit langen Schritten verließ er den Rosengarten und hielt dann Ausschau nach der jungen Frau. Natürlich war sie längst aus seinem Sichtfeld verschwunden. Vielleicht wäre es vernünftiger gewesen, die Sache auf sich beruhen zu lassen – sie konnte in jede Richtung abgebogen sein, und der Park war recht groß. Richard lief trotzdem weiter. Es gab einige kleine Wasserstellen im Park, aber möglicherweise hatte sie sich auch nur einen Ort gesucht, an dem sie ungestört sein konnte.

Da sah er plötzlich einen roten Haarschopf in der Ferne. Das musste sie sein.

Richard rannte los, quer über den Rasen und an ein paar Hecken vorbei. Nur gerade so konnte er den Zusammenstoß mit einem älteren Herrn verhindern, der seine nachmittägliche Runde durch den Park drehte. Auf das Murren des Mannes antwortete Richard: »Sorry!«, und lief weiter.

Die junge Frau ging recht schnell, schon verschwand sie wieder hinter einer Weggabelung. Richard hastete ihr nach, dann sah er sie direkt vor sich – und stutzte. Das, was er für rotblondes Haar gehalten hatte, entpuppte sich als Kopftuch. Und auch die Kleidung stimmte nicht. Hilflos ließ er die Hand sinken, die er bereits gehoben hatte, um der Frau auf die Schulter zu tippen. Glücklicherweise ging sie weiter, ohne ihn zu bemerken.

Richard atmete tief durch. Enttäuschung machte sich in ihm breit. Vielleicht hätte er sich um seine eigenen Angelegenheiten kümmern sollen. Aber andererseits brachte er es nicht übers Herz, eine Frau so weinen zu lassen.

Mit hängendem Kopf kehrte er zu seiner Bank zurück. Ein wenig hoffte er, dass das Mädchen wieder auftauchen würde, aber das war nicht der Fall.

Bedrückt ging er nach Hause.

Frau Thaler, seine Vermieterin, saß auf dem kleinen Balkon ihrer Wohnung und sonnte sich. Auch bei schlechtem Wetter war sie viel draußen, nicht wegen der guten Luft, sondern weil es einiges zu sehen gab. Auch abends saß sie manchmal dort, wenn die leichten Mädchen unterwegs waren. Richard war einigen begegnet, doch ihre Angebote hatten ihn kaltgelassen. Seine Freunde hatten sich darüber gewundert und vermutet, dass er es nicht so mit Frauen hätte. Aus diesem Grund erzählte er ihnen auch nichts von den Rosen. Ohnehin war er nur bis zum März kommenden Jahres hier, dann war sein Austauschjahr zu Ende.

»Na, was ziehst du für'n Gesicht, min Jung?«, fragte Frau Thaler vom Balkon herunter. Den Dialekt fand Richard merkwürdig, doch mittlerweile hatte er sich daran gewöhnt. »Haben sie dir das Fahrrad geklaut?«

Richard besaß kein Fahrrad, was die Frau eigentlich wusste. Wahrscheinlich war das wieder eine ihrer Redensarten.

»Nein, Frau Thaler, es ist alles gut.«

Nichts war gut. Wahrscheinlich spürte das die alte Frau, die so viel in ihrem Leben gesehen hatte. Aber er wollte nicht auf der Straße mit ihr darüber reden.

Er verschwand im Hauseingang und erklomm die Treppe, wobei die mit altem Sisal bedeckten Stufen leise knarrten. Das Geländer anzufassen wagte Richard kaum, denn es wackelte, und er hatte Angst, dass es abfallen konnte. Überhaupt wies das Haus einige Mängel auf, die aber die Mieterinnen nicht zu stören schienen. Neben Frau Thaler wohnte hier auch noch eine andere ältere Dame, Frau Friedrichsen, die man nur dann zu Gesicht bekam, wenn sie sonntags zum Tanztee ging. Frau Thaler behauptete, dass sie das tun würde, um einen neuen Mann zu finden.

»Kann ich nich verstehen«, sagte sie dann immer, wobei sie das »st« hamburgisch scharf aussprach. »Warum will sie noch einen? Ich war froh, dass meiner wech war, hat immer nur was auszusetzen gehabt.«

Wie es nicht anders zu erwarten war, ließ sich Frau Friedrichsen nicht blicken. Dafür stand Frau Thaler an der Tür.

»Kommen Sie, junger Mann, lassen Sie uns eine Tasse Kaffee trinken, und dann erzählen Sie mir, was Sie auf dem Herzen haben.«

Darauf hatte Richard eigentlich keine Lust, aber seiner Vermieterin wollte er nicht widersprechen. Das würde nur ellenlange Gespräche nach sich ziehen, denn wenn Frau Thaler etwas wissen wollte, tat sie alles, um es herauszufinden.

Richard brachte seine Tasche in sein Zimmer und ging dann gehorsam in die Küche. Auf dem Ausziehtisch, in dem sich zwei Abwaschschüsseln verbargen, standen bereits zwei Tassen, und auf den Kohleherd stellte die alte Dame nun ihren Wasserkessel, der wohl noch aus der Vorkriegszeit stammte.

»Nu, was ist?«, fragte sie, als sie sich ebenfalls an den Tisch setzte. »Haben Sie Hunger, junger Mann?«

»Nein danke, Hunger habe ich nicht.«

»Hmmm«, brummte Frau Thaler und betrachtete ihn wie eine Ärztin. »Dann haben Sie wohl Liebeskummer, wie?«

Richard schüttelte den Kopf. War ja klar, dass sie zunächst darauf tippte. Aber was sollte es, sie würde ja doch nicht lockerlassen.

»Ich habe heute ein Mädchen gesehen, im Park.«

»Aha!«, sagte Frau Thaler mit einem bedeutungsvollen Leuchten in den Augen.

»Es ist nicht so, wie Sie denken. Ich habe sie gesehen, und sie hat geweint.«

»Doch nicht etwa wegen Ihnen!«

»Nein, ich weiß nicht, was der Grund war. Sie wollte es mir nicht sagen. Ich habe ihr meine Hilfe angeboten, aber sie hat mich angefahren und ist weggelaufen.«

»Nun, dann haben Sie es wohl nicht besonders geschickt angestellt, wie?«

Bevor er sich genötigt sah, ihr eine Antwort zu geben, pfiff der Wasserkessel. Frau Thaler erhob sich und brühte den Kaffee auf, dann stellte sie die Kanne auf den Tisch.

»Ich weiß nicht, wie ich es angestellt habe«, antwortete Richard, als Frau Thaler sich eine Tasse mit dampfendem Kaffee einschenkte. »Ich habe sie einfach nur angesprochen. Sonst nichts. Nicht mal ein Taschentuch wollte sie von mir.«

»Ach, die Sache mit den Taschentüchern müsst ihr Männer euch aus dem Kopf schlagen. Wir sind nicht mehr im Mittelalter! Am besten, Sie lassen das nächste weinende Mädchen einfach in Ruhe. Frauen haben schon ihre Gründe zu weinen, und manchmal hilft einfach nur weinen, um über eine Sache hinwegzukommen.«

Die alte Frau musterte ihn, dann lächelte sie. »Nun lassen Sie mal den Kopf nicht hängen. Wenn das Schicksal es will, dass Sie sie wiedersehen, dann wird das auch geschehen.«

»Ich frage mich nur …«, begann Richard, schüttelte leicht den Kopf und fuhr dann fort: »Ich hoffe, ihr ist nichts passiert.«

»Was soll ihr denn passiert sein? Eine Frau, die weint, bringt sich nicht gleich um. Die Verzweifelten steigen gleich auf eine Brücke und weinen nicht erst.«

Diese Worte beruhigten Richard allerdings überhaupt

nicht. Es war seltsam, warum wollte ihm die junge Frau nicht aus dem Kopf gehen? Auch in der Universität hatte er es mit Mädchen zu tun, aber die interessierten ihn komischerweise nicht.

Richard blickte auf den Kaffee in seinen Händen und schwor sich, es beim nächsten Mal richtig zu machen.

*

Am nächsten Tag besuchte er wieder den Park in der Hoffnung, sie wiederzusehen. Er wollte sich entschuldigen. Er wollte wissen, ob es ihr gutging.

Als er den Rosengarten erreichte, war das Mädchen nicht da. Enttäuscht ließ er sich auf seine Bank fallen und strich mit der Hand über die Stelle, auf der sie gesessen hatte.

Schade, dachte er. Wahrscheinlich war sie nur hierhergeflohen, weil sie einen Ort zum Alleinsein brauchte.

Er sinnierte noch eine Weile, dann kramte er seine Bücher heraus. Lust, sich um seine Studienfächer zu kümmern, hatte er allerdings nicht, also holte er die *Wahlverwandtschaften* von Goethe hervor. Er kannte dieses Buch, doch er las es immer wieder gern. Ohnehin liebte er deutsche Klassiker, wenngleich er sich zu Vorlesungen über Gegenwartsliteratur eingeschrieben hatte. Die Sprache bei Goethe, Schiller, Herder und so weiter erschien ihm so elegant. Er konnte nicht verstehen, warum seine Landsleute glaubten, Deutsch müsse »gebellt« werden. In der *Wochenschau* sprachen die Kommentatoren sehr hart, doch bei den normalen Deutschen klang es wesentlich weicher. Er selbst versuchte, sich daran zu orientieren, wenn er sich mit seinen Professoren und Kommilitonen unterhielt.

»Ähm, Entschuldigung?«, sagte eine Stimme, als er die Hälfte des Buches erreicht hatte.

Richard blickte auf. Der Klang strich über ihn hinweg wie ein warmer Sommerwind.

Er glaubte es nicht! Das Mädchen von gestern stand vor ihm.

Diesmal weinte sie nicht. Ein verlegenes Lächeln spielte auf ihrem Gesicht.

»Tut mir leid, dass ich dich angeschnauzt hab«, sagte sie. »Ich hatte keinen guten Tach, mein alter Herr hat mich gleich am Morgen zusammengestaucht, und dann auch noch meine Chefin. Das war alles ein bisschen viel.«

»Ist schon okay. Ich hätte Ihnen nicht auf die Nerven gehen sollen.« Richard lächelte und rückte ein Stück zur Seite. »Wenn Sie möchten, können Sie die halbe Bank haben.«

Die junge Frau zögerte eine Weile, dann setzte sie sich.

»Ich bin Cornelia«, stellte sie sich vor und reichte ihm die Hand. »Und du kannst ruhig du zu mir sagen.«

»Rick«, entgegnete er, denn er fand seinen Namen altmodisch. Den Spitznamen Rick hatte ihm einer seiner Kommilitonen verpasst – nach dem Charakter Rick aus *Casablanca*. Ähnlichkeit mit Humphrey Bogart hatte er zwar nicht, dennoch mochte er diesen Namen, denn er klang irgendwie cool und jung. Richard war eher der Name eines gesetzten, älteren Senators. Sein Vater wünschte insgeheim natürlich, dass so einer aus ihm wurde. Aber Richard war sicher, dass das Leben einen anderen Plan für ihn hatte.

»Du bist nich von hier, Rick, oder?«

»Im Moment schon«, entgegnete er. »Aber eigentlich komme ich aus den Vereinigten Staaten.«

»Amerika!« Cornelias Augen weiteten sich. »Wie ist es denn da so?«

»Kommt ganz drauf an, wo man ist«, entgegnete er und klappte sein Buch zu. Das Lesen konnte er vergessen, aber er freute sich, sich mit ihr zu unterhalten. Die meisten Studentinnen waren ziemlich verkopft, sie hatten entweder nur ihre Fächer oder ihre politischen Ansichten im Kopf. Das Mädchen hier, das wahrscheinlich noch nie eine Universität von innen gesehen hatte, wirkte dagegen erfrischend anders.

»Ich bin im Nordosten aufgewachsen, in Connecticut«, fuhr er fort. »Meine Großmutter lebte in Maine, das ist noch weiter nördlich. Eigentlich unterscheidet sich die Gegend dort nicht wesentlich vom nördlichen Deutschland. Aber ein paar hundert Kilometer weiter südlich ist es ganz anders. In Florida gibt es Palmen und in New Mexico sogar eine Wüste.«

Die junge Frau saugte seine Worte förmlich auf.

»Mein Vater meinte, die Amerikaner seien ganz in Ordnung gewesen, als sie hier waren. Viele Leute hatten nach dem Krieg Angst, dass die Soldaten alle erschießen würden, aber sie haben ihnen geholfen. Amerikanische Soldaten sind hier viel beliebter als unsere Wehrmacht.« Sie verzog das Gesicht.

»Heißt das jetzt nicht Bundeswehr?«, fragte Rick mit einem leichten Schmunzeln. Seine Vermieterin erzählte ihm manchmal aus Kriegszeiten. Ob es stimmte, dass sie als junge Frau das Tanzbein in verbotenen Jazzkneipen geschwungen hatte, konnte er nicht nachprüfen. Aber auf der Kommode in ihrem Wohnzimmer stand ein Bild, das sie tanzend mit einem amerikanischen Soldaten zeigte.

»Ja, aber die Leute sagen das hier so.«

Sie musterte ihn eine Weile interessiert, wobei er sah, dass ihre Augen so grün waren wie eine irische Wiese. Sie hatte einen kleinen Leberfleck unter dem Auge und seltsamerweise keine Sommersprossen, obwohl deutlich zu erkennen war, dass sie sich nicht geschminkt hatte. Ihre roten Haare kräuselten sich an der Schläfe ein wenig, und ihr Mund war klein und zartrosa wie bei einem Kind.

Richards Zunge wurde trocken. Auf einmal schienen ihm sämtliche Worte entfallen zu sein. Was sollte er tun, damit das Gespräch nicht ins Stocken geriet? Damit sie nicht wieder ging?

»Was liest du denn da?«, fragte sie und zeigte auf das Buch neben ihm.

»Goethe. *Wahlverwandtschaften*«, antwortete er. »Das kennst du bestimmt, oder?«

Das Mädchen verzog das Gesicht. »Ich glaub, das hatten wir in der Schule. Ist dir das nich zu langweilig?«

»Nein, keineswegs«, entgegnete Richard. »Findest du das etwa langweilig?«

»In der Schule war's das.«

»Und was liest du so?«

»Nichts«, antwortete sie freiheraus. »Mein Vater sagt, es ist Geldverschwendung, Bücher zu kaufen. Außerdem wäre es vertane Zeit, sich den ganzen Tag irgendwelche Geschichten in den Kopf zu stopfen. Davon kommt man bloß auf dumme Ideen.«

Richards Miene wurde fassungslos. »Du nimmst mich auf den Arm!«

Das Mädchen blickte ihn verständnislos an. »Nein, warum sollte ich?«

»Und du selbst? Was meinst du dazu?« Richard spürte,

wie seine Faszination für diese Cornelia ein wenig bröckelte. Sie war hübsch, ja, doch dass sie so gar nichts von Büchern hielt, störte ihn. War es in heutigen Zeiten, wo jedem Bildung offenstand, wirklich möglich, dass es Menschen gab, die Bücher als Zeit- und Geldverschwendung betrachteten?

»Ich …« Sie stockte und sah ihn ein wenig unsicher an. »Ich hab nicht viel Zeit zum Lesen. Ich mache grad eine Lehre und bin abends immer ziemlich kaputt.«

»Und würdest du gern lesen?«, fragte Richard. Eine Ahnung überkam ihn. Wahrscheinlich hielt sich das Mädchen nur deshalb von Büchern fern, weil ihr Vater im Haus vorgab, was jeder zu denken hatte. »Ich meine, wenn du abends nach Hause kommst, und dein Tag war nicht gut, würdest du dich dann nicht gern in eine andere Welt begeben? Würdest du nicht gern von fremden Ländern lesen? Von Menschen, die es geschafft haben, das Glück zu finden?«

»Glück«, wiederholte sie, und ein scheues Lächeln huschte über ihr Gesicht. »Ja, davon würd ich gern lesen. Und auch von anderen Orten als Hamburg.«

Richard sah sie an. Offenbar war doch nicht alles verloren. Ganz deutlich erkannte er die Sehnsucht in ihren Augen. Und auf einmal wusste er, wie er sie dazu bringen konnte, sich wieder mit ihm zu treffen.

»Wenn du kein Geld für Bücher hast, leihe ich dir gern welche. Ich habe sehr viele und könnte für dich auch welche aus der Bibliothek schmuggeln.«

»Das würdest du für mich tun?«, fragte sie, als sei sie es nicht gewohnt, dass mal irgendwer etwas für sie tat.

»Sehr gern sogar!« Richard strahlte. »Wie wäre es mit morgen? Hättest du da Zeit?«

»Ich habe Mittagspause zwischen eins und zwei«, antwortete Cornelia. »Der Friseurladen, in dem ich arbeite, ist nicht weit von hier entfernt.«

»Gut, dann treffen wir uns morgen. Ich habe da keine Vorlesung, das sollte gehen.«

»Du studierst also?«

»Ja, was meinst du, warum ich so viele Bücher habe?«

Wieder huschte ein sehnsuchtsvoller Ausdruck über ihr Gesicht. Offenbar hatte sie so einige Wünsche, die sich bisher nicht erfüllt hatten. In Richard keimte der leise Verdacht auf, dass sie unter anderen Umständen, vielleicht mit anderen Eltern, möglicherweise ebenfalls studieren würde.

»In Ordnung, ich bin morgen wieder hier. Aber jetzt muss ich los. Meine Pause ist fast zu Ende.«

»Also bis morgen!«, sagte Richard und beobachtete noch eine Weile, wie sie den Parkweg entlangging. Dann wandte er sich seinen Büchern zu und bemerkte dabei, dass sich sein breites Lächeln immer noch auf seinem Gesicht hielt, als wäre es eingemeißelt worden.

*

Am folgenden Nachmittag wartete sie schon auf ihn. Nervös spielte sie mit dem Zipfel ihres Kleides. Neben ihr stand ein kleiner Korb.

Richard klopfte das Herz bis zum Hals. Würde sie mögen, was er ihr ausgesucht hatte? Und was, wenn sie das Buch nahm, aber nicht wiederkam?

Nein, er hatte beschlossen, ihr zu vertrauen.

»Hi«, grüßte er und setzte sich neben sie. »Wartest du schon lange auf mich?«

»Ein paar Minuten«, entgegnete sie und wurde rot. »Hier,

ich habe dir was zu essen mitgebracht. Als Dankeschön für das Buch.«

Sie lächelte ihn an und holte dann ein Stück Kuchen aus dem Korb.

»Das ist ja beinahe wie in dem Märchen … *Red Riding Hood* … ähm … *Rotkäppchen*.«

»Dann bist du hoffentlich kein Wolf, der mich fressen will«, entgegnete Conny lachend. »Ich habe den gestern Abend gebacken.«

»Darüber hat sich dein Vater sicher auch gefreut.«

Cornelia schüttelte den Kopf.

»Mein Vater freut sich seit dem Tod meiner Mutter über gar nichts mehr«, gab sie traurig zurück. »Er geht zur Arbeit, kommt heim, trinkt. Wenn ich ihm unter die Augen gerate, nörgelt er an mir rum. Dass ich den Kuchen gebacken habe, hat er gar nich gemerkt.« Sie schwieg einen Moment lang, dann setzte sie hinzu: »Ich weiß schon nich mehr, was ich machen soll. Ich mach 'ne Lehre, wie er es wollte, trotzdem sagt er, ich sei zu nichts nütze. Ich … ich würde so gern etwas aus mir machen. Etwas anderes sein. Aber ich glaube, er hat recht. Ich bin eben nich so klug.«

»Das würde ich nicht sagen«, entgegnete Richard. »Du bist klug. Du … du musst nur mehr lesen. Hier.« Er zog das Buch aus der Tasche und reichte es ihr.

»*Unterwegs*«, las Cornelia laut. »Von Jack Ke…«

»Kerouac«, half ihr Richard aus. »Seine Vorfahren kamen aus dem französischen Teil Kanadas. Meine Professoren in den USA mögen ihn nicht, aber er schreibt so, dass die Leute ihn verstehen. Versuch es mal mit ihm. Du kannst einiges darüber lernen, wie das Land, aus dem ich komme, wirklich ist.«

Cornelia betrachtete das Buch und schlug es auf. Dann nickte sie. »Danke.«

»Gern geschehen. Lass dir so viel Zeit, wie du magst und brauchst. Ich bin gespannt, wie es dir gefällt.«

»Es wird mir gefallen«, entgegnete sie. »Allerdings werde ich mich vorsehen müssen, damit mein Vater mich nicht damit erwischt. Sonst landet es womöglich noch im Feuer.«

»Dann hüte es so gut wie deinen Augapfel.«

»Das werde ich«, versprach sie und strich mit der Hand über den Buchdeckel.

Richard ertappte sich bei dem Gedanken, wie es wäre, wenn diese Hand über seine Wange streicheln würde. Schnell drängte er ihn aber wieder zurück. Es gehörte sich nicht. Und außerdem wollte er sie nicht verschrecken, indem er sie lüstern anfunkelte.

»Was studierst du eigentlich?«, fragte sie schließlich.

»Oh, ich studiere deutsche und amerikanische Literatur. Stell dir vor, möglicherweise werde ich bald Assistent meines Professors. Er hat mich bereits gefragt. Es wäre nur für ein halbes Jahr, dann muss ich zurück, aber …« Richard stockte. Wie immer, wenn er von seinem Studium sprach, gingen die Pferde mit ihm durch. Cornelia wusste von all diesen Dingen ja noch nichts, es war das erste Mal, dass sie nach seinem Studium gefragt hatte, und er redete, als müsse sie bereits vertraut sein mit seiner Welt.

»Entschuldige, ich …«, begann er, doch Cornelia lächelte ihn an.

»Erzähl nur ruhig weiter. Ich höre sonst nur die Geschichten von meinen Kundinnen. Und darin dreht sich alles um Männer, Kinder, Küche und Frauengold.«

»Frauengold?«

»Das ist so ein Zeug, das die älteren Frauen zur Stärkung nehmen, damit sie immer für ihre Männer da sein können.« Ihr Mund wurde zu einer spöttischen Linie. »Dabei ist das eigentlich eine Möglichkeit für sie, sich ordentlich zu betrinken, ohne dass es ihre Männer merken. Jedenfalls hat mir Frau Jensen das so erzählt.«

»Wer ist diese Frau Jensen?«, fragte Richard verwundert.

»Meine Chefin im Friseurladen. Wir haben einige Kundinnen, die sturzbetrunken zum Friseur gekommen sind. Frau Jensen hat rausgefunden, dass sie dieses Frauengold getrunken haben. Seitdem warnt sie uns und sagt, dass es besser sei, einmal richtig zu meckern, als alles zu ertragen und dann dieses Zeug in sich reinzuschütten.«

Cornelia lächelte ihn an, und für einen Moment taten sie nichts weiter, als sich gegenseitig in die Augen zu sehen. Richard entdeckte goldene Flecken in dem Grün, wie Butterblumen, die im Frühjahr auf den Wiesen erschienen. Sein Herz klopfte schneller. Ja, sie war wirklich das hübscheste Mädchen, das er kannte. Und auch wenn ihre Welten sich vollkommen voneinander unterschieden, spürte er, dass sie viel gemeinsam hatten.

»Es ist albern, ich weiß«, sagte sie schließlich und wandte den Blick ab. Ihre Wangen röteten sich ein wenig. Was hatte sie gesehen, als sie ihm in die Augen blickte?

Nur zu gern hätte Richard jetzt ihre Gedanken gekannt.

»Ist es nicht«, entgegnete er schnell. »Alles, was dich zum Lachen bringt, ist gut. Und wie es sich anhört, solltest du wirklich die Finger von dem Frauengold lassen.«

Cornelia nickte, dann schien sich ein wenig Traurigkeit in ihren Blick zu schleichen.

»Ich muss gleich wieder zurück, meine Pause ist bald um.«

»Oh«, sagte Richard, und auch sein Herz fühlte sich auf einmal schwer an. In diesem Augenblick hätte er es schön gefunden, mit ihr den ganzen Nachmittag lang durch die Stadt zu gehen.

Dann hatte er eine Idee.

»Komm doch morgen in der Mittagspause zur Uni.«

»Darf ich denn da einfach so hin?«

»Warum denn nicht? Es laufen dort viele Leute rum. Du fällst zwischen ihnen nicht auf und könntest mal sehen, wo ich studiere und arbeite.«

»Das würde ich sehr gern. Aber jetzt muss ich wieder los, sonst wird meine Chefin böse.«

»Vielleicht bringst du ihr eine Flasche von diesem Zeug mit … Frauengold.«

Cornelia schüttelte lachend den Kopf. »Nein, sie würde mich umbringen, wenn ich mit so was ankäme. Also, mach's gut und bis morgen!«

*

Ungeduldig wartete Richard am Eingang des Universitätsgebäudes. Er hatte vergessen, Cornelia zu sagen, wo sie sich treffen sollten, aber er hoffte, dass sie sich finden würden. Das breite Gebäude mit den hohen Säulen lag an der Straße und war nicht zu übersehen.

»He, Rick, was stehst du hier rum, als wolltest du das Haus stützen?«, tönte die Stimme von Peter Hansen zu ihm rüber, der mit ihm in einem Seminar war. Die beiden unternahmen zuweilen etwas am Abend, und hin und wieder trieben sie sich auch gemeinsam auf der Reeperbahn herum. Besonders in der ersten Zeit hier in Hamburg war er ihm eine große Hilfe gewesen.

»Ich warte auf jemanden«, antwortete Richard.

»Auf den Prof?« Peter grinste und schob sich eine Zigarette in den Mundwinkel. Mit seinem sandfarbenen halblangen Haar, das sehr oft von Professoren moniert wurde, und dem weißen Hemd sah er umwerfend aus – was auch die Mädchen in ihrem Studiengang fanden. Er konnte sich vor Angeboten kaum retten, doch Richard hatte ihn noch nie in Begleitung einer Frau gesehen.

»Nein, auf jemand anderen.«

»Aha«, machte Peter und wirkte beinahe ein wenig enttäuscht. »Du wartest auf ein Mädchen, hab ich recht?«

Richard nickte. »Ja. Ich habe sie im Park kennengelernt.«

Peter legte den Kopf schief. »Nun, du bist mir bisher nicht so wie der Frauenheld vorgekommen. Vielleicht kannst du mir ja mal zeigen, mit welcher Masche du sie umgarnt hast.«

»Als ob du das nötig hättest«, gab Richard zurück. »Dir laufen die Mädchen doch nach, du brauchst dir nur eine auszusuchen.«

»Wie schade nur, dass da nichts dabei ist, was ich will.« Peter nahm einen tiefen Zug von seiner Zigarette und blies kleine Ringe in die Luft.

In diesem Augenblick war Richard froh, dass Cornelia noch nicht hier war. Beim Anblick von Peter hätte sie ihn sicher vergessen. Und er war sicher, dass auch Peter Gefallen an Cornelia gefunden hätte.

»Nun ja, dann wünsche ich dir viel Glück«, gab Peter ihm mit auf den Weg. »Und denk dran, dass wir beide auch mal wieder durch die Kneipen ziehen sollten. Das Leben besteht nicht aus Arbeit allein!«

»Wem sagst du das, Bruder!«, gab Richard lachend zurück. Dann richtete er den Blick wieder auf die Straße. Cornelia jedoch erschien nicht. Hatte sich ihre Mittagspause verändert? Oder hatte sie es vergessen?

Nein, vergesslich schien sie ihm nicht. Aber möglicherweise war sie krank.

Richard blickte auf die Uhr. Ein wenig würde er noch hierbleiben. Ihm lief ja heute nichts weg.

Vier Stunden später kam kaum noch jemand aus dem Universitätsgebäude. Die Hausmeister machten ihre Runde, und hin und wieder ging ein Professor mit Aktentasche an ihm vorbei.

Richard hatte sich die Zeit mit Lesen vertrieben, doch nun sah er ein, dass es nichts bringen würde, länger zu warten. Er klappte seine Bücher zusammen, erhob sich und trottete mit tiefer Enttäuschung im Herzen zur U-Bahn.

In der Wohnung erwartete ihn bereits Frau Thaler.

»Nanu, junger Mann, Sie sind ja heute spät dran«, bemerkte sie. »Ist irgendwas passiert? Sie sehen aus, als wäre Ihnen eine Laus über die Leber gelaufen.«

»Nein, Frau Thaler, es ist alles in Ordnung«, sagte er und zwang sich zu einem Lächeln, denn auf eine Kaffeestunde mit ihr hatte er jetzt keine Lust. Was sollte sie ihm auch raten? Versetzt war versetzt, und sie hatte sicher keine Ahnung, wo Cornelia arbeitete. »Mein Professor brauchte mich noch eine Weile länger.«

»Nun gut. Wenn Sie das sagen«, gab sie zurück, aber überzeugt klang es nicht. Richard ignorierte es und verschwand in sein Zimmer. Dort schleuderte er seine Tasche aufs Bett und ließ sich daneben auf die Decke fallen.

*

Als sie auch in den nächsten Tagen weder an der Uni noch im Park auftauchte, begann Richard, sich Sorgen zu machen. War sie krank geworden? Oder war etwas passiert? Es war zwar Sommer, aber erkälten konnte man sich zu jeder Zeit. Oder hatte sie etwas Ernstes?

Mit kneifendem Magen schlich er sich aus dem Haus. Damit sich Frau Thaler nicht wunderte, hatte er wie immer gefrühstückt, doch das Wurstbrot lag ihm wie ein Stein im Magen. Seine Gedanken rasten. Wo arbeitete sie noch mal? In einem Friseurladen bei einer Frau Jensen? Er hätte fragen sollen, wo sich dieser Laden befand! Oder zumindest nach seinem Namen. Warum hatte er es nicht getan?

Weil er fest damit gerechnet hatte, dass sie auftauchen würde. Weil sie den Eindruck gemacht hatte, sie würde sich wirklich für ihn interessieren.

Eigentlich hätte er zur Vorlesung gemusst. Professor Dirksen bemerkte stets, wenn jemand fehlte, und wenn man ihm beim nächsten Mal keine passende Erklärung lieferte, gab es Ärger, und man konnte sich einen Vortrag über die Wichtigkeit der Klassiker für die deutsche Literatur anhören.

Doch das war es ihm wert, wenn er nur herausfand, was mit Cornelia passiert war.

Eine ganze Weile irrte er durch das Gebiet, das an Planten un Blomen grenzte. Dabei kam er an einem Herrenfriseur vorbei und an zahlreichen größeren und kleineren anderen Geschäften – doch nicht an einem Friseursalon, dessen Inhaberin den Nachnamen Jensen trug. Er lief weiter, bis ihm die Schuhsohlen brannten.

Als er schon fast nicht mehr daran glaubte, wurde er fündig. Der Salon Brigitte wurde von einer E. Jensen geführt.

Das musste Cornelias Arbeitsstelle sein. Doch würde er sie jetzt sprechen können?

Zumindest einen Blick durch das große Schaufenster wollte er werfen. Er stellte sich vor die Scheibe und schirmte das Licht ein wenig mit der Hand ab.

Da sah er sie.

Sie kam mit einer Schürze über einem blauen Kleid nach vorn, in der Hand hielt sie eine Kehrschaufel. Eine der Friseurinnen sagte etwas zu ihr, worauf sie nickte.

Richard hätte zu gern an die Scheibe geklopft, aber das wagte er nicht. Wahrscheinlich wäre die Salonbesitzerin böse geworden.

Doch nach einer Weile wandte sich Cornelia um.

Kurz trafen sich ihre Blicke. Auch aus der Entfernung bemerkte Richard, dass sie an ihren Wangenknochen eine dunkle Stelle hatte. Sie hatte versucht, sie zu überschminken, aber es war deutlich ein Bluterguss zu erkennen. Was war passiert?

Cornelia wandte sich schnell wieder ab und griff nach dem Besen, um die abgeschnittenen Haare hinter den Stühlen aufzufegen. Danach verschwand sie im Hinterzimmer.

Richard rang mit sich. Sollte er reingehen und fragen, was los war? Nein, das wäre ihr sicher unangenehm gewesen.

Aber wie sollte er sonst erfahren, was passiert war?

Ihm blieb nur eine Möglichkeit: Er musste hier warten, bis sie Zeit und Gelegenheit hatte rauszukommen. Zwar würde er auch seine nächste Vorlesung versäumen, aber in diesem Augenblick war Cornelia ihm wichtiger.

Als eine der Friseurinnen sich umdrehte und ihn mit einem finsteren Blick bedachte, trat er schnell zurück und suchte sich einen Platz auf einer Bank neben zwei Blumenkübeln, in denen Lobelien in voller Blüte standen. Damit es nicht so aussah, als würde er den Salon beobachten, zog er seine Bücher hervor. Doch immer wieder hob er den Blick und suchte hinter der Scheibe nach dem blauen Kleid, aber Cornelia ließ sich nicht blicken.

Im Salon herrschte reges Kommen und Gehen. Frauen betraten mit Kopftüchern den Laden und kamen mit aufgetürmter Dauerwelle wieder heraus. Der Geruch von Chemikalien begleitete das Gebimmel der Türglocke.

Als der nahegelegene Michel ein Uhr läutete, öffnete sich die Tür des Friseurladens. Zunächst dachte Richard, es wäre nur wieder eine Kundin, doch dann blitzte etwas Blaues in seinem Augenwinkel auf. Es war Cornelia. Sie raffte ihre Strickjacke vor dem Kleid zusammen und wirkte, als würde sie immer kleiner werden, je mehr sie sich ihm näherte.

Richard blickte sie an. Jetzt, in der Mittagssonne, war der dunkle Fleck an ihrer Wange noch deutlicher zu sehen.

»Hallo«, sagte sie zaghaft und verschränkte die Arme vor der Brust. »Tut mir leid, dass ich nicht gekommen bin. Ich …«

»Geht es dir gut?«, fragte Richard und deutete neben sich. »Setz dich doch, und erzähl mir, was passiert ist.«

Cornelia schien mit sich zu ringen. Dann gab sie sich einen Ruck und nahm neben ihm Platz.

»Du bist also nicht böse auf mich?«, fragte sie zweifelnd und versuchte dabei, den Bluterguss vor ihm zu verstecken.

»Ein wenig böse war ich zuerst schon«, entgegnete er. »Aber dann habe ich mir Sorgen gemacht.«

»So große, dass du hergekommen bist? Ich denke, du hast Vorlesungen …«

»Nachdem ich dich hier gesehen habe, war mir die Vorlesung nicht so wichtig.« Richard hob die Hand, um ihr übers

Haar zu streichen, zog sie dann aber wieder zurück. Er sah sie jetzt erst zum vierten Mal, da gehörte es sich nicht, dass er sie berührte. Obwohl er sich kaum etwas sehnlicher wünschte.

»Was ist passiert?«, fragte er noch einmal sanft. »Ich meine, den blauen Fleck hattest du bei unserem letzten Treffen noch nicht. Was war los, hattest du einen Unfall?«

Cornelia schüttelte den Kopf. »Nein, das war kein Unfall.«

»Was dann? Bist du gestürzt?«

Sie antwortete nicht und starrte nur auf den Boden.

»Vielleicht sollte ich besser wieder reingehen«, sagte sie leise und wollte sich schon erheben. Da schnellte Richards Hand wie von allein in die Höhe und legte sich sanft auf ihren Arm.

»Warte! Bitte … es tut mir leid, ich hätte nicht fragen sollen.«

Cornelia sah ihn an und schien nicht so recht zu wissen, was sie jetzt tun sollte.

»Wenn du es mir nicht erzählen möchtest, ist das okay«, setzte er hinzu. »Nur lauf nicht einfach weg. Ich … ich habe dich vermisst.«

Noch eine Weile wirkte sie, als wollte sie sich losreißen. Doch dann erschlaffte die Gegenwehr. Sie seufzte tief und ließ sich wieder neben ihn sinken. Minutenlang schwieg sie.

»Mein Vater«, begann sie schließlich zögerlich.

»Hat er dich mit dem Buch erwischt?«

»Nein, er … er ist wütend geworden.«

»Weshalb?«

»Dazu braucht er keinen Grund«, gab Cornelia zurück. »Er kommt nach Hause und ist wütend. Das war er schon, bevor meine Mutter starb, und jetzt ist es noch schlimmer geworden.«

»Deine Mutter ist also vor kurzem gestorben?« Mitleid breitete sich in seiner Brust aus. Der Vater wütend, die Mutter tot …

»Es ist schon drei Jahre her. Und seine Wut … Ich habe keine Ahnung, weshalb er wütend ist. Er meint, ich würde nichts taugen. Er meint, ich wäre dumm. Zu dumm, um etwas anderes zu werden als Friseurlehrling.«

»Aber was soll denn daran schlecht sein?«, fragte Richard. »Ich sitze jetzt schon seit Stunden hier und beobachte euren Laden. Ihr verwandelt Menschen. Sie kommen grau und unscheinbar rein und gehen mit einem ganz anderen Aussehen raus.«

»Ja, vielleicht tun das meine Kolleginnen, aber ich … Ich putze meist den Laden.«

»Lassen sie dich gar nichts anderes machen?«

»Doch, hin und wieder. Meist an Perücken. Sie sagen, ich sei ungeschickt, und man könne mich nicht auf die Kundschaft loslassen.«

»In welchem Lehrjahr bist du denn?«

»Im zweiten.«

»Und wie lange brauchst du, bis du fertig bist?«

»Drei Jahre.«

»Dann sollten sie dir aber richtige Arbeit geben, wenn du bis dahin fertig sein willst. Dass man Fehler macht, gehört doch zum Lernen dazu.«

»Aber die Kundinnen werden nicht zufrieden sein.«

»Und wenn du nicht übst, wirst du den Abschluss nicht schaffen. Ich kenne mich vielleicht nicht aus, was Frisuren angeht, aber ich glaube, du solltest mal mit deiner Chefin reden. Sie bitten, dir andere Aufgaben zu übertragen, damit du zeigen kannst, dass du lernen kannst. Dass du Talent hast.«

»Meine Chefin hört nicht auf mich«, entgegnete Cornelia.

»Hast du es denn schon mal versucht?«

»Ja, aber ...«

»Versuch es noch einmal. Sei freundlich und höflich, aber versuch es. Okay? Du bist weder ungeschickt noch dumm oder nichtsnutzig. Das wird vielleicht auch dein Vater einsehen, wenn er hört, dass du bessere Aufgaben übertragen bekommst.«

Cornelia lächelte schief. »Das glaube ich nicht. Mein Vater hasst mich. Er hasst mich, weil ich da bin. Weil ich noch lebe und meine Mutter nicht.«

»Hattest du ...« Richard stockte. Es geht mich nichts an, versuchte er sich zu sagen. Doch irgendwie fühlte er sich verantwortlich.

»Was soll ich haben?«, fragte Cornelia.

»Hattest du etwas mit dem Tod deiner Mutter zu tun?«, fragte er und setzte schnell hinzu: »Ich meine, du musst mir nicht antworten, aber ...«

»Nein. Meine Mutter starb bei einem Unfall. Sie wurde von einem Lastwagen angefahren. Niemand hätte den Unfall verhindern können, nicht einmal der Fahrer selbst. Die Nachbarn meinten, dass sie auf die Straße gelaufen ist, um sich umzubringen.«

»Was für eine grausame Behauptung!« Richard schüttelte den Kopf. »Wie können die Leute so was sagen?«

»Weil es vielleicht der Wahrheit entspricht. Meine Eltern haben sich immer wieder gestritten. Manchmal hat mein Vater sie auch geschlagen. Die Nachbarn haben das natürlich mitbekommen. Auch, wenn sie geweint hat.«

»Das rechtfertigt trotzdem nicht so eine Behauptung.«

»Die Leute reden eben gern viel.« Cornelia senkte den Kopf.

Richard wusste jetzt, warum sie nicht erschienen war. Ihr Vater hatte wegen einer Nichtigkeit einen Wutausbruch gehabt, und sie hatte sich geschämt, mit einem blauen Auge bei ihm aufzukreuzen.

Wut auf den Unbekannten ballte sich in ihm zusammen. Doch was konnte er tun? Er wusste ja nicht mal, wo Cornelia wohnte!

»Ich hätte auf jeden Fall gern mit dir die Universität angeschaut«, sagte sie dann und versuchte ein Lächeln. »Vielleicht können wir das mal nachholen. Wenn du mir nich böse bist?«

»Ich bin dir nicht böse«, sagte Richard und nahm ihre Hand. »Ich bin nur ein wenig besorgt wegen deines Vaters.«

Cornelia zog ihre Hand zurück. »Darüber brauchst du dir keinen Kopp zu machen. Es ist schon in Ordnung, und beim nächsten Mal bin ich halt vorsichtiger.«

Richard bezweifelte, dass man vorsichtig genug sein konnte bei solch einem Menschen, dem schon wegen Nichtigkeiten die Hand ausrutschte.

Aber er wollte mit ihr nicht streiten.

»In Ordnung, dann sag mir Bescheid, wann du Lust darauf hast. Du weißt ja, wo du mich finden kannst.«

Cornelia strahlte ihn an. »Ich weiß. Also bis morgen?«

Richard nickte. »Bis morgen.«

*

In den nächsten Tagen verheilte der Bluterguss, und schließlich konnten sie die Besichtigung der Universität nachholen. Viel Zeit hatten sie nicht in der einen Stunde, die Conny aus dem Friseurladen wegbleiben durfte. Aber sie genoss den Blick in seine Welt sichtlich, und das Strahlen in ihren Augen beflügelte Richard sogar, am selben Abend noch eine neue Szene für sein Buch zu schreiben.

An einem Augustmontag kam Cornelia vollkommen aufgelöst bei ihm an. »Stell dir vor, die da drüben haben die Grenze zugemacht!«

Richard hatte bereits in den Nachrichten gehört, dass die Russen in Ostberlin eine Mauer gebaut hätten, die die Stadt in zwei Hälften teilte. Außerdem war den Bewohnern der Zone untersagt worden, in den Westen zu reisen.

Das hatte ihn allerdings nicht besonders berührt. Hier in Hamburg war der Osten fern, und er hatte bisher auch kein Interesse gehabt, die DDR zu besuchen.

Doch Conny schien davon ziemlich mitgenommen zu werden.

»Hast du denn Familie da drüben?«, fragte er besorgt.

»Nein, ich nicht, aber die Bergers, zu denen ich manchmal am Wochenende gehe, um auf die Kinder aufzupassen. Die Frau war vollkommen fertig, das kann ich dir sagen. Sie sind ja schon eine Weile von dort weg, aber sie haben noch Verwandte da und dachten, die könnten rüberkommen.«

»Ich bin sicher, dass sie eine Lösung finden werden«, entgegnete Richard ein wenig hilflos und schämte sich beinahe dafür, dass ihm das Schicksal der Leute, die nun dort eingeschlossen waren, so egal war.

»Was für eine Lösung denn?«, echauffierte sich Cornelia. »Die Leute werden erschossen, wenn sie über die Grenze wollen.«

Darauf wusste Richard nichts zu sagen.

»Ich frag mich nur, warum die Amerikaner da nichts machen. Und die Engländer und die Franzosen. Die hätten das doch verhindern können!«

Richard schüttelte den Kopf. Politik war nicht sein Fach, aber er wusste, welche Komplikationen es geben würde, wenn sich die Alliierten einmischten. Schon einmal hatte es so ausgesehen, als würde es zu einem neuerlichen Krieg kommen. Damals, im Jahr 1953, hatten sich russische und amerikanische Panzer gegenübergestanden – die Panik deswegen war sogar in den USA spürbar gewesen.

Richard fragte sich, wie sein Vater darüber dachte. An seinem Tisch wurde immer viel über Politik gesprochen.

»Ich glaube nicht, dass irgendwer etwas hätte verhindern können. Aber bestimmt arbeiten unsere Politiker schon an einer Lösung. Und vielleicht können die Verwandten deiner Bekannten bald ausreisen.«

»Meinst du?«, fragte Cornelia zweifelnd.

»Ich kann es dir nicht versprechen, aber ich bin mir sicher, dass sich die Sache bald klärt.«

Sie blickten sich einen Moment lang an, dann fragte Richard: »Macht es dir Spaß, auf die Kinder deiner Bekannten aufzupassen?«

»Ja, sehr, und ich verdiene mir damit ein bisschen was dazu, dagegen hat er nichts. Außerdem bin ich dort immer am Wochenende. Das ist besser, als stundenlang darauf zu warten, dass mein Vater wiederkommt und dann sturzbetrunken auf das Sofa kippt.«

»Du gehst also nur zu den Nachbarn und sonst nirgendwohin?«

»Manchmal treffe ich mich mit meinen Freundinnen am Deich.« Cornelia wurde rot. »Wir sitzen dann in der Sonne ... Ich weiß, es ist erbärmlich, aber es geht nicht anders. Mein Vater sagt, dass ich hingehen kann, wo ich will, wenn ich volljährig bin. Aber ich bin erst achtzehn.«

»Und wenn du volljährig bist, wo möchtest du hin?«

»Ich weiß nicht. Ich will arbeiten. Vielleicht will ich auch mal meinen eigenen Laden haben.«

»Einen Friseurladen?«

»Warum nicht? Ich habe keine Ahnung, wo der sein soll, aber es wäre schön. Und dann würde ich möglicherweise aus Hamburg weggehen.«

»Und wohin? In die Berge?«

»Die Berge mag ich nich so, dann schon lieber das Wasser. Vielleicht noch weiter nach Norden oder auf eine Insel in Friesland.« Sie lächelte still in sich hinein, dann sah sie ihn an. »Und was ist mit dir? Willst du in Deutschland bleiben, oder gehst du in die USA zurück?«

»Ich bin mir nicht sicher, wo ich sein will. Aber ich weiß, was ich machen will.«

»Willst du Schriftsteller werden?«, fragte Cornelia.

»Woher weißt du das?«

»Na ja, du redest immer wieder von Büchern. Du studierst was mit Büchern, du arbeitest in einer Universität, und du kennst so viele Bücher. Da habe ich angenommen, dass du auch welche schreiben möchtest.« Sie lächelte ihn an, und es fühlte sich für ihn an, als würden sich die Sonnenstrahlen in seinem Herzen sammeln.

»Habe ich nicht recht?«, fragte sie dann.

»Du hast recht«, entgegnete er. »Und wenn ich ehrlich bin, arbeite ich auch schon an einem Buch.«

»Oh, darf ich es sehen?«

»Ähm … nein … ich meine, jetzt noch nicht. Es ist noch nicht fertig, weißt du.«

»Und du möchtest es geheim halten?«

»Ja, zumindest noch eine Weile. Bis ich das Gefühl habe,

mich nicht mehr schämen zu müssen, wenn ich es jemandem zeige.«

»Und wem zeigst du es als Erstes? Jemandem aus deiner Familie?«

Richard schüttelte den Kopf. »Nein, ich glaube, das lasse ich lieber. Meine Eltern finden, dass ich Präsident der Vereinigten Staaten werden sollte – es würde sie bis ins Mark erschüttern, wenn ich ihnen sagen würde, dass ich Schriftsteller sein will.«

»Kann man denn bei euch so einfach Präsident werden?«, fragte Cornelia. »Die Präsidenten, die ich kenne, sind alles alte Männer. Abgesehen von eurem Kennedy.«

»Ja, und wahrscheinlich glauben meine Eltern wegen ihm, dass ich es schaffen könnte. Aber ich will das gar nicht. Ich will durch die Welt reisen und dann schreiben.«

»Wie Kerouac.«

»Genau, wie Kerouac.« Richard lächelte in sich hinein. »Brauchst du eigentlich ein neues Buch? Ich bin morgen in der Bibliothek und könnte dir wieder etwas besorgen.«

»Ja, bitte. Ich bin mit dem letzten fast fertig.«

»Das Tolle an Büchern ist, dass sie einem zeigen, was in der Welt möglich ist.«

Sie blickten sich an, und es war, als würde sich zwischen ihnen ein Band weben. Ein Band aus Verständnis, Herzklopfen und Wärme. Richard hatte keine Ahnung, wie es war, sich richtig zu verlieben. Aber das, was er gerade fühlte, kam seiner Vorstellung oder dem, was er aus Büchern kannte, schon sehr nahe.

*

In den folgenden Wochen trafen sie sich immer wieder am selben Ort, um zu reden und manchmal auch zu lernen. Die Rosen verblühten allmählich, und die Blätter der Bäume färbten sich gelb und rot. Immer öfter wurden die Tage trübe, und an kaum einem Tag verließ Richard das Haus, ohne Frau Thaler darüber klagen zu hören, dass der Herbst ihren Knochen zusetzte.

Er jedoch fühlte sich bei jedem Wetter wie belebt, wenn er sich mit Conny traf. Mittlerweile erzählte sie ihm fast alles aus ihrer Welt.

So erfuhr er, wann sie wichtige Prüfungen in ihrer Berufsschule schreiben musste, wie es ihr bei der Arbeit ging und was ihr Vater machte. Diese Geschichten waren eher traurig, denn er schien wirklich ein furchtbarer Mensch zu sein. Und ungebildet obendrein.

Doch Richard hütete sich, ein Urteil abzugeben. Ihn interessierte ohnehin nur Conny.

Zu gern hätte er auch die Wochenenden mit ihr verbracht oder wäre abends mit ihr ausgegangen, aber ihr Vater ließ sie dann nicht aus dem Haus – obwohl er, wie Conny behauptete, meist betrunken war.

Aber heute wollte er einen neuen Versuch wagen.

»Wie hat dir *Onkel Toms Hütte* gefallen?«, fragte er, als Conny sich neben ihn setzte. Ihre Mittagspause hatte sich etwas nach hinten verschoben, aber das machte ihm nichts aus. Dann brauchte er wenigstens nicht zu rennen, wenn er aus der Vorlesung kam.

»Es war sehr gut, aber auch traurig. Zum Glück sind diese Zeiten vorbei.«

»Da würden dir einige Leute in den Staaten widersprechen. Es gibt zwar keine Sklaven mehr, aber die Schwarzen haben noch immer nicht alle Rechte. Hier sieht das anders aus, nicht wahr?«

»Aber hier gibt es auch kaum Schwarze«, gab sie zurück. »Jedenfalls kenne ich keinen. Dafür aber Italiener.«

»Nun, dann sollte ich dir vielleicht etwas über Italien mitbringen. Hast du schon mal von Venedig gehört?«

»Gehört ja, aber ich war noch niemals dort.«

Mittlerweile sah Richard nicht nur die Sehnsucht in ihren Augen, er hörte sie auch in ihrer Stimme.

»Vielleicht sollten wir beide mal dort hinfahren. Was meinst du?«

Für einen Moment flammte Freude in ihren Augen auf – doch dann senkte sie traurig den Blick. »Du weißt, dass das nich geht. Mein Vater würde es nicht erlauben.«

»Aber du bist doch schon erwachsen.«

»Ja, aber nich volljährig. Mein Vater würde nie erlauben, dass ich mit einem Mann wegfahre. Er wird ja schon wütend, wenn ich am Wochenende in die Stadt will.«

Davon hatte sie ihm bereits berichtet. Und auch, dass sie deshalb nur wenige Freundinnen hatte. Diese lebten alle in ihrer Gegend, und sie kannte sie noch aus der Schule.

Für eine Weile schwiegen sie, dann schaute Conny ihn mit leuchtenden Augen an. »Stell dir vor, meine Chefin hat mich heute zum ersten Mal allein eine Dauerwelle machen lassen! Und sie ist sogar gelungen!«

»Das ist ja wunderbar!«, entgegnete Richard und versuchte, seine Enttäuschung darüber zu verbergen, dass sie die Reise abgelehnt hatte. Es brachte ohnehin nichts, wenn er Conny zu etwas drängte, weswegen ihr Vater sie dann wieder prügelte.

»Ich habe ihr gesagt, dass ich gern etwas Neues probieren

würde. Sie war zunächst skeptisch, aber dann meinte sie, ich soll's versuchen. Wahrscheinlich hat sie geglaubt, dass ich es versemmeln würde, aber dann war Frau Friedrichs sehr zufrieden und meinte, sie würde gern wieder von mir die Haare gemacht bekommen.«

»Siehst du!« Richard griff nach ihren Händen. Er fühlte sich, als hätte er soeben eine wichtige Prüfung bestanden. »Ich habe dir doch gesagt, dass es Eindruck machen wird, wenn du dich mal zu Wort meldest.«

»Du weißt gar nicht, wie schlecht mir war. Ich war ganz sicher, dass meine Chefin mich wieder nach hinten schickt, um sauberzumachen. Oder dass sie mich gleich ganz rauswirft. Aber dann hat sie so reagiert, und zum ersten Mal … zum ersten Mal fühlte ich mich, als wäre ich etwas wert.«

So wie in diesem Augenblick hatte sie ihn noch nie angestrahlt. Richard war froh, dass er damals nicht lockergelassen hatte. Und vielleicht war das Gespräch mit ihrer Chefin für Conny erst der Anfang.

»Das sollten wir feiern!«, sagte Richard. »Und zwar richtig, in einem Lokal. Ich lade dich ein.«

»Aber du weißt doch, dass ich abends nicht raus darf.«

»Das weiß ich, aber …« Richard überlegte. Es musste doch eine Möglichkeit geben, sie aus dem Haus zu bekommen. Er könnte natürlich auch am Nachmittag in irgendein Lokal mit ihr gehen, aber ihre Mittagspause war nicht besonders lang, und wenn er mit ihr feierte, wollte er nicht die Zeit im Nacken sitzen haben.

»Wie wär's, wenn du dich aus dem Haus schleichst, sobald dein Vater schläft? Du hast mir doch erzählt, dass er, wenn er getrunken hat, nicht vor dem Morgen wieder wach wird.«

»Ja, das stimmt, aber …« Cornelia sah ihn ängstlich an.

»Was, wenn er … Wenn er doch aufwacht und mitkriegt, dass ich nicht da bin?«

»Dann greifst du einfach zu einem Trick, den ich als Kind immer bei meiner Großmutter angewendet habe.«

»Und was ist das für einer?«

»Du legst etwas in dein Bett, das ungefähr deine Form hat. Wenn er dann in dein Zimmer kommt, um nachzusehen, wird er glauben, dass du schläfst.«

Cornelia wirkte immer noch skeptisch.

»Kommt dein Vater denn nach dir sehen?«, fragte Richard. »Ich meine, du bist doch eigentlich alt genug, um deine Privatsphäre zu haben.«

Cornelia presste die Lippen zusammen. »Ja, natürlich. Und eigentlich kommt er nicht rein. Aber manchmal ruft er nach mir, und wenn ich nicht antworte, geht er in mein Zimmer und sieht nach.«

Richard seufzte. Es war einfach schrecklich mit ihrem Vater. Das Beste wäre für sie sicher gewesen, ihre Ausbildung in einer anderen Stadt zu machen.

»Ich könnte allerdings dafür sorgen, dass er so richtig betrunken ist. Bisher habe ich immer versucht, ihn davon abzuhalten, weil ich mir Sorgen um ihn gemacht habe. Aber vielleicht sollte ich das sein lassen.«

Sie blickte ihn mit einer grimmigen Entschlossenheit an, die er an ihr noch nie zuvor gesehen hatte.

»Du sollst deinem Vater nicht schaden.« Richard legte sanft die Hand auf ihre. »Sei nur etwas mutiger. Versuche, deinem Vater zu entkommen. Ich sage dir, er wird nichts merken. Er will dir nur Angst machen, damit du nicht aufmuckst. Vielleicht hat er sogar Angst, dich auch zu verlieren. Deshalb sperrt er dich praktisch ein.«

»Ich will nicht mehr eingesperrt sein«, murmelte Cornelia zornig. Auch diesen Tonfall hatte er noch nicht an ihr gehört. »Ich will wie alle anderen abends weggehen und verreisen. Ich habe es so satt, dass er mich für alles, was in seinem Leben schiefläuft, verantwortlich macht. Ich bin seine Tochter und nicht sein Eigentum.«

»Dann versuche es mit meinem Trick. Ich werde dich abholen. Du musst mir nur sagen, wo. Wenn ich in der Nähe bin, fühlst du dich vielleicht sicherer.«

Cornelia sah ihn traurig an. »Auch du wirst nichts tun können, wenn er ausrastet.«

»Das vielleicht nicht. Aber möglicherweise wird meine Anwesenheit dir genug Sicherheit geben, damit du es versuchst. Wir sorgen dafür, dass er nichts merkt, versprochen.«

Richard sah ihr in die Augen. Er war nicht sicher, ob sie ja sagen würde. Doch auch er hatte es satt. Er wollte mit dem Mädchen, in das er sich verknallt hatte, Zeit verbringen.

»Okay«, sagte sie schließlich.

»Wirklich?« Richard zog die Augenbrauen hoch.

»Ja, ich versuche es. Aber du musst da sein, sonst mache ich es nicht.«

»Ich werde da sein. Sag mir nur, wann und wo.«

»Ich wohne gleich hinter dem Deich, an der Harburger Chaussee.« Sie senkte den Kopf kurz, überlegte, dann schaute sie ihn wieder an. »Am Freitag. Da ist es immer besonders schlimm mit ihm, denn da ist er schon früh in der Kneipe. Gegen neun ist dann gar nichts mehr mit ihm los, und ich könnte es versuchen.«

»In Ordnung.«

»Allerdings dürfen wir nirgendwohin gehen, wo ich nach Kneipe rieche. Wenn mein Vater morgens wach wird, wird er es merken. Nach dem Suff ist seine Nase komischerweise immer besonders gut.«

»Ich werde einen Ort aussuchen, an dem du nicht nach irgendwas riechst, versprochen.«

»Gut. Dann bis Freitagabend.«

»Sehen wir uns nicht morgen in der Mittagspause?«

Cornelia schüttelte den Kopf. »Leider nicht. Morgen haben zwei Kolleginnen Urlaub, und unser Terminbuch ist voll, da werde ich durcharbeiten müssen.«

»In Ordnung, also bis Freitag.«

Sie lächelte, dann beugte sie sich vor und gab ihm einen Kuss auf die Wange.

*

Am Freitagnachmittag war Richard ein seelisches Wrack. Ein wenig beneidete er seine Kommilitonen, die keinen Aufwand betreiben mussten, um ihre Mädchen zu sehen. Aber er hatte es sich so ausgesucht, und eine andere als Cornelia wollte er nicht.

»Du meine Güte, Sie sehen aus, als hätten Sie eine wichtige Prüfung vor sich«, bemerkte Frau Thaler, als sie ihn zu seinem Zimmer schleichen sah.

»Das stimmt auch irgendwie«, entgegnete Richard. Er war nicht sicher, ob seine Vermieterin etwas mitbekommen hatte. Cornelia ließ sich nie in der Gegend blicken, aber er spürte, dass er sich ziemlich verändert hatte. Auch wenn es Tage gab, an denen Conny niedergeschlagen und traurig war, so kam er sich vor, als sei seine Welt durch sie viel lebendiger geworden. Natürlich schrieb er immer noch an seinem Buch, aber er ertappte sich dabei, dass sich die Geschichte veränderte. Besser wurde, allein dadurch, dass er durch Conny einen anderen

Blick auf die Menschen bekam. Dass er die einfachen und kleinen Leute bemerkte und ihr Potential für eine Story erkannte.

»Nun rücken Sie doch schon raus mit der Sprache. Geht es um Ihre Stelle an der Uni? Oder machen Sie schon Ihren Doktor?«

Richard hatte schon oft feststellen müssen, dass Frau Thalers Vorstellungen von einem Studium ziemlich von der Realität abwichen.

»Nein, bis zu einem Doktortitel ist es noch lange hin. Und es hat auch nichts mit der Uni zu tun.«

»Dann kommen Sie mal mit in die Küche, und erzählen Sie mir!«

Richard seufzte. Wieder so ein Kaffeestündchen, bei dem sie ihn ausquetschte wie eine Zitrone. Aber da es nicht zu vermeiden war und er trotz aller Nervosität auch Hunger verspürte, folgte er ihr.

Bei Butterkuchen und dampfendem Kaffee wollte Frau Thaler dann alles wissen. Wie es derzeit in der Uni aussah, wie es mit seinem Buch voranging und er mit den Prüfungen zurechtkam.

Bei Runden wie diesen hatte sie hin und wieder auch gefragt, ob er sich für ein Mädchen interessieren würde. Das hatte er bisher immer verneint. Doch in letzter Zeit dachte er immer mal wieder daran, Conny zu sich einzuladen. Oder ihr eine Zuflucht anzubieten, wenn ihr Vater wieder einmal rasend wurde.

»Ich hatte Ihnen vor einiger Zeit mal von dem Mädchen erzählt, dem ich im Park begegnet bin. Nun ja, ich habe sie wiedergesehen. Und seit einiger Zeit treffen wir uns regelmäßig.«

»Sie Schlawiner!« Frau Thaler klatschte in die Hände und lachte.

»Schlawiner?« Bei manchen deutschen Spitznamen und Bezeichnungen war er immer noch unsicher, was sie zu bedeuten hatten.

»Keine Sorge, ich meine das nicht böse. Sie haben mir nur etwas Wichtiges vorenthalten, mein Lieber. Eines Tages hätten Sie geheiratet, und ich hätte das nicht mal mitbekommen.«

Richard wurde rot. »Es ist ja nicht so, dass wir heiraten wollen. Wir treffen uns in ihrer Mittagspause. Und sie hat zugestimmt, heute mit mir auszugehen.«

»An einem Freitag? Wäre Samstag dazu nicht besser geeignet? Sie hatten den ganzen Tag für sich!«

Um ein Haar hätte Richard erzählt, wie es mit dem Vater seiner Angebeteten aussah, aber das hätte zu weit geführt und ging sie ja auch nichts an.

»Nein, es lässt sich leider nur heute einrichten. Aber das ist in Ordnung. Ich habe uns ein nettes Lokal herausgesucht, und wir feiern, dass sie in ihrer Lehre ein gutes Stück weitergekommen ist.«

»Lehre?«, fragte Frau Thaler verwundert. »Sie ist also nicht aus der Uni?«

»Nein, sie wird Friseurin. Jedenfalls lernt sie es noch.«

Richard konnte Frau Thaler ansehen, dass sie sich fragte, ob das die Richtige sei.

»Und Ihre Eltern haben kein Problem damit?«, fragte sie. »Immerhin sind Sie Akademiker und Ihr Vater ein einflussreicher Fabrikant. Und Sie haben mir erzählt, dass Ihre Mutter ebenfalls studiert hat.«

»Das stimmt, aber ich bin sicher, dass sie sie mögen würden. Außerdem ist nicht gesagt, dass sie nach der Lehre Friseurin bleibt. Vielleicht bekommt sie Lust zu studieren. Immerhin ist sie noch jung.«

»Als ob Sie selbst schon zum alten Eisen gehören würden!« Die alte Frau versetzte ihm einen freundschaftlichen Knuff. »Wollen Sie sie denn mitnehmen in die USA?«

Diese Frage erwischte Richard vollkommen unvorbereitet. In den vergangenen Wochen hatte er sich hier so heimisch gefühlt, dass er keinen Gedanken daran verschwendet hatte, was werden sollte, wenn er zurückkehren musste.

Dementsprechend trafen ihn die Worte der alten Frau wie ein Amboss.

»Nun ja, das werde ich tun, wenn sie es will.«

»Dann hoffe ich mal stark, dass sie das will. Es wäre schade, wenn Sie einer jungen Frau das Herz brechen würden. Oder sie Ihnen.«

Mit diesen Worten hob sie ihre Kaffeetasse an die Lippen.

Richard starrte aus dem Fenster. Er hatte nicht vor, Cornelia das Herz zu brechen. Und er würde sie liebend gern mitnehmen.

Doch er wusste auch, dass das nicht so einfach werden würde.

»Nun, mein Junge, ich wollte Ihnen keine Angst machen«, lenkte Frau Thaler schließlich ein. »Ich bin eine alte Frau, und alte Frauen reden manchmal mehr, als es gut ist. Schauen Sie, wie es mit Ihrer Verabredung läuft. Und wenn Sie einen Rat brauchen, wenden Sie sich einfach an mich. Ein wenig erinnere ich mich noch daran, wie es war, jung zu sein.«

Richard nickte und hob nun ebenfalls seine Kaffeetasse an die Lippen. Doch die Worte seiner Vermieterin echoten noch lange in ihm nach.

*

Drei Stunden später stieg er in die S-Bahn in Richtung Wilhelmsburg. Er musste zugeben, dass er sich mit diesem Stadtteil noch nicht besonders gründlich beschäftigt hatte. Er wusste nur, dass dort viele Menschen, die während des Zweiten Weltkrieges ausgebombt worden waren, in Behelfsheimen lebten. Das galt mittlerweile auch für Flüchtlinge aus der russischen Zone, die vor dem Regime geflohen waren. Nachdem Cornelia ihm von dem Mauerbau erzählt hatte, hatte er sich ein wenig kundig gemacht. Tatsächlich war die Sowjetzone dicht. Niemand dort durfte raus.

Das fand er ziemlich hart, und er bezweifelte mittlerweile, dass irgendein westlicher Politiker dagegen etwas tun konnte. Alle verhielten sich still, auch wenn in den Zeitungen gefordert wurde, dass etwas unternommen werden solle.

Als der Zug über die Norderelbe fuhr, verschwanden die Gedanken an die Zone, und seine Nervosität kehrte zurück. Ob Conny es wirklich wagen würde?

Wenn er doch nur wüsste, wo sie genau wohnte. Er hatte vergessen, sie nach ihrer Hausnummer zu fragen, und er fürchtete, dass er die gesamte Straße hoch und runter patrouillieren musste, wenn er sie finden wollte.

An der Station Veddel stieg er schließlich aus. Der Abendwind wehte kühl über den Deich und kroch schon bald unter seinen Mantel. Einen Moment brauchte er, um sich zu orientieren, dann tauchte vor ihm die Harburger Chaussee auf. Der Geruch von Kohleöfen strömte ihm entgegen. Die Häuser erhoben sich dunkel vor der Abenddämmerung. Aus einigen Fenstern tönte die Stimme eines Nachrichtensprechers. Irgendwo versuchte eine Frau, ein weinendes Baby zu beruhigen. Hier, hinter den Deichanlagen, wirkte Hamburg vollkommen anders als in seinem Teil der Stadt.

Richard vergrub die Hände in den Manteltaschen und blickte suchend über die Häuserfassaden. Ein Gebäude sah aus wie das andere. Wie sollte er Conny finden?

Minuten vergingen. Die Dunkelheit wurde tiefer. Schon bald verzog sich das letzte rote Leuchten am Horizont hinter den Deich.

Richard wurde unruhig. War bei Cornelia etwas dazwischengekommen? Er blickte auf die Uhr, doch er war zu weit von einer Straßenlampe entfernt, um etwas erkennen zu können. Direkt neben einen Lampenmast wollte er sich nicht stellen, denn die Nachbarn würden dann vielleicht denken, dass er etwas im Schilde führte.

Nach einer Weile begann er, auf der Straße auf und ab zu gehen. Hin und wieder kam jemand an ihm vorbei, und fast rechnete er schon damit, angesprochen zu werden. Aber die Gestalten entfernten sich stumm.

Wenn er sich allein wähnte, warf er einen verstohlenen Blick in die beleuchteten Fenster in der Hoffnung, Conny irgendwo zu entdecken. Doch alles, was er sah, waren Männer, müde von der Arbeit, und Frauen, die ebenfalls geschafft neben ihnen saßen. Sah es so aus, wenn man verheiratet war?

Er versuchte, sich an das Eheleben seiner Eltern zu erinnern, doch er musste zugeben, dass er kaum etwas davon wusste. Die Wochentage hatte er als Kind mehr in der Schule als anderswo verbracht – auf Eliteschulen war das gang und gäbe, wenn die Kinder nicht sogar im Internat lebten. Abends waren seine Eltern meist bei gesellschaftlichen Verpflichtungen, und die Wochenenden hatte er entweder allein verbracht oder mit Freunden am See. Wenn er ehrlich war, wusste er gar nicht, wie sein Vater und seine Mutter als Eheleute zueinander waren.

Und wie würde es bei ihm sein? Würde auch er mit seiner Frau ein Leben führen, das seinen Kindern verborgen war?

Mit Conny würde das sicher nicht so sein, ging es ihm durch den Sinn. Doch würde es je so weit kommen, dass sie seine Frau wurde?

Die Worte von Frau Thaler zogen wieder durch sein Gedächtnis.

Wollen Sie sie denn mitnehmen in die USA?

Eine Berührung am Arm ließ ihn zusammenzucken. Erschrocken wirbelte er herum.

Conny wich ein Stück zurück. »Entschuldige, ich wollte dich nicht erschrecken.«

Richard konnte es kaum glauben. Da stand sie! Über ihrem Kleid, dessen Farbe er in der Dunkelheit nicht ausmachen konnte, trug sie einen hellen Mantel. Ihr Haar hatte sie im Nacken zu einem Knoten zusammengebunden, und zum ersten Mal überhaupt sah er Schminke auf ihrem Gesicht. Sie war wunderschön.

»Du erschreckst mich nicht. Ich habe nur …« Er wollte sagen, wie lange er auf sie gewartet hatte, doch das hätte sie vielleicht als Vorwurf aufgefasst, also ließ er es bleiben.

»Es tut mir leid, dass es so lange gedauert hat. Vater kam erst spät nach Hause und war noch ein Weilchen wach. Aber jetzt ist er eingeschlafen, und ich habe eine Jacke unter meine Bettdecke geschoben, ganz, wie du es gesagt hast.«

Ihre Augen leuchteten vor Begeisterung.

Aus irgendeinem Grund überkamen Richard plötzlich Zweifel. Was, wenn der Vater wach wurde? Wenn er sie suchte? Wenn er auf sie wartete und dann wieder verprügelte?

Als sich Cornelia bei ihm einhakte, verschwanden diese

Fragen allerdings ziemlich rasch. Du hast, was du wolltest, sagte er sich. Einen Abend mit dem Mädchen, in das du verliebt bist. Was willst du mehr?

*

Sie fuhren nach St. Pauli, gingen dort allerdings nicht in einen der verrauchten Clubs, die er hin und wieder mit Peter besuchte. Etwas abseits davon fanden sie ein kleines Lokal, in dem die Wirtin darauf achtete, dass die Raucher draußen standen. Auch Peter und er hatten hier schon mal vor der Tür stehen müssen, weil die Wirtin allergisch gegen Qualm war, seit ihr Mann an Lungenkrebs gestorben war.

Hier war es nicht besonders nobel, aber bezahlbar, und vor allem würde sich Conny entspannen können, denn außer nach abgestandener Luft roch es hier nur nach dem, was sich auch sonst in den Kleidern der Leute festsetzte.

»Ist es dir hier recht?«, fragte er dennoch, während Conny sich umschaute. An den Wänden hingen Fotos von irgendwelchen Leuten, die niemand mehr kannte – wahrscheinlich auch die Wirtin nicht. Die Sitznischen wirkten ein wenig altertümlich, und nur wenige von ihnen waren besetzt.

»Ja, es ist mir recht«, sagte sie schließlich. »Ich meine, ich habe keine Ahnung, wie so ein Lokal sein soll. Außer den Kneipen, in denen ich meinen Vater manchmal auflesen muss, kenne ich nichts weiter.«

»Wenn du deinen Vater aus Kneipen auflesen musst, warum fürchtest du dann, dass er den Kneipengeruch an dir riechen könnte?«, fragte Richard, nachdem sie sich in einer der Nischen niedergelassen hatten. »Seine Nase müsste doch daran gewöhnt sein.«

»Das stimmt vielleicht, aber ich habe ihn schon ein paar Mal dabei erwischt, dass er an meinen Jacken geschnüffelt hat. Normalerweise rieche ich nur nach den Chemikalien, die wir beim Friseur haben. Er will nicht, dass ich mich rumtreibe, sagt er.«

»Er will nur, dass du bei ihm bleibst und dich um ihn kümmerst, richtig?«

Conny nickte, und ein trauriger Zug erschien auf ihrem Gesicht. »Er glaubt, dass er mich vor Unglück bewahren kann, wenn er mich einschließt. Dabei ist er selbst mein größtes Unglück. Das war er auch schon für meine Mutter.«

Diese Worte legten sich auf sein Herz wie schwere Feldsteine.

»Na, meine Süßen, was kann ich euch bringen?«

Richard hatte nicht mitbekommen, dass die Wirtin neben ihnen aufgetaucht war. Demensprechend erschrocken blickte er sie an. »Ähm …« Er hätte sonst ein Bier bestellt, aber jetzt entschied er sich für Apfelschorle. Dieses Getränk hatte ihm Peter nahegebracht, gleich an seinem ersten Tag in der Uni.

»Ich nehme dasselbe«, sagte Cornelia schüchtern.

Die Wirtin blickte ein wenig enttäuscht drein, zog aber mit der Bestellung ab.

»Eigentlich sollten wir dein Vorankommen mit einem Glas Wein feiern, aber ich bin mir nicht sicher …« Richard sah sie unsicher an. Sein Herz klopfte ihm bis zum Hals. Warum war es nur so schwierig, mit einem Mädchen auszugehen? Und warum war er hier nicht selbstsicherer?

»Apfelschorle ist in Ordnung. Es kommt ja nich so sehr drauf an, womit man feiert, sondern dass man feiert. Das sagt meine Chefin immer.«

»Da hat sie wohl recht …« Richard ließ seine Hände unter dem Tisch verschwinden. Conny sollte nicht sehen, wie sehr sie zitterten.

»Ich habe übrigens dein Buch fast wieder durch«, sagte Cornelia. Sie schien ebenso unsicher zu sein wie er. »Es ist sehr interessant.«

»Ich kann dir bald neue besorgen.«

»Das wäre sehr schön.«

Wieder drohte die Unterhaltung zu versiegen.

Doch Conny lächelte ihn an und legte ihre Hände auf den Tisch. Sie waren hier und da ein wenig gerötet von den Chemikalien, denen sie tagtäglich ausgesetzt waren – doch für Richard waren sie wunderschön. Und die Geste, in der sie dalagen, sah durchaus einladend aus. Er hob seine Hände nun ebenfalls. Nach ihren zu greifen, wagte er jedoch noch nicht.

»Wie du siehst, bin ich kein Mann, der viel Ahnung von Frauen hat.«

»Aber du hast Ahnung von Büchern und bist klug«, entgegnete sie. »Ich habe noch nie einen Jungen getroffen, der so klug war.«

»Danke, das ist nett von dir.«

»Na, ihr Turteltäubchen?«, tönte die Stimme der Wirtin neben ihnen. Wenig später landeten zwei etwas fleckige Bierdeckel vor ihnen. Auch die Gläser sahen nicht so sauber aus, wie sie eigentlich sollten. Wassertropfen perlten an ihnen herab.

»Ihr müsst es schon ein bisschen mutiger angehen, wenn aus euch was werden soll«. Die Wirtin lachte. »Setzt euch doch mal nebeneinander, und tut nicht so, als hättet ihr einen Stock verschluckt.«

Die Direktheit der Wirtin erschreckte Richard erneut. Gern hätte er etwas entgegnet – nur was? Besser als sie kannte er sich nicht aus, und wenn er ehrlich war, wünschte er sich, neben Conny zu sitzen, ihre Hände zu halten und sie vielleicht auch zu küssen.

Als die Wirtin abgezogen war, atmete er tief durch.

»Manchmal habe ich noch wirklich Probleme mit der Direktheit der Leute hier.«

Conny musterte ihn, dann sagte sie: »Sie hat recht.«

Richard schaute sie zunächst verwundert an. Solch einen Mut hätte er nicht bei ihr erwartet. Doch dann kam er ihrer Aufforderung nach und nahm neben ihr Platz. Die Wirtin würde wahrscheinlich gar nicht aufhören zu grinsen, wenn sie das bemerkte.

Sie sahen sich einen Moment lang an, dann griff Conny nach seiner Hand. »Siehst du, bisher ist das doch ganz nett, oder?«

Richard nickte. Er fühlte sich angespannt wie eine Uhrfeder, doch als er ihren Duft einatmete und ihre Wärme spürte, wurde er etwas ruhiger, und in seinem Bauch schienen Schmetterlinge die Flügel zu recken.

»Du hier?«, erklang plötzlich eine Stimme neben ihnen.

Richard wandte sich um. Peter schaute ihn fragend an. In seinen hellen Hosen und der Jeansjacke sah er umwerfend aus, und sofort bekam Richard Angst. Konnte er neben diesem Burschen vor Conny bestehen?

»Ja, ich bin hier«, antwortete er mit einem unsicheren Lächeln.

»Und wie ich sehe, mit Begleitung.« Er deutete auf Conny, die ihn fragend anblickte. »Ist das das Mädchen, das dich neulich versetzt hat?«

»Das ist Conny«, gab Richard zurück. »Wir sind hier, um ein bisschen zu feiern. Conny, das ist mein Kommilitone Peter.«

»Hallo«, sagte Cornelia unsicher und reichte ihm die Hand.

Peter drückte sie kurz und mit einem schiefen Lächeln.

»Freut mich, dich kennenzulernen. Richard ist immer ziemlich schweigsam, was seine Begleitungen angeht. Von dir hat er mir leider nichts erzählt.«

Richard wurde rot. Gleichzeitig fiel ihm auf, wie aggressiv Peter auf einmal wirkte. Was hatte er nur? Er brauchte ihm doch wohl nicht zu erzählen, mit wem er wegging, oder?

»Na gut, dann noch einen schönen Abend euch beiden.« Peter warf Richard einen zornigen Blick zu, dann stapfte er davon.

Schweigen blieb zurück.

»Was ist mit ihm?«, fragte Cornelia, als er außer Hörweite war.

»Ich weiß es nicht. Vielleicht hatte er einen schlechten Tag.«

»Ist er dein Freund?«

»Na ja, nicht so richtig. Bekannter trifft es wohl eher. Er hat mich in meinen ersten Tagen an der Uni ein wenig unter die Fittiche genommen und mir die Stadt gezeigt. Wir haben Kurse gemeinsam, und manchmal unternehmen wir etwas am Wochenende.«

»Er scheint sauer zu sein, dass du ihm nichts von mir erzählt hast.«

Was hätte ich erzählen sollen?, wäre es beinahe aus Richard herausgeplatzt, doch er schaffte es noch, seine Stimme im Zaum zu halten, bevor er auch Conny verärgerte.

»Er wird sich schon wieder einkriegen. Außerdem erzählt er mir ja auch nichts von seinen Bekanntschaften.« Richard erhob sich ein wenig und reckte den Hals, doch er konnte weder Peter entdecken noch jemanden, der zu ihm gehörte.

Seltsam. Was sollte dieser Auftritt? Und worauf konnte er sich morgen gefasst machen, wenn sie wieder zusammen Vorlesung hatten?

»Vielleicht mag er mich nicht«, mutmaßte Conny.

Mit Bedauern stellte Richard fest, dass auf einmal die ganze Stimmung dahin war. Er musste sich etwas einfallen lassen.

Er griff nach ihrer Hand und barg sie in seiner.

»Das kann ich mir nicht vorstellen. Außerdem, ist es nicht egal, ob er dich mag? Ich mag dich, das ist doch viel wichtiger, oder nicht? Ich mochte dich schon, als ich dich weinend auf der Parkbank gesehen habe. He, Moment, seitdem habe ich dich nicht mehr weinen sehen!«

»Das liegt wohl an dir«, gab sie zurück und lehnte sich dann an seine Schulter.

Ein warmes Gefühl durchströmte Richard. Das war das, was er wollte. Möglicherweise war er nicht gut, was Stelldicheins anging, aber zumindest bei Conny schienen seine Fähigkeiten zu reichen. Was wollte er mehr?

Im Verlauf des Abends kamen sie sich immer näher. Er erzählte von seinem Zuhause und dem Rosengarten seiner Großmutter, sie berichtete von ihren Nachbarn, den Bergers, die ihr offenbar mehr am Herzen lagen als ihr eigener Vater. Wenn sie von den Kindern redete und dem, was sie manchmal anstellten, leuchteten ihre Augen. Offenbar liebte sie Kinder über alles.

Richard kam nicht umhin, daran zu denken, dass seine

Mutter erfreut wäre, denn sie wünschte sich viele Enkel. Leider hatte sie nur ein Kind bekommen.

Als es Zeit wurde zu gehen, verließen Richard und Cornelia die Gastwirtschaft Hand in Hand, wobei sie ein zustimmendes Nicken von der Wirtin ernteten, die gerade den Tresen abwischte.

»Das macht ihr gut so!«, rief sie ihnen nach, doch weder Conny noch Richard hatten Lust, ihr etwas darauf zu antworten.

Während der Fahrt zurück nach Wilhelmsburg schmiegten sie sich auf den S-Bahn-Sitzen eng aneinander. Um diese Zeit waren glücklicherweise nur wenige Leute unterwegs. Trotzdem spürte Richard, wie angespannt Cornelia wurde, als die Lichter des Spreehafens in Sicht kamen und sie bald am Ziel waren.

»Keine Angst, er hat nichts gemerkt«, flüsterte er in ihr Haar. »Wenn du willst, begleite ich dich und stelle sicher, dass es keinen Ärger gibt. Notfalls hole ich dich aus der Wohnung und laufe mit dir weg, ganz weit.«

»Wirklich?«, fragte Cornelia, und ihre Hand griff fester nach seiner. »Das würdest du tun?«

»Jederzeit. Ich würde dich sogar mit rüber nach Amerika nehmen, wenn du es möchtest.«

Ihre Augen weiteten sich. »Das würdest du tun?«

»Ja, sehr gern sogar. Natürlich weiß ich, dass du erst mal deine Lehre fertigmachen willst, und wir kennen uns ja eigentlich auch noch nicht so lange, aber wenn du mich bitten würdest, würde ich dich mitnehmen.«

Er strich ihr eine Haarsträhne aus dem Gesicht. Der glückliche Ausdruck auf ihrem Gesicht ließ sein Herz gleich wieder schneller pochen.

»Das ist gut zu wissen«, sagte sie, und für einen Moment lächelte sie, doch dann schien ihr wieder einzufallen, dass sie das Leben hier nicht so einfach aufgeben konnte. Ihr Lächeln erstarb, und der traurige Ausdruck kehrte in ihren Blick zurück. Aber da war auch noch etwas anderes in ihren Augen. Entschlossenheit.

»Ich werde es mir überlegen. Du bist ja noch ein Weilchen hier, nicht wahr?«

»Noch bis Mitte Februar.«

»Das ist viel Zeit. Zeit, in der wir uns kennenlernen können. In der wir rausfinden können, ob wir zusammenpassen. Und ob du mich dann immer noch mitnehmen willst.«

»Das will ich«, gab Richard zurück. »Und das werde ich, egal, was kommt. Ich kann dich nicht bei einem Vater lassen, dem dein Glück egal ist. Versprochen.«

Cornelia nickte, dann umarmte sie ihn. Plötzlich waren sich ihre Gesichter so nahe wie vorher noch nie, und nur eine Sekunde später spürte er Cornelias Lippen auf seinem Mund. Für einen Moment durchzog es ihn wie ein Stromstoß, dann erwiderte er ihren Kuss, zunächst vorsichtig, dann leidenschaftlicher.

Um ein Haar hätten sie verpasst, dass der Zug in Veddel hielt.

Sie sprangen auf und schafften es noch gerade so aus dem Waggon, bevor die Bahn wieder anfuhr.

*

Der Abend war doch noch ein voller Erfolg geworden. Richard fühlte sich, als würde er auf Wolken gehen. An ihrer Haustür hatte er sich mit einem weiteren leidenschaftlichen Kuss von Cornelia verabschiedet und dann noch eine Weile gewartet. Doch alles war ruhig geblieben. Ihr Vater schien nicht mitbekommen zu haben, dass sie weg gewesen war. Und als er sich schließlich zum Gehen umwandte, sah er sie in der Dunkelheit hinter der Fensterscheibe auftauchen.

Zurück in St. Georg war er zu aufgekratzt, um sich gleich ins Bett zu legen. Noch mindestens zwei Stunden marschierte er durch die Straßen und ignorierte dabei, dass diese Gegend um diese Uhrzeit gefährlich werden konnte, wenn man an die falschen Leute geriet. Unbeschadet torkelte er gegen Morgen heim, trunken von dem Glück in seinem Herzen. Der Zusammenstoß mit Peter war vorerst vergessen – jedenfalls so lange, bis er in die Uni ging.

Als er den Hörsaal betrat, hielt er vergeblich nach seinem Kommilitonen Ausschau. Der Platz, an dem er sonst saß, war leer und blieb es auch, nachdem der Professor hinter seinem Pult erschienen war.

Die ganze Vorlesung über hörte Richard kaum zu, seine Gedanken waren bei Peter. Vielleicht hätte er sich gestern schon erkundigen sollen, was los war. Möglicherweise war bei ihm zu Hause etwas passiert. Peter lebte mit seinen drei Geschwistern noch bei seiner Mutter, für eine eigene Bude reichte es nicht.

Als er den Hörsaal verließ, war Peter immer noch nirgendwo zu sehen.

Doch dann, auf dem Weg zur Mensa, entdeckte er ihn. Er sah ziemlich mitgenommen aus, als hätte er eine wirklich furchtbare Nacht gehabt.

»Peter!«, rief Richard und hob die Hand zum Gruß, aber sein Kommilitone reagierte nicht. Er hockte sich mit seiner

Tasche in eine Ecke und tat so, als existiere die Welt ringsherum nicht.

Richard fragte sich, ob es besser wäre, ihn in Ruhe zu lassen. Er hatte öfter seine Launen. Doch dann fasste er sich ein Herz und ging zu ihm.

»Hi, Peter«, sagte er und hockte sich neben ihn.

»Hi«, gab dieser lustlos zurück.

»Was ist los? Du warst nicht in der Vorlesung. Gibt es irgendein Problem?

»Nein, es gibt keins«, knurrte er, ohne aufzublicken.

»Und warum bist du dann so brummig?«

»Keine Ahnung, ich weiß es selbst nicht.« Er erhob sich, schnappte seine Tasche und schob sich eine Zigarette in den Mundwinkel.

Richard sah ihm verwundert nach. Okay, vielleicht war es wirklich besser, wenn er ihn in Ruhe ließ.

*

Kurz nachdem Conny wieder zu ihrer Arbeit musste, sah Richard seinen Freund im Rosengarten auftauchen. Eigentlich kam Peter nie hierher, jedenfalls nicht zu dieser Zeit.

Dann wurde Richard klar, dass Peter ihn suchte – er war der Einzige, der wusste, dass Richard manchmal nachmittags hier war.

»Hi«, sagte er und schob die Hände ein wenig linkisch in die Taschen seiner Jeans.

»Hi«, entgegnete Richard und legte sein Buch weg. »Was gibt's?«

»Ich wollte mich entschuldigen«, sagte Peter.

»Wofür?«

»Dass ich abgehauen bin.«

»Dafür musst du dich nicht entschuldigen. Jeder hat mal einen schlechten Tag.«

»Ja, Mann, so ist das wohl. Also, es tut mir leid.«

»Okay.«

Er trat einen Moment lang auf der Stelle und schien nicht zu wissen, was er sagen sollte.

»Was war denn los? Gestern und heute?«, fragte Richard schließlich. »Ist was mit deiner Mutter oder deinen Geschwistern? Oder hast du irgendwas in einem deiner Kurse verhauen? Du weißt, ich helfe …«

»Das ist es nicht«, schnitt Peter ihm das Wort ab. »Ich war nur … Gestern war ich überrascht, dass du mit diesem Mädchen …«

»Ich treffe Cornelia schon seit ein paar Wochen. Es tut mir leid, dass ich es dir nicht erzählt habe.«

Peter verzog das Gesicht, als hätte er auf eine Zitrone gebissen. Dann nickte er. »Schon klar. Ich muss wohl einsehen, dass ich nicht …«

»Was?«

Richard verstand noch immer nicht, worauf er hinauswollte. Was war nur los? Er benahm sich ja beinahe, als wäre er auf irgendwas eifersüchtig …

»Na, ich dachte, wir beide sind auf derselben Seite, Mann. Alles klar?«

Richard schaute ihn unverständig an. »Auf welcher Seite?«

»Na, auf der … Ich dachte …« Peter fuchtelte unschlüssig mit den Armen herum und schaute dann um sich, als wollte er sicherstellen, dass ihnen niemand zuhörte.

Schließlich beugte er sich vor, beinahe so weit, dass sich ihre Gesichter berührten.

»Ich hab mich in dich verknallt, das ist es!«, sagte er, und in seinen Augen glomm fast so etwas wie Verzweiflung. »Du kannst mich jetzt für ein Schwein halten, das tun andere auch, aber das ist es. Ich dachte, du wärst wie ich, du würdest auf Männer stehen. Immerhin hab ich dich nie mit einem Mädchen gesehen. Aber jetzt hast du diese Conny und tust ganz verliebt mit ihr, und ich komme mir verdammt blöd vor, weißt du!«

Richard starrte Peter an. Mit so einer Beichte hätte er nicht gerechnet.

»Ich …«, presste er hervor, doch dann merkte er, dass er nicht wusste, was er sagen sollte. Die ganze Zeit über hatte er Angst gehabt, dass sich Conny mehr für Peter interessieren könnte als für ihn.

»Schon gut, am besten, wir sehen uns nicht mehr.«

Peter wandte sich um.

»Warte!«, rief Richard ihm hinterher.

Peter ging weiter und tat so, als hätte er es nicht gehört.

»Peter!« Richard lief ihm nach und bekam ihn an der Schulter zu fassen.

»Was?« In den Augen seines Kommilitonen glomm verletzter Stolz.

»Ich wollte dir nur sagen … Ich halte dich nicht für ein Schwein. Wen du liebst, ist deine Sache, okay? In meiner Uni drüben gab es auch einen Jungen, der sich in einen anderen verknallt hatte. Ich sehe da drin nichts Schlechtes, er ist ein guter Kerl. Ich will nur, dass du das weißt. Und ich will dich als Freund nicht verlieren.«

Peter schaute ihn weiterhin finster an. Nach einer Weile nickte er jedoch.

»Ist gut. Aber zu niemandem ein Sterbenswort, hast du

verstanden? Wenn es irgendwer rauskriegt, buchten die mich ein.«

»Bei mir ist dein Geheimnis sicher«, sagte Richard und reichte ihm die Hand.

Erst als er wieder in der Wohnung angekommen war, erfasste Richard die Tragweite des Ganzen. Peter war also, wie es Frau Thaler nennen würde, »vom anderen Ufer«. Und er hatte gedacht, dass Richard es auch sei. Kam er wirklich so rüber?

Es stimmte schon, vor Conny hatte er sich nicht sonderlich für Mädchen interessiert. Das war auch schon an seiner Uni so gewesen. Der homosexuelle Junge war in seinem Jahrgang, mit ihm hatte er so etwas wie eine Freundschaft gepflegt. Jake hatte sich aber glücklicherweise nicht in ihn verliebt, sondern in einen Jungen aus einem anderen Kurs. Dieser hatte seine Gefühle nicht erwidert, und Richard wusste nicht, was aus Jake geworden war, denn nachdem ihm klargeworden war, dass er bei seinem Angebeteten nicht landen konnte, hatte er die Universität gewechselt.

Noch nie hatte Richard sich nähere Gedanken über seine Sexualität gemacht. Für ihn stand fest, dass er eines Tages heiraten würde. In seinem Elternhaus wurde über solche Dinge nicht geredet, außer wenn seine Eltern ihn mal wieder fragten, wann er eine Freundin mit nach Hause bringen würde. Das hatte er nie getan. Und er war auch noch nie zuvor einem Menschen begegnet, bei dem er so etwas wie Begehren gespürt hatte.

Die Schmuddelheftchen seiner Schulkumpane hatten ihn nicht gereizt. Und es hatte ihm auch keinen Spaß gemacht, Mädchen in der Dusche zu beobachten.

Stimmte vielleicht wirklich etwas nicht mit ihm?

Andererseits war da Conny. Um sie hatte er sich sofort Sorgen gemacht. Mit ihr wollte er zusammen sein, und er konnte sich nicht vorstellen, dass es ihm mit einer anderen Frau so ergehen würde.

Aber konnte er sich auch vorstellen, Sex mit ihr zu haben? Wie fühlte sich das an?

Er wusste, dass alle anderen jungen Männer in seinem Jahrgang schon ihre Erfahrungen gemacht hatten. Er war jedoch noch Jungfrau. Seine Studien und sein Wunsch, Schriftsteller zu werden, waren ihm immer über alles gegangen.

Außerdem hatte ihm seine Mutter stets gesagt, dass es unschicklich sei, Sex vor der Ehe zu haben. Mittlerweile wusste er, dass das Unsinn war. Dennoch hatte er nie Lust gehabt, mit einem Mädchen zu schlafen.

Mit Conny war es anders. Er erinnerte sich an sein Herzklopfen, an die Verwirrung und das Hochgefühl danach. Er wusste, dass er sein Leben mit ihr verbringen wollte.

12. Kapitel

Der nachmittägliche Verkehr füllte die Straßen, und ein Hupkonzert begrüßte uns, als wir die U-Bahn-Station Hauptbahnhof verließen. Irgendwem war der Wagen kurz vor einer Ampel verreckt, und die nachfolgenden Fahrer glaubten wohl, ihn durch den Krach zu neuem Leben erwecken zu können.

Ich hätte mich eigentlich schon viel früher verabschieden können, aber irgendwie fühlte ich mich verpflichtet, Henderson zum Hotel zu begleiten, nachdem er mir so offen die Geschichte von sich und meiner Mutter erzählt hatte. Zumindest den ersten Teil. Ich spürte, dass er den wichtigsten Teil ausgelassen hatte. Bewusst, damit ich wiederkam.

Ich hatte mir nie Gedanken darüber gemacht, was meine Mutter in ihrer Jugendzeit erlebt haben musste. Auch war mir nicht klar gewesen, dass sie in Wilhelmsburg gewohnt hatte.

Sie hatte nie etwas davon erzählt und auch ihre Eltern nicht erwähnt. Ob mein Vater es gewusst hatte? Auch er hatte nie etwas gesagt, aber es war möglich, dass sie ein Abkommen darüber getroffen hatten.

»Ich danke Ihnen, dass Sie mir das alles berichtet haben«, sagte ich und wollte mich schon verabschieden, doch der

Professor hielt mich fest. »Kommen Sie doch noch mit rein auf einen Drink.«

»Aber Ihr Treffen mit dem Verlag …«, wandte ich ein, obwohl ich zugeben musste, dass mir ein Glas Wein gutgetan hätte.

»Das ist erst um halb acht heute Abend. Wenn Sie mich fragen, muss ich mich in Stimmung bringen nach allem, was ich erfahren und wieder aufgewühlt habe.«

»Ehrlich gesagt geht es mir ähnlich.«

»Gut, dann kommen Sie!«

Wenig später saßen wir in der Hotelbar an einem kleinen Tisch. Auf dem Bildschirm über dem Tresen lief irgendein Tennismatch, doch dafür interessierte sich der Barkeeper ebenso wenig wie die paar Gäste.

Ich bestellte einen Rotwein, Henderson einen Whisky. Minutenlang schwiegen wir uns an. In meiner Tasche summte das Handy. Der Anrufer war hartnäckig, er blieb dran, bis die Mailbox ansprang. In diesem Augenblick war es mir egal, wer er war und was er wollte.

»Reden wir über Sie«, sagte Henderson, nachdem er das Glas zur Hälfte geleert hatte. »Was machen Sie so? Außer nach dem Buchladen Ihrer Mutter zu sehen?«

Ein Kribbeln stieg in meiner Magengrube auf. Wenn es wirklich so war, dass Richard meiner Mutter das Lesen nahegebracht hatte, war er vielleicht auch die Inspiration dafür gewesen, dass sie einen Buchladen eröffnet hatte. Ich hatte von ihrer Ausbildung als Friseurin nichts gewusst. Sie hatte es nie erwähnt. Für mich war sie immer die Frau, die Bücher mehr als ihre Familie liebte. Möglicherweise war dieser Eindruck ein wenig falsch. Sie liebte die Bücher offenbar, weil sie das Einzige waren, das ihr von Richard geblieben war.

Und andersherum war er vielleicht auch der Grund, warum ich mich mit Schriftstellern befasste.

»Ich betreibe eine Agentur für Lesungen und andere Veranstaltungen, die mit Büchern zu tun haben. Ich habe einige Schriftsteller unter Vertrag, für die ich Veranstaltungen buche.«

»Der Apfel fällt nicht weit vom Stamm, nicht wahr?« Richard lächelte.

Ich erinnerte mich wieder an die Mutmaßung von Katja. Vielleicht sollte ich ihn fragen …

»Wie meinen Sie das?«

»Nun ja, Ihre Mutter betreibt einen Buchladen, und Sie betreuen Autoren.«

»Ja, sicher …« Ich lachte unsicher.

»Und Ihr Vater?«

Ich zog die Augenbrauen hoch und fixierte ihn einen Moment lang. Würde die große Offenbarung folgen?

»Mein Vater war zuerst Lkw-Fahrer und Mechaniker, später wurde er Sanitäter. Leider haben seine Talente nicht bei mir durchgeschlagen, sonst bräuchte ich meinen Wagen nicht in die Werkstatt zu bringen.«

Ich wusste nicht, warum, aber irgendwie spürte ich Zorn in mir aufsteigen.

»Mr Henderson, nach dem heutigen Tag habe ich keine Lust auf irgendwelche Spielchen. Sagen Sie mir, was Sie wissen. Ist mein Vater vielleicht nicht mein Vater?«

»Wie kommen Sie darauf?« Henderson hob verwundert die Augenbrauen.

»Nun ja, Sie reden über meine Familie, darüber, dass der Apfel nicht weit vom Stamm fällt … Meine Mutter ist kein Mensch, der über diese Dinge spricht. Bis heute Nachmittag wusste ich nicht, dass sie mal Friseurin war. Als Kind hat sie mir immer die Haare geschnitten und wollte mich nie zu einem Friseur lassen. Jetzt weiß ich, warum.« Ich atmete tief durch, nahm einen Schluck Rotwein und fuhr fort: »Was hat meine Mutter mir noch verschwiegen? Hatten Sie etwas mit ihr, als sie schon verheiratet war?«

Hendersons Miene versteinerte.

Mein Puls rauschte in meinen Ohren.

»Nicht in der Zeit vor Ihrer Geburt und auch nicht Jahre danach, aber … das würde vorgreifen. Sie haben den Brief gefunden, sie hat mich für tot gehalten. Außerdem …« Er stockte und schüttelte den Kopf, als sei das, was er sagen wollte, nicht für mich bestimmt.

»Nun, aber ist es nicht seltsam, dass sie in den ersten zehn Jahren ihrer Ehe nicht schwanger wurde?«, fragte ich. In mir brodelte es, was ich selbst nicht verstehen konnte. »Mein Vater hat mich wie das große Wunder behandelt. Er wurde nicht müde, mir zu sagen, was für ein Geschenk ich bin. Und in der ersten Zeit war es auch so, dass meine Mutter mich für dieses Wunder hielt. Aber danach nicht mehr …«

»Es tut mir leid, dass sich Conny so verändert hat. Aber glauben Sie mir, das war nicht meine Absicht. Ich dachte nicht, dass es solch einen Effekt auf sie hätte. Ich hielt es wirklich für besser, wenn sie wieder zu Ihnen zurückkehren würde.«

»Was war damals los?«, fragte ich. »Ich habe nie verstanden, was damals passiert ist.«

»Und Sie würden es auch jetzt noch nicht verstehen. Jedenfalls nicht, solange ich nicht die ganze Geschichte erzählt habe.«

Ich stieß den Atem mit einem enttäuschten Kopfschütteln

aus. Warum nur glaubten alle, dass ich erst die gesamte Geschichte erfahren müsste? Was war damals geschehen?

»Okay, dann erzählen Sie es mir eben später. Aber beantworten Sie meine Frage: Haben Sie eine Erklärung dafür, warum ich erst nach zehn Ehejahren meiner Eltern geboren wurde?«

Henderson trank den Rest des Whiskys aus, dann sah er mich an. »Nein, die habe ich nicht. Ich fürchte, darüber weiß nur Ihre Mutter Bescheid. Ich bin jedenfalls nicht Ihr Vater, das ist vom Zeitpunkt her nicht möglich.«

Meine Augen brannten, und in meinem Bauch flatterte etwas. Auf einmal war es mir furchtbar peinlich, dass ich danach gefragt hatte. Natürlich war er nicht mein Vater. Doch etwas war da. Etwas, das ihn dazu brachte, nachdenklich in sein leeres Glas zu schauen.

Als er wieder aufblickte, lag ein bitteres Lächeln auf seinen Lippen. »Ich fürchte, ich werde Sie nun verlassen müssen. Ich hoffe, wir finden demnächst eine Gelegenheit, wieder miteinander zu reden.«

»Über den zweiten Teil der Geschichte?«, fragte ich.

»Wenn Sie ihn hören wollen.«

Ich spürte, wie die Wut wieder in mir abebbte.

»Das möchte ich. Und ich würde auch gern wissen, was damals geschah. In dem Jahr, in dem meine Mutter verschwand.«

»Ich verspreche Ihnen, dass ich Ihnen alles erzählen werde, was ich weiß. Allerdings der Reihe nach. Ich hoffe, Sie verstehen das.«

Ich nickte. »Mir bleibt wohl nichts anderes übrig«, setzte ich mit einem schiefen Lächeln hinzu.

»Gut. Ich werde allerdings ab übermorgen für eine Woche

unterwegs sein. Sie haben sicher auch in der Agentur zu tun.«

»Eigentlich hätte ich schon heute zurück sein müssen, aber ja. Meine Autoren ziehen mir die Ohren lang, wenn ich mich nicht bald blicken lasse.«

»Treffen wir uns doch am kommenden Wochenende. Ich bin dann aus Hannover zurück und nutze meine freie Zeit, um ein wenig durch Hamburg zu bummeln. Mal ohne irgendwelche Verlagsmitarbeiter.«

Er lachte kurz auf, erhob sich und reichte mir die Hand. »Vielen Dank, dass Sie zu mir gekommen sind und sich die Geschichten eines alten Mannes angehört haben.«

»Es ist die Geschichte meiner Mutter.«

»Leider kann ich Ihnen nur meine Sicht schildern. Vielleicht erhalten Sie irgendwann die Gelegenheit, die Geschichte auch aus Sicht Ihrer Mutter zu hören.«

»Ich nehme an, dass sie sich nicht wesentlich unterscheiden wird.«

»Nun, vielleicht doch. Ich habe Ihre Mutter mal sehr gut gekannt, aber wer weiß, vielleicht hat sie uns beiden etwas verschwiegen.«

Wir schüttelten uns die Hände, dann verließen wir die Bar.

Ich schaute Henderson nach, wie er zu den Fahrstühlen ging.

Nun, möglicherweise hatte er recht. Ich sollte abwarten. Die Zeit in Berlin würde vergehen, vor lauter Arbeit würde ich ohnehin nicht dazu kommen, viel nachzudenken.

»Und, hatten Sie ein gutes Gespräch mit meinem Vater?«

Ich wirbelte herum. Ich hatte nicht bemerkt, dass Ethan hinter mir aufgetaucht war.

»Du meine Güte, haben Sie mich erschreckt!«

»Ich wollte mich wegen des Essens schon mal bereithalten, da habe ich Sie und meinen Vater in der Bar sitzen sehen.«

»Sie haben uns also nicht nachspioniert.«

»Nein. Ich habe mich nur gefragt, wo mein Vater abgeblieben ist. Er hatte Ihnen sicher einiges zu berichten, oder?«

»Ja, es … es war etwas viel, aber gut. Und wir haben gerade noch ein Gläschen getrunken.« Ich spürte, wie der Wein in meinem Blut pulsierte und mich ein wenig schwindelig machte. Das kam davon, dass ich seit heute Morgen bei Katja nichts gegessen hatte.

»Das glaube ich Ihnen gern. Mein Vater kann ein faszinierender Erzähler sein. Und ich denke, es ist gut für Sie beide, dass Sie die Sache aufarbeiten. Meinen Vater beschäftigt sie schon seit langem.«

»Nicht nur ihn«, gab ich zu. »Ich habe feststellen müssen, wie wenig ich meine Mutter kenne … Und das, wo ich mich doch eigentlich darum bewerbe, ihre Betreuerin zu werden. Die komplette Geschichte zwischen ihr und Ihrem Vater … Sie hat sie einfach verschwiegen.«

»Sie hat nie eine Andeutung gemacht?«

»Nie. Meine Mutter ist kein besonders schwatzhafter Mensch. Sie liebt eher die geschriebenen Worte. Ihr Vater hat mir erzählt, dass das früher mal anders war. Ich kann kaum glauben, dass es in ihrem Leben eine Zeit gegeben haben soll, in der sie Bücher nicht mal angefasst hat.«

»Wahrscheinlich hat mein Vater sie mit seiner Liebe dafür angesteckt …«

»Es scheint fast so. Wäre Ihr Vater nicht gewesen, wäre sie

vielleicht noch immer eine Friseurin in Wilhelmsburg. Oder bei der Flut umgekommen … Ich habe Ihrem Vater wohl zu verdanken, dass ich vor Ihnen stehe.«

»Nun, ich denke, das sollten wir feiern. Was meinen Sie, hätten Sie Lust, morgen mit mir zu Abend zu essen? Mein Vater geht an Reisetagen immer früh ins Bett und vermeidet alle Termine, um fit zu sein. Ich würde gern mit Ihnen über Ihre Mutter sprechen.«

»Können Sie mir nicht so sagen, was los ist?«

»Nein, ich finde, das bedarf eines Raumes. Außerdem bin ich neugierig.«

»Auf mich?« Ich zog skeptisch die Augenbrauen hoch.

Ethan ließ sich davon nicht abschrecken. »Ja, auf Sie. Und Sie vielleicht auch auf mich, oder irre ich mich da?«

Beinahe wäre mir rausgerutscht, dass ich eigentlich nicht neugierig auf ihn war. Meine übliche Schutzreaktion, wenn sich ein Mann für mich zu interessieren begann.

Glücklicherweise hielt ich diesmal meine Zunge im Zaum.

»Ja. Ja, das bin ich. Ehrlich gesagt gibt es ein paar Dinge, die ich gern von Ihnen wüsste.«

Allen voran, ob es eine Familie gab, mit der er an diesem Abend besser skypen sollte.

»Okay, dann sieht es doch fast so aus, als würden wir beide davon profitieren. Wo wollen wir uns treffen?«

Ich zuckte die Schultern. »Am Buchladen meiner Mutter vielleicht? Dann haben wir es nicht weit zu ein paar guten Lokalen.«

»Gute Idee.«

Ich schrieb ihm die Adresse auf und machte mir eine Notiz ins Handy.

»Hat Ihr Vater jemals über seine Zeit in Hamburg gesprochen?«, fragte ich dann etwas unvermittelt.

Ethans Gesichtsausdruck verfinsterte sich ein wenig. »Ja, das hat er. Wenngleich auch spät. Damals habe ich eine Erklärung haben wollen für …« Er stockte. »Tut mir leid, aber Sie sollten ihn fragen. Er kann es Ihnen besser erklären. Bei mir … hängen zu viele negative Gefühle an der Sache.«

»Negative Gefühle?«, hakte ich nach.

Er schüttelte den Kopf. »Darüber sollten wir uns ein anderes Mal unterhalten.«

Er versuchte, wieder sein gewinnendes Lächeln aufzusetzen, aber ganz gelang es ihm nicht. Und auf einmal war ich mir nicht sicher, ob es so eine gute Idee war, mit ihm essen zu gehen. Vielleicht wollte ich doch nicht mehr erfahren. Das Verschwinden meiner Mutter und das, was sein Vater damit zu tun hatte, hatte nicht nur mein Leben verändert, sondern wohl auch seines.

Aber dann rief ich mich wieder zur Ordnung. Ich war doch nicht feige. Und besser, ich wusste, was los war. Jetzt, wo ich ohnehin schon dabei war, hinter Cornelia Petris Geheimnis zu kommen.

13. Kapitel

Nach und nach stapelte ich meine Sachen in den Koffer – mein Hotelzimmer musste spätestens um elf geräumt sein. Eigentlich hatte ich heute wieder nach Berlin fahren wollen. Aber wie hätte ich denn ahnen sollen, dass ich Mutters Jugendliebe hier treffen würde? Und dass dessen attraktiver Sohn, der mich auf seltsame Weise interessierte und mir gleichzeitig auch ein wenig Angst machte, mich zum Abendessen einladen würde?

Ich beschloss also, noch eine Nacht in Hamburg zu bleiben. Jetzt brauchte ich nur noch eine Unterkunft.

Ich hatte zwei Möglichkeiten: Entweder, ich zog in Mutters Wohnung ein, oder ich fragte bei Katja nach. Ersteres war mir ein wenig unangenehm, daher wollte ich es zunächst bei meiner Freundin versuchen.

Da diese jetzt wohl in einer S-Bahn in Richtung Zentrum saß, wählte ich kurzerhand ihre Handynummer.

Nach zweimaligem Tuten nahm sie ab. Das Hintergrundrauschen gab mir recht, sie saß in der Bahn.

»He, was gibt es? Du hast dich ja gestern gar nicht mehr gemeldet.«

»Ich war total fertig«, antwortete ich und berichtete ihr dann in Kurzform, was geschehen war. Nach der Unterhaltung mit Ethan war ich ins Hotel zurückgefahren. Eigentlich wollte ich mich vor dem Abendessen nur kurz hinlegen – dann erwachte ich um fünf Uhr morgens.

»Er ist also nicht dein Vater?«, fragte Katja schließlich.

»Er sagte nein. Ich habe ihn gefragt.«

»Schade.«

»Warum schade? Glaubst du denn, ich brauche noch mehr Drama in meinem Leben?«

»Nicht wirklich«, gab Katja zu. »Aber das wäre doch eine tolle Geschichte gewesen, oder?«

»Für einen Schriftsteller vielleicht. Aber die denken sich ohnehin aus, was sie wollen.« Ich hatte keine Lust, länger auf der Vatersache herumzureiten, also setzte ich hinzu: »Auf jeden Fall hat mich Mr Hendersons Sohn heute Abend zum Essen eingeladen. Er hat ein paar Andeutungen gemacht, und ich will herausfinden, was er weiß.«

»Oho! Was für Andeutungen denn?«

»Was das Verschwinden meiner Mutter betrifft. Vielleicht kriege ich irgendwas aus ihm heraus.«

»Und du triffst dich nicht mit ihm, weil er dir gefällt?«

»Oh, bilde ich es mir ein, oder ist die Leitung auf einmal schlecht?«, fragte ich scherzhaft.

»Du weißt, was ich meine, oder? Okay, ich gebe nicht das beste Beispiel ab mit meiner Antonio-Sache. Aber du hättest es wirklich verdient, mal wieder wen an deiner Seite zu haben.«

»Du weißt, ich habe im Moment viel zu tun.«

»Ja, eben deshalb. Du brauchst jemanden zum Anlehnen. Jemanden, der dir ein wenig die Last abnimmt.«

»Vielleicht. Aber das wird dann kein Typ sein, der am anderen Ende des großen Teiches wohnt.«

»Warum nicht? Er spricht passabel Deutsch und du recht gut Englisch. Ihr könntet zeitweise hier und drüben leben, und du könntest deinen Kundenkreis vergrößern.«

»Katja«, sagte ich in der Hoffnung, dass ich sie damit bremsen könnte. »Er ist der Sohn des Mannes, mit dem meine Mutter zusammen war. Und wie es aussieht, hat es ihn ziemlich mitgenommen, dass meine Mutter bei seinem Vater war. Oder er bei ihr. Er ist nett und ja, er sieht gut aus, aber selbst wenn es irgendwas werden würde … Er ist bestenfalls noch zwei Wochen in Deutschland, je nachdem, wie lange die Lesereise dauert.«

»Na und?«, fragte Katja. »Ein wenig Spaß darf man sich doch gönnen, oder?«

»Du weißt, dass ich nicht der Mensch für Spaß bin. Ich habe gesehen, wie mein Vater unter der Zurückweisung meiner Mutter gelitten hat. Ich bin genauso. Meine Beziehungen mögen letztendlich nicht beständig gewesen sein, aber gehalten haben sie länger als zwei Wochen.«

»Und du meinst nicht, dass dieser Ethan sein Leben für dich ändern würde? Oder dass er sich freuen würde, wenn du dein Leben änderst?«

»Ich weiß ja nicht einmal, ob er überhaupt frei ist. Und zu so etwas gehören auch immer zwei, findest du nicht?«

»Mit deinem Aussehen müsstest du ihn leicht um den Finger gewickelt bekommen.«

»Glaubst du wirklich? Ich nicht. Und wenn ich ehrlich bin, rufe ich aus einem anderen Grund an. Ich wollte fragen, ob ich heute bei dir übernachten könnte.«

»Ja, klar. Aber warte mal, wolltest du dich nicht mit Ethan treffen?«

»Ja, das wollte ich.«

»Wäre es dann nicht doch besser, wenn du bei deiner Mutter übernachten würdest? Dort wärt ihr ungestört, und ich würde nicht davon wach werden, dass ein Bett quietscht und jemand herumstöhnt.«

»Oh mein Gott, du hast ja wirklich eine blühende Phantasie.« Beinahe hätte ich sie gefragt, ob sie das auch mit Antonio so machte, doch in Anbetracht der Lage ließ ich es besser bleiben.

»Und dir scheint die Phantasie, was das anbelangt, abhandengekommen zu sein. Träume doch mal wieder wie ich!«

»Hast du denn nach Antonio einen One-Night-Stand gehabt?«, konnte ich mir jetzt doch nicht verkneifen zu fragen, denn allmählich hatte ich das Gefühl, dass sie mich in die Enge trieb.

Katja seufzte. »Nein, wann hätte ich das tun sollen? Ich war die ganze Zeit in der Arbeit: Konferenzen, Konferenzen, Konferenzen.«

»Und im Verlag läuft nichts Schnuckeliges herum?«

»Ich bitte dich! Wir sind ja fast nur Frauen, und die Männer aus der Chefetage sieht man nur selten. Außerdem sind sie nicht mein Typ. Du weißt, worauf ich stehe.«

»Nun, dann geh doch einfach mal in eine Gelateria, und frag einen der Jungs dort, ob er Lust hätte, dich an seinem Gelato schlecken zu lassen.«

»Wer ist hier diejenige mit der schmutzigen Phantasie, hä?« Sie lachte auf. »Aber offenbar besteht noch Hoffnung. Also, übernachte heute bei deiner Mutter, und wenn sich dieses Sahneschnittchen richtig verhält, nimmst du es mit hoch. Egal nun, ob du der Typ für One-Night-Stands bist oder nicht.«

Obwohl ich gegenüber Katja vehement abgestritten hatte, mich näher für Ethan zu interessieren, klopfte mein Herz bis zum Hals, als ich vor dem fleckigen Spiegel im Schlafzimmer meiner Mutter stand.

Das dick gerahmte Stück stammte noch aus unserer alten Wohnung, meine Mutter hatte es nie ausgetauscht. Dementsprechend viel hatte der Spiegel gesehen. Er sah, wie ich zur Schule kam, er sah meine Tränen, als meine Mutter verschwunden war, er sah, wie sie mit mir schimpfte und mich einmal auch ohrfeigte, nachdem ich ihr gesagt hatte, dass sie sich dorthin zurückscheren sollte, wo sie sich monatelang verkrochen hatte.

Dann hatte der Spiegel lange Zeit nur meine Mutter und meinen Vater gesehen – und schließlich allein Cornelia. Schade, dass er die Bilder für sich behielt. Ich hätte gern das eine oder andere erfahren. Doch das einzige Bild, das mir der Spiegel zeigte, war das von mir selbst, wie ich mich fertigmachte für das Treffen mit Ethan.

Viel Garderobe hatte ich nicht mit, aber immerhin lag noch ein anderes Oberteil im Koffer. Ich zog anstelle der Seidenbluse eine geblümte Tunika an, strich meine Anzughose glatt, schnappte meine Tasche und lief die Treppe hinunter.

Ethan spähte gerade nach den Büchern in der Auslage. Dabei fiel mir ein, dass ich ihm das Buch seines Vaters zeigen könnte. Ich lief noch einmal nach oben, steckte es ein und öffnete ihm die Tür.

Ethan sah mich erstaunt an. Er trug ein weißes Hemd und eine Jeans, was einfach umwerfend aussah. Ich dachte wieder an Katjas Ratschlag. So etwas für zwischendurch war vielleicht wirklich nett – doch ich war einfach nicht der Typ dafür. »Ich wusste nicht, dass Sie hier sind, sonst hätte ich geklingelt.«

»Hoffentlich warten Sie noch nicht lange«, entgegnete ich ein wenig peinlich berührt. »Ich habe mich recht spontan entschlossen, hier zu übernachten.«

»Kein Problem«, entgegnete er und bot mir seinen Arm an. »Wollen wir?«

»Ja«, antwortete ich und hakte mich bei ihm ein.

Wir gingen in ein nettes Lokal in der Speicherstadt, von dem aus wir einen tollen Blick auf das Brooksfleet hatten. Wir bestellten Wasser und Wein und beschlossen, das Essen noch ein wenig nach hinten zu verschieben.

»Hier sieht es fast aus wie in Venedig«, meinte Ethan, während er sich auf seinem Sitz zurücklehnte.

»Meinen Sie? Ich denke, zwischen Venedig und der Hamburger Speicherstadt gibt es schon einen Unterschied. Mich erinnert es eher an Amsterdam. Die kleinen Brücken und die Kanäle … Außerdem ist Venedig viel barocker.«

»Da haben Sie auch wieder recht. Nun gut, was haben Sie für mich?« Er deutete auf meine Tasche.

»Nein, nein, so läuft das nicht«, entgegnete ich. »Sie wollten sich mit mir treffen, um über meine Mutter zu sprechen. Also, was haben Sie für mich?«

»Das hängt ganz davon ab, wie weit mein Vater mit seiner Geschichte gekommen ist.«

Ethan musterte mich, als versuchte er, in meinen Gedanken zu lesen.

»Wir sind bis dorthin gekommen, als er meine Mutter kennenlernte.«

»Also waren Sie noch nicht bei der Flut?«

Ich schüttelte den Kopf. »Das wollte er sich für den zweiten Teil aufheben. Aber ich kann mir eigentlich schon denken, was passiert ist. Sie wurden irgendwie getrennt, wahrscheinlich hat Ihr Vater noch versucht, sie zu retten, und dann hat einer den anderen für tot gehalten.«

Ein wissendes Lächeln huschte über Ethans Gesicht. »Das stimmt und stimmt wiederum auch nicht. Ich glaube, Ihre Mutter wird Sie in dem Fall überraschen. Und mein Vater auch.«

»Überraschen?« Ich zog die Augenbrauen hoch. »Inwiefern?«

»Das überlasse ich meinem Vater, er ist der Geschichtenerzähler.«

»Und ich bekomme nicht mal einen Hinweis?«

Jetzt wäre der richtige Moment gewesen, meine weiblichen Reize spielen zu lassen. Doch wahrscheinlich hatte ich mittlerweile vergessen, wie man das anstellte.

Seufzend ließ ich die Schultern sinken. »Okay, ich warte«, sagte ich mehr zu mir selbst als zu ihm. Schweigen stellte sich wie eine Mauer zwischen uns, und ein wenig wünschte ich mir, dass ich die Einladung nicht angenommen hätte. Immerhin hatte ich zu tun, das Berliner Büro wartete, und ich hätte einiges schaffen können, wenn ich nicht hiergeblieben wäre.

Halt, sagte ich mir. So darfst du nicht denken! Ich erinnerte mich an den Teil von Richards Geschichte, in dem er davon sprach, sich immer nur um sein Studium und seine Schriftstellerei gekümmert zu haben. Hatte ich in den vergangenen Monaten und Jahren etwas anderes getan? Hatte ich irgendwann mal wieder daran gedacht, dass es mir guttun würde, einen Mann an meiner Seite zu haben? In meinem Bett?

Ich schob die Gedanken beiseite. »Wie sieht es aus, haben Sie schon Hunger?«, fragte ich.

»Wenn ich ehrlich bin, ja.« Ethan lächelte.

Wir bestellten Cannelloni und Pizza, dann kehrte ich zu dem zurück, was Ethan gesagt hatte.

»Ich glaube, wir Jüngeren werden nie verstehen, warum die Älteren Dinge, die eigentlich für uns wichtig wären, verheimlichen.«

»Vielleicht, weil sie ihnen peinlich sind«, mutmaßte Ethan, nachdem er einen Schluck Weißwein getrunken hatte.

»Dass man in einen amerikanischen Studenten verliebt war, soll peinlich sein? Besonders, wenn man über diese Liebe irgendwie nie hinweggekommen ist und die eigene Tochter darunter leiden musste?«

»Ich glaube kaum, dass Sie darunter leiden mussten, dass Ihre Mutter in meinen Vater verliebt war.«

»Oh doch, das glaube ich. Bis mir jemand das Gegenteil beweist.«

Ich nahm nun ebenfalls einen Schluck und beschloss, das Thema nicht weiter zu vertiefen.

»Vielleicht sollten wir unsere Eltern aber außen vor lassen, denn ich kann wohl nicht auf schnelle Aufklärung durch Sie hoffen, nicht wahr?«

Ethan lachte auf. Ein besseres Nein hatte ich noch nie bekommen.

»Okay, dann erzählen Sie mir von sich. Sie reisen mit Ihrem Vater durch Europa. Aus Sorge, oder weil Sie beruflich etwas damit zu tun haben?«

»Ich bin sein Manager.«

»Aha.«

»Was, aha?«

»Nichts. Aber wie kommt man darauf, den eigenen Vater zu managen? Ein Mann wie er könnte einen Profi engagieren.«

»Und Sie glauben, dass ich kein Profi bin?«

»Das habe ich nicht behauptet. Die meisten Schriftsteller lassen sich allerdings nicht von ihren eigenen Kindern managen. Sie haben einen Wust von Beratern und Agenten und anderen Leuten, die von ihren Einkünften zehren.«

»Mein Vater hat sich lange dagegen gesträubt, überhaupt einen Agenten oder Berater zu engagieren«, entgegnete Ethan und lehnte sich mit dem Weinglas in der Hand zurück. »Erst vor fünf Jahren kam er auf die Idee.«

»Und Sie haben Ihren Job verlassen, um seinem Ruf zu folgen?«

»Ich war nie so intelligent wie mein Vater. Für mich hat es nur bis zum Highschool-Lehrer gereicht. Englisch, das Naheliegende.«

»Das würde ich nicht unintelligent nennen. Lehrer leisten sehr viel.«

»Möglicherweise, ja. Und ich will mich auch nicht beschweren. Meine Eltern haben mir einen guten Start ins Leben ermöglicht. Beinahe wie aus dem Bilderbuch. Highschool, College, eine Anstellung an einer staatlichen Schule. Mein Vater brauchte gar nicht seine Beziehungen spielen zu lassen, die Erwähnung seines Namens reichte. Wahrscheinlich fiel es mir auch deshalb leicht, in eine private Highschool zu wechseln. Ich heiratete, bekam zwei Kinder, das ganze Programm.«

Die Bemerkung, dass er verheiratet war, traf mich wie ein Schlag. Okay, das war's dann wohl mit meinem Versuch, mich wieder dem Leben oder besser gesagt einer neuen Beziehung zu öffnen. Es gab also eine Familie, mit der er heute besser hätte skypen sollen …

»Sie haben Kinder?« Ich versuchte, nicht bitter zu klingen, aber irgendwie konnte ich es nicht verhindern. Ich war sicher ähnlich alt wie er, doch ich war nicht einmal verheiratet.

»Ja, einen Sohn und eine Tochter. Joel ist mittlerweile zwanzig und auf dem College, Andrea ist achtzehn und in der heißen Phase der Highschool. Sie halten mich regelmäßig auf dem Laufenden. Immerhin das nach all der Zeit.«

»Was bedeutet das?«, fragte ich.

»Nun ja, nach so viel Perfektion dachte sich das Schicksal wohl, dass es Zeit wird für einen Dämpfer«, antwortete Ethan. »Ich kann es immer noch nicht so richtig erklären, aber irgendwie ödete mich mein perfektes Leben dermaßen an, dass ich mir zu wünschen begann, es würde sich etwas ändern. Und wie es mit Wünschen ist, manchmal erfüllen sie sich. Ich verliebte mich in eine neue Kollegin an der Highschool und begann eine Affäre mit ihr – wohl wissend, dass ich damit alles aufs Spiel setzte. Ich machte mir nicht einmal große Mühe, irgendwas zu verbergen, und ließ es darauf ankommen.«

»Sie sind aufgeflogen.«

»Natürlich bin ich das!«

In Ethans Augen erschien ein reuiger Ausdruck. »Ich hatte nicht nachgedacht, welchen Effekt das auf meine Kinder haben könnte. Meine Ehe war schon seit einiger Zeit erkaltet, aber Joel und Andrea liebte ich über alle Maßen. Doch meine Frau ließ sich scheiden, nahm die Kinder mit, und was noch schlimmer war: Meine Kinder hassten mich für das, was ich getan hatte. Zwei Jahre lang vermieden sie jeglichen Kontakt zu mir. Davon abgesehen sah mich die Leitung der Highschool als nicht mehr tragbar an und schickte mir die Kündigung. Innerhalb weniger Monate stand ich vor dem Nichts.«

Ich ahnte, worauf es hinauslief, doch ich ließ ihn weiterreden.

»Da hatte ich sie nun, meine Veränderung!« Ethan lachte bitter. »Ich begann zu trinken, verlor meine Wohnung, das ganze Programm. Die Abwärtsspirale hatte mich, und es wundert mich noch heute, dass ich nichts getan habe, um es aufzuhalten.«

Ich konnte mir Ethan, der so gepflegt und attraktiv wirkte, nicht als betrunkenen Obdachlosen unter einer Brücke vorstellen.

»Und Ihr Vater hat nichts dagegen unternommen?«, fragte ich.

»Mein Vater schaute sich das eine ganze Weile an. Seit einem großen Streit, in dem ich ihm vorgeworfen habe, mein Leben nach seinen Vorstellungen geformt zu haben, hatte ich nicht mehr mit ihm gesprochen, und es wäre mir auch im Traum nicht eingefallen, ihn um Hilfe zu bitten. Ich suhlte mich in meinem Abstieg, ja, vielleicht war ich froh darüber, endlich etwas allein hingekriegt zu haben – und wenn es mein Untergang war. Doch dann kam er eines Tages zu mir.«

Die Kellnerin unterbrach seine Ausführungen. Zum Glück, denn nun musste ich erst einmal tief durchatmen. Ethan hatte sein Leben kaputtgemacht – und war nun der Manager seines erfolgreichen Vaters.

»Wie ging es weiter?«, fragte ich, als die Frau wieder gegangen war. Der Duft von Tomaten und Basilikum stieg mir in die Nase und ließ das Wasser in meinem Mund zusammenlaufen. Doch die Spannung brachte mich davon ab, mich gleich über die Cannelloni herzumachen.

»Nun ja, mein Vater kam zu mir, sah mich an und sagte dann: ›Ich verstehe, dass du dein Leben in die eigenen Hände nehmen wolltest. Und es tut mir leid, wenn ich dir deinen Weg zu oft vorgegeben habe. Das werde ich nicht mehr tun. Ich werde dir die Wahl lassen. Vielleicht magst du in den öffentlichen Schuldienst zurückkehren, ich bin sicher, dass dich irgendeine Highschool nehmen wird. Zumindest als Vertretungslehrer wirst du arbeiten können. Du kannst dich meinetwegen auch auf ein Bike schwingen, eine Bank ausrauben und nach Mexiko verschwinden. Oder als Kellner arbeiten. Damit hättest du alles zunichtegemacht, woran ich Anteil hatte, denn als Kellner brauchst du die Bildung, die ich dir ermöglicht habe, nicht. Wenn du noch einen Schritt weitergehen möchtest, stirb im Winter im Freien mit einer Flasche in der Hand. Aber wenn du schon dabei bist, alles zu zerstören, dann bedenke, dass du einen Anteil meiner Person an dir niemals zerstören kannst. Nämlich, dass du mein Sohn bist, den ich liebe und für den ich alles getan habe, ohne darüber nachzudenken, dass ich ihm vielleicht dabei seine Selbständigkeit nehme. Nicht mal, wenn du keinen Grabstein haben willst, kannst du diese Tatsache auslöschen. Also überlege dir, was du tust. Und denke auch daran, dass alles, was ich dir jetzt gesagt habe, auch für deine eigenen Kinder gilt.‹ ›Meine Kinder hassen mich‹, habe ich daraufhin gelallt, und mein Vater hat den Kopf geschüttelt. ›Es kommt nicht darauf an, geliebt zu werden, sondern zu lieben. Sie werden merken, dass du sie liebst, und eines Tages reden sie wieder mit dir. Du hast mir auch verziehen.‹ Damit wandte er sich um und ging.«

»Und Sie sind seinem Ruf gefolgt.«

»Nicht sofort. Ein paar Tage lang war ich der Ansicht, dass es tatsächlich eine gute Sache wäre, mich umzubringen. Das ging so weit, dass ich betrunken vor ein Auto lief. Ich wachte im Krankenhaus auf, wo man versuchte, mich wieder zusammenzuflicken. Als ich an die Decke starrte, fiel mir wieder ein, was mein Vater gesagt hatte. Und wie dumm es war anzunehmen, dass er sich irrte. Natürlich würde ich immer sein Sohn bleiben, auch wenn ich im Grab verrottete. Und er würde mich immer lieben. Erst da wurde mir klar, welch großes Geschenk ich beinahe weggeworfen hätte. Als ich wieder entlassen wurde, ging ich zu ihm und redete mit ihm. Ich erwartete nicht, dass er mir half, ich wollte nur reden. Da bemerkte er beiläufig, dass er dabei war, einen Manager anzuheuern, der ihm bei seinen täglichen Verrichtungen half, seine Veranstaltungen organisierte, ihm die Verlagsleute vom Hals hielt, wenn es nötig war, und so weiter. Als ich fragte, ob ich diese Arbeit nicht für ihn übernehmen könnte, sah er mich an und fragte, ob ich sicher sei, dass ich das tun wollte. ›Ich bin froh, dass du nicht bei dem Unfall umgekommen bist, aber in dein Leben werde ich erst wieder eingreifen, wenn du mich darum bittest, und zwar aus voller Überzeugung.‹ Und ich habe ihn gebeten. Denn wenn man in Not ist, sollte man keine Scheu haben, mit den Eltern zu sprechen.«

Stille folgte seinen Worten. Selbst die Stadt schien für wenige Sekunden den Atem anzuhalten. Doch dann klirrte etwas in der Küche des Restaurants, und das Leben setzte sich fort.

»Eine tolle Geschichte«, bemerkte ich. »Ist sie wahr?«

»Jedes einzelne Wort«, gab Ethan zurück. »Und auch jetzt

noch bin ich froh, dass ich damals die Kurve gekriegt habe. Ehrlich gesagt ist das Leben unter der Brücke ziemlich beschissen.«

Ich überlegte eine Weile, dann sagte ich: »Wenn man es genau nimmt, hätte ich mir so eine Mutter gewünscht. Eine, die mir sagt, dass sie mich liebt.«

»Was ist mit Ihrem Vater?«

»Der liebte mich, aber er war schwach. Und irgendwann auf ihrer Seite, nur damit er sich einbilden konnte, sie würde ihn lieben.«

»Das hört sich nach einer tragischen Ehe an«, gab Ethan zurück und schnitt dann ein Stück von seiner Pizza ab. »Mmh, die ist köstlich!«, bemerkte er dann. »Wollen Sie mal probieren?«

»Nein danke. Ich möchte Ihnen nichts wegessen.« Ich wunderte mich, dass er so schnell wieder zur Tagesordnung übergehen konnte. Aber so war es vielleicht das Beste.

Schweigend aßen wir und ließen hin und wieder den Blick über das Wasser und die imposanten Bauten der Speicherstadt schweifen.

»Was ist mit Ihnen?«, fragte Ethan schließlich. »Wollten Sie immer schon Veranstaltungsmanagerin werden?«

Ich lächelte dünn. »Nein, natürlich nicht. Wenn ich ehrlich bin, wusste ich lange Zeit nicht wirklich, was ich mit meinem Leben anfangen sollte. Ich wollte ausschließlich meiner Mutter gefallen. Also machte ich mein Abitur, studierte, absolvierte ein Praktikum bei einem Verlag, dann arbeitete ich bei einer Agentur. Ich machte etwas aus mir, und besser noch, ich bewegte mich in der Welt der Bücher. Doch nichts stellte meine Mutter zufrieden. Und irgendwann merkte ich, dass es mir gefiel, Veranstaltungen zu organisieren. Für Schriftsteller, denn da hatte ich ja entsprechende Kontakte.«

»Also hat auch Ihre Mutter Ihr Leben bestimmt und geprägt.«

»Wenn man es so nennen will, ja. Das hat sie. Ohne sie wäre ich nicht das, was ich bin.«

»Und was wären Sie, wenn Ihre Mutter damals nicht verschwunden wäre? Wenn sie sich nicht verändert hätte?«

»Das kann ich nicht sagen. Vielleicht wäre ich verheiratet und hätte Kinder. Vielleicht würde ich wie sie in einem Friseurladen arbeiten. Oder ich hätte eine Kneipe. Keine Ahnung. Aber es ist so gekommen, wie es ist.«

»Sie sind also nicht verheiratet?«

»Nein, dazu hat es nie gereicht. Ich hatte immer wieder Partner, aber es war nie die große Liebe. Jetzt frage ich mich, ob ich durch den Versuch, die Liebe meiner Mutter zu gewinnen, nicht jahrelang andere Möglichkeiten zu lieben vernachlässigt habe.«

Ein Lächeln huschte über Ethans Gesicht.

»Das ist ein Satz, wie ihn mein Vater schreiben könnte. Vielleicht sollten Sie darüber nachdenken, Schriftstellerin zu werden.«

Ich lachte auf. »Nein, lassen Sie nur, dazu fehlt mir das Talent. Aber ich lese viel, vielleicht ist das irgendwann so bei mir hängengeblieben. Wer weiß.«

Ethan schaute mich eine Weile an, dann beugte er sich vor. In seinen Augen spiegelte sich das Abendrot über dem Kanal hinter uns.

»Sie sind eine sehr faszinierende Frau, Alexa. Ich war jahrelang wütend auf meinen Vater, wegen Ihrer Mutter und auch wegen der anderen Sache. Aber wenn ich es recht bedenke, in diesem Augenblick bin ich froh, dass das Leben so gekommen ist, sonst hätte ich Sie wohl nicht kennengelernt.«

Dieses Geständnis traf mich so unvermittelt, dass ich darauf zunächst nichts erwidern konnte. Ich hatte wieder im Ohr, was Katja gesagt hatte. Doch gleichzeitig schrillten die Alarmglocken in mir auf. Er ist aus Amerika. Du wirst ihn vielleicht nicht wiedersehen. Er ist nett, doch was nützt es dir, wenn du dein Herz an ihn hängst und dann alles vorbei ist?

»Ich bin auch froh, Sie kennengelernt zu haben«, entgegnete ich schließlich. »Doch wenn ich ehrlich bin, hätte ich mir so manches Mal eine andere Wendung gewünscht. Ich glaube, wenn meine Mutter nur einmal aufgetaut wäre … Wenn sie mir nur einmal zu verstehen gegeben hätte, dass ich ihr was bedeute … Vielleicht hätte ich dann mein Herz etwas leichter verschenken können.«

»Nun, im Leben kommt es nicht darauf an, sein Herz leicht zu verschenken. Sondern an den Richtigen.«

Ich sah ihn an, und Bedauern kroch in mein Herz. Schade, dass er bald wieder weg sein würde.

Aber ich hatte mich eigentlich schon daran gewöhnt, nur für meine Arbeit zu leben.

»Da haben Sie recht. Doch wenn man eine gewisse Zeit auf der Welt ist, lernt man, dass die Richtigen schnell mal die Falschen sein können und dass ein Geschenk manchmal nicht gewollt ist.«

»Ja, das weiß ich nur zu gut, ich wollte das Geschenk meines Vaters auch nicht. Aber ich bin mir sicher, dass es Menschen gibt, die Ihr Geschenk wollen.«

Er setzte nicht hinzu, dass er gern zu diesen Menschen gehören würde, doch ich konnte es in seinen Augen sehen. Das verwirrte mich ziemlich, aber ich musste zugeben, dass es ein verdammt gutes Gefühl war.

»Vielleicht haben Sie recht«, sagte ich und versteckte mich dann hinter meinem erhobenen Weinglas, als wollte ich mich davor schützen, dass ich schließlich eine Dummheit beging.

Doch er hielt sich zurück und betrachtete mich nur schweigend.

»Wenn ich die gesamte Geschichte kenne …«, begann ich nach einer Weile, »wären Sie dann bereit, mich zu den Orten zu begleiten, wo sie stattgefunden hat?«

»Natürlich, ich würde mich freuen. Es kommt allerdings darauf an, wann mein Vater mit der Geschichte fertig ist. Wir werden noch zweieinhalb Wochen in Deutschland sein, dann geht es zurück in die Staaten.«

»Verstehe«, sagte ich, und ein wenig war ich froh, dass ich mich gleich damit abgefunden hatte, dass aus uns beiden nichts werden konnte.

»Das bedeutet aber nicht, dass ich nicht in der Lage sein werde, nach Deutschland zurückzukehren, wenn mein Vater mich nicht akut braucht. Ich nehme Ihr Angebot also sehr gern an. Nur über die Zeit müssen wir uns noch einig werden.«

»Das werden wir«, entgegnete ich und stieß mit ihm darauf an.

Er lächelte mich an, und ich erwiderte das Lächeln. Und in mir keimte der Wunsch auf, dass er nicht so bald abreiste.

14. Kapitel

Am nächsten Morgen brauchte ich eine Weile, um zu realisieren, dass ich in der Wohnung meiner Mutter war. Ich hatte mich am Abend zuvor nicht betrunken, doch der Wein hatte mir schon ein wenig zugesetzt – offenbar so sehr, dass mir für einen Moment entfiel, wie ich überhaupt hergekommen war.

Ich erhob mich und strich mir die Haare aus dem Gesicht. Ein Teil von mir erwartete fast, Ethan neben mir zu sehen, doch das war nicht der Fall. Er hatte die Schwelle dieses Hauses nicht einmal übertreten, und das war auch gut so.

Gemeinsam waren wir noch zur U-Bahn gegangen, wo er in den Zug in Richtung Hauptbahnhof stieg. Ich legte den Rest des Weges zu Fuß zurück.

Nach einer Dusche und etwas Müsli, das Mutter noch im Küchenschrank hatte, fühlte ich mich bereit, nach dem Handy zu greifen. Inzwischen war mir klargeworden, dass ich die Verantwortung über meine Mutter keinem Fremden überlassen wollte. Das, was Richard zu Ethan gesagt hatte, als es ihm so dreckig ging, hatte mich in dem Gedanken noch einmal bestätigt. Meine Mutter mochte mich nicht lieben, aber sie war meine Mutter – nichts konnte diese Tatsache auslöschen.

Ich wählte die Nummer von Martin Steyer und wartete ein paar Augenblicke, bis sich die Anwaltsgehilfin meldete. Ich hatte Glück, ihr Chef war nur wenig später am Apparat.

»Herr Steyer«, sagte ich, so bestimmt ich nur konnte. »Ich habe in den vergangenen Tagen gründlich nachgedacht und bin zu dem Schluss gekommen, dass ich die Betreuerin meiner Mutter werden möchte.«

Ich konnte mir vorstellen, wie sich die Falte zwischen seinen Augen vertiefte. Ich konnte mir auch vorstellen, dass er glaubte, ich hätte nicht genug Zeit verstreichen lassen.

»Das freut mich«, antwortete der Anwalt jedoch. »Sind Sie sich auch wirklich sicher?«

»Ja, das bin ich. Ich habe ein paar Dinge über meine Mutter erfahren, die mich zu dem Entschluss gebracht haben, mich um sie kümmern zu wollen. Auch wenn wir nicht das beste Verhältnis hatten, sie ist meine Mutter. Und Sie können mir glauben, ich weiß, wie es ist, mit schwierigen Menschen umzugehen. Das bringt mein Beruf mit sich.«

»In Ordnung, dann werde ich die nötigen Schritte einleiten. Ich rufe Sie an, sobald es etwas Neues gibt.«

»Gut. Haben Sie vielen Dank, Herr Steyer.«

»Keine Ursache.«

Damit verabschiedeten wir uns. Ich steckte das Handy ein und atmete tief durch. Jetzt musste ich nach Berlin zurück, in mein Büro, zu meinen Autoren.

Ich hatte gerade alles zusammengepackt, als mein Handy erneut klingelte.

»Ich hoffe, Sie sind nicht schon auf der Autobahn«, sagte Ethan gut gelaunt zur Begrüßung.

»Nein, aber auf dem Sprung.«

»Dann werde ich mich kurzfassen«, gab er zurück. »Es

geht um Ihr Treffen mit meinem Vater. Wir machen eine Tour durch Schleswig-Holstein und Niedersachsen, danach geht es nach Hamburg zurück, bevor wir uns dann in den Süden begeben.«

»Das klingt nach einem straffen Programm. Möchte er sich denn zwischendurch nicht ein wenig erholen?«

»Das habe ich ihn auch gefragt, aber er meinte, es sei ihm wichtig, mit Ihnen zu reden. Also, wie wäre es Samstagnachmittag?«

»Das passt prima. Dann werde ich am Sonntag nach meiner Mutter sehen und danach wieder aufbrechen.«

»Alexa?«, fragte er nach einigen Augenblicken sanft.

»Ja?«

»Es war mir ein großes Vergnügen, mit Ihnen auszugehen. Vielleicht können wir das bei Gelegenheit wiederholen?«

»Gern, warum nicht?«, gab ich zurück. »Der Abend war sehr schön – und auch hilfreich für mich.«

»Hilfreich?«

»Unser Gespräch hat mir geholfen, mich zu entscheiden. Gerade habe ich den Anwalt angerufen, und er wird die Betreuersache für mich durchsetzen.«

»Nun, angesichts der Umstände wäre es vielleicht unpassend zu sagen, dass mich das freut, aber ich finde es gut und drücke Ihnen die Daumen. Also, bis nächstes Wochenende?«

»Bis nächstes Wochenende«, antwortete ich, und nachdem er aufgelegt hatte, drückte ich das Handy gegen meine Brust.

Zweiter Teil

Die Flut

15. Kapitel

Ich freute mich, wieder nach Hamburg zu fahren. Die vergangene Woche in Berlin hatte an meinen Kräften gezehrt – kein Wunder, denn ich hatte einiges nachzuholen gehabt. Zwei neue Großveranstaltungen hatte ich auf die Beine gestellt und mir auch den Ärger einer Autorin zugezogen, weil ich ihre Anfrage so lange ignoriert hatte. Dazu kam noch, dass Steuerunterlagen fällig waren und mein Steuerberater das dringende Bedürfnis hatte, mit mir wegen der Einnahmen des letzten Quartals zu sprechen.

Vor lauter Arbeit hatte ich kaum Raum für andere Gedanken gehabt. Dennoch waren mir immer wieder Ethan und sein Vater in den Sinn gekommen. Ich war gespannt auf den zweiten Teil der Geschichte von Conny und Rick, und der Gedanke, Ethan wiederzusehen, weckte ein wohliges Kribbeln in meiner Magengrube.

Das vertrieb immerhin ein wenig die trüben Gedanken, die mich angesichts des bevorstehenden Krankenhausbesuches überkamen. Täglich wartete ich darauf, dass sich der Arzt meldete – sei es mit einer Verbesserung oder Verschlechterung. Doch nichts. Wenn ich meinerseits nachfragte, bekam ich nur die Antwort, dass alles unverändert sei.

Auch in der Betreuersache schien es schleppender voranzugehen als gedacht. Es waren erst zwei Wochen vorbei, dennoch kam ich nicht umhin, mir Sorgen zu machen. Wenn das Gericht nun doch anders entschied?

Das Klingeln der Freisprechanlage riss mich aus meinen Gedanken. Erst jetzt nahm ich wahr, dass ich mich der Autobahnabfahrt Stillhorn näherte.

Ich hasste es eigentlich, beim Autofahren zu telefonieren, doch es war eine Hamburger Nummer, die ich auf dem Display sah.

»Petri«, meldete ich mich.

»Hallo, hier spricht Dr. Karsten.«

Seine Stimme durchzuckte mich wie ein Stromschlag.

»Ich habe versucht, Sie in Ihrem Büro zu erreichen, aber Sie waren nicht mehr da«, fuhr er fort.

»Ich bin gerade auf dem Weg nach Hamburg«, entgegnete ich. »Was gibt es denn, Dr. Karsten?«

Ich bemerkte, dass ich viel zu fröhlich für jemanden klang, der vom Arzt seiner Mutter angerufen wurde. Augenblicklich zügelte ich mich.

»Ich habe gute Nachrichten für Sie«, sagte Dr. Karsten. »Die Epilepsien Ihrer Mutter sind so weit zurückgegangen, dass wir sie gestern aus dem künstlichen Koma geholt haben.«

»Wirklich?« Ich konnte es nicht glauben. Warum hatte er mich nicht schon früher benachrichtigt? Oder hatte sich der Befund erst heute ergeben? »Das ist ja wunderbar!«

»Es ist ein erster Schritt«, dämpfte der Arzt meine aufflammende Euphorie. »Die Werte aus dem MRT sehen aus, wie sie unter diesen Umständen aussehen sollen. Aber erst, wenn Ihre Mutter wach ist, können wir feststellen, wie es um ihre kognitiven Fähigkeiten steht und inwiefern ihr Sprachzentrum in Mitleidenschaft gezogen ist.«

»Aber sie ist damit über den Berg, oder nicht?«

»Die Gefahr, dass im Nachhinein kleinere Schlaganfälle auftreten, ist gegeben. Doch wir werden versuchen, das mit Medikamenten zu verhindern.«

»Und wann wird sie so weit sein, dass sie ihre Umwelt wieder wahrnimmt?«

»Sie meinen, wann Sie sie besuchen dürfen?«

Nein, wann sie so weit ist, dass sie mich wiedererkennt. Wann sie dem Arzt mitteilen kann, wen sie als ihren Betreuer haben will.

Doch vermutlich war das zu selbstsüchtig gedacht. Seit ich von Richard wusste, wünschte ich mir nur, dass ich ihr erzählen könnte, dass er hier war. Dass er nach ihr gefragt hatte. Wenn schon über nichts anderes, was von mir kam, würde sie sich bestimmt darüber freuen.

»Sie dürfen sie natürlich jederzeit besuchen.«

»Das ist … wunderbar«, entgegnete ich. In meiner Kehle zog sich etwas zusammen. Meine Mutter wird es schaffen, sagte ich mir. Sie muss es schaffen. Und dann gibt es keine Geheimnisse mehr. Egal, wie lange es dauert, ich werde nicht lockerlassen und sie fragen.

»Ich halte Sie auf dem Laufenden, kommen Sie gut nach Hamburg. Und wenn Sie Zeit haben, schauen Sie vorbei. Ich würde gern mit Ihnen darüber sprechen, wie es mit der Behandlung weitergeht.«

»Danke, Dr. Karsten.«

Ich verabschiedete mich und drückte das Gespräch weg. Tränen krochen mir in die Augen. Mein Innerstes zitterte. Meine Mutter wurde aus dem Koma geholt. Das war eine sehr gute Nachricht.

Glücklicherweise gab es in der Nähe einen Parkplatz, den

ich ansteuern konnte. Ich schaltete den Wagen aus, klammerte meine Hände ans Lenkrad und begann zu weinen.

Als ich mich wieder einigermaßen gefangen hatte, erreichte ich Ethan in seinem Hotel in Hannover. Keine Ahnung, warum, aber irgendwie hatte ich das Gefühl, die gute Nachricht mit ihm teilen zu müssen.

»Mein Vater ist schon weg zu seiner Lesung«, berichtete er. »Gibt es Neuigkeiten?«

Ich erzählte ihm, was der Arzt gesagt hatte.

»Das ist ja wunderbar. Ich werde es Dad ausrichten, sobald er zurück ist!«, antwortete er. »Heute Abend übernachten wir noch hier, morgen früh geht es wieder nach Hamburg. Halten Sie es so lange ohne mich aus?«

Ein Lächeln huschte über mein Gesicht. »Ich werde mich bemühen. Ich bin gespannt, wie die Geschichte weitergeht.«

»Auf mehr nicht?«

Die Art, wie er das sagte, ließ einen warmen Schauer durch meinen Körper fluten. Ja, es wäre schön, wenn ich jemanden an meiner Seite hätte. Doch hätte eine Beziehung mit ihm wirklich eine Zukunft? Ich wollte mich nicht auf einen Menschen einlassen und dann eine Enttäuschung erleben. Das hatte ich schon einige Male zuvor.

»Natürlich würde ich auch immer noch gern erfahren, was das damals zwischen Ihnen und Ihrem Dad war – wegen meiner Mutter.«

»Wenn mein Vater mit der Geschichte an diesen Punkt kommt, werden Sie es erfahren. Vorher sind meine Lippen versiegelt.«

»Hm«, machte ich und kämpfte gegen die Ungeduld an.

»Auf jeden Fall freue ich mich sehr, dass es mit Ihrer Mutter bergauf geht«, durchbrach Ethan mein Schweigen. »Sie doch sicher auch, oder?«

»Ja, ich bin sehr froh«, entgegnete ich und wunderte mich, wie kurz angebunden ich klang.

»Sie sind mir doch nicht etwa böse?«, fragte Ethan. »Ich sagte doch, ich erzähle es Ihnen. Aber zuvor sollten Sie hören, was mein Vater zu sagen hat. Sonst würde es falsch rüberkommen, und Sie würden vielleicht ein Bild von mir erhalten, das nicht der Wahrheit entspricht.«

»Nein, ich bin nicht böse«, entgegnete ich und scheiterte dabei, etwas fröhlicher zu klingen. »Es ist nur ... Die Nachricht, obwohl sie positiv war, hat mich doch ziemlich mitgenommen. Irgendwann gewöhnt man sich so sehr an das Leid, dass man erschrickt, wenn wieder etwas Gutes passiert.«

»Das kann ich durchaus nachvollziehen. Aber Sie sagen mir doch ehrlich, wenn etwas nicht stimmt, nicht wahr?«

»Ja, das mache ich.«

»Gut. Dann bis morgen.«

»Werden Sie bei meinem Gespräch mit Ihrem Vater dabei sein?«

»Nein, das überlasse ich ihm allein. Ich treffe mich mit ein paar Buchhändlern. Und hoffe, dass wir uns am Abend wiedersehen.«

»Meinen Sie, dass Ihr Vater dann schon mit seiner Geschichte fertig ist?«

»Ich hoffe es, denn er hat Sie dann schon lange genug belagert. Ich möchte wahnsinnig gern Zeit mit Ihnen verbringen, Alexa.«

»Gut, dann buche ich uns schon mal einen Platz bei einer Hafenrundfahrt.«

»Wenn Sie das wollen … Mich schreckt es nicht ab, meinetwegen können wir auch auf die Reeperbahn. Oder wir hocken ganz einfach auf irgendeinem Deich.«

»Ich werde mir etwas einfallen lassen«, versprach ich. »Ich rufe Sie nach dem Treffen mit Ihrem Vater an, dann können wir konkret etwas ausmachen.«

»Ich freue mich drauf!«, entgegnete er.

16. Kapitel

Als ich Katjas Wagen in der Einfahrt stehen sah, atmete ich erleichtert auf. Sie war also schon zu Hause. Ich parkte meinen Wagen wie immer auf dem Grünstreifen vor dem Haus und ging zur Tür. Sie war leicht offen – und im Gang stand ein Rollkoffer. Katja hatte mir gar nicht erzählt, dass sie Urlaub machen wollte … Aber vielleicht hatte ich das auch nur überlesen. Wir hatten so einige Nachrichten per WhatsApp ausgetauscht, möglich, dass sie da was erzählt hatte, was meinem gebeutelten Verstand entfallen war.

»Katja?«, fragte ich in den Flur hinein. »Bist du da?«

»Komme!«, tönte es von oben. Wenig später polterte sie die Treppe herunter.

»Was ist los?«, fragte ich. »Willst du auf Weltreise gehen? Oder vermietest du dein Haus jetzt bei Airbnb?

»Keines von beiden!« Katja umarmte mich. »Antonio hat sich gemeldet!«

So, wie sie mich anstrahlte, schwante mir nichts Gutes.

»Oh, oh«, machte ich. Offenbar war der Beziehungsschalter wieder auf On gesprungen. Ich wusste nicht, ob das wirklich ein Grund zum Strahlen war.

»Nix oh, oh! Er hat angerufen und mich um eine Aussprache gebeten.«

»Will er wieder zu dir zurück?«

»Das werden wir sehen. Auf jeden Fall werde ich nachher nach Köln fahren. Wenn du willst, kannst du gern hier wohnen.«

Ich schüttelte den Kopf. »Nein, das ist nicht nötig. Ich habe beschlossen, in Mutters Wohnung zu bleiben.«

»Wirklich? Freiwillig?« Katja zog skeptisch eine Augenbraue hoch.

Ich nickte. »Ja, wie ich gesehen habe, ist es gar nicht schlimm. Außerdem habe ich so die Gelegenheit, ein wenig ihren Wegen zu folgen.«

»Und dass du bei deiner Mutter wohnen möchtest, hat nicht zufällig einen gutaussehenden Grund namens Ethan?« Sie zwinkerte mir zu.

»Nein, wirklich nicht. Beim letzten Mal ist nichts passiert, und ich gehe davon aus, dass es auch dieses Mal so bleibt. Außerdem kommt er mit seinem Vater von einer Lesetour zurück. Er wird sicher fix und fertig sein.«

»Nun, du bist sicher in der Lage, seine Lebensgeister wieder zu wecken.«

»Du liest eindeutig zu viele Frauenromane.«

Katja schnitt mir eine Grimasse, dann stemmte sie die Hände in die Hüften.

»Also gut, aber wenn du meine Gastfreundschaft nicht in Anspruch nehmen willst, nimmst du wenigstens den Inhalt meines Kühlschrankes mit. Dann brauchst du dich nicht in den Wochenend-Einkaufswahnsinn zu stürzen.«

Das Läuten von St. Jacobi begleitete mich auf meinem Weg zur Buchhandlung. Ich liebte den Klang der Glocken. Wir waren keine besonders religiöse Familie gewesen, aber Kirchen hatten stets eine besondere Anziehungskraft auf mich ausgeübt.

In der Zeit der größten Schwierigkeiten hatte ich mich immer in der Nähe irgendeiner Kirche aufgehalten. Ich glaubte nicht an Gott, aber ich fühlte mich dort irgendwie sicher.

Am Buchladen angekommen, fand ich einen Umschlag, der mit Klebestreifen an die Tür geheftet worden war. Er stammte von einem Harald Bauer.

Liebe Frau Petri jr., mir ist zu Ohren gekommen, dass Ihre Mutter sich derzeit im Krankenhaus befindet und dass sie eventuell nicht mehr in der Lage sein wird, den Laden weiterzuführen. Ich bin Buchhändler in Bremen und würde gern eine Zweigstelle in Hamburg eröffnen. Sollten Sie Interesse haben …

Noch bevor ich die Telefonnummer lesen konnte, knüllte ich das Schriftstück wütend zusammen.

Die Aasgeier begannen bereits, um die Buchhandlung zu kreisen. So was konnte es doch nicht geben! Wer zum Teufel hatte herumerzählt, dass meine Mutter im Krankenhaus war und die Buchhandlung vielleicht nicht mehr weiterführen konnte? Und wieso war der Brief an mich adressiert?

Die Erste, die mir einfiel, war Heidi. Hatte sie denn nichts anderes zu tun, als den Laden jemand anderem anzupreisen?

Ärger stieg in mir auf. Ich hatte nichts davon erwähnt, dass ich nicht wusste, was aus der Buchhandlung werden sollte. Oder etwa doch? Egal, es war nicht ihre Angelegenheit!

Aber vielleicht verdächtigte ich auch die Falsche. Sicher, Heidi wusste Bescheid, aber einige andere auch. Möglicherweise kannte meine Mutter diesen Mann, möglicherweise hatte er durch andere Quellen davon erfahren, dass sie krank war.

Am liebsten hätte ich das Schreiben auf die Straße geworfen, doch ich nahm es mit rein. Meine Mutter sollte darüber entscheiden. Immerhin war sie dabei aufzuwachen. Vielleicht irrten sich die Ärzte, was ihre Schäden anging. Meine Mutter war eine zähe Frau. Sie würde wieder auf die Beine kommen.

Ich brachte meine Sachen nach oben und zog mich um. Als ich die Buchhandlung wieder verließ, war es drei Uhr nachmittags. Noch früh genug, um Dr. Karsten anzutreffen. Es hatte sich zwar so angehört, als hätte das Gespräch noch Zeit, aber ich wollte die Informationen jetzt schon, damit ich Ethan und Richard darüber berichten konnte, wenn ich sie wiedersah.

Als ich die Buchhandlung verließ, zogen dunkle Wolken auf, und ein kühler Wind wehte ein paar abgestorbene Blätter vor sich her. Irgendwo ging eine Autoalarmanlage los.

Froh darüber, dass ich meine Strickjacke mitgenommen hatte, ging ich zur U-Bahn.

Am UKE begab ich mich sogleich zur Station. Ich hoffte sehr, dass Dr. Karsten noch da war. Viel mehr als am Telefon würde er mir sicher nicht sagen können, aber ich hatte das dringende Bedürfnis, mit ihm zu reden.

Eine der diensthabenden Schwestern bat mich, einen Moment zu warten, dann verschwand sie in einem der Zimmer, aus dem es piepte und manchmal auch seltsam tutete. Ich hätte gern nach meiner Mutter gesehen, doch ich wollte mich nicht wegbewegen, für den Fall, dass Dr. Karsten gleich erschien.

Es dauerte allerdings noch eine Weile, bis er auftauchte. Der weiße Kittel über der blauen Klinikkleidung saß ein wenig schief, so als hätte er ihn extra für mich übergeworfen.

»Frau Petri, schön, Sie zu sehen.« Karsten reichte mir die Hand. »Ich hätte zwar nicht damit gerechnet, dass Sie heute schon kommen würden, aber es ist gut, dass Sie da sind.«

»Ich wollte unbedingt vorbeischauen, jetzt, wo es wieder bergauf geht.«

»Nun, ich hoffe sehr, dass Sie sich nicht zu große Hoffnungen machen«, bremste der Arzt meinen Enthusiasmus. »Die Fortschritte werden vielleicht kleiner ausfallen, als Sie erwarten.«

»Dessen bin ich mir bewusst«, gab ich zurück. »Es wird noch ein langer Weg sein. Aber zwischen tief im Koma und langsam erwachend besteht ja ein ziemlicher Unterschied, und vielleicht können Sie mir sagen, wie es jetzt weitergehen soll.«

»Das mache ich sehr gern. Begleiten Sie mich doch in mein Büro.«

Der kleine Raum hatte sich seit meinem letzten Aufenthalt hier nur insofern verändert, als dass noch mehr Patientenakten auf dem Schreibtisch lagen.

Auch Dr. Karsten sah immer noch so aus, als hätte er in den vergangenen Tagen zu wenig Schlaf bekommen. Doch für mich fühlte es sich anders an. Hoffnungsvoll.

»Wie geht es denn mit dem Betreuungsverfahren voran?«, fragte Dr. Karsten, als wäre dies momentan das Wichtigste. Das verstand ich zwar, doch es irritierte mich irgendwie.

»Gut. Ich habe Herrn Steyer in Anspruch genommen, vielen Dank noch mal für den Tipp.«

»Er ist der Beste, wenn es um solche Angelegenheiten geht.«

»Wir warten jetzt nur noch auf das Ergebnis, und ich würde lügen, wenn ich behaupten würde, dass ich nicht unruhig bin.«

»Machen Sie sich keine Gedanken, Herr Steyer wird schon alles regeln. Und es freut mich, dass Sie sich gleich darum gekümmert haben. Zumal wir demnächst wichtige Schritte in der Behandlung unternehmen wollen.«

»Und die wären?«

»Nun, wie ich schon am Telefon sagte, ist Ihre Mutter nun in der Aufwachphase. Sie atmet zwar schon wieder selbständig und bekommt ein wenig von ihrer Umwelt mit. Um das Gehirn nicht allzu sehr zu belasten, geben wir ihr jedoch immer noch Beruhigungsmittel, doch gerade vorhin hat sie schon auf Ansprache reagiert.«

»Hat sie etwas gesagt?«, fragte ich, vielleicht etwas zu naiv, wie mir Dr. Karstens Verwunderung zeigte.

»Die Schritte sind sehr klein«, sagte er vorsichtig. »Das Sprachzentrum Ihrer Mutter hat einen ziemlich großen Schaden erlitten. Wir rechnen damit, dass sie in der ersten Zeit mit einer Aphasie zu kämpfen hat. Wissen Sie, was dieser Begriff bedeutet?«

»Sie wird Schwierigkeiten haben zu sprechen.«

»Ganz genau. Auch wenn sie es vielleicht möchte, wird sie die Worte nicht oder verfälscht herausbringen, manchmal wird sie sogar etwas sagen, das sie nicht sagen will. Es wird ihr selbst und auch Ihnen viel Geduld abringen.«

»Kann man denn irgendwas tun, damit es sich bessert?«

»Ja, und dass wir uns der Aphasie annehmen, wird ein Teil der Frührehabilitation sein, die wir bei Ihrer Mutter gern machen möchten. Neben Schwierigkeiten mit dem Sprechen gehen wir von einer halbseitigen Lähmung aus, die Reflextests weisen jedenfalls darauf hin. Wir werden also frühzeitig damit beginnen, sie zu mobilisieren. Auch da gelten wieder die kleinen Schritte, aber je früher wir beginnen, desto bessere Ergebnisse erzielen wir.«

Die Worte prasselten wie Regen auf mich ein. Ich fühlte mich plötzlich überfordert, und auch mein Optimismus wankte erneut. Lähmung klang schlimm und irreparabel, und nicht sprechen zu können, wäre für meine Mutter eine schwere Katastrophe. Wie sollte denn da die Mobilisation aussehen?

»Und was machen Sie da genau?«

»Wir werden ihr eine Physiotherapeutin zur Seite stellen, die beginnen wird, die betroffenen Gliedmaßen zu stärken. Glücklicherweise hat Ihre Mutter nicht lange im Koma gelegen und verfügt über einen gewissen Muskeltonus, mit dem wir etwas anfangen können. Um das Sprachzentrum wird sich eine Logopädin kümmern, die, sobald Ihre Mutter so weit ist, schauen wird, welche Fähigkeiten noch vorhanden sind. Dann wird sie mit einzelnen Begriffen beginnen, mit Satzbildung.«

»Sie wird also noch mal sprechen lernen müssen.«

»So könnte man es nennen, allerdings mit einem Unterschied. Sobald sich neue Synapsen bilden, wird sich Ihre Mutter wieder an das früher Gelernte erinnern – zumindest hoffen wir das. Wenn das der Fall ist, wird sie rasante Fortschritte machen und vielleicht auch bald wieder eine Unterhaltung führen können. Aber wir müssen Geduld haben.«

»Ja, Geduld«, echote ich und spürte, wie sich erneut die Taubheit breitmachte, die ich schon bei meinem ersten Besuch in der Stroke Unit gespürt hatte. Das Leben, wie es vorher gewesen war, war für meine Mutter vorbei. Und wahrscheinlich auch für mich. Dass sie aus dem Koma erwacht war, änderte nichts daran.

»Möchten Sie Ihre Mutter vielleicht sehen? Wir haben sie in ein anderes Zimmer verlegt, denn wir müssen sie jetzt nicht mehr so stark überwachen wie zuvor.«

»Ja gern«, hörte ich mich sagen, und mein Körper erhob sich von dem Stuhl, scheinbar ohne dass ich etwas tun musste.

Wir betraten den Gang, passierten eine Schwester, die einen Wagen mit Medikamenten und Spritzen vor sich herschob, und erreichten schließlich den gegenüberliegenden Abschnitt der Station.

Auch hier piepten die Maschinen, doch als der Arzt die Tür öffnete – natürlich, nachdem ich meine Schutzkleidung wieder angelegt hatte –, wirkte das Zimmer nicht ganz so kühl und angsteinflößend.

Meine Mutter lag im Bett. Der große Schlauch, durch den sie beatmet worden war, war durch einen dünnen Nasenschlauch ersetzt worden, durch den sie wohl ein Sauerstoffgemisch erhielt. Die Wunde an ihrem Hals war mit einem Verband bedeckt worden, und unter der Bettdecke verlief ein Schlauch, der ihr gerade ein Päckchen künstlicher Nahrung zuführte.

»Mama?«, fragte ich, als ich an ihr Bett trat. »Ich bin's. Alexa.«

Die Augen meiner Mutter sahen an mir vorbei, sie zeigte keinen Anflug von Erkennen. Ihr Gesicht hatte wieder ein wenig Farbe bekommen, doch unter den Augen hatte sie dunkle Ringe. Wahrscheinlich von den Medikamenten, am Schlafmangel konnte es nun wirklich nicht liegen. Die rechte Gesichtshälfte wirkte ein wenig schlaff, doch da sie das Gesicht nicht verzog, fiel es kaum auf.

Der Anblick meiner Mutter, die ich sonst nur als starke, eigensinnige Frau kannte, lastete wie ein zentnerschwerer Stein auf meiner Brust, den kein noch so tiefes Seufzen leichter machen oder verschieben konnte.

»Weiß sie überhaupt, wer ich bin?«, wandte ich mich an den Arzt, denn ich bezweifelte, dass sie mittlerweile schon so weit da war, dass sie mich bewusst ignorieren konnte.

»Es ist möglich, dass sie eine Weile braucht, um sich zu erinnern. Vielleicht sollten Sie ihr in den kommenden Tagen etwas erzählen. Oder ihr vorlesen. Je mehr Reize das Gehirn bekommt, desto eher bilden sich neue Synapsen.«

Etwas erzählen war leicht gesagt. Was besprach man mit einer Frau, die drei Wochen ihres Lebens verloren hatte? Wie erklärte man ihr, dass sie hier war? Sicher konnte sich meine Mutter an den Zusammenbruch nicht erinnern. Und wer weiß, welche Erinnerungen ihr der Schlaganfall noch genommen hatte. An welchem Punkt er sie wieder freigegeben hatte.

»Ist es möglich, dass sie Dinge vergessen hat?«, fragte ich den Arzt und fühlte mich dabei ziemlich unbehaglich. Meine Mutter hatte die Augen offen, und wenn sie das Gespräch zwischen Dr. Karsten und mir mitbekam, würde sie sicher erbost darüber sein, dass wir über ihren Kopf hinweg redeten.

»Ja, das kann schon sein. Bei Schäden wie denen, die sie davongetragen hat, ist es möglich, dass das Kurzzeitgedächtnis in Mitleidenschaft gezogen worden ist. Sie wird vielleicht nicht mehr wissen, was sie in den vergangenen Wochen getan hat. Der Zeitraum, den diese Amnesie umfassen kann, ist unterschiedlich. Manchmal reicht er sehr weit zurück. Es kann sein, dass sie Sie nach Jugendereignissen fragt.«

»Aus meiner Jugend?«, fragte ich ängstlich. Wenn er ihre Jugend meinte, war es anzunehmen, dass sie sich möglicherweise nach Richard erkundigte.

»Ja, Ihrer Jugend. Vielleicht glaubt sie zum Beispiel, dass Sie gerade Ihren Schulabschluss gemacht haben.« Dr. Karstens rieb sich die Schläfe. »Es ist schwer zu sagen, worüber sie sprechen wird, solange sie nicht die Fähigkeit hat, sich zu artikulieren.«

»Und meinen Sie, dass sie … dass sie uns jetzt reden hört?«

»Nein, nicht wirklich. Und ich glaube auch kaum, dass sie Sie bewusst wahrnimmt. Geben Sie sich und ihr Zeit.«

Ich nickte. Zeit. Anders war es wohl nicht zu bewerkstelligen.

»Und vor allem, reden Sie. Heute wird es noch nicht viel Sinn haben, aber in den kommenden Tagen und Wochen. Ich weiß, Sie müssen zurück nach Berlin, aber wenn Sie es irgendwie bewerkstelligen können, seien Sie bei ihr, und erzählen Sie ihr etwas. Reden Sie über Ereignisse in Ihrem Leben, an denen sie teilgenommen hat. Lesen Sie ihr aus Büchern vor, die sie kennt. Sie werden sehen, mit der Zeit werden Erinnerungen zurückkehren. In der Zwischenzeit werden wir tun, was wir können, um Ihre Mutter wieder auf die Beine zu bringen.«

»Ist gut«, sagte ich, und die Worte des Arztes hallten in mir nach. Ereignisse meines Lebens, an denen sie teilgenommen hatte … Das könnte schwierig werden. Oder besser gesagt wären das Ereignisse, die ich besser vergessen wollte. Über die ich mit niemandem redete.

Aber vielleicht konnte ich mit ihr über Richard sprechen. Möglicherweise würde sie das aufmuntern, denn ihn hatte sie ja geliebt.

»Danke, Dr. Karsten«, sagte ich und löste mich vom Anblick meiner Mutter. Der Arzt begleitete mich noch nach draußen, wo ich ihm einen schönen Feierabend wünschte.

17. Kapitel

Da Katja aufgrund ihrer Köln-Reise für einen gemütlichen Tagesausklang nicht zur Verfügung stand, beschloss ich, den Abend anders zu verbringen. Schon lange war ich nicht mehr beim Grab meines Vaters gewesen. Da er aus Altona stammte, hatte er sich gewünscht, auf dem Altonaer Hauptfriedhof bestattet zu werden. Meine Mutter mochte sich in späteren Jahren nicht mehr gut mit ihm verstanden haben, doch sie hatte ihm den Wunsch erfüllt. Allerdings hatte sie nur ein Einzelgrab gemietet – nicht aus Geiz, sondern weil sie damals meinte, dass sie nicht wüsste, wohin sie das Leben noch führen würde.

Das hatte ich früher nicht verstanden, denn es war üblich, dass Ehepartner gemeinsame Grabstellen belegten. Mittlerweile war mir einiges klargeworden. Meine Mutter fühlte sich meinem Vater seit ihrem Verschwinden nicht mehr nah genug. Daran hatten offenbar auch die Jahre, in denen sie Richard nicht mehr wiedergesehen hatte, nichts geändert.

Ich wusste nicht, ob meine Mutter ein Testament geschrieben hatte – ob sie überhaupt schon an ihren Tod gedacht hatte –, doch es hätte mich nicht überrascht, wenn es irgendwo eine Verfügung gab, sie an einem anderen Ort zu bestatten.

Diesen Gedanken schob ich allerdings beiseite, als ich das Tor des großen Friedhofs durchschritt. Hier herzukommen war für mich so etwas wie eine Meditation. Ich wunderte mich, warum mir das in den vergangenen Wochen nicht eingefallen war. Ich war mit dem Krankenhaus und der Arbeit so gestresst gewesen, dass ich ganz vergessen hatte, dass hier der Mann lag, der mich in meinem Leben wahrscheinlich mehr geliebt hatte als meine Mutter.

Ich ging ein Stück weit auf den Ehrenfriedhof zu, dessen riesiges Holzkreuz zu dieser Jahreszeit fast zwischen den Bäumen verschwand. Dann bog ich ab und strebte der Abteilungsnummer 34 zu, die in der Nähe der anonymen Urnengräber lag.

Soweit ich wusste, beschäftigte meine Mutter einen Gärtner, der die Grabstelle betreute. So bescheiden und still mein Vater zu Lebzeiten gewesen war, so unscheinbar wirkte auch sein Grab. ECKHARD PETRI stand in Versalien in den Stein gemeißelt. Darunter sein Geburts- und Todesjahr. Im Gegensatz zu vielen anderen Gräbern hatte meine Mutter ihm keinen Spruch für die Ewigkeit mitgegeben – aber das hätte er wahrscheinlich auch nicht gewollt.

Immerhin schien sie ihn ab und zu doch mal besucht zu haben, denn in der Vase vor dem Stein vertrocknete etwas, das wie Nelken aussah.

Ich tauschte sie gegen den Blumenstrauß, den ich auf dem Weg gekauft hatte, und hockte mich neben das Grab. Manche Leute hielten stille oder auch vernehmbare Zwiesprache mit ihren Toten, doch ich hatte, was das anging, stets eine kleine Hemmung gehabt. Ich fand es einfach idiotisch, mit jemandem zu reden, der metertief in seinem Sarg von allem Irdischen befreit ruhte. Doch jetzt machte ich eine Ausnahme und sagte: »Mama ist ins Krankenhaus gekommen, Schlaganfall. Es geht ihr wieder ein wenig besser, aber sie wird nicht mehr dieselbe sein.«

Zu Lebzeiten wäre er bestimmt krank gewesen vor Sorge um meine Mutter. Es war schon komisch. Cornelia konnte ihm antun, was sie wollte. Sie konnte zu ihm so grausam sein, wie sie wollte. Er liebte sie trotzdem und war bereit, ihr alles zu verzeihen.

Sogar ihr Verschwinden. Sie war es, die Streit vom Zaun brach und ihn anschrie – nicht er. Sie maßregelte mich – er war da zum Trösten. In vielen Familien war es genau umgekehrt.

Hatte er jemals erfahren, dass es da noch einen anderen Mann gegeben hatte? Einen, der meiner Mutter räumlich zwar fern, aber im Herzen sehr nahe war?

Vielleicht hatte sie es ihm irgendwann einmal um die Ohren geschlagen, im Streit natürlich, wenn ihr wieder mal dieses und jenes nicht gepasst hatte.

Aber mir gefiel der Gedanke besser, dass er unwissend gestorben war. Dass er nie einen großen Platz in ihrem Herzen besessen hatte, hätte einen Mann wie ihn sicher ziemlich verletzt.

Meine Gedanken wanderten zurück zu dem Abend, an dem ich vorgehabt hatte, es meiner Mutter kräftig heimzuzahlen.

Die Gurte des Rucksacks schnitten in meine Schultern, und ich spürte deutlich, dass sich an einem meiner Füße eine neue Blase bildete. Es wäre sicher besser gewesen, leichteres Schuhwerk als meine Docs für meine Reise zu nehmen. Doch diese Schuhe hatte ich in der Schule getragen, sie waren Teil meiner Rüstung gegen die Anfeindungen der Klassenkameraden.

Nachdem meine Mutter wieder zurückgekehrt war, wurde ich bei einigen zu einer Persona non grata. Und nicht nur das. Manche Klassenkameraden schienen wohl so enttäuscht darüber zu sein, dass Mama nicht ermordet worden war, dass sie ihren Frust an mir ausließen. Sticheleien, Tritte, Knuffe, Gerüchte, versteckte Taschen – die ganze Palette, und das schon seit drei Jahren.

Nachdem ich eine Gruppe Punks am Bahnhof beobachtet hatte, vor denen alle Leute sichtlich Angst hatten, begann ich, meine Garderobe umzustellen. Ich beschrieb und bemalte meine Jeansjacke, riss Löcher in meine Shirts und Hosen und kaufte mir von dem Geld, das mein Vater mir zum vierzehnten Geburtstag schenkte, ein Paar echte Doc Martens, die ich mit neongrünen Schnürsenkeln versah.

Das, zusammen mit einer rotzigen Leck-mich-Attitüde, die ich sorgsam vor dem Spiegel übte, weil ich eigentlich nicht so ein Mensch war, verschaffte mir zwar keinen Beliebtheitspreis, doch ein wenig Ruhe. Jedenfalls in der Schule. Meine Mutter hingegen schien mich jetzt erst recht als Abschaum zu sehen und zeigte mir das auch deutlich.

Immer wieder gerieten wir in Streit, und nach jeder Auseinandersetzung fügte ich meiner Rüstung, die ich mittlerweile auch gegen sie gebrauchte, ein Teil hinzu. Hier eine grüne Haarsträhne, da eine Sicherheitsnadel durchs Ohrläppchen. Nach und nach sickerte die ganze Attitüde dermaßen in mich ein, dass ich irgendwann auf die Idee kam, abhauen zu wollen. Nach Berlin, wo Horden von Punks in einer Art Wohngemeinschaft in besetzten Häusern hausten.

Dass meine Mutter und ich uns am Morgen wieder einmal gefetzt hatten, nahm ich als guten Anlass, mich davonzumachen. Ich ging zwar noch in die Schule, doch in der Mittagspause setzte ich mich ab. Ich fuhr mit der S-Bahn bis an den Stadtrand, orientierte mich kurz und machte mich auf den Weg nach Berlin.

Doch bald schon merkte ich, dass all die Geschichten von Ausreißern, die tolle Abenteuer erlebten, Unsinn waren. Ich lief mir die Füße wund, und warum ich gerade mit einem Schulrucksack unterwegs sein musste, war mir auch nicht klar. Ich hätte ihn irgendwo stehenlassen sollen. Jetzt wurde es auch noch dunkel, und ich wusste beim besten Willen nicht, wo ich war. An irgendeiner Landstraße. Viel Verkehr war nicht mehr unterwegs, der Feierabendverkehr war durch. Ich hatte keine Ahnung, wo ich schlafen sollte, und auch sonst ging es mir nicht wirklich gut.

Die einzige Befriedigung, die ich empfand, war, dass meine Mutter mich heute Abend vergeblich am Esstisch suchen würde. Sie hatte es sicher schon mitbekommen, dass ich verschwunden war. Vielleicht war es ihr egal, aber wie sollte sie meinen Lehrern und ihrer Kollegin das Verschwinden ihrer Tochter erklären? Gut, vor Heidi konnte sie es noch geheim halten, doch was war mit der Schule? Die würde sich bei ihr melden, wenn auffiel, dass ich schwänzte. Und dann würde ihr alles um die Ohren fliegen.

Ich lächelte vor mich hin und suhlte mich in der Vorstellung von dem Leid, das ich meiner Mutter bereiten würde. Vielleicht kam sie dann endlich wieder zur Besinnung und merkte, dass sie eine Tochter hatte. Eine Tochter, die sie nicht wie Dreck behandeln konnte.

Als ich ein Auto hinter mir hörte, hielt ich automatisch den Daumen raus. Meine Mutter hatte mir nicht gesagt, wie gefährlich es war zu trampen. Ich wusste es aus dem Fernsehen und aus Büchern. Die besten Krimis begannen mit einer arglosen Tramperin, die in das falsche Auto einstieg und dann als hübsch arrangierte Leiche im Wald landete. Oder im Keller eines mordlustigen Verrückten.

Dennoch hatte ich keine Angst. Sachen wie in den Büchern geschahen nicht im wirklichen Leben. Das Verschwinden meiner Mutter war natürlich romanwürdig gewesen. Aber sonst verlief das Leben doch so, wie es immer lief.

Der Wagen verlangsamte. Ich wandte mich um. Da mich der Scheinwerfer kurz blendete, konnte ich nicht erkennen, um was für einen Typ es sich handelte. Doch als das Auto neben mir hielt, wusste ich, wem es gehörte. Die Seitenscheibe wurde heruntergekurbelt. Dafür musste sich mein Vater ziemlich weit zur Seite lehnen.

»Steig ein!«, sagte er nur.

Ich ließ den Rucksack von meinen Schultern gleiten. Einen Moment lang hatte ich mit dem Gedanken gespielt, mich zu weigern. Doch was hätte es gebracht? Mein Vater saß im Auto, er war imstande, während meines ganzen Marsches neben mir herzufahren.

Ich öffnete also die Beifahrertür und ließ mich auf den Sitz fallen. Enttäuschung wütete in mir, doch gleichzeitig auch irgendwie Erleichterung. Mein Vater hatte nach mir gesucht. Weit hatte er dazu nicht fahren müssen, doch es zeigte, dass es ihm nicht egal war. Dass ich ihm nicht egal war.

Wortlos fuhr mein Vater an. Doch anstatt gleich nach Hause zurückzukehren, hielt er mit mir auf einem Waldparkplatz an. Der Gedanke an den mordlustigen Verrückten durchzuckte mich kurz. Doch neben mir saß mein Vater und sah mich mit traurigen Augen an.

»Es ist mir schon klar, dass dich zu Hause alles ankotzt. Es ist mir auch klar, dass man in deinem Alter irgendwelche extremen Dinge machen will. Aber ich brauche dir wohl nicht zu sagen, dass es lebensgefährlich für ein junges Mädchen sein kann, sich allein herumzutreiben. Es muss nicht mal irgendein Knasti

frei rumlaufen. Du bist mittlerweile alt genug, dass auch gewöhnliche Männer bei dir auf dumme Gedanken kommen könnten.«

Jetzt erkannte ich, dass seine Augen nicht nur traurig, sondern auch müde wirkten. Wahrscheinlich hatte er eine anstrengende Schicht hinter sich, und es war nicht gerade hilfreich zu sehen, dass die Tochter nicht nach Hause kam.

Ich hatte es nicht richtig durchdacht. Eigentlich wollte ich Mutter bestrafen, eigentlich wollte ich sie dazu bringen, sich endlich mal Sorgen um mich zu machen. Sie sollte am eigenen Leib erfahren, was ich durchgemacht hatte, als sie verschwunden war.

Dabei hatte ich jedoch meinen Vater ganz vergessen.

Ich senkte den Kopf. Eine Entschuldigung blieb mir im Hals stecken.

»Du kannst dir gar nicht vorstellen, was für Sorgen ich mir gemacht habe! Dein Großvater hätte dir wahrscheinlich eine schallende Ohrfeige verpasst, wenn er dich erwischt hätte. Aber weil ich ziemlich oft Opfer dieser Ohrfeigen wurde, will ich es anders versuchen, hörst du? Du sollst wissen, dass das, was du gemacht hast, nicht in Ordnung ist, und dass du dafür eine Strafe kriegen wirst. Aber Prügel helfen dir nicht.«

Ich sagte nichts darauf, denn ich schämte mich plötzlich furchtbar. Was hatte ich mir eigentlich gedacht? Dass ich die Punk-Queen von Berlin werden würde?

»Woher wusstest du, wohin ich gehen würde?«, fragte ich schließlich kleinlaut.

Er lächelte. »Das ist mein Vater-Radar. Außerdem, wohin wollen Ausreißer heutzutage? Sicher nicht nach Lüneburg. Deine Sammlung von Berlin-Postkarten war ein Hinweis.«

Natürlich war sie das. Ich träumte schon lange von Berlin, die Hauptstadt erschien mir wie eine rettende Insel.

»Und wenn ich einen Zug genommen hätte? Wenn ich schon viel weiter weg gewesen wäre?«

»Dann hätte ich dafür gesorgt, dass die Polizei dich findet.«

Papa griff nach meiner Hand. »Weißt du, es war schon schlimm und schwer genug, dass deine Mutter verschwunden war. Gott weiß, wir leiden ja immer noch darunter, dass es diese ungewissen Wochen gegeben hat! Doch bitte tu mir einen Gefallen: Wenn du dich unverstanden oder ungeliebt fühlst, komm zu mir und lauf nicht von mir weg. Wir wissen beide, dass sich deine Mutter verändert hat. Und ja, es ist beschissen, dass sie so tut, als wären wir beide schuld an was auch immer. Ich habe versucht, es herauszubekommen, aber sie lässt mich nicht an sich ran.«

Er streichelte über mein Haar und legte seine Hände wieder aufs Lenkrad. Den Wagen startete er aber nicht.

Inzwischen prasselten Regentropfen auf die Scheibe, und ich war ehrlich froh, nicht mehr da draußen zu sein. Meine Füße pochten, und mein Rücken schmerzte. Außerdem fühlte ich mich ganz ausgetrocknet. Wahrscheinlich war ich doch noch zu zivilisiert für solche Aktionen. Ich wusste einfach nicht, wie man wirklich allein zurechtkam.

Aber eigentlich wollte ich das auch nicht.

»Weißt du, wie ich deine Mutter kennengelernt habe?«, fragte mein Vater, als er auf die Rinnsale blickte, die über die Scheibe flossen.

»Nein«, antwortete ich, denn meine Eltern hatten nie darüber gesprochen. Genau genommen schlossen sie mich immer aus den Gesprächen der Erwachsenen aus. Ich ging zur Schule, machte meine Hausaufgaben, ging dann raus und war mir selbst überlassen. Dann kamen meine Eltern von der Arbeit, schwiegen, der Fernseher wurde angeschaltet, dann musste ich ins Bett. Mutter hatte den ganzen Tag mit Geschichten zu tun, aber sie erzählte

nie welche. Und mein Vater war für gewöhnlich zu müde dafür nach seiner Schicht.

»Ich habe sie ein Jahr nach der großen Flut kennengelernt. Damals hatte sie sich frisch an der Abendschule eingeschrieben, in die ich auch ging, um meinen Schulabschluss nachzuholen. Ich war kein besonders guter Schüler, musst du wissen, einige der Backpfeifen meines Vaters hatte ich wohl verdient. Sie wollte das Abitur machen, das fand ich wahnsinnig interessant. Und auch sonst … Sie wirkte so ernsthaft und war dabei so hübsch. Ich habe tagelang nur von ihr geträumt. Irgendwann fand ich den Mut, sie anzusprechen. Ich dachte mir, was soll's, du wirst ohnehin einen Korb kriegen. Doch den bekam ich nicht. Wir gingen aus, wir lernten uns kennen. Sie hatte manchmal so einen traurigen Zug um die Augen, doch nach und nach taute sie auf und wurde fröhlicher.«

Er zwinkerte mir zu.

»Nicht gerade spannend, was? Aber spannend ist es, wenn man bedenkt, was noch Monate zuvor in der Stadt los gewesen war. Die Flut hatte alles verändert. Gleichzeitig entdeckten Leute, von denen man es nicht erwartet hätte, ihre schlechte Seite. Na ja, wir haben nie darüber gesprochen, was vor der Flut war. Aber ich kannte damals kein Mädchen, das zielstrebiger war. Und wenn ich ehrlich bin, bewundere ich deine Mutter noch immer für die Kraft, mit der sie ihr Geschäft führt.«

»Liebst du sie noch?«, fragte ich, denn nach allem, was er erzählt hatte, klang es so, als behandle Mama ihn manchmal genauso schlecht wie mich.

»Ja«, antwortete er, ohne einen Moment zu zögern. »Ja, ich liebe sie noch immer. Und es wird auch immer so sein, auch wenn es bei ihr nicht der Fall ist.«

Damit startete er den Wagen, und wenig später fuhren wir vom Parkplatz.

Als wir zu Hause ankamen, waren die Fenster dunkel. Ein wenig hätte ich doch erwartet, dass sie wach sein und auf mich warten würde. Doch das tat sie nicht.

»Sie muss morgen wieder früh raus«, erklärte mir mein Vater, als er die Wohnungstür leise hinter sich schloss. »Geh schlafen, wir sprechen morgen weiter.«

Niedergeschlagen schlich ich in mein Zimmer. Ich wusste bereits jetzt, wie es ablaufen würde. Mein Wecker würde klingeln, ich würde die gleiche Routine durchziehen wie immer. Meine Mutter würde mich entweder anschreien oder mit Verachtung strafen.

Es würde scheiße werden – aber ich dachte wieder an Papas Worte. Seinetwegen würde ich bleiben und versuchen, irgendwie klarzukommen.

»Es tut mir leid, Papa«, sagte ich und strich über die Eisblumen, die der Gärtner in akkurate Reihen gepflanzt hatte. »Ich hätte dir nicht so viel Kummer bereiten sollen.«

Als ich Schritte hörte, blickte ich zur Seite. Ich hätte mit allem gerechnet, aber nicht damit, Heidi Kummerow hier zu sehen.

»Oh, Alexa, du bist hier?«, fragte sie, ebenso erstaunt über meinen Anblick. In ihren Händen hielt sie einen Strauß Nelken. Die gleichen, die in der Vase vor dem Stein vertrocknet waren.

»Ja, mir war danach«, entgegnete ich und erhob mich. »Ich habe mich die ganze Zeit über nur um meine Mutter gekümmert und dachte, dass auch mein Vater mal dran sein sollte.«

Immerhin war er der bessere der beiden Elternteile, ging es mir durch den Kopf, doch ich sprach es nicht laut aus.

»Dein Vater war wirklich ein guter Mann. Wenn ich einen wie ihn gefunden hätte, wäre mein Leben sicher ganz anders verlaufen.«

Sehnsucht schwang in ihren Worten mit. So hatte ich sie noch nie sprechen hören. Nicht mal, als ich am Küchentisch der Buchhandlung saß und meine Hausaufgaben machte.

»Sagen Sie mal, Heidi«, begann ich, ohne so recht zu wissen, wohin mich mein Gedanke führen sollte. »Hatten Sie nie den Wunsch zu heiraten? Nicht ein einziges Mal? Gab es keinen Mann, der …«

Ich stockte, als ich bemerkte, dass Heidi einen seltsamen Blick auf das Grab meines Vaters warf. Was suchte sie überhaupt hier? Und dann mit diesen Nelken …

Auf einmal machte es klick. Die Nelken … Das konnte kein Zufall sein. Ich durchforstete meine Erinnerung: Mein Vater mochte Nelken.

»Nein, oder?«, fragte ich sie.

Heidi schien zu wissen, worauf ich hinauswollte. Sie lief dunkelrot an und umklammerte den Blumenstrauß ein wenig fester.

»Mein Vater?«, fragte ich. »Sie waren in meinen Vater verliebt?«

»Ich …« Sie stockte, und ihre Stimme klang brüchig. »Ja … Ich habe deinen Vater geliebt.«

Ich zog die Augenbrauen hoch. Noch so ein Geheimnis, noch so ein Geständnis.

»Wollen wir uns nicht irgendwo hinsetzen?«, fragte ich.

»In Ordnung«, sagte Heidi, und wir gingen schweigend über Wege, bevor wir ein paar Bänke fanden. Ganz in der Nähe harkte ein Mann eine Doppelgrabstelle. Seinen Hund hatte er an einem Baum festgebunden.

»Bitte denk jetzt nicht schlecht über mich«, sagte Heidi beklommen.

»Warum sollte ich das tun?«, fragte ich. »Sie besuchen das Grab meines Vaters. Das ist doch nett.«

»Ja, ich dachte mir, ich besuche ihn. Ich habe nie mitbekommen, dass deine Mutter hier gewesen wäre. Aber sie ist nun mal, wie sie ist.«

Die Bitterkeit in ihren Worten war nicht zu überhören. Sie war meiner Mutter immer eine loyale Mitarbeiterin und vielleicht auch Freundin gewesen. Doch es schien an Heidi Kummerow auch eine andere Seite zu geben.

»Ich war schon in deinen Vater verliebt, bevor die Flut kam«, erklärte sie. »Bevor wir überhaupt wussten, was aus uns werden sollte. Hat er dir nie erzählt, dass er mich kannte? Dass er mit mir zur Schule gegangen ist?«

Ich schüttelte den Kopf. »Das muss er wohl vergessen haben. Oder er wollte nicht, dass ich es weiß.«

»Dein Vater und ich, wir kannten uns gut, doch er hatte nie Interesse an mir. Wenn wir uns sahen, redeten wir kurz und freundlich miteinander, doch das war schon alles. Damals, bevor das Wasser kam. Nach der großen Flut meldete er sich freiwillig, um zu helfen. Mit einem kleinen Boot schipperte er raus und versuchte, Leute einzusammeln, die sich auf Bäume oder Dächer gerettet hatten.«

Auch das hatte mir mein Vater verschwiegen.

»Ich versuchte, in seine Nähe zu kommen, weil ich hoffte, dass er irgendwie auf mich aufmerksam werden würde«, fuhr Heidi fort. »Dass er erkennen würde, dass es da jemanden gab, der alles für ihn tun würde. Ich meldete mich freiwillig als Hilfskraft in einem Krankenhaus in seiner Nähe. Zusammen mit anderen Männern und Soldaten brachte er uns im Stundentakt Verletzte und Unterkühlte. Doch damals herrschte ein so großes Chaos, dass er mich natürlich nicht sah. Jedenfalls nicht so, wie ich es wollte. Er grüßte mich und lächelte mich an, wenn er mich sah, doch er redete nicht mit mir. Er stand immer bei den anderen Männern, und ich traute mich nicht hin. Außerdem hatte ich anderes zu tun.«

Sie machte eine kleine Pause, zog ein Taschentuch aus ihrer Handtasche und tupfte sich damit die Augenwinkel ab.

»Dann brachte er uns ein paar junge Frauen aus Wilhelmsburg. Unter ihnen war auch ein rothaariges Mädchen. Deine Mutter.«

»Er hat meine Mutter gerettet?«

»Ja, das hat er. Zumindest hat er sie auf seiner Tour eingesammelt.«

Ich dachte wieder an die Geschichte, die er mir aufgetischt hatte. Dass er sie in der Abendschule getroffen hatte. Das stimmte wohl nicht so ganz.

Heidi schien mir meine Erschütterung anzusehen, denn sie fügte hinzu: »Ihm ging es damals wie mir. Er verguckte sich in das rothaarige Mädchen, das er aus dem Wasser gezogen hatte – sie hatte sich wohl mit letzter Kraft an einem Baumstamm festgeklammert –, doch sie nahm ihn nicht wahr, hatte andere Dinge im Kopf. Als ich Nachtwache bei ihr hielt, redete sie pausenlos von einem Rick, im Delirium natürlich, aber ich denke, sie hatte mit diesem Jungen irgendwas. Auf jeden Fall war ihr dein Vater herzlich egal, auch wenn dieser sich bemühte, bei ihr zu landen. Nach dem Krankenhausaufenthalt verschwand sie für eine Weile, und ich war sicher, dass Eckhard sie nie wiedersehen würde. Das erleichterte mich, wenngleich ich wusste, dass sich für mich nichts ändern würde. Egal, wie nahe ich ihm kam, er sah über mich hinweg. Zwei Monate später meldete er sich bei der Abendschule an. Er wollte nicht mehr Kraftfahrer sein, die Zeit beim Roten Kreuz hatte etwas in ihm verändert. Doch um Sanitäter zu werden und beim Rettungsdienst zu arbeiten, brauchte er einen guten Schulabschluss. Auf der Abendschule traf er sie wieder. Zufall, Schicksal, egal, was es war.«

Heidi senkte den Kopf und strich sich übers Kinn.

»Sie hatte sich in der Zeit, in der sie verschwunden war, verändert. Noch immer leuchteten ihre Haare rot, aber sie war ganz anders. Sie interessierte sich plötzlich für ihn. Als ich die beiden schließlich zusammen sah, heulte ich den ganzen Tag. Nun, ich heulte immer, wenn ich Eckhard mit einer anderen sah. Dumm, nicht wahr? Er hatte mir ja nicht mal Hoffnungen gemacht. Aus der Ferne beobachtete ich, wie er heiratete, wie er wegzog. Ich dachte, es würde vergehen, doch das tat es nicht. Schließlich verfiel ich wieder in mein altes Muster: Ich folgte ihm. Suchte ihn. Versuchte, in seiner Nähe zu sein. Ich zog ebenfalls um, und dann sah ich, dass deine Mutter eine Verkäuferin im Laden suchte. Ich redete mir ein, dass er häufig dort auftauchen würde, dass ich ihn wenigstens sehen könnte. Ich bewarb mich, und deine Mutter stellte mich ein. Den Rest kennst du ja. Ich habe mit deiner Mutter lange und gut zusammengearbeitet, wir waren ein Team, wie man das heute so schön nennt. Vielleicht waren wir auch Freundinnen.«

Als sie fertig war, schaute ich sie sprachlos an.

Das Leben war ein großer Spielverderber. Heidi opferte ihr ganzes Leben einer Liebe, die sich nie erfüllte. Dass sie am Grab meines Vaters auftauchte, ihm offenbar regelmäßig Blumen brachte, zeigte nur, dass sie ihm immer noch folgte.

Ich betrachtete die unscheinbare alte Frau.

»Bitte urteile nicht zu hart über mich, Kind. Ich weiß, es war ein Fehler, aber ich … Ich konnte nicht anders. Wahre Liebe ist was Seltsames, das wussten schon die alten Dichter.«

»Hat mein Vater«, begann ich zögerlich. »Habt ihr …«

»Nein, er hat die Ehe nicht gebrochen«, gab Heidi zurück. Ihre Augen schienen in Tränen zu schwimmen. »Ich wollte in seiner Nähe sein, habe aber nie daran gedacht, mich ihm an den Hals zu werfen. Nicht mal dann, als offenbar wurde, dass Cornelia nichts mehr für ihn übrighatte. Er hätte mich wahrscheinlich, wie immer, sowieso nicht wahrgenommen, und ich wollte nicht, dass mein Traum zerstört wird.«

»Der Traum, dass er doch noch auf Sie aufmerksam wird und sich in Sie verliebt?« Auf einmal tat sie mir ganz furchtbar leid.

»Ja. Ich wollte nur ihn. Und jetzt kann ich ihn wenigstens an seinem Grab besuchen.«

Sie blickte auf die Nelken in ihrer Hand, die schon langsam die Köpfe hängen ließen.

»Dann lasse ich Sie besser allein mit ihm«, sagte ich und legte ihr die Hand auf den Arm. »Danke, dass Sie mir das erzählt haben.«

»Dann bist du mir nicht böse?«

Ich schüttelte den Kopf. »Nein, warum sollte ich?« Ich umarmte sie kurz und verabschiedete mich dann. Ich brauchte jetzt dringend einen Schnaps, irgendwas, das meine Gedanken betäubte. Und ich brauchte Ruhe zum Nachdenken.

Als ich den Friedhof verließ, fiel mir ein, dass ich Heidi gar nicht von der Besserung meiner Mutter erzählt hatte.

Aber vielleicht wollte sie es auch gar nicht wissen. Vielleicht wollte sie lieber mit meinem Vater zusammen sein, der ihr nun endlich nicht mehr weglaufen konnte.

18. Kapitel

Am nächsten Morgen erschien ich so früh wie möglich auf der Station. Ich fühlte mich wie überfahren, nachdem ich am Vortag noch bis spätabends Wodka aus dem Supermarkt in mich hineingegossen hatte. In einer Kneipe zu sitzen hätte ich nicht mehr ausgehalten.

Heidis Geschichte hatte mich ziemlich erschüttert, glücklicherweise war sie mir nicht in meine Träume gefolgt. Heute Morgen hatte ich dementsprechend einen Kater, aber die Kopfschmerztabletten wirkten, und ich war fest entschlossen, den ersten Schritt auf meine Mutter zu zu machen.

Im Gepäck hatte ich ein paar Bücher – ich wusste nicht, was meine Mutter wirklich gern las, und so nahm ich von allem was. Unter anderem auch *Die große Flut*.

»Sie müssen die Bücher in eine Folie hüllen«, wies mich die Schwester an, als sie meinen Beutel erblickte. »Wir wollen doch nicht, dass irgendwelche Keime an Ihre Mutter geraten, die hier nichts zu suchen haben.«

»Nein, das wollen wir nicht«, entgegnete ich und ärgerte mich ein wenig darüber, dass ich daran nicht gedacht hatte.

»Hier, nehmen Sie das.« Sie reichte mir etwas, das wie eine Dokumentenhülle aussah. Sterilisierten sie die etwa?

Ich verkniff mir die Frage und hüllte eines der Bücher

darin ein. Es war ein etwas neuerer Roman, den ich in ihrem Bücherschrank gefunden hatte und von dem ich annahm, dass sie ihn noch nicht gelesen hatte.

»Lassen Sie die anderen Bücher bitte im Sprechzimmer. Sie können sich jederzeit ein neues holen, wenn Sie es brauchen.«

»Danke«, sagte ich und händigte ihr mein Mitbringsel aus. Früher hätte ich vermutet, dass die Schwestern heimlich in den Büchern lasen, doch nachdem ich gesehen hatte, wie konzentriert hier gearbeitet wurde, gestattete ich mir solch einen Gedanken erst gar nicht.

Gehüllt in die übliche Schutzkleidung und mit dem Buch in der Hand trat ich ein. Jetzt standen nicht mehr so viele Geräte um meine Mutter herum, wenngleich das Equipment immer noch beeindruckend war. Gerade in diesem Augenblick summte der Blutdruckmesser und pumpte die Manschette am Arm meiner Mutter auf. Auf dem Bildschirm zeigten verschiedenfarbige Linien die Funktionen ihres Körpers an.

»Hallo, Mama«, begann ich, als das Gerät wieder zur Ruhe gekommen war, und näherte mich vorsichtig.

Der Blick meiner Mutter wirkte ein wenig trüb, und ich bezweifelte, dass sie mitbekommen hatte, dass ich da war. Dennoch zog ich mir einen Hocker heran und setzte mich neben sie.

»Ich hoffe, es geht dir gut«, fügte ich hinzu und nahm mir vor, mich nicht verunsichern zu lassen.

Ich machte eine Pause. Obwohl ich es besser wusste, erwartete doch irgendein Teil in mir eine Regung von ihr. Vielleicht ein Zwinkern, ein Zucken des Fingers oder ein Verziehen der Lippen.

Als ich sie ansah, schaute sie immer noch zur Decke.

Vielleicht war es zu früh.

»Mama, wenn ich ehrlich bin, weiß ich nicht, wo ich anfangen soll. Du bist im Krankenhaus. Du hattest einen Schlaganfall und …«

Ich stockte. Nein, das war sicher nicht das, was sie jetzt interessierte.

»Ich … ich habe Heidi Kummerow getroffen. Sie denkt an dich und lässt dich herzlich grüßen.«

Ich spürte, wie meine Hände feuchte Spuren auf der Schutzhülle hinterließen. Eigentlich war es erbärmlich. Ich als Tochter wusste nicht, was ich meiner Mutter mitteilen sollte. Der Gedanke, dass sie das, was ich erzählte, nicht interessieren würde, hatte sich in meinem Inneren dermaßen festgefressen, dass mir schon gar nichts mehr einfiel.

»Na ja, jedenfalls habe ich nach deinem Laden gesehen, dort ist alles in Ordnung.« Ich blickte sie an. Wartete auf eine Reaktion, aber ihr Gesicht blieb noch immer starr.

»Und dann ist noch was passiert«, sagte ich. Ein letzter Versuch. Ich spürte bereits jetzt, dass mir der Schweiß vor lauter Anstrengung das Rückgrat hinunterlief. »Ein Mann war in deiner Buchhandlung. Sein Name ist Richard Henderson. Du erinnerst dich vielleicht an ihn.«

Ich blickte auf und bemerkte, dass sich ihre Augäpfel bewegten. Sie sah mich an! Zum ersten Mal sah sie mich an!

Ein freudiger Schauer durchzog mich.

Sie war da. Wenn auch nur wegen des Namens ihres früheren Freundes, aber sie zeigte nun, dass sie mich wahrnahm. Dass ich nicht ins Leere redete.

»Richard Henderson ist in Deutschland, auf Lesetour. Er hat nach dir gefragt, wollte wissen, wo er dich erreichen kann.

Leider musste ich ihm mitteilen, dass du im Krankenhaus bist.«

Ein Warnton erklang. Ich blickte hoch zu dem Monitor und sah, dass ihre Herzkurve kurz nach oben ausgeschlagen war, auf einen Wert, den die Maschine wohl nicht als normal ansah.

Für einen Moment war ich versucht, nach der Schwester zu rufen, doch dann sah ich, dass sich die Herzschläge wieder beruhigten.

Ich atmete tief durch.

»Entschuldige, ich wollte dich nicht aufregen.«

Noch immer sah sie mich an. An dem Mundwinkel, der nicht von der Lähmung betroffen war, zuckte es, als wollte sie etwas sagen.

»Mama?«, fragte ich, und ihr Blick blieb weiterhin auf mich gerichtet. »Kannst du dich irgendwie bemerkbar machen? Durch Blinzeln oder das Heben eines Fingers?«

Da sie mit dem gesunden Auge nicht blinzelte und das andere ohnehin halb geschlossen war, schaute ich auf ihre gesunde Hand, die auf der Bettdecke lag.

Auch da tat sich zunächst nichts. Doch dann sah ich, dass sie ihren Zeigefinger ein wenig hob.

War das ein Zufall oder ein Reflex?

»Mama, machst du das bitte noch mal? Das Fingerheben?«

Ich betrachtete die Hand genau und spürte, wie dabei mein Herz raste.

Es dauerte eine Weile, doch dann bewegte sich der Finger.

Beinahe hätte ich vor Freude laut losgejubelt!

»Du verstehst mich also? Das ist gut. Dann zeig mir doch mal, ob du mehr über Richard Henderson wissen möchtest. Wenn ja, heb einfach den Finger.«

Ich sah sie wieder an und bemerkte, dass aus dem nur halbgeöffneten Auge eine Träne floss. Das schnürte mir die Kehle zu. Sie weinte. Sie weinte wegen Richard Henderson. So eine Reaktion hätte ich nie erwartet.

Als ich wieder auf ihre Hand schaute, sah ich, dass sie ihren Finger gehoben hatte.

Sie wollte also mehr wissen. Auch wenn sie dabei weinen musste.

Ich nahm ein Taschentuch aus der Box auf ihrer Medikamentenablage und tupfte ihr die Träne ab.

Dann erzählte ich ihr in groben Zügen von Richards Besuch. Dass ich den Brief gefunden und mit Richard über die Vergangenheit gesprochen hatte, dass er mir ihre Geschichte erzählt hatte, verschwieg ich ihr allerdings, denn ich war nicht sicher, ob es ihr unangenehm wäre.

Schließlich erschien eine Schwester, die mich darauf aufmerksam machte, dass meine Mutter jetzt ein wenig Ruhe brauchte.

Ich war mir nicht sicher, denn noch immer hingen ihre Augen an meinen Lippen. Ich versprach ihr, am nächsten Tag wiederzukommen und dann mehr zu berichten. Sie verabschiedete mich mit einem Heben ihres Zeigefingers.

Während ich mich draußen aus der Schutzkleidung schälte, kämpfte ich mit der Beherrschung. Es war schon komisch, dass ich vor lauter Glück heulen wollte, wo ich doch sonst nur geheult hatte, wenn meine Mutter ungerecht zu mir gewesen war. Aber es hatte so gutgetan, dass sie mir ihre Gefühle gezeigt hatte.

»Sollen wir die Bücher für Sie hier verstauen, oder möchten Sie sie wieder mitnehmen?«, fragte die Schwester, die mir vorhin meinen Beutel abgenommen hatte.

»Ich nehme sie wieder mit«, antwortete ich, denn ich war mir sicher, dass ich nicht alle Bücher brauchen würde. Beim nächsten Mal würde ich lediglich *Die große Flut* dabeihaben und vielleicht noch ein anderes Buch von Richard.

19. Kapitel

Als ich die Klinik verließ, sah ich einen Mann vor der Tür, der mir sehr bekannt vorkam. Er trug ein braunes Jackett und rauchte, während sein Blick in den Bäumen hing, wo sich eine Amsel die Kehle wund sang.

»Mr Henderson?«, fragte ich verwundert.

Richard wandte sich um, warf die Zigarette auf den Boden und trat sie mit dem Absatz seines Schuhs aus. Er wirkte nicht überrascht.

»Alexa! Sie sind hier!«

»Wollten Sie zu meiner Mutter?«, fragte ich und reichte ihm die Hand.

»Ja, ich wollte zu ihr. Und ein klein wenig habe ich auch gehofft, dass ich Sie hier treffe.«

»Dann suchen wir uns doch vielleicht einen netten Platz im Park – nachher waren wir ja ohnehin verabredet.«

Ich lotste ihn durch die Grünanlage zu einer Stelle, an der sich die Patienten, die spazieren gehen durften, gern erholten. Glücklicherweise war noch eine Bank frei und die Sommerluft mild unter den Bäumen.

»Ihr Sohn hat Ihnen sicher erzählt, dass meine Mutter aufgewacht ist, nicht wahr?«

»Ja, das hat er.«

»Sie ist noch immer in der Neurologie, auf der Schlaganfallsstation. Aber ihr Arzt meinte, dass es bald mit den Therapien losgeht.«

»Das freut mich sehr zu hören«, entgegnete Richard, allerdings nicht so enthusiastisch, wie ich es erwartet hatte. »Sie ist ein guter Mensch. Und es stimmt mich froh, dass ich vielleicht mit dem Wissen in die Staaten zurückfahren kann, dass sie wieder gesund wird.«

»Wenn Sie das nächste Mal nach Deutschland kommen, werden Sie bestimmt wieder mit ihr spazieren gehen können«, sagte ich, worauf er mich seltsam ansah.

»Das bezweifle ich. Dies hier wird meine letzte Reise nach Deutschland sein.«

»Warum?«

Er schwieg eine Weile, senkte dann den Blick und antwortete: »Ich habe nicht mehr lange zu leben.«

»Was sagen Sie da?« Ich schüttelte den Kopf. Er wirkte nicht schwach oder krank. Und er war geistig noch voll auf der Höhe, soweit ich es beurteilen konnte.

»Das war auch der Grund, weshalb ich auf dieser Lesereise bestanden habe«, fuhr er fort, ohne auf meine Worte einzugehen. »Ich wollte Conny noch einmal sehen, ihr sagen, dass mir die Sache von damals leidtut. Ich habe keine Ahnung, ob ich es schaffen werde, noch einmal herzukommen in den nächsten Monaten. Es ist eher unwahrscheinlich.«

Ich starrte ihn an, als hätte er mir eine Ohrfeige verpasst. Warum hatte mir Ethan nichts davon gesagt? Oder war es das, worum er so ein großes Geheimnis machte?

»Sie sind krank?«, fragte ich.

»Ja, das bin ich. Sterbenskrank. Man sieht es mir nicht an, nicht wahr?«

Ich betrachtete Richard. Nein, man sah ihm keine Krankheit an.

»Nein«, antwortete ich, mit einem dicken Kloß im Hals.

»Ethan hat auch noch keine Ahnung davon.« Er schaute auf seine Hände, die mit Altersflecken übersät waren.

»Sie haben es Ihrem Sohn nicht gesagt?«

»Mein Junge ist sehr sensibel, manchmal auch sturköpfig, doch ich weiß, was Verlust bei ihm anrichtet.«

»Und dann ziehen Sie es vor, ihm nichts zu sagen?«

Richard sah mich an. »Hat er Ihnen die Geschichte seiner Scheidung erzählt? Wie er beinahe vollständig in der Gosse versunken wäre?«

Ich nickte.

»Nun, bis zu dem Zeitpunkt habe ich meinen Sohn nicht richtig gekannt. Ich nahm an, dass er stark sei, dass er über alles hinwegkommt. Ich hatte gedacht, dass ihn seine Stärke und sein Stursinn dazu gebracht hatten, eine Affäre zu haben und sein Leben zu ruinieren. Doch dem war nicht so. Er war feinfühlig, er hat gelitten, und ich habe es nicht erkannt. Tja …«

Er machte eine kurze Pause, dann fuhr er fort. »Wenn der vermeintliche Verlust seiner Kinder und der tatsächliche Verlust seiner Arbeitsstelle ihn unter die Brücke getrieben haben, was stellt dann der Tod seines Vaters mit ihm an?«

»Ich glaube nicht, dass er den gleichen Fehler noch einmal machen würde«, entgegnete ich. Mir war Ethan nicht gerade schwach vorgekommen, und die Sache mit der Affäre … Nun ja, Menschen neigten eben dazu, Dummheiten anzustellen. Davon konnte ich ein Lied singen.

»Nun, das hoffe ich. Bei Ethan weiß man nie. Auch damals, mit meiner Frau …« Er stockte und schien abzuwägen, ob er es mir erzählen sollte. »Nach dem Vorfall war er unerreichbar für mich geworden. Ich dachte wirklich, dass ich ihn verloren hätte. Mein Tod wäre die dritte Prüfung für ihn, und mir wäre wohler zu wissen, dass er einen Halt hat. Ich habe ihn testamentarisch zum Verwalter meines Werks gemacht. Es gibt auch ein paar unveröffentlichte Texte, um die er sich kümmern muss und von denen er nicht mal etwas ahnt. Aber dennoch, wenn er nun einen Menschen hätte, der sich um ihn kümmert …«

Er schüttelte den Kopf und verstummte eine Weile.

Ich sah Ethan vor mir, wie ich ihn im Restaurant in der Speicherstadt erlebt hatte. Ein attraktiver Mann, der Fehler gemacht hatte, aber dennoch ein gutes Herz zu haben schien. Warum sollte er keine Frau fürs Leben finden?

Und dann hatte ich sein Lächeln wieder vor mir, und mein Herz wurde schwer. Was, wenn er sich in mich verguckt hatte? Wenn sich die Geschichte wiederholte?

Nein, sagte ich mir. So ist das nicht. Und wahrscheinlich täuschte sich auch Richard in seinem Sohn. Ethan würde zurechtkommen …

»Nun gut, reden wir nicht weiter über mich. Sie haben Ihre eigenen Sorgen, Alexa.« Er sah mich an, sein Blick schwamm in Tränen, doch seine Stimme klang fest. »Deshalb freut es mich zu hören, dass es Cornelia bessergeht. Ich würde sie so gern noch einmal sehen, wenn das möglich ist.«

»Natürlich. Ich … ich werde es möglich machen.« Ich schluckte gegen den Kloß in meinem Hals an. Konnte ich ihm den Anblick meiner Mutter zumuten? Oder war es besser, damit zu warten, bis sie sich wieder verständlich machen konnte? Würde sein Anblick ihr schaden, weil sie sich aufregte? »Wenn sie auf die normale Station verlegt wird, sehe ich keinen Grund, warum Sie sie nicht besuchen sollten«, sagte ich daher schnell.

»Ich danke Ihnen.« Richards Blick wanderte zu den Büschen in der Nähe. Einige von ihnen verloren bereits ihre Blüten. Doch es waren genug junge Knospen da, um die Blüte des Parks aufrechtzuerhalten. Es war wie bei uns Menschen. Alte und Kranke gingen, Junge wurden geboren.

»Wenn es Ihnen nichts ausmacht, würde ich gern mit meiner Geschichte fortfahren. Sie sind sicher schon gespannt zu erfahren, wie es weiterging.«

Ich nickte, wenngleich ich zugeben musste, dass ich mir einen anderen Ort gewünscht hätte als einen Krankenhauspark. Aber vielleicht war es doch ganz passend.

»Nun, wappnen Sie sich, und seien Sie sich darüber im Klaren, dass ich nur den Teil der Geschichte wiedergeben kann, der mich betrifft. Ab einem bestimmten Zeitpunkt trennen sich Connys Wege von den meinen. Ich kann nicht für sie sprechen, und wenn ich ehrlich bin, habe ich nie ganz erfahren, was in der Nacht und danach geschehen ist. Ihre Mutter hat die Geschichte lediglich angerissen.«

»Meine Mutter hat vieles nicht erzählt. Das gilt aber auch für andere Menschen. In letzter Zeit habe ich das Gefühl, nur von Geheimnissen umgeben zu sein. Die Sache mit meiner Mutter, der Schlaganfall – er war wie das Messer, das die gut verschlossenen Kisten in den Herzen der Menschen ringsherum geöffnet hat.«

»Diesen Satz muss ich mir merken«, sagte Henderson lachend. »Vielleicht schaffe ich es noch, ihn vor meinem Tod irgendwo unterzubringen.«

»Darf ich fragen, worüber Sie schreiben?«

»Das dürfen Sie, aber ich fürchte, ich muss Ihnen die Antwort schuldig bleiben. Mein Sohn wird Ihnen das Manuskript sicher zeigen, wenn Sie es möchten.«

Ich nickte und lächelte. Diese Geheimniskrämerei kannte ich schon. Nur sehr selten erzählten Schriftsteller den Inhalt ihrer neuen Geschichte Außenstehenden. Da musste man schon zum Verlag gehören oder zur Agentur oder dem engsten Familienkreis.

»Dann hoffe ich, dass er es mir noch lange nicht zeigen muss«, entgegnete ich.

»Wir werden sehen«, sagte er. »Doch nun sollten wir anfangen, nicht wahr?«

Ich nickte. Irgendwie fühlte ich mich nach Richards Geständnis alles andere als bereit, eine Geschichte von Verlust und Tod zu hören, doch ich wollte seine kostbare Zeit nicht verschwenden, indem ich einen Rückzieher machte.

Ich lehnte mich zurück, und mein Blick wanderte zu dem Fenster, hinter dem ich das Krankenzimmer meiner Mutter vermutete, während ich der angenehmen Stimme des Mannes neben mir lauschte.

Richard

Der Herbst ließ die Rosen vergehen, und der Winter überzog die Stöcke und die kleinen Wasserstellen schließlich mit einer eisigen Glasur. Noch immer trafen sich Conny und Rick im Rosengarten, auch wenn es hier keine andere Pracht mehr gab als die Liebe, die sie füreinander empfanden.

»Es ist bald Weihnachten«, sagte sie an einem Wintertag, der Raureif auf das Gras gelegt hatte. »Wirst du nach Hause fliegen?«

Rick schüttelte den Kopf. »Nein, leider nicht. Es wäre zu teuer. Außerdem lohnt es nicht, denn ich bin ja dann nur noch knapp zwei Monate hier.«

Er wusste, warum sie fragte. Sicher hoffte sie im Stillen, dass sie über die Feiertage Zeit mit ihm verbringen konnte.

»Wenn du möchtest, kannst du während der Feiertage zu mir kommen«, wagte er einen vorsichtigen Vorstoß. Er wusste, dass sich an den strengen Regeln ihres Vaters nichts geändert hatte – auch wenn Conny jetzt viel besser in ihrer Arbeit zurechtkam.

»Ich wäre liebend gern bei dir, aber …«

In ihren Blick trat ein wehmütiger Ausdruck.

»Dein Vater erlaubt es nicht«, vervollständigte er ihren Satz.

»Er ist über Weihnachten noch unleidlicher als sonst.«

»Und er gestattet dir nicht einmal, eine Freundin zu besuchen? Was ist mit den Bergers? Zu denen darfst du doch.«

»Ja, aber sie wohnen nicht weit von uns entfernt.«

Tränen glitzerten plötzlich in ihren Augen. Ihre Fäuste ballten sich wütend. »Ach, könnte ich den ganzen Kram nur hinter mir lassen! Ich hasse es, von meinem Vater eingesperrt zu werden und dann tagelang seinem Unmut ausgesetzt zu sein! Ich will einfach weg von hier, nur weg!«

Sie zitterte am ganzen Leib.

Der Ausbruch erschreckte Rick. Noch nie hatte sie ihrem Wunsch so vehement Ausdruck verliehen. Er streckte die Arme nach ihr aus. Für einen Moment wirkte es, als wollte sie ihn abschütteln, doch dann lehnte sie sich gegen seine Brust.

»Kannst du mich verstehen?«, sagte sie leise.

»Ich verstehe dich«, entgegnete er und streichelte über ihren Rücken. »Und wenn du möchtest, denke ich mir etwas aus, damit wir beide doch noch etwas vom Weihnachtsfest haben.«

Conny nickte. »Das wäre schön. Und weißt du was?«

»Na?«, fragte er.

»Andere Männer hätten längst aufgegeben, weißt du? Du kannst mit mir nicht richtig ausgehen, ich kann mit dir keine Zeit verbringen, und doch bleibst du bei mir.«

»Aber wir verbringen doch Zeit miteinander. Jeden Tag.«

»Wir sitzen im Park und reden über Bücher.«

»Und wir küssen uns!« Richard drückte ihr einen saftigen Kuss auf den Mund.

»Das auch … Aber ich glaube, anderen wäre das nicht genug.«

»Wen kümmern schon die anderen? Ich bin eben etwas Besonderes, nicht wahr?«

Richard strahlte sie an.

Conny erwiderte das Lächeln. »Das stimmt, das bist du! Und ich liebe dich dafür!«

Es kostete Richard eine schlaflose Nacht, dann wusste er, was er tun würde. Wenn für Conny der Weg nach St. Georg zu weit war, musste er eben nach Wilhelmsburg gehen. Er hatte einen kleinen Gasthof ausfindig gemacht, der preiswerte Zimmer anbot. Dort waren über Weihnachten sogar noch Zimmer frei, denn die meisten Leute verreisten entweder nicht an Weihnachten oder wollten in die glänzende Innenstadt.

Richard buchte kurzerhand ein Doppelzimmer für den zweiten Feiertag und bezahlte im Voraus. Seiner Vermieterin erzählte er, dass er zu einer kurzen Reise aufbrechen würde.

»Mit Ihrem Mädchen?«, erkundigte sie sich neugierig.

»Ja, mit meinem Mädchen«, entgegnete er mit einem Lächeln. Natürlich wäre er mit Conny lieber irgendwohin verreist, vielleicht in die Berge, wo sie Ski fahren könnten. Aber ein paar Stunden in einem Gasthaus waren besser als nichts.

Der Plan, den Richard Conny beim nächsten Treffen im Park darlegte, sah so aus: »Du wirst deinem Vater erzählen, dass du bei den Bergers bist, weil sie über Weihnachten einmal ausgehen wollen. In Wirklichkeit wirst du aber zu mir ins Hotel kommen, und dort werden wir zusammen feiern.«

»Er wird schimpfen und sagen, dass sich dieses ›nichtsnutzige Pack aus dem Osten‹ vergnügen geht, wo andere nicht mal das Geld für ein richtiges Weihnachtsessen haben.« Ein bitteres Lächeln huschte über Connys Züge.

»Das kann dir erst einmal egal sein. Sag es ihm einfach, und halte sein Gemecker aus.« Richard griff nach ihrer Hand und drückte sie sanft. »Wenn er dich nicht lässt, erinnere ihn daran, dass du Geld fürs Babysitten bekommst.«

»Dieses Argument lässt er immer gelten«, entgegnete Conny, und in ihren Augen glomm erneut der Zorn. »Und dann versäuft er es.«

»Ich werde dir das Geld geben, dann kannst du es ihm abliefern. Das ist doch eine gute Sache, wenn wir uns damit ein wenig Zeit erkaufen können, findest du nicht?«

»Nein, ich möchte kein Geld von dir, ich … ich werde mir etwas einfallen lassen.«

»Ich bestehe darauf. Er lässt dir von deinem Gehalt doch kaum etwas übrig, also gebe ich es dir. So viel kann es nicht sein, oder?«

Conny lächelte ihn an. »Nein, es ist wirklich nicht viel. Danke.«

»Da gibt es nichts zu danken. Ich möchte nur, dass du glücklich bist. Also, kommst du?«

»An welchem Tag?«

»Den zweiten Feiertag. Am ersten wird er dich wohl nicht weglassen, oder?«

Conny schüttelte den Kopf. »Nein. Und er würde auch sagen, dass es sich für anständige Leute nicht gehört, ohne die Kinder irgendwohin zu gehen. Aber am zweiten Tag sind ja ohnehin alle unterwegs.«

»Siehst du? Dann ist es gar nicht so unmoralisch, dass die Bergers ausgehen wollen. Immerhin haben die Lokale geöffnet – und zu ihrer Verwandtschaft können sie ja nicht, denn die ist ja hinter dem Eisernen Vorhang.«

Conny nickte zwar, doch in ihrem Blick lagen immer noch

Bedenken. »Es wird gutgehen, das verspreche ich dir. Hier, das ist der Gasthof, in dem ich ein Zimmer reserviert habe. Solltest du aus irgendeinem Grund nicht kommen können, bleibe ich dort und schaue mir das Weihnachtsprogramm im Fernsehen an. Und wenn du kommst, verspreche ich dir, wird es ein wunderbarer Tag. Ich habe sogar ein Geschenk!«

»Als ob ich solche Anreize bräuchte, um dich sehen zu wollen«, entgegnete sie lachend.

»Ja, das sagst du jetzt noch, aber warte mal ab, eines Tages wirst du ständig Geschenke haben wollen.«

»Ganz bestimmt nicht«, gab sie zurück und knuffte ihn gegen die Brust. »Du bist alles, was ich haben will. Nichts anderes.«

»Okay, das lässt sich einrichten.«

Er zog sie in seine Arme und küsste sie leidenschaftlich, dann hielt er sie so lange, bis ihre Mittagspause vorüber war und sie fortmusste.

*

Die Holzdecke des Zimmers hing tiefer, als er es erwartet hätte, und auch sonst hatte das Gasthaus den Charme einer Waldgaststätte. Alles war in Grün und Braun gehalten – fehlte nur noch der Hirschkopf an der Wand. Aber soweit er es beurteilen konnte, war zumindest das Bett sauber, und es gab sogar einen Fernseher. Mehr brauchte er nicht, um wunderbare Stunden mit seinem Mädchen zu verbringen.

Doch würde sie kommen? Seit der Salon für die Weihnachtspause geschlossen hatte, hatte er sie nicht mehr gesehen. Den Heiligen Abend und den ersten Weihnachtstag hatte er mit Frau Thaler verbracht. Ihre gesamte Verwandtschaft war gekommen, und seine Untermieterin hatte stolz den »Studenten aus Amerika« präsentiert. Schließlich war er so mit Knödeln, Gänsebraten und Bier vollgegessen, dass er nicht mehr aus den Augen schauen konnte und froh war, sich am zweiten Tag zu seinem »Kurzurlaub« verabschieden zu können.

Und jetzt war er hier. Noch immer meinte er, die Nachwirkungen des fetten Essens zu spüren, doch nachdem er ein wenig die Ruhe genossen hatte, ging es ihm besser. Vielleicht war sein Unwohlsein nicht von dem Essen gekommen, sondern von den vielen neugierigen Fragen, mit denen Frau Thalers Verwandte ihn überzogen hatten.

Conny hatte ihm gesagt, dass sie zwischen zwei und drei Uhr zu ihm kommen würde und dass sie dann Zeit hätten bis zum Abend.

Würde das klappen? Er war nicht sicher.

Richard setzte sich an den Schreibtisch, der vor dem Fenster stand. Suchend blickte er die Straße hinunter, aber außer ein paar Schneeflocken, die durch die Luft wirbelten, sah er nichts. Die meisten Hamburger verschanzten sich hinter ihren Wohnungstüren und ihr Besuch mit ihnen.

Schließlich sah er jemanden über die Straße eilen. Die Person war eindeutig weiblich und trug einen beigefarbenen, etwas altmodisch wirkenden Mantel sowie eine Strickmütze. Fast wirkte sie, als wäre sie eine der Trümmerfrauen, die er auf Abbildungen gesehen hatte. Doch als sie den Kopf hob und zu den Fenstern des Gasthofes aufblickte, erkannte er, dass es Conny war. Seine Conny. Sie war gekommen!

Er winkte ihr zu und verschwand noch einmal schnell in dem kleinen Badezimmer, um sich die Haare glattzustreichen und seine Sachen zu richten. Mit rasendem Herzen und schweißfeuchten Fingern wartete er darauf, dass sie hochkam. Immer wieder wischte er seine Hände an seiner Hose ab, denn er wollte keinen schlechten Eindruck auf sie machen.

Dann verließ er sein Zimmer und ging nach unten. Da stand sie, direkt vor der Hoteltür, und wagte offenbar nicht einzutreten. Richard ging am Empfangstresen vorbei, der gerade unbesetzt war, und trat aus der Tür. Ein scharfer Winterwind schlug ihm entgegen.

»Hallo, Conny, komm ruhig rein«, sagte er, worauf sie ihm um den Hals fiel. »Frohe Weihnachten!«

»Frohe Weihnachten«, entgegnete er, zog sie an sich und küsste sie leidenschaftlich. Die Kälte war auf einmal vergessen.

»Ich hatte solche Angst, dass du es dir anders überlegt hättest«, gestand er ihr dann und zog sie mit in die Lobby. Glücklicherweise war von der Wirtin noch immer nichts zu sehen.

»Mein Zimmer ist oben«, erklärte er und führte sie zur Treppe. Sie erklommen die Stufen, und in seinem Zimmer küssten sie sich erneut.

»Mein Vater war ziemlich misstrauisch«, antwortete Cornelia, als sie sich aus ihrem Mantel schälte. »Es war, wie ich es geahnt hatte: Er hat fast eine halbe Stunde lang darüber gewettert, dass ›die aus dem Osten‹ keinen Anstand hätten, wenn sie zu Weihnachten in der Stadt herumtingeln wollten. Doch als ich erwähnte, dass sie mir das Doppelte zahlen würden, hat er sich beruhigt, und ich durfte gehen.«

»Ich werde dir das Geld geben«, wiederholte Richard sein Angebot.

»Danke«, entgegnete Conny, schmiegte sich dann an ihn und küsste ihn.

Richard war ein bisschen verwirrt. Etwas in ihren Küssen war diesmal anders. Sie waren verlangender, inniger und hinterließen ein Prickeln in seinen Lenden.

Sicher, er hatte zuvor schon daran gedacht, mit ihr zu schlafen. Doch er hatte sich noch nie getraut, dieses Thema anzusprechen. Von seinen Eltern wusste er, dass man über so etwas nicht redete. Das gehörte ins Schlafzimmer – nach der Eheschließung.

Aber etwas in ihm wollte nicht mehr warten. Und Connys Küsse verrieten ihm, dass es ihr ähnlich ging.

»Ich habe ein Geschenk für dich«, sagte er, während sein Herz heftig pochte. »Es ist ja Weihnachten!«

Er zog sie zu dem Sofa, das unter ihrem Gewicht ein leises Quietschen von sich gab. Dann ging er zu seiner Tasche und holte das Päckchen hervor. Es war in buntes Packpapier geschlagen, das ihm Frau Thaler gegeben hatte.

»Du kannst doch einem Mädchen nicht etwas schenken, das in einer Papptüte oder in Zeitungspapier steckt!«, hatte die alte Frau ihn gewarnt. »Das war im Krieg in Ordnung, da hatte man kaum was, das man verschenken konnte, aber jetzt haben wir wieder zivilisierte Zeiten!«

Connys Augen leuchteten. »Danke, das ist sehr lieb von dir!«

»Mach es auf!«, forderte er und beobachtete sie gespannt. »Ich weiß, normalerweise gehört auch eine buntgeschmückte Tanne dazu, aber die habe ich hier leider nicht. Denk sie dir einfach.«

Conny zog die Schleife auf und öffnete das Papier.

Zwei Bücher kamen zum Vorschein.

»Du meine Güte!«, rief sie aus. »Die sind wunderschön!«

Richard lächelte. »Ich dachte, ich schenke dir eines, das du schon kennst, und eines, das du noch nicht kennst. *Onkel Toms Hütte* hatte dir doch gefallen, nicht wahr?«

»Ja, sogar sehr!«

»Und *Sturmhöhe* von Emily Brontë kennst du noch nicht. Ist auch ein Klassiker, den man gelesen haben sollte.«

»Danke!«, rief Conny aus und fiel ihm um den Hals. Und da war plötzlich wieder der Kuss, wild und fordernd und voller Begehren. Das allein hätte ihm als Weihnachtsgeschenk vollkommen ausgereicht.

»Ich habe auch ein Geschenk für dich«, sagte sie dann und knöpfte sich langsam die Bluse auf.

Im ersten Moment wusste Richard nicht, was er sagen sollte. Sein Mund wurde trocken, und sosehr er sich auch bemühte, er konnte den Blick nicht von ihren Händen wenden, die einen Knopf nach dem anderen lösten. Unter dem Stoff kamen ein weißer Büstenhalter zum Vorschein und die weiche Haut ihres Bauches.

Schließlich streifte sich Conny die Bluse von den Schultern und nahm seine Hände, um sie auf ihre Brüste zu legen.

»Hör mal, ich möchte nicht, dass du das aus Dankbarkeit machst. Wir können auch noch warten …«

»Red keinen Quatsch«, sagte Conny und küsste ihn erneut.

Richard zögerte dennoch. In seinem Unterleib pochte es. Die Erektion, die er jetzt hatte, war größer als alles, was er morgens unter seiner Bettdecke vorfand. Er wollte dieses Mädchen. Mehr als alles in der Welt. Doch er wusste auch, dass es Konsequenzen haben konnte.

»Hast du denn schon mal …«, fragte er, denn sie schien überhaupt keine Angst davor zu haben.

»Nein, aber die Frauen im Salon, sie reden, und ich hab einiges aufgeschnappt.«

Richard war sich immer noch nicht sicher. Was, wenn er ihr weh tat? Wenn er …

»Na, willst du mich oder nich?«, fragte sie ein wenig verärgert. »Ich dachte, du …«

Richard ließ sie nicht ausreden. Er verschloss ihre Lippen mit einem Kuss und begann, sie leidenschaftlich zu streicheln. Wenig später glitt er über sie und schob ihren Rock hoch. Sie trug Strümpfe darunter, die er noch nie zuvor an ihr gesehen hatte, und nachdem er ihren Hüfthalter geöffnet hatte, konnte er ihr auch das Höschen herunterstreifen.

Sein Glied drängte gegen seine Hose, und als Conny das merkte, löste sie seinen Gürtel.

»Wollen wir nicht lieber ins Bett?«, fragte er erhitzt, doch sie schüttelte den Kopf und öffnete ihre Schenkel.

»Komm«, sagte sie leise, und Richard nahm diese Einladung gern an.

Conny zuckte zusammen, als er in sie eindrang, und verzog das Gesicht.

Richard hielt inne. »Hab ich dir weh getan?«

»Es geht schon«, entgegnete sie und küsste ihn dann wieder.

Einige Minuten später war es auch schon vorüber. Der Orgasmus ließ Richard alles vergessen und packte seinen Verstand in Watte. Stöhnend sank er auf sie, und sie schlang ihre Arme um ihn.

»Hast du es dir so vorgestellt?«, fragte Richard ein wenig schuldbewusst, denn er war nicht sicher, wie sie den Sex mit ihm empfunden hatte.

Für ihn war es der Wahnsinn gewesen, besser als das, was seine Kommilitonen berichteten. Aber er hatte gespürt, dass er ihr Schmerzen bereitet hatte.

Conny lächelte ihn an. »Es war wunderbar.«

Hinter ihren Worten erkannte er deutlich das Aber.

Dennoch griff sie nach seinem Gesicht und küsste ihn.

»Beim nächsten Mal wird es sicher noch besser«, flüsterte sie dann und zog ihn in ihre Arme.

Wenig später wechselten sie ins Bett, doch nicht nur, um sich erneut zu lieben. Richard erzählte ihr vom Weihnachtsfest zu Hause, von der hohen Tanne, die im Foyer seines Elternhauses stand, von den Geschenken, die am Morgen des ersten Weihnachtstages darunterlagen, von Punsch und Truthahn, vom Besuch der Verwandtschaft und der Ausstellung der Weihnachtskarten.

»Ich stelle mir euer Weihnachtsfest wunderbar vor«, schwärmte sie. »Bei uns war es niemals so, selbst dann nicht, als meine Mutter noch lebte. Es gab natürlich einen Baum und Geschenke, aber wir hatten nie richtig Geld. Und als sie starb …«

Richard zog sie in seine Arme. »Es wird wieder schöne Weihnachtsfeste für dich geben, das verspreche ich dir.«

*

Obwohl sie nicht viel mehr taten, als sich zu küssen und zu unterhalten, verflog die Zeit rasch, und schon bald musste Conny nach Hause zurück.

Als Richard sich wieder anzog, rutschte ihm die Geldbörse aus der Hose. Conny ergriff sie flink und klappte sie auf.

Ehe er ihr die Geldbörse wieder abnehmen konnte, zog sie seine Fahrerlaubnis heraus.

»Oh mein Gott, was ist denn das für ein Foto?«

»Lach bitte nicht! Ich glaube, jeder sieht auf Ausweisbildern aus, als hätte er einen Stock verschluckt.«

»Du siehst aus, als wärst du noch ein Kind!«, entgegnete Conny und wedelte ihm mit dem Papier vor der Nase herum, um ihn zu necken.

»Ich war sechzehn, als ich ihn gemacht habe.«

»Dann hast du dich aber fein entwickelt, Mister!«

Sie reichte ihm die Geldbörse zurück. »Ich frage mich, warum du hier kein Auto hast. Ich träume schon lange davon, mit dir in einem dieser Cadillacs zu fahren.«

Richard lachte. »Vielleicht, weil mein Vater mich zwar zähneknirschend unterstützt, mir aber nicht so viel Geld gibt, dass es reichen würde, eines zu kaufen. Schon gar keinen Cadillac.«

»Deinem Vater ist es nicht recht, dass du hier bist?«

»Mein Vater verbindet mit Deutschland immer noch den Krieg, er war damals bei einem Fliegerregiment. Ich musste ziemlich auf ihn einreden, bis er mir gestattete, das Austauschjahr zu machen. Wenn ich wieder in den Staaten bin, werde ich allen erzählen, wie friedlich es hier ist – und was es für hübsche Frauen gibt.«

»Dann werden deine Freunde scharenweise herkommen.« Conny lachte und verstaute die Bücher in ihrer Tasche, dann sammelte sie ihre Kleider zusammen. Während sie sich anzog, überlegte er, welche Folgen es haben würde, sie mitzunehmen.

Er wusste, dass seine Eltern planten, ihn mit einem Mädchen aus der Umgebung zu verheiraten, vielleicht mit der Tochter eines wohlhabenden Freundes aus dem Herrenclub seines Vaters.

Doch was, wenn er einfach machte, was er wollte?

Die Frage war dann nur, ob Conny den Mut hatte, alles hier hinter sich zu lassen – die Stadt, ihre Lehrstelle und ihren Vater.

Aber darüber konnte er später noch nachdenken.

Jetzt zog er sie erneut in seine Arme.

»Es war eine schöne Weihnachtsfeier«, raunte er ihr ins Ohr. »Dein Geschenk war das beste, das ich je bekommen habe.«

»Dann sollten wir vielleicht nich bis nächstes Weihnachten warten, oder?«

»Nein, das sollten wir nicht.«

Er küsste sie, und als sie wenig später das Zimmer verließ, war es, als hätte Cornelia sämtliche Wärme aus dem Raum mitgenommen.

Richard fühlte sich leicht und zufrieden, aber gleichzeitig auch ein wenig traurig und sehnsuchtsvoll. Wie gern hätte er sie bei sich behalten, für immer!

Doch es ging nicht, und so musste er zufrieden sein mit den Stunden, die er Connys Vater abgetrotzt hatte.

*

Am ersten Arbeitstag im neuen Jahr wartete Richard wieder im Park. Der Frost hielt die Stadt fest in seiner Hand. Die Bäume und die Rosensträucher im Park wirkten wie Skulpturen aus Eis, und der Atem der Leute, die mit dicken Mänteln über die Wege eilten, gefror zu weißen Wolken, so dass es aussah, als rauchten sie.

Kaum jemand hatte einen Blick für den Park.

Richard zitterte in seinem Mantel, nicht mal der dicke Pullover, den er daruntergezogen hatte, konnte ihn vor der Kälte schützen. Es tat ihm ein wenig leid, dass er den nächsten Sommer hier nicht erleben würde, doch er nahm sich fest vor, zum alten Haus seiner Großmutter zu fahren. Für einen Moment erlaubte er sich sogar den Gedanken, dass er Conny zeigen würde, wo er aufgewachsen war. Zwischen welchen Rosenbüschen er angefangen hatte, sich kleine Geschichten auszudenken.

Aber noch war es Winter, und noch hatte er ein paar Dinge zu tun.

Als er Conny sah, hüpfte sein Herz vor Freude. Während der vergangenen Tage und Nächte hatte er nur an den Abend des zweiten Weihnachtstages denken können, an ihre Leidenschaft und ihre Nähe. Seitdem wusste er, dass er mit keiner anderen Frau zusammen sein wollte.

Er sprang auf und lief ihr entgegen.

Doch als sie näher kam, entdeckte er einen blauen Fleck auf ihrer Wange. Obwohl er mit Schminke kaschiert war, fiel er ihm sofort auf.

Schlagartig verwandelte sich seine Freude in Sorge. Was war passiert? Hatte der Vater sie im Silvesterrausch geschlagen?

»Conny, was ist denn …«

Weiter kam er nicht, denn sie warf sich ihm an die Brust und drückte ihn fest an sich.

»Bitte lass mich nie mehr los«, bat sie. »Nie mehr, hörst du?«

»Natürlich«, entgegnete er und schlang seine Arme um sie. Ihr Körper zitterte, doch sie weinte nicht.

Seine Sorge wuchs noch an. Wenn ihr Vater sie schlug oder in anderer Hinsicht gemein zu ihr war, weinte sie meist, doch jetzt blieb sie stumm und presste sich nur an ihn, als wäre er die letzte Rettung einer Ertrinkenden.

»Was ist denn los, Conny? Erzähl es mir. Bitte.«

Sie schwieg eine ganze Weile, dann zog sie ihn mit sich zur Bank.

»Er hat es herausgefunden.«

»Was?«

»Dass ich bei dir war.«

Richard blickte sie erschrocken an. »Wie soll er das herausgefunden haben? Hat ihm die Wirtin …«

»Nein, die Wirtin hat es ihm nicht erzählt. Er … er ist misstrauisch geworden und zu den Bergers gegangen. Er hat gesehen, dass sie verreist waren.«

Richard war auf einmal wie gelähmt. Er hatte Connys Vater unterschätzt. Wann war er zum ersten Mal misstrauisch geworden? An irgendeinem Abend, an dem der Rausch früher als sonst von ihm abgelassen und er nach seiner Tochter gesehen hatte? Oder war ihm aufgefallen, dass sie sich verändert hatte? Dass sie ein wenig anders sprach, sich ein wenig anders verhielt? Auch er hatte bemerkt, dass sie langsam eine andere wurde. Wie ein Schmetterling, der sich aus seinem Kokon schälte.

»Wann?«, fragte er einfach nur und streckte vorsichtig die Hand nach ihrer Wange aus. Im ersten Moment schreckte Conny zurück, doch dann ließ sie seine Berührung zu.

»Einen Tag später. Als ich abends nach Hause kam, war er zu betrunken, doch am nächsten Morgen habe ich meine Abreibung bekommen.« Sie senkte den Blick. »Ich habe ihm nicht gesagt, dass ich mit dir zusammen war. Ich habe eigentlich gar nichts gesagt. Brauchte ich auch nicht, er hat mich so oder so windelweich geprügelt.«

Sie sah ihn an. Jetzt erkannte Richard, dass der blaue Fleck schon ein paar Tage alt war. Vermutlich war sie seit dem zweiten Feiertag nicht mehr draußen gewesen.

»Das tut mir so leid«, sagte er und zog sie an sich. »Es tut mir so leid, ich war selbstsüchtig, ich hätte nicht …«

»Pssst«, machte sie und legte ihren Finger auf seinen Mund. »Nicht. Es war ein wunderbarer Tag, egal, was danach geschehen ist.«

»Aber wenn ich nicht gedrängt hätte. Wenn ich nicht …«

»Dann hätte mein Vater einen anderen Grund gefunden, um mich zu schlagen. Er findet immer einen Grund. Dieses Mal war es aber anders als sonst. Es hat etwas in mir ausgelöst.«

Noch immer verwunderte Richard die Ruhe, mit der sie ihm von dem Vorfall erzählte. Das war sonst nicht so gewesen.

»Und was hat es ausgelöst?«, fragte er fast schon ein bisschen ängstlich.

»Es hat etwas zerbrochen in mir. Und zwar den letzten Rest Liebe, den ich für meinen Vater hatte. Mein Vater ist seit dem Tag ein Fremder für mich. Ein Fremder, den ich jederzeit hinter mir lassen würde.«

Sie sah ihn ernst an. »Weißt du noch, worüber wir gesprochen haben, als du mich das erste Mal abgeholt hast?«

Richard musste einen Moment lang überlegen, denn der vergangene Sommer erschien ihm so fern. Dann fiel es ihm wieder ein.

»Ja, wir haben über Amerika gesprochen.« Richard wurde klar, dass er die Sache nicht weiterverfolgt und nachgefragt hatte.

»Nun, ich würde jederzeit mit dir gehen.« So entschlossen, wie sie ihn ansah, wagte es Richard gar nicht erst, sie auf die Konsequenzen anzusprechen. »Ich bitte dich sogar darum, mich mitzunehmen. Ich will nicht mehr hierbleiben, ich will meinen Vater nicht mehr sehen. Seit ich dich kenne, hat sich so viel bei mir verändert, ich habe das Gefühl, dass ich erst jetzt erkannt habe, was richtiges Leben ist. Ich möchte nicht in dem Sumpf bleiben, in dem es nur meinen Vater und seine Prügel gibt. Ich will leben. Richtig leben!« Ihre Hände krallten sich in seine Jacke.

Richard war zunächst ratlos, doch dann sah er ein, dass sie recht hatte.

So wenig, wie sie bei ihrem Vater bleiben wollte, wollte er sie bei dem prügelnden Ungeheuer lassen.

»Es wird eine Weile dauern, bis du die amerikanische Staatsbürgerschaft bekommen kannst. Es sei denn …«

»Es sei denn?«, echote sie.

Richard zögerte. Wenn er Conny heiratete, würde sie die Staatsbürgerschaft wesentlich schneller bekommen. Aber das war ein großer Schritt. Er liebte sie, doch war er schon bereit für die Ehe? Er war noch nicht einmal mit seinem Studium fertig!

Und seine Eltern … Sie würden sicher nicht erfreut sein, dass er eine Frau aus dem Ausland mitbrachte.

Im nächsten Augenblick schämte er sich für diese Gedanken. Noch ein paar Minuten zuvor war er sicher gewesen, dass er keine andere Frau wollte als sie!

»Es sei denn, ich heirate dich«, sprach er es schließlich aus.

Conny zog die Augenbrauen hoch. »Meinst du das ernst?«

»Ja, das meine ich. Es gibt keine andere, keine bessere Frau für mich als dich. Wenn wir in den Staaten sind, wünsche ich mir, dass du meine Frau wirst.«

Conny starrte ihn an. Offenbar hatte sie nicht damit gerechnet.

Und möglicherweise war es ihr auch zu unromantisch. War es nicht so, dass der Mann einen Ring dabeihaben und auf Knien um ihre Hand anhalten sollte?

»Du musst nicht gleich antworten«, sagte er schnell. »Ich … ich meine ja nur. Überleg es dir. Natürlich würdest du früher oder später auch so eingebürgert werden. Außerdem brauchen auch Amerikanerinnen Friseurinnen, du könntest also durchaus einen Job finden. Doch wenn du mich heiraten würdest, wäre es leichter.«

Conny sah ihn einen Moment lang an, dann lächelte sie. »Nein.«

»Nein, du willst mich nicht?«

Sie schüttelte den Kopf. »Ich will es mir nicht überlegen. Ich würde sehr gern deine Frau werden.« Ihre Stimme klang ruhig und gefasst, so als hätte sie das Für und Wider schon lange abgewogen.

Richard stieß den Atem aus, den er unwillkürlich angehalten hatte. »Wirklich?«

»Wirklich! Wenn du mich noch willst, wenn deine Zeit hier rum ist.«

Er zog sie an sich. »Die Wahrscheinlichkeit, dass ich dich noch immer so liebe wie jetzt, ist sehr hoch, würde ich sagen.« Damit küsste er sie.

*

Die Wochen vergingen. Conny und Richard trafen sich nach wie vor, doch die Treffen drehten sich nicht mehr um Bücher und um Dinge, die sie gemeinsam erleben wollten.

Conny war fest entschlossen, ihren Fluchtplan umzusetzen, und so redeten sie beinahe nur darüber, wie sie es anstellen wollten, sie aus Hamburg fortzubringen.

Unterbrochen wurden ihre Planungen nur durch Richards Klausuren und seine Tätigkeit für seinen Professor.

Kurz vor dem Tag, an dem es losgehen sollte, trafen sie sich noch einmal im Rosengarten.

Das Wetter war eiskalt und grau. Angesichts dessen kam Richard nicht umhin, von Florida und Kalifornien zu schwärmen.

»Dorthin werden wir unsere Hochzeitsreise machen«, versprach er ihr, während er sie fest in seinen Armen hielt, um sie zu wärmen. »Du wirst sehen, nirgendwo scheint die Sonne heller, und es gibt auch kaum Orte, an denen die Menschen fröhlicher sind.«

»Das wäre wunderschön«, entgegnete sie verträumt und schmiegte sich an ihn. »Glaubst du denn, dass es für deine Eltern in Ordnung ist?«

»Sie werden dich mögen, bestimmt«, entgegnete Richard. Die Frage, wie er es seinen Eltern beibringen sollte, hatte ihn in den vergangenen Nächten oft wach gehalten. Aber er war ein erwachsener Mann. Auch wenn er finanziell noch von ihnen abhängig war, war er doch auf dem Weg in die Selbständigkeit. Und sollten alle Stricke reißen, würde er auch einen anderen Weg finden, das Leben für sie beide einzurichten.

»Sie sind gute Menschen, weißt du? Nicht immer einfach, und sicher werden sie sich an den Gedanken gewöhnen müssen, dass ich eine Frau aus Deutschland mitbringe. Aber sie werden dich lieben.«

»Und wo wollen wir leben?«, fragte Conny. Eine kleine Unsicherheit schwang in ihren Worten mit, doch die schien sie mit seiner Antwort vertreiben zu wollen. Sie brauchte Sicherheit, sie brauchte einen Ort, der weit genug entfernt von ihrem Vater war. Als würde ein ganzer Ozean zwischen ihnen nicht reichen.

»Wo du möchtest. Du solltest dir erst einmal das ganze Land anschauen, bevor du dich entscheidest. Wenn es dann so weit ist, gehe ich mit dir überallhin.«

»Wirklich?«

»Ja, wirklich.« Er küsste sie auf den Scheitel. »Nimm bitte nur das mit, was dir wirklich wichtig ist. Im Flugzeug dulden sie nur eine bestimmte Menge an Gepäck. Alles andere bekommst du in Amerika.«

»Und die Papiere?«

»Darum werde ich mich kümmern.«

Sie küssten sich erneut, dann hielten sie sich noch eine Weile, während der Wind auffrischte und um die Bäume heulte.

*

Am Abend des 16. Februar fegte der Sturm wie ein Dämon durch die Straßen der Stadt. Nicht einmal die Mädchen, die jede Nacht unterhalb des Hauses auf und ab gingen, waren mehr da. Es war zu gefährlich. Hin und wieder fiel irgendwo ein Dachziegel herunter und zerschellte auf der Straße. Keine der Prostituierten wollte sich den Schädel zertrümmern lassen.

Richard zog den Vorhang wieder zu. Unruhe wühlte in seinem Innern. Vielleicht hätte sie erst morgen zum Bahnhof kommen sollen. Doch Conny hatte darauf bestanden, ihn bereits am Abend in seiner Wohnung zu treffen. Am Morgen hatte sich ihr Vater meist von seinem Rausch erholt, und sie hätte dann keine Möglichkeit mehr, das Haus unbemerkt zu verlassen.

Angesichts des Wetters war es allerdings fraglich, ob morgen früh ein Flieger nach Amerika gehen würde. Und wenn sie hierblieben, würde früher oder später die Polizei nach ihr suchen.

Auf einmal kamen ihm Zweifel. Vielleicht war es doch besser, wenn sie blieb ... Was, wenn sie beide es bereuen würden rüberzugehen? Wenn es Conny dort drüben nicht gefiel?

Aber er wusste, dass sie sich die Sache nicht ausreden lassen würde. Außerdem hatte er ein Versprechen abgegeben. Das durfte und wollte er nicht brechen.

An der Haustür klingelte es. Da Frau Thaler es offenbar nicht mitbekommen hatte, ging Richard kurzerhand hin und öffnete. Er rechnete damit, dass die Nachbarin sich dem Fernsehschauen anschließen wollte – das tat sie von Zeit zu Zeit.

Doch nun sah er Cornelia vor seiner Tür stehen.

»Conny!«, sagte Rick und schaute sie verwundert an. »Du bist hier? Aber wir ...«

»Ich weiß, dass wir uns am Bahnhof treffen wollten, aber ich wollte einfach bei dir sein.«

Sie umarmte ihn und drückte sich fest an ihn.

Er erwiderte die Umarmung, dann sagte er: »Und dein Vater? Hast du ihm eine Nachricht hinterlassen? Du weißt, ich möchte nicht, dass er uns die Polizei hinterherschickt und behauptet, ich hätte dich entführt.«

»Es ist alles geregelt.«

»Wirklich?«

Ein seltsames Lächeln lag auf Connys Gesicht. »Er war besoffen, wie immer. Er hat nicht mitbekommen, dass ich aus dem Haus bin. Und er wird mich nicht vermissen. Ich werde ihm eine Karte schreiben, wenn ich in den Staaten angekommen bin.«

»Oh Mann.« Richard rieb sich übers Gesicht. Er wollte wirklich keine Schwierigkeiten. Doch die würde er bekommen, wenn ihr Vater nach Conny suchte. »Du hast ihm nicht mal einen Zettel auf dem Tisch zurückgelassen? Irgendeine Nachricht?«

Conny schüttelte den Kopf. »Nein, warum sollte ich? Ich bin froh, dass ich es aus dem Haus geschafft habe, ohne dass er wach geworden ist.« Ein enttäuschter Ausdruck erschien auf ihrem Gesicht. »Ich dachte, du wolltest mich von hier wegholen. Mir ein anderes Leben bieten.«

»Ja sicher. Dennoch sollte dein Vater Bescheid wissen. Wir hatten das doch besprochen.«

»Wie gesagt, ich schreibe ihm, wenn ich in den Staaten …«

Ein Klopfen unterbrach sie.

»Ja?«, fragte er, worauf Frau Thaler hereinstürmte. Sie war kreidebleich.

»Haben Sie das gehört?«, fragte sie und blickte dann verwundert zu Conny. Doch sie fragte nicht, wer sie war. »Die Deiche am Elbufer werden langsam überspült. Das Wasser strömt aufs Festland.«

Conny taumelte zurück. Das Blut wich ihr aus dem Gesicht.

»Die Bergers«, flüsterte sie. »Sie … sie wissen es bestimmt nicht, sie gehen immer früh ins Bett. Und sie wohnen genau hinter dem Deich.«

»Könnte man sie nicht irgendwie erreichen? Per Telefon oder so?«

Cornelia schüttelte den Kopf und griff sich ins Haar.

»Was ist mit deinem Vater?«, fragte Richard weiter.

»Der würde ihnen nie helfen …«, entgegnete Cornelia und schien sich um ihn keine Sorgen zu machen – und das, obwohl sich die Harburger Chaussee ebenfalls direkt hinter dem Deich befand.

»Du musst ihn trotzdem anrufen. Versuchen, ihn zu wecken.«

Cornelia schüttelte den Kopf. »Nein, bloß das nicht. Dann würde er ja merken, dass ich weg bin.«

»Aber wenn es für ihn gefährlich wird?« Richard griff nach ihren Händen. Sie waren kalt wie Eis. »Bitte, Conny, du willst ihn doch nicht auf dem Gewissen haben. Ruf ihn an und bitte ihn, bei den Bergers Bescheid zu sagen.«

Einen Moment noch zögerte Cornelia, dann nickte sie.

»Darf Conny Ihr Telefon benutzen?«, fragte Richard.

»Ja, natürlich. Kommen Sie.«

Cornelia folgte Frau Thaler in den Flur, wo der Apparat hing. Dann wählte sie mit zitternden Fingern die Nummer und wartete.

Der Ruf schien durchzugehen. Doch niemand nahm ab. Conny versuchte es noch ein paarmal, doch nichts.

»Ich muss zu ihnen!«, sagte sie dann und hängte den Hörer wieder auf die Gabel. »Es nützt nichts, ich muss sie warnen. Wenn ihnen nun etwas passiert … Das würde ich nicht ertragen können! Frau Berger war immer so lieb zu mir, beinahe wie eine Mutter! Ich muss es tun!«

»Es ist Wahnsinn, da rauszufahren«, bemerkte Frau Thaler. »Gibt es denn wirklich keine andere Möglichkeit? Möglicherweise haben sich Ihr Vater und diese anderen Leute schon in Sicherheit gebracht.«

Conny schüttelte den Kopf und sah Richard flehend an.

»Bitte. Lass sie uns warnen. Wir fahren dann auch gleich wieder zurück.«

»Conny.«

»Wenn du nicht willst, gehe ich allein!«, verkündete sie daraufhin und riss sich von ihm los.

»Conny, warte!«, rief er ihr nach. »Ich komme mit. Lass mich nur einen Mantel überwerfen.«

»Sie wollen bei dem Wetter doch nicht wirklich raus?« Frau Thalers Stimme überschlug sich beinahe. Doch Richard hörte nicht darauf. Er griff nach seiner Jacke und stürmte dann Conny hinterher, die bereits an der Tür war. Wenig später verließen sie das Haus.

Abgesehen davon, dass die Straßen etwas leerer waren als sonst, wirkte die Nacht wie eine gewöhnliche Unwetternacht in Hamburg. Richard hatte so etwas schon einmal erlebt, damals war es allerdings bei Sturm und starken Regenfällen geblieben.

Auch die S-Bahn-Waggons waren nicht so voll wie sonst an einem Freitag. Normalerweise waren die Leute unterwegs, um sich nach der Arbeitswoche ein wenig zu vergnügen. Einige taten das auch, und sie schienen sich keine Sorgen darum zu machen, was das Hochwasser anrichten könnte. Doch irgendwas lag in der Luft, das spürte er. Eine gewisse Anspannung, wie die Erwartung einer Katastrophe.

»Es kann sein, dass sie die Strecke unterbrechen«, sagte er nach einer Weile. Conny hatte schon die ganze Zeit schweigend neben ihm gesessen. Ihren Augen war anzusehen, dass sie mit den Gedanken ganz woanders war. »Möglicherweise erreichen wir sie nicht mehr.«

Wenn Richard ehrlich war, war ihm die Sache nicht geheuer. Ihr Vater mochte vielleicht deshalb nicht abgenommen haben, weil er bereits gewarnt worden war. Und die Bergers … Sie würde doch sicher auch jemand benachrichtigen. Er hatte nicht viel Ahnung davon, wie die Nachbarschaft in den Behelfsheimen war, ja erst durch Conny hatte er überhaupt davon gehört. Doch er konnte sich nicht vorstellen, dass die Leute sich nicht gegenseitig halfen.

Am liebsten hätte er Conny gepackt, wäre mit ihr ausgestiegen und dann in die Bahn in die Gegenrichtung gewechselt. Noch lieber wäre er mit ihr auf dem Weg zum Flughafen gewesen, auf dem Weg in die USA, egal, was seine Eltern dazu sagen würden.

Doch wahrscheinlich kam das für Conny in ihrer Sturheit nicht in Frage, bevor sie nicht wusste, dass ihre Bekannten in Sicherheit waren.

Als sie die Bahn schließlich in Veddel verließen, wurden sie von dem Orkan beinahe umgerissen. Während ihnen trockene Blätter und Unrat aus irgendwelchen umgekippten Mülltonnen um die Ohren flogen, taumelten sie zur Treppe. Dort rutschten sie um ein Haar aus, denn die Stufen waren klitschnass, und auf dem Boden ging es nicht viel besser.

»Wir müssen die Straße runter«, beschied Cornelia, als sie den Bahnhof verließen. »Ganz weit runter. Den gesamten Deich entlang.«

Richards Magen krampfte sich zusammen. Der Deich erschien ihm wie ein dunkles Ungeheuer, das vorhatte, sie zu verschlingen.

»Keine Sorge«, schrie Conny ihm ins Ohr. »Es werden sicher nicht alle Deiche überspült. Unser Deich hat schon einmal gehalten, und er wird es wieder tun. Jedenfalls für eine Weile.«

»Woher weißt du das?«

»Vor einiger Zeit hatten wir hier schon mal Hochwasser,

und sie haben es ausgehalten. Keine Ahnung, welche Deiche Frau Thaler meinte, aber nicht unseren.«

Und warum machen wir uns dann verrückt und rennen mitten in der Nacht durch die Stadt?, fragte sich Richard, doch es war zu spät, um umzukehren.

Eine ganze Weile liefen sie, stemmten sich gegen den Sturm. Entlang der Harburger Chaussee war noch nichts davon zu erkennen, dass sich die Leute zum Aufbruch rüsteten. Hier und da waren einige Fenster erleuchtet, andere schauten dunkel in die Nacht.

Vor dem Haus, in dem ihr Vater wohnte, blieb Richard stehen.

»Was ist?«, fragte Conny verwundert.

»Wollen wir nicht wenigstens nachschauen, ob er wach ist?« Richard spürte, wie ihn das schlechte Gewissen biss. Wenn ihrem Vater nun etwas zustieß!

Conny schüttelte ängstlich den Kopf. Ihr Körper spannte sich an. »Nein, besser, wir bleiben ihm fern. Wenn er mich entdeckt …«

»Mich kennt er nicht«, gab Richard zurück und reckte den Hals. Sehen konnte er allerdings nichts.

Conny fasste ihn am Ärmel. »Die Nachbarn werden ihm schon Bescheid geben. Komm jetzt, wer weiß, wie viel Zeit noch bleibt.«

Sie hasteten die Harburger Chaussee hinunter und näherten sich schließlich einer Art Gartenkolonie. War das die Gegend, in der die Bergers wohnten?

Richard war erschüttert. Diese Häuser wirkten nicht so, als könnten sie einem derartigen Unwetter standhalten. Conny hatte ihn nie hierher mitgenommen. Wohl, damit er nicht sah, was hier los war. Doch er hätte es gern gewusst.

Dann hätte er wohl auch gleich die Panik verstanden, die sie wegen der Bergers an den Tag legte.

»Dahinten wohnen sie. Wir müssen sie wecken!«

Conny lief voran. An der Haustür hämmerte sie mit den Fäusten gegen das Holz. »Aufwachen! Herr Berger, wachen Sie auf!«

Keine Reaktion. Auch in der Nachbarschaft ging kein Licht an. Waren die Leute vielleicht schon weg? Die Behausungen mochten nicht die besten sein, aber hier hatte man doch sicher auch ein Radio. Mittlerweile mussten die Behörden doch warnen …

Als Richard einsah, dass Connys Rufe nichts brachten, versuchte er es.

»Hallo, hören Sie uns? Sie müssen hier raus! Das Wasser kommt!«

Wenig später ging ein Licht in einem der Fenster an. Schritte tappten zur Tür, und das Gesicht von Herrn Berger erschien im Türspalt. Über seinem Pyjama trug er einen Bademantel, den er nur nachlässig vor dem Bauch zusammengebunden hatte.

»Was ist los, wer sind Sie?«

»Lothar?«, meldete sich Conny zu Wort und trat vor Richard. »Sie müssen von hier weg. Die Deiche brechen! Wecken Sie Ihre Familie, und sehen Sie zu, dass Sie weiter ins Landesinnere kommen. Bringen Sie sich in Sicherheit.«

Der Mann sah sie ein wenig unverständig an, offenbar musste er das Gehörte erst einmal ordnen.

»Es kam im Radio«, erklärte Cornelia. »Bitte, schauen Sie zu, dass Sie von hier wegkommen.«

»Ist gut«, sagte er und machte kehrt, ohne die Tür zu schließen.

»Brauchen Sie Hilfe?«, fragte sie, doch von der Treppe erklang nur ein: »Nein, wir schaffen das schon!« Dann war Herr Berger verschwunden.

»Conny!«, rief Richard, denn er bemerkte, dass etwas kalt in seine Schuhe lief.

»Das Wasser!«, stellte Conny fest. »Es läuft über den Deich.«

Richard packte sie bei der Hand und rannte los. »Los, beeilen wir uns. Wir müssen von hier weg.«

Er hatte keine Ahnung, wohin sie sich wenden sollten. Würden sie es noch bis zur S-Bahn schaffen? Oder sollten sie lieber versuchen, in eines der festeren Mietshäuser zu gelangen? In das Haus von Connys Vater? Stand es hoch genug, um die Flut auszuhalten?

Richards Herz zog sich zusammen. All diese Menschen, die hier wohnten, waren so arglos. Wäre Cornelia nicht bei ihm gewesen, hätte er versucht, sie zu warnen. Doch nun musste er dafür sorgen, dass ihr nichts geschah. Sie rannten weiter in Richtung Harburger Chaussee. Wie spät es mittlerweile war, wusste er nicht.

Als Cornelia zurückblieb, fasste Richard sie wieder bei der Hand. »Komm jetzt! Wir müssen zum Haus deines Vaters!«

Noch immer schienen die meisten Leute ahnungslos. Nur hier und da flammten ein paar Lichter auf.

Das Wasser reichte Richard und Cornelia bereits bis fast zum Knie. Während sie sich voranmühten, blickte Richard ängstlich zum Deich. Würde er halten? Das viele Wasser, kam es von dort? Schwappte die Flut bereits über die Deichkrone?

Sie kämpften sich weiter voran, und bald sahen sie die dunklen Häuser der Harburger Chaussee.

»Dein Vater ist sicher schon auf«, sagte Richard und fügte mit Galgenhumor hinzu: »Vielleicht ist jetzt ein guter Zeitpunkt, mich ihm vorzustellen.«

»Sag so was nicht!«, entgegnete Conny ängstlich. »Er wird dich in der Luft zerreißen. Aber vielleicht – verdammt!«

»Was ist?«

»Ich habe den Schlüssel dagelassen. Ich dachte, ich brauche ihn nicht mehr.«

»Den Schlüssel zu eurem Haus?«

»Ja!« Ein panischer Ausdruck erschien auf ihrem Gesicht.

»Dann klingeln wir eben bei den Nachbarn. Sie werden uns sicher reinlassen. Irgendwie.«

Sie stemmten sich weiter gegen das Wasser, das ihnen jetzt schon fast bis zur Hüfte reichte. Hin und wieder verloren ihre Füße den Halt, was Conny dazu brachte, panisch aufzuschreien.

Dann siegte das Wasser.

In der Dunkelheit konnte er nicht erkennen, was da auf ihn zukam, doch plötzlich prallte etwas Dunkles gegen ihn und riss ihn von den Füßen. Er hörte, wie Cornelia aufschrie, und griff fester nach ihrer Hand. Gemeinsam wurden sie ein Stück weit mitgerissen und gerieten unter Wasser. Die eiskalten Fluten drückten auf seine Brust und machten es ihm einen Moment lang unmöglich, zu atmen oder gar zu schreien. Seine Kleider fühlten sich in Sekundenschnelle doppelt so schwer an und drohten, ihn nach unten zu ziehen. Wasser lief in seine Ohren und seine Nase. Verzweifelt kämpfte er um jeden Atemzug, während das Tosen ringsherum immer lauter wurde. Panik tobte in ihm. Er durfte Conny auf keinen Fall loslassen – doch gleichzeitig musste er versuchen, über Wasser zu bleiben, zu schwimmen. Mit dem freien Arm begann er zu rudern, aber es hatte keinen Effekt. Allmählich wurden auch seine Muskeln taub.

Plötzlich stießen sie gegen etwas Hartes. Wahrscheinlich war es eine Hauswand, in der Dunkelheit konnte Richard das nicht erkennen. Instinktiv griff er nach dem Hindernis, fand aber keinen Halt. Doch hier war die Strömung nicht ganz so schlimm. Er versuchte, mit der freien Hand ein wenig zu paddeln, während er mit der anderen an Conny zog. Diese tauchte wenig später hustend und würgend an der Wasseroberfläche auf.

»Kannst du schwimmen?«, schrie er ängstlich durch das Sturmgetöse. Nicht, dass sich ihre Chancen bei der Strömung verbessern würden, doch vielleicht half es ein wenig, ein Dach zu erreichen, um sich irgendwie über Wasser zu halten.

Conny schien ihn gehört zu haben und antwortete etwas, das er nicht verstehen konnte. Als er sie paddeln sah, verstand er, dass sie schwimmen konnte. Das erleichterte ihn ein wenig, und er ließ ihre Hand los. Vielleicht würden sie leichter durchkommen, wenn jeder von ihnen allein schwamm. Immerhin behinderten sie einander dann nicht.

Das Wasser stieg weiterhin stetig, und die Orientierung fiel ihm in der Dunkelheit schwer. In der Ferne sah er Straßenlampen, doch die Spiegelung ihres Lichtscheins im Wasser war dem Lampenkopf gefährlich nahe. Was, wenn er sie erreichte? Wenn die Lampen nicht einfach so erloschen, sondern alles unter Strom setzten?

Was sollte er tun?

Er spürte, wie seine Gliedmaßen von dem eiskalten Wasser langsam taub wurden. Sie mussten auf ein Dach, irgendein Dach …

Kurzerhand schwamm er zu Conny.

»Halt dich an mir fest!«, schrie er ihr zu. »Wir dürfen uns nicht verlieren, hörst du?«

So gut es ihm möglich war, legte er sich ihre Arme auf die Schultern. Als junger Mann hatte er mal einen Freund aus dem Wasser gerettet, er wusste, worauf er achten musste. Allerdings war der See damals nahezu unbewegt gewesen, während hier das Wasser mit fast übernatürlicher Gewalt strömte.

Dennoch gelang es ihm, sie ein Stück mitzuziehen. Sie ließen sich eine Weile vom Strom treiben, weiter ins Landesinnere.

Lichter tauchten vor ihnen auf. Wahrscheinlich waren es wieder nur Straßenlaternen, möglicherweise auch Fenster von höher gelegenen Häusern. Vielleicht würden sich diese Fenster für sie öffnen. Vielleicht konnten sie ins Trockene gelangen und dann auf ein Dach, auf dem sie für eine Weile sicher waren.

Plötzlich spürte er, wie Connys Hände von seinen Schultern glitten.

»Nein!«, schrie er und versuchte, nach ihr zu greifen, doch die Hand, die er zu fassen bekam, rutschte durch seine hindurch. Erneut traf sie eine Welle, die sie auseinandertrieb. Er hörte Connys Schreie durch den Sturm gellen, aber sie entfernten sich schnell und verstummten schließlich. Geschockt versuchte er, ihr hinterherzuschwimmen, doch er war machtlos gegen die Strömung.

»Conny!«, schrie er noch einmal, bekam dabei einen riesigen Schwall Wasser in den Mund und wurde im nächsten Augenblick unter die Wasseroberfläche gezogen.

Panisch bemühte er sich, gegen den Sog anzukämpfen,

doch ihm fehlte die Kraft. Sein Körper wurde immer weiter fortgerissen, während seine Lungen krampfhaft versuchten, an neue Luft zu gelangen. Ihm wurde schwindelig, sein Puls rauschte in seinen Ohren – dann verschwanden die Geräusche, und er spürte eine seltsame Ruhe.

Der Rosengarten. Plötzlich hatte er wieder den Rosengarten seiner Granny vor sich. Das warme Licht, das durch die Bäume fiel … Und dann sah er seine Großmutter. Sie trug ihre geblümte Schürze wie damals, als er in den Sommerferien bei ihr war, und winkte ihm zu. Er wollte aufspringen und zu ihr laufen, aber irgendwas hielt ihn fest. Es zerrte an seinem Bein wie ein großer Hund, und dann …

… kam er wieder zu sich und merkte, dass sein Fuß an einer Astgabel hing. Instinktiv und mit dem bisschen Luft, das ihm noch geblieben war, versuchte er, sich an dem Stamm hochzuziehen. Die Rinde war glitschig, und mittlerweile spürte er auch seine Hände kaum noch vor lauter Kälte. Doch irgendwie gelang es ihm, Halt zu finden und sich auf einen dicken Ast zu retten.

Hustend und würgend krümmte er sich zusammen. Das Rauschen des Wassers dröhnte in seinen Ohren und überdeckte fast das Donnern seines Pulses.

Nachdem er einen Schwall Wasser erbrochen hatte, wurde ihm klar, dass er weiter nach oben musste. Das Wasser stieg noch immer.

Hustend, stöhnend und mit klappernden Zähnen erhob er sich. Seine Muskeln zitterten kraftlos, als er sich nach dem Ast über ihm reckte. Kaum hatte er ihn zu fassen bekommen, rutschten seine Füße von dem glatten Untergrund ab. Richard schrie auf, schaffte es aber, sich zu halten. Keuchend und zitternd kämpfte er sich hinauf, bis er irgendwann die

Spitze des Baumes erreichte. Unter ihm tobte noch immer das Wasser. Verzweiflung übermannte ihn.

Conny! Er hatte sie verloren!

Ein Klagelaut drang aus seiner Kehle. Regentropfen schlugen ihm ins Gesicht und vermischten sich mit seinen Tränen und dem Rotz, der ihm aus der Nase floss. Seine Zähne klapperten wie wild, und seine Füße und Hände spürte er nicht mehr. Doch irgendwie gelang es ihm, sich auf dem Baum zu halten. Er band sich mit dem Gürtel seines Mantels fest, so gut es eben ging, dann lehnte er sich gegen den Stamm.

Conny, wo bist du?, fragte er sich, während er in die Schwärze hinausblickte. Das Rauschen des Wassers entfernte sich, und sein von der Anstrengung geschwächter Körper gab schließlich auf.

*

Wie lange er so auf dem Baum zubrachte, wusste er nicht, doch als er wieder zu sich kam und die Augen aufschlug, zog ein bleierner Morgen über der Stadt herauf. Beinahe wäre er von dem Ast gerutscht, auf dem er saß. Doch er schreckte hoch, fing sich wieder und setzte sich wieder zurecht.

Dann fiel es ihm ein. Conny und er waren in die Flut geraten. Auf einmal war da haufenweise Wasser gewesen und hatte sie fortgespült.

Am ganzen Leib zitternd, blickte Richard nach unten.

Das Wasser stand nicht mal einen halben Meter unter ihm. Doch es schien nicht mehr zu steigen. Es strömte langsam vor sich hin, wie die Elbe an einem ruhigen Sommertag.

Richard hustete, sein Hals fühlte sich rau an, und seine Gliedmaßen spürte er noch immer nicht. Nach und nach kamen ihm die Details der vergangenen Nacht wieder in den Sinn. Er hatte Conny mitnehmen wollen in eine neue Welt.

»Conny?«, fragte er, doch seine Stimme verlor sich im Leeren. Ringsherum gab es nichts weiter als Wasser, das den grauen Morgen reflektierte, und Baumkronen, die wie Skelettfinger in die Höhe ragten.

Er versuchte, den Kopf zu drehen, doch seine Muskeln schmerzten zu sehr. Das galt auch für seine Arme und Beine. Er konnte sie nicht bewegen. Es war, als hätte man ihn in ein Kühlhaus gesteckt. Die Kälte ringsherum schien auch die Panik in seinem Innern betäubt zu haben. Er fragte sich zwar, was mit Conny geschehen war und ob sie es geschafft hatte, sich irgendwohin zu retten, aber in seiner Brust fühlte sich alles leer an.

Fühlte man sich so, wenn man erfror?

Wenn Conny tot war, wollte Richard auch nicht mehr leben. Doch bis er über ihr Schicksal Bescheid wusste, musste er durchhalten. Irgendwie. Bis das Wasser fiel. Bis jemand kam.

Die Zeit zog sich dahin. Obwohl es zunehmend Tag wurde, veränderte sich das Licht kaum. Der Wind war abgeflaut, aber die Kälte schien schlimmer zu werden. Richard dämmerte vor sich hin. Von Zeit zu Zeit schlief er ein, wurde wach, korrigierte seinen Sitz. Er hatte Durst, doch das Salzwasser war ungenießbar. Außerdem wäre er nicht in der Lage gewesen, sich hinunterzubeugen und etwas Wasser zu schöpfen.

Hilfesuchend blickte er in den Himmel, doch da war nichts. Nicht mal Möwen ließen sich blicken. Verzweiflung übermannte ihn, und er begann zu weinen. Sein Hals schmerzte, und Tränen verbrannten sein Gesicht. Gab es

Aussicht auf Rettung? Und was, wenn Conny ertrunken war?

Er schloss die Augen und hatte wieder vor sich, wie sie in den Fluten verschwunden war. Die Ungewissheit bohrte in ihm, doch nicht für lange, dann wurde er wieder müde. Die Tränen versiegten, und sein Weinen wich einem kraftlosen Schluchzen.

»He, junger Mann!«, rief da jemand, bevor er wieder in den Schlaf abdriften konnte. »Können Sie mich hören?«

Das konnte er, doch er war nicht in der Lage, etwas zu sagen. Seine Stimme gehorchte ihm nicht, und auch seinen Mund konnte er nicht bewegen.

»Lebt der überhaupt noch?«, fragte eine andere Männerstimme, dann hörte er ein Platschen. Wenig später tauchte ein Boot in seinem Sichtfeld auf.

»Klar lebt der noch!«, sagte jetzt der Mann, der ihn gerufen hatte. »Ist nur eingefroren. Komm, holen wir ihn.«

Wenig später wurde er in ein schaukelndes Boot gehoben, in dem noch zwei andere saßen, eine Frau und ein kleiner Junge, die beide dumpf ins Leere starrten. Einer der Männer legte ihm eine Decke um, die allerdings keineswegs die Kälte in seinem Innern lindern konnte.

Er spürte noch, wie sich das Boot in Bewegung setzte. Dann wurde es erneut dunkel um ihn herum.

*

Eine seltsame Kälte steckte in seinen Knochen. Es war, als würde er noch immer im Wasser liegen. Doch als er mit den Armen ruderte, merkte er, dass es keinen Widerstand mehr gab. Und auch keine Nässe. Er spürte seine Hände und seine

Füße. Das Zittern war immer noch da, doch etwas war anders. Seine Augen waren verklebt, und seine Lippen fühlten sich rau an, als wäre er wochenlang durch die Wüste gelaufen. Dennoch schaffte er es, die Lider zu heben. Kurz verdeckte ein weißer Schleier seine Sicht, aber dann klärte sich das Bild.

Der Baum! Er war nicht mehr auf dem Baum. Und über ihm war auch kein bleigrauer Himmel mehr. Er befand sich in einem Zimmer.

Da erinnerte er sich wieder, dass er von zwei Männern in einem Boot aufgelesen worden war.

»Wo bin ich?«, fragte er auf Deutsch ins Leere. Seine Stimme hallte seltsam von den Wänden wider. Oder war das alles nur in seinem Kopf?

»Excuse me, Sir?«, fragte eine Frauenstimme zurück. Ein Stuhl wurde zurückgeschoben.

Verwirrt blickte sich Richard um. Wenig später erschien das Gesicht einer dunkelhaarigen Schwester über ihm.

»Ich werde den Doktor holen«, sagte sie auf Englisch, dann verschwand sie wieder.

Richard kniff die Augen zusammen. Was hatte das zu bedeuten? Er war doch in Deutschland. In einem Krankenhaus, wenn er es richtig sah.

Er versuchte, sich aufzusetzen, doch ein Schwindel erfasste ihn. Er fühlte sich kraftlos, und etwas schien an seiner Hand zu zerren. Als er sie hob, entdeckte er eine Infusionsnadel in seiner Haut. Sie führte zu einem Beutel mit einer klaren Flüssigkeit.

Ja, das war ein Krankenhaus. Nur warum hatte die Schwester Englisch mit ihm gesprochen?

Wenig später ging die Tür. Schritte näherten sich seinem

Bett, ein Mann tauchte auf. Er trug Uniformhosen und ein Uniformhemd unter seinem Kittel. Aus dessen Brusttasche ragte ein Stethoskop.

»Ich bin Dr. James, Ihr behandelnder Arzt«, stellte er sich vor.

Richard kniff die Augen zusammen. Der Mann trug das Rangzeichen eines Lieutenant, das erkannte er noch. Und auch, dass die Uniform eine amerikanische war.

»Es freut mich, dass Sie wieder wach und bei Bewusstsein sind, Mr Henderson.«

»Ich …« Richard stockte. Er war mittlerweile so sehr daran gewöhnt, Deutsch zu sprechen, dass ihm die englischen Worte zunächst nicht einfallen wollten. Doch dann kehrten sie zu ihm zurück. »Wo bin ich hier?«

»Sie sind in einem Militärhospital der US-Army«, erklärte der Arzt. »Ihr Vater hat darauf bestanden, dass Sie hierher verlegt werden, als er hörte, dass Sie während der Sturmflut in Hamburg verletzt wurden. Sie waren zuvor in einem Hamburger Krankenhaus und wurden mit einer schweren Lungenentzündung zu uns gebracht. Sie hatten hohes Fieber und befanden sich zeitweise im Delirium. Doch mittlerweile ist Ihre Temperatur auf normale Werte zurückgefallen. Deshalb erleben Sie heute Ihren ersten bewussten Tag.«

Die Worte fielen wie Eisregen auf ihn herab. Sturmflut. Verletzt. Lungenentzündung.

Durch seine Erinnerung echote ein Schrei.

Conny!

Ruckartig richtete er sich auf. Sein Herz raste, und in seinen Ohren pochte das Blut.

»Alles okay?«, fragte der Arzt und griff nach seinem Handgelenk, um den Puls zu fühlen.

»Es geht mir gut, Doktor«, beschwichtigte Richard ihn. »Ich dachte nur an jemanden, der bei mir war, als das Wasser kam.«

»Und um wen handelt es sich da?«

»Conny. Ich meine Cornelia. Cornelia Raaken. Ist sie auch hier eingeliefert worden?«

»Nein, nicht, dass ich wüsste. Ist sie Amerikanerin?«

Richard schüttelte den Kopf. »Nein«, keuchte er.

»Ist sie eine Bekannte?«

»Meine Freundin.«

»Wenn Sie wollen, höre ich mich um. In dieses Hospital sind einige amerikanische Staatsbürger aus Hamburg eingeliefert worden. Und wir haben Leute in der Stadt, die vielleicht herausfinden können, wo das Mädchen ist.«

Richard wurde schwindelig. Er ließ sich wieder in die Kissen sinken. Ihm fehlte die Kraft, Angst zu haben.

»Ja, das ist gut, Doktor. Bitte fragen Sie nach.«

»Ich werde sehen, was ich tun kann. Aber Sie müssen sich jetzt ausruhen. Ihr Vater hat uns gebeten, ihm Bescheid zu geben, wenn Sie transportfähig sind. Er möchte Sie nach Hause holen, um Ihre Behandlung fortzusetzen.«

»Aber ich muss in die Stadt. Ich … ich habe noch Dinge zu erledigen …« Dass er eigentlich Conny rüberbringen wollte, verschwieg er. Wenn sein Vater in die Sache involviert war, würde es besser sein, wenn er nichts wusste.

»Ich fürchte, einen Monat werden Sie schon brauchen, um sich zu erholen. Ohnehin wird in Hamburg kaum ein normaler Betrieb möglich sein. Alle sind dabei, die Schäden zu beseitigen, die die Flut hinterlassen hat. Es sind ein paar hundert Menschen ums Leben gekommen, und viele Häuser sind vollkommen …«

Der Arzt stockte, als er bemerkte, dass sich Richards Miene verfinsterte. Hunderte Menschen umgekommen. Möglicherweise auch seine Conny.

Nein, so durfte er nicht denken! Sicher würde der Arzt sie ausfindig machen. Und wenn nicht er, würde er selbst alles daransetzen, sie zu finden.

»Ruhen Sie sich aus«, riet ihm Dr. James. »Wenn es Neuigkeiten gibt, erfahren Sie es sofort.«

*

Die folgenden Tage waren ein Gemisch aus Müdigkeit, Medikamenten, Krankenhaus-Essen und Besuchen des Arztes. Richard ließ alles über sich ergehen, schlief, wenn er sollte, und aß, was man ihm vorsetzte. Sein Körper erholte sich langsam, doch seine Seele fühlte sich taub an. Er konnte nur an Conny denken und daran, was mit ihr geschehen war.

Der Arzt hatte zwar versprochen, ihn zu informieren, doch als er nachgefragt hatte, konnte Dr. James ihm nur sagen, dass sie noch keine Neuigkeiten hätten. Ein wenig vermutete Richard, dass sie es vergessen hatten oder dass es ihnen nicht so wichtig war.

Er nahm sich vor, selbst nach ihr zu suchen, sobald er hier raus war. Sein Herz musste sie doch finden!

Als er stabil genug war, schleppte er sich in den Fernsehraum und sah mit anderen Patienten, meist Militärangehörigen, die Nachrichten und die Wochenschau. Er sah Robert Kennedy in Berlin, wo er die Mauer verurteilte, er sah John Glenn aus seiner Raumkapsel steigen, und er sah das zerstörte Hamburg, die kaputten Häuser, verzweifelte Überlebende und die große Trauerfeier auf dem Rathausplatz. Diese Bilder ließen Tränen in seine Augen steigen. So viele Menschen tot. Die Häuser sahen aus wie nach einem Krieg.

Und seine Conny? War sie unter den Opfern? Oder fragte sie sich in diesem Augenblick, ob er überlebt hatte?

Er begann, jämmerlich zu weinen. Ein paar Männer kamen zu ihm, umringten ihn, klopften ihm auf die Schulter. Sie wussten nicht, was los war, sie ahnten nichts von dem Mädchen, das er in den Fluten verloren hatte, doch ihr Trost half ihm ein wenig.

Seinem Zimmernachbarn vertraute er sich schließlich an.

»Das wird schon«, sagte dieser. »Ich bin sicher, dass sie noch lebt und irgendwo auf dich wartet. Komm erst mal wieder richtig auf die Beine, dann kannst du sie suchen. Weißt du denn, wo sie gewohnt hat?«

Richard nickte. Das hatte er nicht vergessen. Leider hatten sie das rettende Haus nicht mehr erreichen können.

»Na, siehst du, da gehst du zuerst hin und schaust nach. Dann fragst du die Nachbarn. Und wenn das alles nicht hilft, wendest du dich an die Polizei. Sie werden dir sagen können, was los ist.«

An diese Worte und seine Hoffnung, Conny lebend wiederzusehen, klammerte sich Richard in den folgenden Tagen. Die Lungenentzündung verging, und die Kraft kehrte in seinen Körper zurück. Er hatte ziemlich abgenommen und erkannte sich selbst im Spiegel nicht mehr. Aber er lebte und konnte es gar nicht erwarten, sich auf die Suche nach Cornelia zu begeben.

An einem Morgen erschien Dr. James schließlich.

»Guten Morgen, Mr Henderson, es freut mich sehr, dass ich Ihnen mitteilen kann, dass Sie heute entlassen werden.«

Richard lächelte. »Danke schön, Doc, ich dachte, ich komme hier nie wieder raus.«

»Für Ihren Flug nach Hause wurde bereits Sorge getragen, eines unserer Fahrzeuge wird Sie mitnehmen zum Flughafen.«

»Aber … das geht nicht, ich muss nach Hamburg. Ich … ich habe Sachen dort und …«

»Ihre Sachen sind mittlerweile abgeholt worden. Leider ist die alte Dame, bei der Sie gewohnt haben, vor ein paar Tagen verstorben, die Nachbarin wusste glücklicherweise Bescheid.«

»Frau Thaler ist tot?« Richard schüttelte fassungslos den Kopf. War sie auch ein Opfer der Flut geworden? Aber in den Nachrichten hatte es doch geheißen, dass St. Georg zu den Stadtteilen gehört hatte, die vom Wasser verschont worden waren.

»Ja, sie hat wohl einen Herzinfarkt erlitten. Aber Sie brauchen sich keine Sorgen zu machen, es ist alles organisiert.«

Herzinfarkt. Hatte sie sich so sehr gesorgt? Oder hatte sie der Anblick des überfluteten Südens von Hamburg so mitgenommen? Hatte sie gefürchtet, Conny und er wären umgekommen?

Für einen Moment war er nicht imstande, etwas darauf zu sagen.

Der Arzt erzählte noch etwas, doch er hörte nicht zu. Wahrscheinlich ging es um Organisatorisches.

»Ich muss trotzdem zurück«, unterbrach Richard ihn. »Die junge Frau, nach der ich Sie gefragt habe … Ich muss wissen, ob es ihr gutgeht.«

Der Arzt sah ihn an, als hätte er den Verstand verloren. »Tut mir leid, aber ich fürchte, dazu werden Sie keine Zeit haben – zumindest jetzt nicht. Ihre Maschine ist gebucht, alles arrangiert. Außerdem ist Ihr Visum schon vor einiger Zeit abgelaufen.«

»Aber es ist ein Notfall. Ich muss wissen, wo sie ist.«

»Sie ist Ihre Freundin, nicht wahr? Aber liiert waren Sie offiziell nicht mit ihr?«

»Nein, das nicht, ich wollte sie erst meinen Eltern vorstellen.«

»Ich fürchte, in dem Fall können wir nichts für Sie tun. Fliegen Sie nach Hause, und versuchen Sie, von dort Informationen einzuholen. Ich nehme ohnehin an, dass Ihre Freundin, wenn sie überlebt hat, erst einmal in einer Notunterkunft untergekommen ist. In Hamburg herrscht immer noch das Chaos, es wäre wirklich besser, wenn Sie später noch einmal herkämen.«

Richard starrte den Arzt fassungslos an. Am liebsten wäre er aufgesprungen und hätte ihn am Kragen gepackt. Doch das wagte er nicht. Und es änderte ja auch nichts an seiner Lage. Er würde noch heute in die Staaten zurückfliegen. Tausende Meilen entfernt von Conny.

*

Die Fahrt zum Flughafen nahm er gar nicht richtig wahr. Tiefe Enttäuschung wütete in ihm, und auf einmal verfluchte er seinen Vater dafür, dass er ihn in das Hospital hatte bringen lassen. Wäre er in einem deutschen Krankenhaus geblieben, hätte man ihn sicher ziehen lassen und sich nicht um das Visum gekümmert.

Doch beim Militär nahm man es genau. Und so blieb ihm nichts anderes übrig, als seine Conny zurückzulassen.

Als das Flugzeug von der Rollbahn abhob, verschwamm seine Sicht unter Tränen. Zu gern hätte er nach Conny gesucht. Was sollte er jetzt tun? Ihren Vater anschreiben? Lebte er überhaupt noch? Würde Conny in seine Wohnung zurückkehren?

Die Ungewissheit zerriss ihn, und er wusste, dass er erst zur Ruhe kommen würde, wenn er über ihr Schicksal Bescheid wusste.

Am Flughafen wurde er von seinem Vater erwartet. Das verwunderte ihn ein wenig, denn sein Dad war ein vielbeschäftigter Mann.

Als er Richard mit dem Koffer in der Hand am Gate erscheinen sah, ausgemergelt und erschöpft, kam er zu ihm und zog ihn in seine Arme.

Sein Vater war kein besonders emotionaler Mensch, eigentlich lebte er nur für seine Arbeit, doch in diesem Augenblick hörte Richard ihn sogar weinen.

»Ich bin so froh, dass du wieder da bist, Junge! Du kannst dir gar nicht vorstellen, was für Sorgen wir uns gemacht haben!«

»Ich bin auch froh, wieder hier zu sein«, entgegnete Richard pflichtschuldig, denn er konnte seinem Vater nicht vorwerfen, alles getan zu haben, damit es ihm wieder gutging. Auch traf ihn keine Schuld daran, dass er Conny verloren hatte. Der Einzige, der Schuld hatte, war er selbst. Er hätte Conny von dieser Dummheit abhalten sollen! Selbst wenn er Ärger mit ihr bekommen hätte. Er hätte sich mit ihr in seinem Zimmer einsperren und den Schlüssel verschlucken sollen. Dann wären sie nicht Opfer der Flut geworden, und vielleicht wäre dann auch die alte Frau Thaler noch am Leben.

»Komm, mein Junge, fahren wir nach Hause. Deine Mutter ist ebenfalls froh, dass du endlich zurückkehrst. Es war eine lange Zeit. Du wirst sicher einiges zu erzählen haben.«

Und das hatte er tatsächlich.

Nachdem ihn die Limousine an seinem Elternhaus abgesetzt hatte, stürmte ihm seine Mutter entgegen. Bei ihr wunderte es ihn nicht, dass sie in Tränen zerfloss, als sie ihren Spross wiedersah. Er ließ es über sich ergehen, und es freute ihn auch, sie wiederzusehen. Doch immer wieder wanderten seine Gedanken zu Conny zurück.

Was hätten seine Eltern gesagt, wenn er sie mitgebracht hätte? Hätten sie sie willkommen geheißen? Hätten sie sie abgelehnt?

Er würde es nicht erfahren. Jedenfalls jetzt noch nicht. Die Flut hatte alles verändert, und wer konnte schon sagen, was die Zukunft brachte?

»Wir werden eine große Feier veranstalten anlässlich deiner Rückkehr«, verkündete seine Mutter, als sie sich wieder ein wenig gefangen hatte. »Wir werden all deine Freunde einladen und die Nachbarn. Sie alle sollen sehen, was für ein Glück wir hatten, dass du diese grässliche Flut überlebt hast! Du hast jetzt bestimmt erst einmal genug von der Ferne, nicht wahr?«

Richard nickte dazu und spürte deutlich den Vorwurf in der Stimme seiner Mutter. Hätte er nicht auf dem Austauschjahr in Deutschland bestanden, wäre alles beim Alten geblieben. Er wäre nicht in die Flut geraten. Und er hätte jetzt nicht brennende Sorge um ein Mädchen verspürt. Doch gerade deswegen fühlte er sich lebendiger als je zuvor. Nach Conny zu suchen und dann dafür zu sorgen, dass sie seine

Frau wurde, würde ab sofort zum Sinn seines Lebens werden!

*

Noch an diesem Abend setzte er sich an seinen Schreibtisch und begann, einen Brief an Peter zu verfassen. Seit ihrer Unterhaltung über dessen Neigungen und seine Verliebtheit hatten sie sich kaum noch getroffen. Peter war ihm aus dem Weg gegangen, wohl, um darüber hinwegzukommen, dass Richard seine Liebe nicht erwidern konnte.

Richard kam sich nun ein wenig schäbig vor, ihn nach dem Mädchen zu fragen, dem sein Herz gehörte, doch für Conny hätte er alles getan. Und nach dem, was er durchgemacht hatte, würde Peter sicher bereit sein, sich ein wenig umzuhören.

Die ganze Nacht lang berichtete er davon, wie er in die Flut geraten war und wie man ihn gerettet hatte. Er verwarf Entwürfe, strich Passagen, feuerte Papierknäuel um Papierknäuel in die Ecke seines Zimmers.

Dann, gegen Morgengrauen, hatte er endlich eine Version vor sich liegen, mit der er zufrieden war.

Es war nicht gesagt, ob Peter antworten würde, aber einen Versuch war es ihm wert.

Nachdem er bis Mittag geschlafen hatte, brachte er den Brief am Nachmittag zur Post. Erleichterung fühlte er beim Verlassen des Postamtes nicht, doch er hatte die Gewissheit, den Stein ins Rollen gebracht zu haben.

Bange Wochen folgten.

Noch immer erzählte er seinen Eltern nichts von dem Mädchen, das er in der Flut verloren hatte. Wenn seiner Mutter auffiel, dass er niedergeschlagen oder sehr schweigsam war, erklärte er das mit den traumatischen Ereignissen in Hamburg. Auch wenn sie nicht im Geringsten eine Ahnung davon hatte, wie es sich anfühlte, in Lebensgefahr zu geraten, schien sie zu verstehen und ließ ihn in Ruhe.

Im Garten hinter dem Haus saß Richard stundenlang über seinen Büchern, ohne sie wirklich zu lesen. Der Frühling stellte sich nur zögerlich ein, und die Natur war noch fern von jeder Blüte, doch das machte ihm nichts aus. Er sah den Krähen zu, die über das Grundstück hinwegflogen, und nur zu oft versank er in Tagträumen, manchmal sogar so tief, dass er sie für echt hielt. Irgendwann ertappte er sich dabei, dass er, anstatt zu schreiben, versuchte, Connys Gesicht zu malen. Leider war sein Zeichentalent sehr unterentwickelt. Das, was er auf dem Papier sah, ähnelte ihr nicht im Geringsten, und als er das merkte, brach er in Tränen aus. Warum hatte er nur kein Bild von ihr? Warum hatten sie nie zusammen ein Foto machen lassen? War er wirklich so sicher gewesen, dass ihr Glück ewig währen würde?

Nach einer gewissen Zeit begann er, jeden Tag auf den Postboten zu warten. Immer, wenn er die rotblaue Umrandung der Luftpost in dessen Tasche sah, klopfte sein Herz ein wenig schneller.

Glücklicherweise fing die Uni bald wieder an, sein letztes Semester, dann würde er sich endlich an seine Abschlussarbeit setzen können.

Froh darüber, der Beobachtung durch seine Mutter zu entkommen, brachte er seine Sachen wieder ins Wohnheim.

Beim Aufräumen stieß er auch auf die Bücher, die er Conny geliehen hatte. Das machte sein Herz zunächst schwer, doch dann war er froh, sie zu haben. Immerhin hatte er etwas, das sie angefasst hatte. Etwas, bei dem er sich einbilden konnte, dass sie ihm dadurch nahe war.

Dann, am ersten Wochenende, an dem er wieder nach Hause fuhr, fand er den Brief in seinem Zimmer. Die Umrandung des Umschlags sagte ihm sofort, dass es ein Luftpostbrief war. Komisch, dass seine Mutter ihn nicht weitergeschickt hatte …

Als er Peters Namen las, hielt er für einen Moment den Atem an.

Er hatte geantwortet. Er, nicht sie.

Mit fahrigen Bewegungen riss Richard den Brief auf und faltete zitternd den Brief auseinander.

Lieber Richard,

es hat mich ziemlich schockiert, zu lesen, dass du in die Flut geraten bist. Ich war in dem Glauben, dass du wie geplant zum Flughafen gefahren und in die Staaten zurückgekehrt wärst. Dass du nur so knapp dem Tod entronnen bist, hat mich förmlich umgehauen.

Es tut mir furchtbar leid, was du durchgemacht hast. Hätte ich gewusst, in welchem Krankenhaus sie dich untergebracht haben, wäre ich dich natürlich besuchen gekommen. Du weißt ja, wie meine Gefühle für dich aussehen, daran hat sich noch immer nichts geändert, obwohl ich mittlerweile eingesehen habe, dass sich manche Wünsche eben nicht erfüllen können.

Leider kann ich dir keine Nachrichten von deinem Mädchen überbringen. Ich habe mich umgehört, sogar in Wilhelmsburg, doch die meisten Leute kannten sie nicht. Diejenigen, die mit ihrem Namen etwas anfangen konnten, waren der Ansicht, dass sie zusammen mit ihrem Vater umgekommen sei.

Ja, du hast richtig gelesen, ihr Vater hat die Flut nicht überlebt. Er war im Schlaf von ihr überrascht worden. Man fand ihn erst, als das Wasser so weit gesunken war, dass man die untere Etage des Gebäudes wieder betreten konnte.

Das Haus, in dem sie gewohnt hat, wird gerade saniert, da lebt niemand mehr, den ich hätte fragen können. Auf dem Einwohnermeldeamt gibt man mir leider keine Auskunft, denn ich bin ja nicht verwandt mit ihr und wollte auch nicht lügen.

Ich werde natürlich weiterhin Ausschau nach ihr halten und dich benachrichtigen, sobald ich etwas höre.

Schreib mir bitte, wie es dir ergeht.

Gruß, Peter

Richard ließ sich auf sein Bett sinken. Für einen Moment schien alles um ihn herum zu verschwinden. Die Mauern des Zimmers, der Fußboden, die Fenster. Alles weg. Überall nur weiße Leere. Sogar die Geräusche verschwanden. Das Einzige, was er mitbekam, war die grausame Einsicht, dass Conny verschwunden war. Hatte er sie in den Fluten wirklich verloren?

»Richard?«

Die Stimme seiner Mutter riss ihn aus seinen Gedanken. »Junge, was ist los?«

Richard sah sie an. Sie ahnte nichts von dem Mädchen, sie ahnte nicht, was er in Hamburg verloren hatte. Eigentlich hieß es, dass eine Mutter alles verstand, aber irgendwie brachte er es nicht über sich, ihr von Conny zu erzählen, denn er wusste genau, was sie sagen würde: »Hätte es dieses Mädchen nicht gegeben, wärst du nicht in so große Gefahr geraten und beinahe umgekommen.«

In all den Geschichten, die er seiner Verwandtschaft von der Flut erzählt hatte, war Conny nie aufgetaucht.

Und so konnte er jetzt auch nicht mit seiner Mutter teilen, dass er wahrscheinlich die Liebe seines Lebens verloren hatte.

»Nichts, ich habe nur Post aus Hamburg erhalten.« Das wusste seine Mutter bereits, sie hatte ihm den Brief ja auf den Schreibtisch gelegt.

»Ist das ein Freund von dir?«

»Ein Kommilitone. Er hat sich erkundigt, wie es mir geht.«

»Das ist sehr aufmerksam von ihm.«

»Ja, das ist es.« Richard faltete den Brief zusammen und ließ ihn in seiner Hosentasche verschwinden. »Brauchst du mich unten?«

Seine Mutter schüttelte den Kopf. »Nein, ich … ich wollte nur nach dir sehen, das ist alles. Es ist schön, dich wieder mal im Haus zu haben.«

Damit zog sie sich zurück. Richard blickte ihr verwundert hinterher.

Später fragte er sich, ob sie den Brief nicht heimlich geöffnet hatte.

*

Auch wenn er in Harvard viel zu tun hatte, verließ ihn der Gedanke an Conny nie. Manchmal schreckte er aus einem Traum, der ihn zurückgeführt hatte zu dem wunderbaren zweiten Weihnachtstag, und stellte enttäuscht fest, dass es draußen Sommer war. Hin und wieder pochte sein Herz schneller, wenn er auf dem Campus ein Mädchen entdeckte, das ihr ähnelte. Die absurde Hoffnung, dass sie hergekommen sein könnte, verging allerdings schnell, wenn sich die Betreffende umwandte und Richard klarwurde, wie töricht sein Gedanke war.

Nur einen Tag nach der Abschlussfeier setzte sich Richard in den Flieger nach Deutschland. Das Visum in seiner Tasche galt für drei Wochen, diese Zeit würde sicher reichen, um Conny ausfindig zu machen und sie mit nach Hause zu nehmen.

In der Zwischenzeit hatte er Peters Briefe wieder und wieder gelesen. Es rührte ihn, dass sein Freund immer noch Ausschau nach ihr hielt. Aus diesem Grund hatte er auch zugestimmt, ihn in Hamburg auf einen Kaffee zu treffen.

Allerdings würde er das nicht tun, bevor er Conny nicht gefunden hatte.

Ängstliche Erwartung kribbelte in seinem Bauch. Er hatte in den vergangenen Wochen so viele Nachrichten über Hamburg wie möglich in sich eingesogen. Er wusste, dass man mittlerweile einige der in Mitleidenschaft gezogenen Häuser renoviert hatte und dabei war, neue Heime für jene zu errichten, die alles verloren hatten. Auch die Deiche wurden repariert und erhöht, damit eine Katastrophe wie die vergangene nicht noch einmal geschah.

Doch kein Zeitungsartikel, keine Nachrichten und keine Bilder, die er sah, konnten ihm sagen, was aus Conny geworden war.

Das machte ihm noch immer Angst, aber mittlerweile sagte er sich, dass keine Todesnachricht immer noch Raum für Hoffnung ließ. Sein Herz spürte jedenfalls deutlich, dass sie irgendwo da draußen war und auf ein Lebenszeichen von ihm wartete.

Er bezog ein Hotel in der Nähe des Bahnhofs. Sobald er

den Jetlag ausgeschlafen hatte, stieg er in die nächste S-Bahn und fuhr raus in Richtung Wilhelmsburg. Er war nicht sicher, ob die Züge schon wieder überall halten würden. Je näher er dem Elbufer kam, desto deutlicher erkannte er die Spuren der Verwüstung durch die Flut. Die Aufräumarbeiten waren schon weit vorangekommen, sogar die Eisenbahnbrücke stand wieder. Die S-Bahn zuckelte vorsichtig darüber hinweg.

Mittlerweile war der Deich, der in der Nähe der Eisenbahnbrücke gebrochen war, wieder hochgezogen worden. Die Bagger standen immer noch dort, man arbeitete daran, den Deich noch um ein Stück zu erhöhen.

In der Harburger Chaussee blieb Richard vor dem Haus stehen, zu dem er Conny nach ihrem ersten Rendezvous begleitet hatte. Für einen Moment übermannte ihn die Erinnerung an ihren Kuss, doch dieses Bild drängte er schnell beiseite.

Noch immer war zu erkennen, wie hoch das Wasser gestanden hatte. Elbschlamm hatte sich in den Ziegelsteinen festgesetzt und bildete eine deutliche Linie zwischen Leben und Tod. Die Menschen in den oberen Geschossen hatten Glück gehabt. Glück, dass das Wasser nicht noch höher gestiegen war. Glück, dass sie die Umsicht besessen hatten, nicht aufs Dach zu steigen und in der Kälte zu erfrieren.

Sein Blick wanderte weiter hinauf.

Eine alte Frau blickte aus dem Fenster. Wahrscheinlich beobachtete sie den fortschreitenden Deichbau, doch das schien ihr auf die Dauer zu langweilig zu sein, und da kam ihr ein Unbekannter vor der Tür gerade recht.

»Wen suchen Sie, junger Mann?«, fragte sie, während sie ihn durch ihre dicken Brillengläser musterte.

Es versetzte Richard einen Stich, wenn er an die alte Frau

Thaler dachte, die ihn so herzlich bei sich aufgenommen hatte – und die er zuletzt völlig außer sich vor Sorge um ihn gesehen hatte. Sie hatte wohl nie erfahren, dass er nicht in der Flut umgekommen war.

»Ich suche eine Cornelia Raaken. Wissen Sie, was mit ihr geschehen ist? Mir ist zu Ohren gekommen, dass ihr Vater in der Flutnacht gestorben ist.«

»Oh, ja, ja, die Cornelia«, sagte die alte Frau. »Die ist nicht mehr hier. Ist auch gar nicht mehr aufgetaucht, als die alte Wohnung ausgeräumt wurde. Die Leute munkeln, dass sie in der Flut umgekommen ist und dass ihre Leiche rausgetrieben wurde aufs Wasser.«

Die deutlichen Worte der Frau trafen ihn wie ein Schlag in die Magengrube.

Die Leute munkelten – aber wussten sie es genau?

»Sind Sie ein Verwandter von ihr?«, fragte die alte Frau, als er nichts auf ihre Worte entgegnete.

»Nein, ich … Ich kenne sie nur und wollte wissen, was mit ihr geschehen ist.«

»Tut mir leid, junger Mann, ich kann es wirklich nicht sagen. Aber sehen wir es doch mal so: Wenn sie noch am Leben wäre, hätte sie sicher schon versucht, Sie zu erreichen, oder?«

»Ja … da haben Sie wohl recht.« Richards Stimme erstarb. Minutenlang stand er noch vor dem Haus, ohne die Frau zu beachten. Diese verlor ihrerseits ebenfalls das Interesse und richtete den Blick wieder auf den Deich.

Nach einer Weile schob Richard die Hände in die Taschen und kehrte zum S-Bahnhof zurück. Conny war verloren. Vielleicht sollte er sich damit abfinden. Auch, wenn er dabei das Gefühl hatte, dass es ihm das Herz aus dem Leib riss.

20. Kapitel

Es wäre eine gute Idee gewesen, heute auch den Rest des Wodkas zu vernichten. Nach allem, was Richard mir erzählt hatte, hätte sicher auch das härteste Abstinenzkomitee Verständnis für einen kleinen Rausch gehabt. Aber ich brachte es nicht über mich.

Nachdem ich in die Buchhandlung zurückgekehrt war, hatte ich mich vor das Wohnzimmerfenster gesetzt, auf den Sessel, den mein Vater in seinen letzten Lebensjahren praktisch ausschließlich in Beschlag genommen hatte.

Der Ausblick auf die kleine Seitengasse war schöner, als ich ihn in Erinnerung hatte. Warum nur hatte ich mich niemals hier hingesetzt und einfach rausgeschaut?

Die Frage war leicht zu beantworten: Meine Mutter hatte mir nie die Gelegenheit dazu gegeben. Wenn ich bei ihr gewesen war, hatte sie all meine Aufmerksamkeit verlangt – und das nur, um mir immer wieder zu sagen, dass ich eine Enttäuschung für sie war und mein Leben nicht so gestaltete, wie sie es sich gewünscht hätte.

Und dabei war mir so viel entgangen.

Ich blickte noch eine Weile auf die Straße und versuchte, meine Gedanken zu ordnen.

Das Klingeln meines Handys riss mich aus meinem Ärger.

Als ich die Nummer auf dem Display sah, fiel es mir wieder ein. Ich wollte mich doch für heute Abend mit Ethan verabreden! Nach dem Treffen mit seinem Vater war ich gleich nach Hause gefahren und hatte ihn nicht angerufen.

»Entschuldigen Sie bitte«, meldete ich mich. »Ich ... ich hab es vollkommen vergessen nach dem Bericht von Ihrem Vater.«

»Ist alles in Ordnung? Geht es Ihnen gut?« Seine Stimme klang besorgt.

»Ja ... ja, mir geht es gut. Es ist nur ... Ich war von der Geschichte so dermaßen eingenommen, dass ich ... Entschuldigen Sie bitte. Wenn Sie möchten, mache ich mich gleich auf den Weg.«

»Nein, das ist nicht nötig«, entgegnete er kurz angebunden.

»Oh«, machte ich. Jetzt war er sauer, und ich hatte es verbockt. Warum hatte ich mich von der Erzählung nur so beeindrucken lassen? Meine Mutter war während der Flut verschwunden, Richard hatte vergeblich nach ihr gesucht. Das war doch nichts Besonderes.

Wenn ich ehrlich war, war das, was mich am meisten betroffen machte, die Tatsache, dass meine Mutter ein anderes Leben hätte haben können. Wenn sie nicht Mitleid mit den Bergers gehabt hätte, wäre sie vielleicht in Amerika glücklich geworden, als Frau eines angesehenen Professors. Es hätte ihr Verschwinden nicht gegeben. Es hätte keinen Mann gegeben, der wohl nur ihre zweite Wahl gewesen war. Es hätte mich nicht gegeben. Allmählich begann ich zu verstehen, woher ihre Abneigung gegen mich rührte.

»Ich bin schon unterwegs zu Ihnen«, tönte es aus dem Hörer und riss mich aus meinen Gedanken.

»Was?«

»Ich bin bald bei der Buchhandlung«, sagte Ethan. »Wenn Sie nicht zu mir kommen – die versprochene Hafenrundfahrt mal ganz beiseitegelassen –, komme ich eben zu Ihnen.«

»Ähm …« Ich war nicht sicher, ob ich für Besuch aufgelegt war. Es hatte schon seinen Grund, warum ich nicht mehr an das Date gedacht hatte. Doch ich wollte ihn auch nicht ganz vergrätzen. Er war ein toller Mann, einer der wenigen tollen Männer, die mir in letzter Zeit begegnet waren. »Ja, bitte! Ich kann Ihnen nicht viel bieten, aber ich habe ein Dach über dem Kopf und viele Bücher.«

Ethan lachte. »Fein! Und dann hoffe ich, Sie erzählen mir, womit mein Vater Sie dazu gebracht hat, mich zu vergessen.«

»Ich bin mir nicht sicher, ob ich es Ihnen erzählen darf, aber okay, kommen Sie ruhig.«

»Gut, bis gleich!«

Er legte auf, und ich stand nun vor einem Problem: Ich hatte ein Date in der Wohnung meiner Mutter! Was sollte ich tun? Aufräumen lohnte nicht mehr, und ebenso wenig brachte es etwas, wenn ich mich in Schale warf. Aber war es denn so wichtig, wie ich aussah? Und wie der Raum aussah? So bekam er wenigstens keinen falschen Eindruck von mir.

Bis zu Ethans Ankunft schaffte ich es immerhin, meine Jeans zu wechseln und eine weiße Bluse überzuwerfen, die in meiner Tasche noch nicht allzu zerknittert war. Ich hatte auch kaum etwas da, womit ich ihn hätte bewirten können. Die Lebensmittel, die ich von Katja mitgenommen hatte, waren nicht der Rede wert.

Als es klingelte, ging ich nach unten.

Ethan spähte durch das Schaufenster und winkte mir zu.

»Solche Kunden liebe ich ja, die kurz vor Schluss auftauchen«, begrüßte ich ihn, worauf er mich verwundert ansah.

Ich lächelte ihn an. »Das habe ich mal bei einer Buchhändlerin aufgeschnappt, die eine Lesung für einen meiner Autoren ausgerichtet hat. Kommen Sie doch rein.«

Ethan drückte mir eine Papiertüre mit dem Aufdruck eines Supermarktes in die Hand. »Hier. Habe ich auf dem Weg hierher gefunden.«

»Gefunden?« Ich zog die Augenbrauen hoch und ertappte mich beim Lächeln. »So was liegt also vor der Tür des Hotels Prinzenhof? Dann will ich gar nicht wissen, was da drin ist.«

In der Tüte befanden sich eine Flasche Champagner und ein Päckchen Sushi aus der Frischetheke.

»Ich hoffe, Sie mögen Sushi.«

»Sehr sogar.« Ich schloss die Tür hinter ihm und führte ihn durch den Raum.

»Als kleines Kind hatte ich mal den Traum, in einer Buchhandlung vergessen zu werden«, gestand er, während er sich die Büchertische anschaute und seine Finger Spuren in der dicker werdenden Staubschicht hinterließen.

»Den Traum teilen viele buchaffine Leute mit Ihnen.«

»Und für den Sohn eines Schriftstellers ist das wohl auch nicht verwunderlich, oder?«

»Haben Sie nicht dagegen rebelliert?«

Ethan schüttelte den Kopf. »Sie kennen die Geschichte. Meine Rebellion fand zu einem anderen Zeitpunkt statt.« Er machte eine kurze Pause, dann sagte er: »Wenn ich mir den Laden so anschaue, kommt der alte Wunsch wieder hoch. Wollten Sie nie hier bleiben über Nacht?«

Ich wollte spontan nein sagen, denn nach meinem elften Lebensjahr hatte mich kaum etwas in dieses Haus gezogen. Doch dann fiel mir ein, dass ein Nein nicht die Wahrheit war.

»Es gab diesen Traum. Damals war ich noch klein und meine Mutter meine große Heldin. Einmal hätte ich es sogar fast geschafft. Leider hat die Angestellte meiner Mutter mich entdeckt und nach Hause gebracht.«

»Also gab es bei Ihnen so was wie Liebe zu diesem Laden?«

»Es war nicht der Laden, der mich abgeschreckt hat.«

Ich trat hinter den Tresen und schob den Vorhang zur Küche beiseite. Ihn gleich in die Wohnung nach oben zu führen, wäre doch vielleicht ein wenig intim gewesen.

»Was ist das?« Ethan bückte sich und hob ein Papierknäuel auf. Ich war achtlos daran vorbeigelaufen und nahm es ihm nun aus der Hand. Es war mir peinlich, dass ich es hatte liegenlassen.

»Oh, nur ein Schreiben, das bei meiner Ankunft an der Tür geklebt hat. Jemand möchte die Buchhandlung kaufen. Als ob das nicht warten könnte, bis meine Mutter wieder aus dem Krankenhaus raus ist.«

»Sicher hat es der Verfasser nicht böse gemeint.«

»Er ist ein Buchhändler, der eine Filiale in Hamburg eröffnen möchte. Da kommt es ihm gerade recht, dass meine Mutter im Krankenhaus liegt und die Nachbarschaft bereits Wetten abschließt, ob sie zurückkehrt oder nicht.«

»Wie hat er es erfahren?«

Ich zuckte die Schultern. An Heidi Kummerow wollte ich nicht denken, denn die Geschichte ihrer vergeblichen Liebe zu meinem Vater saß mir immer noch in den Knochen. Vielleicht wäre es wirklich besser gewesen, wenn ich sie nie erfahren hätte.

»Die Leute reden. Möglicherweise hat auch ein Vertreter was gehört und es dann bei dem Kollegen weitererzählt. Man kann es ihnen nicht verbieten.«

In der Küche stellte ich die Tüte auf den Tisch.

»Ich fürchte, meine Mutter hat das gute Geschirr verkauft, also müssen wir uns mit der zweiten Wahl begnügen.«

»Mir ist eigentlich egal, wovon ich esse. Ich habe immerhin mal unter einer Brücke gelebt.«

Ich verteilte das Sushi auf einem Teller mit angeschlagenem Rand, von dem mein Vater immer behauptet hatte, dass es noch aus der Zeit vor dem Krieg stammte.

Dann holte ich aus der Privatküche zwei Sektgläser. Ethan öffnete gekonnt die Flasche und schenkte ein.

»Schön, dass Sie da sind«, sagte ich und prostete ihm zu. »Und danke, dass Sie es mir nicht übelnehmen, dass ich Sie vergessen habe.«

Wir stießen an und tranken.

»Was hat mein Vater Ihnen denn so Erschütterndes erzählt?«, fragte Ethan, als er abgesetzt hatte.

»Hat er mit Ihnen jemals über seine Erlebnisse während der Flut geredet?«

»Er hat es angerissen, ja. Aber Sie haben sicher die detaillierte Version bekommen.«

»Sie war sehr detailliert«, entgegnete ich. »Ich wünschte, ich hätte mich irgendwie vorbereiten können. Die Geschichte der Flut war mir natürlich bekannt, doch ich hätte nicht damit gerechnet, dass meine Mutter derart involviert war. Sie hat nie etwas davon gesagt.«

»Mein Vater sprach erst darüber, nachdem … Ich hatte

viele Fragen und sehr viel Zorn in mir. Er erzählte mir nichts über die Rolle, die Ihre Mutter damals gespielt hatte, aber darüber, dass er bei der Flut nicht nur sie, sondern auch beinahe sein Leben verloren hatte.«

Ich sah ihn an und hätte ihn am liebsten erneut gefragt, was damals vorgefallen war. Aber ich wagte es in diesem Augenblick nicht. Ich hatte schon zu viel erfahren. Und ich wollte es Richard überlassen, zu dem Punkt vorzustoßen.

Schweigend aßen wir, bis Ethan fragte: »Und, was werden Sie mit dem Laden tun? Gesetzt den Fall, dass Ihre Mutter ihn wirklich nicht weiterführen kann?« Er schob sich ein weiteres Stück Sushi in den Mund.

»Es interessiert Sie offenbar sehr, was aus dem Laden wird.«

»Nun, ich denke, wenn sich jemand dafür interessiert, gibt es hier großes Potential. Was spräche dagegen, dass Sie den Laden übernehmen? Sie sind die Tochter einer Buchhändlerin, Sie haben in der Branche zu tun.«

»Ich habe eine Agentur in Berlin, vergessen Sie das nicht. Außerdem … Ich weiß es nicht. Der Ort ist zwiespältig. Einerseits habe ich sehr viele schöne Erinnerungen an ihn, andererseits aber auch viele negative. Ich habe eigentlich nie damit gerechnet, eine Erklärung für das Tun meiner Mutter zu bekommen. Und wenn Sie mich vor einigen Wochen gefragt hätten, hätte ich vehement abgestritten, den Laden übernehmen zu wollen. Doch jetzt sind Sie beide aufgetaucht, und durch die Geschichte, die ich erfahre, stelle ich alles in Frage. Auch meine eigene Abneigung. Bin ich wirklich abgeneigt, oder rede ich mir das ein, weil ich meine Mutter bestrafen will? Ich glaube, ich sollte die Zeit, in der alles in der Schwebe ist und in der ich nicht weiß, ob sich meine Mutter jemals wieder ganz erholen wird, nutzen, um herauszufinden, was ich will. Und dann kann ich auch sagen, was ich mit der Buchhandlung machen werde.«

Ethan sah mich an, nein, seine Augen schienen sich förmlich in mich zu bohren. Nach einer Weile erschien ein kleines Lächeln auf seinen Lippen.

»Das halte ich für eine gute Entscheidung«, sagte er dann. »Es ist wichtig, die Vergangenheit zu kennen. Sonst verrennt man sich vielleicht in eine Sache, die man gar nicht will.«

»Aber manchmal ist es auch gut, etwas zu wagen, finden Sie nicht? Auch wenn man die Geschichte kennt …«

Wir sahen uns an, und auf einmal fühlte ich mich derart zu ihm hingezogen, dass es fast schon schmerzte. Sein Blick war wie ein Sog, in dem ich mich gern verloren hätte. Ich hatte wieder in den Ohren, was Katja gesagt hatte, und …

Plötzlich legte er seine Hände um mein Gesicht und zog mich an sich. Ich spürte seine Lippen warm und weich auf meinem Mund, und ich konnte nicht anders, als mich ihm zu ergeben.

»Meinst du das?«, fragte er.

»Nicht unbedingt, aber das heißt nicht, dass du damit aufhören musst.«

Wir erhoben uns und küssten uns erneut, umschlangen dann einander, als könnten nur wir uns retten. Sein Körper, fest an meinen geschmiegt, erweckte mich zu neuem Leben, und ich wusste, dass ich in diesem Moment nur eines wollte: Lust und Leidenschaft mit ihm erleben.

»Nun, dann sollten wir vielleicht noch mehr wagen«, sagte ich atemlos, als er kurz von mir abließ.

Dann fasste ich ihn bei der Hand und zog ihn mit mir nach oben.

Minuten später lagen wir eng aneinandergeschmiegt im Ehebett meiner Mutter. Das hätte mir eigentlich unangenehm sein müssen, aber ich schaffte es, den Gedanken schnell beiseitezuschieben.

Der Sex mit ihm war grandios, und erst jetzt wurde mir klar, wie sehr ich das vermisst hatte – und dass ich mehr wollte. Was für ein Jammer, dass er morgen schon wieder abreiste und ich ihn dann sicher für eine sehr lange Zeit nicht wiedersah – wenn überhaupt. Nach den Lesestationen im Süden würde er wieder mit seinem Vater in die USA zurückkehren.

»Also, morgen geht es nach Süddeutschland?«, sagte ich, während ich über seine Brust streichelte.

»Ja, morgen«, antwortete er. »Allerdings erst am Nachmittag.«

»Und dann? Zurück nach Hause, nehme ich an.«

»Ja, das stimmt. Leider. Aber ich hoffe, dass wir uns bald wiedersehen. Per Skype vielleicht und irgendwann auch wieder richtig.«

Ich nickte, auch wenn es nicht die Antwort war, die ich haben wollte. Doch bildete ich mir wirklich ein, dass Ethan nach Deutschland ziehen würde? Und ich konnte ebenso wenig in die Staaten – es sei denn für ein paar Wochen im Zuge einer Reise.

»Aber wahrscheinlich wolltest du wissen, wie es mit uns weitergeht«, sagte er schließlich und strich mir eine Haarsträhne aus dem Gesicht.

»In gewisser Weise schon. Obwohl ich mir nicht viele Hoffnungen mache.«

»Warum nicht?«

»Du gehörst in die USA. Dein Vater braucht dich.« Ich

dachte an Richards Beichte und fragte mich, wann er seinem Sohn sagen wollte, dass er schwer krank war. »Und da sind auch noch deine Kinder.«

»Meine Kinder brauchen mich ganz sicher nicht. Jedenfalls nicht so, wie man sich das im klassischen Vater-Kind-Sinn vorstellt. Und mein Vater … Eines Tages wird er mich auch nicht mehr brauchen, wenn du verstehst, was ich meine. Dann muss ich mich fragen, was ich mit meinem Leben anfangen will.« Er sah mich an. »Ich bin mir dessen bewusst, dass wir dabei sind, die Geschichte zu wiederholen. Du als Tochter von Cornelia, ich als Sohn von Richard.«

»Ich sehe mich eigentlich nicht so sehr als Tochter meiner Mutter. Meine Mutter hat seit meinem elften Lebensjahr nichts mehr dazu beigetragen, einen ordentlichen Menschen aus mir zu machen.«

»Bist du dir sicher?«, fragte Ethan. »Hat sie dich nicht gerade durch das, was sie getan hat, zu dem Menschen gemacht, der jetzt hier ist? Eine wunderschöne Frau, die stark ist und gelernt hat, für sich selbst einzustehen?«

»Meinst du, dass ich das bin?« Die Wodkaflasche, die ich halb geleert hatte, kam mir wieder in den Sinn. Reagierte so jemand, der stark war? Okay, ich war keine Alkoholikerin, aber hin und wieder kam es vor, dass ich mir Probleme wegtrank – um sie dann am nächsten Morgen immer noch vorzufinden und mich schwerzutun, sie zu lösen.

»Das bist du. Du hast dir eine Existenz geschaffen. Du bist, wenn ich es richtig einschätze, eine Frau, die mit beiden Beinen fest im Leben steht. Manchmal kritisieren uns unsere Eltern, obwohl sie stolz auf uns sind.«

»Wie schade, dass du nicht meine Mutter bist«, entgegnete ich lachend.

»Oh nein, ich finde es sehr gut, dass wir beide nicht verwandt sind. Sonst wäre das eben ziemlich seltsam gewesen, findest du nicht?«

»Hast recht«, sagte ich. »Und vielleicht sollten wir erst einmal den Moment genießen und dann weitersehen, nicht wahr?«

Ich legte mich auf ihn, küsste ihn und war froh, dass die Nacht noch größtenteils vor uns lag.

Dritter Teil

Heimkehr

21. Kapitel

Noch immer schlaftrunken stapelte ich Kleidungsstücke in meinen Koffer. Die Lesung im Botanischen Garten in Berlin war ein voller Erfolg gewesen. Der Nachteil war nur, dass die Veranstalter mit mir und meinen beiden Autoren danach noch in eine Bar gehen wollten. Erst gegen halb drei Uhr morgens war ich wieder zu Hause – und das, obwohl ich am nächsten Tag wieder nach Hamburg aufbrechen wollte.

Drei Wochen waren mittlerweile vergangen, seit Ethan und Richard in die Staaten zurückgeflogen sind – eine lange Zeit, um die Sehnsucht in meinem Herzen zu kultivieren.

Ich hatte immer wieder den Abschied vor mir. Ethan war bei mir geblieben, bis er zur Abreise ins Hotel zurückmusste. Mit vielen Küssen und Umarmungen hatten wir uns verabschiedet und uns das Versprechen gegeben, uns wiederzusehen. Wann, das konnte keiner von uns sagen. Und ich wusste noch nicht einmal so recht, was aus uns werden sollte. Wir hatten eine schöne Nacht miteinander verbracht, doch zwischen uns lag ein ganzer Ozean. Außerdem kannten wir uns noch nicht gut genug, um zu wissen, was die Zukunft für uns bereithalten würde.

Doch obwohl ich mir das sagte, spürte ich tiefe Sehnsucht

nach ihm. Ich hatte anfangs gehofft, dass es weniger werden würde, aber er ließ es nicht zu. Beinahe täglich mailte er mir, wegen der Zeitverschiebung zu den unmöglichsten Zeiten. Er berichtete von Verlegertreffen, Post, die beantwortet werden musste, und von stillen Abenden, an denen er an mich dachte. Ich berichtete ihm von den Fortschritten meiner Mutter. Groß waren sie nicht, aber immerhin sah sie mich an und hörte zu. Laut Dr. Karsten durften wir zu diesem Zeitpunkt noch nichts anderes erwarten.

Auch Richard hatte sich vor zwei Tagen gemeldet. Es war ihm nicht vergönnt gewesen, meine Mutter zu sehen, denn bis zu seiner Abreise war sie auf der Intensivstation verblieben. Ich hatte keine Ahnung, wie es ihm damit ging. Doch er hatte mir ein Dokument geschickt, in dem er einen weiteren Teil der Geschichte erzählte. Ich versicherte ihm, dass er Cornelia besuchen könne, wenn er wieder im Land sei. Aber angesichts seiner Beichte damals im Krankenhauspark bezweifelte ich, dass er es schaffen würde. Und ob meine Mutter imstande sein würde, mit ihm zu skypen, stand ebenfalls in den Sternen.

Leider war ich bisher noch nicht dazu gekommen, Richards Dokument zu lesen. Einerseits hatte ich mich noch nicht bereit gefühlt, andererseits nahmen mich meine Arbeit und die Besuche bei meiner Mutter voll ein. Das wacklige Gleichgewicht, das ich mir zwischen beidem geschaffen hatte, wollte ich nicht zerstören.

Was würde der nächste Teil der Story bringen? Ich spürte, dass sie vorstieß in die Zeit, in der sich mein Verhältnis zu meiner Mutter grundlegend geändert hatte. Für die Lektüre der Geschichte brauchte ich den richtigen Zeitpunkt.

Ich trug meine Tasche nach unten zum Auto. Draußen

klapperte es am Briefkasten. Der Vorteil unserer kleinen Wohnanlage am Rande Berlins war es, dass der Briefträger verhältnismäßig früh erschien. Ich wartete, bis er sein Werk verrichtet hatte, und nahm dann die Post aus dem Kasten. So hatte ich wenigstens eine Ladung Briefe weniger, wenn ich zurückkehrte.

Der Brief der Anwaltskanzlei Steyer stach mir als erster ins Auge. Ich zog ihn hervor, verlor dabei alle anderen Umschläge, doch ich ließ sie liegen und öffnete ihn.

Sehr geehrte Frau Petri,

ich freue mich, Ihnen mitteilen zu können, dass Ihrem Antrag, die Betreuung Ihrer Mutter Cornelia Petri zu übernehmen, stattgegeben wurde.

Bitte entnehmen Sie weitere Informationen den beiliegenden Schriftstücken. Es war mir eine Freude, Sie in oben genannter Sache unterstützen zu dürfen. Die Rechnung füge ich dem Schreiben bei.

Mit freundlichen Grüßen
Martin Steyer

Ich stieß einen erleichterten Seufzer aus. Endlich! Endlich war das ersehnte Schreiben da und damit ein großer Brocken von meiner Seele gefallen.

Ich durfte nun offiziell im Namen meiner Mutter handeln. Wer hätte gedacht, dass ich mich eines Tages darüber freuen würde?

Die beiliegenden Dokumente bestanden aus dem Betreuerausweis und einigen Fragebögen, die ich für meine

Mutter ausfüllen musste. Obendrein bat mich das zuständige Gericht in Hamburg, bei der Sachbearbeiterin vorstellig zu werden.

Wie gut, dass ich auf dem Weg nach Hamburg war und nun eine Woche Zeit hatte, alles zu regeln!

Schnell verstaute ich den Brief in meiner Reisetasche, dann checkte ich noch einmal mein Handy. Ich genoss jede Nachricht von Ethan, auch wenn mir seine Nähe fehlte.

Es war seltsam. Wie konnte man etwas vermissen, das man gar nicht lang gehabt hatte? Doch ich erinnerte mich immer noch gut an unsere gemeinsame Nacht. Katja würde sicher aus dem Lästern nicht mehr herauskommen, wenn sie es wüsste. Auch aus diesem Grund hatte ich ihr noch nichts davon erzählt.

Da keine neue Nachricht auf meinem Handy eingegangen war, setzte ich mich in den Wagen und fuhr los.

Wegen eines Staus auf der A24 brauchte ich beinahe vier Stunden, bis ich in Hamburg ankam. Aber das machte mir nichts aus. Ich fuhr mit wesentlich leichterem Herzen als beim letzten Mal, denn nun war auch die letzte amtliche Hürde genommen.

Im UKE herrschte reger Betrieb. Die meisten Patienten waren unterwegs zu ihren Untersuchungen, und da es Samstag war, waren die Gänge voller Besucher. Es war ein großer Glücksfall, dass ich sofort einen Parkplatz bekommen hatte.

Man hatte meine Mutter mittlerweile von der neurologischen Intensivstation auf die Station verlegt, in der auch die Frührehabilitation weitergeführt wurde. Die Schwestern und Pfleger waren hier ebenfalls sehr freundlich, allerdings war es auf dem Gang nicht so ruhig, denn viele Patienten hatten andere Krankheiten, mit denen sie über den Flur spazieren oder eine Menge Besuch bekommen durften.

Im Gegensatz zur Intensivstation brauchte ich hier keine Schutzkleidung anzulegen, wenn ich zu meiner Mutter wollte. Ich klopfte einfach und trat ein.

Und dann traf mich die Erkenntnis mit voller Wucht: Von diesem Augenblick an bist du verantwortlich. Du entscheidest, wie es mit ihr weitergeht. Es ist wie bei einem Kind.

Da ich selbst keine Kinder hatte, wusste ich ehrlich gesagt nicht, wie sich das anfühlte. Verantwortung für meine Autoren war etwas vollkommen anderes, die waren ja nicht hilflos oder konnten ihre eigenen Angelegenheiten regeln.

Aber ein Zurück gab es für mich nicht. Wir würden das schaffen. Lorbeeren von meiner Mutter brauchte ich nicht zu erwarten

»Hallo, Mama«, sagte ich ein wenig beklommen. »Ich bin wieder da.«

Meine Mutter saß einigermaßen aufrecht in ihrem Bett. Die taube rechte Hand hatte man auf ein Kissen vor ihr gebettet, die linke, die noch funktionierte, konnte sie frei bewegen, doch davon machte sie kaum Gebrauch.

Dass sie den Blick auf mich richtete, war das einzige Zeichen, dass sie mich wahrnahm.

Ich holte mir einen Stuhl und setzte mich neben sie. Das Bett nebenan war leer, offenbar war ihre Bettnachbarin verlegt oder entlassen worden.

Auf diesem Ende der Station hatten sie alle mit Schlaganfällen in unterschiedlicher Ausprägung zu kämpfen. Auch die Nachbarin hatte einen gehabt. Ihr hatte es allerdings nur die linke Hand lahmgelegt und Teile ihres Gesichts. Die

Frau sah eigentlich ziemlich normal aus, aber wenn sie versuchte zu lächeln, trat ein weinerlicher Ausdruck auf ihr Gesicht, weil die linke Gesichtshälfte nicht mitmachte.

Ich hatte immer schnell weggeschaut, nachdem ich sie begrüßt hatte.

Das Gesicht meiner Mutter war unversehrt, auch sie wirkte auf den ersten Blick ganz normal, wenn man mal die Hand außer Acht ließ. Ich fragte mich, ob ich Richard ein Foto von ihr schicken sollte.

Nein, das war sicher keine gute Idee. Wer wusste schon, was in dem nächsten Teil seiner Geschichte stand. Es musste ja einen Grund gegeben haben, warum die beiden bei ihrem neuerlichen Zusammentreffen nicht glücklich und zufrieden zusammengelebt hatten und sie wieder nach Deutschland zurückgekehrt war.

»Da bin ich also«, sagte ich und blickte auf meine Schuhspitzen. »Ich werde für die nächsten Tage in Hamburg bleiben und deine Wohnung auf Vordermann bringen. Schließlich soll ja alles gut aussehen, wenn du wiederkommst.«

Ich fühlte mich schlecht, weil ich gerade im Begriff war, ihr eine faustdicke Lüge zu erzählen. Sie würde nicht nach Hause zurückkehren. Für eine ganze Weile nicht. Neben ihrer Hand und ihrem Gesicht war auch das Bein betroffen, von allein würde sie die steile Treppe nach oben nicht erklimmen können.

»Alxa«, hörte ich es da auf einmal neben mir.

Meine Mutter hatte den Mund geöffnet und schien selbst erstaunt darüber, etwas gesagt zu haben.

Alxa. Nun gut, es fehlte das E, aber es war ein Meilenstein in unserer Konversation, in der ich die meiste Zeit redete und manchmal auch schwieg.

»Ja, Mama?«, fragte ich und ging zu ihr. »Brauchst du etwas? Geht es dir nicht gut?«

Meine Mutter öffnete und schloss den Mund, doch die Worte wollten nicht heraus. Das schien sie zu verwirren. Sie versuchte es noch einen Moment lang, seufzte dann frustriert und starrte auf die Bettdecke.

Erst jetzt begriff ich so richtig, was geschehen war.

»Du hast meinen Namen gesagt, Mama!«, sagte ich. »Du hast gesprochen!«

Ich lächelte sie mit Tränen in den Augen an und strich ihr über die Stirn. Sie sah mich jetzt wieder nur an. Kein Lächeln, keine Regung, nur ihr Blick.

»Kannst … kannst du das noch mal sagen?« Eventuell war es ja nur Zufall gewesen.

Sie holte Luft, öffnete den Mund. »Al…xa.«

Eine Welle des Glücks überflutete mich. Es war also kein Zufall gewesen. Sie sagte meinen Namen! Eine Träne kullerte über meine Wange, während ich nach ihrer Hand griff.

Meine Mutter schloss die Augen. Für einen Moment stieg Sorge in mir auf, dass irgendwas mit ihr sein könnte. Doch dann erkannte ich, dass das Sprechen sie sehr angestrengt hatte und sie eine kleine Pause brauchte.

Auch ich brauchte diese Pause, denn ich zitterte am ganzen Leib. Gleichzeitig war ich wie euphorisiert. Sie hatte gesprochen! Warum hatte der Arzt mir das nicht erzählt?

»Ich bin gleich wieder da«, sagte ich zu ihr und verließ dann das Krankenzimmer.

Um diese Zeit einen behandelnden Arzt aufzutreiben, der nicht gerade Sprechzeiten hatte oder im Haus unterwegs war, würde nicht einfach sein, aber möglicherweise konnte ich eine Schwester fragen. Ich hatte Glück: Genau in dem

Augenblick, als ich vor dem Schwesternzimmer auftauchte, kam ein Arzt heraus.

»Ähm, entschuldigen Sie bitte«, sprach ich ihn an. »Können Sie mir sagen, ob Dr. Karsten heute Dienst hat?«

»Ich bin Dr. Sommer, ich habe Ihre Mutter auf dieser Station übernommen«, erklärte mir der Arzt. »Was kann ich für Sie tun?«

»Meine Mutter! Sie hat etwas gesagt!«

Der Arzt blickte mich verwundert an. »Und was hat sie gesagt? Fehlt ihr etwas? Hat sie vielleicht Schmerzen?«

»Nein, nein, Sie verstehen mich nicht«, entgegnete ich. Dann wurde mir wieder klar, dass er mich wahrscheinlich nicht kannte. Ich hatte ihn jedenfalls noch nie hier gesehen.

»Mein Name ist Alexa Petri, meine Mutter ist Cornelia Petri. Als ich das letzte Mal da war, hat sie noch keinen Ton gesagt. Doch jetzt hat sie gesprochen. Wirklich gesprochen!«

Der Arzt runzelte die Stirn. »Gut, ich bin gleich wieder bei Ihnen, einen Moment.«

Ehe ich ihn zurückhalten konnte, verschwand er wieder in seinem Sprechzimmer. Ich verschränkte die Arme vor der Brust und schaute mich um. Dabei entdeckte ich eine alte Dame, die auf einem der Wartestühle saß und mich ansah.

»Ich werde bald abgeholt«, verkündete sie, als hätte sie die entsprechende Frage in meinem Blick gelesen. »Meine Tochter kommt bald und holt mich ab.« Ihre Hände krampften sich um eine schon etwas zerknitterte Tablettenpackung.

Stimmte es, dass sie abgeholt werden sollte? Oder glaubte sie das nur?

»Das ist schön«, entgegnete ich und hoffte, dass der Arzt bald wieder auftauchen würde.

»Kennen Sie meine Tochter?«, fragte sie weiter.

»Nein, leider nicht.«

»Oh«, sagte die alte Frau, als hätte sie wirklich erwartet, dass ich sie kennen würde.

Glücklicherweise erschien im nächsten Augenblick Dr. Sommer wieder.

»Ich habe hier die Krankenakte Ihrer Mutter. Hier steht, dass die Therapieschritte mit dem Betreuer abgesprochen werden sollen. Allerdings hat sich in der Therapie nichts verändert, also sahen wir keinen Grund, Sie anzurufen.«

»Dass meine Mutter spricht, ist aber doch ein wichtiger Fortschritt, oder? Immerhin bin ich ihre Tochter!«

»Tut mir leid, aber es ist eher unüblich, wegen Fortschritten anzurufen. Hätte sich eine Änderung der Therapie ergeben, hätten wir Sie natürlich informiert.«

Die Äußerung des Arztes ärgerte mich ein wenig. Doch mit kühlem Kopf betrachtet hatte er natürlich recht. Sie mussten sich hier um die Patienten kümmern und hatten keine Zeit, sich wegen jeder Veränderung zu melden.

»Weil Sie gerade vom Betreuer gesprochen haben: Seit heute habe ich die Bestätigung, dass ich zur Betreuerin meiner Mutter bestellt wurde.« Ich kramte kurz in der Tasche. »Hier, lesen Sie.«

Nachdem er das Schreiben kurz studiert hatte, nickte er.

»In Ordnung, ich werde einen Vermerk in die Akte machen. Kommen Sie doch kurz mit.«

»Und was ist mit der Dame da? Sie war früher hier als ich.«

Noch immer beobachtete uns die alte Frau mit zusammengeknüllter Tablettenpackung in der Hand.

»Sie steht nicht auf meiner Terminliste. Kommen Sie.«

Das Zimmer von Dr. Sommer unterschied sich nur wenig

von dem des Arztes auf der Intensivstation. Auch hier waren Behältnisse für Kanülen und Spritzen an der Wand angebracht. Es gab eine Liege, einen Schreibtisch und Plastikstühle.

»Ihre Mutter macht momentan große Fortschritte bei der Sprachtherapie«, sagte Dr. Sommer, nachdem er Platz genommen hatte.

Aus irgendeinem Grund fiel mir gerade jetzt unpassenderweise die berühmte Jugendzeitung-Kolumne »Dr. Sommer« ein, und ich zwang mich, nicht zu grinsen.

»Das, was Sie so überrascht hat, ist das Resultat des Trainings. Seit zwei Tagen kann sie einige Wörter bilden. Noch nicht perfekt, aber es zeigt, dass sich das angegriffene Sprachzentrum ein wenig erholt.«

»Und wann kann sie wieder richtig sprechen? Und was ist mit ihrer Hand und ihrem Bein?«

»Auch die Mobilisation ihrer Gliedmaßen ist derzeit in vollem Gange. Allerdings sind die Fortschritte beim Sprachtraining wesentlich besser. Sie war Buchhändlerin?«

»Ja, das war sie. Sie hat sehr viel gelesen.«

»Nun, damit hat sie die besten Voraussetzungen für die Bildung neuer Synapsen. Lesen Sie ihr etwas vor, versuchen Sie, mit ihr zu sprechen. Geben Sie ihr Wörter.«

»Das hat mir Dr. Karsten auch schon geraten.«

»Gut, dann machen Sie weiter. Je mehr ihr Verstand beschäftigt ist, desto besser. Vielleicht holen Sie ihr auch eine Tageszeitung.«

»Kann sie denn lesen?«

»Ja, das kann sie. Nur mit dem Aussprechen von Worten hat sie Schwierigkeiten. Das nennen wir Aphasie.«

Auch dieses Wort war mir nicht unbekannt, aber ich

wollte Dr. Sommer das nicht unter die Nase reiben, wo er mir gerade so gute Dinge erzählte.

»Und Sie meinen, dass Lesen ihr helfen würde?«

»Das hilft ihr auf jeden Fall.«

»Soll ich ihr Bücher mitbringen?«

»Später vielleicht. Jetzt würden sie sie nur überanstrengen. Die Zeitung besteht aus vielen kürzeren Artikeln, das kann sie dosieren. Nach einem Schlaganfall ist die Leistungsfähigkeit des Menschen deutlich reduziert, aber mit fortschreitender Rehabilitation bessert sie sich wieder.«

Meine Mutter hatte für das Zeitunglesen nicht viel übrig gehabt, sie meinte immer, dass Journalisten viel schrieben, wenn der Tag lang war. Aber vielleicht änderte sich ihre Meinung jetzt. Oder es ärgerte sie dermaßen, dass sie noch bessere Fortschritte machte – nur um den öden Beiträgen zu entgehen.

»Auf jeden Fall sind wir ziemlich zufrieden mit Ihrer Mutter. Und bitte scheuen Sie sich nicht, uns anzurufen und nachzufragen. Wir geben Ihnen sehr gern Auskunft über die Fortschritte.«

Mit diesen Worten erhob sich der Arzt und reichte mir die Hand.

22. Kapitel

Als ich das Sprechzimmer verließ, sah ich, dass die alte Frau von einer der Schwestern wieder in ihr Zimmer zurückgeleitet wurde.

»Aber meine Tochter wollte mich doch heute abholen«, insistierte sie.

»Tut mir leid, Frau Wagner, aber Sie werden noch ein Weilchen bei uns bleiben müssen«, redete die Schwester auf sie ein. »Legen Sie sich am besten noch ein wenig hin, wir kommen gleich mit den Medikamenten.«

Ich kehrte zur Zimmertür meiner Mutter zurück. Sie schaute jetzt aus dem Fenster. Auch als ich neben sie trat, wandte sie mir den Kopf nicht zu.

»Ich habe mit deinem Arzt gesprochen«, berichtete ich ihr. »Offenbar hatte man es versäumt, mir Bescheid zu geben, dass du in der vergangenen Woche so große Fortschritte gemacht hast.«

Meine Mutter regte sich nicht. Sie wirkte immer noch ziemlich erschöpft.

Ich setzte mich also auf den Stuhl und wartete, bis sie meine Anwesenheit wieder wahrnahm. Als das nach zehn Minuten nicht geschah, holte ich ein Buch aus meiner Tasche.

Ich hatte *Die große Flut* vor zwei Tagen ausgelesen und erleichtert festgestellt, dass es bis auf den Umstand, dass ein Mann seine große Liebe verlor, nicht viel mit der echten Hamburger Flut zu tun hatte. Die Geschichte war in den USA angesiedelt, in einer fiktiven Stadt, die an einem Flussbett lag und urplötzlich von einer Flut heimgesucht wurde, die das gesamte Leben ihrer Bewohner umkrempelte und sie um Jahrzehnte in der Entwicklung zurückwarf.

Ich hatte bisher noch nicht gewagt, meiner Mutter daraus vorzulesen, und ich hatte auch Richard nicht mehr erwähnt. Noch immer wusste ich nicht, ob sie mich damals verstanden hatte. Vielleicht war es besser, wenn sie das, was ich gesagt hatte, wieder vergessen hatte.

Plötzlich spürte ich ihre Hand auf meiner. Sie drückte beinahe schon schmerzhaft zu mit ihrer Linken. So viel Kraft hatte ich gar nicht bei ihr vermutet.

Als ich sie ansah, bewegte sich ihr Mund wieder, ohne dass ein richtiges Wort dabei herauskam. Die Laute, die sie machte, konnten natürlich nicht wiedergeben, was sie beschäftigte.

»Brauchst du jetzt etwas?«, fragte ich und kam mir dabei ein bisschen dumm vor, denn immer fragte ich sie, ob sie etwas brauchte. Als ob sie mir hätte antworten können.

»Soll ich die Schwester rufen?«, fragte ich und schielte auf den Monitor. Abgesehen von einem ziemlich erhöhten Puls schien alles normal.

Meine Mutter schüttelte den Kopf mit einem weiteren Frustlaut. Es ärgerte sie, dass ich sie nicht verstand. Aber wie hätte ich es tun sollen?

Dann wurde mir klar, dass sie das Buch auf meinem Schoß gesehen hatte. Natürlich!

»Kaazen«, sagte sie nach einer Weile.

»Katzen?«, fragte ich verwundert. War das eines der Wörter, die sie beim Sprachtraining neu gelernt hatte?

Sie schnaufte, schüttelte den Kopf. Ihre Hand drückte immer noch meine.

»Kaaszen«, sagte sie. Diesmal hörte es sich leicht anders an, einen Sinn ergab es aber immer noch nicht.

Beinahe anklagend schaute sie mich an, als könne sie nicht begreifen, warum ich sie nicht verstand.

»Bfff«, machte sie dann. War das eine Unmutsäußerung oder der Versuch, ein weiteres Wort zu bilden?

Beinahe hätte ich sie gebeten, es aufzuschreiben, doch sie war Rechtshänderin, und ihre rechte Hand war gelähmt.

»Mama, es tut mir leid, ich verstehe dich nicht«, sagte ich und fühlte mich auf einmal wieder so ungenügend wie damals. Möglicherweise hatte ich sie auch da schon nicht verstanden.

Ein enttäuschter, ja fast wütender Ausdruck trat in ihre Augen. Auf mich schimpfen konnte sie nicht, das schien sie einzusehen, stattdessen wandte sie ihren Kopf wieder bestimmt in Richtung Fenster.

Damit war die Sprechstunde offenbar beendet.

Frust stieg in mir auf. Eigentlich war es ein Grund zur Freude, dass sie wieder sprach. Und ich freute mich ehrlich nach all der Angst, die ich um sie gehabt hatte. Würden wir jetzt, wo es bergauf ging, wieder zu der alten gegenseitigen Abneigung zurückkehren?

Ich hätte gehen können, doch ich wollte wenigstens noch einen Versuch wagen. Es war ja nicht so, dass ich sie nicht verstehen wollte.

»Mama, bitte sei geduldig mit mir und auch mit dir selbst.

Der Arzt meint, du machst große Fortschritte, und bald schon wirst du wieder richtig sprechen können.«

Sie reagierte nicht darauf, aber ich redete weiter.

»Und wenn du eine Möglichkeit findest, etwas aufzuschreiben, dann mach das bitte. Damit ich dich verstehen kann. Ich möchte es. Ich möchte dich so gern verstehen.«

Ich fragte mich, ob der Zeitpunkt kommen würde, an dem wir über das sprechen konnten, was damals geschehen war. Ich hätte so gern ihre Sicht auf die Dinge erfahren, hätte gern gewusst, was sie gefühlt hatte.

Richards Erzählung hatte mir Wissen verschafft, aber das Verstehen hing ganz und gar von der anderen Seite der Geschichte ab.

Meine Mutter blickte weiterhin aus dem Fenster. Ich gab es auf. Sie wollte nicht, dass ich da war. Ich verstand nicht, was sie sagte, also sollte ich gehen.

»Okay …«, sagte ich und versuchte, nicht allzu beleidigt zu klingen. »Gibt es etwas, was ich für dich tun kann? Ich bin jetzt vom Gericht zu deiner Betreuerin bestellt worden. Wenn sie etwas mit dir machen wollen, müssen sie mit mir sprechen. Ich … ich werde gut auf dich aufpassen.«

Noch immer keine Regung. Die Sprechstunde schien endgültig beendet zu sein.

»Ach ja, da hat sich jemand wegen deiner Buchhandlung gemeldet. Er möchte sie kaufen, ein Buchhändler aus Bremen. Aber ich denke, die Entscheidung möchtest du dir sicher erst noch durch den Kopf gehen lassen.«

Ich hatte keine Ahnung, ob ich gerade mehr war als ein lästiges Hintergrundrauschen.

»Also bis dann, Mama«, verabschiedete ich mich.

In den Arm genommen hatten wir uns selbst in guten Zeiten selten, also verzichtete ich auch jetzt darauf und verließ das Zimmer.

Draußen lehnte ich mich gegen die Wand und schloss die Augen, bis ich eine Hand auf meinem Arm spürte.

Eine junge Schwester war neben mir aufgetaucht und sah mich mitleidig an.

»Es ist in der ersten Zeit nie leicht«, sagte sie. »Viele Angehörige sind in den ersten Wochen erschüttert über das Verhalten der Patienten. Aber das bessert sich. Wenn sie erst einmal selbst akzeptiert haben, was passiert ist.«

Ich schaute die Schwester verständnislos an. Hatte sie an der Tür gelauscht? Sagte sie das allen, die so wirkten wie ich? Oder plapperte sie nur irgendeinen Kram nach, den sie in irgendeinem Psychologie-Handbuch gefunden hatte? Verlangte man das auf der Station?

»Danke«, sagte ich, denn ich hatte jetzt keine Lust auf ein Gespräch mit ihr. »Ich komme morgen wieder, vielleicht läuft es dann besser.«

Die Schwester schien zufrieden zu sein und verschwand im Zimmer meiner Mutter. Möglicherweise sagte sie ihr, was sie für eine freundliche Tochter hatte.

23. Kapitel

Das Klingeln des Telefons riss mich mitten in der Nacht aus dem Schlaf. Eigentlich neigte ich dazu, Geräusche zu überhören, wenn ich schlief, doch das Läuten hatte etwas Drängendes.

Ich erhob mich aus dem Bett, und während schlagartig alle Müdigkeit von mir abfiel, ging ich zum Telefon. Die ungute Erinnerung an den Anruf, dass meine Mutter einen Schlaganfall hatte, wallte wieder in mir auf. Aber Krankenhäuser riefen nicht um diese Uhrzeit an.

»Petri!«, meldete ich mich, während der Puls in meinen Ohren dröhnte. Dann hörte ich Ethans Stimme.

»Alexa? Ich bin's.«

Obwohl mir seine Stimme vertraut war, verspürte ich keine Erleichterung. Etwas schwang in den drei Worten mit, das mich beunruhigte.

Wir hatten uns am Abend bei Skype verpasst, aber ich hatte mir dabei nichts gedacht.

Immerhin hatte Ethan einiges zu erledigen, besonders jetzt, wo sein Vater dabei war, sein neues Buch weiterzuschreiben, und er sich um das Drumherum nach der Lesereise kümmern musste.

»Was ist passiert?«, fragte ich, denn etwas musste passiert

sein, wenn Ethan in Kauf nahm, ein Vermögen für ein Telefonat auszugeben.

»Dad … Er ist zusammengebrochen. Während der Lesung.«

»Was?«, fragte ich entgeistert. Auch wenn ich wusste, dass Richard Henderson krank war, hatte ich nicht damit gerechnet, dass es so schnell gehen würde.

»Ich bin noch in der Notaufnahme. Der Arzt meinte, dass es eine Weile dauern könnte. Er fragte mich, ob ich nach Hause fahren wollte, aber ich habe abgelehnt.«

»Das tut mir so leid, Ethan«, entgegnete ich. »Weiß man schon, was los ist?«

»Nein. Ich dachte zunächst an einen Herzanfall, aber wenn ich mir die Leute in der Notaufnahme so ansehe, ist es wohl etwas Gravierenderes. Sie unterziehen ihn gerade einigen Tests.«

Er seufzte. Und ich fühlte mich furchtbar hilflos. Nicht, dass es besser gewesen wäre, wenn sein Vater den Zusammenbruch hier gehabt hätte. Aber da hätte ich Ethan wenigstens beistehen können.

»Ich fühle mich so hilflos«, setzte er hinzu, und ich meinte, die Tränen zu hören, die in seiner Kehle saßen. »Ich wollte, dass er sich nach der Reise noch ein wenig ausruht, aber er hat darauf bestanden, die Veranstaltung zu machen. Und jetzt …«

Ein Kloß saß mir im Hals. »Kann ich irgendwas für dich tun?«

»Nein, nicht im Moment. Ich … ich wollte nur, dass du es weißt. Er … hat dir noch irgendwas geschickt, nicht wahr?«

»Ja, eine E-Mail.«

»Und dir gegenüber hat er nichts von einem Unwohlsein erwähnt?«

Ich sah Richard wieder auf der Parkbank neben mir sitzen. Wie er mir erzählte, dass er nicht mehr lange zu leben habe. Und dass er das seinen Sohn fürs Erste nicht wissen lassen wollte, weil er befürchtete, dass Ethan wieder abstürzen könnte.

Und jetzt war Richard zusammengebrochen und konnte die Wirkung auf seinen Sohn nicht beeinflussen. Aber vielleicht konnte ich es. Auch wenn ich nicht in seiner Nähe war, gelang es mir vielleicht, ihn von der Verzweiflung abzuhalten, die ihn schon einmal überfallen hatte.

»Nein, das hat er nicht, er hat nur von seinem neuen Buch gesprochen, an dem er schrieb.«

Ethan lachte. Verzweifelt. Hoffnungslos. »Ich fürchte, dieses Buch wird er auf lange Zeit nicht vollenden können. Wenn überhaupt.«

»Ist es denn so schlimm?« Ein Zittern rann durch meinen Körper. Es war schlimm. Auch wenn ich keine Details kannte, Richard hatte sicher nicht ohne Grund behauptet, dass er nicht mehr viel Zeit hatte.

»Ich habe keine Ahnung«, antwortete Ethan. »Es ist nur so ein Gefühl. Ich weiß nicht, aber irgendwie kommt es mir so … endlich vor. Als sei dies das letzte Kapitel von Richard Hendersons Leben.«

»So darfst du nicht denken. Nicht, bevor du eine Diagnose hast. Vielleicht war es nur ein Schwächeanfall. Ältere Leute haben so was manchmal.«

Es strengte mich an, ihm Hoffnung zu machen. Ihn anzulügen. Aber vielleicht war es wirklich noch nicht das Ende.

»Du hast recht, ich sollte positiv denken. Möglicherweise

ist er in ein paar Tagen wieder aus der Klinik raus und stürzt sich dann gleich mit Feuereifer auf sein Buch.«

»Möglicherweise. Ich hoffe es sehr.«

Mein Magen zog sich zusammen. Wie gern wäre ich jetzt bei ihm gewesen, doch ein ganzer Ozean lag dazwischen. Die Reise wäre kein Problem, dank der Visa-Bestimmungen für Deutschland eigentlich ein Klacks. Doch konnte ich meine Mutter hier einfach zurücklassen? Es war möglich, dass schon in der kommenden Woche eine neue Therapie begann. Ab sofort war ich verantwortlich und musste erreichbar sein.

»Wie geht es deiner Mutter?«, riss er mich aus meinen Gedanken.

»Bist du sicher, dass du das wissen möchtest? Ich meine, du hast doch selbst gerade mit den Ärzten zu tun.«

»Es interessiert mich. Wie geht es ihr?«

»Sie beginnt zu sprechen«, berichtete ich, und trotz der schlechten Nachricht von Richard spürte ich einen Funken Freude und Stolz auf meine Mutter in mir. »Bis auf meinen Namen habe ich nichts verstanden. Das hat sie natürlich frustriert. Doch auch wenn sie danach auf stur gestellt hat, werde ich sie morgen wieder besuchen. Vielleicht kann sie mir dann klarmachen, was sie meinte.«

Stille folgte meinen Worten. Ethan schien nicht zugehört zu haben.

»Alles in Ordnung?«, fragte ich.

»Ja, entschuldige bitte. Ich dachte, ich hätte gerade den Arzt gesehen, aber offenbar will er nicht zu mir.«

»Er wird noch zu dir kommen. Bald«, sagte ich. »Hol dir doch erst einmal einen Kaffee und was zu essen. Ich kann aus Erfahrung sagen, dass die Ärzte einen meist sprechen wollen, wenn man gerade in ein Croissant aus der Cafeteria gebissen hat.«

Kein Lacher. Aber was hatte ich auch erwartet?

»Es tut mir leid«, sagte Ethan schließlich. »Ich muss dich zu nachtschlafender Zeit aus dem Bett gerissen haben.«

»Das hast du, aber du bist wohl der einzige Mensch, der das darf«, entgegnete ich lächelnd, auch wenn er es nicht sah.

»Vielen Dank«, sagte er, und auch bei ihm meinte ich ein Lächeln in der Stimme zu hören. »Ich melde mich wieder, wenn ich Genaueres weiß.«

»Ja bitte, tu das. Und wenn ich dir irgendwie helfen kann, sag es mir bitte. Ich bin weit entfernt, aber für gute Gedanken habe ich immer Zeit.«

»Danke, das ist sehr lieb von dir. Bis bald!«

»Bis bald«, echote ich, dann folgte ein Moment der Stille.

Ich legte den Telefonhörer wieder auf und blickte zum Fenster. Mondlicht fiel herein und beleuchtete die Dächer der Nachbarschaft. Irgendwo hupte ein Auto.

Da ich mich viel zu wach fühlte, um wieder ins Bett zu gehen, beschloss ich, meinen Computer hervorzuholen und mir den Anhang von Richards Mail näher anzusehen.

Ich wusste nicht, ob das der richtige Zeitpunkt war, doch mit etwas anderem wollte ich mich jetzt nicht beschäftigen.

Wenig später leuchtete mir der Bildschirm ins Gesicht. Eigentlich war es nicht gut für die Augen, doch ich wollte kein Licht einschalten. Das Dokument an Richards Mail war ziemlich umfangreich. Wahrscheinlich würde ich es nicht in einer Nacht schaffen.

Kurz wanderten meine Gedanken zu Ethan, ich fragte mich, ob ich ihm nicht noch eine Mail schicken sollte. Doch dann entschied ich mich dagegen. Er würde sich melden. Er musste abwarten. Wahrscheinlich kreisten seine Gedanken ausschließlich um den Zustand seines Vaters.

Auch ich dachte an Richard, und ich wusste, das Beste, was ich tun konnte, war, seine Geschichte zu lesen. Also begann ich.

Richard

1985

Richard blickte in den Spiegel und betrachtete sich. Aus dem einst jungen Mann mit den blonden Locken war ein gesetzter Mittvierziger geworden, der eine Frau und einen Sohn hatte, der ein angesehener Professor war und Bestsellerautor – alles, was man sich wünschen konnte. Seine Schläfen wurden langsam grau, aber in seinen Augen brannte noch immer jugendliches Feuer. Er wusste, dass einige Studentinnen für ihn schwärmten – vergeblich. Er war viel zu vorsichtig, als dass er sich mit einer von ihnen eingelassen hätte.

Trotz seines Erfolges spürte er in manchen Augenblicken eine gewisse Leere in seiner Brust. Wenn er bei seiner Familie war, wenn er eine gutbesuchte Vorlesung hielt, füllte sich dieser dunkle Ort ein wenig, aber nie ganz. Das, was er während der Flut verloren hatte, würde ihm niemand mehr ersetzen können.

Er wandte sich von seinem Spiegelbild ab und richtete den Blick auf das Mäppchen mit dem Flugticket auf seinem Schreibtisch. Es war der Grund, weshalb er heute zurückdachte. Gewusst hatte er schon länger, dass sein Verlag die Lizenz von *Die große Flut* nach Deutschland verkauft hatte, doch dass man eine Lesereise für ihn organisieren würde, damit hatte er nicht gerechnet.

Es war schon so lange her, dass er nach Deutschland geflogen war. Nachdem er eingesehen hatte, dass Conny in der Flut umgekommen war, hatte er es einfach nicht über sich bringen können. Auch wenn es schwerfiel, sich gegen die Wünsche seiner Fakultät zu stellen, die erwartete, dass er Studenten in das Land begleitete, dessen Literatur er unterrichtete.

All die Jahre war er damit durchgekommen. Doch gegen den Ruf seines deutschen Verlegers konnte er sich nicht wehren – immerhin hatte er dafür gesorgt, dass sein Buch auf der dortigen Bestsellerliste stand. Sein großer Traum, den er seit seiner Jugend gehegt hatte, war in Erfüllung gegangen. Nur wünschte er sich, ihn mit ihr zu teilen.

Doch sie war nicht mehr da. Er hatte tatsächlich nie wieder von ihr gehört. Kein Lebenszeichen.

Ein Klopfen riss ihn aus seinen Gedanken. »Herein!«, rief er, und wenig später steckte sein Sohn den Kopf durch die Tür.

»Hi, Dad, alles in Ordnung?«

»Ja natürlich«, antwortete er und kämpfte gegen den Sog der Erinnerungen an, der ihn wieder mitzureißen drohte. Warum hatte er es nur so weit kommen lassen, wieder an sie zu denken? Sie war schon so lange fort …

»Mom möchte dich sprechen. Es geht wohl um die Besorgungen der nächsten Wochen, wenn du unterwegs bist.«

Richard zwang sich zu einem Lächeln. »Sag ihr, ich komme gleich.«

»Okay.« Damit verschwand er wieder.

Richard starrte auf die Tür. Sein Sohn war vielleicht das Einzige, das er in den vergangenen Jahren richtig gemacht hatte. Seine Ehe mit Maggie war zunehmend erkaltet, Gespräche fanden nur noch statt, wenn etwas im Haus organisiert werden musste. Schon seit einer ganzen Weile schliefen sie getrennt, vornehmlich wegen seines Schnarchens. Aber wenn er näher darüber nachdachte, fiel ihm auf, dass er auch früher schon geschnarcht hatte, ohne dass es seine Frau gestört hatte.

War es so, wenn man lange zusammenlebte?

Oder fand diese Entfremdung nur statt, wenn man sich von Anfang an nicht wirklich geliebt hatte?

Er richtete seinen Blick wieder auf sein Spiegelbild.

Vielleicht wäre mit Conny alles anders geworden. Doch es gab sie nicht mehr. Und die Erfahrungen, die er in mehr als zwanzig Jahren gesammelt hatte, hatten ihn gelehrt, dass es müßig war, einer Sache nachzutrauern, die er nie wieder zurückbekommen würde.

Er hatte Maggie. Er hatte Ethan, seinen Sohn. Er hatte ein Haus, er hatte Erfolg, er hatte keine Geldsorgen. Somit besaß er alles, was ein Mann brauchte.

*

Einen Tag später stieg er zusammen mit seinem Agenten und einem Mitarbeiter der Presseabteilung seines Verlages in den Flieger.

Dieser schwärmte ihm von Deutschland vor, ohne im Sinn zu haben, dass Richard dort studiert hatte. Richard hätte ihn leicht darüber aufklären können, dass viele Klischees, denen der Pressemann trotz vorheriger Reisen immer noch anhing, Unsinn waren. Er hätte ihm auch die Geschichte der großen Flut erzählen können – der wirklichen großen Flut, die sich nicht irgendwo in Amerika zugetragen hatte, sondern in

Hamburg. Er hätte ihm auch von dem Mädchen erzählen können, das er irgendwie noch immer liebte.

Doch all das tat er nicht. Er hörte höflich zu und blickte über die Tragflächen des Flugzeugs hinweg zu den Wolken, von denen einige so aussahen, als wollten sie noch einen kräftigen Schauer verursachen.

In Hamburg kutschierte ihn ein Taxi zum Hotel Prinzenhof. Es lag in der Nähe des Bahnhofs und damit nicht weit von seiner früheren Wohngegend in St. Georg entfernt.

Zunächst hatte er innerlich protestiert, denn er fürchtete, dass alte Erinnerungen hochsteigen würden. Doch was war in Hamburg nicht mit Erinnerungen behaftet? Dazu hatte er die Stadt mal viel zu gut gekannt.

Der typische Hamburger Akzent, den der Concierge an der Rezeption sprach, erfüllte ihn mit einem Gefühl der Geborgenheit, das er bereits vermisst hatte. Vielleicht wäre es ja doch keine schlechte Idee gewesen hierherzukommen? Wo er Deutsch beinahe genauso gut gesprochen hatte wie seine eigene Muttersprache …

*

In der ersten Nacht träumte er von Conny. Er war wieder in dem Gasthof in Wilhelmsburg, und sie teilte ihm mit, dass sie ein Kind von ihm erwartete. Er war natürlich außer sich vor Freude. Nach so langer Zeit bekamen sie endlich ein Kind!

Als er erwachte, war sein Gesicht tränenüberströmt, und als ihm klarwurde, dass er von einer Zukunft geträumt hatte, die er nie haben würde, weinte er noch mehr.

Am nächsten Morgen trug er zum Treffen mit dem Verleger seine Sonnenbrille und schob diese auf den guten Alkohol an der Hotelbar – so was schien man seit Hemingway ja beinahe bei einem amerikanischen Schriftsteller zu erwarten. Dass seine Augen vom Weinen verquollen waren, wusste niemand.

Abends funktionierte er dann ganz normal, die Lesung wurde ein riesiger Erfolg, und er sah sich von einem Haufen Leuten umgeben, die sich darum rissen, seine Hand zu schütteln. Er redete mit jedem, nahm die erstaunten Komplimente entgegen, wie gut sein Deutsch war, und zog sich schließlich mit dem inneren Kreis um den Verleger in eine Bar zurück.

*

Es war eher Zufall, dass er den kleinen Buchladen nahe der Mönckebergstraße fand. Umringt von seinem Pressereferenten und den Presseleuten des deutschen Verlags war er ihm bei seinem ersten Rundgang durch die Stadt nicht aufgefallen. Doch jetzt sah er das Geschäft mit dem hübsch gestalteten Schaufenster.

Er hatte es sich zur Gewohnheit gemacht, in jedem Buchladen, an dem er vorbeikam, nachzuschauen, ob sein Buch auch irgendwo in der Auslage zu finden war. Natürlich wusste er, dass das nur Anfänger taten, wenn sie noch vom Weltruhm und einem Platz auf den Bestsellerlisten träumten. Er hatte es eigentlich nicht nötig. Seine Lesereise durch Deutschland war Beweis genug, dass man ihn auch hier kannte. Doch seine alte Gewohnheit konnte er nicht ablegen.

Nachdem er die Auslage im Schaufenster kurz studiert, sein Buch allerdings nicht gefunden hatte, trat er unter dem Gebimmel der Türglocke ein. Vom Personal war niemand zu sehen. Gut so, dachte er und begann, das Buchregal abzuschreiten. Die Bücher waren alphabetisch nach Autoren sortiert. Zwischen bunter Unterhaltungsliteratur fand er Klassiker wie Jane Austen, Goethe und Schiller, auch Kerouac. Der Buchhändler schien keinen Unterschied zu machen, wie bedeutungsvoll oder leicht ein Buch war.

Allerdings vermisste er seinen Namen und seine Titel.

Konnte es sein, dass sein Ruhm noch nicht bis in diesen Laden reichte? Zweifel überkamen ihn. Vertraute Zweifel, wie damals, als er das erste Manuskript bei einem Verlag eingereicht hatte.

»Kann ich Ihnen helfen?«, fragte eine Frauenstimme hinter ihm.

Richard erstarrte. Für einen Moment dachte er …

Nein, das konnte nicht sein.

Doch als er sich umwandte, sah er sie, wie ein Bild aus einem seiner Träume, die ihn auch zwanzig Jahre nach der großen Flut heimsuchten.

»Das ist nicht möglich«, murmelte er und sah im nächsten Augenblick, dass auch die Frau ihn erkannte.

Zitternd schlug sie die Hand vor den Mund und wich ein paar Schritte zurück, bis sie gegen den Buchtisch prallte und einen Stapel weißer Bücher umriss. Ein Exemplar fiel zu Boden, woraufhin sich Richard danach bückte und es aufhob.

»Cornelia?«, fragte er. Tränen verschleierten seine Sicht, und der scharfe Schmerz der Sehnsucht schnitt in seine Kehle.

»Richard?«, fragte sie verwundert, und auch ihre Augen füllten sich mit Tränen. »Oh mein Gott!«

Plötzlich fühlte sich seine Brust an, als würde sie jeden Augenblick bersten. Das Bild der Frau, die ihn immer noch erschrocken ansah, schien auf seinen Netzhäuten zu brennen. So stark, dass er es im nächsten Augenblick nicht mehr aushielt. Er wirbelte herum und rannte aus dem Buchladen. Hinter sich meinte er, ihre Stimme zu hören, doch er wollte nicht stehen bleiben.

Er musste begreifen, was er da gesehen hatte! Vielleicht war es ja auch nur ein Trugbild, erweckt von dem Wunsch, sie zu sehen. Vielleicht ein Tagtraum, aus dem er gleich, auf einer Parkbank, erwachen würde.

Doch er war wach, das merkte er, als ihm vom Rennen die Luft wegblieb und er registrierte, dass er vor St. Michaelis stand, der großen Kirche, deren dunkle Glocke weit über die Stadt hallte. Auch jetzt wurde sie angeschlagen, das Stundenläuten. Vier donnernde Schläge klangen über den Platz, und mit einem Mal war das Bild der Trauerfeier für die Flutopfer wieder vor seinem geistigen Auge.

Damals hatte er gefürchtet, dass die Glocken auch für Conny läuten würden. Doch offenbar war das nicht der Fall gewesen …

Wie betäubt taumelte er weiter. Er konnte nicht einmal sagen, wohin. Einmal hupte jemand wütend neben ihm, und irgendwer schrie etwas, doch er setzte seinen Weg fort.

Die Gedanken in seinem Kopf wirbelten herum, keiner blieb lange genug, um ihn zu greifen.

Erst als er vor einem hohen Tor stand, kam er wieder zu sich. Er hatte jetzt fast St. Pauli erreicht, und vor ihm erhob sich der Eingang zum Stadtpark Planten un Blomen.

Ein paar junge Leute mit bunten Punkfrisuren saßen neben der Mauer und beäugten ihn.

»He, Opa, haste ma 'ne Mark?«, fragte ein Mädchen, durch dessen Ohr eine Sicherheitsnadel gestochen war.

Richard beachtete sie nicht. Er betrat den Park und folgte dann dem Weg in Richtung Messezentrum.

In seinem Innern brannte es. Sein Herz raste und schien sich dabei zu überhitzen, eine furchtbare Wärme ging von ihm aus und schoss an seinem Hals hinauf in sein Gehirn. Unglaube wütete in seinen Eingeweiden und ein klein wenig auch Angst. Was, wenn er sich getäuscht hatte? Wenn er sich alles nur eingebildet hatte und allmählich den Verstand verlor?

Noch beängstigender als das war die Möglichkeit, dass er sich nichts eingebildet hatte. Dass er soeben vor Cornelia gestanden und vor ihr weggelaufen war. Dass er die große Chance seines Lebens verpasst hatte.

Schwer seufzend und mit dem Gefühl, einen Stein geschluckt zu haben, ging er weiter, bis er schließlich an dem Ort ankam, der vor so vielen Jahren beinahe sein zweites Zuhause gewesen war. Die Bänke standen noch dort, aber man hatte sie einer Verjüngungskur unterzogen. Auf dem Holz hatte jemand Schmierereien in Silberfarbe hinterlassen. Solche Graffiti kannte er von Besuchen aus New York, offenbar war diese Mode auch schon nach Deutschland gekommen.

Auch von den Rosen, die noch immer blühten, erkannte er einige nicht wieder. Alte Stöcke, die abgestorben waren, hatte man durch neue ersetzt, die in anderen Farben blühten. Aus damals kleinen, neu gesetzten Rosen waren mittlerweile große Sträucher geworden.

Doch eines war geblieben: Um diese Uhrzeit, mitten in der Woche, fand kaum jemand die Muße, sich hier herzusetzen und nachzudenken.

Richard ließ den Ort einen Moment lang auf sich wirken, dann wischte er sich übers Gesicht, als wollte er einen unguten Traum wegwischen. Er hätte nicht flüchten sollen! Warum war er davongelaufen? Die Frau war keine Fata Morgana gewesen. Und was war denn so entsetzlich daran, einer Totgeglaubten zu begegnen? Mehr als zwei Jahrzehnte lang hatte er doch davon geträumt!

Er sollte zurückgehen. Allerdings fand sein Körper in dem Augenblick keine Kraft, sich zu erheben. Wie an die Bank gefesselt blieb er sitzen und starrte vor sich hin, viele Augenblicke lang.

»Ich wusste, dass du hierherkommen würdest.«

Die Frau trat hinter den Rosenbüschen hervor, zwanzig Jahre älter als damals, mit anderer Frisur und anderen Kleidern, doch mit dem Gesicht, das ihn damals so magisch angezogen hatte.

Es war also doch kein Traum gewesen.

Die Erkenntnis lähmte ihn und hinderte ihn daran, etwas zu erwidern.

Die Frau trat näher. Ihr war anzusehen, dass sie geweint hatte.

Conny. Das war seine Conny.

»Darf ich?«, fragte sie und setzte sich neben ihn auf die Bank.

Richard nickte. Noch immer glaubte er zu träumen, und er fürchtete, dass er gleich erwachen würde.

Wie betäubt tastete er nach ihrem Arm. Dann spürte er es. Sie war warm und fühlte sich immer noch so weich an wie damals.

»Bist du es wirklich?«, fragte er verwirrt.

»Ja, wie du siehst«, antwortete sie. Das Lächeln auf ihrem Gesicht wirkte ein wenig erfroren, aber wie sollte ein Mensch schauen, der seiner totgeglaubten Liebe begegnete?

»Ich dachte, du wärst tot«, sprach sie aus, was sich zwischen ihnen wie eine Mauer aufzubauen begann. Sie wirkte gefasst, doch es konnte sein, dass auch sie nur keine Tränen mehr hatte.

»Dasselbe dachte ich von dir«, entgegnete er, dann streckte er vorsichtig die Hand nach ihrem Gesicht aus. Sie musste jetzt in den Vierzigern sein. Der Goldring an ihrem Finger verriet, dass sie verheiratet war. Und auch sein Ring zeigte den Bund, den er mit Maggie eingegangen war.

»Ich habe versucht, dich zu finden, so sehr«, sprudelten die Worte schließlich aus ihm heraus. »Ich habe dich suchen lassen, ich hatte Peter gebeten, nach dir zu schauen, ich war sogar hier. Doch jeder, den ich fragte, sagte mir, dass du wahrscheinlich tot seiest. Es gab kein Lebenszeichen von dir. Ich dachte, sonst hättest du dich bei mir gemeldet.«

Cornelias Augen schwammen in Tränen, aber sie bemühte sich um Fassung.

»Dann sind wir beide betrogen worden«, stellte sie fest und legte ihre Arme um seine Schultern. Er konnte nicht anders, zog sie an sich und küsste sie.

Sie hielten sich lange und weinten beide. Cornelias letzte Worte schwebten über ihnen.

Dann sind wir beide betrogen worden.

In diesem Augenblick fragte Richard nicht danach, wie sie versucht hatte, ihn zu finden. Er wollte auch nicht wissen, von wem sie betrogen worden war. Alles, was er wollte, war, sie zu halten und dabei wieder die Kraft und das Feuer der Jugend zu spüren, die ihm so weit entfernt schienen.

*

In der Hotellobby stürmte ihm sein aufgebrachter Agent entgegen.

»Richard, wir haben Sie überall gesucht! Wir dachten schon, Ihnen sei etwas zugestoßen!«

Sollte er ihm erzählen, dass er soeben seiner Jugendliebe wiederbegegnet war? Dass er sich mit ihr verabredet und somit keine Zeit hatte, heute mit den Verlagsleuten und Journalisten zusammenzusitzen?

»Wäre es möglich, das Abendessen auf nach der Lesung zu verschieben?«, fragte er. »Oder gleich abzusagen? Ich fühle mich heute nicht wohl, ich möchte eigentlich nur die Lesung machen und dann allein sein. Geht das?«

Der Pressemann blickte ihn besorgt an. »Was fehlt Ihnen, brauchen Sie einen Arzt?«

»Nein«, winkte Richard ab. »Alles, was ich brauche, ist ein wenig Ruhe. Wäre das möglich?«

»Aber sicher doch«, sagte der Agent. »Die Herrschaften werden traurig sein, aber wenn Sie es so wünschen, haben sie sicher Verständnis.«

Richard klopfte dem Mann auf die Schulter. »Danke, Mitch, das wollte ich hören.«

Vor der Lesung, die in einer wunderschön eingerichteten Buchhandlung abgehalten werden sollte, wanderte sein Blick unruhig über die Stuhlreihen. Neben ihm redeten sein deutscher Verleger und der amerikanische Pressemann mit den ausgewählten Journalisten, die ihn zuvor beinahe eine Stunde lang mit Fragen behelligt hatten. Fragen, die unwichtig geworden waren, seit er wusste, dass da draußen die Frau war, die er auch nach so vielen Jahren nicht vergessen hatte.

Beim Abschied hatte er ihr erzählt, wo er heute Abend

lesen würde, und es ihr freigestellt, zu kommen. Wenn sie keine Lust dazu hatte, würden sie sich an ihrem verabredeten Treffpunkt sehen.

Richard wusste, dass Cornelia noch einiges in ihrem Laden zu tun hatte – und dass danach ihre Familie wartete. Dass sie verheiratet war, hatte sie ihm bestätigt, und sie hatte hinzugefügt, dass sie eine elfjährige Tochter hatte. Auf dem Bild, das sie in ihrer Geldbörse trug, sah die Kleine der jungen Cornelia sehr ähnlich.

Doch obwohl eigentlich nichts dafür sprach, dass sie bei der Lesung erscheinen würde, hielt er nach ihr Ausschau. So lange, bis ihn jemand am Arm berührte.

»Mr Henderson, ist alles in Ordnung mit Ihnen?«

Richard zuckte zusammen. Er war so in Gedanken an Cornelia versunken, dass er die Leute am Tisch nicht mehr wahrgenommen hatte.

»Ja, ja, es geht schon«, antwortete er seinem Pressemann, der ihn besorgt ansah.

Auch die anderen zogen betroffene Mienen. Richard feixte in sich hinein. Offenbar nahmen sie ihm alle ab, dass er unpässlich war.

Cornelia tauchte während der Lesung nicht auf. Einmal glaubte Richard, sie zu sehen, und er verhaspelte sich prompt. Doch dann stellte er fest, dass es nur eine Frau war, die ihr ähnelte. Von da an lief die Lesung routiniert weiter, dennoch breitete sich Unruhe in ihm aus. Was, wenn sie auch zum Treffen nicht kam? Wenn irgendwas bei ihr zu Hause passiert war? Die alten Verlustängste brachen sich wieder Bahn.

Als die Veranstaltung beendet war und er einige Bücher signiert hatte, verabschiedete er sich rasch und unter vielen

Entschuldigungen bei den Verlagsleuten und dem Veranstalter und versprach, das Essen nachzuholen.

Dann sprang er in das nächste freie Taxi.

*

Sie wartete am Ausgang des S-Bahnhofs. Über ihrem Kleid trug sie einen leichten Sommermantel. Ihr Haar war im Nacken zusammengesteckt. Ein paar Strähnen hatten sich gelöst. Sie wirkte beinahe wie das Mädchen, das sich vor so vielen Jahren aus ihrem Haus geschlichen hatte.

»Du bist hier«, sagte sie mit einem feinen Lächeln. »Du bist gekommen.«

»Auf mich war doch auch schon früher Verlass, oder?«

»Ja, das stimmt. Tut mir leid, dass ich nicht bei der Lesung war. Ich … ich musste zu Hause reinschauen und Bescheid sagen, dass ich noch mal in den Laden muss.«

»Du hast deinem Mann nichts von mir erzählt?«

Cornelia schüttelte den Kopf. »Nein, warum sollte ich? Er hat keine Ahnung von damals, und ich will ihn auch nicht damit belasten.«

Richard nickte. Hätte er Maggie von Cornelia erzählt? Sicher nicht. Maggie kannte ja nicht einmal die Geschichte der Flut. Er hatte sie wegen ihres angenehmen Wesens geheiratet und weil sie wusste, wie sich eine Frau in seinen Kreisen verhalten musste. Die große Liebe, der man all seine Geheimnisse anvertraute, war sie nie gewesen.

Das Stammlokal, in dem er sich heimlich mit Conny getroffen hatte, gab es nicht mehr, also entschied er sich für ein Restaurant, das früher einmal eine Schifferkneipe gewesen war – jedenfalls wenn man nach der Dekoration ging, die hier und da an den Wänden und den Decken zu finden war. Das Lokal bot Sitznischen, in denen man verschwinden konnte.

»Du wirkst, als wärst du auf der Flucht«, bemerkte Cornelia mit einem Lächeln, als sie sich auf die bequemen Ledersitze niederließen. »Es ist doch komisch, damals war ich diejenige, die nicht ausgehen und nicht von ihrem Vater erwischt werden durfte.«

»Und jetzt darf ich nicht von meinem Verleger erwischt werden. Offiziell bin ich auf meinem Zimmer, mit einem Eisbeutel auf der Stirn, weil mich so schlimme Kopfschmerzen plagen.«

»Du hattest noch einen Termin nach der Lesung, stimmt's?«

»Du bist Buchhändlerin, du kennst das ja. Wahrscheinlich lässt du Autoren, die bei dir lesen, auch nur ungern weg, ohne ihnen vorher alle Geheimnisse zu entlocken.«

»In meiner Buchhandlung gibt es nur selten Lesungen. Wie du gesehen hast, ist sie nicht sehr groß. Auch wenn ich gut verkaufe, habe ich nur selten das Geld, um einen Autor zu bezahlen.«

Richard lächelte sie an. »Wenn du mich einladen würdest, würde ich kein Honorar nehmen.«

Cornelia erwiderte sein Lächeln. »Du hast bestimmt keine Zeit, um bei mir zu lesen. Ich kenne das, du bist sicher sehr eingespannt.«

»Das bin ich. Und in diesem Augenblick bedaure ich das zutiefst.«

»Aber wir sollten die Zeit nicht damit verschwenden, über Geschäftliches zu reden, nicht wahr?« Ihre Augen strahlten ihn an. »Von diesem Augenblick habe ich geträumt, weißt du?«, sagte sie dann. »Ich habe immer so sehr gehofft, dass alles nur ein Irrtum war.«

»Wie du siehst, war es wirklich nur ein Irrtum«, entgegnete er, vollkommen entrückt und verzaubert davon, dass sie leibhaftig vor ihm saß und dass sie eine so wunderbare Frau geworden war.

»Damals … Es hat mir das Herz zerrissen, als ich erfuhr, dass du tot sein solltest«, sagte sie. »Ich habe versucht, dich zu finden, dann aber festgestellt, dass ich viel zu wenig über dich wusste. Eine Zeitlang habe ich auch Ausschau nach dem Burschen gehalten, der uns damals beim ersten Rendezvous angesprochen hatte, doch er lief mir nicht über den Weg. Und irgendwann hieß es, du seist in den Fluten umgekommen …«

Sie senkte den Blick. Irgendwas schien ihr durch den Kopf zu gehen. Doch dann blickte sie auf und lächelte.

»Es freut mich jedenfalls wirklich sehr, dass es dich noch gibt.«

Er griff nach ihrer Hand. »Das geht mir ebenso.«

»Erzähl mir, was machst du so? Außer zu lehren und Bücher zu schreiben.«

»Das umfasst so ziemlich mein ganzes Leben«, entgegnete er. »Hin und wieder arbeite ich daran, einen Rosengarten anzulegen, wie meine Großmutter einen hatte. Aber ich glaube, es werden noch Jahre vergehen, bis er auch nur annähernd so aussieht.«

»Und privat?«, fragte sie. »Du bist verheiratet?«

»Und ich habe einen Sohn. Ethan.« Er nickte, als müsste er diese Aussage bekräftigen. »Er ist ein guter Junge, mittlerweile dreizehn, also fast ein Mann.« Er sah sie an und meinte, einen Gedanken hinter ihren Augen vorüberhuschen zu sehen.

»Das ist schön«, sagte sie dann und schaute auf den Tisch. »Sehr schön. Ich freue mich, dass dein Leben so gut verlaufen ist.«

»Mein Leben war bestenfalls ein schwacher Ersatz für das Leben, das ich mit dir hätte haben können«, sagte er. »Diese verdammte Flut, wenn sie uns nicht auseinandergebracht hätte!«

»Hättest du mich denn wirklich bei deinem Vater durchgekämpft?«, fragte sie. »Oder hättest du letztlich doch das Mädchen genommen, das sie dir ausgesucht haben?«

»Maggie ist eines dieser Mädchen, die mein Vater gern an meiner Seite gesehen hätte. Aber ich hätte um dich gekämpft, wenn ich gewusst hätte ...«

Sie legte ihm die Hand auf den Mund. »Sag nichts. Wir wissen nicht, wie alles gekommen wäre. Lass uns beide auf diesen Moment schauen, auf dieses unverhoffte Glück.«

»Du hast recht. Schauen wir auf heute. Schauen wir darauf, dass wir uns wiedergetroffen haben und endlich Gewissheit haben.« Damit küsste er ihre Hand und versank dann in ihrem Blick.

An diesem Abend nahm Richard sie mit in sein Hotel. Sie folgte ihm bereitwillig, obwohl ihr Mann und ihre Tochter auf sie warteten. Die beiden schienen in diesem Augenblick nicht zu existieren, weder für Cornelia noch für Richard. Es war eine stille Übereinkunft, nachdem sie sich über ihren Werdegang ausgetauscht hatten. Hand in Hand, wie schüchterne Teenager, gingen sie durch den Gang zu seinem Zimmer. Richard war erfüllt von der Angst, dass sein Agent oder sein Pressemann ihm über den Weg laufen würden, doch sie verging, als sie die Zimmertür hinter sich schlossen und sich dann in die Arme nahmen, wie damals in dem alten Gasthof in Wilhelmsburg.

*

Eigentlich hätte er noch zwei Tage mit Cornelia haben können, doch dann erreichte ihn nach der Rückkehr aus Köln die Nachricht, dass sein Vater gestorben sei.

Eigentlich verband ihn kaum noch etwas mit seinem alten Herrn, der mittlerweile über achtzig Jahre alt und offenbar sanft entschlafen war. Doch anstandshalber musste er da sein, um ihn zu begraben. Immerhin war seine Mutter schon Jahre zuvor gestorben, und außer ihm hatte der alte Henderson keine Kinder.

Schweren Herzens hinterließ er Cornelia einen Brief an der Rezeption des Hotels, wo sie sich am kommenden Nachmittag hatten treffen wollen. Dann machte er sich auf den Weg zum Flughafen und fühlte sich dabei, als würde er sie ein zweites Mal verlieren.

Zu Hause erwarteten ihn die in so einem Fall üblichen Verpflichtungen. Er sprach mit dem Reverend, der den Gottesdienst halten würde, suchte den Sarg aus, kümmerte sich darum, dass Platz geschaffen wurde in der Familiengruft. Er redete mit alten Freunden seines Vaters, von denen allerdings kaum noch welche übrig waren, und schließlich bereitete er die Grabrede vor.

Immer wieder wanderten seine Gedanken zu Cornelia.

Ob sie den Brief erhalten hatte? Würde sie verstehen, dass er abgereist war?

Schließlich schrieb er ihr einen Brief an die Buchhandlung, denn ihre Privatadresse kannte er nicht. Vor dem Gottesdienst für seinen Vater brachte er den Umschlag zur Post, dann stellte er sich an das Grab und redete darüber, was er dem alten Henderson zu verdanken hatte und was für ein steter Anker er in seinem Leben gewesen war. Die Wahrheit kannte außer ihm ohnehin keiner mehr.

Die Tage vergingen. Richard nahm sich frei, um den Nachlass seines Vaters zu ordnen. Die Dokumente aus fast achtzig Jahren fühlten sich beinahe wie eine Zeitreise an – und offenbarten so manches, das Richard in seiner Meinung über seinen alten Herrn bestätigte. Doch er war tot, und über Tote redete man nicht schlecht, also beschloss er nach einer Weile, nicht mehr so genau hinzusehen und das meiste einfach zu verbrennen oder anderweitig zu vernichten.

An einem Nachmittag – Maggie hatte sich mit Migräne in ihr Zimmer zurückgezogen – erschien eines der Hausmädchen.

»Eine Frau möchte Sie sprechen.«

Richard blickte von seinem Aktenberg auf. »Was für eine Frau?«

Das Hausmädchen war neu und wirkte immer leicht nervös, wenn sie ihm irgendeine Nachricht überbringen musste.

»Sie … sie hat mir ihren Namen nicht gesagt, sie meinte nur, dass sie Sie dringend sprechen müsste.«

Sicher war das wieder so eine Werberin irgendeiner Sekte. Möglicherweise aber auch eine Studentin, die seine Privatadresse herausgefunden hatte.

Da es unwahrscheinlich erschien, dass das Hausmädchen sie vertreiben konnte, beschloss er, es selbst zu tun, und erhob sich schnaufend von seinem Schreibtisch. Vor dem Milchglasfenster der Eingangstür war sie nicht mehr als ein unförmiger Schatten. Doch als er die Tür öffnete, traf es ihn wie ein Schlag.

»Hallo, ich hoffe, ich störe nicht«, sagte sie mit einem zauberhaften Augenaufschlag.

Cornelia. Hier vor seiner Tür!

Richard vergaß zu atmen. Als es ihm wieder einfiel, schnappte er nach Luft.

»Elisa, würden Sie uns bitte allein lassen?«, bat er das Dienstmädchen, das ein Stück weit hinter ihm darauf wartete, dass er irgendwas mit dem Eindringling anstellte.

»Sehr wohl, Mr Henderson«, antwortete sie und verschwand. Richard trat nach draußen, zog die Haustür zu und fasste Cornelia beim Arm. Er zog sie mit sich zum Tor, von wo aus niemand belauschen würde, was sie redeten.

»Cornelia, wie bist du …?«

»Mit dem Flugzeug, was denkst du denn? Ich bin heute Morgen in New York gelandet, und es hat ziemlich lange gedauert, bis ich wusste, wie ich zu dir kommen sollte.«

»Aber woher hast du meine Adresse?«

Richard wusste, dass das nicht die Fragen waren, die man stellte, wenn man sich über einen Besuch freute. Aber er war einfach zu überrascht, um seine unterschwellige Freude über das Wiedersehen zu zeigen.

»Vergiss nicht, dass du mir einen Brief geschrieben hast«, entgegnete sie. »Es tut mir wirklich leid, dass ich dich so überfalle, aber … Ich konnte nicht anders, ich musste dich noch einmal sehen. Ich wollte nicht, dass die Liebe meines Lebens wieder verschwindet und ich sie vielleicht nicht wiedersehe. Das musste ich damals schon hinnehmen, aber diesmal nicht.«

Richard blickte zum Haus zurück. Auch wenn man sie hier nicht hören konnte, konnte man sie beobachten.

»Warte hier, ich bin gleich wieder da.«

Richard ließ sie stehen, rannte zurück ins Haus, dann ins Arbeitszimmer. Er zog die Schreibtischschublade auf und holte den kleinen Schlüsselbund hervor, der dort lag. Nachdem er sich vergewissert hatte, dass keines der Mädchen in der Halle war, ging er wieder nach draußen.

Während die Kiesel unter seinen Schuhen knirschten, wirbelten die Gedanken nur so durch sein Hirn. Cornelia war hier. So, wie es vor mehr als zwanzig Jahren geplant gewesen war. Und er verstand auch, was sie gesagt hatte. Ihm ging es ähnlich. Doch er hätte solch einen Schritt nicht gewagt.

»Hier, nimm diese Schlüssel und fahr zu der Adresse, die auf dem Anhänger steht. Es ist eine kleine Wohnung. Bring dein Gepäck dorthin und warte dort auf mich. Ich versuche, mich hier frei zu machen, und komme dann zu dir. Okay?«

Cornelia nickte und nahm die Schlüssel. Ein wenig Enttäuschung lag in ihrem Blick. Richard legte ihr die Hände auf die Oberarme.

»Bitte versteh mich, ich kann jetzt nicht frei mit dir reden. Meine Frau ist im Haus, und die Dienstmädchen renken sich sicher schon die Hälse aus. Fahr zu der Wohnung, ich versuche, so schnell wie möglich nachzukommen.«

*

Es war nicht schwer, sich von seiner Frau unter dem Vorwand zu verabschieden, dass er in die Uni musste. Maggie nahm die Information mit einem Nicken hin und ohne ihre Schlafbrille abzunehmen, die sie bei Migräne immer trug, um das Licht von sich fernzuhalten.

Richards Herz raste, als er auf den Highway einbog. Was wollte Cornelia? Wirklich nur mit ihm reden? Oder mehr?

Es waren glückliche Stunden gewesen, die er mit ihr verbracht hatte, doch obwohl sie ihm nicht aus dem Sinn ging, war ihm klar gewesen, dass die Chance, ein Leben mit ihr zu führen, verflogen war. Zwanzig Jahre lagen zwischen den Tagen in Hamburg, eine große Flut lag dazwischen, und mittlerweile standen auch noch zwei Familien im Raum, seine und ihre.

Was ihr Mann wohl dazu meinte, dass sie weggegangen war? Eine Reise nach Amerika war doch etwas anderes als eine Fahrt durch Deutschland.

Als er an der Wohnung ankam, war es bereits spät. Er parkte seinen Wagen in irgendeiner Seitenstraße, die ihm unverfänglich erschien, falls ein Kollege auftauchte und das Fahrzeug erkannte. Dann ging er zum Haus.

Angst saß ihm im Nacken. Was, wenn sie mehr wollte? Wenn sie sich seinetwegen von ihrem Mann getrennt hatte und nun verlangte, dass er dasselbe tat?

Die wenigen Stunden in Hamburg hatten nicht ausgereicht, um die erwachsene Conny kennenzulernen, um herauszufinden, wozu sie fähig war.

Er klingelte, und wenig später ertönte der Türsummer. Sie war immerhin heil angekommen. Er erklomm die Treppen, lauschte dem viel zu lauten Geräusch eines Fernsehers im ersten Stock und erreichte dann die zweite Etage. Der Sisalteppich, mit dem der Flur ausgelegt war, dämpfte seine Schritte.

Dennoch schien sie ihn zu hören, denn bevor er klopfen konnte, öffnete sie die Tür.

»Da bist du ja«, sagte sie und zog ihn in ihre Arme.

Richard war zu verwirrt, um Gegenwehr zu leisten. Wenig später spürte er ihre Lippen auf seinem Mund, und da war es um ihn geschehen. Seine Angst verflog, und seine Bedenken verschwanden. Das alte Begehren wallte in ihm auf, und wenig später ertappte er sich dabei, wie er ihren Pullover hochschob und ihre Schultern küsste. Sie ließ ihre Hand begehrlich über seine Hose gleiten, und bald darauf entledigten sie sich endgültig all ihrer Kleider.

Sie liebten sich noch im Wohnzimmer, auf dem Teppich, wild und leidenschaftlich. Als die erste Lust gestillt war, trug er sie ins Schlafzimmer, und sie machten weiter, bis sie erschöpft aufeinandersanken.

»Du bist also weggelaufen?«, fragte er, als er wieder zu Atem gekommen war, und küsste ihre Schulter.

»Kann man wohl so sagen. Ich habe es nicht ausgehalten, ich musste dich sehen.«

»Wann kam der Brief denn bei dir an?«

»Vor einer Woche. Ich hatte Glück, dass ich an dem Tag die Post geholt habe und nicht Heidi.« Sie hatte ihm von ihrer Angestellten erzählt. »Danach war plötzlich alles anders. Ich wusste, dass ich dich wiedersehen musste, koste es, was es wolle. Ich wollte diese Chance nicht verstreichen lassen, nicht, nachdem ich dich so unverhofft wiedergetroffen hatte. Also habe ich mir ein Visum besorgt und bin dann zum Flughafen. Glücklicherweise hatte eines der Flugzeuge noch einen Platz für mich …«

Richard war überwältigt von dem, was sie getan hatte. Das Mädchen, das sich früher nicht aus dem Haus gewagt hatte, weil es vom Vater geprügelt wurde, hatte sich auf eigene Faust auf den Weg zu ihm begeben.

Es war nur schade, dass sie beide nicht mehr die freien, ungebundenen Menschen von damals waren.

»Freust du dich?«, fragte sie und strich mit ihrem Zeigefinger über seine Brust.

»Habe ich meiner Freude nicht soeben Ausdruck verliehen?«

»Oh doch, das hast du!« Sie küsste ihn neckisch auf den Mund. »Und meinetwegen könnten wir uns die ganze Nacht freuen.«

»Hab Erbarmen«, entgegnete er. »Ich bin nicht mehr zwanzig.«

»Ich auch nicht.«

Sie schaute ihn liebevoll an, und Richard brachte es nicht übers Herz weiterzufragen. Was aus ihrer Familie werden sollte. Was aus ihnen werden sollte. Alles, was für ihn zählte, war dieser wunderbare Moment.

24. Kapitel

Kopfschmerzen hämmerten durch meinen Schädel. Diesmal allerdings nicht, weil ich zu viel getrunken hatte. Vielmehr hatte mich Richards Geschichte so gefesselt, dass ich mit einer Nackenstarre vor dem Bildschirm saß.

Ich versuchte, mich zu erinnern, wie sich meine Mutter damals verhalten hatte, doch die Zeit hatte den Teppich meiner Erinnerungen löchrig gemacht.

Es kam häufiger vor, dass meine Mutter länger in ihrer Buchhandlung blieb. Und es kam auch vor, dass nicht sie, sondern mein Vater mich zu Bett brachte. Es war normal, und niemand machte sich Gedanken darum.

Was in meinem Vater vorging, wusste ich freilich nicht. Er redete nicht mit seiner Tochter über seine Gefühle. Wahrscheinlich redete er nicht mal mit seiner Frau, besonders, wenn Cornelia gestresst war und abweisend wirkte.

Bis zu dem Tag, als sie vorübergehend aus unserem Leben verschwand, deutete nichts darauf hin, dass sich in ihrem Leben etwas verschoben hatte. Möglicherweise traf uns ihr Verschwinden deshalb so überraschend.

Als ich schließlich den Laptop zuklappte, wurde es bereits langsam hell. Ich beschloss, noch ein paar Stunden zu schlafen, und irgendwie gelang es mir auch, irgendwas Wirres zu träumen. Dann wurde ich wach und bekam den Denkzettel.

Beinahe schon gierig schluckte ich die Kopfschmerztablette hinunter und spülte mit Leitungswasser nach. Dann machte ich mich auf die Suche nach etwas Essbarem.

Ich fand eine Packung Kekse, die fürs Erste halfen, doch ich beschloss, etwas einzukaufen.

Ich hatte meine Freundin Anfang letzter Woche gesprochen – natürlich war sie jetzt wieder mit Antonio zusammen und genoss eine Woche Liebesurlaub mit ihm. Er hatte sich für seinen Fehltritt entschuldigt, und sie hatte ihm verziehen.

Okay, wenn sie meinte. Ich verkniff mir meinen Pessimismus, dass der Beziehungshebel ohnehin wieder auf Off kippen würde, wenn sie zurück in Hamburg war. Manchmal hegten die Menschen Leidenschaften, von denen sie nicht loskamen.

Als mein Schädel wieder einigermaßen schmerzfrei war, besorgte ich im Hauptbahnhof ein paar Lebensmittel und begab mich dann zum UKE.

Ein Teil des Parkplatzes war mit weißen Trucks zugestellt, der Geruch eines Imbissstandes wehte zu mir herüber. Es dauerte einen Moment, bis ich realisierte, dass hier irgendwelche Filmarbeiten durchgeführt wurden.

Filmarbeiten in einem Krankenhaus unter normalem Betrieb. Das erschien mir ziemlich abenteuerlich. Dennoch fragte ich mich, was das für ein Film werden sollte. Ein Thriller? Ein Liebesfilm? *Schwarzwaldklinik reloaded*?

Ich schlängelte mich an ein paar schwarzgekleideten Technikern vorbei und betrat dann das Foyer. Auch hier wurde mit Kabeln und Scheinwerfern hantiert. Einige Patienten in Bademänteln beobachteten das Treiben interessiert.

Ich ließ das alles hinter mir und stieg in den Fahrstuhl.

Wenigstens hatte die Filmcrew nicht die Absicht, in der Neurologie zu drehen. Hier oben war alles wohltuend still. Ich grüßte eine Schwester, die gerade eine Blutprobe vor sich hertrug, und stürmte wenig später in das Zimmer meiner Mutter.

»Hallo, Mama, ich …«

Ich stockte, als ich eine Frau an ihrem Bett sitzen sah. Sie trug keine Klinikkleidung, sondern ein großgeblümtes fröhliches Kleid. War sie vielleicht die Seelsorgerin des Hauses? Ich wusste, dass es eine gab, die sich mit Schwerkranken befasste und ihnen Mut zusprach. Verständlicherweise hatte meine Mutter nichts davon berichten können, doch der Gedanke, dass jemand bei ihr war und sie tröstete, gefiel mir.

»Oh, entschuldigen Sie«, sagte die Frau, erhob sich und klemmte sich die Mappe, die sie auf dem Schoß gehalten hatte, unter den Arm. »Sie sind die Tochter von Frau Petri?«, fragte sie und reichte mir die freie Hand. »Ich bin Jolanda Bertin, die Logopädin Ihrer Mutter.«

»Freut mich, Sie kennenzulernen«, entgegnete ich. »Und ja, ich bin die Tochter. Es tut mir leid, wenn ich in Ihre Therapiesitzung platze.«

»Das macht nichts, wir waren ohnehin fertig für heute. Ihre Mutter macht wirklich große Fortschritte. Wir haben uns heute schon mal an den ersten Satz gewagt.«

Sie warf meiner Mutter einen wohlwollenden Blick zu. Diese presste die Lippen zusammen, als fürchtete sie, dass sie diesen Satz gleich vor mir zum Besten geben müsste. Meine Mutter mochte einen Schlaganfall gehabt haben, der ihr viele ihrer Fähigkeiten genommen hatte – aber sie war kein kleines Kind, das brav irgendwas Albernes wie »Mimi hat einen Hund« nachplappern wollte. So viel Stolz musste ihr die Logopädin schon lassen.

»Das freut mich sehr«, antwortete ich und hoffte inständig, dass Frau Bertin auf eine Kostprobe verzichtete.

»Sie werden es gleich merken, es wird von Tag zu Tag besser. Schon bald werden Sie wieder richtige Gespräche führen können. Soweit ich weiß, ist das der Wunsch Ihrer Mutter.«

Aus dem Augenwinkel heraus sah ich meine Mutter nicken.

»Ja, meine Mutter liebt Menschen, nicht wahr, Mama? Sie redet sehr gern mit ihnen, und es würde ihr sehr guttun, wenn sie das wieder richtig könnte.«

Die Logopädin lächelte verständnisvoll. »Das glaube ich. Und daran arbeiten wir. Wichtig ist für Ihre Mutter, dass sie ihren Geist beschäftigt.«

»Ja, das sagte Dr. Sommer bereits. Ich habe immer ein Buch dabei, für den Fall, dass sie lesen möchte.«

Das Buch von Richard hatte ich zu Hause gelassen, es brachte nichts, wenn ich sie damit aufregte. Aber sie hatte ja einen Buchladen, und dort gab es viele Bücher.

»In Ordnung, Frau Petri, wir sehen uns morgen wieder.«

Sie reichte meiner Mutter die Hand, und sie drückte sie und nickte. Ihre Mimik war noch immer ein wenig befremdlich, aber mittlerweile gewöhnte ich mich daran.

Mama schien die Logopädin zu mögen.

Als sie fort war, setzte ich mich wieder auf den Stuhl. Das Bett nebenan war noch immer nicht belegt worden. Aber es war nur eine Frage der Zeit, bis jemand Neues einzog.

»Was ich vorhin sagen wollte«, begann ich, in Ermangelung eines anderen Gesprächsthemas, »das ganze Krankenhaus ist voller Filmleute! Offenbar drehen sie hier einen Film, ist das nicht toll?«

Die Freude meiner Mutter hielt sich in Grenzen. Und wenn ich ehrlich war, war es mir egal. Aber es war immerhin etwas anders in dem tristen Klinikalltag.

»Aaalexaaaa«, sagte meine Mutter langgezogen und strahlte mich dann an.

Diese Regung traf mich so überraschend, dass ich im ersten Moment vermutete, das dicke Ende würde gleich kommen. Doch sie strahlte einfach nur, sie freute sich über ihren Erfolg.

»Du kannst meinen Namen wieder sprechen! Das ist sehr schön!«

Tränen stiegen in meine Kehle. Sie lächelte und strich mir mit der gesunden Hand über den Arm.

Ich war vollkommen von den Socken. Diese Zuneigungsbekundung … So etwas hatte ich schon lange nicht mehr von ihr bekommen. Hatte sich meine Mutter tatsächlich ein wenig verändert, oder trog der Schein?

»Bttt«, sagte sie, und ich merkte ihr deutlich die Anstrengung an. Das Wort, das sie sagen wollte, schien einfach nicht herauszuwollen. Ich hätte ihr so gern geholfen, aber ich konnte nichts tun. Und ich wollte sie nicht gleich zu Beginn meines Besuches durch falsche Mutmaßungen ärgern.

»Btttkaszen«, presste sie schließlich hervor.

Ich rätselte einen Moment lang, dann fiel der Groschen. »Meinst du Bettkasten?«

Sie nickte und umklammerte meinen Arm noch fester.

»Soll ich etwas aus dem Bettkasten holen?«

Brauchte sie vielleicht ein Kissen oder eine Decke? Unter ihrem Klinikbett hatte sie natürlich keinen Bettkasten, aber es war möglich, dass sich Menschen, die im Koma gelegen hatten, an irgendwas aus ihrem früheren Leben erinnerten.

»Hause«, sagte sie. »Su-hause.«

»Der Bettkasten zu Hause?«

Wieder ein Nicken. Jetzt freute ich mich mit ihr, dass ich sie verstand – auch wenn ihre Worte keinen Sinn zu ergeben schienen. Oder vielleicht doch? Was war im Bettkasten?

»Was ist in dem Bettkasten zu Hause?«, fragte ich. »Soll ich da etwas nachschauen? Du meinst doch das Bett in der Wohnung über der Buchhandlung, nicht wahr?«

Meine Mutter nickte.

Ein wenig wünschte ich mir, mehr Informationen von ihr zu bekommen, doch dann ließ sie sich erschöpft auf die Kissen sinken.

»Okay, ich schaue nach, Mama. Ich schau mir den Bettkasten an.«

Keine Ahnung, was ich dort finden sollte, aber an dem schwachen Nicken erkannte ich, dass ich ins Schwarze getroffen hatte.

»Ich habe dir eine Zeitung mitgebracht«, sagte ich dann und zog das Blatt aus der Tasche. »Ich weiß, du magst Zeitungen nicht so gern, aber dein Arzt meint, dass du lesen sollst.«

Wieder griff sie nach meiner Hand.

»Lesn«, sagte sie.

»Ja, genau, lesen«, wiederholte ich, worauf sie den Kopf schüttelte.

»Du magst nicht lesen?«, fragte ich und sah einen Moment später wieder den gleichen Unmut wie vor ein paar Tagen. Was war los? Was hatte ich falsch gemacht?

»Du … lesn«, sagte sie und tippte an meine Schulter.

»Ich soll dir was vorlesen? Aus der Zeitung?«

Meine Mutter schnaufte. Offenbar nein.

»Okay, ich lege sie dir hin, vielleicht hast du ja später Lust zu lesen«, sagte ich und fühlte gleichzeitig, dass ich wieder im Dunkeln tappte, was den Wunsch meiner Mutter anging.

Das bestätigte sie mir wieder mit einem frustrierten Schnaufen. Doch diesmal wollte ich mich nicht davon vertreiben lassen und dachte nach.

»Du möchtest, dass ich etwas aus dem Bettkasten nehme und es lese«, sagte ich dann, worauf sie mich ansah und nickte.

»Treffer!«, murmelte ich mit einem Lächeln. »Ich lerne es noch, Mama.«

Da erwiderte sie mein Lächeln.

25. Kapitel

Als ich das Krankenhaus wieder verließ, wehte mir ein frischer Wind entgegen. Die Bäume rauschten, und ich nahm mir einen Moment, um die Augen zu schließen und einfach an nichts zu denken.

Der Besuch bei meiner Mutter hatte mich furchtbar angestrengt. Die Logopädin und der Arzt mochten von ihren Fortschritten begeistert sein, doch ich sah immer noch eine Frau, die sich nur sehr schwer verständlich machen konnte.

Und dann diese Sache mit dem Bettkasten. Was hatte sie nur damit? Es schien ihr offenbar sehr wichtig zu sein, aber warum?

Ich wünschte mir, dass jemand da wäre, mit dem ich reden könnte. Der mir sagen könnte, wohin die Reise ging. Der mir Sicherheit gab. Doch Ethan war nicht hier.

Nur einen Moment später summte das Handy in meiner Tasche. Ich öffnete die Augen wieder und zog das Gerät heraus. Zunächst dachte ich an einen Anruf, doch dann sah ich, dass es eine E-Mail war. Ethan schrieb mir. Gab es Neuigkeiten von seinem Vater?

Ich begab mich zu der nächsten Parkbank und öffnete die Nachricht.

Hi Alexa,

nur kurz, damit du Bescheid weißt und dich nicht wunderst, dass ich heute Abend vielleicht nicht anrufe. Ich komme gerade aus dem Krankenhaus, und die Nachricht, die ich dort erhalten habe, ist alles andere als positiv.

Wie es aussieht, leidet mein Vater schon seit längerem an Krebs, der mittlerweile so weit fortgeschritten ist, dass er sich über die Leber auf die Lunge und den Magen ausgebreitet hat. Die Ärzte geben ihm nur noch wenige Tage, und du kannst dir vorstellen, wie fassungslos ich bin. Mein Vater ist ein alter Mann, ja, aber dass er so schwer krank ist, hätte ich niemals erwartet.

Habe ich vielleicht nicht richtig hingeschaut?

Wie dem auch sei, ich muss nun einiges für ihn erledigen und werde damit wohl auch in den nächsten Tagen beschäftigt sein. Das ändert allerdings nicht meine Gefühle für dich und meine Freude darüber, dass wir uns begegnet sind.

Ich melde mich, sobald ich etwas Neues weiß.

So lange verbleibe ich in Liebe

Dein Ethan

Ich blies die Luft aus meinen Lungen, die sich während des Lesens dort gestaut hatte. Richard hatte Krebs. Damals hatte er nur gesagt, dass er wüsste, dass er nicht mehr lange zu leben hatte. Und ich hatte nicht nachfragen wollen.

Woher hatte er es gewusst? War es nur so ein Gefühl gewesen, oder hatte er schon zuvor einen Arzt konsultiert? Heimlich, um seinen Sohn nicht zu beunruhigen?

Ich hasste es eigentlich, auf dem Smartphone eine Mail zu tippen, doch diesmal machte ich eine Ausnahme. Ich schrieb

Ethan, wie leid es mir tat. Mehr konnte ich vorerst nicht tun, aber er sollte schon mal wissen, dass es hier, jenseits des großen Teiches, jemanden gab, der gedanklich bei ihm war.

Als ich die Mail abgeschickt hatte, starrte ich noch minutenlang auf die Filmcrew, die begann, einen riesigen Scheinwerfer vor dem Klinikgebäude aufzurichten. Dann erhob ich mich. Hier konnte ich erst einmal nichts tun. Alles war in der Schwebe, und in mir wütete noch immer Richards Geschichte. Ich brauchte einen Ort, an dem ich alles sortieren konnte.

Der Einfall, nach Wilhelmsburg rauszufahren, kam mir erst, als ich wieder in der Bahn saß. Genauso gut hätte ich auch zur Buchhandlung zurückkehren können, doch mir war nicht danach, mich jetzt schon auf die Suche nach dem geheimnisvollen Etwas im Bettkasten zu begeben.

Die S-Bahn war um diese Zeit ziemlich voll, typisch für den Feierabendverkehr. Studenten, Arbeiter, Hausfrauen, Mädchen in schrillen Klamotten, alles war in meinem Waggon dabei. Ich beachtete sie nur kurz und richtete meinen Blick dann aus dem Fenster.

Als der Spreehafen vor mir auftauchte, wurde mir seltsam zumute. Es war ein Ziehen und Drücken in der Magengegend, das schnell nach oben wanderte und mein Herz umfing. Nicht Beschwerden im medizinischen Sinne, eher schien meine Seele durch meinen Körper zu wandern, ihn empfindsamer zu machen.

Das Bild der Norderelbe wurde überlagert von den Bildern, die ich im Unterricht von der Flut gesehen hatte. All die Jahre hatte ich keinen Gedanken daran verschwendet, doch jetzt war alles wieder da. Und ich hatte nun auch wieder vor mir, wie meine Mutter versucht hatte, die befreundete Familie zu warnen, und wie sie dann von der Flut zusammen mit Richard fortgerissen wurde.

Meine Vorstellung von alldem war so intensiv, dass ich die Durchsage, dass wir gleich die Station Veddel erreichten, beinahe überhört hätte. In letzter Sekunde schaffte ich es, den Zug zu verlassen. Ein frischer Wind wehte über den Bahnsteig, während die Bahn sich neben mir wieder in Bewegung setzte. Ich stieg die Treppen hinunter und gelangte auf den Vorplatz, auf dem gerade ein Bus hielt, aus dem einige Passagiere ausstiegen.

Mir war nicht danach, durch die Stadt zu gehen, es zog mich eher an einen anderen Ort.

Die Harburger Chaussee lag ruhig im Sonnenschein. Die dunklen Ziegelhäuser waren mir vertraut, genauso wie der Parkplatz vor dem Deich. Doch damals wusste ich noch nicht, dass meine Mutter hier gelebt hatte und dass mein Großvater hier gestorben war. Ich erklomm die nächstbeste Treppe auf den Deich und spazierte dann ein Stück weit darauf entlang.

In welchem Haus mochte meine Mutter gewohnt haben? Würde sie mir eine Antwort geben, wenn ich sie danach fragte?

Nach einer Weile setzte ich mich einfach neben dem betonierten Deichweg ins Gras und schaute auf die Häuser. Flutmarken erinnerten daran, wie hoch das Wasser gestiegen war. Es war ein Wunder und vermutlich nur der massiven Bauweise zu verdanken, dass die Häuser noch standen. Wo mochte der Deich gebrochen sein? Hätten die Leute in der Dunkelheit erkennen können, dass das Wasser über die Deichkrone gelaufen war?

Eine ganze Weile sinnierte ich vor mich hin. Dann zog

ich mein Handy aus der Tasche. Das Schöne an den modernen Smartphones war, dass man damit nicht nur Mails lesen, sondern auch Dokumente öffnen konnte. Ich rief Richards E-Mail auf und speicherte das anhängende Schriftstück. Es waren nicht mehr viele Seiten übrig, also öffnete ich es und scrollte vor. Als ich die passende Stelle gefunden hatte, wechselte ich meinen Sitzplatz und schaute nun auf den Spreehafen und das Wasser, auf dem die Sonnenstrahlen tanzten.

Und dann war ich auf einmal in den USA …

Richard

Er wusste, dass es nicht richtig war, und doch fühlte sich alles daran richtig an. Es war, als hätte ihm das Schicksal eine unglaubliche Möglichkeit eröffnet, eine zweite Chance – auch wenn es nur auf Zeit war. Cornelia würde nach Ablauf des Visums wieder nach Deutschland zurückkehren müssen. Doch noch hatten sie ein paar Tage, und er genoss sie.

Wenn er die Wohnung betrat, konnte er ihre Anwesenheit spüren, auch wenn sie gerade einen Spaziergang durch den Park machte.

Nie war er glücklicher als jetzt über seine Entscheidung, sich ein Appartement in der Nähe der Universität zugelegt zu haben. So konnte er sich ein wenig Zeit für Conny nehmen – jedenfalls, solange sie hier war.

»Hallo, Schatz!«, begrüßte sie ihn an der Tür und fiel ihm mit einem strahlenden Lächeln um den Hals. »Stell dir vor, heute war endlich der Hausmeister hier und hat die Gastherme repariert. Ich konnte teilweise nicht verstehen, was er sagte, sein Akzent war ziemlich schwer, aber schließlich kamen wir überein, und jetzt funktioniert alles.«

»Du bist ein Engel!«, entgegnete Richard und hängte seinen Mantel im Flur auf. »Und es freut mich, dass du gut mit

Emilio auskommst. Er ist ein netter Kerl, und an seinen Akzent gewöhnt man sich.«

Früher hatte er nur ungern hier übernachtet. Manchmal war es notwendig gewesen, besonders, wenn der Dekan wieder einmal eines seiner langen Gespräche mit ihm führen wollte. Doch dann hatte er zugesehen, dass er so schnell wie möglich aus diesen vier Wänden verschwand.

Mit Cornelia war jetzt Leben eingezogen. Sie hatte die Möbel neu arrangiert und ein paar Dinge aus dem Kaufhaus geholt. Unter ihrer Hand hatte die Wohnung ihr wahres Potential entfaltet. Mintfarbene Vorhänge schmückten nun die Fenster, Decken und Kissen sorgten für Gemütlichkeit. Hier und da gab es einen Farbtupfer: eine türkisfarbene Vase, in der sich das Sonnenlicht fing, ein Poster, das ein Arrangement von Dreiecken in verschiedenen Grüntönen zeigte.

Überhaupt schien sie einen Hang zum Meer zu haben, und obwohl eigentlich nicht viel verändert worden war, hatte die Wohnung beinahe das Flair einer Hütte am Wasser.

Richard lächelte still in sich hinein. Vielleicht würden sie heute in solch einer Hütte leben, wenn es die Flut nicht gegeben hätte. Er konnte beinahe schon sein älteres Ich sehen, wie es auf der Veranda saß und Pfeife rauchte, wie ein alter Kapitän, der sich nach seinem Schiff sehnte.

Doch all das hatte das Leben nicht für ihn vorgesehen, das spürte er. Ihm fehlte der Mut. Maggie hatte seinen Sohn geboren, sie verließ sich auf ihn, weil sie gar keine andere Möglichkeit hatte. Und Ethan … Er war ein sehr feinfühliger Junge, sehr oft sah er sich selbst in ihm. Es würde ihm den Boden unter den Füßen wegziehen, wenn er ihn wegen einer anderen verließe.

Und was war mit Cornelia? Mit ihrer Tochter? Mit ihrem

Mann? Während der vergangenen drei Monate hatten sie nicht ein einziges Mal darüber gesprochen. Cornelia tat so, als würden die beiden nicht existieren. Richard wusste nicht einmal, ob ihre Familie von der Reise wusste.

Aber in diesem Augenblick dachte er nicht daran. Es war perfekt – und nur zu gern belog er sich selbst.

*

Nach dem Essen schliefen sie miteinander, das war zu einem liebgewonnenen Ritual geworden. Wann er das letzte Mal mit Maggie geschlafen hatte, wusste Richard schon gar nicht mehr, doch die zurückgewonnene Körperlichkeit und Connys Nähe taten ihm gut. Danach schaute er sehr oft in die Dunkelheit und versuchte, nicht an sein Zuhause zu denken, nicht an seinen Sohn und erst recht nicht an Maggie. Denn wenn er es tat, kam das schlechte Gewissen in ihm hoch.

Und was war mit Conny? Sie lag neben ihm, sie tat so, als hätte es nie ein anderes Leben für sie gegeben. Sie tat so, als könne das hier ewig so weitergehen.

»Vermisst du sie nicht?«, fragte er in die Dunkelheit, während er ihren Kopf auf seiner Brust spürte. Im nächsten Augenblick wurde ihm klar, dass seine Frage vielleicht ein Fehler sein könnte. Aber er musste sie stellen.

»Wen?«, fragte Cornelia.

»Deinen Mann. Deine Tochter.«

»Darüber will ich jetzt nicht reden.«

»Aber sie machen sich doch bestimmt Sorgen um dich! Oder hast du ihnen erzählt, dass du bei mir bist?«

»Nein. Sie brauchen es nicht zu wissen. Wahrscheinlich

sind sie allein besser dran. Eckhard liebt Alexa über alles, er kümmert sich um sie.«

»Aber du bist ihre Mutter, Cornelia!«

Das Telefon klingelte. Richard zuckte zusammen. Hier rief nie jemand an. Seine Familie wusste, wo er steckte, seine Frau wartete aber eher auf einen Anruf, als dass sie selbst anrief, und seine Kollegen kannten diese Nummer nicht.

War irgendwas passiert? Vielleicht mit Ethan? Jungen in seinem Alter kletterten auf Bäume, stiegen in Boote oder stellten irgendwelchen Unfug an. Sogar ein ruhiges Kind wie sein Sohn konnte in Gefahr geraten. War er vielleicht nicht nach Hause gekommen?

Als es immer weiterklingelte, erhob sich Richard aus dem Bett und ging ran. Sorge wütete in seinem Magen. Schlagartig traten die angenehmen Gefühle in den Hintergrund.

Die Stimme, die sich meldete, war ihm vollkommen unbekannt.

»Mr Henderson? Ich bin Detective Jones von der Polizei. Ich möchte Sie bitten, nach Hause zu kommen. Es ist dringend.«

Das, was der Polizist ihm dann erzählte, erschütterte Richard bis ins Mark. Die glücklichen Stunden waren auf einmal hinweggefegt. Ab sofort würde nichts mehr so sein, wie es war.

»Was ist passiert?«, fragte Conny, während sie sich ins Bett einwickelte.

Richard hörte ihre Stimme, doch reagieren konnte er nicht darauf. Das Gehörte pochte in seinen Ohren.

»Ich muss nach Hause.«

»Ist etwas passiert?«

»Ja. Nein.« Seine Gedanken rasten. Er konnte ihr nicht erzählen, was passiert war. Nicht jetzt. Vielleicht nie. Wenn sie es erfuhr, würde es ihr Leben auf ewig belasten.

»Ein Einbruch«, log er schnell. »Jemand hat versucht, ins Haus zu kommen. Ich muss mich darum kümmern.«

Er war froh, dass der Raum dunkel war und sie nicht sehen konnte, dass alles Blut aus seinem Gesicht gewichen war. Seine Wangen, seine Lippen, alles fühlte sich taub an, als würde er jeden Augenblick einen Schlaganfall erleiden. Doch das war es nicht. Es war der Schock, der ihm in den Gliedern saß.

*

Als sie sich wiedersahen, war seine Miene hart. Das, was er in der Nacht erlebt hatte, hatte ihn vollkommen verändert.

»Du musst nach Hause«, sagte er zu Conny, als er durch die Tür trat. Er war fest entschlossen, sich weder von ihrer Schönheit noch von ihren Worten umstimmen zu lassen.

»Aber … warum?«

»Du gehörst nicht hierher. Ich bin verheiratet, ich habe einen Sohn. Ich kann sie nicht verlassen, hörst du? Ich kann es einfach nicht.«

»Aber vor ein paar Tagen hast du noch ganz anders geredet.«

»Stimmt, und ich glaube, ich war nicht ganz bei Sinnen. Du musst zurück. In dein Leben, zu deiner Familie. Sie dürfen nicht glauben, dass dir etwas zugestoßen ist. Und ich will auch keinen Ärger mit der Polizei.«

»Aber …«

»Kein Aber, geh!« Ohne dass er es gewollt hatte, erhob er die Stimme. Seine Worte schienen Conny wie ein Peitschenhieb zu treffen. Ihre Augen weiteten sich, und auf einmal sah sie wieder aus wie damals, wenn sie von ihrem gewalttätigen Vater sprach. Ängstlich wich sie vor ihm zurück.

Im nächsten Augenblick glitzerten Tränen in ihren Augen.

Es zerriss Richard fast das Herz, sie so zu sehen. Aber das, was geschehen war, machte es ihm unmöglich, seinem Verlangen und seinen Wünschen nachzugeben.

Er zog seine Brieftasche hervor, nahm alles heraus, was darin steckte.

»Hier. Kauf dir ein Flugticket davon. Geh nach Hause zurück. Wenn ich wieder herkomme, möchte ich, dass du fort bist.«

Conny brach in Tränen aus. Offenbar hatte sie wirklich damit gerechnet, dass er mit ihr ein neues Leben anfangen wollte. Dass er ihrer Liebe eine neue Chance geben wollte.

Richard tat es in der Seele weh, doch er wusste, dass er in diesem Augenblick hart bleiben musste. Einen Moment lang schwankte er. Vielleicht war er ja doch zu grob gewesen. Vielleicht sollte er es ihr erklären …

Nein, das konnte er nicht. Es wäre zu grausam. Es würde sie zerstören, denn gewissermaßen trug sie mit die Schuld daran.

Das wollte er nicht. Er hatte in ihrem Leben schon genug Unheil angerichtet, es würde besser sein, wenn sie sich nicht wiedersahen.

»Mach's gut, Conny«, sagte er schließlich und wandte sich um. Als er die Tür hinter sich schloss, hörte er, wie eine Vase an der Tür zerschellte. Tränen stiegen ihm in die Augen. Der Schmerz zerriss ihn fast. Doch es war besser, wenn sie ihn niemals wiedersah.

26. Kapitel

Ich schob das Smartphone wieder in die Tasche, inzwischen hatte es sich heißgelaufen, und der Akku war bei mageren acht Prozent Ladestand angekommen. Es war Zeit, zur Buchhandlung zurückzukehren. Ethan meldete sich stets gegen neun per Skype, ich wollte mich nicht verspäten.

Ich erhob mich vom Deich und bemerkte erst jetzt, dass sich ein alter Mann in meiner Nähe niedergelassen hatte. Wind und Wetter hatten ihn gezeichnet, und der Alkohol hatte seine Augen glasig gemacht. Er schaute auf den Hafen und schien mit den Gedanken weit weg zu sein. Von mir nahm er keine Notiz. Ich ließ ihn sitzen, wo er war, und kehrte zum S-Bahnhof zurück.

Während der Fahrt dachte ich über das nach, was ich gelesen hatte. Was mochte passiert sein, dass die Polizei Richard und Cornelia bei ihrem Stelldichein gestört hatte? War es dieses ominöse Geheimnis, von dem Ethan gesprochen hatte?

Auf jeden Fall schien es etwas Ernstes gewesen zu sein. Etwas, das Richard davon überzeugt hatte, meine Mutter wieder zur Vernunft zu bringen. Etwas, das dazu geführt hatte, meine Mutter absolut zu verbittern.

Kurz nach neun ertönte das Skype-Signal auf meinem

Laptop. Ich schnappte mir ein Kissen und setzte mich damit im Schneidersitz auf den Boden.

Ethan sah ziemlich mitgenommen aus. Der Tag hatte auf seinem Gesicht ebenso wie auf seinem Hemd Knitterfalten hinterlassen. Sein Haar stand ihm etwas wirr vom Kopf ab. Trotzdem war er ungemein attraktiv.

»Wie geht es dir?«, fragte ich. »Und wie geht es ihm?«

»Nun ja … Nicht besser als gestern«, antwortete er mit einem Seufzen. »Ich bin eigentlich okay, aber die Sache hat mich ziemlich umgehauen. Die Ärzte halten ihn mit Medikamenten stabil, doch sie geben ihm nur noch wenige Wochen. Ich weiß nicht, ob er das schon realisiert hat. Ich jedenfalls noch nicht. Und ich wage gar nicht, Dads Verleger anzurufen und es ihm mitzuteilen. Er wird am Boden zerstört sein.«

»Nun, vielleicht solltest du es jetzt auch noch nicht tun. Das würde erst mal nur die Pferde scheu machen. Bei uns erfahren manche Verlage erst Tage später vom Tod eines Autors.« Ich biss mir auf die Lippe. »Entschuldige …«

»Nein, nein, du hast schon recht. Ich weiß ja, dass er sterben wird. Und ich weiß, dass es eine Zeit danach gibt. Aber jetzt … Es zerreißt mich einfach, weißt du?«

Ich nickte. »Ja, ich weiß. Mir ist es ähnlich gegangen, als mein Vater starb. Zu ihm hatte ich wenigstens in meiner Jugend ein gutes Verhältnis, und daran habe ich mich noch erinnern können. Später wurde es auch mit ihm schwieriger, aber ich weiß immer noch, wie er mich vor meiner Mutter in Schutz genommen hat und dass wir gute Momente hatten. Sein Tod hat mich doch ganz schön getroffen, und dass meine Mutter auch auf seiner Beerdigung abweisend zu mir war, hat mich ziemlich mitgenommen.«

»Er hat sich von mir gewünscht, dass ich seine Papiere durchsehe. ›Mach das, bevor ich sterbe‹, meinte er. ›So hast du wenigstens die Möglichkeit, mir noch Fragen zu stellen.‹« Ein schmerzliches Lächeln huschte über Ethans Gesicht.

»Dein Vater ist sehr vorausschauend.« Mir fiel die Passage in seinem Text sein, in der er davon erzählte, wie er den Nachlass seines Vaters gesichtet hatte. »Und, hast du dich an die Arbeit gemacht?«

»Ja, denn ich finde es noch etwas früh, mit der Planung seiner Beerdigung zu beginnen. Erst einmal muss ich realisieren, was das alles für unsere Familie bedeutet. Für mich.«

Er schwieg kurz.

»Ich … ich habe da einen Brief gefunden. Nein, besser gesagt, es sind viele Briefe. Briefe an deine Mutter, die er nie abgeschickt hat. Briefe von anderen …«

»Was für anderen?« Das Herz krampfte sich mir zusammen. Die Tatsache, dass er Briefe gefunden hatte, kümmerte mich nicht so sehr wie der Schmerz in seiner Stimme. Das Zittern in seinen Worten. Der Halt seines Lebens war verschwunden. Und nun?

»Von Leuten, die er angeschrieben hatte, um deine Mutter zu finden. Und von deiner Mutter an meinen Großvater.«

Ich hielt die Luft an. Das konnte doch nicht sein!

»Meine Mutter hat deinem Großvater geschrieben?«

»Sieht so aus.«

»Aber … aber sie wusste doch seine Adresse nicht!«

»Möglicherweise hat sie die richtigen Hebel in Bewegung gesetzt.«

»Meine Mutter war damals noch nicht die Frau, die sie heute ist. Damals hätte sie gar nicht gewusst, wie sie an solche Hebel herankommt.«

»Nun ja, ich glaube, ich schicke dir die Briefe besser, und du liest sie selbst. Es steht einiges Erhellendes darin.«

Erhellendes? Mein Herz begann zu rasen. Was hatte das zu bedeuten? Wenn meine Mutter Richards Vater kontaktiert hatte, hätte sie doch auch Richard erreichen können! Irgendwas stimmte an der Sache nicht, und es zerriss mich förmlich, nicht zu wissen, was es war.

»Geht das per Mail?«, fragte ich und bemerkte, dass ich mich wie ein ungeduldiger Teenager anhörte. »Ich meine, kannst du die Briefe scannen? Oder vielleicht nur den einen von meiner Mutter?«

Ethan antwortete nicht, und ich kam mir auf einmal schäbig vor. Sein Vater war schwer krank, nein, dem Tode nahe, und ich konnte an nichts anderes denken als an den Brief und das Zusammensetzen des Puzzles, das seit Richards Auftauchen vor mir lag.

»Ja … ja, das kann ich gern tun«, sagte Ethan schließlich, als seine Gedanken wieder zu mir zurückgefunden hatten. Ich hörte seiner Stimme an, dass irgendwas nicht stimmte.

»Was ist los?«, fragte ich. »Ist alles in Ordnung?«

»Nun ja … diese Briefe. Dieser eine Brief hat so einiges wieder in mir aufgewühlt.«

»Und was? Geht es um deine Mutter?«

Ethan atmete geräuschvoll aus. »Ich glaube nicht, dass ich mich und dich damit belasten sollte. Lies einfach selbst, dann siehst du es.«

»Aber was ist es?«, fragte ich. »Was war so schlimm damals?«

»Genau genommen alles«, entgegnete er. »Besonders das Ergebnis, zu dem es geführt hat.« Er hielt inne und schwieg eine ganze Weile.

»Was für ein Ergebnis war das?«, fragte ich und spürte, wie sich Angst in meiner Magengrube zusammenballte. Was hatte meine Mutter getan? Was hatten sie alle getan?

Und was hatte Cornelia Petri so dermaßen beeinflusst, dass sie weder ihren Mann noch ihre Tochter danach noch lieben konnte?

»Bitte, ich brauche ein wenig Zeit, okay?«, sagte Ethan nach einer ganzen Weile. »Weder du noch ich sind bereit für diese Geschichte. Ich werde sie dir erzählen, versprochen, doch nicht jetzt. Ich scanne dir den Brief und schicke ihn dir zu, alles andere kommt dann per Post.«

Obwohl er mir das Gewünschte geben wollte, bemerkte ich einen abweisenden Unterton in seiner Stimme, der mich irgendwie verletzte. Was war los? War die Sache zwischen seinen Eltern und meiner Mutter so furchtbar? Was sollte denn jetzt noch kommen? Immerhin war meine Mutter drauf und dran gewesen, wegen Richard ihren Mann und ihre Tochter für immer zu verlassen.

Geduld war eigentlich meine Stärke, doch jetzt stellte ich fest, dass nichts davon übriggeblieben war.

Gleichzeitig wusste ich aber auch, dass ich Ethan nicht drängen durfte.

»Okay, nimm dir so viel Zeit, wie du brauchst«, sagte ich mit einem langgezogenen Seufzen.

»Ich melde mich wieder. Bis bald.«

Damit ging er offline. Ein schales Gefühl breitete sich in mir aus. Er war gerade dabei, seinen Vater zu verlieren. Wer hätte angesichts des Schlaganfalls meiner Mutter geglaubt, dass Richard doch zuerst gehen würde?

27. Kapitel

Beim Wachwerden hatte ich ein ziemlich mulmiges Gefühl. Ich griff nach meinem Handy, aber außer einer WhatsApp-Nachricht von Katja, die sich mit Antonio fotografiert hatte, um ihr neues Glück zu dokumentieren, hatte ich nichts.

Wahrscheinlich hatte Ethan keine Lust gehabt, den Brief meiner Mutter gleich nach unserem Gespräch einzuscannen und zu mailen. Außerdem würde er noch einiges anderes zu tun haben. Aber seine Reaktion hatte mich neugierig gemacht. Und beunruhigt. Was sollten diese Andeutungen hinsichtlich seiner Mutter und meiner Mutter? Irgendwie fühlte ich mich ausgeschlossen.

Aber letztlich war das nicht so wichtig. Ethan brauchte Zeit, dann sollte er sie bekommen.

Ich nahm mir vor, ihm zu schreiben, sollte er sich im Laufe des Tages nicht melden.

Nach dem Frühstück machte ich mich an das Projekt Bettkasten. Wenn ich meiner Mutter beim heutigen Besuch erzählte, was ich dort gefunden hatte, würden wir vielleicht wieder zu anderen Themen übergehen können.

Immer war ich an diesem Bett vorbeigegangen, ohne es näher zu betrachten. Vielleicht lag es daran, dass Kinder sich nicht für die Ehebetten ihrer Eltern interessierten – oder für das, was darin stattfand. Manche Kinder liebten es, im Ehebett der Eltern zu schlafen – jedenfalls, solange sie noch nicht wussten, dass sie in diesem Bett gezeugt worden waren.

Bei uns war es nie so, dass ich ins Bett meiner Eltern wollte. Ich hatte schon recht früh mein eigenes Zimmer, noch früher mein eigenes Bett. Irgendwie hatte ich nie einen Grund gesehen, zu meinen Eltern zu krabbeln. Wenn ich Angst vor Monstern unter dem Bett hatte, verkroch ich mich unter meiner Decke. Später schaltete ich eine Taschenlampe an und las.

Das Bett meiner Eltern war alt. Zu alt, um nach der Flut hergestellt worden zu sein. Hatte mein Vater es mit in die Ehe gebracht? Das gehörte zu den Dingen, nach denen ich nie gefragt hatte.

Während ich um das Bett herumging, versuchte ich, einen Kasten ausfindig zu machen. Doch da war keiner. Der Sockel war ringsherum geschlossen. So ersparte man es sich wohl, dass sich unter dem Bett die Wollmäuse sammelten – oder irgendwelche Hamster darunterkrochen.

Doch wie sollte ich nun an den Bettkasten kommen? Wenn es das war, was meine Mutter meinte.

Einen Augenblick lang grummelte ich vor mich hin.

Die Matratze, natürlich!

Ich schlug mir vor die Stirn. Die Matratze lag auf einem Federboden, und darunter war ein leerer Raum – das war also der Bettkasten, den sie meinte!

Jedenfalls glaubte ich das.

Ich zerrte die Steppdecke und das Bettzeug herunter, und nachdem ich ein wenig Platz geschaffen hatte, versuchte ich, die Matratzen herauszubekommen. Glücklicherweise waren es nicht mehr die uralten, die eigentlich zu dem Bett gehört hatten.

Als ich es endlich schaffte, sie herunterzuziehen, fand ich, wie ich es erwartet hatte, einen Rahmen mit kegelförmigen Federn vor – so wie Betten früher eben gebaut wurden, bevor die großen Möbelhäuser Massenware anboten.

Unter diesem Rahmen stand etwas. Die Kiste war nicht besonders groß, vielleicht im A4-Format. Der Deckel war mit Blumen bedruckt, die, weil wohl schon lange kein Licht mehr an sie herangekommen war, aussahen, als hätte meine Mutter sie erst gestern gekauft.

Warum hatte sie sie hier versteckt? Was enthielt sie?

Um das Behältnis zu erreichen, musste ich allerdings unter das Netz aus Eisenfedern. Man konnte zwar die Hand durchstecken, doch die Kiste würde ich nicht so ohne weiteres herausziehen können.

Ich erhob mich und blickte ratlos auf das Bett. Wie sollte ich diesen schweren Rahmen hochbekommen? Ich konnte doch nicht einfach so mit einem Seitenschneider den Draht aufschneiden! Was hatte sich meine Mutter dabei gedacht, eine Kiste darunter zu verstecken? Wie war sie überhaupt unter den Rahmen gelangt? Hatte sie die Schachtel etwa unter das Bett gestellt, während es aufgebaut wurde?

Während ich mir all diese Fragen stellte, starrte ich die Kiste an, als wollte ich sie beschwören, zu Gummi zu werden, damit ich sie leichter nach draußen ziehen konnte.

Doch alles Anstarren nützte natürlich nichts.

Eine wahnwitzige Idee kam mir: Was wäre, wenn ich den Federboden einfach ausbauen würde?

Da es hier nicht so was wie ein Geheimtürchen gab, war das wohl die einzige Möglichkeit, um an den Kasten zu gelangen.

Ich machte mich auf die Suche nach Werkzeug. Mein

Vater hatte früher einen gut ausgestatteten Werkzeugkasten besessen. Hatte Mutter ihn behalten oder weggeworfen?

Da ich weder in der Abstellkammer oben noch in der Küche in der Buchhandlung fündig wurde, begab ich mich in den Keller. Als kleines Kind hatte ich mich vor Orten wie diesem gegruselt, und ich musste zugeben, dass ich auch jetzt noch nicht ganz frei von diesen Gefühlen war. Ich wusste, dass es keine Monster im Dunkeln gab. Doch wo Dunkelheit war, war Raum für Einbildung. Und ich hatte so viele Dinge in meinem Kopf, die sich verselbständigen konnten.

Die staubige Glühbirne hatte meine Mutter wohl schon lange nicht mehr angeschaltet. Sie flackerte, und einen Moment lang rechnete ich damit, wieder im Finstern zu stehen. Doch sie stabilisierte sich. Das Erste, worauf das Licht fiel, waren Spinnweben, dicke, lange staubbesetzte Fäden, die von der Decke hingen. Dann sah ich Kisten und alte Möbelstücke. Die dicke Staubschicht darauf bewies, dass meine Mutter sie schon lange vergessen hatte.

Wo mochte sie Vaters Werkzeug aufbewahrt haben? In einem Regal? Oder hatte sie es doch weggeworfen?

Die Birne flackerte wieder, und ich kam mir vor, als wäre ich in einem Horrorfilm. Doch dann sah ich etwas Rotes im Augenwinkel. Der Werkzeugkasten meines Vaters war rot gewesen!

Ich trat näher. Und tatsächlich, er war es. Und er sah im Gegensatz zu allem anderen nicht verstaubt aus. Eher so, als hätte meine Mutter ihn vor ein paar Wochen noch gebraucht.

Ich nahm ihn an mich und beeilte mich dann, aus dem Keller zu kommen.

Den Bettkasten aufzuschrauben war wohl das schweißtreibendste Unterfangen, das ich je unternommen hatte.

Das Handwerkertalent meines Vaters lag mir nicht in den Genen. Ich mühte mich mit den Schrauben, und je weiter ich kam, desto unglaublicher wurde es für mich, dass meine Mutter dies vor mir getan hatte. Die Schrauben saßen bombenfest und waren ziemlich lang. Derjenige, der sie eingeschraubt hatte, musste ganz schön stark gewesen sein. Stark wie mein Vater vielleicht? Möglicherweise.

Als ich alle Schrauben gelöst hatte, kam der zweite Teil – und der war noch schwieriger. Der Federboden wog einiges! Zunächst dachte ich, ich würde ihn nie angehoben bekommen, dann erinnerte ich mich wieder an den Physikunterricht. Ich brauchte einen Hebel! Nach einigem Suchen fand ich in einem Schrank im Flur die Schneeschaufel, deren Griff mir massiv genug erschien. Tatsächlich gelang es mir, den Boden damit anzuheben, so weit, dass ich drunterfassen und die Schachtel hervorziehen konnte. Krachend landete daraufhin der Boden wieder im Rahmen. Vielleicht brauchte ich ihn ja gar nicht wieder anzuschrauben? Warum war er überhaupt angeschraubt gewesen?

Ich brachte die Schneeschaufel wieder nach unten und kehrte ins Schlafzimmer zurück. Ob ich die Schrauben wieder in ihre Löcher drehte, würde ich später entscheiden. Jetzt interessierte mich erst einmal der Inhalt der Kiste.

Sie sah nicht nur ziemlich neu aus, sie fühlte sich auch so an.

Das war also das, was meine Mutter wollte. Der Kasten unter dem Bett. Der Bettkasten. Die Sprachfähigkeiten meiner Mutter mochten beschränkt sein, ihr Verstand war es nicht.

Sollte ich mit dem Öffnen vielleicht warten, bis ich bei ihr war? Ich blickte auf die Uhr. Inzwischen war es Mittag geworden. Bis zur Besuchszeit auf Station war es noch etwas hin.

Ich atmete tief ein. Dann gab ich meiner Neugierde nach und hob den Deckel an.

Der Duft von frischem Papier füllte das Behältnis aus. Das überraschte mich doch ein wenig, denn ich hatte eher mit dem Muff alter Papiere oder einem vergessenen Potpourri gerechnet. Aber meine Mutter war noch nicht mal der Typ für Duftkerzen.

In der Schachtel lagen zwei Dinge: ein grünes, etwas größeres Notizbuch mit Goldprägung und einer Umschlagklappe, das auch prima im Nonbook-Sortiment ihres Ladens hätte stehen können. Und ein Briefumschlag, auf dem nur ein Wort stand.

Alexa.

Minutenlang starrte ich den Umschlag an.

Dann kam ich zu dem Schluss, dass meine Mutter wohl damit gerechnet hatte, dass ich nach ihrem Tod ihre alten Möbel entsorgen ließ. Da niemand ein Bett dieser Größe einfach so durch die Tür bekam, musste es zerlegt werden. Und beim Zerlegen wäre dann auch die Schachtel gefunden worden.

Ich wog den Umschlag in meiner Hand. Er war leicht, mehr als ein Blatt Papier enthielt er sicher nicht. War dies das Testament meiner Mutter? Zuzutrauen wäre es ihr.

Oder war es ein Brief voller Vorwürfe? Voller Schuldzuweisungen? Wollte sie mich auch posthum noch immer quälen?

Nein, so solltest du nicht denken, schalt ich mich selbst. Öffne den Brief, dann wirst du sehen, worum es darin geht.

Liebe Alexa,

du fragst dich vielleicht, warum du gerade diesen Brief in den Händen hältst. Die Antwort ist: Wenn du diesen Brief findest, bin ich nicht mehr auf dieser Welt.

Natürlich würde jeder, der mich jetzt hier sieht, denken, ich spinne. Ich bin alt, ja, aber nach außen hin mache ich den Eindruck einer rüstigen Dame, die mit ihrem Leben zurechtkommt.

Das stimmt aber nicht. Ich trage schwer an der Last der Jahre. Dass ich noch so rüstig erscheine, liegt wohl an meiner Sturheit.

Doch es ist für mich nicht zu übersehen: Mein Leben hat kaum noch einen Sinn. Jeder Tag verläuft gleich, die Grenzen verschwimmen. Manchmal frage ich mich, ob es nicht gut wäre, dem Ganzen sofort ein Ende zu setzen.

Nein, du wirst diesen Brief nicht erhalten, nachdem ich versucht habe, mir das Leben zu nehmen. Ich bin sicher, dass der Tod von allein kommen wird. In meinem Alter findet Gevatter Hein schon die Tür, durch die er eintreten kann.

Seit einigen Nächten, und das ist auch der Grund, warum ich dir schreibe, kehre ich in meinen Träumen zu der Zeit zurück, als die Flut mir alles nahm.

Und mit diesen Träumen wächst meine Sehnsucht danach, jemanden bei mir zu haben. Dich bei mir zu haben, mein Kind. Doch wie kann ich das fordern nach allem, was zwischen uns geschehen ist?

Als ich noch sehr jung war, verlor ich meine Mutter, und mein Vater verwandelte sich daraufhin in ein trinkendes und prügelndes Ungeheuer. Es hat seinen Grund, warum ich nie über deine Großeltern gesprochen habe.

Über meine Mutter zu sprechen, hat einfach zu sehr weh getan. Und über meinen Vater wollte ich nicht sprechen. Als ich erfuhr, dass er gestorben war, habe ich keine einzige Träne vergossen. Wer weiß, vielleicht habe ich ihm damit unrecht getan. Vielleicht war er nur ein ängstlicher, einsamer Mann, dessen Trauer in Hass umschlug. Er hat mir in meiner Jugend so viel angetan, dass ich ihm einfach nicht verzeihen kann.

Aber vielleicht kannst du mir verzeihen?

Ich gebe zu, auch ich habe mich verwandelt, in einen Menschen, der ich nie sein wollte. Doch in letzter Zeit war ich nur eines: einsam. Ich begebe mich unter die Leute, ja, aber dennoch fehlt mir etwas Wichtiges. Etwas, das ich jedoch vielleicht nicht verdient habe.

Meine Kehle schnürte sich zu. Meine Mutter hatte sich in den vergangenen Wochen einsam gefühlt – und ich war nicht da gewesen! Sicher, ich hätte nach all dem, was geschehen war, keinen Grund gesehen, nach Hamburg zu fahren.

Wenn meine Mutter doch nur etwas gesagt hätte! Wenn sie mir ein Zeichen gegeben hätte, dass sie mich brauchte!

Ich blickte auf das kleine Heft, das vollgeschrieben war mit ihrer etwas fahrigen Handschrift. Ich hätte nie erwartet, dass sie irgendwann mal eine Erklärung für das, was geschehen war, abgeben würde.

In der restlichen Zeit, die mir noch bleibt, will ich dir zwei Geheimnisse erzählen. Das eine, das nicht einmal der Mann kennt, der mir am meisten in meinem Leben bedeutet hat. Und das andere, das direkt mit dir und deinem Vater zu tun hat.

Beide Male bin ich davongelaufen.

Weglaufen hat bei mir eine lange Tradition, musst du wissen. Ich bin immer wieder weggelaufen. Ich lief vor meinem Vater weg – jedenfalls wollte ich es – und verlor dabei meine große Liebe.

Und als ich schließlich meinte, Halt gefunden zu haben, geriet alles ins Wanken, und ich lief erneut weg – ein letztes Mal, denn danach war ich innerlich zerbrochen. Du fragst dich sicher, warum ich meinen Frust darüber an dir ausgelassen habe. Ich gebe zu, ich habe dich bewusst weggetrieben, denn ich wollte niemanden mehr so nahe an mich heranlassen. Dafür schäme ich mich, und es gibt nichts, mit dem ich all die Jahre voller Spannungen zwischen uns wiedergutmachen kann.

Ich hatte Angst. Angst davor, noch mehr zu verlieren, indem ich noch mehr wollte. Deshalb machte ich dicht und verkroch mich hinter einer Mauer aus Ablehnung. Und wie es so ist mit Mauern, irgendwann werden sie zur Gewohnheit. Man kann sie einfach nicht mehr niederreißen, obwohl ich mir so manches Mal gewünscht habe, es zu tun.

Bei diesem Brief sollte ein Schreibheft liegen. Du weißt, wie gern ich diese leeren Büchlein habe. Sie sehen teilweise aus wie richtige Bücher, doch wenn man sie aufschlägt, sind die Seiten leer, im Gegensatz zu einem Roman ist alles noch möglich, eine Geschichte kann geschrieben werden.

Ich habe vielen dieser Heftchen die Unschuld genommen, indem ich hineinschrieb, was ich niemandem erzählen konnte. Manche habe ich verbrannt, weil ich nicht wollte, dass irgendwer etwas von meinem Innenleben erfährt. Doch dieses Heft ist für dich. Ich weiß, dass du seit damals viele Fragen hast. Ich habe dir keine Antworten gegeben, und es tut mir leid, dass ich dich förmlich von mir weggetrieben habe.

Aber vielleicht kann meine Geschichte dir etwas Klarheit bringen. Du sollst eines wissen: Ich habe dich immer geliebt, mein Kind. Ich habe es dir nicht gezeigt, schlimmer noch, ich habe dich glauben lassen, dass du mir egal seiest. Aber dem ist nicht so. Auch wenn ich nicht in der Lage war, dir das zu zeigen: Bitte glaube mir. Es hat für mich nie ein schöneres Geschenk gegeben als dich.

In Liebe, deine Mutter

Ich las den Brief ganze vier Mal. Jedes Mal fürchtete ich, dass sich die Worte verändern würden, dass sie wieder zu den missfälligen Bemerkungen werden würden, die ich von meiner Mutter gewohnt war.

Doch selbst als ich den Brief ein fünftes Mal las, blieben die Worte das, was sie waren: der liebevolle Brief einer Mutter. Das Echo der Mutter, die ich einst kannte und liebte.

Tränen flossen mir über die Wangen. Es war, als hätte irgendwer in meinem Innern eine Schleuse geöffnet. Ich schluchzte nicht, ich heulte nicht, es flossen lediglich die Tränen. So viele, dass sie mein Shirt durchnässten und schließlich meine Nase verstopften.

Mit solch einem Brief hätte ich nie gerechnet. Sicher, heimlich hatte ich davon geträumt, dass sie eines Tages zu der Einsicht kommen würde, dass ihre Tochter doch etwas wert sei. Und wenn es eine stille Einsicht gewesen wäre, die sie vielleicht etwas milder gemacht hätte.

Doch das hier haute mich um.

Warum hatte sie mir nichts davon erzählt, als sie es noch konnte? Wenn sie sich einsam gefühlt hatte, warum hatte sie nicht angerufen und bei der Gelegenheit erwähnt, dass ich ihre wahren Gefühle unter einem zenterschweren Federboden finden würde …

Ich wischte mir über die Augen, und schließlich versiegte der Tränenstrom wieder. Freude konnte ich über diese Beichte noch nicht empfinden, zu schwer war mein Herz, und zu traurig machte es mich, dass meine Mutter nicht die Liebe zeigen konnte, die sie zeigen wollte.

Meine Hand fuhr über das Schreibheft. Was mochte es verbergen? Ich hätte gleich loslesen können, doch ich zögerte. Erst wollte ich ihr mitteilen, dass ich ihren Auftrag ausgeführt hatte.

28. Kapitel

Im Krankenzimmer meiner Mutter war noch eine andere Frau untergebracht worden. Diese schien im Gegensatz zu Cornelia laufen zu können, denn ein Rollator stand neben ihrem Bett.

Sie saß aufrecht im Bett, um die Schultern eine pinkfarbene Strickjacke gelegt. Mit einem ihrer schon etwas krummen Finger fuhr sie sich übers Kinn und lächelte, als ich sie begrüßte.

Sie wirkte einige Jahre älter als meine Mutter und schien auch ein ganz anderer Typ Mensch zu sein. Doch mir wurde schnell klar, dass sie eines gemeinsam hatten: Beide hatten die Fähigkeit zu sprechen eingebüßt. Beide begannen praktisch wieder bei null.

Meiner Mutter schien die neue Gesellschaft nicht zu behagen, denn sie blickte ziemlich finster drein. Verständlich irgendwie, denn wenn es sie schon ungeduldig machte, dass die Worte nicht aus ihrem Mund wollten, wie würde es erst sein, wenn sie mitbekam, dass ihre Nachbarin ebenfalls Wortfindungsschwierigkeiten hatte?

Doch die Ärzte schienen zu glauben, dass es half, wenn sie merkte, dass sie mit ihrem Problem nicht allein war.

»Hallo, Mama«, sagte ich und setzte mich neben sie.

In dem Augenblick hellte sich ihre Miene sichtlich auf.

»Aaalexa«, sagte sie und strahlte.

»Ja, ich bin hier«, entgegnete ich und zog dann den Brief hervor. »Hier, schau mal, das habe ich im Bettkasten gefunden.«

Meine Mutter betrachtete den Brief kurz, dann stiegen Tränen in ihre Augen, und ihre Unterlippe begann zu zittern.

»Da hast du mir aber eine ziemliche Nuss zu knacken gegeben«, fuhr ich fort und versuchte, gegen meine Tränen anzukämpfen. »Ich musste dein ganzes Bett auseinandernehmen. Und das war nicht gerade ein IKEA-Stück.«

Jetzt weinte auch ich wieder, und als ich sah, dass sie etwas hilflos den Arm hob, umarmte ich sie.

Sie hielt mich lange, sehr lange. Und ich sie. Ihre Bettnachbarin wunderte sich vielleicht, aber das war mir egal. Wir weinten beide, erst laut, dann still. Als ich mich wieder aufrichtete, fuhr meine Mutter mir mit zittriger Hand über die Wange.

»L…«, machte sie dann, und es schien, als würde dabei ihre Zunge an ihrem Gaumen klebenbleiben. »L…is«, brachte sie schließlich hervor, und ich nickte.

»Ja, ich werde es lesen. Versprochen. Noch heute Abend. Und wenn es dir bessergeht, sollten wir über all das sprechen, ja?«

Sie nickte. Sie wollte die Geschichte wirklich mit mir teilen. Vielleicht war es an der Zeit, ihr zu berichten, was ich mittlerweile erfahren hatte.

»Mama, ich muss dir etwas beichten«, begann ich vorsichtig. »Ich hatte dir doch erzählt, dass Richard Henderson bei mir war, erinnerst du dich?«

Sie nickte zu meiner Überraschung. Offenbar hatte sie es sich gemerkt.

»Er hat nicht nur nach dir gefragt, Mama, er hat mir auch etwas erzählt.«

Jetzt wurde ihre Miene ernst, und sie wurde auch ein bisschen blass um die Nase.

»Keine Sorge, er hat nichts Schlimmes gesagt. Er meinte nur, dass ihr früher zusammen wart. Vor der Flut.«

Meine Mutter starrte einen Moment lang vor sich hin. Fast befürchtete ich, dass ich mit dem, was ich gesagt hatte, ihre Sympathien verspielt hätte. Doch dann sah ich, dass erneut Tränen über ihre Wangen kullerten. Nicht so viele wie vorher, diese Tränen rollten bedächtig. Tränen der verlorenen Liebe.

»Es tut mir sehr leid, was du während der Flut alles durchgemacht hast. Und danach. Ich nehme an, etwas davon steht in dem kleinen Büchlein, das ebenfalls in der Kiste gelegen hat.«

Ich bemerkte, dass die Bettnachbarin die Ohren spitzte.

Sie wäre sicher beeindruckt, wenn sie wüsste, was für ein Leben meine Mutter gehabt hatte.

Cornelia nickte.

»Gut. Ich bin sehr gespannt, deine Sicht der Dinge zu erfahren. Du weißt, ich wollte dich immer verstehen. Danke, dass du mir die Möglichkeit dazu gibst.«

Ich griff nach der Hand meiner Mutter. Diese umfasste sie, so kräftig es ihr möglich war. Wir sahen uns an, minutenlang. Es war nicht notwendig, etwas zu sagen, wir verstanden uns auch so. Das erste Mal, seit ich elf Jahre alt gewesen war.

Cornelia

1962

Als sie erwachte, war ringsherum alles weiß. Für einen Moment wusste sie nicht, wo sie war und was geschehen war. Grelles Licht fiel durch ein Fenster, und die Lampen an der Decke summten leise. Von irgendwoher nahm sie ein metallisches Klappern wahr. Es war, als würde jemand einen Wagen, der mit Schüsseln beladen war, durch den Gang schieben.

Sie wandte den Kopf zur Seite. Ihr Blickfeld schärfte sich und gewann wieder an Konturen. Neben ihr stand noch ein Bett, ein Krankenbett, wie sie jetzt feststellte. Unter der weißen Bettdecke ragte ein verbundener Fuß heraus.

Ein starkes Ekelgefühl erwachte in Cornelia. Der Speichel lief ihr im Mund zusammen, und es kostete sie alle Kraft, den Blick wieder an die Zimmerdecke zu richten – dorthin, wo alles weiß und leuchtend war.

»Fräulein Raaken?«, fragte eine Stimme.

»Gott sei Dank, Sie sind wieder bei sich!«, sagte die Schwester, während sie einmal kurz in die Hände klatschte, als freute sie sich über einen schwer errungenen Sieg. »Ich werde den Doktor holen.«

Cornelia hätte gern gefragt, wo sie war und warum sie fror, doch ehe sie die Worte hervorbringen konnte, war die Schwester auch schon wieder verschwunden.

Überhaupt – was war mit ihrer Stimme? Ihre Kehle fühlte sich kratzig an, und mit zunehmender Wachheit bemerkte sie, dass ihre Knochen schmerzten.

Da kam auch schon der Arzt durch die Tür. Er wirkte gehetzt, unter seinem Arm klemmte ein Pappordner, wahrscheinlich eine Patientenakte. Mit geübtem Griff stellte er ein Paravent zwischen ihr Bett und das ihres Nachbarn, dann zog er sich einen Stuhl heran und setzte sich zu ihr.

»Fräulein Raaken, ich bin Dr. Christiansen. Erinnern Sie sich, was mit Ihnen geschehen ist vor ein paar Tagen?«

»Vor ein paar Tagen?«, echote Cornelia verwirrt und schüttelte den Kopf. »Ich …« Sie wollte schon sagen, dass sie sich nicht erinnerte, doch dann traf es sie wie ein Schlag. Das Wasser. Die Flut! Sie war mit Rick unterwegs gewesen und hatte die Bergers gewarnt. Und dann waren sie von einer Welle mitgerissen worden.

»Die Flut«, sagte sie. »Die Deiche sind gebrochen.«

Der Arzt nickte. »Ja, genau. Es ist gut, dass Sie sich erinnern. Sie waren inmitten der Sturmflut. Helfer haben Sie auf dem Dach eines Schuppens gefunden, vollkommen unterkühlt. Dass Sie sich erinnern, ist praktisch ein Wunder in Ihrem Zustand.«

Cornelia blickte ihn ein wenig ängstlich an. »Mein Zustand?«

»Sie hatten das Bewusstsein verloren und mussten vor Ihrer Ankunft im Krankenhaus reanimiert werden. Glücklicherweise hat sich Ihr Zustand schnell gebessert. Und dass Sie wissen, was passiert ist, ist ein gutes Zeichen.«

Cornelia schüttelte verwirrt den Kopf. Sie hatte wiederbelebt werden müssen?

Alles, woran sie sich erinnerte, waren die Wassermassen und das Gefühl, Ricks Hand zu verlieren.

Rick!

»Was ist mit meinem Freund?«, platzte sie heraus. »Ist er ebenfalls ins Krankenhaus eingeliefert worden?«

»Mit Ihnen sind einige Leute hergekommen«, sagte der Arzt. »Wenn Sie mir sagen, wie der Name …«

»Rick. Richard. Richard Henderson.«

»In Ordnung, ich werde schauen, ob jemand mit diesem Namen bei uns eingeliefert wurde. Sein Name klingt nicht deutsch, war er ein Besucher?«

»Ein Austauschstudent«, entgegnete Cornelia. Sorge biss in ihren Magen. Auf einmal war das Frösteln verschwunden. Ihr Herz raste, und unter der Decke wurde es auf einmal unerträglich warm.

»Gut, wie gesagt, ich werde mich erkundigen. War er bei Ihnen, als Sie von der Flut erreicht wurden?«

»Ja, er versuchte, mich festzuhalten, wir wollten zu einem Hausdach schwimmen. Und dann …« Die Erinnerung überwältigte sie so stark, dass sie in Tränen ausbrach. Sie meinte, seine Stimme zu hören, sah seine Gestalt dann unter dem Wasser verschwinden, bevor auch sie von den Fluten verschlungen wurde.

Der Arzt blickte sie eine Weile hilflos an, dann sagte er: »Ich werde sehen, was ich tun kann. In diesen Tagen … haben so viele Menschen Angehörige verloren. Aber für manche gibt es auch eine gute Wendung. So habe ich schon mitbekommen, dass sich in unserem Haus Menschen wiedergefunden haben. Vielleicht klappt das auch bei Ihnen.«

»Bitte, Herr Doktor«, wimmerte Cornelia. »Bitte schauen Sie, ob er hier ist.«

»Das werde ich. Und Sie ruhen sich gut aus, ja? Ich bin sicher, dass sich alles wieder einrenken wird. Die Hauptsache ist, dass Sie sich wieder erholen.«

Cornelia nickte, doch die Tränen strömten ihr weiter über das Gesicht. Sie vergrub es in dem Kissen unter ihr und hörte, wie der Arzt das Zimmer verließ.

Bange Stunden vergingen. Sie versuchte, sich abzulenken, doch wie hätte sie das tun sollen? Sie hatte ja nicht mal ein Buch!

Immerhin waren noch andere Patientinnen in dem großen Krankensaal, deren Gespräche sie belauschen konnte. Sie redeten nicht viel, doch wenn, sprachen sie davon, wie die Flut zu ihnen gekommen war. Sie stammten nicht alle aus Wilhelmsburg. Einige kamen auch aus Stillhorn und eine aus St. Pauli. Sie sprachen von vollgelaufenen Kellern, von knöchelhohem Wasser, durch das sie gewatet waren. Eine junge Frau berichtete, dass sie mit ihrer Mutter auf den Dachboden geklettert war, als die Flut plötzlich den Schornstein einriss und ihre Mutter in die Tiefe stürzte.

Die Art, wie sie erzählte, ohne dabei in Tränen auszubrechen, traf Cornelia. Ihre Bettnachbarin wisperte ihr hinter dem Paravent zu, dass das Mädchen unter Schock stünde, so kühl, wie sie von dem Vorfall berichtete.

Schließlich erschienen die Schwestern wieder mit dem Essen und den Medikamenten. Cornelia erfuhr, dass dieser Krankensaal für die Fälle genutzt wurde, die außer Gefahr waren und vermutlich bald entlassen werden konnten. Auch sie gehörte dazu. Das hätte sie freuen können, aber sie war viel zu geschafft und zu besorgt, um Erleichterung fühlen zu können.

Erst am Abend ließ sich Dr. Christiansen wieder blicken. Er trug seine Krankenakte unter dem Arm, und bevor er fragen konnte, wie es Cornelia ging, fragte sie: »Und? Haben Sie Richard Henderson gefunden?«

So ertappt, wie der Arzt sie daraufhin ansah, rechnete sie schon damit, dass er es vergessen hatte. Doch dann zog er sich einen Stuhl heran und setzte sich. Er nahm die Brille von der Nase und drückte Daumen und Zeigefinger der linken Hand in die Augenwinkel.

»Es tut mir sehr leid, aber in unsere Klinik wurde kein Mann mit diesem Namen eingeliefert.«

Cornelia sah ihn an, unfähig, irgendwas zu sagen.

»Ich habe einigen Mitarbeitern aufgetragen, sich in anderen Krankenhäusern umzuhören. Wenn irgendwo ein Mann namens Richard Henderson auftaucht, werde ich es erfahren.«

Cornelia nickte wie betäubt. Sie wusste nicht, was sie denken sollte. Lebte Rick noch oder nicht? War er verloren oder in einem anderen Krankenhaus?

Der Arzt begann, Blutdruck und Puls zu messen und Fragen nach ihrem Zustand zu stellen. Cornelia konnte hinterher nicht mehr sagen, was sie geantwortet hatte. Irgendwann wanderte Dr. Christiansen zum nächsten Bett, und sie blieb hinter dem Paravent zurück.

*

Auch in den nächsten Tagen tauchte Richard nicht auf. Weder im Krankenhaus noch in den Antworten des Arztes. Cornelia fragte ihn jeden Tag, und immer hieß es nur, dass er noch keinen Bescheid erhalten habe.

Cornelia hätte ihn gern selbst gesucht, aber sie konnte es nicht. Zum einen, weil der Arzt es ihr verboten hatte. Zum anderen, weil sich ihre Beine vom Liegen ganz schwach anfühlten. Wahrscheinlich würde sie nicht mal bis zum Klinikausgang kommen.

Also blieb sie liegen und brütete finster vor sich hin.

Allein schon, wenn ihr sein Name in den Sinn kam, brach Cornelia in Tränen aus. Bisher gab es keinen Beweis dafür, dass er in den Fluten ums Leben gekommen war. Doch etwas sagte ihr, dass sie ihn verloren hatte. Tagsüber schaffte sie es mehr schlecht als recht, nicht daran zu denken. Doch abends, wenn sie in ihrem Krankenbett lag und an die Decke starrte, wenn der Schlaf nicht kommen wollte, fragte sie sich, ob er es geschafft hatte.

Sie fühlte sich hilflos, hatte keine Idee, wo sie, sobald sie das Krankenhaus verlassen haben würde, fragen sollte. Sicher hing irgendwo eine Liste der Opfer aus, aber was war mit den Körpern, die die Flut ins Meer hinausgetragen hatte? Davon hatte die Frau neben ihr erzählt, die ihren Mann in der Flut verloren hatte. Traurig schien sie nicht darüber zu sein – oder sie verbarg es gut.

Ihre Worte hatten sich allerdings in Conny festgesetzt. Wieder und wieder musste sie daran denken, dass Rick vielleicht aufs offene Meer hinausgespült worden war, dass sein Körper jetzt irgendwo im Wasser trieb. Dann würde man ihn natürlich nicht finden. Er würde in keinem Krankenhaus und auch auf keiner Liste auftauchen. Die Hoffnung, dass er noch lebte, würde für immer bestehen bleiben und ihr das Herz zerreißen.

Eines Tages kam Besuch für sie. Ein junger Mann mit dunklen Haaren, hochgewachsen und schlaksig und auch ein bisschen schüchtern. Verlegen drehte er seine Mütze in seinen Händen.

»Ich bin Eckhard Petri«, sagte er. »Entschuldigen Sie bitte, aber ich wollte nur wissen, ob es Ihnen gutgeht.«

Cornelia runzelte die Stirn. Warum interessierte es diesen Mann, ob es ihr gutging? Sie hatte ihn noch nie zuvor gesehen!

»Ich ... ich muss wohl noch erklären, dass ich in dem Boot war, das Sie von dem Dach geholt hat. Sie waren fast erfroren, und wir mussten eine Herzdruckmassage machen, weil Sie nicht mehr geatmet haben. Ich ... ich habe mir Sorgen gemacht.«

Dieser Mann hatte sie also gerettet. Es dauerte eine Weile, bis sie das realisierte. Und sie wusste auch, dass es angebracht gewesen wäre, ihm zu danken. Aber wofür sollte sie ihm danken? Dass sie lebte, während Rick vielleicht tot war?

»Danke, das ... ist sehr freundlich von Ihnen«, presste sie hervor. »Und danke auch für meine Rettung. Es geht mir schon viel besser.«

»Ach, das war gar nichts.« Eckhard Petri wurde rot. »Ich hab es gern gemacht. Wäre ja auch schade gewesen um eine so hübsche Frau wie Sie.«

Er schlug die Augen nieder. Früher hätte sich Cornelia über so ein Kompliment gefreut. Doch jetzt zog es an ihr vorbei, ohne eine Spur von Freude zu hinterlassen.

»Danke«, sagte sie nur, zog die Bettdecke bis zum Kinn und hoffte, dass der Mann bald wieder verschwinden würde. Oder wollte er etwas für ihre Rettung?

»Nun, dann gehe ich mal wieder …« Noch zweimal drehte er die Mütze und sah sie die ganze Zeit über an. Schließlich senkte er den Kopf. »Werden Sie richtig gesund, ja? Das würde mir am Herzen liegen.«

»Das mache ich«, entgegnete sie kühl, worauf er sich verabschiedete.

»Der Bursche scheint dich zu mögen, Kindchen«, meldete sich ihre Bettnachbarin zu Wort. »Hast du gesehen, was er für rote Ohren gekriegt hat? Ich wette, der kommt noch mal zu dir und fragt dich, ob er mit dir ausgehen darf.«

Die Worte fielen wie schwere Regentropfen auf Cornelia herab. Sie wollte nicht, dass irgendwer sie danach fragte, ob sie mit ihm ausging. Und dieser junge Mann? Verglichen mit Rick hatte er keine Chance. Sie wollte keinen anderen als Richard! Sie wollte nur, dass er am Leben war und wieder zu ihr zurückfand.

*

Eine Woche später wurde sie aus dem Krankenhaus entlassen. In der Innenstadt war von der Flut kaum etwas zu merken.

Eine Schwester hatte ihr geraten, ins Rathaus zu gehen. Dort hingen Listen der Vermissten und bestätigten Toten aus. Obwohl es vieles anderes gab, was sie regeln musste, wollte sie zunächst dort schauen. Sie wollte Gewissheit.

Tatsächlich gab es diese Listen. Cornelia studierte sie gewissenhaft. Die Angst biss um sich wie ein tollwütiger Hund bei jedem Namen, den sie hinter sich ließ. Schließlich stieß sie auf den Namen Berger. Sie stockte und spürte einen Kloß in ihrem Hals, der zu einem Schluchzen wurde. Die Menschen, die sie eigentlich hatte retten wollen, derentwegen sie sich und ihre große Liebe in Gefahr gebracht hatte, waren tot. Alle. Die Kinder, die Erwachsenen. Sie waren in den Westen gekommen, um ein neues Leben zu beginnen. Und nun waren sie von der Flut verschlungen worden.

Mit tränenverschleierten Augen suchte sie weiter. Dabei bat sie leise den lieben Gott, dass er Rick verschonen sollte. Sie wusste natürlich, dass es zu spät war, Gott um irgendwas zu bitten. Was geschehen war, war geschehen. Aber vielleicht war Rick ja noch am Leben.

Sie stieß zweimal auf den Vornamen Richard und hatte dabei das Gefühl, dass ihr ein Messer in den Bauch gerammt werden würde. Doch dann sah sie die deutschen Nachnamen und atmete erleichtert auf.

Sie suchte weiter und erstarrte plötzlich.

Harald Raaken.

Das war … ihr Vater!

Cornelia taumelte einen Schritt zurück. Ihr Vater war in der Flut umgekommen. Seltsamerweise hatte sie nicht mehr an ihn gedacht. Er war tot! Der Mann, der sie so viele Jahre gepeinigt hatte, war tot.

Für einen Moment war ihr Kopf wie leer gefegt. Sie wusste nicht, was sie fühlen sollte. Trauer? Erleichterung?

Wenn sie ehrlich war, spürte sie nichts. Gar nichts. Nur eine taube Leere, die sie keineswegs zu Tränen rühren würde. Ihr Vater war tot. Nun konnte er ihr nicht mehr vorschreiben, was sie zu tun hatte. Er konnte sie nicht mehr windelweich prügeln und sie eine verkommene Hure nennen. Seine Stimme war fort, und seine Hände konnten sie nicht mehr erreichen.

Obwohl es keine Trauer war, die sie angesichts dieser Nachricht empfand, brauchte sie eine Weile, um zu realisieren, was sie da las. Und eine weitere Weile, um sich darüber klarzuwerden, dass sie jetzt ganz allein in dieser Stadt war.

Als sie sich von der Nachricht einigermaßen erholt hatte, suchte sie weiter. Gott hatte ihr ein Geschenk gemacht, indem er dafür gesorgt hatte, dass ihr Vater in den Fluten versunken war. Vielleicht würde er ihr noch eines machen …

Sie ging die weiteren Namen durch, es mussten ungefähr zweihundertfünfzig sein, doch Ricks war nicht dabei. Die Liste endete, ohne dass sie ihn gefunden hatte.

Und was war mit den Vermissten?

Auch diese Liste sah sie durch, mit etwas leichterem Herzen, denn vermisst zu sein bedeutete nicht unbedingt, tot zu sein.

Doch auch hier war er nicht. Richard Henderson wurde weder vermisst, noch war sein Leichnam gefunden worden. Das erschien ihr seltsam. Was war mit dem Jungen, der sie in der Kneipe angesprochen hatte? Seinen anderen Kommilitonen? Sie mussten ihn doch vermissen!

Dann fiel ihr etwas anderes ein, und sie lachte schmerzlich auf.

Warum glaubte sie eigentlich, dass er tot, vermisst oder ins Krankenhaus gekommen war? Möglicherweise war er einfach wieder in seiner alten Wohnung! Soweit sie wusste, war St. Georg von der Sturmflut nicht in Mitleidenschaft gezogen worden!

Besessen von diesem Gedanken, taumelte sie durch die Straßen nach St. Georg. Der Gedanke, dass es besser gewesen wäre, dort zu bleiben und mit Richard auf den Morgen zu warten, marterte sie erneut, besonders weil sie gesehen hatte, dass sie die Bergers nicht hatte retten können.

An dem Haus in der Rautenbergstraße angekommen, drückte sie den Klingelknopf neben dem Namensschild *Thaler*. Nichts tat sich. Vielleicht war die alte Dame ja gerade unterwegs? Sie versuchte es noch einmal und blickte hoch zu dem Balkon, doch da war niemand. Die Balkontür war fest verschlossen.

Dafür öffnete sich wenig später ein anderes Fenster.

»Na, junge Frau, zu wem wollen Sie denn?«, fragte eine etwas beleibte Frau mit im Nacken zusammengesteckten grauen Haaren. Cornelia hatte sie, als sie Rick hier besucht hatte, einmal kurz gesehen, doch den Namen hatte sie vergessen.

»Zu Frau Thaler. Ist sie vielleicht weggefahren?«

»Einen Moment«, entgegnete die Frau, dann verschwand sie vom Fenster. Wenig später öffnete sie die Haustür und streckte den Kopf heraus. Nur den Kopf, als befürchtete sie, dass die junge Frau sie ausrauben würde.

»Was kann ich für Sie tun?«, fragte sie.

Cornelia schaute sie verwirrt an. Sie hatte ihr doch schon gesagt, zu wem sie wollte.

»Ich … ich bin Cornelia Raaken, mein Freund wohnte hier bei Frau Thaler, und ich würde gern wissen, ob er sich bei ihr gemeldet hat. Oder ob er wieder in der Wohnung ist.«

»Sie meinen den jungen Amerikaner?«

»Ja, den meine ich.«

Das Gesicht der Frau verschattete sich ein wenig. »Den habe ich seit dem Tag, als die Sturmflut kam, nicht mehr hier gesehen. Aber er wollte doch abreisen, oder? Er hat mir erzählt, dass seine Aufenthaltsgenehmigung ausläuft.«

Der Blick der Frau machte Cornelia noch nervöser, als sie ohnehin schon war. »Das stimmt, aber … An dem Abend, als es mit der Flut losging, war ich mit ihm unterwegs. Das Wasser hat uns überrascht.«

Diese Nachricht schien die Fremde nicht zu erschüttern. Wusste sie, was passiert war? Aber warum spielte sie dann die Unwissende?

»Davon weiß ich nichts.«

»Ist denn die Frau Thaler nicht da?« Auf einmal kam ihr die Frau in der orangefarbenen Kittelschürze wie ein Riese vor, der eine Höhle voller Schätze bewachte.

»Die Frau Thaler ist vor ein paar Tagen gestorben. Herzinfarkt, ganz plötzlich.«

»Frau Thaler ist tot?«, fragte Cornelia entgeistert. »Aber … sie war …«

»Sie war alt. Und früher oder später holt der Tod uns alle.«

Cornelia schüttelte verwirrt den Kopf, dann fragte sie: »Haben Sie vielleicht einen Wohnungsschlüssel? In Frau Thalers Wohnung müsste noch meine Tasche sein. Ich … ich wollte mit Richard verreisen.«

Die Frau musterte sie skeptisch. »Sie sind also in die Flut gekommen?«

»Ja, an dem Abend war ich mit Richard unterwegs. Wir wollten eine Familie in Wilhelmsburg warnen.«

»Das war nicht besonders klug von Ihnen«, beschied die alte Frau. »Niemand sollte auf die Flut zurennen.«

»Wir wussten nich, dass es so schnell gehen würde«, verteidigte sich Cornelia verzweifelt. Eigentlich ging es die Fremde nichts an, doch irgendwie hatte sie das Gefühl, dass sie nur so an ihre Sachen kommen konnte. »Ich wollte den Leuten Bescheid sagen. Wir haben nich damit gerechnet, dass es so schnell gehen würde. Ich war danach für zwei Wochen in der Klinik, und jetzt kann ich ihn nich finden.«

Tränen stiegen in ihre Augen. Das Gesicht der Frau vor ihr blieb allerdings hart.

»Ich bitte Sie!«, flehte Cornelia. »Lassen Sie mich meine Sachen abholen! Meine Ausweise sind in der Tasche und mein Geld. Die Wohnung meines Vaters ist von der Flut überspült worden, die Tasche ist alles, was ich habe!«

»Nun, das tut mir leid, Fräulein, da müssen Sie mit der Polizei wiederkommen. Die kann mit dem Vermieter reden, dass er Ihnen die Tür aufsperrt. Es könnte ja jeder kommen und behaupten, dass er der Besitzer der Tasche ist.«

Cornelia atmete zitternd durch. Der Zorn auf die Frau ballte sich in ihr wie eine Faust zusammen. Konnte sie sie nicht einfach reinlassen?

»Außerdem habe ich auch keinen Schlüssel zu Frau Thalers Wohnung, von daher kann ich Ihnen nicht helfen.«

»Und Sie haben wirklich nichts gehört? Ich habe schon auf den Listen nachgeschaut, die aushängen. Doch da war er nicht drauf.«

Die Frau musterte sie.

»Waren Sie auf der Liste?«

»Wie bitte?«

»Hat jemand Sie auf die Liste gesetzt? Sie waren im Krankenhaus, also nicht greifbar für die Leute, die Sie kennen. Hat jemand Sie vermisst?«

Cornelia schüttelte den Kopf. »Nein, mein Name war auch nicht drauf.«

»Sehen Sie!«, gab die Frau zurück. »Nicht jeder, der vermisst ist, landet auf diesen Listen. Umgekehrt kann es natürlich heißen, dass er Sie nicht vermisst.«

Cornelia taumelte gegen das Geländer. So eine harsche Ansage hatte sie nicht erwartet. Sofort brach sie in Tränen aus.

Das schien die alte Frau endlich zu erweichen.

»Na ja, soweit ich weiß, war jemand in der Wohnung von Frau Thaler und hat die Sachen abgeholt, die dem Jungen gehörten. Auf Anweisung des Vaters. Das kann also zwei Dinge bedeuten: Entweder ist er tot oder wieder in Amerika. Wenn Sie wissen, wo sein Vater lebt, schreiben Sie ihm doch einfach und fragen nach. Er wird Ihnen schon die richtige Antwort geben können.«

Cornelia nickte, doch es tröstete sie nicht. Weinend trat sie auf die Straße und ließ sich auf die nächstgelegene Bank vor einer Kirche sinken. Sie hatte keine Ahnung, wo Rick war und ob er noch lebte. Und sie wusste auch nicht, wie sie dessen Vater erreichen sollte. Außerdem war ihre Tasche immer noch in der Wohnung von Frau Thaler.

Verzweiflung überkam sie. Sie wusste nicht, wohin sie gehen sollte. Sie hatte kein Zuhause. Sie hatte den einzigen Menschen verloren, den sie liebte.

Und damit auch die Aussicht auf ein neues Leben.

*

Gegen Abend hatte sie sich wieder etwas gefangen. Wie Frau Thalers Nachbarin es ihr geraten hatte, ging sie zur Polizei und schilderte ihren Fall. Der Beamte, der ziemlich übernächtigt wirkte, schickte sie mit einer Streife zu dem Haus, und nach einem kurzen Gespräch mit dem Vermieter ließ dieser sie in die Wohnung.

Ein Schauer überlief Cornelia, als sie eintrat. Alles war noch so wie in der Sturmnacht. Beinahe erwartete sie, dass Rick aus seinem Zimmer stürmte und fragte, was hier los sei. Doch alles blieb ruhig.

»Wo stand Ihre Tasche genau?«, fragte der Polizist, und Cornelia deutete auf Ricks Zimmertür.

»In Ordnung, dann schauen Sie dort nach.«

Mit zitternden Händen umklammerte Cornelia die Türklinke und drückte sie hinunter. Ein kleiner Teil von ihr hoffte noch, dass sie Richard dort vorfinden würde, schlafend, weil er wieder einmal zu lange in der Universität gewesen war. Doch das Bett war leer. Die Möbel standen freilich noch, aber jeder persönliche Hinweis auf Rick war verschwunden. Das hier war einfach nur ein Raum, der auf einen neuen Bewohner wartete.

Aber ihre Tasche war immer noch da. Sie stand neben dem Schreibtisch. Offenbar hatte der Abholer von Ricks Sachen erkannt, dass es sich nicht um seine Habseligkeiten handelte.

Seufzend bückte sich Cornelia nach dem Gepäckstück.

Da entdeckte sie etwas auf dem Boden. Es musste heruntergefallen sein, als Ricks persönliche Dinge abgeholt worden waren. Bevor der Polizist etwas bemerken konnte, hob Cornelia es auf. Es handelte sich um einen Brief. Dieser stammte von einem Robert Henderson, offenbar einem Verwandten von Rick. Da dieser nichts von einem Bruder oder Cousin erzählt hatte, musste das wohl sein Vater sein.

Hatte die Nachbarin etwas gewusst? Hatte sie dabeigestanden, als der Abgesandte des Vaters Richards Habseligkeiten abgeholt hatte? Hatte sie den Brief gesehen, aber nichts gesagt?

Nein, so wie Conny diese Frau einschätzte, hätte sie den Brief vermutlich selbst an sich genommen.

Rasch ließ sie ihn in der Manteltasche verschwinden.

»Haben Sie alles, Fräulein?«, fragte der Polizist, der das Gespräch mit dem Vermieter beendet hatte.

»Ja, ich habe alles. Vielen Dank, dass ich die Tasche holen durfte.«

»Darf ich Ihren Ausweis sehen?«, fragte der Polizist. So richtig schien er ihr nicht abzunehmen, dass sie die rechtmäßige Besitzerin der Tasche war.

Cornelia nickte, dann zog sie ihre Papiere hervor.

Der Polizist verglich ihr Aussehen mit dem Lichtbild.

»Sie wollten also eine Reise machen?«, fragte er, als er ihr den Personalausweis und den Reisepass wiedergab.

»Ja, das wollte ich«, antwortete sie traurig. »In die USA. Leider ist es nicht dazu gekommen.«

»Sie könnten immer noch fahren. Haben Sie dort Verwandte?«

Sie schüttelte den Kopf. »Nein, es sollte eine Urlaubsreise werden. Allerdings reicht mein Geld nicht für ein neues Ticket.«

»Nun, angesichts der Umstände bekommen Sie bestimmt eine Rückerstattung.«

Cornelia schüttelte den Kopf. »Ich habe keinen Grund mehr, dorthin zu fahren.«

Damit verabschiedete sie sich von dem Polizisten und bedankte sich beim Vermieter.

Auf der Straße blickte sie noch einmal zu dem Balkon hoch, auf dem Frau Thaler laut Ricks Geschichten immer gesessen hatte. Hatte der Schrecken der Flut sie umgebracht? Oder die Sorge um Rick?

Als die Tür ging, sah sie den Vermieter auf der Eingangstreppe.

Plötzlich kam ihr eine Idee.

»Ach, sagen Sie«, begann Cornelia. »Brauchen Sie einen neuen Mieter für die Wohnung?«

Der Mann schaute sie erstaunt an. »Können Sie das denn bezahlen? Hundertzwanzig Mark im Monat?«

»Hundertzwanzig?«, fragte sie entgeistert. So viel konnte sie von ihrem Lehrlingsgehalt nicht abzwacken.

»Ja, das ist eine gute Lage, wissen Sie? Also, wenn Sie das Geld aufbringen können, können Sie gern einziehen.«

»Ich … ich überlege es mir«, entgegnete Cornelia. »Ich melde mich dann.«

Der Vermieter nickte, doch in seinem Gesicht stand das Wissen, dass er nie wieder von ihr hören würde.

Niedergeschlagen taumelte Cornelia durch die Stadt. Sie hatte sich dermaßen darauf konzentriert, Rick wiederzufinden, dass sie gar nicht überlegt hatte, wo sie schlafen sollte. Aus der Wohnung ihres Vaters war das Wasser sicher noch nicht heraus – und selbst wenn, hätte sie dorthin nicht zurückkehren wollen. Zum einen, weil sie der Geist ihres toten Vaters verfolgen könnte, zum anderen, weil sie die Fragen der Nachbarn fürchtete.

Und noch etwas schoss ihr durch den Sinn. Wenn die Leute dort erfuhren, dass sie noch am Leben war, würde sie sicher für die Beerdigung aufkommen müssen. Doch wie sollte sie das mit dem wenigen Geld, das sie besaß, anstellen?

Die Einzige, die ihr einfiel, war Frau Jensen. Vielleicht hatte ihre Chefin eine Idee, wo sie Unterschlupf finden konnte! Außerdem musste sie sich ohnehin bei ihrer Arbeit zurückmelden.

*

Als sie das Friseurgeschäft erreichte, brannte noch Licht. Auf den Stühlen saß nur noch eine einzige Kundin und wartete offenbar, dass ihre Dauerwelle einwirkte.

Cornelia wurde mulmig zumute. Was, wenn ihre Chefin sie rauswarf? Immerhin hatte sie jetzt fast drei Wochen gefehlt, und ein Lebenszeichen hatte sie auch nicht von sich gegeben.

Doch sie hatte keine Lust darauf, draußen zu übernachten, also betrat sie unter Glockengebimmel den Laden. Die Kundin blickte kurz zur Seite, schaute aber dann wieder auf ihr Spiegelbild.

»Wir schließen gleich!«, tönte es von irgendwoher, dann trat Frau Jensen durch die kleine Seitentür.

Als sie Cornelia sah, erstarrte sie.

»Du meine Güte!«, wisperte sie. »Cornelia?«

Die Angesprochene nickte.

»Oh mein Gott, du lebst!« Sie stürmte auf Cornelia zu und schloss sie wenig später in ihre Arme. »Du lebst!«, schluchzte sie. »Wir dachten schon, du wärst bei der Flut umgekommen, wo es doch auch deinen Vater erwischt hat.«

Offenbar stimmte es nicht, dass niemand sie vermisst hatte. Da Frau Jensen von ihrem Vater wusste, hatte sie sicher auch nach ihrem Namen auf den Listen der Toten und Vermissten gesucht.

»Wo warst du denn so lange?«, fragte sie dann.

»Im Krankenhaus«, antwortete Cornelia wahrheitsgemäß. »Ich hatte eine Lungenentzündung, bin gerade wieder entlassen worden.«

»Du liebes bisschen, Kind! Wir dachten wirklich schon, du wärst tot!«

»Ich habe Glück gehabt«, entgegnete Conny mit einem

schiefen Lächeln. Dabei fiel ihr ein, dass sie, wenn die Flut nicht gekommen wäre, Frau Jensen und ihren Laden einfach im Stich gelassen hätte – für ein Leben mit Rick in den USA. Fast schämte sie sich angesichts der Freude, die ihr ihre Chefin entgegenbrachte.

»Du musst mir alles erzählen! Setz dich am besten nach hinten, ich bediene nur Frau Holzmann und bin dann bei dir. Nimm dir ruhig Kaffee und ein paar Kekse.«

Mit diesen Worten schob Frau Jensen Cornelia in die Küche.

Etwas beklommen nahm sie am Tisch Platz. Die Freundlichkeit ihrer Chefin irritierte sie. Eigentlich hätte sie erleichtert sein müssen. Es klang nicht so, als würde sie sie entlassen.

Aber was sollte sie ihr erzählen? Dass sie mit Rick unterwegs gewesen war, weil sie eigentlich am nächsten Tag in die USA hatte reisen wollen?

Oder sollte sie behaupten, dass sie bei ihrem Vater war?

Rick wäre sicher etwas eingefallen. Doch er war nicht hier.

Während Frau Jensen aufgeregt mit der letzten Kundin plauderte, zog Cornelia den Brief aus der Tasche.

Sie wagte zunächst nicht, ihn zu öffnen. Doch die Adresse war für sie ungemein wertvoll. Es war ein Anhaltspunkt. Ein Ort, an dem sie ihre Suche beginnen konnte. Allerdings gab es einen Haken an der Sache: Richard sprach Deutsch – doch galt das auch für seinen Vater?

Dazu würde sie sich den Brief wohl doch anschauen müssen. Vorsichtig zog sie ihn aus dem Umschlag. Er war ziemlich dick, offenbar hatte Robert Henderson seinem Sohn viel zu berichten.

Doch es war, wie sie befürchtet hatte. Der Brief war in

Englisch verfasst. In einer Handschrift, die kaum zu entziffern war.

Aber selbst wenn es Schönschrift gewesen wäre, hätte sie den Sinn der Worte nicht erkannt. In der Volksschule war Englisch nicht unterrichtet worden. Richards Versuche, ihr ein paar Brocken beizubringen, reichten nicht aus, um einen Brief zu lesen oder zu verfassen.

Wie sollte sie etwas über Rick in Erfahrung bringen, wenn sie nicht einmal die Sprache ihres Vaters sprach? Dass er Deutsch verstand, war sicher ausgeschlossen. Natürlich konnte Rick ihm helfen – doch was, wenn er nicht mehr am Leben war? Wenn Robert Henderson keinen Sinn in ihrem Geschreibsel sah und den Brief einfach in den Ofen warf?

Ehe sie eine Antwort auf diese Frage finden konnte, ertönte die Türglocke. Mittlerweile war eine halbe Stunde vergangen, und Frau Jensen schloss den Laden.

»Nun, dann erzähl mal«, sagte sie, goss sich etwas von dem Kaffee ein, den Cornelia nicht angerührt hatte, und setzte sich ebenfalls an den Küchentisch.

Cornelia erzählte. Von der Flut, von ihrem Versuch, die Bergers in der Laubenkolonie zu warnen. Während sie redete, musste sie zugeben, dass es sich glaubhaft anhörte. Und eigentlich war es ja auch nicht gelogen. Sie ließ nur weg, was unbequem für sie werden konnte. Und ab dem Augenblick, als die Flut sie wegriss, entsprach ja wieder alles der Wahrheit. Dass es ihr seitdem das Herz zerriss, wenn sie an Rick dachte, brauchte niemand zu wissen.

»Du stehst nun also ohne Dach über dem Kopf da«, schlussfolgerte Frau Jensen, nachdem Cornelia ihre Erzählung beendet hatte. »Du brauchst einen Ort, an dem du unterkommen kannst, nicht wahr?«

Cornelia nickte. »Ja, und … ich würde gern wieder bei Ihnen arbeiten, wenn Sie die Stelle noch nicht anderweitig vergeben haben.«

»Wie soll ich die Stelle eines Lehrlings im dritten Lehrjahr anderweitig vergeben?«, fragte Frau Jensen darauf. »Natürlich habe ich daran gedacht, eine Aushilfe einzustellen, doch derzeit haben alle was anderes im Kopf. Die meisten jungen Leute helfen mit, die Flutschäden zu beseitigen. Da bin ich natürlich froh, dass du wieder hier bist.«

Cornelia atmete erleichtert auf. »Dann darf ich also hier arbeiten?«

»Natürlich! Du kannst gleich morgen wieder anfangen. Aber da bleibt noch das Problem, dass du keine Unterkunft hast.« Frau Jensen überlegte einen Moment lang, dann sagte sie: »Gut. Du kannst erst mal hier schlafen. Für ein paar Tage. Ich rufe morgen mal eine Bekannte an, die ein Zimmer ihrer Wohnung untervermietet. Vielleicht hat sie Platz und kann dich aufnehmen. Aber versprechen kann ich nichts!«

*

Cornelia konnte ihr Glück kaum fassen. Nur ein paar Tage später zog sie tatsächlich in das möblierte Zimmer.

Die Regeln der Wohnungsinhaberin waren streng. So durfte sie keine Jungen mit aufs Zimmer bringen und musste spätestens um zehn zu Hause sein – es sei denn, sie hatte einen guten Grund wie längere Arbeit oder Familienangelegenheiten.

Cornelia fiel es nicht schwer, sich an diese Regeln zu halten. Tagsüber arbeitete sie sowieso, und es gab keinen jungen Mann, der sie interessiert hätte. Diesem Eckhard Petri war sie noch einmal über den Weg gelaufen, aber es war ein kurzes Gespräch geworden. Glücklicherweise hatte er sie auch nicht gefragt, ob sie mit ihm ausgehen würde.

Dann wurde sie plötzlich von einer unerklärlichen Übelkeit heimgesucht. Eigentlich galt sie als geheilt, sie hatte sogar wieder angefangen zu arbeiten. In Hamburg herrschte zwar noch immer Chaos, aber die Innenstadt war nicht wirklich betroffen, und so gingen die Leute hier langsam wieder zum normalen Leben über.

Und jetzt das!

Sie brach sich förmlich die Seele aus dem Leib.

»Ist alles in Ordnung mit Ihnen?«, fragte ihre Vermieterin besorgt, denn natürlich hörte sie deutlich, was mit ihr los war.

»Ich hab mir wohl den Magen verdorben«, antwortete Conny und beugte sich wieder über die Kloschüssel.

Als sie das Gefühl hatte, überhaupt nichts mehr im Magen zu haben, wusch sie sich und fuhr zu einem Arzt ganz in der Nähe.

Vor Angst zitternd saß sie im Wartezimmer. Für eine Magenverstimmung war ihr Erbrechen viel zu heftig gewesen. Was, wenn sie sich im Wasser irgendwas eingefangen hatte? Geschichten aus dem Krieg, dass Leute schmutziges Wasser getrunken und danach die Cholera bekommen hätten, geisterten durch ihren Verstand. Damals hatte sie nichts darauf gegeben und es für das Geschwätz alter Leue gehalten, doch nun … Im Flutwasser hatten auch Tote geschwommen und wer weiß, was noch …

Als sie endlich ins Sprechzimmer gerufen wurde, war sie beinahe am Ende. Der Arzt, ein älterer Mann mit Halbglatze, weißem Kittel und Stethoskop um den Hals, maß ihren Puls, horchte sie ab, drückte auf ihrem Bauch herum.

Dann fragte er sie einiges, und sie erzählte ihm von der Flut und dem Krankenhausaufenthalt.

»Sie hatten großen Stress, junge Frau«, sagte er schließlich. »Da ist es nicht verwunderlich, dass Ihr Magen verrücktspielt. Ich verschreibe Ihnen ein Pulver, um die Magensäure wieder in den Griff zu bekommen. Damit sollte es Ihnen schnell bessergehen.«

»Dann habe ich also keine Cholera? Ich meine, ich habe viel Wasser geschluckt, als ich …«

»Das war frisches Salzwasser, keines, das mit Bakterien belastet war«, beruhigte sie der Arzt. »Wir alle können von Glück reden, dass Senator Schmidt nach der Flut so schnell und beherzt gehandelt hat. Sonst hätten wir es womöglich mit Cholera und Ruhr zu tun bekommen. Sie brauchen sich in der Hinsicht keine Sorgen zu machen.«

Etwas beruhigter ging Cornelia wieder nach Hause. Sie nahm das Mittel, und um den Stresspegel etwas zu senken, legte sie sich früh ins Bett. Im ersten Moment schien das Pulver tatsächlich zu helfen, sie schlief nachts ruhig durch – doch am nächsten Morgen überfiel sie die Übelkeit erneut.

Als sie in den Friseursalon kam, sah ihre Chefin sie besorgt an. »Siehst ja gar nicht gut aus, Mädchen. Warst du schon beim Arzt?«

»Gestern«, gestand Cornelia und presste sich das Taschentuch vor den Mund. Obwohl sie nichts gegessen hatte, kam es ihr so vor, als würde es jeden Augenblick wieder losgehen.

»Und der meinte, du hast nichts? Was war das denn für ein Kurpfuscher?«

Cornelia zuckte die Schultern.

»Vielleicht solltest du mal zum Frauenarzt gehen«, beschied die Chefin daraufhin. »Na los, mach schon!«

»Jetzt?«, wunderte sich Cornelia. »Aber die Kunden …«

»Das spielt nun auch keine Rolle mehr. Und ich kann keine Friseuse gebrauchen, die den Kundinnen auf den Scheitel kotzt. Ich geb dir für heute Vormittag frei, klär das ab, und komm dann wieder her, verstanden?«

Cornelia nickte, und wenig später war sie auf dem Weg zum Gynäkologen. Die Praxis war recht voll, doch da sie ein Notfall war, nahm die Schwester sie auf und bat sie, sich ins Wartezimmer zu setzen.

Dort betrachtete sie die anderen Frauen. Einige von ihnen waren schwanger, andere schienen nur so zur Untersuchung gekommen zu sein. Eine Frau kaute sorgenvoll an ihren Nägeln. Eine noch sehr junge Frau wirkte, als dürfe niemand von ihrem Besuch hier erfahren.

Die Wartezeit war lang, und eine Frau nach der anderen verschwand im Sprechzimmer.

Cornelia wurde unruhig. Sie war zuvor noch nie beim Frauenarzt gewesen. Warum sollte sie auch? Sicher, ihre Periode war seit ein paar Wochen überfällig, aber das schob sie auf die Flut und den Stress bei der Arbeit. Sie hatte irgendwann mal eine alte Frau sagen hören, dass das passieren konnte. Und wenn sie ehrlich war, hatte sie sich bisher keine Gedanken darum gemacht.

Als sie endlich an der Reihe war, hinter den Paravent zu gehen, um sich freizumachen, flatterte ihr Herz vor Panik. Noch schlimmer wurde es, als sie den Stuhl des Frauenarztes sah. Der Doktor selbst war ein älterer Herr, was es nicht besser machte.

Beklommen schilderte Cornelia ihm ihre Beschwerden und stieg auf den Stuhl. Die Untersuchung war ziemlich unangenehm, doch zum Glück dauerte sie nicht allzu lange.

Als sie wieder vollständig angezogen hinter dem Vorhang hervortrat, blickte sie in das ernste Gesicht des Arztes.

Das war's, dachte sie. Er hat irgendwas gefunden. Eine ernste Krankheit, vielleicht Krebs wie bei der Nachbarin damals. Sie hatte nur noch ein Jahr zu leben gehabt, dann starb sie völlig abgemagert.

»Setzen Sie sich doch wieder, Fräulein Raaken«, sagte Dr. Wegner. Seine Stimme klang ernst, aber auch seltsam warm. »Ich weiß ehrlich gesagt nicht, wie ich es Ihnen sagen soll. Angesichts der Angaben, die Sie gemacht haben, gehe ich davon aus, dass Sie sich nicht in einer festen Beziehung befinden, richtig?«

»Nein.« Die Erinnerung an Rick schnürte ihr die Kehle zu. Sie hatte mittlerweile alles versucht, ihn zu finden, aber es gab kein Lebenszeichen. Und sie hatte bisher auch noch nicht den Hinweis bekommen, dass er nach ihr gesucht hätte.

Und eigentlich müsste sein Herz ihn doch zu ihr führen! Oder nicht?

»Aber ich kann davon ausgehen, dass Sie vor einigen Monaten … nun ja, geschlechtlichen Kontakt zu einem Mann hatten?«

Cornelia starrte ihn an. Ihre Augen brannten. Was sollte das? Warum fragte er so was?

Natürlich, weil er es bei der Untersuchung gesehen hatte!

Hitze schoss ihr in die Wangen. Sie wusste, was von Frauen gesagt wurde, die sich vor der Ehe einem Mann hingegeben hatten.

Aber es war doch Rick gewesen, der Mann, den sie liebte. Von dem sie sich die Zukunft erhofft hatte.

Sie nickte und senkte verschämt den Blick.

»Nun, ich weiß nicht, ob es einen Grund gibt, Ihnen zu gratulieren, doch Sie sind schwanger.«

Cornelias Kopf schnellte nach oben. »Schwanger?«

»Ja, soweit ich es sehen kann, schon seit drei Monaten. Morgenübelkeit ist eine typische Reaktion Ihres Körpers auf das Kind.«

Cornelia fühlte sich wie vor den Kopf geschlagen. Sie war schwanger. Die Frage nach dem Vater stellte sich ihr nicht, denn sie hatte ja nur mit Rick geschlafen. Das letzte Mal, kurz bevor sie ihren Fluchtplan besprochen hatten, Anfang Februar. Rick hatte wieder ein Hotelzimmer gebucht, diesmal in der Stadt, und sie war erst gegen Morgen zurück gewesen, was ihrem Vater glücklicherweise nicht aufgefallen war.

In jener Nacht musste sie schwanger geworden sein.

Und was sollte jetzt werden? Ihr Vater konnte ihr ja keine Vorhaltungen mehr machen, aber was war mit ihrer Chefin? Und überhaupt, sie war noch immer Lehrling! Außerdem waren alleinstehende Frauen, die ein Kind hatten, als liederlich verschrien und wurden von den Leuten schief angesehen. Da es keinen Mann gab, der sie heiraten konnte, würde man glauben, sie hätte sich leichtfertig irgendeinem an den Hals geworfen.

»Ich verschreibe Ihnen ein Medikament, das die Übelkeit ein wenig lindern sollte«, erklärte der Arzt. »Sie sollten sich schonen und auf jeden Fall in vier Wochen wieder vorstellig werden.«

Das beantwortete natürlich nicht die Fragen, die ihr jetzt durch den Kopf schwirrten.

Wenig später verließ sie die Praxis wieder, ohne ihre Umwelt wahrzunehmen. Sie war geschockt und fühlte sich betäubt. Was sollte sie nun tun? Was?

Wäre es vielleicht doch besser gewesen, wenn die Flut sie umgebracht hätte? Was sollte sie nun tun mit dem Kind eines Mannes, der vermutlich nicht mehr am Leben war?

29. Kapitel

Als mein Handy klingelte, brauchte ich einige Minuten, um wieder in die Wirklichkeit zurückzufinden. Inzwischen war es im Krankenhauspark still geworden, der Abend dämmerte langsam herauf. Eigentlich war mir jetzt nicht nach einem Gespräch, aber ich wollte sehen, wer es war.

Nein, ich wollte sehen, ob es Ethan war. Ich wollte ihm von dem Heft erzählen.

Als ich das Gerät schließlich in meiner Tasche fand, war bereits die Mailbox dran.

»Mist«, murmelte ich und ließ das Gerät gewähren. Es war eine unbekannte Nummer. Vielleicht Ethan? Aber der war doch in den Staaten und ein Anruf auf ein ausländisches Handy ziemlich teuer.

Ich wartete, bis die SMS mit der Ankündigung einer Sprachnachricht kam, dann rief ich sie sofort ab.

»Hi, Ethan hier … Ich … ich wollte dir nur sagen …«

Die Nachricht brach ab. Ich hörte sie ein zweites und ein drittes Mal ab, dann wartete ich, für den Fall, dass er es noch einmal versuchen würde. Doch nichts geschah.

»Mist«, schimpfte ich vor mich hin, dann sah ich auf die Nummer. Sie war irre lang. Die amerikanische Vorwahl erkannte ich noch, aber was der Rest zu bedeuten hatte, wusste ich nicht. Hatte er von einem Handy angerufen, dessen Akku ausgefallen war?

Ich wählte seine Nummer.

»Geh ran«, flehte ich leise, denn ich wollte nicht mit seiner Mailbox reden. Doch er tat mir den Gefallen nicht. Der Anrufbeantworter sprang an, und ich drückte ihn schnell weg.

Sorge stieg in mir auf. Was war passiert? Warum hatte er die Nachricht abgebrochen?

Das »Pling« einer Mail riss mich aus meinen Gedanken. Ich öffnete die Nachricht, doch sie kam nicht von Ethan, sondern von einer Buchhandlung. Die Worte, mit denen sie mir mitteilten, dass sie einen meiner Autoren buchen wollten, sickerten nicht so recht in meinen Verstand ein.

Ich dachte nur daran, dass Ethan mir etwas hatte sagen wollen und es aus irgendeinem Grund nicht geschafft hatte.

Aber vielleicht rief er in der Wohnung meiner Mutter an? Vielleicht hatte er es dort versucht und dann, weil er mich nicht angetroffen hatte, auf dem Handy …

Ich rätselte nicht lange und sah zu, dass ich in den nächsten Bus kam.

Auf der Mönckebergstraße war heute ziemlich viel los, mehrere Touristengruppen wurden zu den Geschäften gelotst und verstopften die Wege dermaßen, dass ich viel länger brauchte als sonst.

Als ich die Buchhandlung erreichte, sah ich ein paar Leute, die ratlos vor dem Schaufenster standen.

»Ah, da sind Sie ja endlich!«, sagte ein Mann, der mich offenbar für die Buchhändlerin hielt. »Sie hatten gar kein Schild rausgehängt, dass geschlossen ist.«

Ich zog verwundert die Augenbrauen hoch. Und ob ein Schild in der Tür hing! Konnte er nicht lesen?

Bei näherem Hinschauen bemerkte ich, dass es sich von der Scheibe gelöst hatte und auf den Boden gesegelt war, mit beschriebener Seite nach unten, versteht sich.

»Es ist geschlossen, die Inhaberin ist krank«, erklärte ich im Schnellverfahren. »Ich bin ihre Tochter.«

»Können wir uns nicht trotzdem ein wenig umsehen?«

»Tut mir leid, das ist nicht möglich. Sobald meine Mutter wieder gesund ist, können Sie gern wiederkommen.«

Ich zog den Schlüssel aus der Tasche, schloss auf und schlüpfte durch die Tür, bevor mir jemand folgen konnte. Entnervt hob ich das Schild auf und stellte es ins Schaufenster. Die Touristen standen noch immer vor der Scheibe und schauten drein, als könnten sie nicht glauben, was sie soeben erlebt hatten.

Seufzend erklomm ich die Treppe. Was war los mit Ethan? War seinem Vater etwas passiert? Angesichts der Diagnose war das möglich.

Ich suchte mir etwas zu essen, rief Skype auf meinem Laptop auf und schaute, ob Ethan bereits erreichbar war. Da das noch nicht der Fall war, holte ich das Schreibbuch. Doch sosehr es mich interessierte, wie es mit der Schwangerschaft meiner Mutter weiterging und was mit Ricks Kind passiert war, ich brachte es nicht über mich weiterzulesen.

Also legte ich die Hände auf das Buch und wartete.

Die Minuten vergingen zäh. Als draußen jemand hupte, zuckte ich zusammen. Meine Gedanken rasten. Warum hatte er den Anruf unterbrochen? Was war passiert?

Ich spürte, wie sich der Knoten der Ungeduld immer fester in meiner Magengrube zusammenzog.

»Verdammt, Ethan, melde dich. Melde dich bitte.« Die Dunkelheit verschluckte mein Flehen. Mittlerweile war es zu dunkel, um ohne Licht auszukommen. Und die Minuten zogen sich noch immer. Ich checkte die Kontaktliste, doch Ethan war immer noch nicht online.

Weitere Minuten vergingen. Fast war ich gewillt, doch mit dem Lesen zu beginnen, als der langersehnte Ton erklang.

»Ja!«, meldete ich mich und sah, dass er seine Kamera nicht angestellt hatte.

»Alexa«, sagte er mit schleppender Stimme. Er klang unendlich müde und traurig

»Was ist passiert? Vorhin auf der Mailbox hatte ich nur ein paar Worte. Ich habe mir Sorgen gemacht.«

»Mein Vater ist vor ein paar Stunden gestorben«, entgegnete er.

»Was?«, fragte ich, obwohl ich ihn sehr gut verstanden hatte.

»Gestern Abend hatte er einen weiteren Zusammenbruch. Aus dem ist er nicht mehr erwacht.«

Stille folgte seinen Worten.

»Es tut mir leid«, sagte ich, doch gleichzeitig wusste ich, dass diese Worte keine Linderung waren. Ethan hatte kaum Zeit gehabt, sich auf den bevorstehenden Tod seines Vaters vorzubereiten, und nun war dieser bereits eingetreten.

»Wenn ich etwas tun kann …«, begann ich, dann hörte ich Ethan seufzen.

»Du bist auf der anderen Seite des Teiches! Wie willst du mir helfen? Ich fürchte, gute Gedanken allein reichen nicht.«

Das wusste ich selbst. Und obwohl ich mir auch im Klaren war, dass für Ethan alles nicht einfach war, verletzten mich seine Worte doch ein bisschen.

Natürlich konnte ich nichts tun. Aber ich hatte gehofft,

dass meine Gegenwart in seinem Leben ein wenig helfen würde.

»Entschuldige«, fügte er hinzu. »Ich wollte nicht so harsch klingen. Ich weiß, dass du es nur gut meinst. Und mir ist auch klar, dass du nicht einfach so herkommen und mir helfen kannst, die ganze Unordnung zu bewältigen.«

Konnte ich nicht? Eigentlich könnte ich es – doch da war meine Mutter, da waren meine Autoren und mein Job.

Aber reichte das als Ausrede?

»Lass mich trotzdem wissen, wenn ich dir helfen kann. Und wenn ich dir nur etwas erzähle zur Ablenkung.«

»Danke.«

Wieder seufzte er. Der Tod seines Vaters schien ihn förmlich niederzudrücken.

»Wie sieht es bei deiner Mutter aus?«, wechselte er das Thema. »Macht sie weiter Fortschritte?«

»Ja, die Logopädin meinte sogar, dass es große Fortschritte seien. Und ich habe jetzt herausgefunden, was sie mir so lange mitteilen wollte.«

Ich berichtete ihm von dem Kasten unter dem Bett meiner Mutter und meinen handwerklich bedenklichen Methoden, an ihn heranzukommen.

Ich erwähnte gegenüber Ethan keine Einzelheiten, noch brauchte er nicht zu wissen, dass meine Mutter von seinem Vater schwanger gewesen war. Vielleicht wusste er es, vielleicht war das das Geheimnis, das er mir nicht erzählen wollte.

»Es ist interessant, auch die andere Seite der Geschichte zu erfahren«, sagte ich. »Bisher habe ich meine Mutter ja nur durch die Augen deines Vaters gesehen.«

»Und, ändert das etwas an deiner Sicht auf sie?«

»Ja, ich schätze schon. Wenngleich ich nicht sicher bin, wie bequem diese Wahrheit wirklich ist.«

»Wahrheit ist immer unbequem«, entgegnete Ethan und verstummte für einen Moment. »Okay, dann werde ich mich mal wieder an die Arbeit machen. Eigentlich nichts anderes als in den Tagen zuvor. Aber jetzt ist er nicht mehr da.«

»Ich weiß ja nicht, wie gläubig du bist, aber möglicherweise ist er noch da und schaut, was du gerade tust.«

»An so etwas habe ich schon nicht mehr geglaubt, als ich ein Kind war.«

»Das dachte ich mir. Ich wollte nur etwas Tröstendes sagen. Ich bin nicht wirklich gut darin, ich habe selbst nur selten Trost von irgendwem bekommen.«

»Du machst das sehr gut«, sagte er leise und fügte dann hinzu: »Ich liebe dich.«

»Ich dich auch«, antwortete ich schnell, und nachdem er offline gegangen war, schaute ich noch minutenlang auf den Bildschirm.

Cornelia

Sie starrte auf die regennasse Scheibe. Der Zug nach Köln fuhr ziemlich schnell und ließ die Tropfen zu langen klaren Straßen auf dem Glas werden.

Äußerlich wirkte sie ruhig, doch innerlich zerriss die Ungewissheit sie fast. Was würde werden, wenn sie in der Klinik ankam? Und was wurde aus ihr, wenn sie zurückkehrte? Würde sie überhaupt zurückkehren? Die Frau, die ihr die Adresse gegeben hatte, meinte, dass der Eingriff gefährlich sei. Eigentlich sei sie schon viel zu weit fortgeschritten. Wenn sie dabei erwischt wurde, wenn die Privatklinik dabei erwischt wurde, drohte ihr ein Gerichtsverfahren.

Doch was sollte sie tun? Das Kind etwa bekommen? Es zur Adoption freigeben?

Frau Jensen hatte sie freundlich aufgenommen, sie hatte ihr Fortbleiben verziehen, denn es war ja die große Flut gewesen, die es verursacht hatte. Doch was Cornelia jetzt vorhatte, würde ihre Chefin ihr nie verzeihen.

Und genauso wenig würde sie es dulden, wenn sie schwanger in ihrem Laden stand und jedermann sich wunderte, dass sie keinen Ehering am Finger hatte. Noch hatte sie ihren Bauch unter etwas weiteren Kleidern verbergen können. Doch irgendwann würde das nicht mehr gehen.

Kurz nachdem sie von ihrer Schwangerschaft erfahren hatte, hatte Cornelia ein Übersetzerbüro aufgesucht und einen Brief an Robert Henderson aufsetzen lassen. Sie wollte Gewissheit. War Richard noch am Leben? Lohnte es sich, die Schwangerschaft und alles, was damit verbunden war, auf sich zu nehmen?

Sie machte ihre Entscheidung für oder gegen das Kind von Robert Hendersons Antwort abhängig.

Diese ließ lange Zeit auf sich warten. Damals war sie bereits über den dritten Monat hinaus und saß wie auf Kohlen. Bald würde es zu spät sein.

Dann flatterte endlich ein blaurot geränderter Luftpostbrief in ihren Briefkasten.

Mit zitternden Händen und vor Aufregung rasendem Herzen öffnete sie ihn.

Verehrte Miss Raaken,

es tut mir leid, Ihnen mitteilen zu müssen, dass unser Sohn in der Hamburgflut ums Leben gekommen ist. Bitte akzeptieren Sie unsere Trauer und sehen Sie von weiteren Anfragen ab.

Beste Grüße,
Robert Henderson

Cornelia schlug die Hand vor den Mund. Rick war tot! Wenn nicht seine Eltern, wer sollte es dann wissen? Nach all der Zeit.

Sie drehte den Brief herum, in der Hoffnung, noch eine genauere Erklärung zu bekommen, doch das war nicht der Fall.

Noch zweimal las sie den kurzen, sehr sachlich klingenden Text, als hoffte sie, sich geirrt zu haben. Doch dann wurde ihr klar, dass sich die Worte nicht verändern würden. Rick war tot. Damit war all ihre Hoffnung dahin.

Sie taumelte zum Fenster ihres kleinen Zimmers. Eine ganze Weile konnte sie keine Regung zeigen. Dann brachen plötzlich die Tränen hervor, und der Schmerz in ihrem Innern explodierte.

Sie weinte den ganzen Abend lang, bis ihre Augen keine Tränen mehr hergeben wollten. Ihr Innerstes, ihre Kehle, alles fühlte sich wund an. Sie hatte nicht einmal die Kraft, sich aus dem Bett zu bewegen. Wie sollte sie morgen in den Salon gehen und wieder so tun, als sei alles in Ordnung? Als hätte es ihre Liebe zu Richard, die Flut und die Schwangerschaft nie gegeben …

Irgendwie fand sie dann aber doch die Kraft, am nächsten Morgen anzutreten. Ihr Gesicht war maskenhaft, ihre Seele schmerzte, doch mittlerweile waren ihre Hände die Arbeit so gewohnt, dass sie von ganz allein zu funktionieren schienen. Sie redete auch sonst nicht viel, und Frau Jensen schätzte das. Eine schwatzende Angestellte schaffte nicht gut. Und manche Kundinnen wollten auch nicht mit Gesprächen über das Wetter oder Filmschauspieler belästigt werden.

Ihre Gedanken ratterten wie die Zahnräder einer großen Maschine.

Cornelia wusste, dass Abtreibungen hier unmöglich waren, wenn man sich nicht in die Hände irgendeines Kurpfuschers begeben wollte.

Mit wachsender Angst hatte sie ihren Körper beobachtet, die vergehende Übelkeit, aber auch das Spannen ihrer Brüste registriert. Sie hatte keine Ahnung, wie so eine Schwangerschaft ablief. Ihre Mutter konnte es ihr nicht mehr sagen, und auch sonst gab es keine Frau, der sie sich anvertrauen konnte. Frau Jensen ahnte vielleicht etwas, doch als sie sie nach der Untersuchung gefragt hatte, hatte sie gemeint, dass alles okay sei und sie nur eine Entzündung hätte.

Dann hatte sie jedoch an einem Sonntagnachmittag zwei Frauen im Park belauscht, die sich darüber unterhielten, abtreiben zu wollen. Auf Nachfrage hatte sie die Adresse der Klinik erhalten. Legal war es nicht, aber es gab Ärzte, die den Eingriff gegen Bezahlung und unter dem Deckmantel des Schweigens durchführten. Das war besser, als in irgendeiner Waldhütte einem alten Mütterlein in die Hände zu fallen, die einen dann mit Seifenlauge umbrachte.

Der Eingriff war ziemlich teuer, doch sie hatte noch die Ersparnisse, die sie für die USA zurückgelegt hatte. Der Gedanke, dass sie das Geld für eine gemeinsame Zukunft mit Richard nun dafür nutzen musste, um sein Kind loszuwerden, zerriss sie fast. Tagelang hatte sie mit sich gerungen, doch sie wusste, dass sie keine andere Wahl hatte …

Cornelia schüttelte die Gedanken ab, als der Schaffner die baldige Ankunft in Köln vermeldete. Sie holte ihren Koffer von der Ablage und begab sich zur Tür. Männer in dunklen Mänteln und Frauen mit Hüten huschten an ihr vorbei, als der Zug auf dem Bahnsteig einfuhr. Als er zum Stehen gekommen war, stieg Cornelia aus und setzte sich in das erste Taxi, das sie sah.

Als sie dem Fahrer die Adresse mitteilte, trat ein wissender Ausdruck auf sein Gesicht. Er sagte nichts, doch sein Blick schweifte über ihren Körper. Unter dem Cape, das derzeit Mode war, war ihr Zustand nicht zu erkennen. Aber vielleicht ahnte der Taxifahrer gerade deshalb, was mit ihr los war.

Aus irgendeinem Grund erinnerte sich Cornelia wieder an den Taxifahrer, der sie in der Sturmnacht nach St. Georg gefahren hatte. Sie hätte auf die Warnung im Radio hören sollen. Was hatte ihr letztlich der Wunsch, Leben zu retten, gebracht? Jetzt war sie zu allem Unglück auch noch dabei, ein Leben zu beenden, das noch gar nicht richtig begonnen hatte.

Der Taxifahrer schwieg auch die restliche Fahrt, bis er das Haus erreichte, in dem die Klinik untergebracht war.

Als sie ihm das Geld reichte, griff der Mann nach ihrem Handgelenk.

»Überlegen Sie es sich gut, junge Frau«, sagte er bedeutungsschwanger. »Für alles gibt es eine Lösung.«

Was wissen Sie schon?, hätte Cornelia ihm am liebsten entgegengeschleudert. Er wusste überhaupt nichts! Nicht von ihr, nicht von Richard, nicht von dem Brief seines Vaters und auch nicht von dem Kind.

»Danke«, sagte sie und entzog ihm die Hand wieder. Dann wandte sie sich der Eingangstür zu, die nur geöffnet wurde, wenn man klingelte und den Namen nannte, den man bei der vorhergehenden Anmeldung verwendet hatte.

*

Ihre Schritte hallten laut durch das Treppenhaus. Von irgendwo waren Stimmen zu hören, aber sie konnte sie nicht lokalisieren.

Cornelia blickte auf den Zettel in ihrer Hand. *Erster Stock, zweimal klingeln.*

Sie erklomm die Treppe und machte vor einer Tür halt. *Dr. Wenzel* stand auf dem Schild. *Sprechstunden nach Vereinbarung.*

Sie strich ihren Mantel glatt, fühlte den Bauch darunter, dann klingelte sie. Zweimal.

Zunächst tat sich nichts. Fast war sie schon versucht, noch einmal zu läuten, doch sie zog die Hand wieder zurück. *Zweimal klingeln* stand auf dem Zettel. Nicht dreimal oder viermal.

Es gab für diese Praxis keine Voranmeldung. Anrufen konnte nur, wer hier schon als Patientin geführt wurde. Die Frauen hatten behauptet, dass der Arzt das aus Selbstschutz täte. Wenn sie ihn erwischten, würde man ihn ins Gefängnis sperren. Dann hätten alle Frauen, die ungewollt schwanger wurden, keinen Helfer mehr und wären wieder auf die Dienste von Kurpfuschern angewiesen.

Schließlich ertönten Schritte. Eine junge Frau öffnete die Tür und sah sie hinter der Türkette fragend an.

»Ich … ich habe Ihre Adresse von jemandem bekommen und wollte den Doktor sprechen.«

Die Frau löste die Kette und ließ sie ein. Cornelia sah, dass sie keine Schwesterntracht trug, stattdessen ein helles Kostüm.

»Warten Sie hier bitte.«

Wenig später reichte sie Cornelia einen Stift und ein Formular, das sie ausfüllen sollte. Mit zitternden Händen und schmerzendem Magen trug Cornelia die Angaben ein und fragte sich, ob es nicht vielleicht besser wäre zu lügen. Wer sollte den Leuten hier die Wahrheit sagen? Sie hatte keine Angehörigen mehr. Niemanden, der nach ihr suchte, wenn etwas schiefging.

Als sie das Formular abgab, nickte die junge Frau und verschwand hinter einer der Türen. Cornelia harrte noch einen Moment im Wartezimmer aus, dann wurde sie aufgerufen.

Dr. Wenzel empfing sie in seinem Sprechzimmer. Sie schätzte ihn auf Mitte fünfzig. Er wirkte freundlich, und auch wenn sein Akzent ein wenig merkwürdig klang, verstand Cornelia ihn gut.

»Sie haben sich also entschieden, Ihre Schwangerschaft zu beenden.«

Cornelia nickte.

»Bevor ich irgendwas mit Ihnen besprechen kann, muss ich Sie untersuchen. Sie haben den Befund meines Kollegen bereits vorgelegt, aber ich möchte mich selbst davon überzeugen, in welcher Schwangerschaftswoche Sie momentan sind.«

Der Arzt untersuchte sie lange. Dann, als sie sich wieder angezogen hatte, bat er sie, sich zu setzen.

»Ich fürchte, ich habe keine guten Nachrichten für Sie«, begann er. »Wie ich es sehe, haben Sie die zweiundzwanzigste Woche bereits überschritten. Kein Arzt, der bei Verstand wäre, würde jetzt noch einen Abort vornehmen. Ich muss Sie leider abweisen.«

Cornelia war wie vor den Kopf geschlagen. Aber die Frau hatte doch gesagt, dass diese Klinik den Eingriff jederzeit machen würde!

»Gibt es denn keine Möglichkeit?«

»Sie könnten das Kind zur Adoption freigeben. Das wäre eine relativ ungefährliche Variante, die Sie auch nicht weiter in Schwierigkeiten bringen würde. Einen Abort bei einer derart fortgeschrittenen Schwangerschaft würde man nur vornehmen, wenn Gefahr für Leib und Leben besteht oder sich eine Krebserkrankung bei Ihnen herausstellt. In letzterem Fall würde man die Gebärmutter entfernen. Doch wie ich das sehe, sind Sie eine gesunde junge Frau. Und Ihrer

Gesundheit wäre es wirklich zuträglicher, wenn Sie das Kind bekämen.«

Dr. Wenzel hatte gut reden. Sicher hatte er recht – doch was war mit den Konsequenzen, wenn das Kind da war? Es würde ohne Vater aufwachsen müssen. Und ihr Ruf wäre auf ewig ruiniert. Sie würde ihre Anstellung verlieren und nicht mehr wissen, wie sie das Kind ernähren sollte.

Und Adoption ... Sicher, das war eine Möglichkeit. Doch würde sie es fertigbringen, das Kind anzusehen und dann wegzugeben?

Sie hatte gehofft, dass man die Sache bereinigen konnte, bevor das Kind da war.

»Überlegen Sie es sich«, gab ihr der Arzt mit auf den Weg, und beinahe klang er wie der Taxifahrer, der noch gemeint hatte, dass es eine Lösung gäbe. »Ich weiß, für eine alleinstehende Frau ist es schwierig, aber möglicherweise wollen Sie das Kind doch behalten. Und wenn nicht, es gibt kinderlose Paare, die sich sicher freuen würden, Ihr Kind aufzuziehen.«

*

Eine halbe Stunde später stand sie am Rheinufer und starrte auf die brackigen Fluten. Ihre Gedanken kreisten nur noch um die eine Frage: Wie schlimm wäre es zu ertrinken?

Schon einmal hatten die Wassermassen sie verschlungen. Sie wusste noch sehr gut, wie es war, mitgerissen zu werden. Sie wusste auch, wie sich Todesangst anfühlte. Doch damals hatte sie am Leben gehangen. Damals war Rick bei ihr gewesen.

Jetzt war sie allein. Es gab niemanden, der auf sie wartete. Niemanden, der um sie trauern würde. Frau Jensen wäre geschockt, ja vielleicht aufgebracht, aber Cornelia bezweifelte, dass sie bei ihrer Beerdigung weinen würde.

Es wäre sicher für alle besser so. Und vielleicht trieb der Rhein sie ja ins Meer hinaus. Vielleicht würde sie dort auf Richard treffen. Vielleicht traf sie ihn aber schon früher, im Reich der Geister.

Tief atmete sie durch, blickte sich noch einmal zu allen Seiten um. Auf einer nahen Terrasse saßen ein paar Leute und tranken heißen Tee. Niemand nahm Notiz von ihr. Niemand würde sie aufhalten. Ohnehin floss der Rhein schnell, und das Wasser war undurchsichtig.

Cornelia schloss die Augen. Sollte sie es dem Zufall überlassen? Einer Windböe? Sollte sie sich einfach fallen lassen?

Die andere Möglichkeit wäre, das Kind zur Welt zu bringen. Aber wie sollte sie bis dahin über die Runden kommen? Selbst wenn sie sich für eine Adoption entschied, dauerte es noch eine Weile, bis das Kind da war. Jeder in Hamburg würde es sehen. Sie würden fragen, wer der Vater sei. Sie würden wissen wollen, wo es blieb.

Egal, wie sie es drehte und wendete, sie würde nicht bei ihrer Arbeitsstelle bleiben können. Sie würde vollkommen neu anfangen müssen – oder alles beenden, und zwar sofort.

Sie öffnete die Augen wieder und blickte auf das Wasser. Plötzlich meinte sie wieder zu spüren, wie die Flut sie von Richard weggerissen hatte. Wie sie ihren Körper herumgeschleudert hatte. Wie verzweifelt sie nach Luft geschnappt hatte.

Nein, sie war nicht bereit zu sterben!

Cornelia wandte sich vom Wasser ab und taumelte voran, in Gedanken versunken und völlig verstört. Was soll ich tun?, fragte sie sich immer wieder. Was soll ich tun?

Ich will nicht sterben, aber ich weiß nicht, was ich tun soll.

Panik wallte in ihr auf, erstickte alle Wahrnehmung dessen, was sie umgab. Aus der Ferne meinte sie, ein Hupen zu hören, doch sie wusste nicht, woher es kam. Bis ein harter Schlag sie traf und zur Seite schleuderte.

*

Die Dunkelheit war tief und gefühllos wie der Tod. Doch der Tod holte sie auch diesmal nicht. Cornelia schlug die Augen auf und blickte an eine weiße Zimmerdecke. Für einen Augenblick meinte sie, wieder in der Klinik zu sein, die die Flutopfer aufgenommen hatte. Vielleicht war das, was geschehen war, nur ein Traum gewesen?

Sie bewegte die Arme, versuchte, sie zu heben. Als es ihr gelang, tastete sie über ihren Bauch.

Ein Traum, ging es ihr durch den Sinn. Vielleicht ist es doch ein Traum. Vielleicht hat es den Brief nicht gegeben und auch keine Schwangerschaft. Vielleicht lebt Rick und sitzt vor der Tür des Krankenzimmers.

Nach einer Weile erschien eine Krankenschwester.

Sie betrachtete sie kurz, dann trat sie neben sie und nahm den Tropf ab. Wenig später verschwand sie wieder. Hatte sie überhaupt mitbekommen, dass sie wach war?

Kurz darauf erschien sie wieder, diesmal mit einer Ärztin im Schlepptau. Die Frau war etwa vierzig, trug eine schwarzgeränderte Brille und hatte ihr blondes Haar im Nacken zu einem Knoten zusammengebunden.

Sie stellte sich als Dr. Rechenberg vor und erklärte ihr kurz, was geschehen war.

»Sie hatten einen Unfall, sind von einem Pkw angefahren worden.«

Unfall? Cornelia konnte sich nur noch daran erinnern, dass sie am Wasser gestanden hatte.

»Es tut mir leid, aber aufgrund des Traumas, das Sie erlitten haben, hatten Sie eine Fehlgeburt.«

Cornelia starrte die Ärztin an. Deren Blick war mitleidig, aber sie selbst fühlte nichts. Vielleicht war sie noch nicht wach genug nach ihrer Ohnmacht. Vielleicht war ihr auch die Fähigkeit, Gefühle zu zeigen, abhandengekommen.

»Immerhin sind Sie am Leben. Ein Wunder nach einem Unfall wie diesem.«

Jetzt erinnerte sich Cornelia. Sie hatte versucht, sich umzubringen. Und es dann doch nicht gekonnt.

Doch das sagte sie der Ärztin nicht. Stattdessen nickte sie brav und ließ auch alle anderen Informationen auf sich niederrieseln, während ihr klarwurde, dass sie geschafft hatte, was sie mit der Reise hierher erreichen wollte: Das Kind war fort. Es gab keinen Hinweis mehr darauf, dass Richard und sie sich geliebt hatten.

30. Kapitel

Ich brauchte eine Weile, um die Bilder abzuschütteln, die ich vor mir hatte. Der Gedanke, dass ich unter anderen Umständen vielleicht einen Bruder oder eine Schwester gehabt hätte, zerrte an mir.

Die Beweggründe meiner Mutter konnte ich in gewissem Maße nachvollziehen. Und dann wieder doch nicht. Warum hatte sie das Einzige, das sie von Richard hatte, fortgeben wollen?

Okay, damals waren andere Zeiten. Frauen, die unehelich ein Kind bekamen, wurden von der Gesellschaft geächtet.

Hatte sie es später bereut, nach Köln gefahren zu sein?

Ich hatte keine Zweifel, dass sie den Eingriff hätte durchführen lassen, wenn der Arzt dazu bereit gewesen wäre. Dass ein Unfall ihr das Problem abnehmen würde, war nicht zu erwarten gewesen.

Hatte sie in den letzten Momenten vor dem Zusammenstoß daran gedacht, es zu behalten? Hatte sie es sich überlegt?

Aber das alles erklärte immer noch nicht, warum sie, als ich schon auf der Welt war, zu Richard gefahren war. Warum sie mich und meinen Vater für ihn aufgeben wollte, wo sie doch wusste, dass auch er eine Familie hatte …

Seufzend ließ ich mich aufs Bett sinken. Ich war hundemüde. Das Buch hatte ich nun zur Hälfte geschafft, doch ich brauchte dringend Schlaf. Jetzt würde zwar der Teil kommen, der erklärte, was geschehen war, als sie bei Richard war, die Hälfte, die mein Leben verändert hatte, doch dafür hatte ich jetzt keine Kraft mehr.

Ich dachte wieder an Ethan und daran, dass sich sein Tag nun wohl langsam dem Ende zuneigte. Und über den Gedanken, was er jetzt wohl tat, fielen mir die Augen zu.

Ich schlief so fest wie nie zuvor. Eigentlich hätte ich bei dem, was ich erfahren hatte, mit Alpträumen gerechnet, doch alles blieb wohltuend dunkel – oder ich erinnerte mich einfach nur nicht.

Gegen zehn Uhr erwachte ich mit einem Brummschädel.

Der Besuch bei meiner Mutter stand an – doch wie sollte ich ihr in die Augen sehen mit dem Wissen, dass sie von Richard schwanger gewesen war und abtreiben wollte? Wie sollte ich damit umgehen, dass sie beinahe einen Selbstmordversuch begangen hätte?

Vielleicht sollte ich mit ihr darüber reden. Ihr zeigen, dass ich es gelesen hatte und Bescheid wusste. Ich schlüpfte also aus meinen Kleidern, stellte mich unter die Dusche und spülte den Schlaf von meinem Körper. Dann zog ich mich an und verließ das Haus. Unterwegs holte ich mir ein Plunderstück und einen Kaffee und begab mich mit beidem wenig später in die U-Bahn.

Unterwegs bekam ich eine Mail von Ethan. Sie enthielt nur einen kurzen Gruß, keine weiteren Erklärungen zu Richard und auch keine Angabe zu seinem eigenen Befinden. Dafür war ein Dokument an die Nachricht geheftet.

Ich hatte schon gar nicht mehr an den Brief gedacht, den

Ethan mir hatte schicken wollen. Und ich hätte nie erwartet, dass er sich angesichts der Umstände daran erinnerte.

Doch da war er, der Brief meiner Mutter an Robert Henderson.

In sehr gutem Englisch erklärte sie ihm, wer sie war und was geschehen war. Dass sie mit seinem Sohn zusammen gewesen war, dass sie ihn gebeten hatte, sie in der Sturmnacht zu begleiten, um eine Familie zu warnen, und dass sie daraufhin von der Flut überrascht worden waren.

Ich merkte dem Schreiben an, dass meine Mutter es damals nicht selbst verfasst haben konnte. Später hatte sie auf der Abendschule Englisch gelernt, und sie konnte sich recht passabel unterhalten. Aber das schriftliche Englisch bereitete ihr noch heute Schwierigkeiten.

Doch es ging nicht darum, wer diesen Brief verfasst hatte, sondern was das Schreiben ausgelöst hatte.

Wie mochte es auf Robert Henderson gewirkt haben zu erfahren, dass Richard eine Liebschaft in Deutschland gehabt hatte? Und warum hatte er einem Mädchen, das seine große Liebe vermisste, solch eine grausame Lüge aufgetischt? Meine Mutter hatte ihm überhaupt nichts getan, nein, er kannte sie nicht einmal! Und sie war auch so klug gewesen, ihm nichts von der Schwangerschaft zu schreiben, wie es vielleicht andere junge Frauen in ihrer Situation getan hätten.

War sein Zorn auf Deutschland so groß?

War er wütend, weil die Flut seinen Sohn beinahe getötet hatte?

Dass meine Mutter ihn in Gefahr gebracht hatte?

Letzteres war die einzige plausible Erklärung.

Oder war ihm meine Mutter nicht gut genug gewesen?

Ich fragte mich, wie er es aufgenommen hätte, wenn

Richard seine Freundin wie geplant mitgebracht hätte. Hätte er ihn gezwungen, sich von ihr zu trennen? Oder hätten sie glücklich bis an ihr Ende in den USA gelebt?

Ich wusste es nicht, doch angesichts der Antwort von Robert Henderson kamen mir Zweifel.

Auf der Station erwartete mich eine Überraschung. Meine Mutter lag nicht im Bett, man hatte sie mitsamt der Maschine, durch die sie Essen und Kochsalzlösung bekam, in einen Rollstuhl verfrachtet. Die Schwestern hatten ihr Haar hübsch frisiert und ihr einen Schal, den ich bisher noch nicht gesehen hatte, um die Schultern gelegt. Meine Mutter wirkte recht frisch, ihre Gesichtsfarbe hatte sich weiter gebessert, und auch die Augenringe waren verschwunden. Als sie mich sah, ging ein Leuchten durch ihre Augen, und die gesunde Seite ihres Mundes deutete ein Lächeln an.

»Ah, Frau Petri, Sie sind da!«, sagte eine Schwester mit blondem Pferdeschwanz, an deren Kittel der Name Moni stand. »Ich wollte schon mit Ihrer Mutter los, aber jetzt, wo Sie da sind, mögen Sie vielleicht einen kleinen Rundgang mit ihr durch den Park machen? Es ist so schönes Wetter.«

»Darf sie das denn?«, fragte ich.

Die Schwester nickte fröhlich. »Oh ja, und ob! Frische Luft wird ihr guttun. Bleiben Sie nur bitte nicht länger als eine halbe Stunde draußen, ja?«

»Geht in Ordnung!«, entgegnete ich und schob meine Mutter zu den Fahrstühlen.

Ich war überwältigt. Der Rollstuhl war schon ein großer Fortschritt. Endlich konnte sie das Krankenzimmer verlassen!

Allerdings zeigte es wahrscheinlich auch, welche Zukunft ihr und mir bevorstand. Möglicherweise würde sie nie wieder laufen können. Möglicherweise wäre sie immer auf Hilfe angewiesen. Das tat mir leid, denn auch wenn meine Mutter sich ein wenig geöffnet hatte, war sie doch sicher immer noch eine Frau, die ihre Angelegenheiten gern selbst regelte.

»Wie war dein Training heute?«, fragte ich meine Mutter, während wir nach unten fuhren. Ehrlich gesagt war es mir auch sehr lieb, dass ich nicht im Krankenzimmer sitzen musste, belauscht von ihrer Bettnachbarin.

»H…hut«, sagte sie.

»Gut?«, fragte ich noch einmal nach.

In einem anderen Fall hätte ich mich erkundigt, was sie gemacht hatte, was sie mit der Logopädin besprach. Doch das hätte sie sicher überfordert.

Also schob ich sie durch den hinteren Eingang in den Park, der an das UKE angrenzte.

»R…ro-en«, sagte meine Mutter plötzlich.

Was meinte sie damit?

Ich tippte auf das Offensichtlichste. »Rosen? Sollen wir Rosen suchen gehen?«

Meine Mutter nickte und strich sich dann mit der gesunden Hand über das Kinn.

Im nächsten Augenblick fiel mir ein, woher der Wunsch kam. Richard. Er hatte erzählt, dass Rosen für ihn eine besondere Bedeutung hatten. Offenbar war meine Mutter davon überzeugt, dass ich das Büchlein bereits gelesen hatte.

In einer der sonnigsten Ecken des Parks fanden wir Rosen. So schön wie im Rosengarten von Planten un Blomen waren sie nicht, aber es waren immerhin Rosen mit schweren rosafarbenen Köpfen, die von den vergangenen Regenfällen schon ziemlich verwittert waren.

Ich war nicht sicher, was sie damit bezweckte – und ob es überhaupt einen Sinn hatte. Aber irgendwie hatte ich so ein Gefühl, dass sie diese Ecke gewählt hatte, um über etwas nachzudenken. Oder sogar, um mit mir zu sprechen?

»Ich … ich habe angefangen, das kleine Heft zu lesen«, berichtete ich und blickte sie an. Sie zeigte keine Regung und schaute einfach nur auf die Rosenbüsche. »Ich bin bis zu dieser Sache in Köln gekommen …«

Noch immer nichts. Der Blick meiner Mutter ging ins Leere. Sie wirkte beinahe andächtig. Dieser Ausdruck auf ihrem Gesicht machte mir Angst. Er wirkte, als würde sie sich gerade vom Leben verabschieden.

Doch wieso? Sie machte Fortschritte. Der Arzt meinte, dass es ständig bergauf mit ihr gehe. Oder verheimlichte man mir etwas?

War es etwa die Depression, vor der man mich gewarnt hatte?

»Ich … ich habe mit Richard gesprochen. Du weißt ja, dass er dich sehen wollte. Mittlerweile ist er wieder in Amerika, aber er hat mir noch eine Mail geschickt, in der er ein bisschen was erzählt hat …«

Wieder blickte ich prüfend auf meine Mutter, doch die sah noch immer nicht mehr als die Rosen. Oder doch? Hatte sie das Damals wieder vor Augen? Das Leben, das sie gern gehabt hätte und nicht haben konnte, weil sein Vater es verhindert hatte?

»Ich danke dir, dass du mir Einblick auf deine Sicht der Geschichte gibst«, sagte ich und legte meine Hand auf ihre Linke, mit der sie noch fühlen konnte. »Ich habe dich so lange nicht verstanden, doch jetzt … Warum hast du es niemals erzählt?«

Jetzt sah meine Mutter mich an. In ihren Augen lag ein vorwurfsvoller Ausdruck.

»Okay, schon klar, es gibt Dinge, die erzählt man Kindern nicht, nicht wahr?«

Sie lächelte traurig.

»Und Papa? Hat er es je erfahren?«

Sie schüttelte leise und bedächtig den Kopf. Ich dachte plötzlich wieder an das, was Heidi mir erzählt hatte. Heidi und Eckhard, Cornelia und Richard. Wäre es anders gekommen, wären vier Menschen vielleicht glücklicher gewesen. Doch das Leben nahm nicht immer Rücksicht darauf, was den Einzelnen glücklich machte.

Und auch ohne die Sturmflut hätte es keine Garantie dafür gegeben, dass für alle das Leben so geworden wäre, wie sie es sich gewünscht hätten.

Wie es die Schwester uns geraten hatte, schob ich meine Mutter eine halbe Stunde später wieder ins Krankenhausgebäude. Sie hatte nicht mehr versucht, etwas zu sagen. Sie hing einfach ihren Gedanken nach – wo auch immer diese waren.

Viel sprachen wir im Anschluss auch nicht mehr. Ich beobachtete, wie zwei Schwestern meiner Mutter zurück ins Bett halfen, danach war sie sehr müde.

Ich verabschiedete mich und verließ das Krankenzimmer, immer noch durcheinander von meinen Gedanken und den Geschichten.

Draußen setzte ich mich wieder auf die Bank und schaute eine Weile den Patienten zu, die spazieren gingen. Einige von ihnen wurden in ihren Rollstühlen geschoben. Sie alle hatten ihre Geschichten, versteckt hinter Fassaden, die niemand durchdringen konnte, es sei denn, es wurde ihm erlaubt.

Eigentlich hatte ich vorgehabt, das Erinnerungsbuch zu Hause zu beenden, doch die Sonne schien, und die Luft war mild, und ein wenig fürchtete ich auch die Geister der Buchhandlung, also blieb ich hier sitzen und fuhr mit Cornelias Geschichte fort.

Cornelia

1985

Es geschah häufig, dass Cornelia bis lange in die Nacht aufblieb und Buchkataloge durchstöberte. Das hätte sie auch in ihrem Laden tun können, aber in der Nacht, wenn alles ruhig war und auch ihr Mann und ihre Tochter bereits schliefen, war es viel schöner.

Sie verlor sich in den Bildern und Klappentexten, schrieb zwischendurch immer mal wieder Titel auf, die sie bestellen wollte. Sie freute sich auf die nächste Buchmesse und darauf, die Kollegen wiederzusehen. Mittlerweile kannte sie etliche von ihnen, und auch wenn es vielleicht keine echten Freunde waren, so pflegte sie mit ihnen doch ein freundschaftliches Verhältnis.

Wie so oft fragte sie sich auch in dieser Nacht, womit sie so viel Glück verdient hatte.

Schon während ihrer Rückfahrt von Köln war ihr ein Gedanke nicht aus dem Sinn gegangen.

Richard hatte Bücher geliebt, und durch eine glückliche Fügung waren ihr die beiden Bücher, die er ihr an dem Weihnachtstag in Wilhelmsburg geschenkt hatte, erhalten geblieben. Während der bangen Wochen ihrer Schwangerschaft hatte sie diese Bücher wieder und wieder gelesen. Nachdem sie den Brief von Mr Henderson erhalten hatte, hatte sie geglaubt, diese Bücher nie wieder anfassen zu können. Doch noch während ihres Krankenhausaufenthaltes hatte sie sie wieder gelesen. Weil sie sich erinnern wollte. Weil sie noch nicht bereit war, Richard endgültig gehen zu lassen.

In den Pausen zwischen der Lektüre hatte sie nachgedacht. Über ihr Leben. Über das, was sie sich erhoffte.

Früher wäre die Antwort Richard gewesen, doch jetzt? Sie war allein. Sie hatte nicht einmal mehr einen Vater. Und nun auch kein Kind mehr. Sie war frei. Sie konnte tun, was sie wollte.

Sie wollte einen besseren Schulabschluss. Sie wollte nicht mehr Tag für Tag auf den Köpfen anderer Leute herumfuhrwerken. Die Friseurlehre war etwas, das auf dem Mist ihres Vaters gewachsen war.

Das ist das Einzige, was eine wie du kann, also machst du das!

Doch jetzt wollte sie mit Büchern zu tun haben. Studieren. Oder in einem Buchladen arbeiten. Sie wollte in eine Welt, die aus vielen Geschichten bestand. Vielen kleinen Universen zwischen zwei Buchdeckeln.

Noch am selben Tag meldete sie sich in der Abendschule an. Sie kehrte zu Frau Jensen zurück, erzählte ihr von dem Unfall, ohne das Kind zu erwähnen, und suchte sich nach einiger Zeit ein kleines Zimmer außerhalb der Reichweite von Frau Jensen und ihrer Bekannten. Sie schnitt Haare, lernte, sie schimpfte über ihre Lehrer, sie weinte bei Misserfolgen, aber sie gab nicht auf.

Sie war fest davon überzeugt, dass Richards gütiger Geist sie schützen würde.

Selbst dann, als sie den Mann wiedertraf, der sie aus den Fluten gerettet hatte. Es war Zufall, dass sie Eckhard Petri in der Abendschule begegnete. Sie liefen sich im Flur des

Schulgebäudes über den Weg, und Eckhard erkannte sie sofort.

Am Krankenbett hatte sie ihn nicht beachten wollen, er war einfach ein linkischer junger Mann gewesen, der Richard nicht das Wasser reichen konnte. Aber jetzt sah sie ihn mit anderen Augen. Er war jemand, der ihr das Ende der Einsamkeit versprach.

Eckhard fragte sie, ob sie mit ihm ausgehen würde, und sie sagte ja. Mit jedem Treffen merkte sie, dass er trotz seiner anfänglichen Schüchternheit ein Mann war, auf den man zählen konnte. Der sein Wort hielt und der für sie da sein würde. Immer.

Es war keine Liebe, die sie für ihn empfand, jedenfalls nicht die große verzehrende Liebe, die für Richard in ihrem Herzen gelodert hatte. Sie mochte Eckhard. Manchmal hatte sie ihn lieb. Es fiel ihr nicht schwer, mit ihm zu schlafen. Und sie genoss seine Anwesenheit. Die Art, wie er sich um sie kümmerte. Wie er ihr Dinge abnahm, um es ihr zu ermöglichen, ihr eigenes Leben aufzubauen.

Und ihre Buchhandlung.

Diese schien ein Wink des Schicksals zu sein, denn eher zufällig entdeckte sie, dass ein kleiner Laden zur Vermietung stand. Ein älterer Mann hatte dort Geschirr verkauft, doch nun war er offenbar nicht mehr in der Lage, seinen Laden weiterzuführen. Neugierig geworden, klingelte sie an der Tür.

Es war nicht der alte Mann selbst, der ihr öffnete, sondern dessen Tochter.

»Sie haben Glück«, erklärte sie. »Zehn Minuten später wäre ich weg gewesen. Interessieren Sie sich für das Geschäft?«

»Ja«, antwortete Cornelia. »Ich suche nach einem Laden und habe gesehen, dass der hier zur Vermietung steht.«

»Das tut er in der Tat. Ich habe meinem Vater geraten zu verkaufen, aber er will sich jetzt noch nicht von dem Haus trennen. Wenn Sie den Laden wollen, müssen Sie in Kauf nehmen, dass er über Ihnen in der Wohnung wohnen wird.«

»Das macht mir nichts aus«, versicherte Cornelia. »Er kann hier so lange wohnen bleiben, wie er möchte.«

»Gut, das freut ihn zu hören«, entgegnete die Tochter, jetzt etwas weniger genervt. »Was für einen Laden wollen Sie hier einrichten? Etwa Geschirr? Mein Vater hat noch etwas Altware im Lager.«

»Oh, das ist ein großzügiges Angebot«, sagte Cornelia. »Leider kann ich es nicht annehmen, denn ich möchte einen Buchladen eröffnen.«

Die Tochter nahm es gelassen. »Auch gut. Schicken Sie mir Ihre Bewerbung. Ich werde sie mit meinem Vater durchgehen. Sofern Sie die Mietzahlung sicherstellen können, wird er zustimmen.«

Mit pochendem Herzen stand sie ein halbes Jahr später vor dem Haus, dessen Schaufenster schön geschmückt waren. Ihr Traum hatte sich erfüllt. Konnte es noch besser werden?

Ihre Tochter Alexa war für sie das zweite große Wunder, das ihr zuteilwurde. Beinahe hätte sie nicht mehr daran geglaubt, irgendwann ein Kind bekommen zu können. Ihr Mann und sie hatten es versucht, dann aber schließlich aufgegeben. Mittlerweile schliefen sie meist in getrennten Zimmern, denn Eckhard schnarchte, und der Schichtdienst erforderte, dass er manchmal zu nachtschlafender Zeit aufstand.

Cornelia war lange davon überzeugt, dass der Verlust von

Richards Kind sie unfruchtbar gemacht hatte. Möglicherweise hatte ihr Fall ins Wasser auch noch ganz andere Schäden hervorgerufen. Schäden, die nicht mehr rückgängig gemacht werden konnten.

Nach einer Weile hatten Eckhard und sie sich damit arrangiert, allein miteinander zu bleiben. Cornelia war voll und ganz in ihrem Buchladen aufgegangen und hatte ihn zu einer bekannten Adresse in Hamburg gemacht.

Und dann war ihr eines Morgens wieder schlecht geworden.

Diesmal hatte sie gleich gewusst, was das bedeutete, auch wenn sie es zuerst gar nicht wahrhaben wollte. Natürlich waren die alten Gefühle in ihr hochgekommen. Sie hatte sich erinnert, und vermutlich waren es die Bilder von damals, die sie dazu gebracht hatten, sich im Bad einzuschließen und bitterlich zu weinen.

Allerdings war sie jetzt nicht mehr allein. Eckhard kümmerte sich um sie. Er fragte, was los sei, er bot ihr seine Hilfe an. Und Cornelia war weise genug, diese Hilfe nicht auszuschlagen. Sie schloss die Badezimmertür auf und kam raus.

»Ich bin schwanger«, beichtete sie ihm.

Eckhard starrte sie ungläubig an, doch dann zog er sie ungestüm in seine Arme und küsste sie. »Bist du sicher?«, fragte er atemlos.

»Na ja, die Zeichen sprechen dafür. Ich werde aber zu einem Arzt gehen, der wird es mir hoffentlich bestätigen.«

»Ja, geh zu einem Arzt«, entgegnete Eckhard und hielt sie an seine Brust gepresst. »Geh zu ihm, ich bete, dass du recht hast. Das wäre so unglaublich schön, und ich bin so unglaublich stolz auf dich!«

Der Arzt bestätigte die Schwangerschaft, und für Cornelia begannen nun seltsame, beschwerliche, aber auch wunderbare Monate. Sie würde ein Kind haben. Der Fehler, den sie damals gemacht hatte, würde gesühnt werden. Sie würde dem Kind alle Liebe geben, die sie hatte. Und vielleicht würde es auch die letzten Gedanken an Richard vertreiben.

*

Als Alexa geboren wurde, hatte sie einen roten Haarschopf wie ein Zirkusclown. Fast fürchtete Eckhards Verwandtschaft schon, das könnte so bleiben, doch dann verlor Alexa ihren seltsamen Schopf und bekam dunkles Haar. Ansonsten schien sie Cornelia wie aus dem Gesicht geschnitten, vom Vater war kaum etwas zu sehen.

Eckhards Erbteil zeigte sich in ihrem Wesen, in der Art, in der sie Dinge anging, und auch ein wenig in ihrer Kompromissbereitschaft.

Nun war sie auf dem Weg, eine junge Frau zu werden, und es schien, als würde sich alles zum Guten wenden.

An manchen Tagen – und auch in Nächten wie dieser – sagte sich Cornelia, dass es vielleicht alles so hatte kommen müssen. Richard hatte einen Platz in ihrem Leben, er hatte sie zu einem anderen Menschen gemacht, und sein Verlust hatte ihr gezeigt, wozu sie fähig war und dass sie die Kraft hatte, neu anzufangen. Aber sie musste ohne ihn weitermachen.

Cornelia blätterte in dem Katalog. Die Augen brannten ihr, und sie spürte, wie ihre Gliedmaßen schwer wurden.

Nur noch diesen Katalog, dann geht's ins Bett, versicherte sie sich. Beinahe am Schluss der Vorschau stieß sie auf einen Titel, der sie stutzig machte. Besser gesagt war es nicht der

Titel, an dem ihr Blick hängenblieb, sondern der Name des Autors.

Richard Henderson.

Die große Flut nannte sich sein Werk.

Minutenlang starrte Cornelia auf das Cover, das ein blaues Wellenmuster zeigte, dann wanderte ihr Blick nach unten.

Der Klappentext gab den Ausblick auf eine Geschichte, die in Amerika spielte. Die Autorenvita sprach von einem Hochschulprofessor der University of Connecticut, dessen erstes ins Deutsche übersetztes Werk dieses Buch sei. Ein Bild des Autors war nicht abgebildet.

Ein Schauer rann über Cornelias Rücken. Ein Hochschulprofessor namens Richard Henderson, der Bücher schrieb. Konnte es so einen Zufall geben?

Ihre Gedanken wirbelten durch ihren Kopf, ohne dass sie einen von ihnen greifen konnte.

Richard Henderson.

Rick.

»Bist du das?«, fragte sie leise, obwohl sie wusste, dass es nicht sein konnte. Sein Vater hatte geschrieben, er sei tot.

Oder hatte er gelogen?

Dieser Gedanke erfüllte sie plötzlich mit Unruhe, und alle positiven Gedanken über das Glück, das sie gehabt hatte, verflogen.

Was, wenn der alte Henderson sie nur hatte loswerden wollen? Hätte sie ihm von ihrer Schwangerschaft schreiben sollen? Hätte sie alle Hebel in Bewegung setzen und nach Amerika fliegen sollen?

Am ganzen Leib zitternd erhob sich Cornelia und begann, in ihrem Arbeitszimmer auf und ab zu tigern. Was, wenn er wirklich noch lebte? Was, wenn er dafür gesorgt hatte, dass sein Vater diesen Brief verfasste?

Sie blickte hinaus in die schwarze Nacht. Regentropfen glitzerten im Schein der Straßenlampen auf dem Fenster. So hatte es damals, als sie ihren Koffer gepackt hatte, auch ausgesehen.

Nach einer Weile wandte sie sich ab, kehrte zu ihrem Schreibtisch zurück. Sie zog die unterste Schublade auf und holte eine kleine Kassette heraus. Einen Schlüssel dafür besaß nur sie. Weder Eckhard noch Alexa wussten, dass sie existierte.

In der Kassette lag nur ein einziger Briefumschlag. Der Beweis, dass Richard Henderson in den Fluten umgekommen war. Die Antwort seines Vaters. Die Zeit und oftmaliges Lesen hatten ihre Spuren auf dem Papier hinterlassen.

Henderson senior hatte sich nicht einmal die Mühe gemacht, ihr per Hand zu antworten. Die wenigen Sätze waren mit Schreibmaschine getippt und von ihm unterzeichnet worden.

In Cornelia rumorte es, während sie die Worte las. All die Jahre hatte sie geglaubt, dass dieser Brief so etwas wie ein Grabstein für jemanden war, den das Meer verschlungen hatte. Aus diesem Grund hatte sie ihn aufgehoben.

Hass stieg in ihr auf. Beinahe hätte sie ihn zerknüllt, doch dann zwang sie sich zur Ruhe. Sie wusste nicht, wer dieser Henderson war. Vielleicht war es auch nur ein Pseudonym. Sie würde sich vergewissern müssen, bevor sie diesen Brief in Flammen aufgehen ließ.

*

Nach einer langen, schlaflosen Nacht rief sie von der Buchhandlung aus im Verlag an.

»Können Sie mir nähere Informationen zu dem Autor geben?«, fragte sie, doch die Vertriebsfrau teilte ihr nur wenig mehr mit als das, was sie ohnehin schon wusste. Henderson war Professor an der UConn, verheiratet, ein Sohn. Ein Bestsellerautor in Amerika, sehr scheu, aber sprachgewaltig. *Die große Flut* sei ein Titel, von dem man sich im Verlagshaus viel erwarte.

Sie versprach Cornelia ein Vorabexemplar und bedankte sich für das Interesse.

Dann legte sie auf und ließ sie mit ihren Gedanken allein.

Nur zwei Tage später erreichte sie das Buch. Es war gut dreihundert Seiten lang und duftete nach Druckerschwärze. Auch auf der Umschlagklappe fand sich kein Bild.

Sie las das Buch an einem einzigen Abend, in einer einzigen Nacht. Ohnehin konnte sie nicht schlafen. Erinnerungen an früher stiegen in ihr auf. Die Frage, ob Richard Henderson *der* Richard Henderson war, quälte sie regelrecht.

Eckhard schien es nicht zu bemerken.

Doch Alexa schon.

»Was ist los, Mama?«, fragte sie, als sie eines Abends in der Tür ihres Arbeitszimmers auftauchte.

»Nichts«, schwindelte Cornelia. »Was soll denn sein?«

»Normalerweise bringst du mich um diese Zeit immer ins Bett.«

Cornelia erwachte aus ihrer Starre. Natürlich! Sie hatte über ihren Gedanken ganz vergessen, dass sie auch noch ein Leben hatte. Eines, das feststand, bei dem sie sich nicht fragen musste, wer die Menschen waren, die sie umgaben.

»Entschuldige bitte, mein Schatz. Ich musste nur noch etwas arbeiten.«

Nach diesem Abend hing sie ihren Gedanken an Richard noch eine Weile nach. Vieles sprach dafür, dass es ihr Richard war, doch Beweise bekam sie nicht. Der Verlag hielt sich bedeckt. Und sie hatte auch keine Freunde in den Staaten, die nachprüfen konnten, wer dieser Henderson war.

Nach einer Weile – und nachdem das Buch wieder von der Bestsellerliste heruntergefallen war – geriet der Autor bei ihr endlich in Vergessenheit. Oder besser gesagt, sie zwang sich dazu. In Amerika gab es sicher Tausende Hendersons, und möglicherweise hatten viele Eltern ihre Söhne Richard genannt. Verrücktzuspielen und an den Autor privat zu schreiben wäre vielleicht der jungen Cornelia eingefallen. Doch die ältere wusste, dass es peinlich werden konnte, wenn sie ihn verdächtigte, ihre Jugendliebe zu sein.

Sie lebte ihr Leben weiter, schickte Alexa zur Schule und plauderte freundlich mit Eckhard, der ihre Welt genauso wenig verstand wie sie seine.

*

An einem Tag im Herbst herrschte eine dieser unerklärlichen Flauten im Laden. Die Buchmesse in Frankfurt stand kurz bevor, aber noch berichteten die Zeitungen und das Fernsehen nicht darüber. Nur in Fachzeitschriften sprach man davon.

Als die Sonne sich anschickte, hinter den Häusern der Mönckebergstraße zu versinken, hörte sie die Ladentür gehen. Ein Kunde! Endlich!

Sie hatte Heidi bereits vor einer Stunde freigegeben, weil

nichts los war, also erhob sie sich nun selbst und trat nach draußen.

Der Mann, der vor einem der Regale stand, trug ein Burberry-Jackett und erinnerte ein klein wenig an einen Akademiker, den es in die Mönckebergstraße verschlagen hatte, wo er doch sonst nur in der Welt der Wissenschaft lebte.

Sein dunkles Haar war graumeliert und sein Rücken breit. Genau die Art von Schultern, an die sich Frauen sicher gern anlehnten.

»Kann ich Ihnen helfen?«, fragte Cornelia, gespannt darauf, ob das Gesicht des Mannes ebenso attraktiv wirkte wie seine Kehrseite.

Er wandte sich um.

Cornelia wich erschrocken zurück.

Dort stand er. Älter. Erwachsener. Aber noch immer mit den Augen des jungen Mannes, der sie vor so vielen Jahren in Planten un Blomen angesprochen hatte.

»Das ist nicht möglich«, murmelte er.

Cornelia schlug zitternd die Hand vor den Mund und wich ein paar Schritte zurück, bis sie gegen den Buchtisch prallte und einen Stapel weißer Bücher umriss. Ein Exemplar fiel zu Boden, worauf sich Richard danach bückte und es aufhob.

»Cornelia?«, fragte er. Tränen schimmerten in seinen Augen

»Richard?«, fragte sie verwundert, und auch ihre Augen füllten sich mit Tränen. »Oh mein Gott!«

Sekundenlang schauten sie sich an. Cornelia hatte wieder den jungen Mann vor sich, der auf einer Bank zwischen Rosenbüschen gesessen hatte. Sie hatte vor sich, wie er sie nach einer Tracht Prügel getröstet hatte, wie er sie an der Hausecke erwartet hatte und wie sie in dem alten Gasthof in seinen Armen lag.

Sie konnte ihr Glück nicht fassen!

Doch plötzlich wirbelte Richard herum und rannte aus dem Laden.

»Richard!«, rief sie ihm hinterher. »Warte!«

Doch er hörte nicht. Und sie war nicht in der Lage, ihm zu folgen. Zu sehr steckte ihr der Schock des Wiedersehens in den Knochen.

Erst einige Minuten später konnte sie sich wieder rühren.

Sie trat an die Ladentür, aber Richard war nicht mehr zu sehen. Was sollte sie jetzt tun? Oder hatte sie sich das alles nur eingebildet? Sie blickte zurück in den Laden. Das Buch, das Richard aufgehoben hatte, lag noch immer schräg auf dem Stapel. Es war also keine Einbildung gewesen.

Wo sollte sie ihn jetzt suchen? Wohin würde jemand laufen, der verwirrt war, nachdem er feststellen musste, dass seine Jugendfreundin ihm gegenüberstand? War es das schlechte Gewissen gewesen, das ihn davongetrieben hatte? Hatte er sich von seinem Vater verleugnen lassen?

Sie beschloss, ihn zu suchen. Kaum hatte sie das Geschlossen-Schild rausgehängt, fiel ihr ein, wo sie ihn finden konnte. Vielleicht. Es war genauso gut möglich, dass er diesen Ort vergessen hatte oder mied. Doch einen Versuch war es ihr wert.

*

Sie taumelte mehr durch die Stadt, als dass sie ging. Auf einmal erschienen ihr die Straßen so unwirklich. Sie empfand sich selbst als unwirklich. War sie die Frau, die Familie und Kind hatte und einen erfolgreichen Buchladen führte? Oder war sie das unsichere Mädchen aus der Unterschicht, mit einem prügelnden Vater und einer Lehrstelle, die sie nicht wirklich mochte? War sie wieder die junge Frau, die zum Park rannte, nachdem ihre Chefin sie angeschrien und geohrfeigt hatte? Sie hatte Richard nicht erzählt, was damals vorgefallen war, als sie sich zum ersten Mal im Park begegnet waren. Als er versucht hatte, sie zu finden.

Existierte dieses Mädchen noch irgendwo in ihrem Herzen?

Sie wusste es nicht, und es gab niemanden, der ihr die Frage beantworten konnte.

Sie lief am Stadtmuseum vorbei und betrat dann den Park. Erst jetzt merkte sie, wie lange sie nicht mehr hier gewesen war. Mit ihrer Tochter hatte sie Planten un Blomen vor langer Zeit einmal besucht, danach hatte sie die Arbeit eingeholt.

Würde Richard hier sein?

Obwohl sie schon lange nicht mehr über diese Wege gewandelt war, hätte sie den Rosengarten mit geschlossenen Augen gefunden.

Ihr Herz klopfte, als sie sich den Bänken näherte. Eine Gestalt saß dort, die Arme auf die Knie gestützt, den Oberkörper vornübergebeugt.

Das war er. Er war hier. Das musste etwas bedeuten!

Cornelia beobachtete ihn einen Moment lang. Ich habe einen Mann und ein Kind, dachte sie, ich habe einen Buchladen.

Was wird geschehen, wenn ich ihn jetzt anspreche? Wenn ich versuche, an das, was wir damals hatten, anzuknüpfen? Wie wird sich mein Leben verändern?

Vielleicht würde er ihr beantworten können, was damals

schiefgelaufen war. Also gab sie sich einen Ruck und ging auf ihn zu.

*

Die ganze Nacht über lag Cornelia wach und starrte an die Decke des Schlafzimmers. Wieder und wieder lief vor ihr ab, was an diesem Abend, in dieser Nacht geschehen war. Das Treffen. Das Gespräch. Richards Küsse und das Gefühl seines Körpers auf ihrem. Wie zwei Teenager hatten sie sich in sein Zimmer geschlichen. Und erst Stunden später hatte sie den Weg nach Hause gefunden.

Die Wohnung war dunkel gewesen.

Eckhard schlief bereits in dem halben Zimmer, das sonst ihr Gästezimmer war. Er hatte Alexa ins Bett gebracht.

Beide ahnten nichts von dem, was passiert war, denn sie hatte ihnen erzählt, dass sie noch etwas im Buchladen zu tun hätte. Auch vorher hatte es schon Abende gegeben, die sie dort verbracht hatte.

Sie wusste, dass das, was sie getan hatte, nicht in Ordnung war. Eckhard liebte sie, ihre Tochter liebte sie, und sie hatte in den Armen eines Mannes gelegen, den sie für tot gehalten hatte.

Warum war das geschehen? Steckte dahinter ein tieferer Sinn? Warum war er gerade jetzt aufgetaucht, als sie zufrieden war mit ihrem Leben?

War es ein Zeichen des Schicksals dafür, dass sie sich etwas vorgemacht hatte?

Einen Tag später ging sie erneut zu dem Hotel. Sie hoffte, ihn wiederzusehen, sie hoffte, wiederholen zu können, was sie gestern getan hatten. Doch als sie das Zimmer erreichte und klopfte, antwortete niemand.

Eigentlich hätte Richard da sein sollen. Hatten ihn die Verlagsvertreter länger in Beschlag genommen?

Sie fragte in der Rezeption nach.

»Sind Sie Frau Petri?«, fragte der Mann, und als sie es bestätigt hatte, reichte er ihr den Brief.

Richard erklärte ihr darin, dass sein Vater gestorben sei und er sofort zurück nach Hause musste, um sich um die Beerdigung zu kümmern.

Das verstand Cornelia, dennoch ballte sich die Wut in ihrem Innern. Einmal mehr hatte es sein Vater geschafft, sie auseinanderzubringen. Vielleicht hätte sie Richard von dem Brief erzählen sollen …

Aber wahrscheinlich hätte das nichts genützt. Sein Vater war tot. Egal, was für ein Verhältnis Richard zu ihm hatte, er musste ihn beerdigen.

Doch was wurde nun aus ihnen? Es waren schöne Stunden gewesen, aber jetzt war sie wieder allein. Als sie noch gedacht hatte, Richard sei tot, hatte ihr Leben seine Ordnung gehabt. Sie war zufrieden gewesen mit Laden, Mann und Kind, mit dem, was sie hatte.

In diesem Augenblick spürte sie nur noch eine durchdringende Unzufriedenheit. Was hätte nicht alles werden können, wenn sie bei Richard hätte bleiben können! Sie hätte einen anderen Mann, ein anderes Kind gehabt. Ein anderes Leben.

Das Leben, das sie jetzt führte, kam ihr auf einmal wie die zweite Wahl vor. Das, was man nehmen musste, wenn das Beste schon weg war. Richard hatte es schon richtig gesagt. Auch ihm schien es so zu gehen.

Doch was konnten sie tun? Er war wieder jenseits des Ozeans und sie hier.

Drei Tage lang versuchte sie, sich abzulenken. Sie sagte sich, dass er sich melden würde. Dass sie ihn vielleicht wiedersah. Immerhin war er Schriftsteller, und die gingen auf Lesereise.

Sie sagte sich, dass sie ihr Leben weiterleben sollte. Sie hatte einen Mann, eine Tochter, sie hatte ein eigenes Geschäft. Und das galt auch für Richard. Er war Professor und Schriftsteller, er hatte ebenfalls eine Familie.

Doch all das konnte die Sehnsucht, die sie spürte, nicht lindern. Im Gegenteil, sie wuchs wie ein Geschwür in ihrer Brust. Immer wieder fragte sie sich, wie ihr Leben ausgesehen hätte, wenn es die Flut nicht gegeben hätte. Wenn sein Vater sie nicht angelogen hätte.

Nach einer Weile beherrschten sie diese Gedanken vollständig. Sie nahm nur noch halbherzig wahr, was um sie herum passierte.

Es war wie ein Wahn, eine Besessenheit. Es breitete sich immer weiter aus, und schließlich beschloss sie, es zu wagen. Sie würde nach Amerika fliegen. Sie würde versuchen, noch einmal mit ihm zu reden – bevor das innere Feuer sie verzehrte.

31. Kapitel

Ethans Aussehen schockierte mich, als ich am Abend vor dem Computer saß und Skype öffnete.

Diesmal hatte er die Kamera seines Computers eingeschaltet, und sie zeigte einen müden, vollkommen fertigen Mann mit dunklen Ringen unter den Augen und zerzausten Haaren. Er trug noch immer den Anzug, den er beim Treffen mit den Verlagsleuten angehabt hatte, und konnte kaum die Lider offen halten.

»Hallo«, sagte er müde. »Wie geht es dir?«

»Besser als dir, wie es scheint«, erwiderte ich.

»Yeah, du hast recht«, entgegnete er. »Du siehst wie immer wunderschön aus, und ich fühle mich, als hätte mich jemand aus der Gosse gezogen.«

»Du siehst eher wie ein Handelsvertreter aus, der eine Türklinke zu viel geputzt hat.«

»So komme ich mir auch vor. Diese ganze Sache … Als wäre es nicht schlimm genug, die Beerdigung zu organisieren, melden sich von überall her irgendwelche Leute. Verlagsmitarbeiter, Kollegen … Am schlimmsten sind aber die Reporter! Fehlt noch, dass ich ihnen beschreiben soll, wie mein Vater seinen letzten Atemzug gemacht hat. Die würden mir nicht glauben, wenn ich behauptete, ich sei nicht dabei gewesen. Irgendwie erwarten sie doch, dass ein berühmter Schriftsteller einen ungewöhnlichen Tod stirbt.«

»Das tut mir sehr leid. Und noch mehr tut es mir leid, dass ich nicht bei dir sein kann.«

Er schaute mich an. »Du hast deine eigenen Sorgen. Das hier ist meine Angelegenheit. Ich werde meine Exfrau bitten, mich zu unterstützen. Sie mochte Richard und hat in Aussicht gestellt, dass ich sie fragen könnte.«

»Willst du das denn wirklich?« Die Erwähnung seiner Ex versetzte mir einen kleinen Stich. Es wäre nicht das erste Mal, dass ein Paar über eine Beerdigung wieder zueinanderfand.

Doch dann rief ich mich selbst zur Ordnung. Wenn Ethan wieder mit seiner Frau zusammenkommen wollte, dann würde er einen Weg finden. Außerdem war das zwischen uns nichts Festes. Ich wollte auf keinen Fall so eine Wahnsinnige sein wie meine Mutter, die einem Mann hinterherlief, der für sie schon längst verloren war.

»Es wäre schön, sie kennt sich mit Totenwachen und dem ganzen Kram besser aus als ich. Ich habe das noch nie machen müssen.«

»Wenn ich ehrlich bin, weiß ich nicht, wie ich dir raten könnte. Bei uns sind die Gepflogenheiten ein bisschen anders. Außerdem habe auch ich noch nie eine Beerdigung ausgerichtet. Als mein Vater starb, hat meine Mutter das getan. Ich hatte meine Hilfe angeboten, aber sie wollte sie nicht. Nicht mal da.«

»Das klingt, als wäre deine Verbitterung über sie noch immer vorhanden.«

»Nun ja, sie schrieb mir, dass sie mich liebt – aber kann ich das glauben? Vielleicht ist es ja auch nur der Versuch, eine

Absolution von mir erteilt zu bekommen. Bei dem, was sie in ihr Buch geschrieben hat, stehen mir die Haare zu Berge. Einiges kann ich durchaus verstehen, manches aber auch nicht so richtig. Zum Beispiel, dass eine Frau, die alles hat, sich in einen Flieger setzt und einem Mann hinterherreist, der selbst Frau und Kinder hat. Sie sagt selbst von sich, dass sie bei Richards Auftauchen zufrieden mit ihrem Leben, mit uns war. Trotzdem hat sie sich aus dem Staub gemacht.«

»Menschen handeln manchmal nicht rational«, entgegnete Ethan, nachdem er eine Weile überlegt hatte. »Du entsinnst dich vielleicht des Mannes, der mit einer Affäre seine Familie zerstört hat und danach beinahe draufgegangen wäre.«

»Ja, ich entsinne mich«, entgegnete ich. »Aber danach hast du nicht sämtliche Versuche deiner Kinder, dich zu erreichen, abgeblockt. Und soweit ich das sehen kann, bist du kein verbitterter Kerl geworden.«

Ethan verzog das Gesicht. »Nun, ich habe auch so meine Momente. Aber ich verstehe dich. Die Handlungen der Älteren sind für nachkommende Generationen manchmal schwer nachzuvollziehen. Und an der Sache ist nicht nur deine Mutter schuld, sondern auch mein Vater. Er hätte sie nach Hause schicken müssen, noch an dem Tag, als sie hier aufgetaucht ist. Dann wäre vielleicht größerer Schaden vermieden worden.«

Ich nickte. Würde ich je erfahren, was damals in der Nacht passiert ist, als Richard fortgerufen wurde?

»Auf jeden Fall ist die Beerdigung am Samstag«, riss mich Ethan aus meinen Gedanken. »Auf dem Cedar Hill Cemetery. Einer der schönsten Friedhöfe von Hartford.«

»Hat er es sich so gewünscht?«

Ethan schüttelte den Kopf. »Nein, meine Mutter liegt dort

begraben. Mein Vater hat nicht viele Anweisungen hinterlassen, aber in dieser Gegend hier bettet man den Mann zu der Frau.«

Ich dachte daran, dass meine Mutter für meinen Vater nur ein Einzelgrab bestellt hatte. Ihr ging es besser, doch was würde ich in solch einem Fall machen? Irgendwann würde der Tag kommen.

»Aber der Friedhof ist eines Schriftstellers würdig. Sollte sein Geist über dem Grab schweben, blickt er auf sanfte grüne Hügel, Bäume, alte Grabsteine und einen kleinen See. Geradezu malerisch.«

»Das klingt sehr schön.«

Ethan nickte. Ich sah ihm an, dass er sich kaum noch wach halten konnte.

»Es ist zwar erst Nachmittag bei dir, aber du solltest dich hinlegen.«

»Ja, das mache ich. Und vorher versuche ich, diesen Anzug loszuwerden. Er kommt mir vor wie ein Korsett.«

»Lass den Computer an, dann schaue ich zu, wie du strippst«, entgegnete ich, worauf er lachte.

»Gut, dass du deinen Humor noch immer hast. Ich melde mich, sobald ich wieder einigermaßen unter den Lebenden bin, okay?«

»Okay, mach das. Und ruh dich aus, ja?«

Ethan nickte, warf mir noch einen Handkuss zu und ging offline.

Ich klickte das schwarze Fenster weg und versuchte, mir vorzustellen, wie der kommende Samstag ablaufen würde. Wenn hier Schriftsteller starben, reagierte die Öffentlichkeit ganz unterschiedlich. Einige waren schon längst begraben, wenn der Verlag und alle anderen von deren Tod erfuhren. Die Beerdigung anderer wurde öffentlich zelebriert, obwohl die Familie immer wieder beteuerte, dass man unter sich sein wollte. Andere, deren Ruhm längst vergangen war, wurden wirklich nur noch im kleinsten Kreis beigesetzt.

Ethan wusste anscheinend nicht, was Richard sich gewünscht hatte, und ich wusste nicht, was Ethan sich wünschte. Aber ich hoffte, es eines Tages herauszufinden.

Am nächsten Morgen war ich wieder im Krankenhaus. Die Atmosphäre machte mich schwermütig. Betreuerausweis hin oder her, irgendwie freute ich mich darauf, wieder nach Berlin zurückzukehren. Meine Mutter, das hatte ich mehr als einmal gesehen, war in guten Händen. Und ich wusste auch nicht, wie ich mit der Geschichte umgehen sollte. Mein Innerstes platzte beinahe vor Fragen, doch ich konnte sie ihr nicht stellen. Nicht nur, weil sie mir nicht darauf hätte antworten können oder weil es sie zu sehr aufgeregt hätte. Auch bezweifelte ich, dass sie mir den Wahnsinn, der sie überfallen hatte, wirklich erklären konnte.

Ich rechnete ein wenig damit, dass man sie wieder in einen Rollstuhl gesetzt hatte. Doch als ich das Zimmer betrat, lag sie im Bett und schaute aus dem Fenster. Ihre Bettnachbarin schlief, neben ihr war ein neues Gerät aufgetaucht, das ich auch bei meiner Mutter auf der Intensivstation gesehen hatte. Offenbar war es verantwortlich für den tiefen Schlaf der Frau, denn selbst als ich meine Mutter begrüßte, rührte sie sich nicht.

»Wie geht es dir?«, fragte ich und setzte mich neben ihr Bett.

Sie schaute mich an und nickte einfach nur. In ihren Augen lag ein trauriger Ausdruck. War etwas mit ihrer Nachbarin passiert? Oder überkam sie wieder diese seltsame Depression?

Ich suchte einen Moment lang nach Worten, wusste nicht so recht, was ich ihr erzählen sollte. Wenn man zwischen Wohnung und Krankenhaus pendelte, wurde die Welt klein. Und noch kleiner wurde sie, wenn es Dinge gab, die nicht angesprochen werden durften.

Meine Mutter betrachtete mich, irgendwas schien sie zu erwarten. Nur, was sollte ich ihr erzählen?

Dann fiel mir ein, dass sie vielleicht wissen wollte, wie weit ich mit dem Buch war.

»Ich habe deine Aufzeichnungen beinahe durchgelesen. Es fehlt nur noch ein bisschen.«

Sie nickte, zeigte aber sonst keine Regung.

»Nun ja, was soll ich sagen? Es erklärt einiges, aber dennoch … Ich hätte mir damals gewünscht, dass du trotz allem geblieben wärst, wer du warst. Deine Reise … So weit bin ich noch nicht, aber ich weiß schon einiges. Richard hat es mir ja geschrieben.«

Sie legte ihre gesunde Hand auf meine. »Wa?«, fragte sie.

»Du möchtest wissen, was er geschrieben hat? Na ja, dass ihr euch getroffen habt und dass du für eine Weile in seiner Wohnung in Hartford gewohnt hast. Dass … ihr ein Paar wart. Und er hat auch geschrieben, dass irgendwas passiert ist. Etwas, das ihn verändert hat.«

In ihren Augen begannen Tränen zu schimmern. Offenbar hatte sie es noch immer nicht verwunden, dass er sie so abserviert hatte. Oder verwand sie es einfach nicht, dass er ihr nie eine wirkliche Erklärung gegeben hatte?

Wusste sie vielleicht doch, was passiert war, oder ahnte sie es zumindest?

»Hör mal, Mama, vielleicht ist es ein dummer Ratschlag, und vielleicht bist du ja der Meinung, dass ich keine Ahnung habe. Aber du musst ihn vergessen. Ich sage nicht, dass du vergessen sollst, was damals geschehen ist. Schon gar nicht sollst du vergessen, welche schönen Stunden ihr miteinander hattet. Aber das Leben geht weiter. Du hast dich aus dem Nichts hochgearbeitet. Das hast du geschafft ohne Richards Hilfe. Vielleicht wäre dein Leben angenehmer verlaufen, aber du kannst stolz darauf sein, was du aus dir gemacht hast. Und ja, du hast Richard viel zu verdanken, und ja, ihr seid beide betrogen worden. Doch manchmal geschehen Dinge aus einem Grund. Manchmal muss man loslassen, bevor sie einen in die Tiefe ziehen. Richard hat die Notbremse gezogen. Er liebte dich, doch er wusste, dass es besser war, dich gehen zu lassen. Und es war ja nicht so, dass du niemanden hattest, der dich liebte. Papa hat dich regelrecht vergöttert! Und ich habe dich immer geliebt. Egal, wie du zu mir warst, alles, was ich wollte, war, dass du mir ein wenig Freundlichkeit schenktest. Dass du stolz auf mich bist. Und jetzt würde ich mir wünschen, dass du diesen Mann endlich vergisst und auf das schaust, was du hast. Deinen Buchladen. Mich.«

Ich hielt inne. Mein Herz raste, und ich war sicher lauter geworden als beabsichtigt. Ich wollte sie eigentlich auch nicht ausschimpfen, aber in diesem Augenblick war vieles von dem hervorgebrochen, das ich mit mir herumschleppte.

Meine Mutter begann zu weinen. War ich zu weit gegangen?

Doch genau das war es, was ich ihr schon lange hatte sagen wollen. Auch wenn sie meine Meinung nicht teilte. In diesem Augenblick wurde mir klar, dass ich das schon viel früher hätte tun müssen.

»Entschuldige bitte«, sagte ich versöhnlich. »Ich wollte nicht so hart sein. Aber jetzt, wo ich anfange, die Geschichte zu begreifen … Ich wünschte so sehr, du hättest dir helfen lassen. Von Papa. Von mir. Wir hätten es so gern getan. Wir hätten dir so gern gezeigt, dass wir dich lieben.«

Sie schaute mich an, und weiter liefen ihr die Tränen über die Wangen.

Dann hob sie ihre Hand.

In früheren Zeiten war das kein gutes Zeichen, als Kind habe ich sehr oft eine Ohrfeige von ihr bekommen. Instinktiv zuckte ich ein wenig zurück, doch dann bemerkte ich, dass es die runzlige Hand einer alten Frau war – nicht mehr die harte Hand meiner zornigen Mutter, die mich für Dinge strafte, die ich nicht verursacht hatte. Sie berührte meine Wange vorsichtig und streichelte sie dann. Sie sagte nichts, das wäre auch zu schwierig für sie gewesen, doch in ihren Augen sah ich Bedauern. Es tat ihr leid. Nach so vielen Jahren tat es ihr endlich einmal leid, was sie getan hatte.

Wir »unterhielten« uns daraufhin noch eine Weile, besser gesagt, ich erzählte. Ich erzählte ihr, dass ich seinen Sohn Ethan getroffen hätte, hier in Hamburg. Dass ich ihn mochte. Natürlich erzählte ich ihr nichts von den pikanten Details, aber das waren Geheimnisse, die ich mit gutem Gewissen bewahren konnte.

Als wir uns verabschiedeten, hatte ich das Gefühl, endlich der Mutter gegenüberzusitzen, die ich mir gewünscht hatte. Natürlich war sie durch ihre Krankheit zum Zuhören verdammt, aber wenn sie böse gewesen wäre, hätte sie es mir gezeigt. Und sei es durch stures Ignorieren und Aus-dem-Fenster-Starren.

»Morgen fahre ich wieder nach Berlin«, erzählte ich zum

Abschied. »Ich muss mal wieder nach dem Rechten sehen. Ich komme in anderthalb Wochen zurück, am Wochenende. Schaffst du es so lange ohne mich?«

Sie nickte tapfer.

»Hab dich lieb, Mama«, sagte ich und küsste sie auf die Stirn. »Trotz allem, was ich nicht verstehe und vielleicht anders sehe. Aber so ist das manchmal mit Müttern und Töchtern, nicht wahr? Man muss einander vielleicht auch gar nicht verstehen, oder?«

Ich lächelte sie an, und sie erwiderte mein Lächeln auf die Weise, die ihr Zustand ihr erlaubte.

Cornelia

Sie fühlte sich wie ein geschlagener Hund, als sie wieder deutschen Boden betrat. Die Wartehalle des Flughafens erschien ihr übervoll mit Menschen, die Stimmen und Geräusche dröhnten laut in ihren Ohren.

Ihr Körper fühlte sich taub an. Sie hatte Richard ein weiteres Mal verloren, und wie es aussah, für immer. Eiskalt hatte er sie abserviert, aus einem Grund, der ihr schleierhaft war. Irgendwas musste in der letzten Nacht, als sie zusammen waren, passiert sein – nur was?

»Frau Petri?«, fragte plötzlich jemand und riss sie aus ihren Gedanken. Sie hatte nicht einmal mitbekommen, dass die Schlange der Passkontrolle vor ihr weitergerückt war.

Cornelia wandte sich um und erblickte zwei Polizisten.

»Ja?«, fragte sie verwundert. Dann fiel es ihr wieder ein.

Sie hatte die Dummheit ihres Lebens begangen – und das alles für einen Mann, der sie nicht mehr wollte.

Sicher hatte Eckhard die Polizei eingeschaltet. Sicher war ihr Bild überall durch die Tageszeitungen gegangen.

»Wir möchten Sie bitten, uns zu folgen. Wir haben einige Fragen an Sie«, sagte einer der Männer streng.

Cornelia fühlte die Blicke der anderen. Plötzlich kam es ihr wie ein Spießrutenlauf vor. Was sie wohl von ihr dachten?!

Heiß und kalt wallte es durch ihren Körper, während sie sich den beiden Beamten anschloss. Sie fragte sich, wer sie wiedererkannt hatte. Oder schaute die Polizei die Passagierlisten der Flugzeuge an?

Wenig später fand sie sich in einem kleinen Raum wieder, der sicher zur Zollkontrolle gehörte. Ein Bild vom Hamburger Michel hing an der Wand. Erst auf den zweiten Blick erkannte sie, dass es sich um einen Kalender handelte.

»Sie wurden per Vermisstenanzeige gesucht, von einem Eckhard Petri«, begann der erste Polizist. »Das ist Ihr Mann, nicht wahr?«

Cornelia nickte.

»Können Sie uns sagen, was in dem Zeitraum passiert ist? Sind Sie entführt worden, oder gab es einen anderen Grund, weshalb Sie von Ihrer Familie abwesend waren?«

Cornelia starrte die beiden verständnislos an.

»Nein, ich … ich habe nur eine Reise in die USA gemacht. Ich habe dort einen alten Bekannten getroffen, sonst nichts.«

»Ihr Mann scheint nichts davon gewusst zu haben.«

»Ich habe es ihm nicht gesagt«, gab sie zu.

Der Polizist schnaufte. »Haben Sie eine Ahnung, wie viel Aufregung Ihr Verschwinden verursacht hat? Wir sind von einem Verbrechen ausgegangen. Polizeistaffeln haben die Gegend durchkämmt.«

»Das tut mir leid«, entgegnete Cornelia kleinlaut. »Ich weiß, ich hätte es nicht tun sollen, aber … Sie verstehen das nicht.«

Sie schloss die Augen. Am liebsten wäre sie weggelaufen, doch sie wusste, dass sie die Polizei für die nächste Zeit nicht loswerden würde.

*

Ein Streifenwagen brachte sie zurück zu ihrer Wohnung. Alles erschien ihr auf einmal so fremd, so kalt. Und es wurde nicht besser, als man ihr sagte, dass man ihren Mann benachrichtigt hätte.

Es war ihr gelungen, ihn und Alexa völlig zu verdrängen, als sie bei Richard gewesen war. Jetzt erkannte sie, dass es ein Fehler gewesen war, ihm nachzulaufen. Dass es ein Fehler gewesen war zu hoffen, dass ihr Besuch etwas ändern würde. Alles, was ihr blieb, war diese Familie, die zweite Wahl, die das Schicksal für sie getroffen hatte.

Zusammen mit den Beamten wartete sie auf ihren Mann. Sie richtete sich darauf ein, dass Eckhard ein Donnerwetter loslassen würde. Er hatte allen Grund dazu. Und wie sollte sie es ihm erklären? Dass sie einem anderen nachgereist war? Einem Mann, den sie mehr als zwanzig Jahre lang nicht gesehen hatte? Einem Mann, den sie nicht vergessen konnte?

Nein, das konnte sie nicht. Also beschloss sie zu schweigen und sich hinter eine unsichtbare Mauer zurückzuziehen. Niemand würde je erfahren, welche Dummheit sie begangen hatte.

Als Eckhard endlich da war, war der Bau ihrer persönlichen Mauer perfekt. Er trat ihr gegenüber, nahm sie in seine Arme und küsste sie. Er fragte nicht, wo sie gewesen sei.

Er sagte nur: »Schön, dass du wieder da bist!«

Und das zerbrach sie mehr, als es eine Ohrfeige oder ein Wutausbruch vermocht hätten, denn sie wusste, dass sie nun hierbleiben musste. Bei einem Mann, den sie nicht wirklich gewollt hatte, und einer Tochter, die die Tochter des falschen Mannes war.

32. Kapitel

Der Flughafen war an diesem Morgen ziemlich ruhig, die meisten Leute waren noch im Urlaub, und die große Rückreisewelle würde erst später einsetzen.

Meine Maschine nach New York hatte eine halbe Stunde Verspätung, doch ich hatte keine große Eile. Richards Beerdigung fand erst am nächsten Tag statt, ich hatte also Zeit, um mich ein wenig zu akklimatisieren.

Mein Vorhaben war eigentlich irre. Ich flog für ein Wochenende nach Amerika, um Ethan beizustehen – und hatte ihm nichts davon erzählt! Beinahe kam ich mir vor wie meine Mutter, wenngleich meine Beweggründe andere waren.

Wenn ich ehrlich war, hatte ich bis zum Vortag selbst noch nicht gewusst, dass ich fliegen würde. Doch in der Nacht hatte mich das dringende Verlangen überkommen, mit eigenen Augen zu sehen, was meine Mutter gesehen hatte: den Ort, wo Richard gelebt hatte. Ich wollte für Ethan da sein. Und Richard die letzte Ehre erweisen, auch dafür, dass er Licht in die Dunkelheit gebracht hatte.

Wäre meine Mutter dazu in der Lage gewesen, hätte sie mich sicher begleitet. Ich wusste nicht, ob meine Worte etwas in ihr verändert hatten, doch ich glaubte nicht daran, dass sie Richard so einfach vergessen würde.

Wahrscheinlich hütete ich mich auch deshalb davor, ihr von seinem Tod zu erzählen.

Als der Aufruf endlich kam, schulterte ich mein Handgepäck und begab mich zum Gate.

Das Wetter hatte sich verändert. Regenwolken zogen auf. Wie es drüben in Connecticut wohl war? Ich hoffte, dass die Sonne auf Richards Grab scheinen würde.

Der Flug verlief ruhig, ohne irgendwelche Besonderheiten, abgesehen von Kindern, die sich vor Langeweile die Lunge aus dem Hals schrien, und genervten Eltern, die gegen diese Naturgewalt machtlos waren.

In New York begab ich mich zur Central Station und setzte mich dort in den erstbesten Zug, der in die Nähe von Richard Hendersons Anwesen fuhr.

Unterwegs bekam ich eine Zeitung in die Hand und suchte nach einer Traueranzeige. Ethan hatte es nicht erwähnt, doch ich ging davon aus, dass der Verlag und auch die Familie diesem Mann einen Nachruf schreiben würden. Tatsächlich wurde ich fündig. Die Traueranzeige war recht groß und sehr würdevoll. Außerdem gab es einen kleinen Artikel, in dem seine Verdienste für die Literatur gewürdigt wurden.

Ich nahm mir vor, diese Anzeige aufzuheben für den Tag, an dem ich meiner Mutter erklären musste, dass Richard von uns gegangen war.

In Hartford mietete ich mich in einem kleinen Hotel ein. Ich war todmüde, mein Nacken schmerzte vom Luftzug der Klimaanlage, und ich freute mich darauf, mich ein wenig hinzulegen, obwohl ich das wohl mit einem saftigen Jetlag bezahlen würde.

Das Zimmer war gediegen und verströmte den Charme der Zeit, in der George Washington die Unabhängigkeitserklärung auf den Weg gebracht hatte. Die Wände waren mit Blütentapeten bedeckt, und das Bett mit den grob geschnitzten Pfosten schien noch aus dem 19. Jahrhundert zu stammen. Aber es gab einen Internetanschluss, über den ich mit Katja skypen konnte. Sie hatte mir unterwegs geschrieben, und ich musste ihr dringend erzählen, was los war. Wo ich war. Ich schrieb ihr eine Nachricht und fragte, wann sie Zeit hätte für einen kleinen Chat.

Die Antwort kam prompt.

Jetzt wäre gut. Bin gerade zu Hause angekommen. Aber warum zum Teufel soll ich dich über Skype erreichen?, fragte sie, und ich schrieb ihr eine kurze Erklärung. Sicher würde sie vom Stuhl fallen.

Ich holte meinen Laptop aus dem Koffer.

Wenig später sah ich das Gesicht meiner Freundin, die sichtlich über den Blütenhintergrund staunte.

»Du meine Güte, du hast Nerven, einfach so nach New York zu fliegen und mich nicht mitzunehmen«, sagte sie vorwurfsvoll.

»Ich wollte dich und Antonio nicht stören«, entgegnete ich lächelnd.

»Für eine Reise in die Stadt von *Sex and the City* würde ich wirklich jeden Mann stehen lassen, glaub mir.«

»Ich bin ja nicht hier, um einen auf Carrie Bradshaw zu machen«, entgegnete ich. »Außerdem bin ich nicht mal mehr in New York.«

»Und wo bist du dann?«

»Hartford, Connecticut. Und mein Anliegen ist etwas ernster. Ethans Vater ist gestorben.«

»Der Schriftsteller?« Katja klang geschockt. »Aber der hat doch erst vor ein paar Tagen mit dir gesprochen!«

»Es ist eher schon Wochen her. Aber du weißt ja, der Tod kann schnell kommen.«

»Du klingst traurig.«

»Seltsamerweise bin ich das auch. Aber nicht, weil Richard ein guter Freund gewesen wäre. Ich kannte ihn kaum. Ich trauere wegen meiner Mutter. Wegen der Geschichte, die die beiden verband.«

»Wie viel hast du erfahren?«

»Genug, um zu wissen, dass die Sache kompliziert ist. Ein Puzzlestück fehlt mir noch, aber ich habe eine gute Vorstellung, wie es damals abgelaufen sein könnte. Letztlich hat nicht die Flut die beiden auseinandergebracht, sondern ein Mensch. Ein Mensch, von dem ich es nicht erwartet hätte, denn er hatte ja eigentlich keinen Grund dazu.«

»Das klingt mysteriös.«

»Das ist es auch. Und wahrscheinlich wird es nie ganz geklärt werden können. Letztlich ändert das aber nichts daran, dass zwei Leben unwiederbringlich verändert wurden. Ich mag meiner Mutter gar nicht davon erzählen, dass Richard tot ist. Ich fürchte die Wirkung, die diese Nachricht auf sie hat.«

»Wie geht es ihr denn so?«

»Sehr gut eigentlich. Natürlich kann man keine langen, tiefgründigen Gespräche führen, aber sie macht die ersten Schritte. Ob du es glaubst oder nicht, ich bin stolz auf sie. Richtig stolz. Und ich kann es gar nicht abwarten, sie wieder richtig reden zu hören. Ich denke, dass wir uns dann mehr zu sagen haben werden als vorher.«

Katja schwieg eine Weile.

»Hallo?«, fragte ich, denn ich fürchtete schon, dass die Verbindung abgebrochen sei.

Doch dann sagte sie: »Das freut mich für dich. Wirklich. Es freut mich. Wenn ich ehrlich bin, schätze ich meine Eltern auch nicht so, wie sie es verdient hätten. Man weiß es wahrscheinlich erst, wenn sie krank sind oder …«

»Ich weiß …«

Ich hatte einen Kloß im Hals. Meine Freundin hatte recht. Aber ich wusste, dass ich vielleicht anders gedacht hätte, wenn meine Mutter gesund gewesen wäre.

Doch dann hätte ich wahrscheinlich auch nicht erfahren, was ich jetzt wusste.

33. Kapitel

Der Cedar Hill Cemetery lag in strahlendem Sonnenschein, als das Taxi vor den weißen Torgebäuden haltmachte. Ich bezahlte den Fahrer und stieg aus.

Ein mulmiges Gefühl machte sich in mir breit. Was, wenn Ethan sich nicht so freute, wie ich es mir erhoffte? Wenn ich ihn mit meiner Anwesenheit vielleicht in eine peinliche Situation vor seiner Exfrau, den Kindern und den Verwandten brachte?

Sicher, sie wussten nicht, wer ich war, aber wenn Ethan ihnen erklärte, dass ich die Tochter der Frau war, die …

Nein, so wollte ich nicht denken. Und ich besaß genug Taktgefühl, um mich im Hintergrund zu halten. Wenn Ethan irgendwie erschrocken oder abweisend wirkte, würde ich mich sofort zurückziehen.

Das eiserne Tor stand weit offen. Vermutlich war erst vor kurzem der Wagen mit Richards Sarg hindurchgefahren. Ich war nicht sicher, ob ich die Trauergemeinde finden würde, denn das Gelände war ziemlich weitläufig. Elegante Gruften waren hier ebenso zu finden wie uralte Steine, deren Aufschriften schon fast verwittert waren.

Die Kapelle erinnerte mich an englische Friedhöfe, das Gebäude wirkte ein wenig gotisch, war aber wunderbar gepflegt, so dass man nicht sagen konnte, wann es wirklich erbaut worden war. In der weitläufigen Anlage erhoben sich wuchtige Denkmäler und kleine steinerne Engel. Sie wirkte eher wie ein Landschaftspark als eine Begräbnisstätte.

Nachdem ich einen kleinen Teich hinter mir gelassen hatte, hörte ich eine Stimme, die mir bekannt vorkam. Ich folgte ihr, und wenig später tauchte vor mir eine Trauergemeinde auf. Etwas abseits stand ein riesiger Leichenwagen mit weißen Gardinen vor den Fenstern. Der Fahrer und die Träger warteten in würdevollem Abstand von der Trauergemeinde, alle in schwarzen Anzügen und mit Schirmmützen, die sie jetzt in den Händen trugen.

Die Gäste der Trauerfeier waren nicht so zahlreich, wie ich vermutet hatte. Einige von ihnen sahen aus wie Kollegen, einige wie alte Freunde, manche wie Studenten, und sicher waren auch Vertreter seines Verlagshauses da. Sie saßen vor einem Podest, das mit weißen und roten Rosen geschmückt war. Die Stühle wurden von schneeweißen Hussen bedeckt. Ein Bild von Richard war ebenfalls aufgestellt worden. Der glänzende schwarze Sarg stand auf einer Absenkvorrichtung, der Mann daneben hatte den Blick auf seine Schuhspitzen gerichtet.

Der Reverend trug eine lilafarbene Schärpe über seinen Schultern und begann schließlich, in würdevollem Ton über Richard Henderson zu sprechen.

Ich suchte nach Ethan und sah seinen Hinterkopf in der ersten Reihe, gleich neben zwei Frauen und einem jungen Mann. Ich wollte sie nicht stören und setzte mich in die hintere Sitzreihe.

Der Reverend erzählte aus Richards Kindheit, von dem Rosengarten seiner Großmutter, den Hoffnungen seiner Eltern, seiner Schulzeit. Als er die Studentenzeit erreichte, begann mein Herz, wild zu klopfen. Natürlich erwähnte er den Aufenthalt in Deutschland und auch, dass er der großen Flut entronnen war. Es folgten Heirat und Ethan. Der Verlust seiner Gattin wurde nur kurz angerissen, dann ging es weiter zu seinen beruflichen Erfolgen. Cornelia wurde mit keinem Wort erwähnt. Mein Herzschlag verlangsamte sich. Eine Beerdigung war glücklicherweise kein Ort, um auf Skandalen herumzureiten. Wahrscheinlich wusste außer Ethan niemand von der Sache mit meiner Mutter.

Als der Reverend geendet hatte, erhob sich Ethan und schritt ans Pult. In seinem dunklen Anzug machte er eine verdammt gute Figur, aber seinem Gesicht sah man die unruhigen Nächte und die Trauer an.

Sein Blick schweifte über die Masse der Besucher, dann sah er mich. Ein verwirrter Ausdruck trat auf sein Gesicht, doch er fing sich schnell wieder und begann mit seiner Rede.

Ich lauschte ihm andächtig. Er sprach von seinem Vater als liebenswürdigem und gutherzigem Menschen, der ihm in Zeiten der Not geholfen hatte. Er sprach von seinen Bemühungen als Vater und Ehemann, er sprach von den Büchern.

Es gab keine Erwähnung von Cornelia, aber das war auch nicht nötig. Es gehörte nicht hierher, nicht zu seiner Familie. Damals, als Richard meine Mutter weggeschickt hatte, war ihm eher als ihr klargeworden, dass man mit dem, was man hatte, leben konnte.

Dass man Menschen, die sich auf einen verließen, nicht enttäuschen sollte.

Als der Sarg schließlich in die Grube gesenkt wurde, erhoben sich alle Beteiligten. Schweigen senkte sich auf den Platz. Glücklicherweise spielte niemand ein Stück auf einer transportablen Orgel oder etwas von einer CD. Lediglich die Gesänge der Vögel und das Rauschen der Bäume begleiteten Richard auf dem Weg in seine ewige Ruhestätte.

Tränen verschleierten mir das Gesicht. Ich zog ein Taschentuch hervor, um sie abzutupfen. Meiner Mutter hätte diese Art Abschied für ihn gefallen. Er war schlicht und würdevoll und irgendwie passend für Richard, der Rosen geliebt und sich seinen Traum erfüllt hatte, Schriftsteller zu werden.

Als Ethan zusammen mit einigen anderen Leuten an das Grab trat und Blumen auf den Sarg warf, zog ich mich zu einem der umstehenden Bäume zurück. Ich wollte mich nicht daran beteiligen. Auch wenn die Gespräche mit Richard sehr gut gewesen waren und mich ein wenig verstehen ließen, was meine Mutter umgetrieben hatte, fühlte ich mich nicht würdig genug. Meiner Mutter hätte es eher zugestanden, dort zu stehen. Doch das war leider nicht möglich.

Anschließend versammelten sich die Gäste um Ethan. Ich hatte keine Ahnung, wer einfach nur Bekannter oder Kollege von Richard war und wer zum engsten Familienkreis gehörte. Hände wurden geschüttelt, auf Schultern wurde geklopft. Ich beobachtete das alles mit einem warmen Gefühl im Bauch. Es war richtig. Damals in Richards Wohnung hatte sich etwas entschieden und zu diesem Moment geführt. Vielleicht mochte er nicht immer glücklich gewesen sein, aber ich sah hier eine Familie und einen Kreis von Freunden und Bekannten, die er anders vielleicht nie bekommen oder erhalten hätte.

Schließlich löste sich Ethan aus dem Pulk und kam zu mir. Ein paar Leute gingen untergehakt den malerischen Weg hinunter. Ich bemerkte sie nur beiläufig, denn jetzt hatte

Ethan mich fast erreicht. Mein Herz pochte wie wild, und ich fragte mich, ob es angebracht war, bei einer Beerdigung verliebtes Herzrasen zu bekommen.

»Was suchst du denn hier?«, sagte er und schloss mich überschwänglich in seine Arme. Er wirkte geschafft, doch in seinen Augen leuchtete es, und sein Körper war warm und wirkte trotz allem stark.

»Dich«, antwortete ich. »Wenn ich schon mal dabei bin, Menschen, die mir etwas bedeuten, zu besuchen, dann dachte ich mir, besuche ich auch dich.«

»Aber wie ist das möglich?«

»Mit einer guten Fluggesellschaft, einem tollen Last-Minute-Angebot und eurem überaus freundlichen Visa-Waiver-Programm ist es keine Schwierigkeit.«

»Aber du musst dich doch um deine Mutter kümmern! Um deine Agentur.«

»Meine Mutter ist gut versorgt. Sie hat nette Schwestern und seit neuestem eine Zimmernachbarin. Diese spricht ungefähr genauso gut wie sie, aber wenn meine Mutter will, findet sie einen Weg, mit ihr zu kommunizieren. Ich bin also entbehrlich. Zumindest für ein Wochenende.«

»Das ist mehr als genug.«

Er küsste mich, und es schien ihm egal zu sein, wer von den Trauergästen das sah.

Einige schauten tatsächlich zu uns herüber, doch als ich zu ihnen blickte, wandten sie sich ab. Wahrscheinlich fragten sie sich, wer ich war.

»He, du solltest auf einer Beerdigung keine wildfremden Frauen küssen«, flüsterte ich ihm zu.

»Du bist doch nicht wildfremd«, entgegnete er und strich mir eine Haarsträhne aus dem Gesicht. »Außerdem wollte ich dich einladen, mit zur Trauerfeier zu kommen. Es gibt Drinks, und ich kann dir ein paar Leute vorstellen.«

»Und was sagst du ihnen, wer ich bin?«

»Die Frau, die ich liebe, ganz einfach.«

Ein kurzes Schmunzeln huschte über sein Gesicht, konnte aber den traurigen Ausdruck seiner Augen nicht abmildern. Er vermisste seinen Vater wirklich, und das rührte mich sehr.

»Ich weiß nicht, ob du es gehört hast, aber Reverend Drake hat auch über die Flut gesprochen. Es war meinem Vater wichtig, das erwähnen zu lassen.«

»Und alles andere?«

»Hat er mit ins Grab genommen. Ich hielt es nicht für passend, die gesamte Geschichte wieder aufzurollen. Privates sollte privat bleiben.«

»Das finde ich auch.«

Eine Frau schälte sich aus dem Pulk der Anwesenden und kam zu uns. Sie war keineswegs älter als zwanzig, und ich stellte eine gewisse Ähnlichkeit mit Richard fest, wenngleich diese nur schwach ausgeprägt war und sich auf die Augenpartie beschränkte.

»Dad?«, fragte sie, woraufhin Ethan sich umwandte.

»Ja, Andrea?«, fragte er.

»Ich soll dir von Mom ausrichten, dass sie schon zum Haus fährt. Wir beide fahren mit.«

»Ist gut, ich komme nach.«

Ethan blickte zu mir.

»Alexa, das ist meine Tochter Andrea. Andrea, das ist Alexa Petri, eine Freundin aus Deutschland. Sie kannte deinen Großvater.«

»Hi«, sagte Andrea und reichte mir die Hand. »Freut

mich, Sie kennenzulernen. Sie gehören zu seinem Verlag, nicht wahr?«

»Nein, nicht wirklich, aber Ihr Großvater kannte meine Mutter. Sie ist Buchhändlerin.«

Die junge Frau nickte und verabschiedete sich dann fürs Erste.

»Ein reizendes Mädchen.«

Ethan nickte und schaute ihr noch einen Moment lang nach. »Das ist sie wirklich. Und ich bin froh, dass wir mittlerweile wieder Kontakt haben. Mit meinem Sohn ist das Verhältnis noch ein wenig angespannter, aber mittlerweile haben wir einen Konsens gefunden. Und bei einer Beerdigung bleiben die Streitereien außen vor. Jedenfalls sollten sie das.«

Ich nickte und umarmte ihn noch einmal. »Es tut mir so leid, dass er fort ist.«

»Mir auch«, entgegnete er. »Aber du bist hier, das ist in diesem Augenblick mein größter Trost.« Er küsste mich kurz, dann zog er mich mit sich, noch ein Stück weit über den Friedhof.

»Wo gehen wir hin?«, fragte ich.

»Nur ein bisschen herum. Ich will dir die Gruft der Hendersons zeigen.«

»Warum liegen deine Eltern eigentlich nicht dort?«

»Dad wollte es so«, entgegnete Ethan. »Er war wütend auf seinen Dad, selbst nach so vielen Jahren wollte er nicht mit ihm unter einem Dach liegen. Und seine Frau wollte er dort auch nicht lassen. Hast du den Brief gelesen, den ich dir gemailt habe?«

»Das habe ich, und du wirst es nicht glauben, aber ich bin im Besitz der Antwort.«

»Mein Großvater hat deiner Mutter geschrieben?«

»Ja, die Antwort habe ich bei mir.«

»Zeig sie mir bitte!«

»Bist du sicher? Du hast heute schon so viel erlebt, und es wartet eine Trauergemeinde auf dich.«

»Da hast du recht. Aber ich habe mich die ganze Zeit gefragt, wie die Antwort wohl ausgesehen hat.«

Ich blickte ihn an. »Du weißt, dass du mir auch noch einen Teil der Geschichte schuldest, nicht wahr?«

»Das weiß ich, und da du hier bist, werde ich wahrscheinlich nicht mehr umhinkommen, es dir zu erzählen.«

»Ich denke nicht«, entgegnete ich. Dann griff ich in meine Tasche. Das Erinnerungsbuch meiner Mutter trug ich auch jetzt bei mir.

»Hier«, sagte ich und reichte Ethan den Brief. »Das war der Grund, weshalb meine Mutter glaubte, dein Vater sei tot. Damals, nach der großen Flut. Die Antwort deines Großvaters auf den Brief meiner Mutter.«

Ethan nahm das Schriftstück an sich und faltete es auseinander.

»Offenbar wollte dein Großvater keine deutsche Schwiegertochter haben.«

Ethan musste schlucken. Er studierte den Brief noch eine Weile, dann schloss er die Augen, legte den Kopf in den Nacken und atmete tief durch.

»Oh mein Gott.«

»Das kannst du laut sagen. Offenbar hatte er deinem Vater verschwiegen, dass Cornelia geschrieben hatte. Ich bin mir sicher, dass dein Vater sie sofort aufgesucht hätte.«

»Ich kann nicht glauben, dass er einem Menschen derart geschadet hat. Ich dachte, der Brief … Ich dachte, er hätte ihn verschwinden lassen und Richard vorenthalten, aber dass er so etwas geantwortet hat …«

Schweigend sahen wir uns an. Der Wind wehte weich und seidig um uns herum, löste eine weitere Haarsträhne aus meiner Frisur, aber das kümmerte mich nicht. Ich sah Qual in Ethans Gesicht – und Bedauern.

»Ich …«

»Schsch«, machte ich und legte ihm einen Finger auf den Mund. »Besprechen wir das nachher. Du solltest zu deinen Gästen gehen.«

»Kommst du mit mir?«

»Ja, klar, du hast mir all die Tage so sehr gefehlt.«

»Und du mir erst!«

Ethan strich über mein Haar, bemühte sich, die losen Strähnen zu befestigen, doch ich spürte, dass er scheiterte.

»Gehen wir«, sagte ich schließlich und hakte mich bei ihm unter.

34. Kapitel

Das Haus der Hendersons war eher eine große Villa mit kleinen Türmchen, hellen Mauern und Tudor-Fenstern. Wie auch schon die Bauwerke auf dem Friedhof wirkte sie alterslos, wenngleich sie sicher schon mehr als hundert Jahre auf dem Buckel hatte.

Die Einfahrt stand weit offen. Auf der Rotunde vor der Eingangstür reihten sich ein paar Wagen. Der Brunnen in der Mitte war ausgetrocknet.

»Mein Vater hielt Brunnen für Wasserverschwendung«, sagte Ethan, als er meinen Blick bemerkte. »Möglicherweise mochte er sie auch nicht, weil ihn das fließende Wasser an die Flut erinnerte. Ich habe mit ihm nie eine Bootsfahrt gemacht.«

»Ich bin auch kein Fan davon.«

»Und doch wolltest du mich in Hamburg zu einer Hafenrundfahrt einladen.«

»Das war eher ein Scherz. Diese Fahrten sind etwas für Touristen. Es gibt Dinge, die tun Eingesessene nicht.«

»Aber du lebst mittlerweile in Berlin.«

»Und doch bin ich im Herzen immer noch Hamburgerin. Das habe ich besonders bei meinem letzten Besuch dort gemerkt. Und ich sage dir, ich würde mich nicht in eine der überfüllten Nussschalen quetschen. Das überlasse ich den Leuten, die ein paar nette Erinnerungen an die Stadt mitnehmen wollen. Die das Klischee erleben wollen. Das haltet ihr hier doch sicher ähnlich.«

»Na ja, wie man es nimmt. Wenn man an die Revolutionsfestivals denkt und den 4. Juli …«

Ethan fuhr über einen schmalen Weg hinter das Haus.

»Das ist unser Dienstboteneingang«, erklärte er. »Jedenfalls war er das früher. Die heutigen Teppichvertreter kümmern sich nicht mehr darum, die klingeln an der Vordertür.«

Wir stiegen aus, und Ethan holte eine große Kiste aus dem Kofferraum. Dem Klappern nach zu urteilen handelte es sich um zusätzliches Geschirr.

»Häuser wie dieses gibt es in der Gegend so einige. Viele von ihnen wurden von Nachfahren der ersten Siedler gebaut. Die *Mayflower* sagt dir sicher was.«

»Natürlich, die Pilgerväter. Das hatte sogar ich im Geschichtsunterricht«, antwortete ich. »Stammt ihr von den Pilgern ab?«

Ethan schüttelte den Kopf. »Nein, meine Familie ist ursprünglich aus North Carolina. Mein Urgroßvater kam zu Geld, er war eine Art Gatsby. Er stammte aus Irland und ist während der großen Hungersnot nach Amerika gegangen.«

»Gab es denn auch eine Daisy?«

»Sicher gab es die. Doch nachdem mein Urgroßvater sie verloren hatte, stürzte er sich nicht in rauschende Feste, sondern zog nach Connecticut. Zufällig war einer der *Mayflower*-Nachfahren pleite, und so kaufte er das Haus. Seitdem lebt unsere Familie hier.«

»Und was sagt die Nachbarschaft dazu?«

»Nun, anfangs waren sie sicher ein wenig angesäuert, aber

Geld stinkt nicht, und irgendwann hatten sie sich daran gewöhnt.«

Das Haus war, wie man es sich bei einem Mitglied des Geldadels an der Ostküste vorstellte. Es gab geschnitzte Treppen, edle Täfelungen und Gemälde von Schiffen und Obstschalen. Fast glaubte man, jeden Augenblick einem Rotrock-General zu begegnen, der Quartier bei hiesigen Adeligen bezogen hatte.

Viele der Möbel hätten das Herz eines Antiquitätenhändlers oder eines Museumswärters höherschlagen lassen.

Ethan bedeutete mir, mit in die Küche zu kommen. Ich fürchtete schon ein wenig, dass dort seine Exfrau zugange wäre, doch es wartete nur ein Dienstmädchen.

»Janet, hier sind noch mehr Teller, für alle Fälle.«

Ethan stellte seine Last auf dem Küchenschrank ab. »Ist so weit alles bereit?«

»Ja, Sir, wir haben im Wintergarten alles aufgebaut.«

»Sehr gut, Janet. Und das Catering ist schon da?«

»Ist vorhin angekommen.«

Ethan nickte und bedankte sich, dann verließ er die Küche wieder.

»Das ist wohl das erste Mal, dass ich ein richtiges Dienstmädchen sehe. In meiner Welt gibt es so was höchstens in den Romanen meiner Autoren.«

Ein Lächeln huschte über Ethans Gesicht, doch der Schatten der Trauer fiel sogleich wieder darauf. »Fühl dich wie zu Hause.«

Während die Gäste Richards gedachten und sich an dem Buffet gütlich taten, ging ich hinaus in den Garten. Richard hatte erwähnt, dass er an seinem eigenen Rosengarten gearbeitet hatte, und ich wollte mir das Ergebnis ansehen, denn im Haus fühlte ich mich nicht so recht wohl. Es war das Haus, in dem meine Mutter gern mit Richard gelebt hätte, über dessen Schwelle sie allerdings nie gekommen war. All der zur Schau gestellte Wohlstand und Luxus wäre für ein einfaches Mädchen sicher reizvoll gewesen, aber man spürte auch, dass er mit Verantwortung verbunden war – und dass Richards Vorfahren sicher alles getan hätten, damit die Nachkommen so handelten, wie es die feine Gesellschaft erwartete.

Hätte sich meine Mutter hier wohl gefühlt?

Und hätte Richard das alles verlassen können?

Der Rosengarten war jedenfalls wunderschön. Je weiter man hineinging, desto entfernter erschienen einem das Haus und damit auch der gewichtige Schatten der Menschen, die dort gelebt und versucht hatten, ihre Nachkommen zu formen. Hier, inmitten von Rosenbüschen in flammendem Rot, leuchtendem Gelb und unschuldigem Weiß, konnte man die Verantwortung für einen Moment vergessen. Ich konnte Richard fast schon auf einer der Bänke sitzen sehen. Zu gern hätte ich gewusst, wie er sein Leben empfunden hatte, ob er oft hier gesessen und an Hamburg gedacht hatte.

»Hier bist du«, sagte eine Stimme. Als ich mich umwandte, sah ich Ethan neben einem Busch mit alten englischen Rosen stehen, deren schwere rosafarbene Köpfe von eigentlich viel zu dünnen Zweigen gehalten wurden. »Ich dachte schon, du hättest die Flucht ergriffen.«

»Ich brauchte ein bisschen frische Luft, und Richard hatte mir von dem Rosengarten erzählt. Er ist wunderschön geworden.«

»Er behauptete immer, dass er dem Garten seiner Großmutter ähneln würde. Ich habe hier viele Stunden verbracht, aber leider haben die Rosen mich nicht so inspiriert wie ihn.«

»Es ist ein sehr schöner Ort«, sagte ich und ließ meinen Blick schweifen.

»Ja, das ist er. Nur stehe ich jetzt vor einem Problem: Was soll ich mit diesem Haus machen?«

»Willst du nicht hier wohnen?«

Ethan schüttelte den Kopf. »Nein, ich würde mich von all meinen Ahnen nur beobachtet fühlen. Außerdem ist das Gebäude nicht nur von schönen Erinnerungen erfüllt. Es gibt auch einige schlechte. Und es wäre Irrsinn, es allein zu bewohnen.«

»Also willst du es verkaufen?«

»Wer weiß, vielleicht … Zur Debatte stünde auch, dass ich das Haus der Stiftung überlasse, die mein Vater gegründet hat.«

»Dein Vater hat eine Stiftung gegründet?«

»Ja, kurz nachdem er seinen ersten großen Erfolg hatte. Sie kümmert sich um die Kinder von Unwetteropfern. Damals, als Katrina über New Orleans hinweggezogen ist, hat sie ein paar Kindern helfen können, die ihr Zuhause verloren hatten.«

»Das ist wirklich schön.« Ich brauchte wohl nicht zu fragen, was Richards Motivation gewesen war.

»Ja«, entgegnete Ethan, dann setzte er sich neben mich auf die Bank und griff nach meiner Hand. »Ich denke, das Haus wird einem guten Zweck dienen. Und was willst du mit der Buchhandlung deiner Mutter tun? Sie lebt noch, aber du solltest im Hinterkopf behalten, dass sie vielleicht nicht mehr selbst hinter dem Ladentisch stehen wird.«

»Darüber habe ich während des Fluges gegrübelt«, gestand ich. »Wenn ich ehrlich bin, habe ich noch keine Ahnung.«

»Du hast ein Kaufangebot.«

»Ja, das stimmt. Wenn ich daran denke, wie ich reagiert habe, als ich es fand! Fast schon eifersüchtig.«

»Nun, dann solltest du vielleicht überlegen, einen zweiten Geschäftszweig aufzubauen. Eine Veranstaltungsagentur könntest du auch in Hamburg führen. Und die Buchhandlung nebenbei.«

»Ich glaube nicht, dass eine Buchhandlung etwas für nebenbei ist.«

»Du könntest dir eine Angestellte suchen.«

»Meine eigene Heidi, meinst du?« Ich sah ihn an, und der Blick seiner blauen Augen traf mich wie ein Blitz.

»Sie muss ja nicht unbedingt Heidi heißen, aber ja, hol dir ruhig Hilfe. Wenn du den Laden übernimmst, brauchst du deiner Mutter gegenüber kein schlechtes Gewissen zu haben. Und dich später fragen, ob du das Richtige getan hast.«

»Und was wird dann aus uns?«, fragte ich.

»Das, was es werden soll«, entgegnete er und zog mich in seine Arme. »Schauen wir, wohin es führt. Und wenn wir merken, dass der Abstand zu groß ist, werden wir einen Weg finden, ihn zu verkleinern.«

»Das klingt gut«, antwortete ich und küsste ihn.

35. Kapitel

Als alle Trauergäste gegangen und auch die Dienstmädchen mit der Arbeit fertig waren, gingen wir in den Raum, der laut Ethan der Lieblingsraum seines Vaters gewesen war: die Bibliothek.

Das Licht war um das Haus herumgewandert, und Strahlen einer goldenen Abendsonne fielen durch die Fenster. Wie lange würde es dauern, bis der Indian Summer die Bäume rot und gelb färbte, wie man es aus Fernsehserien kannte?

Es gab noch eine Sache, die ich zu erledigen hatte.

Ethan wusste, worauf es hinauslaufen würde, als ich ihm den Brief seines Großvaters gab.

»Okay«, sagte er. »Es ist an der Zeit. Und wie uns die vergangenen Wochen gelehrt haben, ist es gut, die Vergangenheit zu kennen. Jedenfalls so viel davon wie möglich.«

Wir setzten uns so auf eines der altmodischen Sofas, dass wir einander ansehen konnten.

»Es tut mir wirklich leid, was mein Großvater getan hat«, sagte Ethan ruhig und griff nach meiner Hand, als wäre sie sein Rettungsanker vor dem Sog seiner Familiengeschichte. »All die Jahre … Ich habe so lange geglaubt, dass deine Mutter schuld an dem Unglück ist, das über unsere Familie gekommen ist.«

»Wie bitte?« Ich versteifte mich.

»Es klingt hart, ich weiß. Aber so dachte ich früher. So dachte ich auch noch, als mein Vater auf die Idee kam, nach Deutschland zu reisen. Ich machte ihm Vorwürfe. ›Diese Frau willst du wiedertreffen? Nach allem, was passiert ist?‹ Ich kannte ja die Geschichte nur so weit, wie sie meine Mutter betraf.«

»Und wann hast du die wahre Geschichte gehört? Hat er sie dir überhaupt erzählt?«

Mein Magen krampfte sich zusammen. Meine Mutter hatte alles zerstört. Was alles? Und war es möglich, dass sie es bewusst getan hatte, um Rache zu nehmen? Dafür, dass sie um Richard betrogen worden war?

Dieser Gedanke war zu furchtbar für mich. Er wäre es selbst damals gewesen, als ich überhaupt keine gute Meinung von meiner Mutter hatte.

»Nein, mein Vater hat mir nie erzählt, was er dir erzählt hat. Ich wusste aber, dass er Cornelia sehr geliebt hat. Die Ehe meiner Eltern war nie glücklich, weißt du? Meine Mutter hat immer gespürt, dass sie nur die zweite Wahl war.«

»Wie mein Vater.« Es zerriss mich förmlich vor Spannung. Was hatte meine Mutter getan? Was war passiert?

»Meine Mutter …« Es fiel ihm sichtlich schwer, darüber zu sprechen. »Ich weiß nicht genau, was damals abgelaufen ist, ich weiß nur, dass sie meinen Vater mit Cornelia gesehen hat. Im Garten, als sie hergekommen war, um mit ihm zu reden. Sie belauschte das Gespräch, verstand aber kaum ein Wort, da sie sich ja auf Deutsch unterhielten. Das Wort, das sie verstand, war ›Liebe‹. Da wurde ihr klar, dass es da etwas zwischen den beiden gegeben haben musste. Daraufhin veränderte sich meine Mutter. Sie wurde zunächst still, dann misslaunig. Ständig behielt sie meinen Vater im Auge, jedenfalls, so gut es ging. Er lehrte damals noch, ihm nachzuspionieren war nicht leicht. Also heuerte sie einen Privatdetektiv an. Wollte wissen, wer diese Frau war. Und der Detektiv lieferte beste Arbeit. Mein Vater hatte wohl nicht vermutet, dass seine Frau auf diese Idee kommen könnte. Aber er fotografierte ihn und Cornelia. Die beiden hatten sich ein kleines Liebesnest in der Stadt geschaffen, unbeobachtet von den Kollegen an der Uni und anderen Leuten, die ihn kannten. Ich habe keine Ahnung, ob er vorhatte, meine Mutter zu verlassen, oder ob es nur etwas auf Zeit war. Immerhin hätte deine Mutter eine Greencard benötigt, um länger hierzubleiben. Doch vor die Wahl zwischen meiner Mutter und seiner Jugendliebe wurde er nicht gestellt.«

Ethan atmete zitternd durch. Tränen stiegen ihm in die Augen. Ich hätte ihn jetzt so gern umarmt, aber ich spürte, dass es besser war, fürs Erste Abstand zu halten.

»Ich weiß noch ganz genau, wie es an diesem Abend war. Als ich von der Schule kam, stand ein Kuchen auf dem Tisch. Meine Mutter hatte schon lange nicht mehr selbst gebacken, das konnte sie der Köchin überlassen. Aber in diesem Augenblick war sie selbst in der Küche, strahlte mich an und sagte, dass sie diesen Kuchen allein für mich gebacken hätte. Ich freute mich über diese Aufmerksamkeit, sehr sogar, denn sie war ziemlich selten. Meine Eltern hatten immer viel zu tun, und auch wenn meine Mutter nicht arbeiten ging, so arbeitete sie ständig irgendwelche Listen ab, sorgte dafür, dass die Hausmädchen beschäftigt waren, und hin und wieder traf sie sich mit ihren Frauen aus dem Ladies Club.«

Ethan lachte schmerzlich auf. »Es klingt merkwürdig, doch auch wenn mein Vater ihr nicht viel Beachtung schenkte, war er doch ihr Ein und Alles. Und er hat sich nie etwas zuschulden kommen lassen! Er hätte Affären mit irgendwelchen Studentinnen haben können, aber Richard Henderson war ihr treu – bis zu dem Tag, an dem er nach Deutschland fuhr und dort seine verloren geglaubte Jugendliebe wiederfand. Danach war alles anders. Er war wie elektrisiert. Jugendlicher, voller Kraft. Damit, dass Cornelia hier auftauchen würde, hatte er sicher nicht gerechnet. Als sie dann vor ihm stand, gab es kein Halten mehr für ihn …«

Jetzt wurde er wieder ernst, sein Blick schweifte aus dem Fenster. Das Abendlicht wurde schwächer. Schon bald würden wir Licht machen müssen, um einander zu sehen.

»An diesem Abend kam meine Mutter zu mir. Eigentlich hätte ich ins Bett gemusst. Doch sie erschien nicht, um mich ins Bett zu schicken. Sie meinte, ich dürfte ruhig noch etwas aufbleiben. Sie jedoch würde sich schon schlafen legen, sie sei erschöpft vom Tag. Mein Vater war wie immer nicht da, ich hatte keine Ahnung, was los war. Ich vermutete, er hätte noch in der Universität zu tun. Manchmal traf er sich abends auch mit Kollegen auf ein Bier. Die Ansage meiner Mutter war schon etwas ungewöhnlich, aber sie freute mich. Und es kam oft vor, dass sie sich mit Migräne hinlegte – oder weil das Fehlen meines Vaters sie müde machte. Ich dachte mir nichts dabei und las, bis mir die Augen zufielen.«

Das Gefühl drohenden Unheils ließ mein Herz stolpern. Ich ahnte, was jetzt kam, und versuchte, mich zu wappnen. Vergebens.

»Ich weiß nicht mehr, wie spät es war, als ein Schrei mich auffahren ließ. Das letzte Hausmädchen ging um zehn, wenn die Küchenarbeit erledigt war. Möglicherweise war es zehn, möglicherweise wollte sich die junge Frau abmelden.

Sie fand meine Mutter auf dem Bett, umgeben von Fotos und Papieren. Ihr Blick ging starr an die Decke, und in ihrer Hand hielt sie ein Tablettenröhrchen.«

Seine Mutter hatte sich umgebracht. Und das wohl nur, weil meine Mutter in ihr Leben getreten war.

Ich schloss die Augen. Nicht nur Naturkatastrophen waren schuld, dass man geliebte Menschen verlor. Manchmal entstand eine Kettenreaktion, die alles mitriss und Leben betraf, die nie in die Flut geraten waren.

So war es bei meiner Mutter und Richard Henderson. Wäre nur an einer Stelle etwas anders gelaufen, wäre vielleicht ein Leben verschont geblieben.

Doch jetzt war es so. Niemand konnte mehr etwas daran ändern.

»Er hat meiner Mutter gesagt, dass er seine Frau und seinen Sohn nicht verlassen könne«, sagte ich leise. »Dass es besser sei, wieder nach Hause zu gehen, zu ihrem Mann und ihrer Tochter. Weil dort ihr Leben sei. Sie hat ihm eine Vase nachgeworfen und ist dann nach Deutschland zurückgekehrt.«

Und das wiederum hatte meine Mutter dazu gebracht, meinen Vater und mich zu hassen. Doch das fügte ich nicht hinzu, Ethan wusste es.

»Ja, und stell dir vor, er hätte ihr den wahren Grund genannt. Dass seine Frau sich mit Tabletten vergiftet hatte, weil sie von ihnen beiden erfahren hatte! Das hätte sie sicher schlimmer beschädigt als die Tatsache, dass er seine Familie nicht verlassen wollte, oder?«

Da musste ich ihm recht geben. Liebeskummer war eine Sache, er verging wieder. Oder er artete, wie in unserem Fall, in Hass gegen die eigene Familie aus. Aber zu erfahren, dass sich ein Mensch ihretwegen umgebracht hatte, wäre für meine Mutter zu viel gewesen. Wer weiß, wie lange sie danach noch selbst am Leben geblieben wäre …

»Richard wollte sie schützen«, sagte ich leise.

»Ja, er wollte sie schützen. Und er wollte eine neue Beziehung nicht auf dem Fundament eines Todes aufbauen. Lieber hat er darauf verzichtet. Das immerhin muss ich ihm hoch anrechnen.«

»Aber hat er denn nichts gespürt? Keine Warnzeichen gesehen?«

»Er hatte sich schon lange nicht mehr für meine Mutter interessiert. Sie führte den Haushalt, er lehrte und arbeitete an seiner Schriftstellerkarriere. So war es. So hatte es vermutlich auch sein Vater gemacht. Das hielt man in diesen Kreisen so. Frauen, die damit nicht zurechtkamen, betranken sich – geschieden wurden die Ehen nur selten. Für meine Mutter stand eine Scheidung nicht zur Debatte. Also wählte sie einen anderen Weg.«

»Einen, der deinen Vater auf ewig brandmarken würde.«

»Nun, was Krisenmanagement anging, war Richard Henderson sehr talentiert. Der Selbstmord wurde zu einer versehentlichen Überdosis umgemünzt. Es gab Gerüchte, ja, aber nach und nach legten sich diese. Die wenigsten Leute in seinem Umfeld kannten meine Mutter. Sie lebte in einer hermetischen Welt, ganz im Gegensatz zu meinem Vater. Der bedeutete ihnen etwas, und so waren sie geneigt zu vergessen, was seine Frau getan hatte. Zumal alle glaubten, dass es nicht seine Schuld sei. Auch ich glaubte das. Ich war am Boden zerstört – auch wenn meine Mom nicht wie andere war, so hatte ich sie doch geliebt. Und ich liebte sie irgendwie noch immer, als mir eines Tages auf der Suche nach einem Buch in Vaters

Arbeitszimmer die Dokumente des Detektivs in die Hände fielen. Ich war erschüttert, von Vaters Fehltritt zu lesen, die Bilder zu sehen, die ihn zusammen mit dieser Frau zeigten. Ich stellte meinen Vater zur Rede. Dieser war zunächst wütend, dass ich mich in seinem Zimmer umgeschaut hatte. Aber letztlich sah er ein, dass es sein Fehler gewesen war. Er hätte die Dokumente vernichten können, hatte es aber nicht getan. Und so beichtete er. Dass er diese Frau von früher kannte. Dass er sie in seiner Studentenzeit geliebt und dann tot geglaubt hatte nach der großen Flut in Hamburg. Und dass er sie durch Zufall wiedergefunden hatte.«

Er machte eine Pause und sah mich eine ganze Weile an. Mir kroch ein Schauer über den Rücken. Nicht wegen seines Blickes, sondern weil ich das Gefühl hatte, dass die tote Mrs Henderson mir über den Rücken streichen würde. Meine Mutter hätte mit solch einer Schuld nie leben können. Und wie war es Richard ergangen?

»Ich war lange wütend auf meinen Vater. Als ich die Gelegenheit hatte, auf ein Internat zu gehen, tat ich es. Doch ich war nicht stark genug, mich von ihm zu lösen. Nach und nach ebbte der Schmerz ab, und ich nahm nur zu gern die Hilfe an, die er mir bot. Was später geschah, weißt du ja, aber das hat nichts mit deiner Mutter zu tun. An das, was damals geschehen war, erinnerte ich mich erst wieder, als mein Vater mir eröffnete, dass er auf Lesereise gehen würde – und nach ihr suchen wollte.«

»Das hat er ganz offen gesagt?«

»Ja, das hat er. Er wollte keine Geheimnisse vor mir haben. Als ich ihm Vorhaltungen machte, sagte er nur: ›Rede nur einmal mit ihr. Sie hat deine Mutter nicht umgebracht, das war ich. Wenn du jemandem die Schuld geben willst, gib sie mir, aber nicht ihr. Das Einzige, was sie getan hat, war, mich zu lieben.‹ Und so sind wir gefahren. Jetzt weiß ich natürlich, warum er darauf bestanden hat. Er muss gewusst haben, dass ihm nicht mehr viel Zeit blieb.«

»Er wusste es«, gab ich zurück, denn auch ich wollte keine Geheimnisse vor ihm haben. »Er sagte es mir bei unserem zweiten Treffen. Als er mir erzählte, wie er meine Mutter in der Flut verlor.«

»Und du hast mir das verschwiegen?«

»Er bat mich darum. Er hatte Angst, dass du wieder vom Weg abkommen könntest. Er sagte, dass ich auf dich achtgeben soll.«

Ethan starrte mich an, dann vergrub er das Gesicht in den Händen. Sein Rücken zitterte. Weinte er? Ich legte meine Hand auf seine Schulter.

»Ethan?«

Er verharrte noch eine Weile so, dann blickte er auf. Tränen standen in seinen Augen, doch er lachte.

»So war mein Vater, nicht wahr? Immer darauf bedacht, andere zu schützen. Als ob das irgendwas geändert hätte. Alles kommt, wie es kommen soll. Fluten, Liebe, Tod. Wir können nichts tun, und wir können niemanden beschützen. Wer fallen will, fällt, und wer es nicht will, findet einen Weg, sich festzuhalten.«

»Meinst du?«, fragte ich leise. »Und was, wenn da jemand ist, der dich vor dem Fall bewahren kann? Manches mag Schicksal sein, aber wenn wir aus dem, was wir erfahren haben, lernen, können wir helfen und die Dinge wenden.«

Ethan blickte mich lange an. »Noch vor einigen Wochen hätte ich dir widersprochen, aber wenn ich dich jetzt ansehe … Ich glaube, du hast recht. Wenn man diesen einen

Menschen findet, wenn man diesen Menschen hat, dann kann er dich bewahren.«

Ich griff nach seiner Hand und küsste ihn.

»Ich wäre gern dieser Mensch für dich, weißt du?«

Er nickte. »Ja. Und ich wäre es gern für dich.«

»Das bist du bereits.«

Er zog mich in seine Arme und schließlich mit sich in die Höhe.

Als wir die Bibliothek wieder verließen, raunte der Wind ums Haus und ließ die Geister singen. Ethan hatte recht, das war kein Haus für ihn zum Leben. Es würde in einer Stiftung besser aufgehoben sein, bei Menschen, die nichts von dem Drama hier wussten.

Einen Großteil dieser Nacht verbrachten wir damit, uns zu lieben, den Rest schliefen wir. Mein Kopf ruhte auf seiner Brust, sein Arm lag um meine Taille.

Als ich wach wurde, fiel goldenes Sonnenlicht durch die Fenster und brachte die alten Möbel zum Strahlen. Wir hatten nur noch einen Tag – Zeit, um von meinem Jetlag runterzukommen, würde ich nicht haben. Aber es war in Ordnung. Ethan war da und das Rätsel gelöst. Ich kannte nun die ganze Geschichte. Und ich hoffte, dass das mit uns eine Weile halten würde.

36. Kapitel

Die Durchsage des Flugkapitäns schreckte mich aus dem Schlaf. Ich brauchte einen Moment, um zu realisieren, dass ich mich im Flieger befand, dann wurde mir klar, dass wir im Landeanflug auf Berlin-Tegel waren.

Obwohl ich während des Fluges geschlafen hatte, fühlte ich mich wie erschlagen. Ich musste verrückt gewesen sein, für eine Beerdigung und einen Tag mit Ethan einen so weiten Weg auf mich zu nehmen. Aber es hatte sich gelohnt. Ich sah die Dinge jetzt klar. Und ich freute mich darauf, meine Mutter zu treffen. Wenn es ihr nicht allzu schlecht ging, würde ich ihr von Richard erzählen. Und von dem Rosengarten.

Bis dahin musste ich versuchen, eine Woche lang in Berlin auszuhalten. Ethan hatte recht, ich würde meine Agentur auch in Hamburg führen können. Ich war von dort geflohen, aber eigentlich liebte ich die alte Hansestadt.

Das Flugzeug kam zum Stehen, und wir stiegen aus. Die vertraute Berliner Luft umwehte mich und schaffte es, immerhin ein wenig von meiner Müdigkeit zu vertreiben. Ich war sicher, dass der Jetlag mir noch kräftig zusetzen würde, aber vielleicht geduldete er sich damit noch, bis ich wieder zu Hause war.

Nach einer Dreiviertelstunde Warten am Kofferband bekam ich endlich mein Gepäck und strebte dem Ausgang zu. Jetzt musste ich nur noch mein Auto auf dem Parkplatz finden. Bevor ich da war, klingelte mein Handy. Ohne auf die Nummer zu schauen, ging ich dran. Hatte Ethan schon Sehnsucht nach mir?

»Frau Petri, gut, dass ich Sie erreiche!« Es war nicht Ethans Stimme, sondern Dr. Karsten. Er klang atemlos. Was war passiert?

»Ich bin gerade zurück aus den USA«, erklärte ich. »Was gibt es denn?«

»Es … es tut mir sehr leid, Frau Petri. Ihre Mutter … Sie ist gestern Nacht verstorben.«

Ich blieb auf der Stelle stehen. Jemand prallte gegen mich und schimpfte etwas, doch ich kümmerte mich nicht darum. Die Worte des Arztes brannten in meinem Verstand und lähmten mich. Ich wurde zu einer Insel im Strom der dahineilenden Menschen.

»Aber … wieso?«, hörte ich mich selbst fragen. »Es ging ihr doch so gut, es gab Fortschritte …«

Ich hoffte, dass meine Worte etwas bewirken würden, dass sie rückgängig machen konnten, was Dr. Karsten mir mitgeteilt hatte. Doch gleichzeitig wurde mir klar, dass ein Arzt des UKE nicht bei Angehörigen anrief, um sich einen Spaß zu erlauben.

»Leider ist die Phase, in der sich Ihre Mutter befunden hat, recht schwierig. Es kann immer zu Folgeanfällen kommen. Unglücklicherweise war das bei Ihrer Mutter der Fall. Wir haben noch versucht, sie zu stabilisieren, doch das war erfolglos. Es tut mir sehr leid.«

Der Strom der Menschen floss weiter. Ich schenkte den

Einzelnen keine Beachtung. Das Rauschen in meinem Handy mischte sich mit meinem Herzschlag.

»Frau Petri?«

»Ich … ich bin dran.«

»Wir müssten Bescheid wissen, welches Beerdigungsunternehmen sie abholen soll. Es sind Formalitäten zu erledigen.«

Formalitäten. Beerdigungsunternehmen.

Mein Verstand wusste, dass all diese Sachen geregelt werden mussten. Doch meine Seele war erschrocken über die Geschäftsmäßigkeit in seiner Stimme. Ein Arzt musste sich um die Lebenden kümmern, schon klar. Aber ich war geschockt, dass meine Mutter jetzt nicht mehr dazugehörte.

»Ich komme zu Ihnen. Ich versuche, den nächsten Zug zu erwischen, und bin in etwa drei Stunden da. Reicht das?«

»Ja, das reicht. Wir werden Ihre Mutter ins Abschiedszimmer bringen, dann können Sie sie noch einmal sehen.«

»In Ordnung. Danke.«

Ich legte auf. Einen Moment lang starrte ich stumpf vor mich hin, unfähig, die Nachricht zu begreifen. Der Wind zerrte an meinen Haaren und meiner Jacke, ohne dass ich ihn spürte.

Erst nach einer ganzen Weile schaffte ich es, mich wieder in Bewegung zu setzen. Ich lud meine Taschen in den Kofferraum und fuhr wenig später los.

Wie betäubt betrat ich das Krankenhaus und fand die Station mit traumwandlerischer Sicherheit. Erst als ich vor dem Krankenzimmer stand, kam ich wieder zu mir. Meine Mutter war nicht mehr dort. Sie hatten sie in den Abschiedsraum gebracht.

»Frau Petri?«, fragte eine Stimme neben mir. Die Schwester, die mich getröstet hatte, als meine Mutter mich nach ihrem ersten Sprechversuch abgewiesen hatte. »Es tut mir sehr leid, der Tod Ihrer Mutter hat uns vollkommen überraschend getroffen.«

»Mich auch«, versicherte ich ihr und merkte, wie schwer mir die Worte fielen. In den vergangenen Wochen hatte ich meine Mutter endlich kennengelernt – und jetzt starb sie einfach, ohne dass ich die Gelegenheit hatte, noch einmal mit ihr zu sprechen. Darüber, was damals bei Richard vorgefallen war. Darüber, was sie gefühlt hatte.

Ich konnte ihr nicht mehr die Wahrheit sagen.

»Ich weiß nicht, wie weit sie im Abschiedsraum sind ...«, sagte die Schwester zu mir. »Wenn Sie möchten, können Sie im Schwesternzimmer warten.«

Ich schaute sie an, sicher so, als ob ich sie nicht verstanden hätte. Doch dann nickte ich. »Das ist nett, danke.«

Ich trottete hinter der Schwester her. In meinem Magen schien ein Ziegelstein zu liegen, und meine Kehle brannte.

Noch vor einigen Wochen hätte ich geglaubt, dass es mir nichts ausmachen würde. Doch es machte mir etwas aus. Ich fühlte Trauer. Es war wie damals, als mein Vater starb. Und doch ganz anders. Ich fühlte nicht nur Trauer, sondern auch Bedauern. Der Tod hatte meiner Mutter nicht nur die Möglichkeit genommen, ihre geliebte Buchhandlung noch einmal zu sehen. Er nahm uns auch die Möglichkeit, wieder richtig zueinanderzufinden.

Im Schwesternzimmer schaute man mich an, als wäre ich eine Erscheinung. Eine der Schwestern, die gerade etwas in ihre Computertastatur hämmerte, hielt inne und wandte sich um.

»Sie sind Frau Petri, nicht wahr? Die Tochter von Cornelia Petri.«

»Ja, die bin ich.«

»Wir haben noch persönliche Sachen von Ihrer Mutter.« Die Schwester erhob sich, schnappte sich einen Schlüssel und schloss einen kleinen Schrank auf.

»Das hier haben wir in ihrem Nachttisch gefunden«, sagte sie und reichte mir eine weiße Plastiktüte. In dieser befanden sich die Geldbörse meiner Mutter, ihr Handy, das sie nie eingeschaltet hatte, und eine Haarspange, die sie getragen hatte, als sie eingeliefert worden war. Und noch etwas anderes war darin. Ein Teil einer Zeitung. Wer hatte sie ihr mitgebracht? Die Logopädin? Eine Schwester?

Warum hatte die Schwester sie nicht einfach weggeworfen?

Ich öffnete den Beutel und zog das Papierstück heraus. Es war so zusammengefaltet, als hätte sich meine Mutter einen Artikel merken wollen.

Ich drehte es um und sah, dass es sich um das Feuilleton handelte.

Der Artikel berichtete über den Tod von Richard Henderson.

»Frau Petri?«, fragte eine Stimme hinter mir. Ich brauchte einen Augenblick, um mich zu fangen, dann wandte ich mich um.

Hinter mir stand Dr. Karsten. Die Nacht hatte tiefe Spuren in seinem Gesicht hinterlassen.

»Es tut mir wirklich sehr leid, dass Ihre Mutter von uns gegangen ist. Wir hatten große Hoffnung, dass sie wieder in ihr Leben zurückkehren kann, doch der menschliche Körper ist schwer zu berechnen.«

Das mochte sein, doch in mir stieg plötzlich der Verdacht auf, dass sie nicht nur gestorben war, weil ihr Körper versagt hatte. Möglicherweise hatte sie Richard folgen wollen. Diesmal für immer.

»Wenn Sie so weit sind, würde ich Sie jetzt in den Abschiedsraum begleiten.«

Ich atmete tief durch und nickte. »Danke.«

Im Abschiedsraum schien die Zeit stillzustehen. Er sah aus wie ein normales Krankenzimmer, und doch erkannte man auf den ersten Blick, dass dieser Raum nicht dazu gedacht war, einen Menschen ins Leben zurückzuführen. Die Vorhänge waren ein wenig geschlossen. Auf einem kleinen Tisch stand ein Teelichthalter, daneben lag eine Schachtel Streichhölzer. Ich riss eines davon an und entzündete die Kerze.

Ich hatte es dem Arzt überlassen, ein Bestattungsinstitut zu benachrichtigen. Was das anging, hatte ich keine Erfahrung. Wahrscheinlich war eines so gut wie das andere. Und das Krankenhaus wusste bestimmt besser, wem sie die Toten anvertrauen konnten.

Meine Mutter lag auf dem Bett, in ihrem Nachthemd und mit aufgelöstem Haar. Ihre Lippen waren leicht geöffnet, ihre Augen mit Mullkompressen abgedeckt. Ihre Hände lagen verschränkt auf ihrem Bauch, von der Lähmung der rechten Seite war nichts mehr zu sehen. Eigentlich wirkte sie, als würde sie schlafen.

Während ich sie betrachtete, fühlte ich, wie sich der Schmerz in mir hocharbeitete. Er kam aus dem Bauch, passierte meine Brust und erreichte meine Kehle. Ich schluchzte auf, dann kamen mir die Tränen. All die Jahre hatte ich mir nicht vorstellen können, dass ich um sie weinen würde. Aber jetzt tat ich es doch. Ich weinte. Schlimmer noch als damals, als sie verschwunden war.

Ich weinte um die Mutter, die mir vorenthalten worden war. Die Mutter, die ich nun endgültig nicht mehr zurückbekommen konnte.

Als ich wieder etwas ruhiger geworden war, zog ich einen Stuhl neben das Bett meiner Mutter und setzte mich.

»Ich war bei Ethan, weißt du?«, begann ich, als die Stille zu drückend wurde. »Ich habe ihn besucht, weil … Richard gestorben ist. Ich hatte keine Ahnung, dass du es weißt.«

Ich stockte. Hätte ich es ihr wirklich gesagt? Oder wäre es auf ewig mein Geheimnis geblieben? So wie sie Geheimnisse vor mir hatte.

»Nein, ich hätte es dir nicht gesagt«, gab ich zu. »Ich hätte es für mich behalten, bis du stabil genug gewesen wärst. Bis du wieder mit mir hättest reden können.«

Ich griff nach ihrer Hand, deren Kälte bis auf meine Knochen drang.

»Vielleicht hätte ich es dir auch nie erzählt. Aber ich hätte dir erzählt, dass Richard nicht der Schuldige war. Dass etwas passiert war, das es ihm unmöglich gemacht hat, bei dir zu bleiben.«

Ein kleiner Teil von mir hoffte darauf, dass sie irgendwas sagen würde. Doch das geschah nicht. Sie blieb stumm und ihre Hand kalt. Vorsichtig legte ich sie wieder zurück und strich über ihr Haar.

Ein leises Klopfen ertönte.

»Ja?«, fragte ich, worauf eine Schwester erschien.

»Der Bestatter ist da.«

Ich nickte. »In Ordnung.« Ich erhob mich und betrachtete noch einmal meine Mutter. Dann verließ ich den Raum.

Am Abend versuchte ich, Ethan zu erreichen, doch auf Skype war er nicht online, also rief ich ihn an. Wir hatten uns geeinigt, dass ich mich melden würde, wenn ich nach dem Flug wieder dazu in der Lage war.

In der Lage war ich gerade zu kaum etwas, aber ich wollte ihn wissen lassen, was geschehen war.

Nach dem dritten Klingeln wurde abgenommen.

»Alexa, hi!«, sagte er, denn er hatte meine Nummer erkannt. »Bist du gut gelandet?«

»Ja, aber … Meine Mutter ist gestorben. Letzte Nacht.«

Ethan schwieg. Doch ich erwartete auch nicht, dass er etwas sagte. Ich wollte es nur loswerden. Ich wollte, dass er es wusste.

»Sie ist ihm gefolgt«, fuhr ich fort. »Sie wusste, dass dein Vater gestorben ist. Sie hat es in der Zeitung gelesen.«

»Das tut mir sehr leid«, sagte er. »Brauchst du Hilfe? Brauchst du irgendetwas?«

»Ich … ich weiß nicht. Ich muss mich um die Beerdigung kümmern, aber erst einmal muss ich realisieren, was geschehen ist.«

»Ich kann in einem halben Tag bei dir sein. Möchtest du, dass ich komme?«

»Du hast doch mit dem Nachlass deines Vaters zu tun.«

»Der läuft mir nicht weg. Außerdem wird sich das alles noch eine Weile hinziehen. Und ich fände es gut, wenn ich wegkönnte von all den Anfragen, die auf mich einprasseln.«

»Dann komm«, entgegnete ich. »Wenn du es möchtest und Zeit dafür hast, komm. Ich brauche dich.«

»Okay, ich melde mich, wenn ich am Flughafen bin.«

Er legte auf. Ich starrte noch einen Moment lang an die

Wand, dann ließ ich den Hörer wieder auf die Gabel sinken. Sehnsucht nach ihm überlagerte kurz meine Trauer, doch dann kehrte sie zurück, und ich verkroch mich ins Bett.

37. Kapitel

Wie ich den folgenden Tag verbrachte, wusste ich am Abend nicht mehr. Es hatte ein Gespräch mit dem Bestatter gegeben. Eine Traueranzeige wurde geschaltet, der Pastor benachrichtigt, und ich rief bei der Friedhofsverwaltung an.

Die freundliche Dame dort hatte mir versprochen, sich um den Begräbnisplatz zu kümmern. Wenn ich ehrlich war, wusste ich nicht mal, was sich meine Mutter gewünscht hatte. Wollte sie eine Urnenbestattung? Sollte ihre Asche verstreut werden? Oder wollte sie neben meinem Vater liegen? Sie hatte damals ja ein Einzelgrab gekauft …

Ich beschloss, sie zu meinem Vater zu legen. Das Grab war zu schmal für zwei Särge, aber eine Urne würde darauf Platz finden. Es war, als würde ich sie meinem Vater in die Arme legen und ihm auftragen, auf sie aufzupassen, wie er es zu Lebzeiten immer versucht hatte.

Irgendwann, als ich zurück in der Buchhandlung war, holte ich das Buch aus meiner Tasche, doch darin stand nichts weiter. Keine Wünsche, nichts. Nach der Erklärung für ihr Verhalten nach ihrer Rückkehr kam nichts mehr. Und sie war nicht der Typ für Geheimschriften. Sie ließ mich einfach, wie schon früher, über einige Dinge im Unklaren.

Wie betäubt schaute ich aus dem Fenster und beobachtete,

wie die Sonne hinter den Häusern versank. Eigentlich hatte sich in der Buchhandlung nichts verändert. Meine Mutter war ja auch vorher schon nicht mehr hier gewesen. Doch ich spürte ihr Fehlen tief in meinem Herzen. Wie oft würde ich mit dem Gedanken aufwachen, sie besuchen zu müssen? Wie oft würde ich auf einen Anruf warten? Wie oft würde mir einfallen, dass es diesen Anruf nie geben würde?

Über diesen Gedanken fielen mir schließlich die Augen zu.

In meinem Traum ging ich, vielleicht sechs oder sieben Jahre alt, mit meiner jungen Mutter über die Brücken der Speicherstadt. Sie hielt mich bei der Hand, damit ich ihr im Strom der Passanten nicht abhandenkam.

»Das Wasser«, sagte sie, als wir vor einem der breiten Kanäle standen, »ist die größte Kraft auf der Welt. Es kann dein Freund oder dein Feind sein, es kann Leben schenken und verschlingen. Manchmal trennt es Menschen, manchmal führt es sie zusammen.«

»Was meinst du damit?«, hörte ich mich mit Kinderstimme fragen.

»Das wirst du noch sehen, wenn du älter bist. Auf jeden Fall solltest du immer Respekt vor dem Wasser haben.«

Ich nickte eifrig.

»Und du selbst solltest auch wie das Wasser sein«, fügte sie nach einer Weile hinzu. »Überall hinfließen, dich niemals aufhalten lassen. Egal, was kommt.«

Ich wunderte mich über ein weißes Schiff, das die Alster hochfuhr. Es hatte helle Segel und sah wie eine Wolke aus. Eigentlich ein Ding der Unmöglichkeit mitten in der Stadt.

Sie wandte sich mir zu, jetzt die alte Frau, als die ich sie zuletzt gesehen hatte. »Aber wisse auch, wann du innehalten musst. Ich wusste es nicht, und das hat mich letztlich zerstört.«

Ich schreckte hoch bei diesen Worten und realisierte, dass ich noch immer im Sessel saß. Obwohl ich meine Muskeln gründlich verzogen hatte, schaffte ich es irgendwie, mich meiner Alltagssachen zu entledigen und ins Bett zu kriechen. Dort schlief ich traumlos weiter.

Als es läutete, glaubte ich zunächst tatsächlich, dass es das Telefon sei, doch dann wurde mir klar, dass es die Türklingel war.

Ich sprang aus dem Bett und lief nach unten. Wenn es sich jetzt um den Postboten handelte, würde ich in meinem Pyjama eine ziemlich lächerliche Erscheinung abgeben. Aber es war nicht der Postbote.

Es war Ethan.

»Hi!«, sagte ich verschlafen. Meine Augen waren noch ein wenig verquollen, und die Haare standen mir vom Kopf ab. »Du bist hier!«

»Ich wäre gern noch etwas eher gekommen, aber ich habe keinen Direktflug bekommen und eine Weile in Oslo festgesessen.«

»Das macht nichts«, antwortete ich, küsste ihn und zog ihn hinein in Mamas Reich der Bücher. Jetzt wusste ich, dass alles gut werden würde.

Epilog

Erste Tage waren immer seltsam.

An meinem ersten Tag in der Schule habe ich mir vor Angst beinahe in die Hose gemacht. Man sagte mir, dass es mir dort gefallen würde mit all den anderen Kindern. Doch diejenigen, die mir das sagten, hatten keine Ahnung, dass ich meine Zeit lieber mit Träumereien verbrachte und kein Interesse an anderen Kindern hatte.

Ich fürchtete mich vor dieser johlenden Meute – da konnte es Bonbons regnen, wie es wollte. Es war meine Mutter, die mich an die Hand nahm und meinte: »Versuch es doch erst einmal. Wenn sie dich nicht ansprechen, sprich du sie an.«

Das war in diesem Augenblick nicht viel mehr als ein kluger Ratschlag. Es erschien mir unendlich schwer, auf andere zuzugehen. Doch dann bekam ich es irgendwie hin. Anders, als es sich meine Mutter vielleicht vorgestellt hätte.

Ich begann, mit den Außenseitern zu reden. Sie wurden meine Freunde. Freunde, die ich mit der Zeit wieder verlor, aber es gab auch keine Garantie, dass man die beliebten Kinder an sich binden konnte.

Ich wurde jedenfalls meine Scheu los, und auch wenn ich nicht gern zur Schule ging, akzeptierte ich den Weg, denn ich musste ihn nicht allein gehen.

Jetzt war wieder so ein erster Tag.

Ich hatte meine Mutter nicht mehr fragen können, doch ich nahm an, dass es ihr Wunsch gewesen wäre, dass ich die Buchhandlung übernahm.

Nachdem die Todesanzeige veröffentlicht worden war, meldete sich der Buchhändler aus Bremen wieder. Ich hatte ihn beinahe vergessen. Dass er nur anrief, um den Laden zu bekommen, machte ihn mir so unsympathisch, dass ich ihm kurzerhand an den Kopf warf, ich würde den Laden selbst weiterführen.

Erst als ich wieder aufgelegt hatte, wurde mir klar, was ich getan hatte. Und dass es sich gut angefühlt hatte, das zu sagen. Und was lag näher, als die Buchhandlung wiederzueröffnen?

Auch wenn oder gerade weil ich meine Mutter erst kurz vor ihrem Tod richtig kennengelernt hatte, wollte ich, dass etwas von ihr, von ihrer Arbeit blieb.

Mittlerweile waren drei Monate vergangen, der Winter war gekommen und die Renovierungsarbeiten an Laden und Wohnung abgeschlossen. Heute wurde die Buchhandlung feierlich wiedereröffnet.

Angesichts der hereinstürmenden Gäste fühlte ich mich ein wenig wie damals, als ich auf dem Schulhof stand und nicht wusste, was ich tun sollte. Doch ich dachte wieder an meine Mutter und war sicher, dass ich es schaffen würde.

Wie es Ethan mir geraten hatte, hatte ich eine Verkäuferin angestellt, eine eifrige junge Frau, die nebenbei ein Buchblog betrieb und es nicht so schlimm fand, dass ich sie nicht fürstlich entlohnen würde. Eine Heidi war Sandra mit ihrem Haarknoten auf dem Kopf und der schwarzen Nerdbrille nicht, aber wir hatten andere Zeiten. Und ehrlich gesagt war ich nicht scharf drauf, dass sie sich in meinen Freund verliebte und dann darüber ihr Leben aufgab.

Die echte Heidi war natürlich auch gekommen. Der Tod meiner Mutter hatte sie getroffen, aber sie trug ihn mit Fassung. Und es schien ihr gutzutun, von vielen alten Stammkunden wiedererkannt zu werden. Ich war auch froh darüber, nahm es mir doch ein wenig die Last, allen Leuten immer wieder dieselbe Geschichte zu erzählen.

Über meinen Vater hatte ich mit Heidi nicht mehr gesprochen, aber das war in Ordnung. Nelken brachte sie ihm jetzt keine mehr, seit meine Mutter ebenfalls dort lag. Vielleicht hatte Heidi aber auch nur eingesehen, dass es besser war, den Blick nach vorn zu richten und nicht Vergangenem nachzutrauern.

Als die Türglocke ging, schaute ich auf und sah eine Gestalt im schwarzen Mantel dort stehen. Seine Augen leuchteten – und in mir explodierte ein kleines Feuerwerk.

Ethan war hier! Er war gekommen!

Ich löste mich von den Leuten, die mich umringten, und stürmte auf ihn zu.

»Du bist da!«, rief ich und küsste ihn voller Überschwang. Blicke folgten mir, aber sollten sie doch! Sollten sie sehen, was für einen Mann ich mir geangelt hatte!

»Das lasse ich mir doch nicht entgehen! Zumal ich noch ein paar handsignierte Bücher meines Vaters gefunden habe.«

»Du willst doch wohl nicht, dass ich die verkaufe!«

»Nein, die sind eher etwas für die Gedenkvitrine.«

Schon beim Umbau des Ladens hatte ich beschlossen, Richard und damit auch ein wenig meiner Mutter eine Vitrine zu widmen. Darin lag Mamas Ausgabe von *Die große Flut* und weitere Bücher, die ich gefunden hatte. Und ich plante auch einen Sondertisch über die Hamburger Sturmflut, denn das, was damals geschehen war, sollte nie vergessen werden.

»Und, wie fühlst du dich?«, fragte er, während ich ihn von der Tür wegbugsierte. Ich würde ihn den Gästen später vorstellen, wenn wir auf Richard zu sprechen kamen. Die Rede dazu hatte ich sorgfältig vorbereitet, und mir schlug das Herz bis zum Hals, wenn ich daran dachte, sie später zu halten.

»Nun ja, ich bin aufgeregt, und mir ist auch ein wenig schlecht, und wenn ich dran denke, dass es in den kommenden Wochen erst richtig losgeht, wird mir noch flauer im Magen. Aber ich denke, ich kriege es hin.«

»Davon bin ich überzeugt!« Ethan strahlte übers ganze Gesicht.

Ich hatte mich immer danach gesehnt, dass jemand stolz auf mich wäre. Mit Ethan hatte ich diesen Menschen gefunden.

»Und du? Wie läuft es im Verlag?«

»Eigentlich nicht schlecht. Ich habe noch ein paar Schwierigkeiten, mir die Namen aller Kollegen zu merken, aber sonst ...«

Ethan hatte vor ein paar Tagen eine Stelle in einem Schulbuchverlag angenommen, durch seine frühere Arbeit und sein Studium war er geradezu prädestiniert dazu. Und die Sache hatte einen Vorteil: Man sah in ihm nicht nur den Sohn des berühmten Richard Henderson.

Ich hatte ihn ermutigt, diese Stelle anzutreten, auch wenn es bedeutete, dass er nicht jederzeit zu mir fliegen konnte, wenn er wollte. Aber das ging mir ähnlich, besonders jetzt, wo ich Buchhändlerin wurde. Meine Agentur betrieb ich als zweites Standbein und für den Fall, dass es mit dem Laden schiefging, weiter. Aber wer dachte schon wirklich ans Scheitern, wenn er begann?

Ich wollte Ethan gerade mit nach oben nehmen, um ihm die Veränderungen in der Wohnung zu zeigen – er war das letzte Mal hier gewesen, als renoviert wurde –, als erneut die Türglocke bimmelte.

Katja und Antonio kamen rein.

Das erstaunte mich ein wenig, denn die beiden hatten natürlich wieder eines ihrer berüchtigten Auf und Abs gehabt, aber jetzt waren sie erneut ein Herz und eine Seele. Diese Geschichte mit den beiden würde wohl nie enden.

»Hey, da bist du ja!«, rief Katja, als sie uns entdeckte. »Und das ist wohl Ethan!«

Er nickte und reichte ihr und Antonio die Hand.

»Ich muss sagen, du hast nicht zu viel versprochen«, strahlte Katja.

»Vorsichtig, du hast deinen Freund neben dir«, warnte ich sie spielerisch. »Macht es euch einfach gemütlich. Ich gehe nur mal kurz mit Ethan nach oben, ich will ihm die Wohnung zeigen.«

Katja zog die Augenbrauen hoch. »Ach so! Na dann, treibt es nicht zu wild!« Sie zwinkerte mir zu und zog den doch recht schweigsamen Antonio mit sich.

»Wollen wir diesen Ratschlag beherzigen?«, fragte ich, während ich Ethan zur Treppe in den ersten Stock führte. Ein Rundblick über die gesamte Gesellschaft sagte mir, dass sie auch zehn Minuten ohne mich auskommen würden.

»Auf keinen Fall!«, entgegnete er lachend und ließ sich von mir in mein neues Zuhause ziehen. Ob er bleiben würde oder in einigen Jahren seinen eigenen Weg ging, wusste ich nicht. Ich wollte nicht wie meine Mutter an ihm festhalten, sondern ihm die Freiheit lassen. Und auch meine Freiheit behalten. Alles dazwischen war Liebe, auch über einen Ozean hinweg.

Nachwort

Der 16. Februar 1962 hat sich in das Gedächtnis der Hamburger als Schicksalsnacht eingebrannt. Schon immer war die Stadt den Naturgewalten ausgesetzt gewesen, doch nach der letzten großen Flut gut hundert Jahre zuvor wähnte man sich in Sicherheit. Die Warnung, die man mit der verheerenden Flut in den Niederlanden 1953 erhalten hatte, wurde weitestgehend ignoriert. Doch die Natur belehrte die Deichbauer eines Besseren. In jener Nacht starben mehr als dreihundert Menschen, viele Existenzen wurden zerstört, Menschen in die Verzweiflung getrieben.

Wenn man nur gründlich genug sucht, findet man viel Material über die große Flut. Man sieht verzweifelte Menschen, vom Wasser zerstörte Häuser und einen energischen jungen Helmut Schmidt, der mit seinem beherzten Eingreifen eine noch größere Katastrophe abwenden konnte und damit schon früh begann, nicht nur für die Hamburger zur Legende zu werden.

Mich interessierten dabei eher die kleinen Schicksale. Menschen, deren Leben durch diese Urgewalt für immer verändert wurde. Menschen, die selbstlos halfen, ihre Mitbürger zu retten. Ich habe einige dieser Schicksale gefunden, und aus ihnen entstanden meine Figuren Richard und Cornelia, die nicht nur einmal durch das Wasser getrennt wurden. Zunächst durch die Flut, dann durch einen Ozean.

Bei meinen Beschreibungen habe ich hin und wieder künstlerische Freiheit walten lassen, aber vieles habe ich in Hamburg so gehört oder gesehen.

Zu Letzterem gehört der imposante Deich an der Harburger Chaussee, auf dem ich wie Cornelia gewandelt bin. Auch die singenden gläubigen Damen in der Fußgängerpassage gehören dazu. Ich fand das Gespann so anrührend, dass ich beschlossen habe, es hier zu verewigen.

Ich danke allen, die mir geholfen haben, das Buch zu vollenden, und besonders dem Museum für Hamburgische Geschichte am Holstenwall, das mit seinen liebevoll gestalteten Ausstellungen auf jeden Fall einen Besuch wert ist! Und ich empfehle jedem, Planten un Blomen zu besuchen – nicht nur wegen der Gärten und des prachtvollen Wasserspiels, das abends mit wunderschönen Klängen untermalt wird, sondern auch wegen der Menschen, die Touristen oder Zugezogene sind – oder echte Hamburger mit Alsterseele, rauer Schale und wundervollem Herzen.